HEYNE BÜCHER

Tip des Monats

In derselben Reihe
erschienen außerdem als Heyne-Taschenbücher:

Johanna Lindsey · Band 23/34
Robert Ludlum · Band 23/41
Johanna Lindsey · Band 23/43
John Saul · Band 23/50
Mary Westmacott · Band 23/56
Marie Louise Fischer · Band 23/63
Daphne Du Maurier · Band 23/64
Evelyn Sanders · Band 23/66
Mary Westmacott · Band 23/73
Dean Koontz · Band 23/76
Johanna Lindsey · Band 23/78
Marion Zimmer-Bradley · Band 23/79
Evelyn Sanders · Band 23/84
Dean Koontz · Band 23/85
Marie Louise Fischer · Band 23/88
Johanna Lindsey · Band 23/91
Ellis Peters · Band 23/92
Utta Danella · Band 23/95
Heinz G. Konsalik · Band 23/96
Marion Zimmer-Bradley · Band 23/98
Dean Koontz · Band 23/101
Charlotte Link · Band 23/102
Johanna Lindsey · Band 23/103
Ellis Peters · Band 23/104
Philippa Carr · Band 23/105
Robert Ludlum · Band 23/106
Marie Louise Fischer · Band 23/107
Heinz G. Konsalik · Band 23/108
Jean Plaidy · Band 23/109
Ellis Peters · Band 23/110
Utta Danella · Band 23/111
Dean Koontz · Band 23/112
Marie Louise Fischer · Band 23/113
Ellis Peters · Band 23/114
Johanna Lindsey · Band 23/115
Sarah Harrison · Band 23/116
Terry Pratchett · Band 23/117
Catherine Coulter · Band 23/118
Dean Koontz · Band 23/119
Catherine Cookson · Band 23/120
Ellis Peters · Band 23/121
Janet Dailey · Band 23/122
Dean Koontz · Band 23/123
Heather Graham · Band 23/124
Philippa Carr · Band 23/125
Catherine Cookson · Band 23/126
John Saul · Band 23/127
Barbara Cartland · Band 23/128
Terry Pratchett · Band 23/129
Johanna Lindsey · Band 23/130
Ellis Peters · Band 23/131
Mary Stewart · Band 23/134
James Bond · Band 23/135

Catherine Coulter

ZWEI LEIDENSCHAFTLICHE LIEBESROMANE

Die Sherbrooke-Braut

Die Satansbraut

WILHELM HEYNE VERLAG
MÜNCHEN

HEYNE TIP DES MONATS
Nr. 23/136

Aus dem Amerikanischen von Angela Meermann
(Der Titel erschien bereits in der Reihe »Romane für Sie«
mit der Band-Nr. 04/122.)

Aus dem Amerikanischen von Alexandra v. Reinhardt
(Der Titel erschien bereits in der Reihe »Romane für Sie«
mit der Band-Nr. 04/124.)

Umwelthinweis:
Das Buch wurde auf
chlor- und säurefreiem Papier gedruckt.

Printed in Germany 1997
Umschlagillustration: Donald Case/Agentur Schlück, Garbsen
Umschlaggestaltung: Atelier Ingrid Schütz, München
Gesamtherstellung: Elsnerdruck, Berlin

ISBN: 3-453-11583-X

INHALT

Die Sherbrooke-Braut

KAPITEL 1

»Ich habe sie gestern nacht gesehen – die jungfräuliche Braut!«

»Ach was, tatsächlich? Stimmt das, Sinjun? Du schwörst, du hast den Geist gesehen?«

Dann kamen zwei bibbernde ›Huchs‹ und zwei kieksende Schreie, in die sich Angst und Erregung vermengten.

»Aber ja, es muß die jungfräuliche Braut gewesen sein.«

»Und hat sie dir gesagt, sie ist Jungfrau? Hat sie dir überhaupt etwas gesagt? Hast du nicht Todesängste gelitten? War sie ganz in Weiß? Hat sie gestöhnt? Sah sie mehr tot als lebendig aus?«

Die Stimmen verhallten, doch er hörte es immer noch quietschen und kichern, während sie sich langsam von der Tür des Schloßherrenzimmers entfernten. Douglas Sheerbrooke, Earl of Northcliffe, schloß energisch die Tür und schritt an seinen Schreibtisch. Verdammte Geisterfrau! Waren denn die Sherbrookes für alle Zeiten dazu verurteilt, diese Schwindelgeschichten von der bejammernswerten jungen Dame zu hören? Er warf einen Blick auf den ordentlichen Stapel Papier, seufzte, setzte sich hin und starrte geradeaus ins Nichts.

Die Miene des Grafen verfinsterte sich. Sie verfinsterte sich öfter in letzter Zeit, denn man ließ ihm keine Ruhe, keinen einzigen Tag, kein einziges Stündchen. Tagaus, tagein lag man ihm sanft, aber beharrlich und in nur unerheblichen Abweichungen mit dem ewig gleichen Thema im Ohr. Er sollte heiraten, dringend, und einen Erben für die Grafschaft zeugen.

Allmählich wurde er älter, mit jeder Minute schwand wieder ein Stück seiner Zeugungskraft, und diese Zeugungskraft wurde, laut ihrer Meinung, vergeudet, denn seinem Samen entsprangen zukünftige Sherbrookes, und dieser sein kostbarer Samen sollte rechtmäßig gebraucht und nicht willkürlich verstreut werden. So stand es schon in der Bibel geschrieben.

An Michaelis würde er dreißig werden, pflegten sie zu sagen – all die Onkel und Tanten, Cousins und Cousinen und die alten Diener, die ihn seit dem Tag kannten, als er mit Geplärr aus dem Schoß seiner Mutter auf die Welt gekommen war; all seine hämisch lachenden, lästigen Freunde, die, waren sie einmal bei jenem

Thema, mit Begeisterung ihren unverschämten Vers dazu beitrugen. Er würde sie streng ansehen, mit der gleichen mißbilligenden Miene wie jetzt, und ihnen erwidern, daß er nicht an diesem Michaelis dreißig wurde, sondern neunundzwanzig. Daher war er an diesem Tag, in dieser Minute, achtundzwanzig, und Gottverdammich, jetzt war es erst Mai und nicht September. Gerade hatte er sich daran gewöhnt, zu sagen, daß er achtundzwanzig und nicht mehr siebenundzwanzig war. Das war doch wohl kein Alter!

Der Graf blickte auf die Uhr aus vergoldeter Bronze auf dem Kaminsims. Wo steckte bloß Ryder? Zum Teufel mit seinem Bruder.

Er wußte doch genau, ihr Treffen fand jeden ersten Dienstag im Quartal hier im Schloßherrenzimmer der Northcliffe Hall pünktlich um fünfzehn Uhr statt. Die Tatsache, daß der Graf diese vierteljährlichen Treffen erst vor etwa neun Monaten ins Leben gerufen hatte – nach dem Verkauf seines Offizierspatents und kurz nachdem der Friede von Amiens unterzeichnet worden war –, entschuldigte keineswegs Ryders Zuspätkommen an ihrem dritten Treffen. Nein, seinem Bruder mußte ein Rüffel erteilt werden, auch wenn Douglas' Butler, Leslie Danvers, ein junger Mann von tüchtigem Wesen und einem aufreizend guten Gedächtnis, den Earl erst vor einer Stunde an das Treffen mit seinem Bruder erinnert hatte.

Der plötzliche Anblick Ryders, der in das Schloßherrenzimmer hereinplatzte, windzerzaust, den Geruch von Leder, Pferd und Meer verströmend, ungestüm, viel weiße Zähne zeigend und gerade eben mal pünktlich – es waren erst fünf Minuten nach –, ließ den Grafen seinen Zorn vergessen. Schließlich näherte sich auch Ryder einem gefährlichen Alter. Er war beinahe sechsundzwanzig.

Die beiden sollten zusammenhalten.

»Mein Gott, ein wirklich herrlicher Tag, Douglas! Ich bin mit Dorothy die Steilküste entlanggeritten, es gibt nichts Schöneres, nichts!« Ryder nahm Platz, schlug die in Wildleder gehüllten Beine übereinander und warf seinem Bruder noch eines seiner weißblitzenden Lächeln zu.

Douglas wippte nachdenklich mit einem Bein. »Und du hast es geschafft, auf dem Pferd oben zu bleiben?«

Ryders Grinsen wurde noch breiter. Bei näherem Hinsehen lag etwas Unstetes in seinen Augen. Er hatte den Gesichtsausdruck eines übersättigten Mannes, ein Ausdruck, den der Graf schon ziemlich gut kannte. Er stieß einen Stoßseufzer aus.

»Tja«, sagte Ryder nach kurzem Schweigen, »wenn du schon

auf diesen vierteljährlichen Treffen bestehst, Douglas, so muß ich etwas unternehmen, um da etwas Schwung hineinzubringen.«

»Aber warum ausgerechnet Dorothy Blalock?«

»Die Witwe Blalock ist unglaublich sanft und duftet süß, Bruder, und sie versteht es, einem Mann zu gefallen. Ah, sie versteht wirklich etwas davon. Außerdem passiert ihr nie ein Malheur. Dafür ist sie viel zu klug, meine Dorothy.«

»Sie kann gut zu Pferde sitzen«, erwiderte Douglas. »Das gebe ich zu.«

»Ja, ja, und nicht nur zu Pferd sitzt sie gut auf.«

Nur mit äußerster Willensanstrengung verkniff sich Douglas ein Grinsen. Schließlich war er der Graf; er war das Oberhaupt der weitverzweigten Sherbrooke-Familie. Möglicherweise war sogar in diesem Augenblick ein Sherbrooke-Zuwachs im Werden, trotz Dorothys Klugheit.

»Fangen wir endlich an«, erklärte Douglas, doch Ryder konnte man nichts vormachen. Er hatte das Zucken um die Mundwinkel seines Bruders bemerkt und lachte los.

»Ja, tun wir das«, stimmte er lachend zu und goß sich einen Brandy ein. Er schwenkte die Karaffe in Richtung Douglas.

»Nein, danke schön. Also«, fuhr Douglas fort und las das oberste Blatt des Papierstapels vor sich, »bis zu diesem Quartal hast du vier stramme Söhne und vier gesunde Töchter bekommen. Der arme kleine Daniel ist diesen Winter gestorben. Amys Sturz scheint keinen bleibenden Schaden hinterlassen zu haben. Ist dies der neueste Stand?«

»Ich werde ein weiteres Baby haben, es kommt im August. Die Mutter scheint gesund und munter zu sein.«

Douglas stöhnte auf. »Na denn. Ihr Name?« Ryder sagte es ihm, und Douglas schrieb ihn nieder. Er hob den Kopf. »Stimmt jetzt alles?«

Ryders Lächeln erlosch. Mit einem Zug leerte er den letzten Rest Brandy. »Nein. Benny ist letzte Woche an Fieber gestorben.«

»Davon hast du mir nichts erzählt.«

Ryder zuckte mit den Achseln. »Er war nicht einmal ein Jahr alt, aber so ein helles Köpfchen, Douglas. Ich wußte, du warst mit der Fahrt nach London und deinem Besuch im Kriegsministerium beschäftigt. Es war ein Begräbnis in ganz kleinem Rahmen. Seine Mutter wollte es so.«

»Tut mir leid«, erklärte Douglas. Dann verfinsterte sich seine

Miene wieder, eine Angewohnheit, die Ryder schon aufgefallen war und die ihm kein bißchen behagte. »Wenn das Baby im August fällig ist, warum hast du mir nichts davon bei unserem letzten Vierteljahrestreffen verraten?«

Darauf antwortete Ryder schlicht: »Die Mutter hatte es mir nicht gesagt. Sie befürchtete, ich würde nicht mehr mit ihr ins Bett gehen.« Er hielt inne und blickte durchs Erkerfenster auf den östlich gelegenen Rasen. »Dummes Ding. Ich wäre nie draufgekommen, daß sie ein Kind erwartet, obwohl, eigentlich hätte ich es ja erraten müssen. Das Kind in ihrem Bauch ist schon recht groß. Gut möglich, daß sie mir Zwillinge schenkt.«

Ryder wandte sich vom Fenster ab und nippte an seinem Brandy. »Etwas habe ich noch vergessen. Da gibt es eine gewisse Nancy.«

Douglas ließ das Blatt sinken. »Nancy wer?«

»Nancy Arbuckle, die Tochter des Tuchhändlers auf der High Street in Rye. Sie erwartet ein Kind, mein Kind. Sie hat Zeter und Mordio geschrien, bis ich ihr erklärte, sie bräuchte sich keine Sorgen zu machen. Die Sherbrookes würden sich immer um ihre Nachkommen kümmern. Vielleicht heiratet sie sogar einen Kapitän zur See. Dem macht es anscheinend nichts aus, daß sie ein Kind von einem anderen erwartet.«

»Tja, nicht schlecht.« Douglas machte einen neuen Zählstrich und hob die Augen. »Zur Zeit unterstützt du sieben Kinder und deren Mütter. Außerdem hast du zwei weitere Frauen geschwängert, deren Kinder in diesem Herbst erwartet werden.«

»Ich denke, das stimmt. Vergiß nicht, eventuell kommen Zwillinge zur Welt oder Nancy heiratet ihren Kapitän zur See.«

»Kannst du denn deine verdammte Rute nicht in der Hose lassen?«

»Nicht besser als du, Douglas.«

»Schon gut, aber warum ziehst du dich nicht zurück, ehe du deinen Samen in eine Frau ergießt?«

Ryder schoß das Blut ins Gesicht, ein ziemlich bemerkenswerter Vorgang, und er antwortete kleinlaut: »Irgendwie setzt mein Verstand aus. Ich weiß, das ist keine Entschuldigung, aber ich kann mich nicht zurückziehen, wenn ich einmal dort bin, um es mal so zu formulieren.« Er sah seinen Bruder durchdringend an. »Ich bin nicht so ein kalter Fisch wie du, Douglas. Du könntest dich selbst aus einem Engel lösen. Verliert dein Verstand nie den Überblick, geht er nie in Luft auf? Verspürst du nie den Wunsch, weiterzustoßen und zu stoßen, ohne einen Gedanken an die Folgen zu verschwenden?«

»Nein.«

Ryder schnaubte. »Na ja, ich bin eben nicht so diszipliniert wie du. Hast du immer noch nur zwei Kinder?«

»Nein, der Kleine ist gestorben, während ich in London war. Jetzt ist nur noch Cynthia übrig, ein liebes Kind, vier Jahre alt.«

»Tut mir leid.«

»Es war zu erwarten und nur eine Frage der Zeit. Das haben die Ärzte der Mutter wiederholt erklärt. Ich bin nicht nur nach London gefahren, um Lord Avery im Kriegsministerium einen Besuch abzustatten, sondern auch um Elizabeth zu sehen. Sie hatte mir vom Zustand des Kleinen geschrieben. Seine Lunge war nie richtig entwickelt.« Douglas zog ein sauberes Blatt Papier hervor und fügte die Zahlen des letzten Vierteljahres ein.

»Deine Lüsternheit wird immer kostspieliger«, bemerkte er nach einem Augenblick. »Verdammt kostspielig.«

»Schau nicht so böse drein, Douglas. Du bist übermäßig reich, so wie ich. Großonkel Brandon wäre höchst zufrieden, daß sein Erbe an mich auf so hervorragende Weise genutzt wird. Er war ein lüsterner alter Knabe bis in die hohen Achtzig. Das hat er mir zumindest erzählt. Er hat allerdings immer angegeben wie ein Sack voller Flöhe.«

»Du sagst doch immer, wir tragen die Verantwortung für unsere Bastarde, und ich bin da ganz deiner Meinung. Ich bin auch mit diesem Plan hier von dir einverstanden. Er garantiert, daß wir keinen übergehen. Was wärst du doch für ein General geworden! Schade, daß du dein Offizierspatent schon als Major verkaufen mußtest.«

Ryder lachte gerade, als sich die Tür des Schloßherrenzimmers öffnete. »Ah, wenn das nicht Tysen ist! Tritt ein, Bruder, unser Treffen ist fast schon vorüber. Douglas hat mir soeben erklärt, daß meine Lüsternheit bald tiefe Löcher in meine Brieftasche reißen wird. Er stellt gerade seine Buchhaltung fertig. Heraus kommt eine wirklich magere Zahl, besonders wenn man bedenkt, was noch alles machbar wäre, stünden einem mehr Felder zur Verfügung, die man beackern und besäen könnte.«

»Was für ein Treffen?« erkundigte sich Tysen, als er ins Schloßherrenzimmer eintrat. »Was für eine Zahl? Was für Felder?«

Ryder warf einen schnellen Blick zu Douglas. Der zuckte nur mit den Achseln und lehnte sich in seinen Stuhl mit gekreuzten

Armen vor der Brust zurück. Er machte ein mokantes Gesicht. Hätte Ryder ihn nicht so gut gekannt, käme er ihm eher verärgert denn verhalten amüsiert vor.

Ryder wandte sich an Douglas: »Hör zu, Bruder, Tysen will Pfarrer werden. Daher ist es notwendig, daß er die männliche Schwäche kennenlernt, bei der es sich, mal ganz deutlich ausgedrückt, um elementare Begierde handelt. Paß auf, Tysen, das ist unser Vierteljahrestreffen, um die gegenwärtige Zahl der Sherbrooke-Bastarde festzulegen.«

Tysen starrte die beiden entsetzt an, dann warf er einen gequälten Blick zu Douglas. »Euer *was*?«

»Du hast mich schon richtig verstanden«, erwiderte Ryder. »Du bist jetzt fast einundzwanzig Jahre alt. Es ist an der Zeit, daß du unseren Treffen beiwohnst. Der Zeitpunkt ist doch gekommen, ihn einzubeziehen, nicht wahr, Douglas? Schließlich wollen wir doch nicht, daß er uns einen völlig unbekannten Bastard unterjubelt, oder? Denk an unseren Ruf. Also gut, mein Junge, hast du irgendeines der Dorfmädchen geschwängert?«

Tysen stand da wie vom Schlag gerührt. »Natürlich nicht! Nie würde ich etwas so Abscheuliches tun! Ich werde ein Mann Gottes werden, ein Pfarrer, ein Hirte, der seine rechtschaffene und fromme Herde führt und …«

Ryder verdrehte die Augen. »Bitte, hör auf! Kaum auszuhalten, daß ein Sherbrooke so etwas sagen kann und obendrein noch daran glaubt. Es könnte einem dabei regelrecht übel werden. Wirklich schade, daß du genauso bist, wie du aussiehst, Tysen, aber man verliert ja nie die Hoffnung. Besonders wenn man ein optimistisches Naturell hat.«

»Geht der Optimismus Hand in Rute mit der Lüsternheit?« fragte Douglas wie unbeteiligt in den Raum.

Ryder prustete los, Tysen blickte nur verdutzt. Natürlich, seine Brüder waren Männer mit Lebenserfahrung, sie wußten über Dinge Bescheid, an die er kaum einen Gedanken verschwendete, aber was hatte dieser Witz zu bedeuten? Ein Treffen, um ihre Bastarde zu zählen? Schweiß trat ihm auf die Stirn. Langsam bewegte er sich auf die Tür zu.

»Wenigstens lächeln könntest du, Tysen«, bemerkte Douglas. »Auch ein Pfarrer darf Humor haben, weißt du.«

»O nein«, erwiderte Tysen. »Es ist nur – natürlich kann ich lächeln, es ist nur …«

»Du führst keinen deiner Sätze zu Ende, Tysen«, stellte Ryder abschätzig fest. »Du wiederholst dich.«

»Nun, ein Mann Gottes darf seine grenzenlose Menschenliebe mit einer speziellen Art von Liebe verbinden. Versteht ihr, ich kann durchaus eine junge Dame lieben, und, na ja, das tu ich auch!«

»O Jesus«, entfuhr es Ryder und wandte sich mit gespielter Abscheu ab. »Magst du jetzt einen Schluck Brandy, Douglas?«

»Da dreht es einem ja den Magen um«, empörte sich Douglas, »wahrscheinlich könnte ich den Brandy nicht mal behalten vor lauter Schreck. Nein danke, Ryder.« Dann erbarmte er sich Tysen, dessen magere Wangen erschreckend rot angelaufen waren. »Wer ist die Kleine, Tysen? Sicherlich handelt es sich bei dir als zukünftigem Pfarrer nicht um eine Schauspielerin oder ein Ladenmädchen?«

»Nein«, antwortete Tysen mit gefestigter Stimme und schon sehr in Richtung unpriesterlicher Schwärmerei. »Ihr Name ist Melinda Beatrice, und sie ist die Tochter von Sir Thomas Hardesty.«

Ryder stieß einen Fluch aus. »Ich kenne die Zimperliese. Albern, Douglas, und zickig, mein Gott! Sie tut so, als sei sie besser als alle anderen. Zudem hat sie keine nennenswerten Brüste. Ihre Augen sind wässrig, sie hat spitze Ellbogen, und sie verfügt über zwei Vornamen, die ihre Eltern auch tatsächlich alle beide benützen. Das ist schlicht zuviel. Zwei Vornamen!«

»Sie wird eine wunderbare Ehefrau für einen Pfarrer!« Tysen hätte seine Göttin noch weiter verteidigt, aber er hielt abrupt inne, denn Douglas erhob sich vom Stuhl und durchbohrte ihn mit seinem Blick. Ryders Beleidigungen waren durch Douglas' Miene, einem Ausdruck, der bedenklich dem ihres nun verstorbenen Vaters erinnerte, auf der Stelle vergessen. Tysen wich immer weiter zurück, langsam, sehr langsam, bis er gegen die geschlossene Tür gedrückt stand. Douglas sprach mit samtweicher Stimme. »Willst du mir damit sagen, daß du im Alter von zwanzig Jahren dir darin gefällst, dich in ein Mädchen zu verlieben, das dir in Abkunft und Vermögen ebenbürtig ist? Ist etwa die Rede von den Hardesty von Blaston Manor?«

»Ja«, antwortete Tysen. »Außerdem bin ich fast einundzwanzig.«

»Kindskopf«, bemerkte Ryder ungerührt und schnippte ein Staubkörnchen von seinem Ärmel. »In ein paar Monaten ist er darüber hinweg, Douglas. Weißt du noch, wie du dir die Tochter des Herzogs eingebildet hast? Wann war das noch gleich – ach ja, vor etwa drei Jahren glaubtest du Hals über Kopf, verliebt zu sein. Du hattest Heimaturlaub wegen deiner Schulterverletzung. Also, wie war doch gleich ihr Name? Melissande – ja, das war er.«

Douglas machte eine schneidende Handbewegung durch die Luft, um Ryder zum Schweigen zu bringen. »Du hast doch nicht etwa mit Sir Thomas gesprochen, oder?«

»Woher denn«, gab Tysen zurück. »Du bist das Familienoberhaupt, Douglas.«

»Vergiß das ja nicht. Ich kann mir das nämlich nicht leisten. Versprich mir, keinen Heiratsantrag zu machen, wenn dich die Kleine anlächelt und dir einen flüchtigen Blick auf ihre Fesseln erlaubt. Ich bin zu dem Schluß gekommen, daß Mädchen, wenn sie auf die Welt kommen, schon alle raffinierten Tricks kennen, um das einfältige männliche Wesen zu verführen. Also sei auf der Hut, verstanden?«

Tysen nickte und fügte eilig hinzu: »Aber nicht Melinda Beatrice, Douglas. Sie ist liebenswürdig und aufrichtig. Sie hat eine so liebe Art. Sie ist die Güte in Person. Dies alles wird sie zu einer wunderbaren Hirtin meiner Herde machen, eine unschätzbare Gehilfin. Niemals würde sie ...« Er bemerkte, wie seine beiden Brüder kurz davor waren, in ungläubiges Gelächter auszubrechen. Er biß die Zähne zusammen, seine Stirn umwölkte sich, seine Haltung wurde steif. »Deshalb bin ich nicht gekommen, Douglas. Tante Mildred und Onkel Albert sind hier und wollen mit dir sprechen.«

»Ha! Mir eine Predigt halten, käme eher hin. Ich nehme an, du hast die Hausangestellten angewiesen, das Gepäck auf die Zimmer zu bringen und dich angeboten, mich zu finden, um ihren Argusaugen zu entkommen?«

»Na ja, stimmt schon.« Tysen verstummte, als Douglas laut aufseufzte, dann fuhr er in entschuldigendem Ton fort: »Ja, du hast recht, was ihren Besuch betrifft. Ich habe sie über die Marquess of Dacres' älteste Tochter reden hören, Juliette, ein hochkarätiger Diamant, wie Tante Mildred sich ausgedrückt hat, und genau die Richtige für dich.«

Douglas machte ein süffisantes Gesicht und blieb stumm wie ein Stein.

»Gott schenke dir ein langes Leben, Douglas«, sagte Ryder inbrünstig. »Ich achte dich und bin dir bis zu meinen Zehenspitzen dankbar dafür, daß du der älteste Sohn und somit der vierte Earl of Northcliffe, der sechste Viscount Hammersmith, der neunte Baron Sanderleigh, und daher das Angriffsziel ihrer gesamten Kanonenkugeln bist.«

»Auch ich achte dich, Douglas«, erklärte Tysen. »Du stellst einen prächtigen Grafen, Vicomte und Baron dar. Ich bin sicher, daß Onkel Albert und Tante Mildred der gleichen Meinung sind. Die ganze Familie stimmt darin überein, wenn du nur heiraten würdest und ...«

»O Gott, nicht jetzt auch noch du, Tysen! Wie immer, dazu besteht keinerlei Hoffnung«, fügte er hinzu, während er sich von seinem Stuhl erhob.« Tysen, deine Dankbarkeit wird mir zweifellos helfen, alles durchzustehen. Bete für mich, mein kleiner Bruder. Unser Treffen in diesem Quartal ist vertagt, Ryder. Ich denke, ich werde mit deinem Kammerdiener Tinker ein Wort reden, und zusehen, ob er dir nicht deine umtriebige Rute an den Reithosen festnähen könnte.«

»Der arme Tinker, er wäre entsetzt, mit einer solchen Aufgabe betraut zu werden.«

»Nun, ich kann schlecht eines der Dienstmädchen damit beauftragen. Das würde sicherlich den Zweck unseres Paktes verfehlen.«

»Armer Douglas«, bemerkte Ryder, nachdem sein Bruder den Raum verlassen hatte.

»Was hat denn Douglas mit eurem Pakt gemeint?« erkundigte sich Tysen.

»Ach, wir haben beide das Versprechen abgegeben, daß kein bei uns angestelltes weibliches Wesen berührt werden darf. Wenn deine Verliebtheit endgültig verflogen ist und du deine fünf Sinne wieder beisammen hast, werden wir uns auch deine Zusicherung holen.«

Tysen beschloß, sich mit seinem Bruder in keine Diskussion einzulassen. Er stand über solchen Dingen. Er würde Pfarrer werden, seine Gedanken und Taten würden stets keusch sein. Außerdem, soweit seine Erinnerung reichte, war er in Auseinandersetzungen bei keinem seiner zwei Brüder je als Sieger hervorgegangen, und so sagte er nur: »Das Mädchen, mit dem sie ihm in den Ohren liegen, soll wirklich wunderschön sein.«

»Sie sind alle wunderschön mit einem Kopfkissen überm Gesicht«, erklärte Ryder und verließ das Schloßherrenzimmer.

An einem dunklen spanischen Tisch aus Mahagoni lehnte Sinjun mit gekreuzten Armen und der sorglosen, unbeschwerten Miene eines Fohlen. Sie summte ein Lied und hörte sofort auf, als Ryder sie erspähte. »Na, wie lief das Treffen?«

»Halte deine Zunge im Zaum, du Range.«

»Schon gut, Ryder, ich bin zwar jung, aber nicht blöd.«

»Laß es gut sein, Sinjun.«

»Wie geht es denn all deinen Lieben?«

»Es geht allen ausgezeichnet, vielen Dank.«

»Ich bin stumm wie eine Seifenschüssel«, erklärte sie feixend, warf ihm einen Kuß zu und verschwand wie ein Lausbub pfeifend in Richtung Küche.

KAPITEL 2

Der Graf war angespannt. Er fühlte in seinem Inneren, daß sich irgend etwas zusammenbraute, etwas Unangenehmes. Er haßte diese Art von Gefühlen. Sie machten ihn hilflos und gereizt. Andererseits wußte er genau, es wäre dumm, sie zu ignorieren. Da sich die Regierung in einem Zustand der höchsten Verwirrung befand und dieser armselige Narr Addington herumflatterte wie ein kopfloses Huhn, vermutete er, daß diese Anspannung in seinem Inneren wohl aus seiner Besorgnis vor Napoleon herrührte.

Wie alle Engländer, die an der südlichen Küste Englands lebten, befürchtete er eine Invasion. Zwar schien es nicht wahrscheinlich, zumal die Engländer den Kanal fest in der Hand hatten. Aber andererseits unterschätzte nur ein Dummkopf einen Mann von Napoleons militärischem Genie und unerbittlichem Bestreben, Englands Vernichtung voranzutreiben.

Douglas stieg von Garth, seinem Reitpferd, herab und ging bis an die Steilküste. Donnernd schlug die Brandung gegen die Klippen und spie flockenartige, schaumweiße Wassertropfen hoch in die Luft. Tief sog er die salzige Luft in seine Lungen, spürte die Meeresluft beißend und naß in seinem Gesicht. Es blies ein scharfer, heftiger Wind, der seine Haare um sein Gesicht peitsche und ihm das Wasser in die Augen trieb. Es war ein bewölkter, trüber Tag. Heute konnte er Frankreich nicht sehen, aber bei klarem Himmel erblickte er von diesem günstigen Punkt aus Boulogne und die nordöstlich gelegene rauhe Küste bis nach Calais. Er hielt die Hand vor die Augen und starrte in diese graue Welt. Die Wolken wälzten und überholten sich, teilten sich aber nicht, sondern nahmen eher an Volumen zu, ihre Massen schienen sich fester aneinanderzudrücken. Als er hinter sich ein Pferd herangaloppieren hörte, das schließlich zum Stehen kam, drehte er sich nicht einmal um.

»Dachte ich mir doch, daß du hier bist, Douglas. Das ist dein Lieblingsplatz zum Nachdenken.«

Er wandte sich mit einem Begrüßungslächeln seiner jungen Schwester zu, die rittlings auf ihrer Stute Fanny saß. »Ich sollte lieber nicht so abschätzbar sein. Weder beim Frühstück noch beim Mittagessen habe ich dich gesehen, Sinjun. Hat Mutter dich wegen Ungehorsamkeit bestraft?«

»I wo, ich hatte die Zeit vollkommen vergessen. Ich studierte gerade mein ...« Sie brach ab, rutschte behende vom Sattel und ging mit großen Schritten auf ihren Bruder zu. Ein hochaufgeschossenes, überschlankes Mädchen, mit langen Beinen und wildem hellem Haar, das in dichten Locken ihr Gesicht umrahmte und wohl einstmals von einem nun gewiß schon lange verlorengegangenen Haarband im Nacken zusammengehalten worden war. Ihre Augen, von lebhaftem, klarem Himmelblau, blickten heiter und klug. Alle seine Geschwister hatten diese blauen Augen und das dichte helle Haar der Sherbrookes, doch Sinjuns Haare waren noch um einiges heller und schimmerten wie das Sonnenlicht. Alle, außer ihm.

Douglas hatte Augen so schwarz wie die Sünde, wie ihm sein Kindermädchen vor vielen Jahren lachend erzählt hatte. In der Tat glich er einem heidnischen Kelten. Mit der dunkelgetönten Haut und seinen pechschwarzen Haaren erinnerte er an den Ritter mit dem Pferdefuß persönlich.

Noch sehr jung hatte er ein Gespräch belauscht, in dem sein Vater seine Mutter bezichtigte, sie hätte ihm Hörner aufgesetzt, denn sein Sohn ähnelte keinem der Sherbrookes, weder laut ihrer in Schrift noch in ihren Porträts niedergelegten Geschichte. Douglas hatte es noch im Ohr, wie sich seine Mutter immer wieder für etwas entschuldigt hatte, was sie für einen persönlichen Fehler hielt, nämlich die Erzeugung dieses so aus der Reihe fallenden Sherbrooke-Erben. Ry wurde nicht müde, Douglas immer wieder zu erklären, daß gerade aufgrund seines unsherbrookehaften strengen und furchteinflößenden Aussehens ihm jeder sofort aufs Wort gehorchte.

Doch jetzt, als Douglas seine Schwester ansah, war sein Ausdruck alles andere als streng. Sie trug Reithosen wie er, ein loses weißes Hemd und eine hellbraune Lederweste. Ihre Mutter, das war ihm klar, würde wie ein Klageweib aufheulen, erblickte sie ihre Tochter in dieser Kleidung. Aber eigentlich regte sich ihre Mutter immer über irgend etwas auf.

»Was hast du denn gerade studiert?«

»Nicht wichtig. Du machst dir wieder Sorgen, nicht wahr?«

»Einer muß es ja, zumal sich unsere Regierung offensichtlich keine Gedanken über unseren Schutz machen will. Napoleon hat die bestausgebildeten und erfahrensten Soldaten ganz Europas unter sich, und sie sind fest entschlossen, uns zu besiegen.«

»Stimmt es, daß Fox zurückkehren und Addington abgesetzt werden soll?«

»Er soll krank sein, und die Zeit ist noch nicht reif, Addington seines Amtes zu entheben. Fox ist ebenso irregeführt und liberal eingestellt wie Addington, aber wenigstens besitzt er Führungsqualität und ist nicht wankelmütig. Ich denke, du weißt ebenso wie ich darüber Bescheid.« Er kannte die geistige Frühreife seiner Schwester sehr wohl – besser, ihre Belesenheit, ihr Interesse an Fragen und Themen, die eigentlich weit über ihre Jahre hinausgingen, Dinge, bei denen die meisten Damen und Herren aus Gleichgültigkeit vollkommen verständnislos dreingeschaut hätten. Sie schien ihn besser zu verstehen als seine beiden Brüder, seine Mutter und die ganzen unzähligen Sherbrooke-Verwandten. Er hatte sie sehr ins Herz geschlossen.

»Nein, du irrst«, antwortete sie. »Aber als du letzte Woche nach London gefahren bist, um mit all diesen Herren zu reden, hast du bestimmt viel erfahren. Du hast mir noch gar nichts über die Stimmung im Kriegsministerium erzählt. Und was ich noch sagen wollte, Douglas, du hast schließlich alle Männer auf unseren Farmen und auch in einigen der Dörfer bewaffnet. Du hast immer wieder mit ihnen exerziert.« Unmittelbar nach diesen sehr erwachsen klingenden anerkennenden Worten kicherte sie wie ein junges Mädchen. »Es war urkomisch zu sehen, wie Mr. Dalton so tat, als würde er die Franzosen mit seinem knotigen Stock verjagen!«

»Am besten war er beim Rückzug und Verstecken. Lieber hätte ich seine Frau ausgebildet. Sie gäbe genau den Typ des mitleidlosen Soldaten ab, vor dem die Franzosen das Fürchten lernen könnten.«

Plötzlich sagte Sinjun, während ihre Augen einen grauen Schimmer bekamen: »Gestern nacht habe ich die jungfräuliche Braut gesehen.«

»Ich habe gehört, wie du es deinen Freundinnen erzählt hast. Deine Zuhörerschaft schien sehr empfänglich, wenn auch so leichtgläubig, daß es direkt peinlich war. Aber, mein liebes Mädchen, das Ganze ist natürlich Humbug, und das weißt du auch. Du mußt wohl Rüben zum Abendbrot gegessen haben, die deine Träume in Geistererscheinungen verwandelt haben.«

»Ich habe sie tatsächlich in der Bibliothek gesehen.«

»Ach? Ich flehe dich an, sag deiner Mutter kein Wort davon, solltest du meine griechischen Dramen durchblättern. Ihre Reaktion darauf wäre nicht auszudenken.«

Sie lächelte zerstreut. »Ich habe sie schon alle vor zwei Jahren gelesen, Douglas.«

Er klatschte sich mit der Hand gegen die Stirn. »Ich hätte es wissen müssen.«

»Ich glaube, das interessanteste hieß *Lysistrata.* Aber ich habe nicht verstanden, warum die Frauen davon ausgehen konnten, ihre Männer würden mit dem Kämpfen aufhören, wenn sie drohten zu ...«

»Ja, ja, ich weiß, was die Frauen getan haben«, unterbrach er hastig, entsetzt und amüsiert zugleich. Er sah sie an und überlegte, ob er ihr vielleicht irgend etwas wie eine brüderliche Moralpredigt halten oder wenigstens gegen ihre Lektüre Einspruch erheben sollte. Ehe ihm noch etwas Angemessenes einfiel, fuhr Sinjun nachdenklich fort: »Als ich gegen Mitternacht die Treppen hinaufstieg, sah ich durch den Türschlitz Licht im Zimmer der Gräfin, das gleich neben deinem liegt. So leise ich konnte, öffnete ich die Tür, und da stand sie neben dem Bett, ganz in Weiß, und wimmerte vor sich hin. Sie sah genauso aus, wie man sie in allen Geschichten beschrieben hat. Wunderschön, mit langen glatten Haaren bis zur Taille und so blond, daß es beinahe weiß wirkte. Sie wandte sich um und blickte mich an, und dann verschwand sie einfach. Doch ehe sie es tat, das schwöre ich dir, hat sie mir etwas sagen wollen.«

»Das waren die Rüben«, meinte Douglas. »Vergiß nicht, du hast welche gegessen. Ich glaube ganz einfach nicht an den Geist. Kein Mensch bei gesundem Verstand könnte an eine Geistererscheinung glauben.«

»Das kommt daher, weil du sie nicht gesehen hast und keinem weiblichen Wesen ein vernünftiges Verhältnis zur Wahrheit zutraust. Da ziehst du Gemüse als Erklärung vor.«

»Rüben, Sinjun, Rüben.«

»Na gut, trotzdem habe ich sie gesehen, Douglas.«

»Wie kommt es nur, daß nur Frauen sie gesehen haben?«

Sinjun zuckte mit den Achseln. »Ich weiß nicht, ob sie nur Frauen erscheint. Alle früheren Grafen, die über sie geschrieben haben, behaupten, es waren nur Frauen, aber wer weiß? Meiner Erfahrung nach sind Männer nicht bereit, ein Ereignis, das die Ebene des

Alltäglichen überschreitet, anzuerkennen. Sie wollen wohl nicht riskieren, einen Narren aus sich zu machen.«

Douglas fragte so süffisant wie möglich: »Deiner Erfahrung nach? Du meinst also, unsere jungfräuliche Braut stand am Bett und beklagte ihre Unberührtheit, da sie wußte, ihr Bräutigam käme nimmermehr? Und sie wäre nun dazu verdammt, niemals Ehefrau und Mutter zu werden?«

»Vielleicht.«

»Wahrscheinlich hat das junge Ding sich innerhalb eines Jahres wiederverheiratet, sechzehn Kinder auf die Welt gebracht wie jede anständige Frau im sechzehnten Jahrhundert und ist an Altersschwäche mit schlampigen grauen Haaren und keinem einzigen Zahn im Mund gestorben.«

»Du bist kein bißchen romantisch, Douglas.« Sinjun blickte nach oben, um einen Falken zu beobachten, der knapp über ihnen hinwegflog, die glatt gefiederten Flügel weit ausgebreitet, ein prachtvoller Anblick. Dann warf sie Douglas ein strahlend-freudiges Lächeln zu. Es versetzte ihm einen Schock. Sie war ein kleines Mädchen, nur fünfzehn Jahre alt, aber dieses wundersame Lächeln verhieß schon die zukünftige Frau in ihr.

»Ich habe sie aber gesehen, Douglas, und die anderen auch. Du weißt doch, es gab eine junge Frau, deren Mann nach drei Stunden Ehe ermordet wurde, und die sich, nachdem sie die Nachricht erfuhr, das Leben nahm. Sie war erst achtzehn Jahre alt. Sie hatte ihn so sehr geliebt, daß sie das Leben ohne ihn nicht ertragen konnte. Es war sehr tragisch. Audley Sherbrooke, der erste Earl of Northcliffe, hat alles genau aufgezeichnet. Sogar Vater hat einmal etwas über sie geschrieben.«

»Ich weiß, aber sei versichert, ich werde kein einziges Wort über dieses Hirngespinst niederschreiben. Alles Unsinn und dummes Zeug, von überdrehten Frauen weitergegeben. Sei versichert, bei mir wird die jungfräuliche Braut ihr ewiges Umherirren aufgeben. Zweifellos haben unsere Vorfahren diese Berichte an langen Winterabenden zum besten gegeben, als es ihnen langweilig war und sie sich und ihre Familien zu unterhalten suchten.«

Sinjun schüttelte bloß den Kopf und berührte seinen Ärmel mit spitzen Fingern. »Es hat keinen Zweck, sich mit dir vernünftig zu unterhalten. Habe ich dir eigentlich schon erzählt, meine Freundinnen – Eleanor und Lucy Wiggins – sind beide verliebt in dich. Sie flüstern und kichern und behaupten auf eine Art, daß es einem ganz schlecht wird, sie würden sofort in Ohnmacht fallen, wenn du sie auch nur anlächelst.« Nachdem sie ihm dieses Jungmädchengeheimnis anvertraut hatte, fügte sie hinzu: »Du bist ein geborener Anführer, und das hat in der Armee seine Wirkung gehabt, genauso wie es jetzt hier seine Wirkung hat. Und die jungfräuliche Braut habe ich doch gesehen.«

»Hoffentlich hast du recht. Und was dich betrifft, zuviele Rüben und gewagte griechische Dramen. Ach, und gib Eleanor und Lucy ein paar Jahre Zeit. Es wird dann Ryder sein, der ihnen Seufzer entlockt und sie zu Ohnmachtsanfällen bringen wird.«

»Du liebe Güte«, erwiderte darauf Sinjun und zog ihre Stirn in Falten. »Du mußt Ryder das Versprechen abnehmen, sie nicht zu verführen, es wäre ein zu leichtes Spiel für ihn. Sie sind nämlich furchtbar albern.« Sinjun schwieg. Offensichtlich war Douglas wieder ganz woanders.

Er dachte gerade darüber nach, wie auch er seinen Besitz hüten und schützen könnte – wie einst sein Vorfahre in ferner Vergangenheit, Baron Sanderleigh, der Northcliffe vor der Armee der Rundköpfe errettete. Es war ihm durch ausgeklügelte List gelungen, Cromwell die Unterstützung seiner Familie glaubhaft zuzusichern, genau wie später Charles II. Die ganzen folgenden Generationen hindurch hatten die Sherbrookes die Kunst des Ränkespiels immer weiter verfeinert, um sich und ihre Ländereien zu erhalten. Sie hatten Königen und Ministern Mätressen von beachtlichen geistigen Talenten und körperlichen Vorzügen zukommen lassen, sie hatten in der Diplomatie geglänzt und beim Militär gedient. Man munkelte sogar, Queen Anne hätte sich in einen Sherbrooke General verliebt. Alles in allem hatten sie ihr Vermögen vermehren und Northcliffe bewahren können.

Er schüttelte den Kopf und trat von der Klippe zurück. Kürzlich hatte es einen Sturm gegeben und der Boden unter seinen Füßen war nicht allzu fest. Er warnte Sinjun davor, setzte sich auf einen Felsbrocken und verfiel wieder ins Grübeln.

»Sie werden dich nicht in Ruhe lassen, Douglas.«

»Ich weiß«, erwiderte er und machte keinerlei Anstalten, den Unwissenden zu mimen. »Verflixt, sie haben ja recht. Ich bin ein sturer Scheiß-, äh, ich meine Idiot gewesen. Ich muß mich verheiraten und meiner Frau ein Kind machen. Eins habe ich beim Militär gelernt, das Leben ist fragiler noch als die Flügel eines Schmetterlings.«

»Ja, und dein Kind wird der zukünftige Earl of Northcliff. Ich liebe Ryder ebensosehr wie du, aber er würde den Titel nicht annehmen. Er will sich durchs Leben lachen und lieben und es nicht damit verbringen, daß er sich mit einem Verwalter auseinandersetzt, die Haushaltsbücher überprüft oder mit Farmern abgibt, die sich darüber beklagen, daß es ihnen durchs Dach regnen würde. Er schert sich den Teufel um all den Pomp, die hohen Stellungen, die Kniefälle. Er ist kein ernsthafter Mensch.« Sie lächelte kopfschüttelnd, wobei sie mit der Stiefelspitze gegen einen Stein stieß. »Das heißt, in allen Angelegenheiten eines Grafen ist er kein ernsthafter Mensch. Bei anderen Sachen verhält es sich natürlich anders.«

»Was zum Teufel soll das nun wieder heißen?«

Darauf lächelte Sinjun nur und hob die Schultern.

In diesem Augenblick wurde es Douglas klar, daß er einen Entschluß gefaßt hatte; mehr noch, er wußte auch schon, wen er heiraten würde. Ryder selbst hatte sie während einem ihrer Treffen mitgebracht. Das junge Mädchen, das es ihm vor drei Jahren angetan hatte, die schöne, hinreißende Lady Melissande, Tochter des Duke of Beresford, die ihn hatte haben wollen und geweint hatte, als er fortging. Für das, was sie als Verrat empfunden hatte, hatte sie ihm Schimpfnamen an den Kopf geschleudert. Doch vor drei Jahren hatte er sich ausschließlich dem Militär, der Vernichtung Napoleons und der Errettung Englands gewidmet.

Heutzutage widmete er sich ausschließlich der Erhaltung Northcliffs und der Sherbrooke-Linie.

Laut sagte er: »Ihr Name ist Melissande, sie ist einundzwanzig Jahre alt und die Tochter von Edouard Chambers, dem Duke of Beresford. Ich habe sie kennengelernt, da war sie achtzehn Jahre alt – und sie wieder verlassen, denn damals hatte ich keinerlei Bedürfnis, mich zu vermählen. Wie's der Teufel will, ich war nur aufgrund der Kugel in meiner Schulter zu Hause gewesen. Gut möglich, daß sie schon lange verheiratet und Mutter ist. Ach, Sinjun, sie war ja so schön, so lebhaft, sorglos und heiter, und im Hintergrund hat sie den altehrwürdigen Namen Chambers, der erst zu Zeiten ihres Großvaters etwas an Glanz verloren hat. Vor drei Jahren war keine erwähnenswerte Mitgift für sie vorhanden. Aber es wäre mir gleichgültig, wenn sie mit nichts als bloß einem Hemd bekleidet zu mir käme. Tja, ihr Bruder ist auch so ein Tunichtgut. Er sorgt in London durch seine Zügellosigkeit für einen schlechten Ruf. Er ist lasterhaft und ein Verschwender, der jeden Guinea, den er kriegen kann, sofort verspielt. Gut möglich, daß durch ihn die Chambers-Linie ausstirbt.«

»Ich finde es sehr nobel von dir, daß dich die Mitgift nicht kümmert, Douglas. Mutter sagt ja immer wieder, sie sei die einzige Grundlage einer Ehe. Vielleicht hat deine Melissande auf dich gewartet. Ich jedenfalls hätte es getan. Vielleicht hat sie niemand zur Frau genommen, weil kein Geld da war, obwohl sie die Tochter des Herzogs und wunderschön ist. Oder was wäre, wenn sie doch einen anderen geheiratet hat und jetzt Witwe ist? Es ist gut möglich, daß ihr Mann soviel Anstand besessen hat, zu sterben. Das würde alle deine Probleme lösen.«

Daraufhin mußte Douglas lächeln und nickte zustimmend. Es tat ihm gut, seine Gedanken und Pläne bei Sinjun laut aussprechen zu können. In der Tat, Melissande hatte ihm sehr gefallen, ihre unbekümmerte Art hatte ihn bezaubert, ihre raffinierten Kabalen fasziniert. Auch hatte er das dringende Verlangen verspürt, sie zu besitzen, er wollte sie zerzaust und Liebkosungen flüsternd erleben, die Augen voll grenzenloser Liebe zu ihm.

Sinjun meinte ruhig: »Wenn Melissande noch zu haben ist, dann brauchst du dir keine Sorgen darüber zu machen und die Zeit in London nicht auf der Suche nach einem passenden Mädchen zu verschwenden.«

»Du hast recht«, antwortete er, erhob sich und klopfte seine Reithosen ab. »Ich werde dem Duke of Beresford auf der Stelle schreiben. Sollte Melissande noch zu haben sein – Gott, das klingt gerade so, als wäre sie eine preisgekrönte Stute! –, dann könnte ich ja sofort nach Harrogate fahren und sie vom Fleck weg heiraten. Ich glaube, du wirst sie mögen, Sinjun!«

»Wenn du sie magst, mag ich sie auch, Douglas. Mutter wird es jedenfalls nicht tun, aber das macht nichts.«

Douglas konnte nur den Kopf schütteln. »Das stimmt. Weißt du, daß sie die einzige ist, die nie an mir herumnörgelt, ich sollte heiraten und einen Sherbrooke-Erben zeugen?«

»Weil sie nicht ihre Macht als Schloßherrin von Northcliffe verlieren will. Das Wittum-Haus ist zwar hübsch, aber sie hält es für unter ihrer Würde.«

»Manchmal erschreckst du mich, Kleines, das muß ich wirklich sagen.« Er strich durch ihr vom Wind wild durcheinanderfliegendes Haar und faßte sie mit einer Hand sanft unters Kinn. »Du bist von der guten Sorte.«

Sie nahm diesen Beweis seiner Zuneigung gelassen entgegen und meinte: »Weißt du, Douglas, ich habe mich gefragt, warum die jungfräuliche Braut ausgerechnet zum jetzigen Zeitpunkt erscheint, aber nun ist es sonnenklar. Ich meine, sie ist erschienen, weil sie wußte, daß du heiraten willst. Vielleicht bedeutet ihr Erscheinen ein Omen; vielleicht will sie dich oder deine Melissande warnen, daß euch etwas zustoßen wird, wenn ihr nicht vorsichtig seid.«

»Dummes Zeug«, erwiderte der Earl of Northcliffe. »Trotzdem bist du von der guten Sorte, auch wenn du gelegentlich von überschäumender Fantasie bist.«

»›Es gibt mehr Ding' im Himmel und auf Erden, Horatio, als Eure Schulweisheit sich träumen läßt!‹«

»Ah, Sinjun, ich sage dir, ›Ruh, ruh, verstörter Geist‹.«

»Manchmal bist du wirklich kompliziert, Douglas.«

»Schmollst du, weil ich dich mit Shakespeare geschlagen habe?«

Ausgelassen knuffte sie seinen Arm. »Du bist zu prosaisch, Douglas, aber vielleicht legt sich das, wenn du einmal verheiratet bist.«

Douglas dachte an das heftige, leidenschaftliche Vergnügen, das er gedachte, mit Melissande zu genießen, wenn er einmal mit ihr das Bett teilen würde. »Manchmal, Kleines«, erklärte er mit einem schiefen Lächeln, »bist du erfreulich scharfsinnig.«

Der Graf wirkte zuversichtlich, als er nach Northcliffe Hall zurückkehrte. Alles würde gut werden. Schließlich besaß er, wie alle erstgeborenen Söhne seit unzähligen Generationen, das eigentümliche Glück der Sherbrookes, das ihn bis jetzt noch nie verlassen hatte. Er mußte sich also keine Sorgen machen.

Im Empfangssaal stand er neben seiner Schwester und lauschte eben dem Butler, Hollis, als sich ihre Mutter, Lady Lydia, auf sie zustürzte und *auf der Stelle* verlangte, daß Joan hinaufkommen, ihre höchst degoutante Kleidung wechseln und *versuchen,* wenigstens versuchen sollte, den *Eindruck* einer jungen Dame zu erwecken, trotz aller Hürden und Hindernisse, die Douglas und seine Brüder – die das dumme Ding regelrecht aufstachelten – ihr in den Weg legten.

»Erwarten wir Gäste, Mutter?« erkundigte sich Douglas und blinzelte Sinjun komplizenhaft zu.

»Jawohl, und wenn die Algernons – Almira ist ja so schrecklich pingelig, du weißt! –, wenn sie das Kind in diesen Reithosen und mit den Haaren wie eine …« Sie stockte und Sinjun fügte schnell hinzu: »Wie eine Medusa, Mutter?«

»Eher wie eine abscheuliche Hexe aus einem deiner verstaubten Wälzer möchte ich meinen! Komm schon, Joan. Ach, Douglas, und bitte unterlasse es, deiner Schwester vor den Algernons diesen lächerlichen Namen zu geben!«

»Wußtest du, daß Algernon ›die Schnurrbärtigen‹ bedeutet? Es war der Spitzname von William de Percy, der einen Bart trug, zu einer Zeit, als jeder andere Gentleman glattrasiert war, und er ...«

»Schluß jetzt!« rief die verwitwete Countess of Northcliffe deutlich pikiert. »Genug von deinen klugen Bemerkungen, junge Dame. Ich habe dir schon wiederholt erklärt, Männer schätzen keine Klugheit bei weiblichen Wesen. Es irritiert sie und stellt ihre eigenen geistigen Fähigkeiten in den Schatten, es bringt sie an die Brandy-Flasche. Außerdem treibt es sie in Spielhöllen. Im übrigen will ich nichts mehr von diesem *Sinjun*-Unsinn hören. Dein Name lautet Joan Elaine Winthrop Sherbrooke.«

»Sinjun gefällt mir aber, Mutter«, erwiderte sie, obwohl sie die Finger ihrer Mutter schmerzhaft durch ihren Hemdsärmel spürte. »Ryder hat mir den Namen gegeben, als ich zehn Jahre alt war.«

»Scht«, zischte die Countess of Northcliffe, noch ahnungslos, daß sie bald ihrer Machtstellung verlustig gehen würde. »Du bist weder Saint John noch Saint Joan – Sinjun ist ein männlicher Spitzname. Du meine Güte, du trägst diesen albernen Namen, bloß weil Tysen sich in den Kopf gesetzt hatte, du seist die Heilige Johanna ...«

»Und darauf«, fuhr Douglas fort, »beschloß er sie zu martern, und so wurde aus ihr Saint Joan oder Sinjun.«

»Wie dem auch sei, ich will es nicht!«

Douglas erwiderte darauf nichts. Da er sich selbst kaum an den richtigen Namen seiner Schwester, Joan, erinnern konnte, zweifelte er nicht daran, daß seine Mutter in den kommenden Jahren noch sehr oft Sinjun würde hören müssen.

Douglas machte sich in die Bibliothek, um den Brief an den Duke of Beresford zu schreiben und abzuschicken. Er würde niemandem seine Pläne anvertrauen, ehe nicht der Herzog seinem Vorhaben zustimmte. Und natürlich auch Melissande. Bei Sinjun konnte er damit rechnen, daß sie darüber schwieg. Er bemerkte, daß er seiner kleinen Schwester mehr vertraute als seinen Brüdern. Schließlich war sie auch niemals betrunken. Außerdem gefiel ihm der Name Sinjun, doch zögerte er, sich den Wünschen seiner Mutter zu widersetzen. Sie war an so viele althergebrachten Vorstellungen gebunden, die ihn entsetzten; sie konnte manchmal boshaft und gemein mit dem Hauspersonal sowie mit ihren Kindern und den Nachbarn sein. Sie war mit einem Witz gesegnet, der so fade wie die Schildkrötensuppe der Köchin war; sie war plump, hatte rosige Wangen, feste Korkenzieherlöckchen rund um ihr Gesicht und mindestens drei Fettwülste unter dem Kinn. Sie jammerte beständig über ihre Pflichten, über die Mühen und Plagen, vier Kinder aufzuziehen. Er wußte nicht genau, ob er sie liebte, denn sie konnte manchmal unglaublich auf die Nerven gehen. Er wußte, sein Vater hatte sie gemocht, das hatte er Douglas vor seinem Tod anvertraut.

Hatte Sinjun recht? Hatte seine Mutter während der ganzen Eheattacken auf ihn geschwiegen, um zu vermeiden, daß ihr die Zügel über den Haushalt von einer zukünftigen Ehefrau aus der Hand gerissen wurden? Er versuchte sich Melissande vorzustellen, wie sie sich anschickte, den Haushalt in Northcliffe zu übernehmen und die Schloßschlüssel von seiner Mutter verlangte. Doch die Vorstellung wollte sich bei ihm nicht so recht einstellen. Er zuckte die Achseln; was machte es schon?

Und was war an einem einfachen Spitznamen wie Sinjun so schrecklich?

KAPITEL 3

Claybourn Hall, Wetherby
Near Harrogate, England

»Es ist schwer zu glauben, Papa«, sagte Alexandra schließlich mit gepreßter, dünner Stimme. Sie konnte die Augen nicht von dem Blatt Papier wenden, das ihr Vater eben wieder ruhig auf den Schreibtisch legte. »Bist du sicher, daß der Earl of Northcliffe Melissande heiraten will? Douglas Sheerbrooke?«

»Ja, darüber besteht kein Zweifel«, erklärte Lord Edouard, Duke of Beresford. »Der arme Esel.« Er strich mit seinen langen Fingern glättend über den Briefbogen, dann las er ihn seiner jüngsten Tochter noch einmal laut vor. Als er geendet hatte und zu ihr hinübersah, schien sie einen Moment lang einen verstörten Eindruck zu machen. Sie war sehr blaß, was aber wohl nur an dem grellen Sonnenlicht lag, das durch die breiten Bibliotheksfenster schien. »Deine Schwester wird sicherlich begeistert sein, besonders nachdem vor vier Monaten Oglethorpe ja nicht ihren Erwartungen entsprochen hat. Das wirkt bestimmt wie Balsam auf ihre Wunde. Ich für meinen Teil würde am liebsten Northcliffe um den Hals fallen und an seiner Schulter schluchzen. Himmeldonnerwetter, sein Geldangebot würde mich vor dem Schlimmsten bewahren, ohne die hübsche Zuwendung zu erwähnen, die er mir zugesichert hat.«

Alexandra senkte den Blick auf ihren eingerissenen Daumennagel. »Melissande hat mir erzählt, sie hätte Douglas Sheerbrooke vor drei Jahren den Laufpaß gegeben. Er hätte sie flehentlich gebeten, ihn zu erhören, doch sie hätte das Gefühl gehabt, seine Zukunft wäre ungewiß, auch wenn er der Nachfolger wäre. Aber das genügte ja nicht, denn sein Vater wäre schließlich noch am Leben; außerdem hätte er darauf bestanden, beim Militär zu bleiben und zu kämpfen; also hätte er getötet werden können, dann hätte sie gar nichts, denn sein Bruder würde nach dem Tod des Vaters der Graf werden. Sie meinte, eine arme Ehefrau oder eine schöne, aber arme Tochter zu sein, mache einen großen Unterschied.«

Der Herzog brummte vor sich hin, eine dunkle Augenbraue gehoben. »Das hat sie dir alles gesagt, Alex?«

Alexandra nickte und wandte sich von ihrem Vater ab. Sie schritt auf die großen, runden Erkerfenster zu, deren Vorhänge zu jeder Jahreszeit zurückgezogen waren, ganz gleich, bei welcher Witterung, denn der Herzog weigerte sich, sie jemals vor die herrliche Aussicht zu ziehen. Seine Frau führte endlose Klagen darüber. Sie behauptete, daß die starke Sonne den Aubusson Teppich ausbleichen würde. Schließlich war ja kein Geld da, ihn zu ersetzen, nicht wahr? Das erklärte er ihr doch immer wieder. Aber der Herzog ging nicht auf sie ein. »Nun ist Douglas Sherbrooke doch Earl of Northcliffe geworden, und er hat den Wunsch geäußert, herzukommen und sie zu heiraten.

Ja, ich werde ihm die Erlaubnis dazu erteilen, und wir werden uns in Kürze über die Zuwendung einigen. Gott sei Dank ist er ein reicher Mann. Die Sherbrookes haben ihr Geld immer klug genutzt, haben niemals das Vermögen durch Verschwendung erschöpft, sind niemals Verbindungen eingegangen, die nicht ihre Truhen bereichert und ihre Bedeutung gefördert hätten. Natürlich wird ihm die Heirat mit Melissande keinen Silberling einbringen, im Gegenteil, er wird mir für sie gut zahlen müssen, sehr gut sogar. Es muß ihm wirklich etwas an ihr liegen, denn die Chancen standen an sich ausgezeichnet, daß sie einen anderen Mann nehmen würde. Ich muß aber doch zur Verteidigung deiner Schwester sagen, ihr Ehrgeiz entspricht dem Ausmaß ihres Stolzes.«

»So wird es wohl sein. Wenn ich mich recht erinnere, war er ein sehr netter Mann. Er war gut und, na ja, eben nett.«

»Ein hitzköpfiger junger Narr, weiter nichts«, erwiderte der Herzog. »Er, der Erbe von Northcliffe, weigerte sich, sein Offizierspatent zu verkaufen. Doch das tut ja jetzt nichts mehr zur Sache. Er ist am Leben geblieben und Graf geworden, da sehen die Dinge wieder ganz anders aus. Alle Sherbrookes waren Tories bis zurück zur Sintflut könnte man sagen, und bei diesem Grafen verhält es sich wahrscheinlich nicht viel anders. Konservativ und gediegen in seiner Art, vermute ich mal, genau wie sein Vater Justin Sherbrooke. Nun, was soll's. Ich werde wohl mit deiner Schwester sprechen müssen.« Er hielt einen Augenblick inne und betrachtete das Profil seiner Tochter. Klare, unschuldige Züge, stellte er fest, aber die Kopfhaltung und der helle Glanz ihrer grauen Augen verrieten auch noch Willensstärke. Ihre gerade schmale Nase, die hohen Backenknochen, das sanft gerundete Kinn erweckten den Eindruck von Gehorsam und Anschmiegsamkeit. Doch das traf nicht zu. Zumindest nicht seiner Erfahrung nach mit seiner Tochter. Doch seltsamerweise schien es ihr nicht bewußt zu sein, daß sie über stählerne Kraft verfügte, auch dann nicht, wenn sie sich heftig mit ihm auseinandersetzte. Ihr üppiges tizianrotes Haar war glatt aus dem Gesicht gekämmt und ließ ihre kleinen Ohren frei. Er fand beides, sie und ihre Ohren, einfach entzückend. Sie war kein so vollkommenes Geschöpf wie ihre ältere Schwester Melissande, aber sie war ganz nach seinem Geschmack, zumal sie weder Eitelkeit noch Engherzigkeit kannte und über eine gute Portion an Güte und Witz verfügte. Ja, sie war diejenige, die Verantwortung besaß, das Kind, das seinem Papa nicht widersprechen, das seine Pflicht der Familie gegenüber erfüllen würde. Wieder hatte er das untrügliche Gefühl, daß sie verstört war, und das stimmte ihn nachdenklich. Er sagte mit Bedacht: »Ich habe es dir zuerst erzählt, Alex, weil ich deine Meinung hören wollte. Auch wenn deine Mutter meint, du gleichst einer Tapete – stumm und stets im Schatten von Melissande –, weiß ich es besser. Deshalb möchte ich gerne hören, was du von dieser Partie hältst.«

Er meinte, ein leichtes Zittern durchbebe sie bei seinen Worten. Mit grimmig verzogenem Gesicht überlegte er, ob wohl ihre Mutter wieder versucht hatte, ihren Frohsinn durch ständige Vergleiche mit ihrer Schwester zu dämpfen. Er blickte sie prüfend an: »Fehlt dir irgend etwas, mein Schatz?«

»Ach nein, Papa. Es ist nur ...«

»Nur was?«

Darauf zuckte sie mit den Achseln. »Ich frage mich nur, ob Melissande ihn jetzt noch nehmen wird. Sie will noch eine weitere Saison mitmachen, weißt du, und wir wollten nächste Woche aufbrechen. Vielleicht möchte sie abwarten, ob noch andere junge Männer für sie zu haben sind. Sie liebt die Männerjagd, hat sie mir gesagt. Oglethorpe sei eine schlabbrige Kröte gewesen, und sie sei heilfroh, daß seine Mama ihn gezwungen hat, sein Versprechen zurückzuziehen, ehe er sie noch weiter anquakte.«

Der Herzog stieß einen Seufzer aus. »Gewiß, deine Schwester hat über ihn recht gehabt, aber das ist jetzt nicht der Punkt. Du weißt, Alex, Geld muß immer eine gewichtige Rolle bei jeder Entscheidung spielen. Unsere Familie ist jetzt schon viele Jahre nicht gerade mit Glücksgütern gesegnet. Die Ausgaben in London während der Saison, die Kosten, um das Haus in Carlyon Street auszustatten, der Preis ihrer Kleider und der ihrer Mutter, alles zusammen beläuft sich auf eine exorbitante Summe. Ich wäre bereit gewesen, diese als eine Art Investition nochmals auszugeben, zumal ich keine Alternative sah. Aber jetzt, da der Earl of Northcliffe ihr einen Antrag gemacht hat, werde ich statt Kosten eine Zuwendung bekommen.« Natürlich wußte der Herzog, daß er durch die Absage einer weiteren Saison Alexandra zugleich daran hinderte, an ihrer ersten Saison teilzunehmen. Aber die Kosten! Er fuhr sich mit der Hand durch das kastanienrote Haar. Was tun? Er fuhr fort, mehr zu sich zu reden, als zu seiner Tochter: »Und da ist noch Reginald, mein fündundzwanzigjähriger Nachfolger, der in jeder Spielhölle, die London zu bieten hat, sein Geld verschleudert, riesige Schulden bei seinem Schneider Weston und seinem Buchmacher Holis und sogar noch bei Rundle und Bridge für ›Klunker‹ macht, wie er diesen angeblich wertlosen Tand für seine Geliebten bezeichnet. Mein Gott, du hättest das Rubinarmband sehen sollen, das er einer der Opernballeteusen geschenkt hat!« Wieder schüttelte er den Kopf. »Ach, Alex, seit langer Zeit schon fühlte ich mich wie die Maus in der Falle. Aber nun lastet mir das Leben nicht mehr weiter wie ein Gewicht auf den Schultern. Du weißt ja, wie ich versucht habe, Sparpläne einzuführen. Aber deiner Mutter diese Notwendigkeit zu erklären, nun, das ist ein Ding der Unmöglichkeit. Sie macht sich überhaupt keine Vorstellungen und antwortet mir nur bestürzt, man müsse mindestens drei Gänge zu jeder Mahlzeit haben. Melissande macht sich übrigens auch keine Vorstellungen. Natürlich begreifst du etwas von unserer gegenwärtigen Lage. Und Reginald – ein Liederjan, Alex, und offen gestanden, hege ich wenig Hoffnung, daß sich sein Charakter bessert.«

Er schwieg erneut, doch diesmal umspielte ein kleines Lächeln seinen Mund. Er war gerettet. Er sah wieder einen Hoffnungsschimmer am Horizont. Unter gar keinen Umständen würde er es Melissande durchgehen lassen, daß sie ihren schönen Kopf schüttelte und ihm erklärte, sie hätte kein Interesse. Brot und Wasser hinter verschlossenen Türen, das war es, was sie verdiente, sollte sie sich ihm widersetzen.

»Was hältst du davon, Alex? Macht es dir wegen der Saison etwas aus? Du bist ja so ein vernünftiges Mädchen, und du weißt ja, es ist kein Geld da und ...«

Alex lächelte. »Ist schon gut, Papa. Melissande ist so schön, so geistsprühend und fröhlich und dabei so ungekünstelt. In London hätte mir ohnehin niemand besondere Aufmerksamkeit geschenkt, es ist mir daher egal, wenn ich nicht nach London fahre. Das ist nicht gelogen. Der Gedanke, all diesen grausamen Damen zu begegnen, versetzt mich in Angst und Schrecken – wenn sie nur leicht mit den Brauen zucken, bist du für immer gesellschaftlich unten durch – sagt Mama wenigstens. Du brauchst dir also keine Sorgen zu machen, es geht mir gut hier. Es gibt noch andere Dinge als Partys, Empfänge, venezianisches Frühstück und zertanzte Schuhe.« Gewiß, es gab andere Dinge, aber diese Liste war jämmerlich kurz.

»Wenn Melissande den Grafen einmal geheiratet hat, wird sie ihre Pflicht dir gegenüber erfüllen. Als Countess of Northcliffe wird sie dich überall mitnehmen, damit du einen passenden jungen Mann kennenlernst. So gehört es sich, und sie wird es auch tun. Und du wirst dem nachkommen, denn das ist der übliche Weg an einen Ehemann zu kommen, der deiner würdig ist.«

»Die jungen Gentlemen fühlen sich anscheinend nicht sonderlich zu mir hingezogen, Papa.«

»Unsinn. Hier in der Gegend gibt es nur sehr wenige junge Gentlemen, die dich besuchen könnten. Die wenigen, die es tun, haben nur Augen für deine Schwester und verlieren das bißchen Verstand, über das sie verfügen. Du bist ein gutes Mädchen, und du bist klug, du hast mehr im Kopf als Schleifchen und junge Stutzer und ...«

»Ist man selbst kein hochkarätiger Diamant, Papa, muß man fremde Gärten kultivieren.«

»Soll dies etwa dein Versuch sein, Monsieur Voltaire in neue Worte zu fassen?«

Alexandra lächelte. »Das wird es wohl sein, aber es entspricht auch der Wahrheit. Kein Grund, Haarspaltereien zu betreiben.«

»Du bist auch sehr hübsch, Alex. Sicherlich willst du nicht an deinem wunderbaren Haar herummäkeln – schließlich hat es die gleiche Farbe wie meines!«

Sie mußte lächeln. Und der Herzog dachte, jetzt würde alles gut werden. Soeben hatte der Earl of Northcliffe angeboten, ihn vor dem sicheren finanziellen Ruin zu bewahren und ihn gleichzeitig von seiner ältesten Tochter zu befreien. Umstände, die das Herz und die Geldbörse eines jeden Vaters erfreut hätten.

»Ich hoffe, Melissande entschließt sich diesmal dazu, Douglas Sherbrooke zu nehmen«, sagte Alexandra. »Wie gesagt, er ist ein sehr netter Mann, und er verdient es, das zu bekommen, was er sich wünscht.« Sie fingerte an den Falten ihres hellgelben Musselinkleides, und ihre Augen blieben gesenkt, als sie leise hinzufügte: »Er verdient es, glücklich zu sein. Vielleicht empfindet Melissande etwas für ihn und macht ihn glücklich.«

Da lag der wunde Punkt, dachte der Herzog und verzog dabei das Gesicht. Er konnte sich durchaus vorstellen, wie Melissande das Leben eines Gentlemans in eine Reihe köstlicher Erlebnisse verwandelte, bis dieser es wagte, ihr zu widersprechen oder ihr etwas zu verweigern. Dann … es schauderte ihm bei dem Gedanken. Nicht den Kopf darüber zerbrechen. Es war auch nicht sein Problem. Trotzdem würde er für den Earl of Northcliffe beten, wenn die Ehebande einmal geknüpft waren.

»Ich hole Melissande zu dir, Papa.«

Der Herzog blickte seiner Tochter nach, als sie die Bibliothek verließ. Etwas Seltsames ging hier vor. Er kannte sie gut, sie war sein Liebling, ein Kind, das seinem Herzen und seinem Verstand entsprach. Ihre plötzliche starre Haltung, das Zittern ihrer Hände kamen ihm in den Sinn. Dann schoß ihm ein verrückter Gedanke durch den Kopf, der ihn verwirrt vor die Überlegung stellte – will sie etwa selber den Earl of Northcliffe? Er wiegte den Kopf hin und her und versetzte sich drei Jahre zurück, wobei er sich an die damals fünfzehnjährige Alexandra zu erinnern versuchte, einem schrecklich schüchternen Wesen, das kastanienrote Haar in festen

Zöpfen um den Kopf gelegt und noch mit Babyspeck. Nein, nein, damals war sie viel zu jung gewesen. Sollte sie irgend etwas für Douglas Sherbrooke empfunden haben, dann war es eine Jungmädchenschwärmerei gewesen, weiter nichts.

Er fragte sich, ob er auch wirklich klug handelte, doch wußte er auch, er hatte keine andere Wahl. Die Götter hatten ihm einen kostbaren Gaul geschenkt, und unter gar keinen Umständen würde er ihn in einen anderen Stall davonpreschen lassen, der ihn gewiß weniger verdiente und ihn nicht so dringend nötig hatte wie er. Wenn Alexandra Gefühle für den Grafen hegte, so tat es ihm leid. Aber er konnte und wollte seinen Plan nicht ändern. Wenn der Graf Melissande haben wollte, dann würde er sie auch bekommen. Der Herzog setzte sich und wartete auf die Ankunft seiner ältesten Tochter.

Das Gespräch zwischen dem Duke of Beresford und seiner ältesten Tochter verlief wie erwartet.

Melissande war zwei Minuten nach der Eröffnung ihres Vaters höchst empört. In ihrem flammenden Zorn war sie überaus schön, wie überhaupt bei den meisten ihrer Gemütsregungen. Ihre Wangen glühten, und die Augen, so blau wie der See bei Patley Bridge im Spätsommer, sprühten und funkelten. Ihr dichtes schwarzes Haar, dunkler als ein sternenloser Nachthimmel, schimmerte sogar noch im trüben Licht der Bibliothek, und die natürlich fallenden Locken wirbelten bei ihrem aufbrausenden Zorn wild um ihr Gesicht. Sie holte tief Luft, schüttelte die Locken ein weiteres Mal und schrie beinahe: »Lächerlich! Er denkt wohl, er braucht nach drei Jahren nur einen Finger zu *krümmen* – nach *drei Jahren* –, und ich würde ihn nicht abblitzen lassen, sondern auf ihn zulaufen und ihm erlauben, mit mir umzuspringen, wie er will!«

Der Herzog hatte Verständnis für ihre Wut. Ihr Stolz war verletzt, und der Stolz der Chambers war berüchtigt für seine Unbeugsamkeit. Er wußte aber auch, wie er mit seiner Tochter umzugehen hatte, also sprach er langsam, und seine Stimme war einschmeichelnd und verständnisvoll: »Es tut mir leid, daß er dir vor drei Jahren wehgetan hat, Melissande. Doch versuche nicht die Vergangenheit umzudeuten, mein Liebes, denn ich kenne die Wahrheit. Es ist nicht das Rezept, das du deiner Schwester präsentiert hast. Wie dem auch sei, du solltest dir nur vor Augen halten, was damals tatsächlich passiert ist. Ehe der Graf fortging, hat er ein Gespräch mit mir geführt und, meiner Meinung nach, sehr tapfer seinen Standpunkt dargelegt. Aber du siehst, du hast hier das letzte Wort, und du und keine andere hat seine Zuneigung gewonnen und behalten. Nun gesteht er, daß *seine* Zuneigung und *seine* Hand von niemand anderem als von dir akzeptiert werden wollen.«

Zweifellos war Melissande das liebreizendste Geschöpf, das der Herzog je gesehen hatte. Noch immer wunderte er sich, daß sie seinen Lenden entsprungen war. Sie war kostbar, und seit ihrer Geburt hatte man sie verhätschelt und verwöhnt. Warum sollte man sie auch nicht verhätscheln und ihr jeden Wunsch von den Augen ablesen, fragte ihn stets seine Frau. Sie war ja so schön, so vollkommen. Sie hatte es verdient. Judith würde auch gewiß sagen, daß Melissande zumindest einen Herzog verdient hätte und keinen lumpigen Grafen. Auch wenn er einer der Reichsten im Lande war. Nun betrachtete der Vater seine Tochter, wie sie seine Worte abwog und ihnen den Sinn zu geben versuchte, der ihrer Eitelkeit schmeicheln und ihre verwundeten Gefühle beschwichtigen könnte.

»Trotzdem«, erklärte sie nach einem kurzen Schweigen, »trotzdem erwartet er zu viel. Ich will ihn nicht, Vater! Du mußt zurückschreiben und seiner arroganten Lordschaft erklären, daß ich ihn für abstoßend halte. Ja, genau das, für ausgesprochen abstoßend, genau wie Oglethorpe, diese Kröte, abstoßend war. Ich will ihn nicht; ich werde einen anderen zum Mann nehmen.« Sie hielt inne, wandte ihm den Rücken zu, die weißen Hände gegen die Wangen gepreßt.

»Große Güte, was ist, wenn er glaubt, er hätte mir vor drei Jahren das Herz gebrochen, und daß ich deshalb nicht geheiratet habe! Was ist, wenn er glaubt, ich hätte nach ihm geschmachtet? Das ertrage ich nicht, Vater, ich ertrag's nicht! Was soll ich nur tun?«

Der Herzog machte beruhigende Geräusche; Stolz, dachte er, dieser verfluchte Stolz. Nun, er hatte ihr ja selbst all den Stolz seines Geschlechts eingeflößt. In einer plötzlichen Eingebung lächelte er in sich hinein. »Der arme Kerl«, sagte er mit tieftrauriger Stimme und schüttelte den Kopf. Melissande drehte sich ruckartig um und sah ihren Vater an. »Was für ein armer Kerl?«

»Der Earl of Northcliffe, natürlich. Der Mann, der dich seit drei Jahren begehrt, hat zweifellos mehr gelitten, als du und ich es sich je vorstellen können, Melissande. Doch er fühlte sich England verpflichtet, und in seinen Augen war es eine Frage der Ehre, seine heilige Pflicht zu erfüllen. Er hat sein Ehrgefühl, trotz seiner Leidenschaft für dich, nicht vergessen. Das kannst du ihm wohl kaum anlasten. Nun will er es wieder gutmachen. Er verzehrt sich nach dir. Er geht jetzt vor dir auf die Knie, mein Liebes, und fleht dich an, seine beklagenswerte Charakterfestigkeit zu verzeihen und es dir bitte durch den Kopf gehen zu lassen, ob du ihn jetzt haben willst.« Der Herzog vermied es, seiner Tochter zu erzählen, daß der Graf sein Offizierspatent schon vor etwa neun oder zehn Monaten verkauft hatte. Sogar Melissande hätte da an seinem großen leidenschaftlichen Gefühl gezweifelt, wenn sie erführe, daß er beinahe ein Jahr lang keineswegs gedrängt hatte, sie zu bekommen.

»Er ist sehr verzweifelt«, antwortete Melissande langsam. »Auch als ich ihn ins Gebet nahm, wegen seines absurden Pflichtbewußtseins, schien er wirklich verzweifelt zu sein.«

»Er ist der Earl of Northcliffe, und sein Zuhause gehört zu den reichsten Besitztümern Englands.«

»Ja, das stimmt.«

»Er hat Reichtum und eine gesellschaftliche Stellung. Er ist ein Mann, auf den die Regierung noch einmal zählen wird. Mir ist zu Ohren gekommen, er verhandle mit dem Kriegsministerium, ja sogar mit Addington.« Der Herzog hielt inne, dann fügte er gewandt hinzu: »Ein Mann in solch einer Position braucht dringend eine Frau von Anmut und Ehrgeiz, die sich um seine gesellschaftlichen Verpflichtungen kümmert. Außerdem ist er ein gutaussehender Mann, wenn ich mich recht erinnere. Ich höre, daß er in den Salons Londons sehr gefragt ist.«

»Er ist sehr dunkel, zu dunkel. Wahrscheinlich ist er auch haarig. Mir gefallen so dunkle Männer nicht, aber er ist ein Graf.

»Vor drei Jahren hat er dir noch recht gut gefallen.«

»Vielleicht, aber da war ich noch sehr jung. Er machte damals oft ein strenges Gesicht; jetzt wahrscheinlich noch mehr. Er lachte nicht viel; dazu war er viel zu ernst. Ja, sein Lächeln war rar.«

»Er litt an einer ziemlich ernsten Verletzung.«

»Trotzdem, er zeigte kaum einen Anflug von Heiterkeit, wenn ich witzig und amüsant war. Dieser Fehler ist mir an ihm aufgefallen. Aber damals achtete ich nicht darauf.«

»Aber mein Liebes, wie konnte er bei seiner Bewunderung für dich ein strenges Gesicht machen? Seine Bewunderung war wirklich sehr groß, wenn mich mein Gedächtnis nicht täuscht.« Das entsprach der Wahrheit. Doch wußte er auch, hätte der Graf seine Tochter besser gekannt, wäre es ihm wie Schuppen von den Augen gefallen. Er war fest entschlossen, sie sobald wie möglich unter die Haube zu bringen.

»Aber nicht so groß wie seine Hingabe fürs Vaterland!«

»Nun wird er seine Hingabe dir widmen, seiner Frau, und nicht länger seinem Vaterland. Du bist ein kluges Mädchen, Melissande. Gewiß könntest du, bei einem so bereitwilligen Ehemann, die Dinge nach deinem Geschmack einrichten. Ach, wie glänzend würdest du dich als Countess of Northcliffe in der Londoner Gesellschaft machen, dem Platz, der dir eigentlich zusteht.«

Der Herzog sagte nichts mehr, die Samenkörner waren jetzt alle eingepflanzt, gewässert und gedüngt. Vielleicht sogar ein wenig zu stark gedüngt. Jetzt hieß es abwarten, ob ihre geistigen Fähigkeiten ausreichten, damit die Samenkörner Früchte trugen. Er hielt sich noch mit Drohungen zurück, aber, sollte sie sich seinen Wünschen verweigern, würde er sie aussprechen.

Sie blickte nachdenklich vor sich hin, ein Ausdruck, der bei ihm gewöhnlich Mißtrauen auslöste. Ihre makellose Stirn war gerunzelt, ein Zustand, den sie, wüßte sie es, niemals herbeigeführt hätte, denn er minderte ihre Schönheit. Er ließ sie erstaunlich menschlich aussehen. Bald, Gott sei's gelobt, müßte sich ein anderer Mann mit ihren Launen, ihren Wutanfällen und ihrem Schmollen herumärgern, diesen unvermeidlichen Szenen, die ihm Magengrimmen bereiteten. Doch andererseits würde ihr zukünftiger Ehemann eine der schönsten Frauen Englands sein Eigen nennen.

Der Herzog fragte sich, ob das wohl genügte. Er mochte den Earl of Northcliffe, er hielt ihn für einen edlen jungen Mann. Da er nun wieder bei Gesundheit war, würde er sicherlich von Zeit zu Zeit lächeln und fröhlich sein. Der Herzog konnte sich nicht entsinnen, daß er ungewöhnlich streng und ernst gewesen wäre. Und nun würde er ihm ein Geschenk machen, das die Seele eines jeden Mannes berauschen mußte.

Sich selbst würde er die bitter benötigten finanziellen Mittel gönnen, um das herzogliche Schiff flott zu halten.

KAPITEL 4

»Was meinst du, Alex? Soll ich Douglas Sherbrooke mein Ja-Wort geben?«

Warum, so fragte sich Alexandra, während sie ihre Schwester ansah, gaben Leute vor, daß sie die Meinung anderer einholen müßten? Alexandras ruhige Art schien ihre Mitmenschen zu ermutigen, ihr die intimsten Gedanken zu erzählen und sie um ihre Meinung zu fragen. Natürlich hatte sie nicht zu erwarten, daß irgend jemand ihrer Meinung Beachtung schenken würde.

Langsam reckte sie ihr Kinn und sagte laut: »Ich finde, Douglas Sherbrooke verdient es, die schönste Frau der Welt zu heiraten.«

Melissande tigerte gedankenverloren auf und ab. Sie hielt inne: »Was sagtest du?«

»Ich finde, Douglas Sherbrooke ...«

»Ach ja, schon gut, ich habe dich verstanden! Wenn ich mich entscheide, ihn zu heiraten, bekommst du deinen Willen, oder?«

Melissande war schon fast überzeugt, daß es für sie das Richtige war, die Countess of Northcliff zu werden, als ihre Mutter, Ihre Gnaden, Lady Judith, wie eine Gewittersäule in ihr Schlafzimmer rauschte. Ihre schmalen Wangen waren übersät mit roten hektischen Flecken, ihre Hände flatterten vor Empörung.

»Dein Vater sagt, daß du den Grafen bald heiraten wirst – nächste Woche, wenn es arrangiert werden kann! Er sagt, wir werden nicht nach London gehen, es wird nicht mehr nötig sein, nach London zu gehen. Oh, dieser Mann ist unmöglich! Was sollen wir machen?«

Alexandra besänftigte sie: »Du weißt Mama, wir haben nicht viel Geld. London wird Papa ein Vermögen kosten. Das kann er sich nicht leisten.«

»Alles Unsinn! Das ist immer sein Klagen. Ich will nach London. Und was dich angeht, meine Tochter, du mußt dringend einen Ehemann finden. Und du triffst ihn nicht beim Unkrautjäten deiner gräßlichen Pflanzen. Nachdem deine Schwester den Mann ihrer Wahl getroffen hat, werden die anderen merken, daß du die nächste bist. Sie werden ihre Gefühle für deine Schwester zurückstellen und sich dir zuwenden. Wie ich schon sagte, dein Vater hat stets geklagt, es sei kein Geld da, aber am Ende war doch immer welches da. Nur dein armer Bruder versucht vergeblich, Kapital aus deinem Vater zu schlagen, um in London das angemessene Leben eines jungen Gentleman zu führen. Es ist entwürdigend, und das habe ich Ihre Gnaden deutlich erklärt.«

Lady Judith unterbrach ihren Redeschwall, um Luft zu holen. »Was hat Papa darauf gesagt?«

Alexandra nutzte die kleine Atempause für eine kurze Zwischenfrage.

»Er meinte, ich solle mich um meine eigenen Angelegenheiten kümmern, wenn es dich etwas angeht, mein Kind.«

Alexandra wunderte sich, warum ihr Vater seiner Frau von den Heiratsplänen erzählt hatte. Er war sicher in die Enge getrieben worden. Sie lehnte sich zurück und beobachtete unbeteiligt, wie ihre Mutter und Melissande sich gegenseitig erregten. Das war üblich, wenn eine der beiden nicht ihren Willen bekam.

Zu guter letzt stand Alexandra auf, und verließ unbemerkt das aprikosen- und cremefarbene Schlafzimmer ihrer Schwester.

Alexandra wußte, Melissande würde der Heirat mit dem Grafen zustimmen. An diesem Tag wäre sie am liebsten auf einem anderen Kontinent, so daß sie das alles nicht sehen, diesen Tag nicht erleben müßte. Sie wollte das nicht durchstehen, doch sie mußte. Es gab keine Hoffnung mehr; sie würde hier sein, Zurückhaltung und Schweigen würden ihre einzige Möglichkeit sein, sich zu schützen. Sie würde gezwungen sein zu lächeln, und den Grafen als zukünftigen Schwager zu begrüßen. Und zusehen, wie er Melissande ansah, wenn er die Worte sprach, die sie zu seiner Frau machten.

In den achtzehn Jahren ihres Lebens hatte Alexandra erkennen müssen, daß das Leben recht großzügig seine ungenießbaren Speisen auf einem Silbertablett serviert.

Northsliffe Hall

Douglas konnte es nicht glauben, konnte es nicht fassen. Beide Briefe hatten ihn gleichzeitig erreicht. Er starrte erst auf den Brief des Duke of Beresford und dann auf die kurze, in Eile verfaßte Notiz des Lord Averey, der diese durch einen Boten am Morgen hatte bringen lassen. Der Bote saß nun bei einem Bier in der Küche und wartete auf eine Rückantwort.

Er griff noch einmal nach dem Brief des Herzogs. Dieser schwelgte in Fröhlichkeit, Erleichterung und Glückwünschen. Douglas sollte die kommende Woche Melissande in Claybourn Hall heiraten, in der alten normannischen Kirche des Dorfes Wetherby. Der Herzog würde in sieben Tagen sein stolzer Schwiegervater werden. Der frischgebackene Schwiegersohn würde dann auch einige Guineen in den geschrumpften herzöglichen Geldbeutel werfen, sobald die Hochzeit stattgefunden hatte.

Er nahm Lord Averys Nachricht in die Hand. Dieser schrieb ihm, er solle schnellstmöglich nach Etaples in Frankreich reisen, und zwar in der Verkleidung eines gottverdammten französischen Soldaten. Er solle auf Instruktionen von Georges Cadoudal warten und diese dann befolgen. Er solle ein französisches Mädchen retten, das gegen ihren Willen von einem der Generäle Napoleons gefangengehalten wurde. Sonst stand nichts in dem Brief, keine weiteren Details, keine Namen. Wenn Douglas diesen Auftrag nicht ausführte, würde England seine beste Chance verpassen, Napoleon zu eliminieren, denn Georges Cadoudal war der Kopf hinter dieser Operation. Lord Avery zählte auf Douglas. England zählte auf Douglas. Als Höhepunkt beendete Lord Avery den Brief folgendermaßen: »Wenn Ihr dieses bedauernswerte Mädchen nicht rettet, läßt Cadoudal ausrichten, wird er nicht an dem Plan weiterarbeiten. Er besteht auf Eurer Person, Douglas. Er weigert sich jedoch zu sagen, warum. Vielleicht kennt Ihr die Antwort. Ich weiß, Ihr seid ihm früher schon einmal begegnet. Ihr müßt es tun, und Ihr müßt es schaffen. Northcliffe, Ihr müßt. Englands Schicksal liegt in Eurer Hand.«

Douglas lehnte sich in seinem Stuhl zurück und lachte. »Ich muß heiraten, und ich muß nach Frankreich.« Er lachte lauter.

Sollte er nach Frankreich reisen und Cadoudals Geliebte, die das Mädchen mit Sicherheit war, retten, oder nach Claybourne reisen als Bräutigam?

Douglas' Lachen erstarb. Er runzelte die Stirn. Warum konnte das Leben nicht einfacher sein, wenigstens dieses eine Mal? Er war verantwortlich für Englands Schicksal. Gottverdammich!

Er dachte an Georges Cadoudal, den radikalen Führer der royalistischen Chouans. Sein letzter Versuch, Napoleon aus der Welt zu schaffen, war im Dezember 1800 gewesen. Seine Gefolgsleute in Paris hatten Sprengkörper eingesetzt und dabei zweiundzwanzig Leute getötet und über fünfzig verwundet, jedoch keinen von Napoleons Begleitern. Georges Cadoudal war ein gefährlicher und leidenschaftlicher Mann, der Napoleon bis in den Grund seiner Seele verabscheute. Ein Mann, der die Rückkehr der Bourbonen auf den französischen Thron herbeiwünschte. Er scheute keine Verluste und Kosten, weder an Leben noch an Geld. Aber offensichtlich wertete er das Leben dieses Mädchens so hoch, daß er bereit war, seinen Plan mit England über Bord zu werfen, sollte sie nicht gerettet werden.

Cadoudal kannte Douglas, das stimmte. Er hatte ihn vor Jahren in der Rolle eines Franzosen eine Mission erfolgreich ausführen sehen. Doch warum er darauf bestand, daß Douglas und kein anderer seine Geliebte retten sollte, blieb ein Geheimnis; es sei denn,

Douglas ginge nach Etaples, Frankreich. Auch jetzt unterstützte England Cadoudal in einer Verschwörung, die nun gefährdet war, da Georges Geliebte gefangen gehalten wurde.

Hollis, seit dreißig Jahren Butler der Sherbrookes, hatte das adlige Auftreten eines Mitglieds des Oberhauses. Lautlos betrat er die Bibliothek. Douglas schenkte ihm keine Beachtung. Damals, vor vielen Jahren, als Douglas noch jung und stolz wie ein Gockel gewesen war und ebenso bedacht auf seinen Stand, hatte ein Freund die Bemerkung fallen lassen, daß er dem Butler ähnlicher sei, als seinem eigenen Vater. Darauf hatte Douglas ihm eine verpaßt.

Hollis räusperte sich.

Douglas blickte auf, eine schwarze Braue fragend erhoben.

»Ihr Cousin Lord Rathmore ist soeben angekommen, Mylord. Er bat mich, Sie nicht zu stören, aber man kann schlichtweg die Anwesenheit Seiner Lordschaft nicht ignorieren.«

»Ganz recht. Tony zu bitten, in einer stillen Ecke auf jemanden zu warten, ist schlechterdings nicht möglich. Ich komme sofort. Ich frage mich nur, was Seine Lordschaft wünscht? Sicher nicht, mich zu einer Heirat drängen.«

»Sehr wahrscheinlich nicht, Mylord. Wenn ich offen sein darf, sieht Seine Lordschaft etwas niedergeschlagen aus, etwas bitter um den Mund. Vielleicht krank, nicht so sehr körperlich, wenn Sie wissen, was ich meine, eher seelisch. Wenn ich eine Vermutung äußern darf und die Vorlieben Seiner Lordschaft kennend, würde ich einmal sagen, daß es das schöne Geschlecht betrifft.« Mit einem Blick in die Ferne fügte er hinzu: »Zumindest ist dies gewöhnlich der Fall.«

»Verdammt«, bemerkte Douglas und stand von seinem Tisch auf. »Ich sehe nach ihm.« Er starrte noch einmal auf die beiden Briefe. Mußte der Bote halt noch etwas warten. Er mußte gründlich nachdenken, mußte die ihm gegebenen Alternativen abwägen. Er brauchte noch etwas Zeit. Außerdem war Anthony Colin St. John Parrish, Viscount Rathmore, der Sohn des ersten Cousins seiner Mutter und sein Lieblingsvetter. Vor sechs Monaten hatten sie sich das letzte Mal gesehen.

Sein Cousin sah wirklich niedergeschlagen aus, ganz wie Hollis sagte. Douglas trat in das kleine Schloßherrenzimmer und schloß die Tür hinter sich. »Nun Tony«, begann er ohne Einleitung, »raus damit, was ist geschehen?«

»Hollis, vermute ich?«

»Ja. Erzähl.«

»Dieser Mann hätte Priester werden sollen.«

»O nein, er ist nur nicht blind. Außerdem ist er sehr angetan von dir. Nun erzähl mir, Tony.«

»Also gut, verdammt noch mal, wenn du es unbedingt wissen mußt. Ich bin nicht mehr verlobt. Ich bin ohne Verlobte. Ich wurde betrogen. Ich bin einsam und verlassen. Ich bin hier.«

Hatte Hollis je unrecht? Aber Douglas blieb skeptisch. »Willst du damit sagen, daß Teresa Carleton dich verlassen hat?«

»Natürlich nicht. Sei kein Einfaltspinsel. Nein, ich habe sie verlassen. Ich fand heraus, daß sie mit einem meiner Freunde schlief. Freund, ha! Dieses Miststück! Kannst du dir das vorstellen, Douglas? Diese Frau wollte mich heiraten – mich! Sie sollte meine Frau werden, verdammt noch mal. Mit großer Sorgfalt hatte ich sie für mich ausgewählt. Gehegt hatte ich sie wie eine kostbare Blüte, sie mit Nachsicht und Respekt behandelt. Mehr als Küssen war nicht drin, und das nicht einmal mit offenem Mund, glaub mir. Und in all dieser Zeit war sie die Geliebte meines Freundes. Es ist nicht zu fassen, Douglas, der Gedanke ist unerträglich.«

»Tony, sie war seit langem keine Jungfrau mehr«, wandte Douglas ein, »sie ist immerhin Witwe. Ich wage ja nicht zu erwähnen, daß auch du weiterhin mit deinen Mätressen geschlafen hast, und ich vermute, daß darunter auch Freundinnen von Teresa waren.«

»Das tut nichts zur Sache, das weißt du!«

»Vielleicht nicht, aber ...« Douglas unterbrach sich. »Es ist also vorbei? Du bist wieder ein freier Mann? Hast du die Verlobung tatsächlich gelöst, oder bist du nur hier, um deine Wunden zu lecken und deine wiedergewonnene Freiheit zu überdenken?«

»Ja, ich habe die Beziehung abgebrochen und möchte diese Frau am liebsten umbringen. Mir Hörner aufzusetzen! Mir, Douglas!«

»Du warst noch nicht mit ihr verheiratet, Tony.«

»Aber fast. Ich kann es nicht akzeptieren, Douglas, ich kann es kaum wahrhaben, daß es tatsächlich geschehen ist. Wie kann eine Frau mir so etwas antun?«

Mein Cousin hat eine hohe Meinung von sich, dachte Douglas. Um die Wahrheit zu sagen, das hatten viele Leute. Soweit Douglas wußte, hatte bisher keine Frau ein falsches Spiel mit Tony getrieben. Es war eigentlich immer Tony, der lachend den Hut nahm und ging. Bis er Teresa Carleton traf, eine junge Witwe, die den Viscount Rathmore, aus welch obskurem Grund auch immer, verzaubert hatte. Innerhalb einer Woche dachte er an nichts anderes und sprach von nichts anderem als Heirat. Dann begann sie das Spiel nach Tonys Regeln zu spielen. Nach seiner Schätzung mußte der Schlag vernichtend sein. Kein Wunder, daß er noch taumelte.

»Ich kann nicht zurück nach London. Ich würde sie sehen, und meine innere Verfassung ist nicht sehr stabil, glaub' mir, Douglas. Ich muß auf dem Lande leben, bis ich mein Gleichgewicht wiedergefunden habe, bis ich mich wieder unter Kontrolle habe. Bis mein Kopf wieder kühl und klar ist und ich außer Gefahr bin, diese Schlampe zu beleidigen oder sie zu schlagen. Hast du etwas dagegen, wenn ich einige Zeit bei dir bleibe?«

Blitzartig sah Douglas hier die Lösung seiner Probleme. Großartig! Er grinste. »Tony, du kannst bis zum Ende dieses Jahrhunderts hierbleiben. Du kannst meinen köstlichen französischen Cognac trinken, kannst in meinem gräflichen Bett schlafen. Du kannst machen, was du willst.« Douglas trat zu seinem Cousin, ergriff seine Hand und drückte sie, während er wie ein Narr grinste. »Tony, du bist dabei, mein Leben zu retten. Der Himmel wird dich lohnen für das, was du für mich tun kannst.«

Tony Parrish lächelte seinen Cousin an, ein Lächeln voll Neugierde und Humor. »Ich bin sicher, du wirst mir meine Heldentaten verraten«, erwiderte er.

»O ja, das werde ich. Laß uns ausreiten, und ich werde dir alles weitere erzählen.«

Tonys Lächeln hielt immer noch an. Die nächsten fünf Minuten lauschte er mit großem Interesse Douglas' Schilderungen; blickte erstaunt, entgeistert, lächelte wieder, zuckte die Achseln und meinte: »Warum nicht?«

Claybourn Hall

Warum nicht, dachte Tony Parrish fünf Tage später, als sein Blick auf die Person fiel, die zwei Meter vor ihm stand. Sie war die erlesenste Kreatur, die er jemals gesehen hatte. Ihre Gesichtszüge waren harmonisch und wahrlich perfekt. Keine seiner früheren oder jetzigen Mätressen, auch nicht seine frühere Verlobte, Teresa Carleton, waren von solcher Vollkommenheit. Er glaubte immer, blonde Frauen seien die schönsten, zartesten und verführerischsten Geschöpfe. Aber bei allen Heiligen, dem war nicht so. Dieses Haar war schwarz und füllig ohne einen Schimmer von Rot, die Augen von einem unglaublich dunklen Blau, mit einer leichten Schräge nach oben und mit sündig langen Wimpern. Die Haut war weiß, weich und glatt, die Nase schmal, der Mund voll und verlockend. Die Rundungen des Körpers waren so vollkommen, daß ihm der Schweiß ausbrach.

Er fühlte, wie sich sein Magen zusammenzog und er blaß wurde. Er starrte sie nur an und bemerkte ein leises Lächeln auf ihren Lippen. Sie sprach und begrüßte ihn mit zarter Stimme. »Viscount Rathmore? Ihr seid des Grafen Cousin, nehme ich an?«

Er nickte wie ein dummer Esel, trat auf sie zu, nahm ihre Hand, drehte sie langsam und küßte ihre zarte Innenfläche. Sie wußte, welche Wirkung sie auf ihn hatte, dachte er, ihre warme Hand noch in der seinen haltend. Sie spürte, wie überwältigt er war. Sicher würde sie versuchen, ihn zu manipulieren, doch er hatte nichts dagegen. Verrückt, aber es war so. Er fühlte den leichten Druck ihrer Finger in seinem Griff, als er ihr Lächeln erwiderte. War sie auch überwältigt? Bald würde er es erfahren. Er wußte, er mußte sein Selbstvertrauen, das von Teresa Carleton aufs äußerste angeschlagen worden war, zurückgewinnen. Er mußte seine Herrschaft wiedererlangen. Er konnte, wenn er wollte, dieses herrliche Geschöpf in die Knie zwingen. Und er konnte und wollte ...

Er hing seinen Gedanken nach. Ihr Name war Melissande, und er sollte sie an seines Cousins Statt heiraten.

Etaples, Frankreich

Douglas befand sich mitten in der Hochburg des Marine-Stützpunktes von Napoleon, wobei auf der Strecke von Boulogne bis Dunkirk und Ostende alle dazwischenliegenden Orte als Teil seiner ›großen Mission‹ angesehen werden konnten. Für einen englischen Spion in Frankreich war dies der sicherste Platz. Die Leute kamen und gingen, schauten auf und sprachen miteinander, lauschten und zeichneten Skizzen von den voranschreitenden Arbeiten. Douglas wunderte sich über die abertausend Männer, die rund um die Uhr in den Hafenbecken, im Hafen und am Strand arbeiteten, um hunderte von Frachtschiffen jeder Art zu bauen. Seite an Seite mit den Arbeitern waren Soldaten, die, soweit Douglas erkennen konnte, wenig taten. Sonst herrschte überall geschäftiges Treiben.

Douglas trug eine Mannschaftsuniform, die vor drei Tagen noch neu und glänzend war, doch inzwischen verschmutzt und verknittert aussah. Während er darauf wartete, daß Cadoudal mit ihm in

Kontakt trat, zog er Erkundigungen ein. In den umliegenden Schankstuben sammelte er Informationen von locker plaudernden Offizieren und angeworbenen Soldaten.

Es blieb ihm nichts anderes übrig, als zu warten. Sein Französisch war makellos, seine Manieren so wie sie sein sollten – er hörte sich die Klagen und Beschwerden der eingezogenen Soldaten an, und bedauerte sie – und aus sicherer Entfernung lauschte er den Offizieren, eine angebrachte Ehrerbietung zur Schau stellend. Die Gespräche drehten sich um eine bevorstehende Invasion. Napoleon hatte vor zwei Wochen die zahlreichen Lager an der Küste besucht und den Männern versichert, daß sie bald, sehr bald, diesen elenden Graben überqueren würden. Man würde es diesen englischen Bankiers und Kaufleuten schon zeigen, daß es die Franzosen waren, die Land und See befehligten. Große Worte, dachte Douglas. Glaubte Napoleon wirklich, daß das englische Landvolk ihn als ihren Befreier begrüßen würde, wenn er es schaffen könnte, den Kanal zu überqueren, die englische Marine zu schlagen und in Dover zu landen?

Zwei Tage vergingen. Douglas langweilte sich und wurde unruhig. Doch dann erhielt er die Instruktionen von Georges Cadoudal durch einen einbeinigen Bettler. Dieser humpelte auf ihn zu, stinkend wie verrotteter Kohl, und steckte ihm ein dickes Paket in die Manteltasche. Der stinkende Kauz verschwand, bevor Douglas irgendwelche Fragen an ihn richten konnte. Zweimal las er den Brief durch, und prägte sich die präzisen Instruktionen ein. Jedes beiliegende Papier und Dokument studierte er gründlich. Dann lehnte er sich zurück und dachte nach, was Cadoudal wohl jetzt von ihm erwartete. Er schüttelte den Kopf über die Kompliziertheit und die unbekümmerte Arroganz des Planes. Georges Cadoudal war zu allen Zeiten unüberlegt, manchmal empörend in seiner Art; er war entweder brillant oder unfähig. Niederlagen machten ihm zu schaffen, und Douglas wußte, daß er in letzter Zeit wenig Erfolge zu verzeichnen hatte.

Er mußte offensichtlich Stunden damit verbracht haben, diesen Plan zur Rettung jenes verdammten Mädchens, Janine Daudet, auszuarbeiten. Cadoudal war der Kopf hinter der geplanten Verschwörung, Napoleon zu entführen, einen Aufstand in Paris auszulösen und den Comte d'Artois, einen jüngeren Bruder von Louis XVI, umgehend auf den Thron zu setzen. Außerdem hatte er mehr als eine Million Francs von der englischen Regierung erhalten, sodaß Lord Avery geneigt war, seinen Wünschen zu entsprechen.

Offensichtlich konnte Georges es nicht riskieren, die Rettung selbst auszuführen. Auch wußte er, daß Douglas Experte war, was General Honore Belesain anging. Deshalb bestand er auf seiner Person, Douglas. Er glaubte wohl fest daran, daß Douglas es schaffen würde. Douglas überlegte, ob Georges von Belesains wüstem Ruf mit Frauen wußte. Verdammt.

Am nächsten Morgen schloß Douglas die Knopfleiste seiner unvertrauten Uniformhose und strich seinen schwarzen Mantel glatt. Sobald er Boulogne erreichte, würde er ein offizieller Beamter aus Paris sein, ein Gesandter von Bonaparte höchstpersönlich, der die Vorbereitungen zur Invasion Englands überprüfte. Er betete inständig, daß die Papiere, die Cadoudal ihm geschickt hatte, in Ordnung waren. Mit all dem englischen Geld, das er zur Verfügung hatte, konnte sich Georges sicher die besten Fälscher leisten. Douglas wollte schließlich um nichts in der Welt erkannt und als Spion erschossen werden.

Punkt zwölf Uhr – jeder Zoll ein diensteifriger Beamter, dessen Autorität aller Wahrscheinlichkeit nach seinen Verstand, sein Auftreten und seine Herkunft übertrafen – machte er sich auf seinen Weg nach Boulogne zur Residenz des Generals Honore Belesain. Das Haus war nicht schwer zu finden, denn es gehörte dem Bürgermeister und war das größte Haus der Stadt. Der General war ein Gast des Bürgermeisters. Der selbst war, weiteren Recherchen zufolge, schon seit mehr als drei Monaten nicht mehr gesehen worden.

Douglas kannte fast alles über General Belesain. Nichts, was der General tat, konnte Douglas noch überraschen. Er war ein brillanter Taktiker und ein fähiger Verwaltungsbeamter, obwohl ein Großteil der Arbeiten von Beratern erledigt wurde. Er war gemein zu beiden, seinen Gefangenen und seinen eigenen Leuten und war, nicht nur gelegentlich, von jungen Mädchen angetan. Er sah sich als beides, als den Inbegriff eines fähigen Militärgenerals und als den eines unübertroffenen Liebhabers. Douglas wußte, daß sich seine Frau nach langer Leidenszeit mit ihren vier Kindern im fernen Lyon niedergelassen hatte. Der wohlbeleibte General verstand sich als Lieber Gott unter den Menschen. Er verlor leicht die Kontrolle, und sein hitziges Temperament konnte tödliche Folgen haben. Ein Nachteil, den seine Männer und die jungen Mädchen seiner Wahl zu spüren bekamen. In sexueller Hinsicht war er nicht für Galanterie bekannt, selbst in seinen besten Zeiten. Nach einem sexuellen Akt betrank er sich oft bis zur Besinnungslosigkeit.

Das Haus des Bürgermeisters hatte drei Stockwerke, war aus gelbem Stein, dessen Farbe über die Jahre verwittert waren. Es war groß, von rechteckiger Form und dicht mit Efeu bewachsen. Es lag von der Straße zurückgesetzt. An der Auffahrt entlang reihten sich mächtige Eichen im satten Grün des frühen Sommers. Der Bürgermeister war offensichtlich ein Mann von Bedeutung. Wenigstens ein Dutzend Soldaten patrouillierten um das Anwesen oder standen vor mehreren Türen, die in das Haus führten, Wache.

Er schaute hinauf, und überlegte, in welchem der Zimmer des dritten Stocks Janine Daudet wohl versteckt wurde. Ob der General sie schon vergewaltigt hatte? Mit Sicherheit. Denn was hätte ihn davon abhalten sollen? Er hoffte, daß er nicht seine perversen Spielchen mit ihr getrieben hatte. Ob sich der General wohl bewußt war, wen er da gefangen hielt? Das würde man nie erfahren; doch der General war arroganter und perverser als jeder Kommandant, von dem Douglas gehört hatte.

In der großen Empfangshalle begrüßte ihn ein junger Mann namens Grillon, den Douglas kannte. Wichtigtuerisch stolzierte er einher, seine scharlachrote Uniform mit Litzen behangen. Vorsichtig beäugte er den Fremden. Er wirkte unsicher, so von Angesicht zu Angesicht mit diesem unbekannten Mann; er war jedoch ein brutaler Bursche, wenn ihm etwas gegen den Strich ging. Douglas genoß die Unentschlossenheit des jungen Mannes. Er zählte noch vier weitere Soldaten in der Eingangshalle.

»Ich bin Monsieur Lapalisse. Sie wissen natürlich, wer ich bin. Ich wünsche den General zu sehen.« Douglas schaute sich um. Er war sich bewußt, daß der Leutnant ihn aufs schärfste beobachtete. Er versuchte, eine herablassende Haltung einzunehmen. Aber es fiel ihm schwer. Douglas war nie ein guter Schauspieler gewesen. In einer Ecke des Raumes entdeckte er ein Spinnennetz, das ihm half, verächtlich seine Lippen zu schürzen.

»Monsieur Lapalisse«, kam es endlich von Grillon, »wenn Sie hier bitte einen Moment warten wollen, ich lasse den General wissen, daß Sie hier sind, und wenn er Sie zu sehen wünscht ...«

»Ich bin es nicht gewohnt, zu warten«, unterbrach Douglas, den jungen Mann von oben bis unten musternd. »Ich schlage vor, Sie melden mich sofort an. Noch besser, wir gehen gleich zusammen.«

Grillon wurde nervös. Er drehte sich auf dem Absatz um und ging. Der General litt an Kopfschmerzen. Er hatte die Nacht zuvor ausgiebig der diversen Leidenschaften gefrönt und mußte nun den

Preis dafür zahlen, der Dummkopf. Der General wußte nicht genau, wann dieser verdammte Bürokrat auftauchen würde, aber er hätte ahnen müssen, daß er gerade dann auftauchen würde, wenn er ihn am wenigsten sehen wollte. Außerdem irritierte ihn dieser Besuch. Er war ihm von keiner höheren Stelle angekündigt worden.

General Belesain stand hinter seinem überfüllten Schreibtisch mit kalten Augen und starrem Körper, seine Stirn gerunzelt. Als Douglas an der Seite von Grillon eintrat, streckte er sich zu seiner vollen Größe, doch Douglas ließ sich nicht täuschen. Seine Haltung war wachsam und abwehrend. Wunderbar, dachte Douglas, als er in den großen Salon schritt, als sei er zu Hause. Er nickte dem General leicht zu und bemerkte in seinem perfekten Französisch: »Ein wunderschöner Tag heute.«

»Ja, in der Tat«, erwiderte General Belesain, etwas aus dem Gleichgewicht. »Eh, wie man mich informierte, sind Sie von Napoleons Kriegskomitee. Doch ich verstehe nicht ganz. Er war vor nicht allzu langer Zeit hier und hatte sein Wohlgefallen zum Ausdruck gebracht über den Fortschritt, den die Invasionspläne machten.«

»Komitees sind sehr amorphe Gebilde«, entgegnete Douglas mit einem herablassenden Lächeln und einem gälischen Achselzucken. »Ich bin nicht als Repräsentant eines Komitees hier, sondern als Napoleons persönlicher, äh, Untersuchungsbeamter.«

Der General streckte sich, sein Unterkiefer klappte runter und seine Gedanken liefen auf Hochtouren. »Untersuchungsbeamter?«

Hatte Napoleon etwa von den beiden Soldaten gehört, die er letzte Woche hatte totpeitschen lassen? Vielleicht hatte er von dem Verprügeln des Mädchens gehört, dessen Verwandte eine Macke hatten? Dummes Ding. Sie hatte protestiert, doch er wußte, daß sie ihn wollte, diese kleine Schlampe. Da hatte er sie genommen, vielleicht etwas roh. Aber das heißt nicht, daß sie sich nicht davon erholen und ihn nochmals erfreuen könnte. Sie war eben nicht seinem Witz und Charme erlegen wie die, die er oben in dem schmalen Raum neben seinem Schlafzimmer gefangen hielt. Belesain war überzeugt, daß Napoleon auf dem Schlachtfeld unbesiegbar war, aber wegen seiner scheinheiligen, spießbürgerlichen Einstellung lehnte er ihn ab. Er mußte auf der Hut sein. Dieser Mann, der da vor ihm stand, war nichts anderes als ein Bürokrat, ein Nichts, ein Speichellecker ohne Hirn. Aber er hatte Macht und er, Belesain, würde mit ihm fertig werden. Wenn er nicht mit ihm fertig wurde, würde er ihn umbringen lassen. Schließlich trieben sich genügend Räuber und sonstige Halunken auf den Straßen herum.

»Tja«, sagte Douglas, »wie Sie sicher wissen, sieht Napoleon es als unumgänglich an, die Pläne und ihre Ausführung zu überwachen. Ein mühseliges Unterfangen, nicht wahr?«

»Sie haben selbstverständlich die nötigen Papiere.«

» Selbstverständlich.«

Um drei Uhr nachmittags ging Douglas an der Seite von General Belesain durch das Lager am Strand von Boulogne. Der General haßte diese forcierte Freundlichkeit einem verdammten Bürokraten gegenüber. Diese Atmosphäre von Kooperation mit einem Mann, den er gleichermaßen fürchtete und verachtete. Er versuchte Douglas einzuschüchtern, zu ignorieren, ihm vorzumachen, daß er alles wüßte und beherrschte. Douglas lächelte nur. Das Dinner am Abend fand in der Gesellschaft von Belesains höchsten Offizieren im großen Speisesaal statt. Das Mahl zog sich hin und als es beendet war, war ein Großteil der Offiziere betrunken. Um Mitternacht wurden drei von ihnen von ihren Kameraden zu den Quartieren zurückgetragen. Douglas war wachsam wie nie zuvor in seinem Leben und wartete auf seine Chance.

Er betete, daß keiner ihn als englischen Spion entdecken würde. Ihm war nicht nach Sterben zumute.

Immerhin erwartete ihn bei seiner Rückkehr nach England seine frisch angetraute Ehefrau Melissande. Wie ihr Name auf der Zunge zerging! Sie würde ihn in seinem Bett erwarten, und er hatte vor, sie dort festzuhalten, bis sie den Sherbrooke-Erben empfangen hatte.

Als der General ihn zu einem Kartenspiel aufforderte, lächelte Douglas höflich, während sein Herz schneller schlug. »Wie ist Ihr Einsatz?« fragte er, einen Staubfleck von seinem schwarzen Mantel entfernend.

Der General schlug Francs vor.

Douglas zeigte eine leichte Irritation ob einer solchen Banalität. Sicher konnte ein solch brillanter und erfahrener Mann wie der General mit etwas Besserem aufwarten ... einem verlockenderen Einsatz.

Der General dachte nach und brachte dann ein etwas verrutschtes Lächeln zustande. Er war schon ziemlich betrunken. Er rieb sich die Hände, und seine Augen leuchteten, als er vorschlug: »O ja, gewiß doch, mein Herr. Der Gewinner unseres kleinen Spiels wird in den Genuß eines zarten, fleischigen Leckerbissens kommen, der derzeit hier mit mir lebt. Ihr Name ist Janine, und sie besitzt die Gabe, einen Mann zu beglücken.«

Douglas stimmte dem Vorschlag mit bemerkenswerter Indifferenz zu.

KAPITEL 5

Claybourn Hall

Alexandra konnte es nicht glauben. Sie lehnte wie versteinert an Melissandes italienischem Schreibtisch, auf dessen Oberfläche zum erstenmal etwas anderes als eine Unzahl von Parfumflaschen standen. Sie trug immer noch ihren Morgenmantel, und ihr Haar hing in dicken Zöpfen über ihre Schultern. Sie starrte hinunter auf das Papier und schloß für einen Moment die Augen, schloß sie vor dem Wissen …

Du hattest gehofft, daß so etwas geschehen würde.

Vielleicht, vielleicht auch nicht. Sie hatte geschwiegen. Sie hatte gewartet. Und es war eingetreten. Melissande und Anthony Parrish, Viscount Rathmore, waren die Nacht zuvor nach Gretna Green durchgebrannt. Langsam nahm Alexandra das Papier, auf dem Melissande ihre wenigen Sätze hingekritzelt hatte, Sätze, die ihrer aller Leben veränderten. Worte, völlig falsch geschrieben, da Melissande jegliche Art von Bildung verschmäht hatte. Alexandra war ruhig, sie fühlte sich merkwürdig schwebend, irgend etwas würde noch geschehen. Sie mußte diesen Brief zu ihrem Vater bringen. Sie würde zugeben müssen, daß sie ahnte, was zwischen den beiden geschehen war.

Sie haßte sich selbst in diesem Augenblick. Wußte, daß sie eifersüchtig, kleinlich und gemein war, und von niemandem Nachsicht verdiente.

Nachdem der Herzog den Brief gelesen hatte, legte er ihn auf seinen Schreibtisch, ging zum großen Fenster und starrte hinaus in den Garten. In der Ferne sah er vier Pfauen einherstolzieren. Drei Gänse schnatterten. Eine Ziege war an einem Eibenbusch festgebunden.

Nach einer Ewigkeit, so wenigstens erschien es Alexandra, wandte er sich gedankenverloren an seine jüngere Tochter. Er lächelte ihr tatsächlich zu. Zu ihrer Überraschung nahm er es leicht.

»Es ist einfach geschehen, würdest du es nicht auch so sehen, Liebes? Keine große Überraschung, keine aufsehenerregende Enthüllung. Nein, es hat mich nicht erschüttert, Alex, denn Tony hatte mir einen recht ausführlichen und entschuldigenden Brief hinterlassen, der sehr viel mehr aussagte, als dieser hier von Melissande. Er weiß, daß er nicht ehrenhaft gehandelt hat. Wir werden sehen.«

»O, Papa, ich wußte es, ich wußte es, aber ich wollte ...« Ihr Vater lachte in sich hinein und winkte ab. »Du ahntest auch, was Lord Rathmore tun würde, meine Liebe?«

»Nicht, daß sie nach Gretna Green gehen, aber vielleicht, daß sie sich weigern würden, mit den Hochzeitsvorbereitungen weiterzumachen ... ich kann dich nicht anlügen, Papa. Aber ich ahnte nicht, daß du ...«

Alexandra stand da, rang ihre Hände. Ihre offensichtliche Qual ließ jedes elterliche Herz schmelzen. Ihr Schuldgefühl wuchs, statt sich zu verringern. Der Herzog beobachtete sie eine Weile und beruhigte sie dann. »Ja, ich wußte, daß Tony Melissande wollte und daß sie ihn wollte. Ich habe noch nie zwei Menschen gesehen, die so hingerissen voneinander waren – und das so schnell. Tony ist ein netter junger Mann – intelligent, witzig und gutaussehend. Alles sehr wichtige Eigenschaften für Frauen. Außerdem ist er fast ebenso reich wie der Earl of Northcliffe. Zweifellos wird er zu einer Regelung mit seinem Cousin kommen; das wenigstens versicherte er mir in seinem Brief. Ich nehme an, seine Schuldgefühle müssen groß sein – viel größer als deine, Alex! Denn hat er nicht seinen Vetter betrogen und ihm die Frau, die der Graf für sich wählte, weggenommen? O ja, er verachtet sich für das, was er getan hat, jetzt, nachdem er es getan hat und es kein Zurück gibt. Gewissensbisse, so habe ich festgestellt, sind stärker, nachdem die Tat begangen und nicht mehr rückgängig zu machen ist. Aber unabhängig von dieser Verfehlung, diesem recht unglückseligen Verhalten, scheint mir der Viscount ein ehrenhafter Mann zu sein. Er hat vor, Melissande recht bald zurückzubringen. Sie, die Range, wird uns sicher nicht sehen wollen, da sie ihre Mutter in Verlegenheit gebracht hat, und sie eine große Auseinandersetzung fürchtet. Doch ihr Mann wird sie zwingen, hierher zu kommen.« Der Herzog sah lächelnd in die Ferne. »Tony Parrish ist kein Mann, den eine Frau um den Finger wickelt. Selbst wenn die Frau so schön ist, daß ihr Anblick einem den Atem verschlägt. Er wird sie zurückbringen, egal ob sie fleht oder unter Tränen jammert und stöhnt.«

»Ich habe es geahnt, Papa, wirklich.« Nun war es heraus. Sie stand da, beschämt und unglücklich, auf eine elterliche Strafpredigt wartend.

Der Herzog nahm die Hand seiner Tochter und hob sie an seine Lippen. »Mir mißfällt nur die unnötige Aufregung, die diese unverantwortliche Tat ausgelöst hat. Es entspricht nicht dem Wunsch eines Vaters, eines seiner Kinder im fernen Schottland heiraten zu sehen. Insbesondere die Tochter eines Herzogs sollte nicht mit einem solchen Mangel an Anstand handeln.« Der Herzog hielt mit bewegter Stimme inne. Völlig unvermittelt fragte er Alexandra, »Du willst den Grafen so sehr?«

»Das hast du auch gewußt? Oh, es ist abscheulich. Ich bin also durchschaubar wie ein Fischteich.«

»Du bist meine Tochter. Ich kenne dich, und ich liebe dich.«

»Es ist wahr. Ich habe ihn geliebt, Papa, drei Jahre lang. Aber jetzt ... jetzt will ich ihn nicht einmal mehr als Schwager.«

Sie sah zu ihrem Vater auf, Elend und Schmerz in ihren schönen Augen.

Der Herzog sagte übergangslos, »Ich habe soeben einen Brief von deinem Bruder erhalten. Ich will offen sein, Alex. Selbst die Schenkungen, die Tony zweifellos machen wird, werden diese Familie nicht retten. Dein Bruder hat England in Unehre verlassen und ist, wie er schreibt, auf dem Wege nach Amerika. Er hinterläßt immense Schulden, die mich in den Bankrott führen. Selbst Tonys Schenkungen können diese Schulden nicht begleichen. Ich überlegte schon, was zu tun ist. Ich dachte nach, sorgte mich, rang mit mir ... doch nun glaube ich ein Licht am Horizont zu sehen.« Er drehte sich auf dem Absatz um und verließ die Bibliothek. Alexandra starrte ihm sprachlos nach.

In circa einer Stunde würden Tony Parrish und seine neue Vicomtesse Claybourn Hall erreichen. Er wußte, daß sie schmollte und es genoß, eine wahrlich göttliche Schnute zu ziehen. Er mußte lächeln. Er hatte ihr unmißverständlich zu verstehen gegeben, daß sie in das Haus ihres Vaters zurückkehren würden und daß er die Dinge wieder richtig stellen mußte. Gefleht und gebettelt hatte sie, denn sie haßte ihre Schuldgefühle und wollte nicht mit der Nase darauf gestoßen werden. Sie hatte sogar an seiner Schulter geweint. Wunderschöne Krokodilstränen, wie er laut seiner frisch angetrauten Ehefrau gegenüber sagte, die sich daraufhin in einen heftigen Gefühlsausbruch steigerte. Er hatte nur gelacht.

Außer sich warf Melissande ihre Haarbürste nach ihm, die er prompt zurückschleuderte. Sie war so überrascht von seinem Gegenschlag, daß es ihr die Sprache verschlug. Mit der Bemerkung, sie in zehn Minuten unten zu erwarten, verließ er den Raum. Eine weitere Bürste traf die geschlossene Tür. Nach elf Minuten war sie unten. Er hatte auf seine Uhr gesehen und die Stirn gerunzelt. Er sagte nichts. Sie hatte ihm gehorcht. Sie würde sich noch daran gewöhnen, ihm ohne Szenen, Wutanfälle und irgendwelches Zaudern zu gehorchen.

Sie fuhren in einer privaten Kutsche, die Tony von einem Stall in Harrogate gemietet hatte, um nach Gretna Green zu kommen. Dies war nun der zweite Tag seiner Ehe, und in einer Stunde würde er seinem neuen Schwiegervater gegenübersitzen, der ihn sicherlich erwürgte. Aber er mußte zurückkehren. Es gab keine andere Möglichkeit. Außerdem hatte er dem Herzog geschrieben, er käme zurück, um den Ehevertrag mit ihm zu besprechen, und um, so gut er konnte, Schadenersatz zu leisten.

Er lächelte über den rundherum lieblichen Anblick seiner Ehefrau. Kein Zweifel, er begehrte sie sehr, jetzt in diesem Augenblick. Er brauchte nur ihre Hand zu berühren und begehrte sie schon. Er brauchte nur ihre Stimme in einem anderen Raum zu hören und begehrte sie. Er sah sie hochrot vor Wut und ihn anschreiend, und er begehrte sie. Sie so nah zu haben war schier unerträglich.

»Zieh deinen Mantel aus«, forderte er sie auf.

Melissande schmollte – schmerzlich zerrissen zwischen Schuldgefühlen, Verwirrung und Wut über ihren frischgebackenen Ehemann, der sie so rücksichtslos behandelte. Er hatte tatsächlich die Bürste zurückgeworfen! »Was hast du gesagt?«

»Ich sagte, zieh deinen Mantel aus.«

»Mir ist nicht sonderlich warm.«

»Gut so.«

Mit einem mißbilligenden Blick öffnete sie die Knöpfe ihres Mantels. Er half ihr, ihn auszuziehen und schleuderte ihn auf den gegenüberliegenden Sitz. Seine Fingerspitzen berührten streichelnd ihr Kinn. Er hielt ihren Kopf und küßte sie zärtlich, ohne ihre Lippen mit den seinen zu öffnen.

»Tony!«

»Pst. Nimm dein Hütchen ab. Ich kann dich gar nicht richtig

küssen mit diesem Quatsch auf dem Kopf. Außerdem drückt es dein wunderschönes Haar nieder. Schwarz wie die sündige Nacht ist dein Haar. Ich möchte fühlen, wie es durch meine Finger gleitet.« Da seine Aufforderung mit einem netten Kompliment verbunden war, ließ sich Melissande erweichen, nahm den Hut ab und warf ihn auf ihren Mantel.

»Jetzt«, flüsterte Tony. Seine langen Finger hantierten an der durchgehenden Knopfleiste, die ihr Kleid vorne schloß. Sie zog den Atem ein und schlug ihm auf die Finger. »Wir sind in einer Kutsche, Tony! Es ist hellichter Tag! Um Himmels willen, du mußt aufhören damit, du …«

Er küßte sie wieder und zog sie auf seinen Schoß. Seine rechte Hand bewegte sich unter ihrem Kleid ihr Bein entlang, höher, immer höher, bis er das nackte, zarte Fleisch ihrer inneren Oberschenkel berührte. Sie wand sich auf seinem Schoß, und er wußte, es war nur Verlegenheit und nicht Sprödigkeit. Er wollte sie, und er würde sie nehmen. Hier in der Kutsche, auf seinem Schoß, würde er tief in sie eindringen. Fast stöhnte er auf bei dem Gedanken. Sie kämpfte weiter, während er unter Küssen murmelte: »Du wirst jetzt still halten. Du bist meine Frau, Melissande. Du wirst sehr bald lernen, mir zu gehorchen. Ich will dich, und ich werde dich jetzt nehmen. Ich habe dich seit letzter Nacht nicht mehr berührt. Du warst Jungfrau und deshalb wund. Aber du hattest Zeit, dich zu erholen. Ich werde sanft zu dir sein. Ich möchte deine Brüste sehen, sie liebkosen, sie mit meiner Zunge schmecken. Du wirst nur deine Röcke heben. Ich werde in dich eindringen.«

Sie starrte ihn ungläubig an, preisgegeben den unvertrauten Dingen, wußte sie nicht, was sie sagen sollte. In der vergangenen Nacht hatte sie sich, ehrlich gesagt, schmachvoll gefühlt bei dem, was sie taten. Aber sie hatte dem verdammten Earl of Northcliffe gezeigt, daß sie sich weder von ihm noch von ihrem Vater herumkommandieren ließ. Tony war reizend, er war galant, er neckte sie erbarmungslos und ließ sie nach mehr verlangen. Er faszinierte sie. Er war wie Quecksilber. Sie hatte bald seine Stärke erkannt, seine männliche Hartnäckigkeit, seine Arroganz. Sie hatte nie bezweifelt, daß sie ihn in den Griff bekommen würde. Immerhin hatte sie es bis jetzt bei jedem jungen Gentleman, der sich in ihrer Umgebung aufhielt, geschafft.

Seine Einführung in die Liebe war rücksichtsvoll gewesen. Sie hatte vage erkannt, daß er sehr erfahren war, doch konnte sie seine

Finessen nicht würdigen. Sie fand die ganze Angelegenheit eher fürchterlich peinlich. Selbst die Dunkelheit, um die sie bat, hatte ihn nicht zurückhaltender werden lassen. Er hatte ihr nicht übermäßig weh getan. Was aber den Genuß am Liebesakt anbelangte, so bezweifelte sie ernsthaft, daß so etwas existierte. Ihr gefielen Küsse und Komplimente, sein boshaftes Lächeln, und vielleicht noch die Berührung seiner Zungenspitze an ihrem Ohr.

Und nun wollte er dieses männliche Glied in sie stecken. Sie sollte auf seinem Schoß sitzen, vollständig angezogen und doch nackt, während er sie liebte. Und all das in einer Kutsche!

»Nein«, sagte sie sehr bestimmt, »das werde ich nicht tun.«

Tony lächelte nur und bewegte seine Finger weiter nach oben, bis sie ihre Scham berührten.

Sie wurde blaß und stöhnte auf. Seine rechte Hand arbeitete an den Knöpfen über ihrer Brust. Sie schlug nach ihm bis er mit seiner finstersten Stimme raunte: »Du bist meine Frau. Wie oft muß ich dich daran erinnern, Melissande? Ich weiß, du hattest wenig bis gar keinen Genuß letzte Nacht. Du warst Jungfrau, du hast geblutet, und das gefiel mir. Aber ich habe vor, das jetzt zu berichtigen. Du wirst diese Wonne von mir entgegennehmen. Du wirst stillhalten und aufhören, die schockierte Jungfrau zu spielen.«

Aber sie hörte nicht auf zu kämpfen, selbst als sie spürte, wie einer seiner langen Finger in sie hineinglitt. Sie schrie auf. Er küßte sie und hoffte, der Kutscher würde sie nicht hören.

»Eine entzückende Jungfrau, eine Schönheit und eine verwöhnte Nervensäge«, sagte er leise, seinen Atem warm an ihrem Mund. »Das habe ich geheiratet. Ich beklage mich nicht. Noch bevor ich an der lieblichen Stelle hinter deinem linken Ohr knabberte, hatte ich eine klare Vorstellung von deinem Charakter. Aber ich werde dich schlagen, weißt du.«

»Das wirst du nicht! Nein, so etwas werde ich nicht zulassen! Hör auf, verdammt noch mal! Hör auf damit!«

»O ja, ich werde dich schlagen«, flüsterte er, während sein Daumen ihre Scham liebkoste. »Und ich habe nicht vor, aufzuhören. Du wirst sehen, ich werde mit dir machen, was ich will.« Sie war schön, wahrlich vollkommen, mit ihren vor Wut blitzenden Augen. Um ehrlich zu sein sprach aus ihnen absolutes Unverständnis, da sie bisher niemandem wie ihm begegnet war. Sie versuchte, sich von ihm loszureißen. Er nahm seine Hand weg, um ihr Kleid und ihre Unterröcke hochzuheben. Er bog ihren Rücken nach hinten, so daß sie an seinen Arm gelehnt auf seinem Schoß lag. Sie trug schwarze Lederpantoffeln und schwarze Strümpfe, die gerade bis über ihre Knie reichten und von schwarzen Strumpfbändern gehalten wurden. Von dort bis zur Hüfte war sie nackt. Er sah auf sie hinunter und lächelte.

»Sehr schön«, sagte er nur und legte seine Hand auf ihren weißen Bauch. »Wirklich sehr schön. Ich neige dazu, dich zu behalten. Wärst du eine Forelle, ich würde dich nicht ins Wasser zurückwerfen. Nein, wirklich nicht.«

»Das kannst du nicht machen, Tony! Mein Vater wird dich zum Duell fordern. Er wird dir die Ohren stutzen, er wird – ich bin doch kein verdammter Fisch.«

»Liebstes Weib, dein Vater würde nicht im Traum daran denken, mir, deinem legalen Ehemann, Meister, Eigentümer und Herrn zu sagen, daß ich dir keine Befriedigung geben solle. Und das ist es, was ich tun möchte, wenn du nur endlich deinen lieblichen Mund halten und dich auf meine Finger konzentrieren würdest.«

Sie öffnete den Mund, um wieder zu schreien, doch sie fürchtete, der Kutscher könnte sie hören. Sie versank in Scham, so gedemütigt hielt sie still, während seine Finger ihren intimsten Teil liebkosten. Er hatte es bereits die Nacht zuvor berührt. Sie hatte da nicht so sehr protestiert, obwohl sie es ruchlos fand. Doch in der Dunkelheit der Bettkammer hatte sie sich stark gefühlt – ah, sie war nach Gretna Green durchgebrannt! Sie hatte nicht ganz erkannt … nicht gewußt, was er wollen würde … aber jetzt war es anders. Es war nicht stockfinster, es war taghell. Sie waren in einer Kutsche. Er sah sie an, sprach in leichtem Ton mit ihr, berührte ihren Bauch und andere Stellen, die noch tiefer lagen. Plötzlich spürte sie tief innen ein wunderbares Gefühl aufwallen. Ihre Hüften hoben sich seinen Fingern stoßweise entgegen.

Sie starrte ihn verständnislos an und sah, daß der verdammte Lüstling sie anlächelte. Ein wissendes Lächeln, das Lächeln eines Meisters, selbstgefällig und zufrieden. Das war mehr, als sie ertragen konnte. Sie warf ihren Kopf zurück und schrie aus vollem Halse.

Die Kutsche hielt ruckartig.

Tonys Lächeln wich nicht von seinem Gesicht. Er half ihr auf, half ihr, die Kleider zu richten und wartete auf das Erscheinen des Kutschers am Fenster, was auch sofort geschah. Dessen Augen fielen auf Melissande, und sie ahnte, daß er wissen mußte, was ihr Ehemann ihr angetan hatte.

»Geht weg«, schrie sie den hilflosen Mann an. »Ah, verschwindet!«

»Ja«, sagte Tony leichthin und lehnte sich mit verschränkten Armen in die Polsterkissen. »Entschuldigung, daß meine Frau Sie gestört hat. Manchmal vergessen sich Frauen ... Sie wissen schon.«

Der Kutscher fürchtete, tatsächlich verstanden zu haben. Verlegen kletterte er eilig auf seinen Kutschbock zurück. Die Kutsche machte einen Satz nach vorne.

Tony war still.

Mit schnellen, unbeholfenen Bewegungen brachte Melissande ihr Äußeres in Ordnung. Sie war so wütend, verlegen und verwirrt, sie hätte ihn anschreien können, bis sie heiser wäre. Es fiel ihr schwer, hier mit ihm zu sitzen, aus dem Fenster zu schauen, nichts zu sagen und gelangweilt zu tun. Gelangweilt!

Sie stülpte ihren Hut auf den Kopf und achtete dabei nicht auf ihre kostbare Frisur, die sicher einen nicht wiedergutzumachenden Schaden erlitten hatte. Sie zog ihren Mantel an und machte achtlos die Knöpfe in falscher Reihenfolge zu.

Er sah sie an, noch immer ein Lächeln um den Mund. »Weißt du, Mellie ...«

»Mellie! Was für ein entsetzlicher Spitzname! Ich hasse ihn, er ist absolut fürchterlich und ich ...«

»Halt den Mund, mein Liebes.«

»Aber ich ...« Sie sah etwas in seinen Augen, daß ihr bisher in ihrem einundzwanzigjährigen Leben noch nicht begegnet war. Sie schloß ihren Mund und wandte sich ab, augenblicklich wissend, was nun kommen würde.

»Wie ich schon sagte, Mellie, für dich verriet ich meinen Cousin. Sei's drum, es ist kein Verrat, der die Seele zerstört. Du kennst Douglas nicht richtig und er dich nicht. Mein Gott, hätte er deine Spielchen während der letzten Tage gesehen, es hätte ihn völlig desillusioniert. Im Schutze der Nacht wäre er davongeschlichen, um dir zu entfliehen. Er hätte dich nicht nach Gretna Green entführt. Ich bezweifle, daß du vor drei Jahren mehr in ihm gesehen hast als einen gutaussehenden Mann, der deine Schönheit bewunderte. Die Ehre zwang ihn, dich zu verlassen. Er glaubte die Pflicht höher einstufen zu müssen, als die Angelegenheiten des Herzens. Ehrlich gesagt, er liebt dich nicht. Er erinnerte sich, daß er dich begehrte, dich bewunderte, und hatte gelacht und war hingerissen von deiner Sorglosigkeit, deiner scheinbaren Arglosigkeit, mehr nicht.

»Weder damals noch heute liebte er dich. Seine Familie war es, die ihn unbarmherzig zur Heirat drängte, um einen Sherbrooke-Erben zu zeugen. In dir sah er seine Chance, seiner Familie den Mund zu stopfen und gleichzeitig ein hübsches Wesen zu ehelichen. Das hätte ihm weitere Londonaufenthalte und die Suche unter geeigneten Debütantinnen erspart.

Selbst als ich wußte, daß ich dich haben würde, dachte ich an das Pro und Contra meines Handelns. Eines weiß ich mit Sicherheit – Douglas wird eines Tages erkennen, daß ich ihm einen Gefallen getan habe, als ich dich von der Szene entfernte. Der Tag wird kommen, da wird er mir dankbar sein. Du hättest ihn verrückt gemacht, vollkommen verrückt.«

Tony wandte sich seiner Frau zu. Er sah sehr ernst aus. »Er ist sehr viel mehr ein Gentleman als ich es bin. Egal, wie sehr du ihn provozierst, er würde dich nie schlagen, sondern sich zurückziehen.«

Sie erwiderte zögernd: »Ich glaube dir nicht. Douglas Sherbrooke liebt mich. Er liebte mich damals, er liebte mich die vergangenen drei Jahre, und er liebt mich noch immer. Er wird den Rest seines Lebens um seine verlorene Liebe trauern. O, ich habe sein Herz gebrochen, indem ich dich heiratete. Für das, was du ihm angetan hast, wird er dich immer hassen. Er wird dir nie verzeihen.«

Ruhig antwortete Tony: »Ich hoffe, es wird nicht so sein. Douglas' Stolz wird etwas angeschlagen sein, aber er wird sich sehr schnell erholen, wenn er sieht, was ich tun muß, um dich zu bändigen. Voll Dankbarkeit wird er mir die Hände schütteln. Er wird mich mit Danksagungen überhäufen.«

Melissande sah hinunter auf ihre behandschuhten Hände. »Du sprichst, als ob du mich nicht achtest, als wäre ich eine Person, die man nicht bewundern oder lieben könnte. Du sprichst, als hättest du mich nur genommen, um deinen Cousin zu retten. Ich dachte, du betest mich an, du wolltest mich unbedingt haben.«

»O, ganz recht. Doch daß ich dich anbete und verehre heißt nicht, daß ich blind für deinen Charakter bin. Wie auch immer, das ist nicht der Punkt. Weißt du, was ich getan habe, verlangt Vergeltung. Ich schulde Douglas eine Entschädigung, die ihm erspart, wieder auf die Suche nach einer Frau zu gehen. Etwas in der Art habe ich in dem Brief an deinen Vater schon erwähnt.«

»Was meinst du?«

»Ich glaube nicht, daß ich es dir jetzt schon erzählen sollte, Melissande. Noch ist nicht sicher, ob mein Vorhaben richtig ist.« Er lächelte schief. »Weißt du, ich dachte in letzter Zeit zu viel an dich und daran, dich nackt in meinen Armen zu fühlen, um mich zu vergewissern, daß ich das, was ich wollte, auch bekommen habe. Bis wir in Claybourn Hall angekommen sind, wird dein Vater sicher von der Richtigkeit dieser neuen Situation überzeugt sein. Nun, mein Liebes, dein Hut sieht etwas derangiert aus. Ich schlage vor, du richtest dich etwas her, denn wir nähern uns Claybourn.«

Sie vergaß ihre Fragen, da er an ihre Eitelkeit appellierte. Er beobachtete, wie sie einen Spiegel aus ihrem Beutel zog. Dank ihrer geschickten Finger und einer langjährigen Erfahrung, waren ihre Bemühungen erfolgreich. Ihre Schönheit ließ ihn erschauern. Ihr Körper war ohne Zweifel wundervoll – wenigstens die Stellen, die er enthüllt gesehen und berührt hatte. Zu gerne hätte er ihr Gesicht letzte Nacht gesehen, als er ihr die Jungfräulichkeit nahm, aber sie war so verängstigt, so verlegen, daß er es nicht übers Herz gebracht hatte, auf Licht zu beharren. Was ihn am meisten bewegte und überraschte, war, daß keine Frau ihn bisher so berührt hatte wie sie. Er hatte sofort gewußt, daß sie vollkommen unmöglich, verwöhnt, eitel und arrogant war, so wie er. Es war ihm gleichgültig. Er wollte sie. Ungeachtet Douglas, ungeachtet aller anderen, er wollte sie, und hatte sie genommen.

Nun galt es, mit ihr zu leben.

Ein weiteres Kunststück war, sie zu befriedigen. Der Gedanke, eine frigide Frau zu haben, war unerträglich. Er war geradezu widerlich.

Doch das wichtigste Kunststück war, Douglas zu entschädigen. Seltsam, dachte Tony, als die Kutsche in die lange, enge Auffahrt von Claybourn Hall bog, er hatte nicht einmal an Teresa, seine treulose ehemalige Verlobte gedacht, seit er Melissande getroffen hatte. Er sah seine Frau an, sah, daß sie erbleichte und ihre Hände rang.

Beinahe hoffte er, daß ihr Vater sie anschreien würde. Dann würde er, Tony, eingreifen. Ihr Beschützer, ihr Meister, ihr Ehemann. Und dann, so betete Tony, würden der Herzog und er zu einer weiteren Vereinbarung kommen.

Boulogne, Frankreich

Douglas gewann das Kartenspiel. Er mußte noch nicht einmal falsch spielen. Belesain war zum Schluß so betrunken, daß er gegen sein Verlieren nichts einzuwenden hatte. Denn als Gewinner hätte er sexuell aktiv werden müssen, eine Leistung, die er nicht mehr zu vollbringen imstande war. Er gab Douglas den Schlüssel und sagte ihm, daß er der lieblichen Hure, die er in dem kleinen Raum vorfinden würde, erklären sollte, daß er hier war, um sich mit ihr zu vergnügen. Das Weibsbild liebte Drohungen und ein paar Schmerzen, fügte er hinzu. Doch dann entschied der volltrunkene Schwachkopf, er würde ihn begleiten. »Denn«, so lallte er, als sie die Treppen in den dritten Stock hinaufgingen, »sie ist noch nicht vollständig ausgebildet.« Douglas beobachtete, wie er die Tür aufschloß und eintrat.

Er folgte schweigend. Sie standen in einem Gästezimmer mit nur einem Bett, einem Schrank und einem einzelnen runden Teppich in der Mitte des Raumes. Der einzige Bewohner des Zimmers, eine Frau, stand vor ihnen.

War das Janine Daudet? Der General grinste sie besoffen an und sagte mit einem Fingerschnippen: »Zieh dich aus.«

Zögernd folgte sie seiner Aufforderung. Er hatte etwas Jüngeres erwartet – warum, wußte er nicht. Nein, sie war nicht wirklich ein Mädchen, dachte Douglas, und sah sie näher an. Eher eine Frau von Mitte zwanzig. Sie war offensichtlich verängstigt. Doch trotz ihrer Blässe, den Schatten unter ihren Augen und ihrer Magerkeit war sie wunderschön.

Belesain wartete, bis sie sich ausgezogen hatte und in ihrem Unterkleid vor ihnen stand. Er taumelte auf sie zu, nahm ihr Kinn hart in seine Hand und küßte sie. Mit der anderen Hand streichelte er ihre Brüste unter dem zarten Batist. Mit einer plötzlichen Bewegung riß er ihr das Hemd herunter. Er lachte grölend über die Schulter zu Douglas: »Ich wollte sehen, ob Ihr mit ihr einverstanden seid. Hübsch, nicht? Ein bißchen dünn für meinen Geschmack, aber ihre Brüste sind schön.« Er stieß sie zurück aufs Bett und beugte sich über sie. Er sprach mit gedämpfter Stimme: »Siehst du diesen Mann, Kleines? Du tust alles, was er von dir will, oder … du kennst die Strafe, ja? Ich würde gerne bleiben und zuschauen, aber ich bin rechtschaffen müde.« Er richtete sich auf und sagte zu Douglas: »Sie sind so still. Finden Sie nicht, daß sie wunderschön ist? Keine Jungfrau mehr, aber auch noch nicht verbraucht. Sie gehört mir, und da sie nicht dumm ist, befolgt sie alle meine Befehle. Nun können Sie sich an ihr erfreuen. Aber nur heute nacht.«

Er schlurfte aus dem Zimmer. Douglas ging ihm nach und lauschte seinen Schritten, die sich den Flur entlang die Treppen hinunterbewegten. Er hörte, wie sich im zweiten Stock eine Tür öffnete und wieder schloß. Dann drehte er sich um und sah die Frau an.

Sie stand neben dem Bett und versuchte sich mit den Händen zu bedecken. Douglas konnte sein Glück kaum fassen und zweifelte keinen Augenblick.

Seine Stimme war drängend, als er zu ihr trat. »Sind Sie Janine Daudet?«

Sie war klein, sehr blond, ihre Haare fielen ihr fast bis zu den Hüften. Sie hatte hellblaue Augen, blonde Brauen und Wimpern. Sie war sehr hübsch.

»Also?«

Sie nickte und trat einen Schritt zurück.

»Haben Sie keine Angst vor mir. Ich bin hier im Auftrage von Georges Cadoudal.«

Douglas Augen konzentrierten sich nicht nur auf ihr Gesicht. Es war lange her, daß er eine Frau gehabt hatte. Sein Körper reagierte mit beklagenswerter Begeisterung. »Kennen Sie Georges Cadoudal?«

Sie nickte, verängstigt und ungläubig, trotz des leisen Hoffnungsschimmers, den er in ihren Augen entdeckte.

»Ich möchte, daß Sie sich jetzt schnell anziehen. Ich bin hier, um Sie mitzunehmen und zu Georges zu bringen. Wir müssen uns beeilen.«

»Ich habe nichts anzuziehen.«

Douglas schaute sie an: »Einen Umhang, irgend etwas. Kommt, wir müssen uns beeilen.«

»Ich glaube Ihnen nicht.« Sie besaß tatsächlich noch Energiereserven. Trotz ihrer Furcht sprach sie weiter: »Er gab mich Ihnen und sagte mir auch, warum er es tat.«

»Ich habe den Spieleinsatz gewonnen.«

»O nein.« Sie wurde noch blasser. Ihre geschminkten Lippen öffneten und schlossen sich wieder. Sie schüttelte den Kopf, und die Worte purzelten nur so aus ihrem Mund: »Er will, daß ich herausfinde, was Sie Bonaparte erzählen werden, wenn Sie nach Paris zurückkehren. Er vermutet, daß Sie ein Spion sind. Ich glaube, es wäre ihm lieber, Sie wären ein Spion und nicht von Bonaparte geschickt. Er befürchtet, Bonaparte könnte die schrecklichen Dinge herausfinden, die er verbrochen hat. Er sagte mir, ich solle die Wahrheit aus Ihnen herauslocken, oder er würde meine Großmutter töten lassen.«

»Ahh.« Douglas lächelte und ließ gedankenverloren seine Hand über ihren dünnen Arm gleiten. Also war der General gar nicht betrunken. Das Kartenspiel, der Einsatz, das Verlieren, alles Pläne von Belesain, um ihn in die Falle zu locken. Nicht schlecht.

»Langsam«, sagte er abwesend, und versuchte sie zu beruhigen, während er angestrengt nachdachte.

»Wo ist Ihre Großmutter?«

»Sie ist auf einem Bauernhof drei Kilometer südlich von Etaples. Er sagte, er hätte eine Wache dort aufgestellt, die sie beobachtet. Dieser Mann wird sie töten, wenn ich nicht tue, was er mir befiehlt.«

»Ich kenne Georges. Er wird sich bereits um jeden Wachmann, der um den Bauernhof Ihrer Großmutter herumschlich, gekümmert haben. Ich bin nur hier, um Sie zu retten. Nun ziehen Sie etwas an. Ich nehme Sie und Ihre Großmutter mit nach England.«

»England«, wiederholte sie langsam. Ihre Augen weiteten sich vor Überraschung. »Aber wir sprechen nur Französisch.«

»Das macht nichts. Viele Leute in England sprechen Französisch, und Sie werden Englisch lernen. Georges lebt dort die meiste Zeit und kann Sie und Ihre Großmutter unterrichten.«

»Aber ...«

»Nein, mehr kann ich jetzt nicht sagen. Georges hat mich beauftragt, Sie nach London zu bringen. Dort werden Sie sicher sein, bis er zurückgekehrt ist, um Sie zu holen. Er hat noch einiges zu erledigen. Werden Sie mir vertrauen?«

Sie sah zu ihm auf, Bewunderung und Zuversicht in ihrem Gesicht. Ihre Antwort war ein schlichtes »Ja«.

»Gut. Jetzt hören Sie mir zu. Folgendes werden wir jetzt tun.« Douglas fragte sich, als er in das blasse, angespannte Gesicht sah, das jetzt solch strahlendes Vertrauen für ihn zeigte, warum Leute im allgemeinen, aber Frauen insbesondere, glaubten, daß er so etwas wie ein Heiliger Georg sei. Er haßte es, aber gleichzeitig fand er es amüsant. Er dachte an Georges Cadoudal und hoffte, daß sie sich eines Tages an ihn erinnern würde. Immerhin, Douglas war jetzt wahrscheinlich schon ein verheirateter Mann und wollte bei seiner Rückkehr nach England keine verwirrende Frau an seiner Seite haben.

KAPITEL 6

Northsliffe Hall
Fünf Tage später

Douglas öffnete die Tür zur Bibliothek, sah eine einsam brennende Kerze auf dem kleinen Tisch und daneben seinen Cousin. Er betrat den Raum, ein müdes Lächeln erhellte sein Gesicht.

»Tony! Gott, ist das schön, dich zu sehen. Und es tut gut, wieder zu Hause zu sein.« Douglas rieb seine Hände. »Ah, es ist herrlich, hier zu sein. Sicher kennst du meine Gründe.«

»Douglas«, Tony stand auf, ging zu seinem Cousin und schüttelte seine Hand. »Ich nehme an, deine Mission – weswegen du unterwegs warst – war erfolgreich.«

Douglas gab ihm ein breites Grinsen und rieb sich weiter die Hände. »Sehr erfolgreich, dank eines gütigen Gottes und eines sehr dummen Generals, der dachte, er könnte mich hinters Licht führen. Dein Morgenmantel ist sehr elegant, doch wenn du nicht aufpaßt, schauen deine behaarten Beine heraus.« Er ging zum Sideboard hinüber. »Möchtest du einen guten französischen Cognac? Ich versprach dir, soviel du trinken kannst, bis zum nächsten Jahrhundert ...«

»Nein danke.«

Douglas schenkte sich einen ein und nahm einen großen Schluck. Wärmend bahnte er sich den Weg hinunter bis in seinen Magen. »Hollis sagte, daß du mich sprechen wolltest, es sei dringend und könne nicht bis morgen warten. Mein erster Eindruck war, er würde gleich anfangen zu weinen, aber das war natürlich Unsinn. Hollis weint nie, schreit nie, und zeigt auch sonst keine unpassenden Emotionen. Es ist fast Mitternacht. Tony, ich plappere, weil ich nahe dran bin, hier vor deinen Füßen zusammenzubrechen. Doch werde ich sicher meine Müdigkeit vergessen haben, sobald ich meine Braut sehe. Auf jeden Fall war ich überrascht, Hollis noch wach zu sehen. Was wolltest du?«

»Ich versuchte Hollis zu überzeugen, ins Bett zu gehen, und sagte, ich würde dich in der Halle empfangen. Doch das ist Hollis. Er weigerte sich natürlich.«

Douglas nahm noch einen Schluck Cognac und setzte sich in den bequemen Ohrensessel neben seinen Cousin.

»Was ist los?« Eine düstere Stille trat ein. Douglas ahnte plötzlich, daß etwas, was er nicht mögen würde, auf ihn zukam, und daß Tony der Bote war. »Du hast Melissande geheiratet, oder?«

Tony blickte ihm offen ins Gesicht: »Ja, ich habe sie geheiratet.« Er holte tief Luft, er mußte da durch: »Ich habe auch ihre jüngere Schwester geheiratet.«

Douglas hatte gerade einen weiteren Schluck genommen. Er spuckte ihn aus. Fast wäre er an seinem Husten erstickt. »Du hast was?«

»Ich sagte, ich habe zwei Frauen geheiratet.« Anthony Parrish drehte sich um und starrte auf die glühenden Kohlen im Kamin. Soweit seine einstudierte Erklärung. Er fühlte sich nun ebenso müde wie sein Cousin. Auch drückte ihn die Last seiner Schuld nieder. »Du kannst mich zum Duell fordern. Es ist dein gutes Recht. Ich werde das Feuer nicht gegen dich eröffnen, das schwöre ich dir.«

»Um Himmels willen, wovon redest du?« Doch Douglas wollte gar nicht wissen, wovon sein Cousin sprach. Er wollte jetzt gehen. Wollte in sein wunderbares großes Schlafzimmer, in sein herrlich großes Bett, in dem Melissande ihn erwartete. Er wollte nichts mehr hören von Tony und seiner Heirat mit zwei Frauen.

»Ich habe Melissande nicht an deiner Statt geheiratet. Ich heiratete sie zuerst über dem Amboß von Gretna Green und später noch einmal im Haus ihres Vaters. Dann heiratete ich Alexandra, ihre jüngere Schwester, an deiner Statt.«

»Ah ja«, murmelte Douglas. Er stand auf, stellte den Cognacschwenker vorsichtig auf den Beistelltisch, nahm die Kerze und ging aus der Bibliothek.

»Douglas! Warte! Du verstehst nicht! Um Himmels willen, komm zurück!«

Aber Douglas wollte nicht anhalten. Er hörte, wie Tony ihm folgte und beschleunigte seinen Schritt. Ein Fehler, das war es, nein, ein böser Scherz, ein Scherz der von Ryder stammen könnte ... nein ... etwas anderes. Er hörte seinen Cousin hinter sich auf der Treppe, als er zum östlichen Seiteneingang bog. Er eilte den Flur hinunter zu seinem Schlafzimmer, riß die Doppeltüre auf, stürzte hinein, schlug sie hinter sich zu und drehte schnell den Schlüssel um. Er blickte aufs Bett, die Kerze in die Höhe haltend. Die Decke war genauso glatt wie vor zwei Wochen, als er Northcliffe Hall verlassen hatte. Das Bett war leer.

Er ging zur Estrade, stand da und starrte auf das verdammt leere Bett. Er hatte von diesem Bett geträumt, nicht leer wie jetzt.

Nein, er hatte geträumt, daß Melissande darin liegen würde, auf dem Rücken, in der Mitte, ihn mit offenen Armen empfangend.

Er wandte sich ab, außer sich vor Wut. Sein Blick fiel auf die Tür zum angrenzenden Zimmer. Er war ein Narr. Natürlich war sie nicht in seinem Bett, sondern im Schlafzimmer der Gräfin. Er war ihr fremd, und es wäre nicht schicklich für sie, in seinem Bett zu sein, wenigstens noch nicht. Nicht bis er, als ihr Ehemann, sie dorthin holte.

Er stieß die Tür auf. Der Raum war kleiner, die Möbel gemütlicher, fraulicher. Es war das Zimmer, das angeblich von dem Geist heimgesucht wurde. Eigentlich gab es ihn ja nicht. Er existierte nur in den fiebrigen Köpfen einiger gelangweilter Damen. Auch hier war das Bett leer, doch die Bettdecke war zerwühlt. Dann sah er sie. Ein Mädchen, von Kopf bis Fuß in ein langes, weißes Gewand gehüllt, stand im Schatten. Er konnte sie nicht klar erkennen, doch ahnte er, daß sie blaß und verschreckt war. War das Furcht, was er erblickte? Furcht vor ihm?

Zur Hölle, sollte sie doch Angst vor ihm haben. Er trat näher. Das war nicht Melissande. Sie war eine verdammte Fremde, und sie hatte die Dreistigkeit, hier in dem Schlafzimmer seiner Frau zu sein. Stand da, als würde sie dahin gehören. Starrte ihn an, als wäre er ein Eindringling, am Ende gar ein Mörder. »Wer zum Teufel sind Sie?«

Seine Stimme war überraschend sanft, was ihn irritierte. Er zitterte, sein Bauch krampfte sich zusammen. Er setzte die Kerze ab, und stellte sich neben das Bett.

»Ich habe Sie gefragt, wer Sie sind. Was zur Hölle tun Sie hier? Wo ist Melissande?«

»Melissande ist am anderen Ende des Flurs, im Westflügel. Das Schlafzimmer nennt sich, glaube ich, der ›Grüne Würfel‹.«

Ihre Stimme klang ängstlich – hoch, dünn und piepsig.

»Ich kenne Sie nicht. Warum sind Sie hier?«

Das Mädchen trat vor, und in dem dämmrigen Kerzenlicht bemerkte er, wie klein und zart sie gebaut war. Ihr Haar war von einem warmen, dunklen Rot und wellte sich über Schultern und Rücken.

»Ich habe hier geschlafen.«

»Sie sind nicht Melissande.«

»Nein«, antwortete sie, »ich bin Alexandra. Ich bin Ihre Frau.«

Er lachte auf. Es war ein häßlicher, rauher Ton, voller Zweifel und Ungläubigkeit. »Sie können nicht meine Frau sein, meine Liebe, da ich Sie noch nie in meinem Leben gesehen habe. Ich glaube, Sie sind eine von Tonys Frauen, oder eine seiner zahlreichen Mätressen.«

»Sie haben mich schon einmal gesehen, Mylord. Vielleicht erinnern Sie sich nicht mehr an mich. Ich war damals erst fünfzehn, und Sie hatten nur Augen für meine Schwester.«

»Ja, und Ihre Schwester habe ich geheiratet.«

Von der Tür zu Douglas' Schlafzimmer kam ein lautes Klopfen. Er konnte Tony hören, wie er den Türknopf wütend bearbeitete. »Douglas, mach diese verdammte Tür auf! Alexandra, geht es dir gut?«

»Mir geht es gut, Tony«, antwortete sie. Sie drehte sich zu Douglas und fragte mit ruhiger Stimme: »Soll ich ihn hereinlassen, Mylord?«

»Warum nicht? Er scheint mit jeder Frau hier verheiratet zu sein, also ist es sein gutes Recht, jedes Frauenbett zu besuchen.«

Sie ging an ihm vorbei in sein Schlafzimmer, während Douglas zu der Tür eilte, die zum Flur führte. Er war in dem Augenblick aus der Tür, als Tony in sein Schlafzimmer stürzte. Tony sah ihn in Richtung Westflügel eilen.

»Douglas, verdammt noch mal, bleib stehen! Wo zur Hölle läufst du jetzt hin? O, nein, Halt!«

Doch Douglas eilte weiter und riß die Tür zum Schlafzimmer ›Grüner Würfel‹ auf. Dort im Himmelbett saß aufrecht seine Frau, seine Braut, Melissande. Umrahmt vom Kerzenlicht sah ihr Gesicht verwirrt und erschreckt aus. Sie begegnete seinem Blick, blinzelte und zog sich die Decke bis zum Kinn hoch.

»Douglas Sherbrooke?«

»Warum sind Sie in diesem Zimmer? Was suchen Sie in seinem Bett?«

»Weil sie mit mir verheiratet ist, verdammt noch mal! Douglas bitte, komm da weg und laß mich dir erklären, was geschehen ist.«

»Nein, ich will meine Frau zurück in mein Schlafzimmer nehmen. Du kannst nicht alle Frauen heiraten, Tony. Es ist nicht legal, außer in der Türkei. Du scheinst Moslem zu sein. Jedenfalls werde ich diese hier mitnehmen.«

»Sie ist nicht deine Frau! Ich habe sie für mich, nicht für dich geheiratet. Ich habe mit ihr geschlafen, Douglas! Ich habe sie entjungfert. Sie ist meine Frau.« Tony hatte mit laut brüllender Stimme zu sprechen angefangen, war aber zum Ende hin ruhiger und eine Oktave leiser geworden.

Douglas, sehr blaß, starrte auf Melissande. Gott, sie war das schönste Geschöpf, das er je gesehen hatte. Ihre zerzausten schwarzen Haare umrahmten ihr weißes Gesicht. Ihre erschreckten dunkelblauen Augen waren groß und verführerisch. Er fühlte, wie er hart wurde. Ungeachtet dessen, was geschehen war, ungeachtet der Tatsache, daß sie anscheinend mit Tony verheiratet war, ungeachtet … Douglas schüttelte den Kopf. Er war müde und erschöpft. Wie der Teufel war er geritten, um noch heute nacht zu seiner Braut zu kommen. Mit einem kurzen Gedanken an Janine überlegte er, wie sie sich wohl hier als dritte Frau machen würde. Den Kopf schüttelnd sah er noch einmal zu seiner Braut.

Aber da war keine Braut.

Nein, das war nicht richtig. Da war eine Braut, ihr Name war Alexandra, doch er hatte sie nie zuvor in seinem Leben gesehen, obwohl sie das Gegenteil behauptete.

Er sah seinen Cousin an: »Ich möchte, daß du mir sagst, daß das einer deiner geistlosen Witze ist.«

»Ist es aber nicht. Bitte Douglas, komm mit mir nach unten, ich werde dir alles erklären.«

»Du kannst das erklären?«

»Ja, gib mir eine Ch …«

»Du elender Lügner!« Douglas stürzte sich auf seinen Cousin. Er traf Tony mit der Faust am Unterkiefer und warf ihn zu Boden. Tony rollte zur Seite, stand auf und schüttelte den Kopf. Douglas schlug nochmals zu. Diesmal griff Tony nach Douglas Rockaufschlag und zog ihn mit hinunter. Sie fielen beide mit einem lauten Aufschlag hin. Arme und Beine um sich schlagend und aufeinander einprügelnd rangen sie miteinander.

Melissande schrie.

Alexandra stand im Türrahmen, eine Kerze in der erhobenen Hand. Sie sah, wie Tony auf Douglas rollte und ihm mit der Faust einen Kinnhaken verpaßte. Douglas stöhnte vor Schmerz, er richtete seine Knie auf und stieß sie in Tonys Rücken. Dann richtete er sich taumelnd auf. Tony schlug Douglas wieder, diesmal härter, sein Kopf schnellte zurück.

Alexandra schrie auf. In aller Eile stellte sie die Kerze auf den Tisch und sprang auf Tonys Rücken, bearbeitete seinen Kopf mit ihren Fäusten und zog an seinen Haaren. »Hör auf, du Scheusal! Laß ihn in Ruhe!«

Sie schlug, zog und zerrte ihn. Tony, erschüttert von diesem unerwarteten Angriff, wurde ganz starr. Douglas konnte ihn schnell überwältigen. Beide, Alexandra und Tony, stürzten zu Boden. Douglas griff Tony am Hemd und zog ihn hoch. Er schlug ihm seine Faust in den Magen. Tony stöhnte und krümmte sich vor Schmerzen. Plötzlich kam Melissande geflogen. Sie sprang Douglas auf den Rücken, ihre Beine umklammerten seine Hüften. Mit den Fäusten schlug sie auf seinen Kopf und schrie: »Laß ihn in Ruhe!«

Douglas fühlte seinen Kopf vibrieren und seine Ohren sausen. Sie riß ihm die Haare büschelweise aus und brüllte ihn weiter an. Die zweite Ehefrau, die kleinere, zog nun wie besessen an Melissande und riß sie von Douglas Rücken. Beide Frauen purzelten zu Boden, ein Knäuel von weißen Gewändern und fliegenden Mähnen.

Tony stand noch immer gekrümmt und versuchte, zu Atem zu kommen. Douglas hatte das Gefühl, keine Haare mehr auf dem Kopf zu haben. Seine Kopfhaut pochte von Melissandes Angriff. Er stand da und musterte das Schlachtfeld. Das kleine Mädchen entwand sich Melissande, rappelte sich hoch und eilte zu ihm. Ihr Gesicht war blaß, ihre Augen weit aufgerissen. Zitternd und keuchend stand sie vor ihm.

Er verharrte starr wie eine Statue. Ihre Hand tastete von seiner Schulter zur Brust und seinen Arm entlang. Er bewegte sich nicht, sagte kein Wort. »Fehlt Ihnen etwas? Hat er Sie verletzt? Bitte, sagen Sie mir, ob Sie Schmerzen haben.« Ihre Fingerspitzen strichen leicht über sein Unterkiefer. Er zuckte zurück. »O, Verzeihung. Ist das die empfindliche Stelle? Es tut mir leid. Nein, es ist nicht gebrochen, aber er hat Sie sehr hart getroffen.«

Douglas schüttelte seinen Kopf, rührte sich aber nicht von der Stelle. Wozu sich bewegen oder etwas sagen? Ihre Hände setzten ihre Reise über seinen Körper fort, sie fingerte an ihm herum, klopfte ihn leicht ab. Noch ehe sie auf die Knie fiel, um seine Beine abzutasten, ergriff Douglas ihre Handgelenke und hielt sie vor ihrem Körper fest. Er schüttelte sie leicht, um ihre Aufmerksamkeit zu erlangen: »Mir geht es gut. Lassen Sie mich in Ruhe. Gehen Sie und befühlen ihn – Ihren anderen Ehemann.« Er sah über sie hinweg zu Melissande, die neben Tony stand. Ihr langes, schwarzes Haar verbarg ihr Gesicht wie ein samtweicher Vorhang. Ihre zarten Hände berührten Tonys Körper.

Douglas trat einen Schritt zurück und sah zur Tür. »Komm herein, Hollis«, sagte er ruhig.

Hollis trat würdevoll in die Höhle des Löwen. Sanft forderte er ihn auf: »Mylord, würden Sie mich bitte begleiten. Während die anderen Herrschaften sich umziehen, serviere ich Ihnen im Salon einen Cognac. Die anderen können sich gerne anschließen, wenn sie wollen. Kommen Sie, Mylord. So ist es recht, kommen Sie. Es wird alles gut werden.«

Douglas ließ sich wegführen. Er fühlte sich wie betäubt. Seine Kopfhaut vibrierte noch immer, und er hatte noch immer Ohrensausen. Melissande hatte kräftige Finger und noch kräftigere Lungen. Er wollte jemand anderes sein, nicht Douglas Sherbrooke, denn dieser arme Kerl war eine Witzfigur. Er war ein Narr, ein Dummkopf, ein Esel, dem man die Haare vom Kopf riß und der seine Braut verloren hatte. Er hörte seine Stimme, doch sie war ihm fremd: »Hollis, dieses Mädchen hat Tony angesprungen. Warum hätte sie das tun sollen? Er sagte, er hätte sie geheiratet. Ich habe sie nie vorher gesehen. Warum sollte dieses Mädchen versuchen, mich zu retten?«

»Sorgen Sie sich jetzt nicht darum, Mylord«, kam Hollis beschwichtigende Stimme. »Seien Sie froh, daß sie versuchte, Sie zu schützen.«

»Mich schützen! Verdammt, sie sah aus wie eine Megäre, bereit, bis zum letzten Blutstropfen zu kämpfen.«

»Ja, Mylord, das entspricht ihr. Sie ist Ihre Frau, Mylord, und Ihre Gräfin. Sie hat hier die letzten zwei Tage gewohnt, und ich muß sagen, sie hat sich sehr gut eingefügt.«

Douglas erwiderte bestimmt: »Nein, sie ist nicht meine Frau. Das ist unmöglich. Ich sagte schon, ich habe sie nie zuvor gesehen. Melissande ist meine Frau. Sie habe ich wiedererkannt. Ich werde Tony umbringen für das, was er getan hat.« Douglas unterbrach seinen Redefluß und schaute über seine Schulter. »Meinst du, wenn ich dieses Mädchen hierbehielte, daß sie Tony für mich umbringen würde?«

»Sehr unwahrscheinlich, Mylord. Ihre Gewalttätigkeit wurde nur durch den Angriff auf Sie ausgelöst. Lord Rathmore ist überwältigt, und somit hat sie ihr Ziel erreicht. Kommen Sie nun. Am Morgen wird alles etwas anders aussehen.«

»Ich kann nicht im selben Bett mit diesem fremden Mädchen schlafen, Hollis. Ich bin ein Gentleman. Da du ihr erlaubtest, in mein Haus zu kommen, muß ich da nicht annehmen, daß sie eine mögliche Mätresse ist? Sagtest du nicht, daß sie bereits seit zwei Tagen hier ist? Nein, ich mag es nicht und ich kann es nicht akzeptieren. Wenn sie auch versucht hat, Tony umzubringen. Ich kann nicht mit ihr schlafen.«

»Nein, Mylord. Ich verstehe Ihre Gründe sehr gut. Ihre Empfindungen sind sehr lobenswert. Mylady wird Ihre Beweggründe zu schätzen wissen. Kommen Sie. Sie brauchen Ruhe, und gestatten Sie Ihren Gedanken, sich wieder zu sammeln.«

Bei Kaffee statt Cognac sammelten sich Douglas' Gedanken wieder. Aber dieses Sammeln der Gedanken ließ in ihm eine derartige Wut aufkommen, daß er sich am Kaffee verschluckte.

»Ich muß ihn umbringen, Hollis.«

»Vielleicht doch nicht, Mylord, Sie sollten Lord Rathmore erst einmal anhören. Wie Sie wissen, waren – äh, sind Sie sehr angetan von ihm.«

»Ah! Verdammter Schurke!«

Douglas richtete sich halb auf von seinem Stuhl. Doch fühlte er Hollis' feste Hand auf seiner Schulter und sank wieder zurück.

Er wollte nur noch ins Bett gehen, zwölf Stunden schlafen, dann aufwachen und alles so vorfinden, wie es sein sollte. Nein, er wollte seinen Cousin doch umbringen.

Statt dessen fragte Douglas, sonst ein Mann von geschliffenem Geist und geschickten Strategien, ermattet: »Sag, warum hast du mich verraten?«

Tony standen noch immer die Haare zu Berge, ein Resultat der weiblichen Attacke. Sein Morgenmantel war unter dem rechten Arm zerrissen und eine Seite hing länger als die andere herunter. Er blieb in sicherer Entfernung stehen. »Wirst du mir zuhören – ohne weiterhin zu versuchen, mich umzubringen?«

»Ich werde zuhören. Was das Umbringen anbelangt, so werde ich das an irgendeinem Morgen tun, kurz nach Tagesanbruch.«

»Um Gottes willen, Douglas, sprich nicht so! Verdammt, ich wollte nicht, daß es so kommt, aber es kam eben so.«

Hollis räusperte sich: »Genug, mea culpa. Mylord, Seine Lordschaft braucht Fakten. All diese Emotionen sind ermüdend und tun nichts zur Sache.«

»Was zwischen mir und Melissande geschah, war Liebe auf den ersten Blick. Ich kenne alle ihre Fehler, Douglas, Fehler, die du dir gar nicht vorstellen kannst, aber es war mir gleichgültig. Ich verstand sie und ich wußte, daß ich mit ihr umgehen könnte. Wir brannten durch. Als wir nach Claybourn Hall zurückkehrten, entschieden der Herzog und ich, daß ich Alexandra an deiner Statt heiraten würde. Sie willigte ein. Der Herzog war mehr als dankbar. Er hatte grade von seinem Taugenichts von Sohn gehört, daß er nicht nur England im Dunkel der Nacht den Rücken gekehrt, sondern seinem Vater auch einen Berg Schulden hinterlassen hatte. Der Herzog war außer sich und daher mit beiden Heiraten einverstanden. Dein Ehevertrag zusammen mit dem meinen rettete ihn und seine Familie vor der Schande. Ich war mir nicht sicher, Douglas, glaube mir. Aber es gab viele gute Gründe, diesen Weg zu gehen. Alexandra ist hübsch, sie ist eine Dame, sie ist nicht dumm, und du mußt nicht wieder nach London und von vorne beginnen, dir eine neue Frau zu suchen. Es wird alles gut werden.

Vielleicht ärgert es dich, weil du glaubst, ich tat es nur, um dich versöhnlich zu stimmen. Aber ich schwöre dir, ich habe es gründlich überdacht. Ich beobachtete Alexandra sorgfältig, und ich versichere dir, sie ist deiner würdig. Sie ist von der guten Sorte. Sie ist weder arrogant noch eitel. Sie ist freundlich, ausgeglichen und treu.«

»Tony, du redest von ihr wie von einem Pferd oder einem Jagdhund. Sie ist nicht Melissande!«

»Nein, dein Glück. Komm, du hast gesehen, wie sie dich, ihren Ehemann, verteidigt hat. Sie hat mich fast umgebracht. Wirklich Douglas, mit Melissande als deiner Frau wärst du nicht lange glücklich.«

»Ha, du gerissener Schuft, du redest, als hättest du mich vor einem noch schlimmeren Schicksal als dem Tod bewahrt. Du willst mir vormachen, du hättest eine Plage von mir abgewendet und auf dich genommen; daß du dich für mich geopfert hättest. Du hast meine Frau gestohlen, Tony! Verdammt, das ist zuviel. Ich habe genug gehört von deinen lahmen Entschuldigungen, und ich …«

»Mylord«, unterbrach Hollis besänftigend, seine Hand auf Douglas' Schulter legend: »Wir müssen uns momentan mit den Tatsachen auseinandersetzen. Emotionen sind enervierend und führen nachweislich zu Gewalt, und ich kann nicht noch mehr Gewalt auf Northcliffe zulassen.«

»Wo ist meine Schwester? Wo sind Ryder, Tyson und meine Mutter?«

»Master Ryder bestand darauf, Northcliffe zu verlassen, bis sich alles eingependelt hat. Er ist ein intelligenter junger Mann. Sobald er verstand, was geschehen war, ließ er innerhalb von zwei Stunden die Familie von hier abreisen. Sie sind derzeit in London im Sherbrooke Stadthaus.«

Und er hätte beinahe Janine in das Stadthaus gebracht! Doch Lord Avery hatte zum Schluß glücklicherweise entschieden, sich selbst um ihre Unterkunft zu bemühen. Douglas drehte sich zu Hollis. »Also bin ich mit diesem verfluchten Frauendieb allein im Haus.« Douglas rieb sich die Hände und grinste. »Wunderbar! Das heißt, ich kann ihn umbringen ohne Mitwisser, ohne Tyson, der mir von seiner imaginären Kanzel aus predigt, ohne Ryder, der mich auslacht, ohne meine Schwester und Mutter, die in Ohnmacht fallen. Nein, Hollis, das war nicht Ryders Idee, stimmt's? Nein, du hast befürchtet, es könnten Unstimmigkeiten aufkommen und hast Ryder überzeugt, sie alle wegzubringen. Ich habe nichts dagegen, wirklich nichts dagegen. Gott sei Dank hast du sie weggeschickt. Und jetzt werde ich diesem verdammten Schweinehund von Cousin den Garaus machen«, brüllte Douglas und sprang auf.

»Bitte, es reicht, Mylord.«

Douglas erstarrte und sah auf die zarte Frau, die sich geprügelt hatte, um ihn zu schützen. Nun stand sie in der offenen Tür. Sie, die seine verdammte Ehefrau sein sollte. Er erschauerte. Sie war ihm so fremd. Es war absurd, es war nicht wahr. Er konnte und würde das nicht akzeptieren.

»Sagen Sie mir wenigstens Ihren Namen«, forderte er sie mit rauher Stimme auf, seine Wut nur schwer unterdrückend.

»Mein Name ist Alexandra Gabrielle Chambers, das jüngste Kind des Duke of Beresford. Doch ich bin kein Kind mehr, ich bin achtzehn Jahre und eine Frau.« Sie machte eine Pause, und er sah ihr angespanntes Gesicht. Ein wirklich hübsches Gesicht, mit leuchtend grauen Augen, die ganz und gar nicht dumm dreinblickten. Bestimmt band sie ihr Haar mit einer Schleife im Nacken zusammen. Sie hatte einen zierlichen Knochenbau, einen hübschen Mund, gut geschwungene Brauen und reizende kleine Ohren. Doch es ließ ihn kalt, nichts davon berührte ihn. Sie fingerte an der Schärpe ihres blaßblauen Morgenmantels: »Können Sie sich denn gar nicht an mich erinnern, Mylord?«

»Nein.«

»Ich habe mich wohl etwas verändert. Ich war runder und auch kleiner. Ich trug sogar zeitweise eine Brille zum Lesen. Mein Haar war immer streng in kindliche Zöpfe geflochten, so daß es schon möglich ist, daß Ihr mich nicht beachtet habt, aber jetzt ...«

»Es kümmert mich nicht, ob Sie glatzköpfig oder korpulent waren. Gehen Sie. Gehen Sie zurück ins Bett. Sie können sicher sein, daß ich heute nacht nicht kommen werde, um Sie zu vergewaltigen. Es ist nicht meine Art, mit fremden Frauen ins Bett zu gehen.«

Sie richtete sich sehr gerade auf, und mit einem kurzen Blick auf Tony nickte sie: »Wie Sie wünschen, Mylord. Ich werde im angrenzenden Zimmer schlafen, wenn es Ihnen recht ist.«

»Schlafen Sie im Flur, wenn Sie wollen. Schlafen Sie mit Tony. Immerhin hat er Sie ja auch geheiratet.«

»Wirklich, Douglas!«

Alexandra drehte sich ohne ein weiteres Wort um und ging. Sie nahm eine Kerze von dem großen spanischen Tisch in der Eingangshalle und stieg langsam die Treppe nach oben. Was hatte sie erwartet? Daß er sie nur ansah und in Verzückung geriet über das Geschenk, das Tony ihm mitgebracht hatte? Daß er sie mit Melissande vergleichen und sich sofort für sie entscheiden würde? Daß er Halleluja singen und seinen Reichtum wohltätigen Zwecken zur Verfügung stellen würde, dafür, daß Tony sie hergebracht hatte? All die Bemühungen ihres Vaters, sie zu überzeugen. Ja, ihr Vater – sie erinnerte sich genau, was er gesagt hatte, wie er sie gedrängt hatte und dabei ihre eigenen Gefühle gegen sie benutzte ... Alexandra schüttelte den Kopf. Nein, es war alles nach ihrem Wunsch gelaufen. Hätte sie wirklich ablehnen wollen, ihr Vater hätte sie nicht gezwungen, Douglas in Abwesenheit zu heiraten. Sicher, das Geld benötigte er dringend. Auch glaubte er, daß die beiden, Douglas Sherbrooke und Anthony Parrish, nun da sie zur Familie gehörten, seinem albernen Nachfolger Reginald, sollte dieser erst einmal nach England zurückkehren, die Flausen schon austreiben würden.

Ha! Schon wieder versuchte sie Gründe zu finden, sich zu überzeugen, daß das, was sie tat richtig, angemessen und wirklich großartig war. Dabei gab es überhaupt keinen ›guten Grund‹. Douglas war betrogen worden von seinem Cousin, von Melissande, von ihrem Vater und von ihr. Sie hatte gehofft, verzweifelt gehofft, daß seine Reaktion, wenn er von ihr erfuhr, anders sein würde. Aber nun war Douglas nach Hause gekommen, und die Realität hatte ein wütendes Gesicht präsentiert. Es wird alles gut. Du darfst nicht aufgeben. Es wird alles gut. Meine dumme Litanei, dachte Alexandra, während sie die Treppen nach oben stieg. Dumm, unreif, und ...

Melissande wartete auf dem oberen Treppenabsatz, ihre Hände vor der Brust verschränkt.

»Nun?« fragte sie ohne Einleitung. »Fangen sie wieder an zu

streiten? Haben sie Gewehre in Anschlag genommen oder Degen gezogen? Werden Sie rücksichtslos um mich kämpfen?«

»Hast du Herzflattern?«

»Nein, sei nicht dumm. Was heißt das?«

Alexandra schüttelte den Kopf. Die Boshaftigkeit ihrer Schwester war unwürdig. »Er hat mich zu Bett geschickt«, lenkte sie ab. Sie zwang sich, jede Erregung aus ihrer Stimme herauszulassen.

»Du wußtest, daß das eintreten würde, Alex. Ich habe dich gewarnt, ich habe Vater gewarnt, aber er überredete dich, bei seinem Plan mitzumachen. Ich habe Tony gewarnt. Ihr wußtet alle, daß Douglas mich unbedingt haben wollte, nicht dich. Wie konnte er jemals dich oder eine andere Frau wollen, nachdem er mich gesehen hatte? Er konnte sich nicht einmal an dich erinnern, stimmt's?«

Alexandra nickte.

»Nicht, daß ich etwas dagegen hätte, daß du Gräfin bist, Alex, aber du wirst damit nicht glücklich. Wenn dein Ehemann dich haßt, wenn er es nicht ertragen kann, dich anzusehen, wenn er den Raum verläßt, nachdem du ihn betreten hast, wie kannst du da glücklich werden? Nein, ich bin es, die Gräfin hätte werden sollen, aber nun bin ich nur Vicomtesse. Aber das wollte ich doch, oder? Ich entschied mich für Tony, und er hatte keine andere Wahl, nachdem ich ihn erkoren hatte. Arme Alex! Armer Douglas! Bist du sicher, Douglas wird nicht versuchen, Tony umzubringen?«

»Hollis hat beide im Griff.«

»Ein Butler gibt Anweisungen«, kommentierte Melissande pikiert. »Wenn ich die Frau des Hauses wäre, würde ich mir das verbitten. Es ist mehr als befremdend.«

»Ja«, antwortete Alexandra, als sie an ihrer Schwester vorbeiging. Über ihre Schulter hinweg fügte sie ruhig hinzu: »Er will natürlich dich, du hast völlig recht. Er wird dich wahrscheinlich immer wollen.«

Melissande lächelt: »Ich warnte Tony, daß der Graf ihm niemals verzeihen würde. Aber er zog es vor, mir nicht zu glauben. Männer können die Wahrheit nicht vertragen, selbst wenn man sie ihnen aufrichtig und offen sagt. Sie glauben, sie könnten die Sachen so auslegen, wie es ihnen paßt.« Melissande hielt einen Moment inne und runzelte dann ihre schöne Stirn. »Ich fange an zu glauben, daß ich einen Fehler begangen habe. Tony ist nicht mehr der Mann, den ich geheiratet habe. Er will mich herumkommandieren, mich wie einen Gegenstand behandeln. Er eröffnete mir sogar, er sei kein Gentleman wie Douglas. In der Kutsche wollte er sich Freiheiten mit mir herausnehmen, Alex, am hellichten Tag, eine knappe Stunde von Claybourne entfernt! Kannst du dir das vorstellen? Ein solch ungeheuerliches männliches Verhalten konnte ich nicht zulassen. Sicher wäre Douglas nicht so taktlos, so respektlos den weiblichen Gefühlen gegenüber. Ja, ich habe wohl einen Fehler begangen. Weißt du, daß er sogar angedroht hat, mich zu ...« Melissande beschloß, über weitere Enthüllungen den Mund zu halten.

Alexandra sah ihre Schwester bestürzt an. Bereute Melissande inzwischen, Tony geheiratet zu haben? Aber wie war das möglich? Sicher war bereits viel Unausgesprochenes geschehen. »Warum hast du dann Douglas angegriffen?«

»Weil du Tony angegriffen hattest«, stellte Melissande sachlich fest. »Es schien mir die richtige Handlungsweise. Bevor Tony nach unten ging, um nochmals mit Douglas zu reden, umarmte er mich und sagte, daß er mir das nächste Mal einen Drachen zum Erschlagen schickt. Es hatte ihm gefallen, daß ich mich wie eine Wilde aufführte, daß ich schrie und Douglas fast die Haare ausriß. Es ist merkwürdig. Er ist so unberechenbar. Männer sind überhaupt unberechenbar.«

Alexandra konnte ihre Schwester nur anstarren. »Tony wird die Sache mit Douglas wieder in Ordnung bringen. Die beiden stehen sich sehr nahe, sagte Hollis.«

Melissande zuckte die Schultern. »Ich denke, Tony sollte leiden für das, was er getan hat.«

»Aber du hast doch mitgemacht.«

»Tony ist der Mann, er trägt die Verantwortung.«

»Dummes Zeug«, entgegnete Alexandra. Sie ließ ihre Schwester auf dem oberen Treppenabsatz stehen und spähte über das Geländer. Schnell ging sie den langen Flur zur Ostseite hinunter. An den Wänden hingen die Porträts verblichener Sherbrookes, deren Gesichter und Gewänder dringend einer Restauration bedurften. Nachdem sie das angrenzende Zimmer betreten hatte, stand sie zitternd mitten im Raum. Das Bett war sehr viel kleiner als das im Herrenschlafzimmer. Aber da auch sie kleiner war, machte das nichts aus.

Hollis hatte sie in das Herrenschlafzimmer geführt. Sie erinnerte sich, wie sie dastand und auf das riesige Bett starrte. Zum ersten Mal wurde es ihr bewußt, daß Ehemänner mit ihren Frauen manchmal zusammen schliefen, wenn sie Kinder haben wollten.

Das war also ein Bett, in dem Kinder gezeugt wurden. Sie wußte nicht, wie es vor sich ging, aber der Gedanke, keine Kleider in Gegenwart eines Mannes zu tragen, ließ ihren Verstand stillstehen. Hollis, gepriesen sei sein scharfsinniges Wesen, hatte ruhig gesagt: »Ich glaube, es ist klüger, wenn man Seiner Lordschaft etwas Zeit gönnt, bis er sich eingewöhnt hat. Sie müssen als seine Frau bestätigt werden, bevor Sie als Sherbrooke-Braut anerkannt werden.«

Der Raum, in dem sie stand, war kalt und leer, und seit Douglas heimgekehrt war, wirkte er noch leerer.

Sie blies die Kerze aus und kletterte ins Bett. Heftig zitternd lag sie zwischen den kalten Bettlaken. Ob sie wohl für den Rest ihres Lebens hier in diesem Zimmer tristen würde? Für einen Moment verlor sie ihren gesunden Optimismus was ihre Ehe betraf. Hatte Melissande recht? Würde Douglas sie weiterhin ignorieren oder schlecht behandeln?

Diese Heirat hatte Douglas keine Annehmlichkeiten gebracht. Der Preis, den er für sie bezahlt hatte, war hoch und galt eigentlich Melissande. Statt dessen war nun Alexandra seine Frau.

Stunden hatte Tony damit verbracht, ihr von Douglas zu erzählen. Die besten Anekdoten wurden ausgegraben. Mit endlosen Fragen hatte er sie traktiert. Sie wußte, er wollte prüfen, ob sie seines hochgeschätzten Cousins würdig sei. Zu guter letzt hatte sie Tonys Prüfung bestanden. Er wollte sie als seine angeheiratete Cousine, sagte er, und als sie antwortete, daß sie bereits seine Schwägerin sei, kam dieses Leuchten in seine Augen, das Melissande anscheinend so bewunderte und sagte: »Ah, dann werde ich dich noch enger in meine Familie einbinden, damit du nie mehr entfliehen kannst.« Wiederholt versicherte er, daß Douglas Melissande nicht liebte, daß sie nur eine begehrenswerte Erinnerung für ihn wäre, daß er sie gar nicht kannte. Wie entsetzt würde er sein, wäre er mit ihr verheiratet und sähe, wie sie wirklich war. Zögernd hatte er hinzugefügt, daß er, Tony, sie zweifellos kannte, aber es mache ihm nichts aus, denn es handelte sich um ihn und nicht um Douglas. Alles recht verwirrend, in der Tat.

So, Douglas Sherbrooke liebte also Melissande nicht. Ha! Doch nun war er mit einer Notlüge verheiratet, die er auch nicht liebte.

Alexandra vergrub sich tiefer in die Decken. Vor ihrem geistigen Auge sah sie noch einmal, wie ihr Ehemann in ihr Zimmer eingebrochen war. Sie hatte ihn drei lange Jahre nicht gesehen. Während der vergangenen zwei Tage hatte sie sich gefragt, ob er sich verändert hatte, vielleicht war er fett geworden, hatte seine Haare oder Zähne verloren. Dann war er erschienen. Sie konnte nur dastehen und mit offenem Mund staunen. Er sieht älter aus, dachte sie, während sie ihn anstarrte. Ein hartes Gesicht, mit dunklem Haar, und noch dunkleren Augen. Sein hoher Nasenrücken ließen ihn überheblich erscheinen und arrogant. Mutter Natur hatte ihn mit einem Grübchen am Kinn ausgestattet. Dieser Mann, der nun ihr Ehemann war, sah wundervoll aus. Sein Körper, schlank und sehnig, sein Gesichtsausdruck entschlossen. Er war der hinreißendste Mann, den sie sich je erträumt hatte.

Sofort hatte Alexandra gewußt, daß sie ihn mit jeder Faser ihres Herzens liebte. Bis er seinen Kopf zurückwarf und sich wie eine Bestie auf seinen Cousin gestürzt hatte.

Nichtsdestotrotz war er der Mann, den sie wollte. Ihr natürlicher Optimismus kehrte zurück. Es wird gut werden, wiederholte sie sich immer wieder. Sie war noch wach, als sie ihn Stunden später im Zimmer nebenan rumoren hörte.

KAPITEL 7

»Was zur Hölle machen Sie hier?«

Es war sieben Uhr morgens, viel zu früh für ihn, um hier, an diesem Ort im großen Sherbrooke Stall zu sein. Es war neblig, feucht und verhangen – alles in allem ein trostloser Morgen, ein Morgen, der ihre Stimmung und offensichtlich auch seine widergab.

Das Licht im Stall war düster, und noch keiner der Stallburschen war aufgetaucht. Die Gerüche waren anheimelnd und tröstlich – Heu, Leinsamen, Leder und Pferde. Douglas trug Lederhosen, einen dunkelbraunen Mantel und Schaftstiefel, die eine Reinigung bitter nötig hatten. Er sah müde aus, unrasiert, zerzaust und äußerst gereizt. Auf einen Außenstehenden wirkte er sicher wie ein schlecht gelauntes, schmuddelig aussehendes Scheusal. In ihren Augen sah er jedoch blendend aus.

»Ich wollte ausreiten, Mylord.«

»Vielleicht ist meine Sicht getrübt, doch ich sehe kein fremdes Pferd im Stall. Wo ist das Pferd, das Sie reiten wollen? Ich nehme an, daß es ein Pferd ist. Obwohl ich anscheinend der Esel in diesem Drama bin, können Sie mich nicht reiten.«

Alexandra war über diese Unverschämtheit einen Moment still, antwortete aber dann gefaßt: »Mr. McCallum hat mir liebenswürdigerweise Fanny als Reitpferd überlassen, seit ich hier bin.«

»Fanny gehört meiner Schwester.«

»Ich weiß. Sie ist eine temperamentvolle Stute, mit sanften Nüstern und freundlichem Wesen. Ich bin eine sehr gute Reiterin, Mylord. Sie müssen sich nicht sorgen, daß sie nicht anständig geführt würde. Oder würden Sie es vorziehen, wenn ich ein anderes Pferd nähme?«

Er sah sie mißbilligend an. »Sie haben also nicht Ihr eigenes Pferd mitgebracht?«

»Nein.« Ihr Vater hatte vor zwei Monaten mehrere der herzöglichen Pferde verkauft und somit den einst ruhmreichen Stall von Chambers geleert. Das war, ehe Douglas ihm sein großzügiges Angebot zugeschickt hatte, und ehe er wußte, daß er mehr benötigte, um Claybourn zu retten.

»Sie tragen ein Reitkostüm, das weder neu ist, noch dem Stil des letzten Jahres entspricht. Ich nehme an, daß Ihr hochgeschätzter Schurke von Vater Sie nur mit dem Nötigsten an Kleidern weggeschickt hat, auf daß Sie den Rest von mir erbetteln würden.«

Ein verbaler Angriff, der einiges versprach.

»Ich weiß nicht. Ich habe nicht darüber nachgedacht.«

Er schnaubte regelrecht. Sie hörte ein antwortendes Schnauben von einer der geschlossenen Boxen. »Das ist Garth«, bemerkte Douglas abwesend. »Sie denken also nicht an Fabeln, Borten und Volants?«

»Natürlich, wenn es angebracht ist.«

»Ich kann mir kaum vorstellen, daß Melissande nicht an schönen Kleidern, Fabeln und all diesen anderen Dingen interessiert ist, die Frauen tragen, um Männern den Kopf zu verdrehen und Narren aus ihnen zu machen. Warum sollten Sie anders sein?«

»Melissande ist schön. Sie braucht schöne Dinge, bewundert sie, und ...«

»Ha! Sie braucht gar nichts, sie würde in nichts als ihrer weißen Haut herrlich aussehen.«

Ein weiterer verbaler Angriff, der den ersten noch übertraf.

»Ja, das ist auch wahr. Was glauben Sie, soll ich tun, Mylord?«

»Ich glaube, Sie sollten gehen. Und ich wünschte mir, daß dieses Debakel nur ein Alptraum wäre, aus dem ich erwachen könnte.«

Alexandra behielt ihre aufrechte Haltung und ihren freundlichen Gesichtsausdruck. Sie zwang sich, ihn nicht anzuschreien, die Fäuste nicht gegen ihn zu erheben; oder womöglich in die Knie zu fallen und zu wehklagen. »Ich meinte, ob Sie wohl gestatten, daß ich Fanny reite. Oder soll ich eine andere Stute nehmen oder gar nicht reiten?«

Douglas fuhr sich durchs Haar. Er starrte auf dieses schmale Wesen, von dem ihm jeder erzählte, daß sie tatsächlich seine Ehefrau sei. In dem dämmrigen Licht sah sie blaß aus. Ihr Rücken war so gerade, als hätte sie einen Besenstiel verschluckt. Ihr Haar war unter einem recht schäbigen Reiterhut versteckt. Eine lange Strähne hatte sich gelöst und war in einer leichten Locke auf ihre Schulter gefallen. Das Haar hatte eine schöne Farbe, ein etwas seltsames, dunkles Rot – aber, gleichviel. Es hätte blau sein können, es würde ihn doch nicht interessieren.

Diese Frau war für ihn eine Fremde.

Er fluchte.

Alexandra rührte sich nicht von der Stelle.

»Ah, zum Teufel! Sie können Fanny reiten. Ich werde feststellen, ob Sie gut genug sind, sie weiter zu reiten.«

Mr. McCallum war ein Mann von fünfzig, drahtig, kraftvoll wie ein Zwanzigjähriger, braungebrannt und mit einer jungen Witwe von zweiundzwanzig verheiratet. Er stand jetzt draußen vor dem Stall und gab einem Stalljungen Anweisungen, als der Graf und Alexandra mit ihren Pferden heraustraten.

»Guten Morgen, Mylord.«

Douglas nickte ihm zu. Was ihn betraf, so hatte McCallum ihn verraten, als er diesem verdammten Frauenzimmer Sinjuns Stute überlassen hatte. So wie sein Butler Hollis, nicht zu reden von seinem Cousin, diesem verfluchten Flegel, diesem verdammenswerten Tony, der es verdiente, von ihm erschossen zu werden.

»Ihre Ladyschaft hat einen guten Sitz und eine leichte Hand«, bemerkte McCallum und goß damit Öl auf Douglas Feuer.

»Sie müssen sich nicht sorgen, daß Fanny unter einer falschen Behandlung leiden müßte.«

Douglas brummte. Wen interessierte, ob sie eine geschickte Reiterin war? Ihn nicht. Überhaupt, wer hatte sich um ihn gesorgt? Niemand. Keine verdammte Menschenseele.

Er half Alexandra aufs Pferd, drehte sich um und bestieg Garth. Der mächtige Zuchthengst hatte sich während der zwei Wochen in seiner Box vollgefressen. Er wieherte nun, tänzelte zur Seite und gab alles in allem eine gute Darbietung.

Douglas lachte vergnügt. Er sprach ihm zu, klopfte seinen Hals und ohne zurückzuschauen, gab er ihm die Sporen zum Galopp.

Alexandra sah Hengst und Reiter einen Moment lang nach, und sagte: »Nun Fanny, vielleicht sollten wir ihm zeigen, daß wir uns nicht zieren und ganz und gar nicht geschaffen sind, an seinem Staub zu ersticken.«

Sie winkte McCallum leicht zu und preschte rasch hinter ihrem Ehemann her. Die Auffahrt war sehr lang, umsäumt von Linden und Buchen mit dichtem dunkelgrünen Blätterwerk.

Douglas wartete oberhalb des alten Pförtnerhauses auf sie. Er beobachtete, wie sie auf ihn zuritt. Sein Gesicht blieb ausdruckslos. McCallum hatte recht, sie ritt sehr gut. Doch berührte es ihn nur insofern, als Fannys weiche Nüstern nicht verletzt würden. Kaum merklich nickte er ihr zu, gab Garth die Sporen und verfiel wieder in Galopp. Während er die Hecke zu den nördlichen Feldern von Northcliffe nahm, beobachtete er aus den Augenwinkeln, wie Alexandra Fanny freigab, leicht über die Hecke sprang und ihm nachritt. Am Ufer eines gewundenen engen Baches hielt er an. Dies war einer seiner Lieblingsplätze in seiner Kindheit gewesen.

Als Fanny neben Garth stehenblieb, sah sich Alexandra um und rief freudig: »Welch ein zauberhafter Platz. Dieser Bach erinnert mich an einen ähnlichen auf dem Chambers-Anwesen. Als kleines Mädchen war ich sehr gerne dort. Ich verbrachte viele glückliche Stunden mit Angeln und mit Schwimmen – wobei das Wasser meist zu flach war. Gerade tief genug, um darin herumzuplantschen und ordentlich naß zu werden – um eben eine schöne Zeit zu haben.«

Der Versuch, eine kleine Unterhaltung anzufangen, schlug fehl.

Douglas sah in die Ferne, in Richtung Smitherstone Wälder, und sagte unvermittelt: »Sagen Sie mir, warum haben Sie das getan?«

Alex fühlte ihr Herz in dumpfen Schlägen pochen. Der Liebe Gott wußte, daß da viele Wahrheiten zusammenkamen. Sie würde ihm eine nennen und hoffen, er würde sich damit zufrieden geben. Eine, die ihm Tony sicher schon letzte Nacht aufgetischt hatte. Es war eine gute, in der Tat, die wichtige, wenn man von ihres Ehemannes Standpunkt aus sprach. »Mein Vater brauchte dringend Kapital, denn mein Bruder ist gerade aus England geflohen und hat einen Berg Schulden hinterlassen. Tonys Angebot alleine hätte da nicht ausgereicht – verstehen Sie, Mylord? Ein weiterer wesentlicher Grund war Zeit, wir waren nahe daran, unser Heim zu verlieren, und ...«

Douglas fuchtelte mit seiner Hand durch die Luft. Garth, irritiert von der plötzlichen Bewegung seines Herrn, drehte seinen Kopf und biß in Fannys Hals. Fanny wieherte und warf ihre Hinterbeine in die Luft. Alex verlor die Kontrolle, schrie überrascht auf, ruderte mit den Armen, um die Balance zu halten, versagte, rutschte von Fannys Rücken und landete mit ihrem Hinterteil auf dem harten Boden.

Da saß sie nun im Staub und hatte das Gefühl, sich sämtliche Knochen gebrochen zu haben. Sie rührte sich nicht aus Angst und sah zu Douglas hinauf, der sein Pferd beruhigte. Seine Augen waren beinahe schwarz. Er stieg schnell ab. Fanny, verflucht seien ihre Hufe, schlug ihre Hinterbeine nochmals hoch, drehte sich herum und galoppierte in Richtung Sherbrooke-Anwesen zurück.

»Fehlt Ihnen etwas?«

»Ich weiß nicht.«

»Glücklicherweise sind Sie gut gepolstert, mit all diesen Unterröcken. Können Sie stehen?«

Alexandra nickte. Sie kam auf ihre Knie. Ihr schwindelte. Sie schüttelte ihren Kopf, um ihn klar zu bekommen.

Douglas packte sie unter die Arme und zog sie hoch. Sie wiegt nicht viel, dachte er, und doch fühlte sie sich sehr weiblich an. Da spürte er jedoch, wie sie sich vom Nacken bis zur Hüfte verspannte.

Er ließ sie los. »Es ist schon gut.« Sie blickte in Richtung Stall, der verborgen hinter zwei Meilen Bäumen und Feldern lag. »Fanny ist verschwunden.«

Es war seine Schuld. Douglas hätte laut fluchen können, denn das hieß, daß er dieses Mädchen jetzt vor sich auf dem Sattel halten – regelrecht festhalten! – mußte. Er, der sie nicht einmal anschauen wollte, nicht in ihrer Gesellschaft sein wollte, geschweige denn, sie halten wollte.

Er würde sogar mit ihr sprechen müssen. Er war es ja, der ihren Sturz verschuldet hatte.

»Sie sind offensichtlich doch keine so gute Reiterin wie Sie behaupten, sonst wären Sie aufmerksamer gewesen.«

Dieser verbale Angriff war bei weitem der beste bisher, denn er traf ihren Stolz mit einem tödlichen Hieb. Sie war nicht nur eine kompetente Reiterin, sie war die Beste. Sie hatte schon geritten, noch ehe sie laufen konnte. Sie war nicht nur die Beste, sie war die Beste der Besten.

Sie sprach mit frostiger, tiefverletzter Stimme: »Es war Ihr Hengst, der, nachdem Sie sich auf seinem Rücken austobten, schlechte Manieren zeigte. In Anbetracht dieser Tatsache, daß er sich ungebührlich verhielt, haben Sie recht.« Sie drehte sich um und begann den langen Weg zurückzugehen.

Douglas beobachtete sie.

Er sollte sich entschuldigen.

Er sollte sie auf Garth heben.

Zur Hölle.

Ihr Reitkostüm war staubig, und er sah einen Riß unterhalb ihres rechten Arms. Ein gutes Stück Saum war aufgegangen und schleifte hinter ihr im Schmutz. Ihr Hut lag mitten auf dem Weg, und ihre Haare fielen offen über den Rücken. Sie humpelte etwas.

Er fluchte, gab Garth die Sporen und ritt ihr nach.

Alexandra hörte ihn kommen. Sie ging unbeirrt weiter. In diesem Augenblick wünschte sie, daß jeder wunderschöne Zentimeter seines Körpers verrotten möge. Plötzlich beugte er sich herunter, schlang seinen Arm um ihre Hüfte, hob sie hoch und setzte sie vor sich auf den Sattel.

»Es tut mir leid, verdammt noch mal.«

»Sehr romantisch. Keiner Schriftstellerin hätte eine hinreißendere Darstellung aus der Feder fließen können.«

»Nur weil ich nicht mit Ihnen streiten oder wieder absteigen wollte … was für ein verdammter Unsinn!«

»Ich hätte zu Fuß gehen können«, entgegnete sie milde. »Es ist ganz und gar nicht weit.«

»Sie sehen wie eine Vogelscheuche aus, wie eine Dirne, die sich an einem halben Dutzend Männern erfreut hat, die sie aber nicht genügend befriedigte und deshalb keinen Pfennig für ihre Arbeit erhielt.«

Sie sagte nichts, saß mit kerzengeradem Rücken und starrte auf die Straße.

»Ich nehme an, ich werde Ihnen nun ein neues Reitgewand kaufen müssen.«

»Es sieht nicht so aus, als müßte ich Sie dazu überreden.«

»Es war wohl meine Schuld – Ihr Sturz, meine ich. Ich werde es wiedergutmachen. Dennoch, Sie hätten wachsamer, mehr auf das Unerwartete vorbereitet sein sollen.«

Alexandra hatte ein sanftmütiges Wesen. Sie war geduldig und ausdauernd, doch sie wußte sich zu behaupten; sie konnte ihren Mund halten, um unangenehme Szenen zu verhindern. Sie war niemals rücksichtslos. Selbst, wenn ihre Mutter nicht aufhörte zu nörgeln und Melissande sie bis zum äußersten herausforderte; stets lächelte sie und ging ihrer Wege. Aber mit Douglas, ihrem Ehemann ... wie konnte er es wagen, ihre Reitkünste zu bespötteln? Sie konnte sich einfach nicht zurückhalten. Heimlich drückte sie gegen seinen Arm und schob sich mit ihrem ganzen Gewicht gegen ihn. Von diesem Druck überrascht, rutschte Douglas auf der anderen Seite herunter. Er hätte sich retten können, hätte Garth nicht entschieden, daß ihm das zusätzliche Gewicht auf seinem Rücken mißfiel und er seinem Herrn klarmachen mußte, daß er nicht wie ein herkömmlicher Gaul behandelt werden konnte. Garth bäumte sich auf. Alexandra gelang es, fest an Garths Mähne geklammert, die Balance zu halten, Douglas verlor sie. Er fiel mit einem lauten Plumps auf den Weg und landete seinerseits nun auf seinem Allerwertesten. Die Zügel schleiften am Boden, und Garth sprang sofort zur Seite, weg von seinem Herrn, blieb aber dank Alexandra stehen.

Wie Alexandra vorher, so lag nun auch Douglas still und tastete nach, ob irgend etwas gebrochen war.

Er hob seinen Blick, immer noch regungslos, und sagte: »Dafür werde ich Sie verprügeln.«

»Tony behauptet, Sie sind ein Gentleman. Gentlemen schlagen Damen nicht, sie drohen es ihnen nicht einmal an.«

»Ein Gentleman hört dann auf, einer zu sein, wenn er mit einer Ehefrau konfrontiert wird, die er nicht kennt, die er nicht will, niemals wollte, niemals wußte, daß sie existiert, die gewalttätig, unachtsam und unbeherrscht ist.« Er holte tief Luft, um diesen wunderbaren Monolog weiterzuführen, als er spürte, wie der Boden bebte. Verdattert mußte er feststellen – der Staub flog ihm in den Mund –, wie diese Frau mit Garth, seinem Zuchthengst, davonstieb.

Fast hätte er vergessen zu pfeifen.

Gott sei Dank hörte ihn Garth. Er hielt an, drehte sich um und trottete wieder zurück zu seinem Herrn.

Alexandra knirschte mit den Zähnen. Sie starrt auf Douglas hinunter, der nun mitten auf dem Weg saß.

»Ich glaube«, bemerkte sie laut, »Sie benötigen nun ebenfalls neue Reitkleidung, Mylord.«

»Das ist keine Reitkleidung. Das ist die Morgenkleidung. Sie sind sowohl ungebildet als auch eine Betrügerin.«

»Betrügerin? Das bin ich nicht.«

Alexandra und Garth verharrten reglos. Sie öffnete ihren Mund und schloß ihn wieder. Es war offensichtlich. Tony hatte völlig versagt, den Grafen umzustimmen. Sie könnte wiederholen, daß ihr Vater in einer fürchterlichen finanziellen Lage war, daß der Chambers-Grundbesitz verloren gegangen wäre, daß der Erbe sich nach Amerika auf und davon gemacht hatte, daß ihr Vater entehrt worden wäre und er sich vielleicht eine Kugel in den Kopf hätte jagen müssen vor Schande. Sie schauderte bei dem Gedanken, wie er solche Argumente aufnehmen würde. Dann war da die andere Wahrheit, aber sie konnte und wollte ihm darüber nichts preisgeben.

»Keine Antwort, hm? Nun, ich bin nicht überrascht. Insbesondere nach dem Unsinn, mit dem mich Tony letzte Nacht gefüttert hatte.« Douglas rappelte sich hoch, untersuchte seinen Körper nochmals, ob alles in Ordnung war und war zufrieden mit dem Resultat. Er ging hinüber zu seinem Hengst, nahm die Zügel auf und streichelte dessen Nüstern. Seine Worte kamen langsam: »Ich soll also glauben, daß Sie einverstanden gewesen sind, sich auf dem Altar der Ehe zu opfern, da Ihr geliebter Vater dabei war, alles zu verlieren. Daß Sie und Ihr Vater Tony – diesen verräterischen Schurken – überzeugten, daß es mir dadurch erspart bleiben würde, nach London zu fahren, um mich dort, unter der derzeitigen Menge der Debütantinnen, nach einer geeigneten Ehefrau umzusehen. Daß alles zu meinem Besten geschehen sei. Aber Sie, ehrenhaft von den Haaren bis zu Ihren zarten Zehenspitzen, erklärten Ihrem Vater, daß Sie es nicht tun könnten? War es aufgrund Ihrer edlen Gesinnung? Zwang Ihr Vater Sie dazu?«

Wie konnte Tony so etwas sagen? Lächerlich. Sicher, sie hatte erst abgelehnt. Bevor sie etwas sagen konnte, fuhr Douglas weiter fort, schnaubend wie ein Pferd. »Tut mir leid, doch das glaube ich nicht. Heutzutage können Väter ihre Kinder nicht mehr zwingen, etwas gegen ihren Willen zu tun.« Er hatte die Worte kaum ausgesprochen, da wußte er, daß sie falsch klangen. In Wirklichkeit hatte Tony nichts dergleichen gesagt. Douglas wollte sie auf die Probe stellen, doch dieses Mädchen erzählte ihm nichts, was irgendwie glaubwürdig klang.

Leise entgegnete Alexandra: »Nein, Papa hat mich nicht gezwungen. Er liebt mich, aber ich mußte ...«

»Ja, ich weiß. Sie mußten ihm helfen, indem Sie sich geopfert haben. Ich hoffe, Sie sind zufrieden mit meinem Kaufpreis. Immerhin habe ich teuer bezahlt, um eine Fremde als Frau zu haben.«

Alexandra richtete sich so gut sie konnte im Sattel auf. »Ich wünschte, Sie würden mich nicht so abschieben und mir eine Chance geben, Mylord. Ich verspreche Ihnen, eine gute Ehefrau zu sein.«

Etwas blaß sah sie aus, diese zerzauste Frau, die da auf Garth saß. Ganz beiläufig kam ihm der Gedanke, ob sie sich wohl verletzt hatte bei dem Sturz. Schon fuhr sie fort: »Tony sagte, Sie ließen sich lieber einen Zahn ziehen, als eine Saison in London zu verbringen. Er sagte, das letzte, was Sie wollten, wäre gezwungenermaßen all diese Bälle und Partys zu besuchen, um die verfügbaren Damen zu beschnuppern, die für Sie in Frage kämen. Er sagte, Sie fühlten sich wie ein schwerfälliges Rebhuhn in der Mitte von gut bewaffneten Jägern und, daß Sie solche Situationen hassen.«

»Hat er das gesagt? Und Sie haben ihm geglaubt? Ich nehme nicht an, daß es Ihnen, in Ihrem unendlichen Edelmut, je in den Sinn gekommen wäre, Tony hätte alles gesagt, nur um Entschuldigungen für sich selbst zu haben? Sich vor mir zu rechtfertigen?«

»Ich bin sicher, er fühlt sich noch immer sehr schuldig. Er mag sie sehr gern.«

»Aber Ihre Schwester mag er lieber!«

»Ja, er liebt sie.«

»Er ist ein Judas. Ich werde ihm das Hirn ausblasen.«

»Er tat es nicht absichtlich. Sie glauben doch sicher nicht, daß er Melissande heiratete, nur um Ihre Pläne zu durchkreuzen? Aus reiner Boshaftigkeit? Nein, selbst in Ihrer übelsten Laune dürften Sie das nicht annehmen. Hat er gelogen, als er von Ihrem Unbehagen sprach, nach London zu gehen?«

Douglas sah auf seine abgestoßenen Stiefelspitzen.

Finkle würde einen Tobsuchtsanfall bekommen, wenn er sie zu sehen bekam. »Nein, aber er hatte keine Befugnis, eine Entscheidung für mich zu treffen. Es ist seine Art von Rechtfertigung, sonst nichts.«

»Es tut mir leid.«

Diese Frau war die Hölle! »Sie wissen schon, daß ich diese lächerliche Eheschließung annullieren und die Vereinbarung mit Ihrem hinterhältigen Vater zurückfordern kann.«

»Wagen Sie es nicht, so von meinem Vater zu sprechen!« Drohend erhob sie ihre Faust.

Douglas bewegte sich nicht. Er starrte sie nur mit ausdruckslosem Gesicht an. »Was soll ich glauben?«

Eine Welle der Schuld stieg in Alexandra auf. »Es tut mir schrecklich leid, Mylord, wirklich. Aber glauben Sie nicht, Sie könnten mir für einige Zeit gestatten, Ihre Frau zu sein? Hieße das im Falle einer Annullierung, daß Sie mich nach Hause schicken und die Ehe keine Ehe mehr wäre?«

»Ganz recht. Unsere vorübergehende Verbindung wäre damit aufgelöst.«

»Bitte, überlegen Sie es sich noch einmal. Ich möchte nicht, daß diese Ehe annulliert oder aufgelöst wird. In kurzer Zeit werden Sie vielleicht nichts mehr dagegen haben, daß ich hier auf Northcliffe bin. Ich werde Ihnen aus dem Wege gehen. Ich werde versuchen, es Ihnen gemütlich zu machen ...«

»Frauen! Glauben Sie nicht, daß ein Mann ganz gut zurechtkommt, ohne eine von Ihrer Sorte am Hals zu haben, die ihm einen Cognac reicht oder Zigarren?«

»Was ich meinte, war, daß ich nicht aufdringlich wäre und mich darum kümmern würde, daß im Hause alles glatt läuft.«

»Es läuft alles glatt, oder haben Sie vergessen, daß ich eine Mutter habe und mehr Angestellte, als ich zählen kann?«

Sie hatte die Mutter ganz vergessen. Zudem hatte er zwei Brüder und eine jüngere Schwester. Hollis hatte ihr erzählt, daß sie in London weilten, um Freunde zu besuchen. Doch sie würden bald nach Northcliffe zurückkehren. Du liebe Güte. Würden sie sie hassen, sie verabscheuen, so wie Douglas? Würden sie seinem Beispiel folgen und sie verachten? Sie holte tief Luft und erwiderte: »Ich hatte es vergessen. Verzeihung.« Ganz in Gedanken lehnte sie sich an ihn. »Bitte, Mylord, nach einer gewissen Zeit in Ihrem Haus werden Sie sicher nichts dagegen haben, daß ich da bin. Sie werden es gar nicht registrieren. Ich bitte Sie, mich nicht gerade jetzt zu annullieren.«

»Sie annullieren? Ihr laßt es wie einen Gewaltakt klingen.«

Douglas runzelte die Stirn, Verachtung lag in seinen Augen. »Aha, ich beginne die Richtung Ihres Denkens oder das Ihres Vaters zu erkennen. Sie hoffen, in mein Bett zu steigen, nicht wahr? Sie wissen, daß ich die Ehe nicht annullieren kann – verdammt noch mal, keine Annullierung erhalte –, wenn ich Sie entjungfert habe. Das ist es, was Sie wollen, stimmt's? Wenn ich Ihnen erst einmal Ihre kostbare Jungfräulichkeit genommen habe, dann ist Ihr geschätzter Vater sicher, und mein ganzes Geld bleibt bei ihm. Hat Ihr Vater Ihnen den guten Rat gegeben, mich zu verführen?«

Auf ihn hinunterblickend schüttelte Alexandra langsam den Kopf. »Nein, ich habe an nichts dergleichen gedacht. Niemand riet mir zu irgend etwas.«

Er war still und starrte sie an.

»Wirklich, Mylord. Ich weiß nichts von Verführung. Verführung ist sicherlich nicht etwas zwischen Eheleuten. Meine Mutter erzählte mir, daß nur wilde junge Männer verführen, um junge Damen zu ruinieren.«

»Wirklich? Warnte sie das mütterliche Orakel vor etwas Bestimmtem?«

»Daß ich, wenn ein Mann mir schmeichelt oder zu nahe tritt oder meine Hand zu lange hält, nachdem er sie geküßt hat, sofort dessen unmittelbare Nähe verlassen sollte. Er führe dann nichts Gutes im Sinn, meinte sie.«

Douglas mußte lachen.

Alexandras Miene erhellte sich. Entweder hatte sie ihn amüsiert, oder er lachte sie aus. Sie wartete und fügte dann hinzu: »Ich werde mein Bestes tun, Sie zufriedenzustellen, Ihnen eine gute Ehefrau zu sein. Von Natur aus bin ich sehr ausgeglichen und ...«

»Ha! Bisher waren Sie über alle Maßen boshaft, zänkisch, ein keifendes Fischweib und das schlimmste an Frau, dem ich bisher begegnet bin. Sie haben mich von meinem verdammten Pferd geworfen.«

Alexandra runzelte die Stirn. »Ja«, erwiderte sie, Überraschung in ihren Augen und in ihrer Stimme, »ja, es hat den Eindruck erweckt, daß ich das tat, was sehr eigenartig ist. Es entspricht mir so gar nicht.«

Douglas entdeckte, daß die oberen zwei Knöpfe ihres Reitkleides sich geöffnet hatten. Er sah einen Flecken ihrer weißen Haut, sehr weich aussehende, weiße Haut ... Er dachte an ihre Jungfräulichkeit; er dachte diese zu nehmen, durch dieses Jungfernhäutchen zu stoßen. »Vielleicht«, sagte er, jetzt auf ihre Brüste starrend, »vielleicht kann ich von dem Gegenteil überzeugt werden. Es ist möglich, daß Sie diejenige sein werden, die die Annullierung fordern wird. Vielleicht wollen Sie dann Northcliffe verlassen, und zwar so schnell, wie Ihre Kutschenräder rollen können.«

»O nein, ich möchte Ihre Frau sein.«

»Wir wollen sehen. Öffnen Sie die übrigen Knöpfe. Ich kann nur die Umrisse Ihrer Brüste sehen. Ich möchte gerne den Rest von Ihnen sehen. Sie sind still? Ist das ein Hauch von Blässe, den ich da sehe? Meine Grobheit schockiert Sie? Habe ich Ihre kostbare jungfräuliche Empfindsamkeit beleidigt? So gibt es also doch eine Möglichkeit, Sie zum Schweigen zu bringen?«

Ja, er hatte recht, dachte sie verblüfft.

»Wie alt sind Sie?«

»Sie wissen, daß ich achtzehn bin. Ich habe es Ihnen letzte Nacht gesagt.«

»Alt genug, eine Frau und eine Ehefrau zu sein. Das haben Sie auch gesagt. Verflucht. Halten Sie den Mund.«

»Aber ich sagte doch gar nichts.«

»Verdammt noch mal, halten Sie den Mund. Oder ich werde Sie auffordern, Ihre Reitjacke auszuziehen und mir Ihre Brüste, Ihre Brustwarzen, Ihren gesamten Oberkörper zu zeigen, wofür ich so teuer bezahlt habe.«

Alexandra blieb stumm.

Douglas beobachtete sie abwartend. Aber sie schwieg, den imaginären Besenstiel wieder wohl plaziert in ihrem Rücken. Er zuckte die Schultern. »Ich werde Garth führen. Ein Spaziergang ist Balsam für eine müde Seele.«

Warum schweift er ab, wunderte sie sich, war aber klug genug, ihre Neugierde für sich zu behalten. Statt dessen konzentrierte sie sich darauf, ihn zu beobachten, wie er vor ihr herging. Er hatte einen Riß in seiner Lederhose, durch den ein Stück haarigen Oberschenkels blitzte. Schwarzes Haar. Es gefiel ihr. Dann sah sie an sich hinunter, rückte ihr Oberteil zurecht, und bedeckte jedes Fleckchen Haut, das hervorschien. Sie richtete sich wieder auf und behielt ihre Augen auf dem Rücken ihres Mannes.

Diese Sache mit der Annullierung war ihr unheimlich. Sie mußte sich bei Tony erkundigen. Sie hatte wenig Ahnung von Heiratsangelegenheiten. Alles, was sie von Jungfräulichkeit und Jungfrauen wußte, war, daß sie eine war. Sie mußte also in das Bett ihres Mannes, um keine mehr zu sein.

Gerne hätte sie ihren Mann dazu befragt, doch sie bezweifelte, ob er auf Fragen dieser Art eingehen würde.

Auf halbem Wege hielt er an und drehte sich zu ihr. »Ich bin müde. Garth ist müde. Steigen Sie ab. Wir werden uns einen Moment unter diesem Eichenbaum ausruhen.«

Alexandra glitt ohne ein Wort vom Sattel.

Douglas bemühte sich nicht, Garth anzubinden; er ließ seine Zügel baumeln. »Setzen Sie sich«, forderte er sie auf und zeigte auf einen Grasfleck.

Alexandra setzte sich.

Douglas ließ sich in einiger Entfernung nieder. An den dicken Eichenstamm gelehnt, kreuzte er seine Beine. Seufzend verschränkte er die Arme über seinem Bauch und schloß die Augen.

»Es tut mir leid, daß Sie so müde sind«, begann Alexandra. »Tony erzählte, daß Sie eine Art Mission zu erledigen hatte und daß das der Grund war, warum er zu uns kam und nicht Sie.«

»Ja. Ich habe wirklich die falsche Entscheidung getroffen, nicht wahr? Ich habe dem falschen Mann vertraut. Gott mein ganzes Leben ist ruiniert, weil ...«

»War Ihre Mission erfolgreich?«

»Ja.« Er öffnete seine Augen und sah sie an. »Offen gestanden würde ich es vorziehen, jetzt die junge Dame, die ich in Frankreich rettete, hier zu haben – und nicht Sie. Ihr Name ist Janine. Sie ist eine Frau und kein Mädchen, das Frausein spielt. Und sie war an mir als Mann interessiert. Sie bot sich mir an, ohne Falsch und ohne die Kokette zu spielen. Doch da ich annahm, ein verheirateter Mann zu sein und glaubte, Melissande würde hier auf mich warten, nahm ich sie nicht. Ich stieß sie von mir.« Er schloß wieder die Augen.

»Sie sind ein verheirateter Mann.«

»Doch Sie sind nicht Melissande.«

»Diese Frau, die Sie gerettet haben, ist sie Französin?«

»Ja, und die Mätresse eines sehr bedeutenden Mannes.«

»Sie wollten doch sicher keine Mätresse zur Frau.«

»Warum nicht?«

»Das ist mehr als dumm! Sie sagen das nur, um mich unglücklich zu machen. Kein Mann möchte eine Frau, die nicht anständig ist. Es ist wegen des Erbens. Ich hörte meinen Vater dies zu einem Nachbarn sagen.«

»Eine achtzehnjährige Lauscherin verkündet hier ihre Weisheit.«

»Werden Sie mich annullieren?«

Er sagte nichts darauf.

»Wollen Sie mir nicht wenigstens eine Chance geben?«

»Halten Sie den Mund. Ich möchte mich ausruhen.«

Alexandra beobachtete Garth, der seelenruhig das saftige Gras vom Wegrand fraß. Wenn sie Douglas eine auf den Schädel schlug, könnte er seinem Pferd nicht pfeifen, und sie könnte zurück zum Sherbrooke-Stall reiten. Sie seufzte und schloß ihre Augen. Der Morgen begann sich langsam zu klären. Bald würde die Sonne aufgehen und warm herabscheinen.

Ungeachtet seinem Befehl, ruhig zu sein, begann Alexandra zu erzählen: »Ich hatte einen merkwürdigen Traum in der ersten Nacht in Ihrem Haus. Eine junge Dame, so träumte ich, kam in das Zimmer, in dem ich schlief. Sie stand neben dem Bett und schaute auf mich herab. Ich dachte, sie würde etwas sagen, aber sie blieb still. Sie sah so traurig aus und so schön. Als ich aufwachte, war sie weg. Ein Traum, und doch erschien er so wirklich.«

Douglas öffnete seine Augen und starrte sie an. Er sprach sehr langsam: »Ach, zum Teufel.«

»Träume sind eigenartig, nicht? Sie scheinen so real, so greifbar, aber natürlich ist es nur ...«

»Ein Traum, nicht mehr und nicht weniger. Vergessen Sie ihn, haben Sie verstanden?«

Warum benahm er sich wegen eines Traumes so merkwürdig? Sie nickte. »Ich verstehe.«

KAPITEL 8

»Ja, Hollis, es ist tatsächlich der Sherbrooke, den du weder erwartet hast, noch zu sehen wünschst. Ja, ich weiß, du würdest mich lieber in Jericho sehen, aber ich bin zurück. Die Ungewißheit war mehr, als ich ertragen konnte. Ich erzählte Mutter, Tyson und Sinjun, daß ich zum Newmarket Rennen gehe. Sie alle glaubten mir, bis auf Sinjun. Überrascht mich nicht, sie ist ein kluges Kind, manchmal allerdings zu klug. Ihre verdammten Augen ... aber, vergessen wir das. Ich mußte Douglas' neue Frau sehen.«

Hollis war erschreckt. Er fixierte den jungen Mann, den er ein Leben lang kannte und liebte; ein junger Mann, der vitaler und stattlicher war, als ihm gut tat und noch zu jung, um zynisch zu sein. Ihm gegenüber war Hollis gezwungen, zu lächeln. »Nicht doch, Master Ryder, kommen Sie herein. Obwohl ich überzeugt bin, daß Jericho zu dieser Jahreszeit sehr schön ist. Ja, kommen Sie herein. Reichen Sie mir Ihren Mantel. Sie werden sehen, die neue Gräfin ist eine charmante junge Dame. Doch Seine Lordschaft wird wohl etwas Zeit brauchen, um sich an sein Glück zu gewöhnen. Die neue Gräfin war, wie Sie wissen, etwas unerwartet.«

»Ja, und du hast entschieden, Douglas sollte hier alleine bleiben, um die Angelegenheiten ohne die Einmischung der Familie zu klären. Ich sage dir eines, Hollis, Mutter wird der Kleinen das Leben zur Hölle machen. Armes kleines Ding. Sie ist nicht zu beneiden, wenn Mutter zurück ist. Douglas war also nicht gerade entzückt über die Frau, die Tony ihm zugedacht hatte? Merkwürdig, ich kenne Tony nur als einen, der in bezug auf Frauen exquisiten Geschmack bewies. Bis auf diese Carleton-Frau, die ihm irgendwie einen Antrag abgerungen hatte. In den Annalen des Mannes wird dies sein ewiges Geheimnis bleiben. Douglas verhält sich unerträglich launisch und anmaßend.«

»Ich halte Launenhaftigkeit für keine noble Eigenschaft, Master Ryder, und so kann es nicht mit dem Charakter Seiner Lordschaft übereinstimmen. Nein, es ist eine Frage der Veränderungen, glaube ich. Selbst von dem anpassungsfähigsten Mann lassen sich kurzfristige Veränderungen schwer verkraften. Die neue Gräfin hat alles, was sich ein Mann von einer Frau nur wünschen kann.«

»Aha, ich beginne zu verstehen. Das Mädchen ist alles andere als verlockend. Sie ist nicht zu vergleichen mit der wunderschönen Melissande, habe ich recht, Hollis? Ist es das, was du in deiner herrlich zurückhaltenden Art sagen möchtest?«

Melissande hatte sofort diesen flotten jungen Mann mit seinem hinreißenden Aussehen und seinen forschen Reden von der Frühstückszimmertür aus entdeckt. Sie räusperte sich und trällerte: »Hallo, ich bin Lady Melissande. Wer sind Sie?«

Ryder drehte sich der unbekannten Stimme zu und blickte die Frau, die vor ihm stand, an. Zu Melissandes größter Verwunderung war dieser Gentleman nicht wie die anderen männlichen Spezies aus ihrer Bekanntschaft von ihrem Anblick fasziniert. Er fiel ihr nicht metaphorisch vor die Füße, um unbeweglich wie ein toter Hund dazuliegen. Sie wußte, daß ihr Anblick ausreichte, um selbst die mattesten Gentlemen hinwegzureißen. Was um Himmels willen war geschehen? War ihr Haar nicht perfekt? War ihre Figur nicht vollkommen und wirkte die Lavendelfarbe ihres seidenen Morgenrocks nicht mehr als prächtig zum Kontrast ihrer weißen Haut? Sah er vielleicht schlecht?

Natürlich war alles in Ordnung mit ihr. Nichts war jemals fehlerhaft. Dennoch stand er einfach nur da und hielt den Kopf schief.

Zu ihrer Verwunderung konnte Melissande keine beginnenden Zeichen von Betörung an ihm sehen; keine plötzliche Blässe oder Erstarrung, kein Zeichen seelenvoller Verehrung in seinen lieblichen blauen Augen bemerken. Ach, vielleicht war er nur sprachlos. Er lächelte höflich und sagte mit einer trägen, glatten Stimme wie warmer Honig: »Ich bin Ryder Sherbrooke, Douglas' Bruder. Wo ist die neue Gräfin? Und was machen Sie hier?«

»Sie ist in meiner Begleitung, Ryder.«

»Hallo, Tony.« Ryder grinste seinen Cousin an, der hinter seiner Frau aus dem Frühstückszimmer aufgetaucht war. Ryder trat vor und faßte seine Hand. »Ich freue mich, daß du immer noch am Leben bist – oder steht das nicht mehr zur Debatte? Will dir Douglas immer noch an die Kehle oder konntest du ihn überzeugen, daß er besser dran ist mit der guten Tat, die du für ihn getan hast?«

»Hör zu, Ryder, ich ...«

»Nein, Cousin, Hollis hat mir keine Geheimnisse anvertraut. Ich bin nur gekommen, um mir selbst ein Bild zu machen. Es ist verdammt gut, dich gesund und munter vorzufinden, Tony.«

»Ich bin Melissande.«

»Ja, ich weiß. Sehr erfreut.«

Ryder wandte sich wieder an seinen Cousin. »Ist das eine geschwollene Lippe, die ich da sehe, Tony? An deinem Kinn, ist das vielleicht ein Bluterguß? Also hast du dich mit Douglas recht lebhaft auseinandergesetzt? Ich bin überzeugt, du hast gut verteilt und gut eingesteckt.«

»Ich bin Tonys Frau.«

»Ja, ich weiß. Freut mich.«

Und zu Tony: »Nun, hast du?«

»Was denn?«

»Douglas in sein schönes Gesicht geschlagen?«

»Ich habe einig gute Schläge eingesteckt, aber damit nicht genug, seine Frau griff mich auch noch an.«

»Ich bin Melissande, und ich griff Douglas an.«

Ryder wußte genau, daß dieses herrliche Geschöpf eingeschnappt war. Es amüsierte ihn. Offensichtlich war Tony ein Atlas unter den Männern, er mußte einer sein, um dieses herrliche Paket an Eitelkeit, das seine Frau war, zu zähmen. Wenn er das nicht schaffte, würde er wünschen, die Welt auf seinen Schultern zu tragen. Doch das war nicht sein Problem. Gott sei Dank. »Komm, Tony. Ich möchte alle Details hören. Ist Douglas da?«

»Nein, ich glaube, er und Alex sind ausgeritten.«
»Alex?«
»Alexandra.«
»Ich bin Melissande. Ich bin Alexandras Schwester.«
»Ich weiß. Freut mich Madam. Komm, Tony.«
Melissande blieb zurück in der Eingangshalle. Sie starrte fassungslos ihrem Mann und diesem unaufmerksamen Tölpel von blindem Cousin hinterher. Hollis räusperte sich zaghaft: »Benötigen Mylady noch etwas?«
»Nein«, erwiderte Melissande geistesabwesend, noch immer betroffen von diesem Schock. »Ich muß nach oben gehen und sehen, was verkehrt ist.«
Hollis lächelte ihr spöttisch nach und wußte, daß ihr Spiegel sich bald an ihrem Bild und ihrer Verwirrung erfreuen würde.
Fünf Minuten später war ihm das Lächeln vergangen. Seine Lordschaft betrat mit seiner Frau die Halle. Beide erweckten den Eindruck, als seien sie durch den Graben geschleift worden. »Mylord! Du meine Güte! Mylady, sind Sie ...«
»Nein, reg dich nicht auf, Hollis.« Douglas wandte sich an Alexandra. »Geht nach oben und säubert Euch.«
Eine klare und deutliche Entlassung. Obwohl er mit Sicherheit genauso schlimm aussah wie sie, schwieg Alexandra. Sie ging nach oben.
Zu Hollis sagte Douglas: »Wir fielen beide von unseren Pferden, aber es ist nichts passiert.«
»Mylady hinkt etwas.«
»Geschieht ihr recht ... na ja, vielleicht ein bißchen. Aber sie wird sich bald erholen. Reg' dich nicht auf, Hollis.«
Als er hörte, daß sein Bruder gekommen war, um den Hallen von Northcliffe die Ehre zu erweisen, fluchte Douglas. Er stampfte an Hollis vorbei in die Bibliothek. Drei Hausmädchen spähten durch die Türe des ›Goldenen Salons‹, und zwei Lakaien standen unaufdringlich hinter der Treppe und guckten angestrengt nach draußen. Hollis, wie es seine Gewohnheit war, schickte sie freundlich zurück zu ihren Pflichten.
»Ah«, entfuhr es Ryder bei Douglas' Eintritt. »Laß mich dein Gesicht sehen. Tony klagt, du hättest ihn fast zu einem blutigen Wrack zusammengeschlagen, während du selbst ohne eine Narbe davongekommen bist. Er prahlte, daß er dich austoben ließ und sich nur verteidigte.«

»Es war seine Frau, die mich fast umgebracht hat«, klagte Tony. »Sie ist zwar meine Schwägerin, zeigte aber keinerlei Loyalität. Das war nicht fair von ihr. Ich fühle mich durch diesen Verrat mißbraucht.«

»Verrat! Du verdammter Schuft! Ich ...«

Douglas hielt inne. Es gab nichts mehr zu sagen. Was er entscheiden mußte, war, ob er seine Ehe annullierte oder nicht. Außerdem war Ryder hier. Er sah mit Mißbilligung auf seinen Bruder. »Also gut, Ryder, warum bist du hier? Geht es Mutter gut? Was ist mit Tyson und Sinjun?«

»Mutter ergeht sich hochinspiriert in Bissigkeiten über dich. Sinjun liest gierig, wie immer. Tyson hört nicht auf, seine langweiligen Geschichten zu erzählen, bis Sinjun ihm ihr Buch an den Kopf wirft. Kurz gesagt, alles wie gehabt, Douglas. Sie glauben alle, ich sei in Newmarket. Ich war neugierig. Das ist alles. Wo ist die Kleine, die Tony für dich geheiratet hat? Schielt sie? Ist sie fett und hat mehr als ein Kinn? Fehlen ihr Zähne? Hat sie flache Brüste?«

»Sei kein Esel, Ryder«, Tony erhob seine Stimme: »Alex ist zauberhaft, sanft, und ...«

»Sanft! Ha! Sagst du, nachdem du sie für mich geheiratet hast! Sie ist nicht Melissande.«

»Ich habe Melissande gesehen, Douglas«, sagte Ryder langsam, seinen Bruder aufmerksam beobachtend. »Tony stand neben ihr. Ich glaube, er fürchtet, daß jeder Mann, der sie ansieht, seinen Kopf verliert.«

»Du hast sie gesehen. Nun fühlt er sich bestätigt.«

»Aber du hast deinen Kopf nicht verloren.« Tony wandte sich nachdenklich an Ryder. »Warum nicht?«

Ryder zuckte nur die Schultern. »Eine Frau ist so gut wie jede andere. Solange sie warm und liebevoll im Bett ist, was soll's? Tut mir leid, ich möchte deine Frau nicht beleidigen Tony, es ist nur ... ich werde ihr ein guter Cousin sein, versprochen?«

Tony schluckte. Er mochte Ryder, doch er verstand ihn nicht. Sein Zynismus, die äußerst höfliche Gleichgültigkeit gegenüber Frauen allgemein, hatten bei ihm nicht zu mönchischen Neigungen geführt, sondern eher einen satyrischen Appetit entwickeln lassen. Nein, Ryder mochte Frauen nicht sonderlich, aber er unterstützte seine Kinder und deren Mütter. Wenn seine Frauen schwanger wurden, machte er ihnen keinen Vorwurf. Es war verwirrend. Frauen waren so eine Art Sport für Ryder, nichts weiter. Willig akzeptierte er die Konsequenzen und zahlte. Tony war erleichtert, Melissande vor seinen drängenden Blicken sicher zu wissen. Aber Douglas ... Tony drehte sich zu seinem Cousin: »Ich habe gehört, du und Alex wart ausreiten. Sie ist eine hervorragende Reiterin.«

Douglas brummte irgend etwas vor sich hin.

»Du siehst etwas zerzaust aus«, fuhr Tony beharrlich fort. »Was ist geschehen?«

»Ich stürzte von Garth –, oder besser, dieses Weibsbild, das du für mich geheiratet hast, stieß mich vom Pferd. Sie fiel zuerst, und nun muß ich ihr neue Reitkleider kaufen. Hast du gesehen, was sie trägt? Die Sachen sind alt und schäbig. Zweifellos ist der Rest ihrer Kleider ebenso geschmacklos. Ich wette, das war alles von ihrem lieben Vater geplant, so daß ich gezwungen wäre, ihr eine neue Garderobe zu kaufen. Sie sieht verboten aus, Tony! Fahr zur Hölle!«

Tony runzelte die Stirn. »Wie sonderbar, Melissande trägt herrliche Kleider, die leichteste Seide, sehr schöne feminine Sachen.« Ryder unterbrach: »Da ist eine kleine Verletzung an deinem linken Auge und über deinem rechten Ohr, Douglas. Noch mehr Kampfspuren?«

Douglas sagte nichts und schenkte sich einen Cognac ein. Er trank ihn aus und wies mit seinem Schwenker zu Tony hin. »Ich werde diesen erbärmlichen Schurken umbringen. Willst du mir sekundieren, Ryder?«

»Du hast einen Riß in deinen Reithosen. Zu deiner Frage sage ich nein, ich kann dir wirklich nicht sekundieren. Ich mag Tony, habe ihn immer gemocht. Weißt du, Douglas, du mußt einem Verwandten ein paar Freiheiten zugestehen, insbesondere einem Verwandten, der uns so nahe ist wie Tony. Wir haben einen Großteil unserer Jugend miteinander verbracht. Er hat dich nie vorher übers Ohr gehauen, oder? Du wirst gezwungen sein, das zu bestätigen, und ich muß dir zustimmen. Es ist nur dieses eine Mal, daß er über die vetterlichen Stränge geschlagen hat. Nur einmal. Folglich ist Vergebung ...«

Douglas schleuderte seinen Cognacschwenker nach Ryder, der sich behende duckte. Das Glas zerbarst am Kamin.

In diesem Augenblick klopfte es an die Bibliothekstür.

»Herein«, rief Tony.

Hollis trat ein. Er trug ein schweres Silbertablett mit dem Northcliffe-Wappenschmuck darauf – ein Löwe, seine Vorderpfoten auf einem Schild, der zugleich edel und bösartig aussah. »Ich bringe ein paar Erfrischungen, Mylord.«

»Ha! Du kommst, weil du befürchtest, ich würde erneut versuchen, Tony aus der Welt zu schaffen.«

»Es ist weise, Wachsamkeit zu üben, Mylord. Ich habe hier köstliche Kekse aus Mrs. Tanners Küche, Sie lieben sie doch, Mylord. Und Master Ryder, für Sie habe ich Erdbeermarmelade gebracht, die Sie so mögen. Kommen Sie, Mylord.«

»Was ist mit mir, Hollis?« fragte Tony.

»Für Sie, Mylord, habe ich hier dicke Scheiben Teekuchen.«

»Ah, Sie sind ein Engel unter den Butlern, Hollis.«

»Ja, Mylord.«

Douglas fluchte brummend in sich hinein, Tony griff nach einem Stück Teekuchen, und Ryder hatte seine Hand um das Marmeladenglas gelegt.

Hollis stand im Hintergrund und fühlte sich etwas erleichtert. Doch als er vor der Bibliothekstür Schritte hörte, erblaßte er. O nein! Nun war wirklich nicht die Zeit für die beiden Ehefrauen, zu erscheinen.

Beide Damen traten in die Bibliothek. Lady Melissande glitt voran auf graziösen Füßen; Lady Alexandra folgte ihr mit kräftig klingenden Schritten, bis sie den dicken Aubusson-Teppich erreichte. Lady Melissandes prächtiges schwarzes Haar fiel in weichen Wellen und ringelte sich um ihr Gesicht. Lady Alexandras Haar war von einer wunderschönen Farbe, doch es quoll aus einem leicht schiefen Knoten in ihren Nacken. Sie hätte mehr Zeit vor dem Spiegel verbringen sollen. Lady Melissande trug ein Kleid von pfirsichfarbener Seide, das ihre fraulichen Formen einladend umschmeichelte. Lady Alexandra trug ein blaßblaues Kleid, mit nichts Auffälligem, außer einem beklagenswert hohen Kragen.

Beim Anblick der beiden Frauen, so Seite an Seite, konnte Ryder seines Bruders Einwand von Verrat verstehen. Den Mund voller Kekse und Erdbeermarmelade verschluckte er sich und bekam einen Hustenanfall. Alexandra ging ruhigen Schrittes zu ihm und schlug, so hart sie konnte, mit ihrer Faust zwischen seine Schulterblätter.

Unter der Wucht ihres Schlages brach er fast zusammen. Jedenfalls war der Husten weg. Noch immer rot im Gesicht blickte Ryder hoch und betrachtete die junge Dame. Schnell stand er auf. Er musterte sie noch einige Augenblicke und nickte dann langsam.

Er nahm ihre Hand und küßte ihren Handrücken. »Ich bin Ryder, Ihr Schwager. Sie sind Alexandra?«

»Ja. Geht es Ihnen wieder besser?«

»Sie haben mir zwar fast die Lunge aus der Brust geboxt – aber doch, ja, mir geht es jetzt gut. Der Krümel hat nun seinen richtigen Weg gefunden. Willkommen in der Sherbrooke-Familie. Haben Sie wirklich Douglas von seinem Pferd heruntergestoßen?«

Alexandra schüttelte den Kopf, als sie sagte: »Ich hatte es zu jenem Zeitpunkt nicht beabsichtigt.«

»Ah! Ich erinnere mich, ich ließ eine Bemerkung über etwas sehr Sanftes fallen, da haben Sie mich zu Boden gestoßen!«

»Sie ist wirklich groß und stark, nicht wahr?« Ryder schloß seine Finger um ihren Oberarm. »Oh, stark wie eine Amazone und kräftig wie der Bulle von Squire Maynard. Sie ist erschreckend, Douglas, gewiß!«

»Sie waren ganz und gar nicht sanft«, wandte sich Alexandra an Douglas.

»Ich bin es auch nicht«, kam es murmelnd von Melissande.

Tony lachte. »Niemand bei klarem Verstand würde dich sanft nennen, Liebste.«

Ryder sprach zu Alexandra mit leichter und ungewöhnlich weicher Stimme: »Wollen Sie sich nicht setzen und uns Gesellschaft leisten?«

»Ich werde Ihnen auch Gesellschaft leisten«, kündete Melissande an. Sie betrachtete ihre Schwester mit ehrlicher Bestürzung. Das ist mehr als befremdend, dachte Melissande, und sah Ryder erstaunt an, der nur Augen für Alex zu haben schien. Ihr Spiegel log doch nicht. Vielleicht war der arme Ryder übermäßig kurzsichtig, wie sie von Anfang an vermutet hatte. Sie drehte sich um zu ihrem Mann, sah ein spöttisches Glänzen in seinen dunklen Augen und runzelte die Stirn. Sie drehte sich weiter zu Douglas. Hier fand ihre Seele augenblicklich Trost. Sein Herz lag in seinen Augen, und beide sahen wunderbar zerschlagen aus.

Sie schenkte ihm ein liebliches Lächeln und nickte ihm zu: »Vergeben Sie mir, daß ich Ihnen letzte Nacht Unannehmlichkeiten bereitete.«

Douglas schüttelte den Kopf.

»Komm und serviere mir den Tee, Mellie«, unterbrach sie Tony.

»Ich sagte doch schon, ich mag diesen fürchterlichen Namen nicht!«

Douglas rechtes Auge zuckte.

»Komm, Mellie«, wiederholte Tony.

»Ein netter Spitzname«, bemerkte Ryder und beobachtete interessiert diese atemberaubende Person, die kurz davor stand, ihrem Ehemann die Augen auszukratzen. Als sie nicht reagierte, schürte er das Feuer noch ein bißchen: »Ich mag den Klang von ›Mellie‹. Hört sich etwas unordentlich und gemütlich an, wie ein Paar alter Hausschuhe, in die ein Mann seine Füße hineinschlüpfen und an den Kamin halten kann.«

Alexandra lachte: »Besser als Alex. Ich möchte gerne gemütlich klingen und nicht so, als sei ich ein Mann.«

»Niemand würde diesen Fehler begehen«, sagte Ryder.

Beide, Douglas und Melissande, runzelten die Stirne.

»Ihr Kleid ist erbärmlich«, bemerkte Douglas zu seiner Frau. »Es ist so aus der Mode, daß ich bezweifle, ob es jemals modisch war.«

Ihr Kinn reckte sich, und der Besenstiel stärkte verdächtig ihren Rücken. »Es ist blau. Blau ist eine sehr schöne Farbe.«

»Sie sehen wie ein Schulmädchen aus.«

»Dann möchten Sie mir vielleicht ein neues kaufen? Oder vielleicht ein Dutzend? Ist mein schmeichlerischer Ton ausreichend genug, Mylord?«

Douglas merkte, daß jetzt nicht der richtige Zeitpunkt war, seine schlechte Laune zu zeigen. Er riß sich zusammen und versuchte, seine innere Kontrolle, die er bis vor vierundzwanzig Stunden noch zur Genüge besaß, wiederzuerlangen. Dieses Mädchen hatte sie ihm geraubt. Er fühlte sich verletzbar und ausgeliefert.

Er nahm einen Keks und biß hinein.

»Haben Sie Fanny geritten?« fragte Ryder.

»Ja, eine wundervolle Stute. Doch bin ich mir nicht sicher, ob seine Lordschaft davon überzeugt ist, daß ich gut genug reite.«

»Du bist gefallen«, warf Melissande ein. »Das war nicht gut von dir, Alex.«

Zu Douglas' Überraschung sagte Alexandra nur entschuldigend: »Es war bedauerlich, aber ich werde in Zukunft vorsichtiger sein.«

Die Frage war, gäbe es überhaupt eine Zukunft. Er mußte hier raus und sich ein paar ernsthafte Gedanken machen. Eine Annullierung schien die beste Antwort, der einzig logische Schritt. Er sah hinüber zu Alexandra. Sie sah ihn direkt an. Er sah eine so große Unsicherheit in ihren Augen, daß er zusammenzuckte. Und er sah

Furcht. Furcht vor ihm? Zweifellos darüber, was sie ihm angetan hatte. Sollte sie ruhig Angst vor ihm haben!

Douglas stand schnell auf und nickte der versammelten Gesellschaft zu. »Ich muß noch mit Danvers arbeiten. Die Post liegt sicher schon bereit.«

Er ging. Als er die Tür hinter sich schloß, hörte er Ryders Lachen.

Die Post war leider auch nicht sehr erheiternd, was Douglas' Laune nicht hob …

Es regnete bis in den frühen Nachmittag, ein leichter weicher Nieselregen, der sich dann aufklärte und einen sehr blauen Himmel und frische Luft hinterließ. Alexandra fand Ryder Sherbrooke in dem überwucherten Garten westlich vom Haus. Er lehnte an einem Eichenbaum und starrte ins Leere, sich zufrieden in der warmen Sonne, die durch die Zweige schien, räkelnd.

»Ryder?«

»Ah, meine kleine Schwester. Bin ich ein Zufall oder habt ihr mich in einer bestimmten Angelegenheit gesucht?«

Sie hatte so jemanden wie ihn noch nicht getroffen, doch sonderbar, sie vertraute ihm.

»Ich fragte Hollis, wo Sie sind. Er weiß immer, wo jemand ungefähr sein könnte.«

»Das ist wahr. Kommen Sie, setzen Sie sich neben diese fette Nymphe. Was halten Sie von all diesen Statuen? Mein Großvater hatte sie während seiner bacchanalen Phase aus Florenz mitgebracht. So hatte es einer seiner Freunde, Lord Whitehaven beschrieben, ein alter Lebemann, der mich als Kind auf seinen Knien herumreiten ließ.«

»Ich habe sie nie zuvor gesehen.« Alexandra bestaunte die Linien der nackten Frauen, jede einzelne in einer aufsehenerregenden Pose. »Das ist mein erster Besuch im Garten.«

»In der Mitte des Gartens stehen Statuen nackter Männer und Paare. Großvater hatte offensichtlich Skrupel wegen der Kinderaugen und der Neugierigen. Die Statuen stehen gut versteckt. Mögen Sie Northcliffe?«

»Ich weiß nicht.«

»Warum binden Sie Ihre Brüste?«

Alex verschluckte sich fast an ihrer Zunge. Sie starrte ihn an und fühlte sich nackt wie eine Schnecke.

»Verzeihung. Ich wollte Sie nicht kränken. Ich bin bekannt dafür, zu sagen, was ich denke, sofern ich denke.«

»Woher wußten Sie?«

»Ich kenne Frauen. Was immer sie tun, mich können sie nicht täuschen. Das Verhalten des schönen Geschlechts ist berechenbar. Nehmen Sie zum Beispiel Ihre schöne Schwester. Melissande wird sowohl die süßen wie die bitteren Seiten des Lebens noch kennenlernen. Sie wird ihre Spielchen mit Tony treiben, und er wird diese, natürlich in Maßen, erlauben und zweifellos genießen. Bereits jetzt kontrolliert er sie, ungeachtet seiner Vernarrtheit in sie.«

»Sie mögen Frauen nicht?«

Völlig überrascht sah Ryder sie an: »Gütiger Gott, ich könnte ohne sie nicht leben. Ich bezweifle, daß es noch etwas anderes gibt im Leben eines Mannes, das ihm so viel Freude bereiten kann wie ein Frauenkörper.«

Alexandra schnappte nach Luft.

»Tut mir leid, ich tat es wieder. Sie sind jung, Alexandra, aber Sie sind nicht zartbesaitet. Sie sind stählern, und ich wage zu sagen, Sie müssen diese Stärke bald einsetzen, sehr bald. Doch was wollten Sie von mir?«

»Ich bin gekommen, Sie zu fragen, ob Sie glauben, daß Douglas unsere Ehe annullieren wird? Und was kann ich machen, damit Douglas noch etwas wartet und mir eine Chance gibt, bevor er es tut?«

»Ich ahnte, daß seine Gedanken in diese Richtung gingen.« Ryder sah sie fest an. »Da Sie mich fragen, will ich Ihnen sagen, was ich denke. Douglas wird sicher sehr ernsthaft eine Annullierung in Erwägung ziehen. Douglas wurde sehr hart in die Zange genommen, um es mal so auszudrücken. Er ist verärgert, fühlt sich verraten und möchte zurückschlagen. Er ist aber auch starrköpfig und uneinsichtig. Nachdem ich heute Ihre Schwester gesehen habe und auch gesehen habe, mit welchen Augen Douglas Ihre Schwester anschaut, glaube ich, die Zeit ist knapp. Wenn Sie ihn als Ehemann behalten wollen, schlage ich vor, steigen Sie in sein Bett und verführen ihn. Bleiben Sie so lange, bis Sie ein Kind erwarten. Die Frage der Annullierung ist dann aus der Welt.«

Langsam erhob sich Alexandra und sah ihren Schwager sprachlos an.

»Ich nehme an, daß Douglas schon seit einer geraumen Zeit keine Frau mehr hatte. Es ist gut möglich, daß er für Ihre Annäherungen zugänglich sein wird. Tun Sie es, Alex. Geduld ist keine Tugend in diesem Fall. Spielen Sie nicht Penelope.«

Sie schob ihre zitternden Hände in ihre Kleiderfalten. »Ich weiß gar nichts von Verführung.«

Ryder lachte. »Alle Frauen sind mit dieser Kenntnis geboren, meine Liebe. Ziehen Sie sich vor ihm aus. Ein wunderbarer Anfang. Sie verstehen etwas von Liebe, von Empfängnis?«

Ein lauter Ruf erscholl: »Der Herr und Meister wünscht meine Anwesenheit. Er möchte mich vielleicht zurück nach London schikken.« Nach einer Pause sah er auf seine neue Schwägerin. »Ich denke, Sie haben Klasse, Alex. Jetzt ist nicht die Zeit, geduldig mit Douglas umzugehen; Sie müssen schnell handeln. Außerdem, wenn Sie klug sind, bestehen Sie darauf, daß Tony und Melissande noch etwas hier bleiben. Vergleiche bringen manchmal wundervolle Erleuchtungen, und mein Bruder ist nicht dumm. Verführen Sie ihn heute nacht; denken Sie nicht darüber nach, tun Sie es. Der Verstand eines Mannes kann gelenkt werden.« Ryder war sich wegen Douglas' Verstand nicht so sicher, doch er wollte Alexandra nicht entmutigen. Damit verließ er Alexandra, die ihm verwirrt nachsah. Ihr Blick fiel auf den Garten, und sie beklagte seinen schlechten Zustand und den ihrer Ehe. Es juckte ihr in den Fingern, in dieser reichen, schwarzen Erde zu graben. Warum waren die Gärten so vernachlässigt? Die Rosen schrien danach, beschnitten zu werden. Sie mußte lächeln, nicht nur die Rosen, auch Douglas mußte gestutzt werden.

Beim Dinner eröffnete Douglas den anderen: »Es ist ein Brief von unserer Plantage in Jamaika eingetroffen. In Kimberly Hall gibt es Schwierigkeiten. Ryder wird morgen fahren, um dort nach dem Rechten zu sehen.«

»Schwierigkeiten welcher Art?« fragte Alexandra.

»Grayson schrieb von sonderbaren Vorgängen, von schwarzer Magie, von Morden und von Sklavenaufständen. Sie können sich sicher vorstellen, worum es geht.«

»Dieser Grayson zeichnet sich durch Übertreibungen aus«, warf Ryder ein. »Wenn eine Fliege an seinem Kopf vorbeifliegt, nennt er es eine gigantische Wespe und behauptet, sie hätte ihn verhext. Dieses ganze Gerede klingt besorgniserregend. Doch wie ich unseren Grayson kenne, handelt es sich ganz sicher um nichts anderes als zwei jaulende Katzen.«

»Er ist ein guter Mann und ein hervorragender Verwalter«, beendete Douglas das Thema.

Ryder dachte an seine Kinder und runzelte mißbilligend die Stirn. Es war während seiner Abwesenheit für alles gesorgt, aber dennoch, er würde die kleinen Rangen vermissen. Nach einer langen Pause fuhr er fort: »Ich werde morgen sehr früh nach Southampton fahren. Also ist heute meine letzte Chance, mich bei meiner Schwägerin einzuschmeicheln. Ich mag Ihr rosa Kleid, Alexandra. Ich habe immer gesagt, daß tiefrotes Tizianhaar sehr gut durch bestimmte Rosatöne hervorgehoben wird.«

»Wird es tatsächlich.« Tony blickte so erstaunt auf Alexandra, als sähe er sie zum ersten Mal.

»Das Kleid ist alt und wie eine Nonnentracht zugeschnitten«, bemerkte Douglas. »Es ist genauso unmodern wie das blaue Kleid, das sie heute am frühen Nachmittag getragen hat.«

Der Besenstiel machte sich wieder bemerkbar. Douglas hob seine Hand. »Nein, ich sagte nicht, daß ich eines Ihrer Kleider ersetzen würde. Also ersparen Sie sich weitere Kommentare von wegen Schmeicheleien. Ich habe lediglich bemerkt, daß Ihre frauliche Erscheinung zu wünschen übrig läßt.«

»Es ist wahr, eine Dame sollte sich um ein gepflegtes Äußeres bemühen«, stimmte ihm Melissande zu.

Douglas sah hinüber zu Melissande. Sie sah so absolut fraulich und unsagbar köstlich aus, daß er für einen Moment verstummte.

»Deine Bemühungen, Mellie«, Tony streichelte zärtlich ihren nackten Oberarm, »würden unseren lüsternen Prinzen Georg in der Pfütze seines eigenen Geifers ausrutschen lassen.«

Alexandra lachte: »Das würde ich gerne sehen. Bringst du Melissande nach London, so daß der Prinz sie sehen und rutschen kann?«

»Alles zu seiner Zeit«, nickte Tony, »alles zu seiner Zeit.«

»Ich würde gerne sofort abreisen«, begeisterte sich Melissande. »Du hast ein Stadthaus, das ich noch nicht gesehen habe. Ich würde gerne einen Ball geben und alle wichtigen Leute einladen.«

»Alles zu seiner Zeit«, wiederholte Tony. »Als erstes mußt du Strawberry Hill, unseren Familiensitz in Cotswolds sehen.«

»Ein herrlicher Platz, um Kinder aufzuziehen«, bemerkte Ryder.

»Erinnerst du dich, Douglas, wie wir lauthals brüllend von diesem alten Ahorn in die Quelle sprangen?«

»Ja, und daran, daß Tony mit dem Ast abstürzte und fast ertrunken wäre, da der Ast ihn am Kopf traf, als er im Wasser landete.«

»Ich würde London bevorzugen«, war Melissandes Einwand.

»Du wirst bevorzugen, was ich bevorzuge, Mellie«, sagte Tony sehr bestimmt.

Mit einer Stimme, so hell wie Quellwasser im Sommer, fiel Ryder in das Gespräch: »Ich bin überzeugt, daß es Melissande in London gefallen würde, aber nur mit Tony. Da er aber Strawberry Hill bevorzugt, nun denn, so wird sie es ebenfalls bevorzugen. Melissande weiß, daß es die Pflicht und Freude der Frau ist, ihrem Mann zu gehorchen, ihn mit jedem ihrer Worte, Taten und sanften Liebkosungen zu ehren. Stimmen Sie mir zu, Alexandra?«

Mit einem Lächeln antwortete Alexandra: »Ich hätte gern den Ast gesehen, der Tony am Kopf traf und ihn fast ertrinken ließ.«

»Würde ich auch gerne«, stimmte Melissande zu, ihren Blick wachsam umherstreifend, »nachdem ich London genossen habe, mit meinem Mann natürlich.«

Douglas nahm einen Schluck vom roten Bordeaux und blickte Ryder über den Rand seines kristallenen Pokals an.

»Wie ich schon sagte«, fuhr Ryder fort, »Strawberry Hill ist ein wunderschöner Platz, um Kinder großzuziehen. Ich habe Tony sagen hören, daß er gerne ein gutes halbes dutzend Kinder haben möchte, die sich an seine Mantelschöße klammern.«

Tony, der niemals einen solchen Wunsch geäußert hatte, lächelte wie ein bereits vernarrter Vater.

Aus den Augenwinkeln sah er zu Ryder und dann direkt zu seiner Frau. Sie sah verwirrt, ungewöhnlich gerötet und offensichtlich erschreckt aus. Er räusperte sich und flüsterte in einer Stimme, die bis in jede Ecke des Speisezimmers zu hören war: »Sollen wir uns nach dem Essen weiter unserer Nachkommenschaft widmen, Mellie?«

»Nenn mich nicht so!«

»Aber die anderen Namen, die ich dich nenne, sind doch wirklich nicht passend für das Speisezimmer. Aber wenn du es vorziehst, wenn du dich wohlfühlst mit all den anderen hier am Tisch, warum sollte ich mich da zurückhalten? Wie ist es, mein Zuckerschnäuzchen ...«

Melissande schlug ihre Handfläche über seinen Mund. Er griff ihr Handgelenk zwischen seine langen Finger und hielt es fest.

»Nun, wo war ich stehengeblieben?«

»Bitte, Tony.«

Sein Blick ruhte auf ihr. »Habe ich tatsächlich ein ›Bitte‹ gehört?«

Sie nickte.

Lange sah er sie an und sagte dann sanft: »Du hast mich froh gemacht. Iß deinen Grüne-Bohnen-Eintopf, Mellie. Er ist köstlich.«

Alexandra, die die Szene interessiert verfolgte, sah nun ihren

Ehemann an. Mit tief gerunzelter Stirn starrte Douglas auf Melissande und Tony. Währenddessen saß Ryder lächelnd über seine Schildkrötensuppe gebeugt.

Zwei Stunden später, allein in ihrem Schlafzimmer, stand Alexandra unentschlossen vor der Verbindungstür. Ryder hatte ihr geraten, Douglas zu verführen. Ryder sagte, alle Frauen wären mit diesem Wissen geboren. Sie überlegte, ob Douglas sie auslachen würde, wenn sie es versuchte. Ryder hatte auch gesagt, daß Zeit von entscheidender Bedeutung war und sie nicht geduldig warten sollte wie die treue Penelope auf Odysseus. Nun gut. Sie würde es tun. Sie würde es jetzt tun, ehe ihre Entschlossenheit erlahmte.

Alexandra löschte die Kerze und schritt zur Verbindungstür. Sie öffnete sie vorsichtig.

KAPITEL 9

Zögernd betrat Alexandra das gräfliche Schlafzimmer. Ihre Augen fielen sofort auf das Bett. Sie blieb reglos stehen. Es war leer, die Decken waren glatt. Dann entdeckte sie ihn und ging leise zu ihm hinüber. Kerzen brannten auf dem Tisch neben dem Ohrensessel vor dem Kamin. Es lagen nur noch glühende Kohlen darin, deren trübes Orange wenig Licht und Wärme abgaben. Im Sessel saß Douglas. Er hatte seine langen Beine ausgestreckt und überkreuzt. Er trug einen dunkelblauen Brokatschlafrock, der sich über seinen Beinen geöffnet hatte. Ihr Blick wurde von haarigen, wohlgerundeten und kräftigen Beinen angezogen. Die nackten Füße waren lang und ungewöhnlich schmal; sie gefielen ihr sehr. Das Kinn hatte er auf seine Hand gestützt.

Ihr schlug das Herz bis zum Halse, sie war wild entschlossen, sie mußte es tun. Möglicherweise hing ihre Zukunft mit diesem Mann davon ab, was sie in den nächsten Minuten tat und wie erfolgreich sie damit war. »Mylord?«

»Ja«, Douglas blieb unbeweglich und sah sie nicht an. »Ich hörte Sie in mein Zimmer kommen. Ich hätte nie gedacht, daß ich meine Tür vor einer Frau verschließen müßte. Was wollen Sie?«

»Ich wollte … Sie denken darüber nach, was Sie mit mir tun sollen, nicht wahr?«

»Das und andere Dinge. Ich sorge mich auch um Ryder und seine Reise nach Jamaika. Segeln war nie eine sichere Sache, doch er bestand darauf, zu reisen.« Douglas drehte sich und sah zu ihr auf. »Ryder sagte, ich solle hierbleiben, um mich und meine Ehre in den Griff zu bekommen. Er hält Sie für eine großartige Person.«

Sie sagte nichts.

Seine schmalen Finger strichen über sein Kinn, während er sie von oben bis unten grübelnd ansah. »Ihr Nachthemd ist das eines kleinen Mädchens, weiß, lang und hochgeschlossen.«

»Ich habe keine anderen.«

»Nicht auszudenken, wieviel Guineen es mich kosten würde, Sie neu einzukleiden.«

»Was stimmt mit dem Nachthemd nicht? Es hält mich warm und liegt weich auf der Haut.«

»Es ist das Nachthemd einer Jungfrau.«

»Ja und? Ich bin eine.«

»Keine Frau, die etwas auf sich hält, würde ein solches Hemd tragen.«

Alexandra seufzte.

»Was wollen Sie? Mich weiter beknien, mir ausführlich darlegen, wie unentbehrlich Sie sein können? Mir Ihre hausfraulichen Fertigkeiten einhämmern? Bitte, erzählen Sie mir nicht, daß Sie mir abends vorsingen wollen und sich dabei selbst auf dem Klavier begleiten. Warum zum Teufel haben Sie Ihre Haare geflochten? Es sieht unmöglich aus. Ich mag es nicht.«

Alexandra sah ihn nur an. Sie hatte nicht an ihre Zöpfe gedacht; sie hätte es tun sollen, denn Zöpfe sehen nicht gerade verführerisch aus. Melissande flocht niemals ihr Haar. Alexandra mußte noch viel lernen. Sie stellte die Kerze auf den Tisch, hob ihre Arme und begann langsam, ihre Zöpfe zu öffnen. Dann fuhr sie sich mit den Fingern durchs Haar und glättete es. Schweigend saß er da und beobachtete sie.

Das Haar bedeckte ihren Rücken bis zur Hüfte.

»Legen Sie etwas Haar nach vorne, über Ihre Schultern.«

Sie tat es.

»Ihr Haar ist von einer schönen Farbe und hat eine wunderbare Fülle. Wenigstens versteckt jetzt das Haar etwas von diesem scheußlichen Nachthemd. Nun, was wollen Sie?«

Es gab kein Zurück mehr. Entweder machte sie ihren Mund auf und sagte es ihm, oder sie ging. Er erschien ihr ungeduldig und sah sie sicher als eine unwillkommene Belästigung an. Es war entmutigend.

»Nun? Machen Sie weiter, ich kann alles ertragen, außer Winseleien und Schmeicheleien.«

Sie sagte ohne große Einleitung, Kinn erhoben, Rücken kerzengerade: »Ich bin gekommen, um Sie zu verführen.«

»Ah, die letzte Waffe der Frauen. Ich sollte ja nicht überrascht sein, oder? Schließlich habe ich es Ihnen heute morgen in den Kopf gesetzt. Ich hätte es wissen sollen, vermuten sollen. Wenn alles andere versagt, hol den Frauenkörper heraus und trage ihn vor des lüsternen Mannes Nase zur Schau.«

»Mein Problem ist jedoch, daß ich nicht weiß, wie ich es anstellen soll.«

»Das ist Unsinn.«

»Vielleicht, wenn Sie mir etwas dabei helfen würden, könnte es mir gelingen.«

»Lassen Sie mich etwas klarstellen. Sie haben in Ihrem Plan offensichtlich eine Sache nicht berücksichtigt. Ich kann noch immer diese Ehe annullieren, selbst nachdem ich Ihnen die Jungfräulichkeit genommen habe. Verstehen Sie? Wer würde es wissen? Würden Sie oder irgend jemand in Ihrer Familie dem Rest der Welt erzählen, daß Sie beschädigte Ware sind?«

»Sie sprechen von mir, als sei ich irgendein Paket. Das ist entwürdigend.«

»O nein, eine Jungfrau, die ihr Jungfernhäutchen verloren hat, ist schlimmer dran als irgendein Paket. Stellen Sie sich Ihres Vaters Reaktion vor. Er wäre entsetzt, doch er würde schweigen. Denn er weiß, öffnet er seinen Mund und läßt verlauten, was ich getan habe, wären Sie ruiniert, und er wäre die Zielscheibe des Spottes. Was mich angeht, so würde niemand in unserem großen Land mich zur Rechenschaft ziehen.«

»Aber warum? Das scheint mir verrückt. Es ist einfach nicht fair.«

»Fairneß hat in dieser Angelegenheit wenig zu suchen. Die Tatsache ist, daß Männer aus unserer Klasse wenig daran interessiert sind, sich Frauen ins Ehebett zu holen, die nicht unberührt sind. Deshalb, kommt eine Frau vom Pfade der Tugend ab, wird darüber geschwiegen. Der arme Narr, der sie heiratet, gerät wahrlich in eine Falle. Keiner erführe also, was ich mit Ihnen getan oder nicht getan habe. Wenn ich will, kann ich Sie ungestraft nehmen, so oft ich will.«

»Ich kann es nicht glauben, daß Gentlemen so gefühllos sein können, so nachlässig gegenüber Frauen, die sie lieben.«

»Ja, es ist eine Frage der Liebe, nicht wahr? Aber das betrifft diese Ehe ja nicht, oder? »Sie sind eine Fremde, nichts weiter, nur eine Fremde.«

»Nach der Verführung muß ich noch weitergehen. Ich muß bei Ihnen bleiben, bis ich ein Kind erwarte. Dann ist eine Annullierung nicht mehr möglich. Das ist meine nächste Hürde, verstehen Sie?«

Douglas war sprachlos. Ihm fehlten die Worte. Wahrheitsgemäß hatte er ihr alles dargelegt, doch offensichtlich ohne Erfolg. Er konnte es nicht fassen. Dieses Kind stand noch immer neben ihm in seinem jungfräulichen Nachthemd, barfuß, die Zehen vor Kälte gekrümmt, einem jämmerlichen Opfer gleich. Da stand sie, wild entschlossen. Sie war kein Feigling, das mußte er zugeben. Die Frage war, was war sie? Würde sie alles nur Denkbare für ihren Vater tun? »Wer riet Ihnen, weiterzumachen?«

»Ryder.«

»Ach, mein lieber, närrischer Bruder. Zur Hölle mit ihm. Er hat die Unart, sich überall einzumischen.«

»Aber er hatte nicht genügend Zeit, mir zu erklären, wie ich das mit der Verführung anstellen sollte. Ich bin Ihre Frau, Mylord, gewillt Ihre Ehefrau zu werden und in diesem Bett zu schlafen, bis ich schwanger bin. Sie wollten doch einen Erben? Das war doch der Hauptgrund Ihrer Heirat, nicht wahr?«

»War es, aber Sie sind die falsche Frau, wie Sie wohl wissen. Ich bin es leid, immer dasselbe zu sagen. Wiederholungen sind mehr als langweilig.«

»Ich will Ihnen Ihren Erben geben. Ich bin jung, gesund, und bereit, Ihnen ein halbes dutzend Erben zu schenken.«

»Noch nie habe ich gehört, daß eine Frau sich ihrem Mann als Zuchtstute anbietet. Warum Alexandra? Eine weitere Vereinbarung mit Ihrem schurkischen Vater? Hölle und Verdammnis, geht einfach zu Bett. Sie sind ein kleines Mädchen, eine Jungfrau, und ich habe nicht die Absicht, Ihnen irgend etwas zu zeigen, Ihnen die Jungfräulichkeit zu nehmen oder Sie wimmern zu hören. Ich bin müde, geht.«

Alexandra bückte sich, hob den Saum ihres Hemdes und zog es über ihren Kopf. Sie ließ es zu Boden gleiten und stand, die Arme an der Seite, nackt vor ihm. Sie hob ihren Kopf und sah ihren Mann direkt an.

Douglas erstarrte. Er öffnete seinen Mund und schloß ihn wieder. Überrascht sah er auf seine Frau. Er hatte keine Ahnung, daß sie so schön gebaut war. Ihre Brüste ... guter Gott, er hatte sich nicht vorgestellt, hatte nicht geahnt, daß ...

»Warum binden Sie Ihre Brüste?«

»Meine Zofe sagte, sie seien zu groß. Sie sagte, die Burschen würden mich anstarren und ungehörige Dinge sagen. Weil ich zu große Brüste habe, würden Sie annehmen, daß ich keine anständige junge Dame sei. Meine Zofe lehrte mich, sie zu binden.«

»Ihre Zofe ist eine dumme, alte Besserwisserin. Ihre Brüste sind ein Gewinn, und ein schöner noch dazu. Binden Sie sie nicht mehr. Nun, da ich weiß, was Sie haben, möchte ich sie sehen.«

»Sie sehen sie.«

»Heute morgen, als wir ausritten, konnte ich nicht erkennen, daß Sie so gut ausgestattet sind.«

»Ach ja.«

Douglas verfiel in Schweigen. Er starrte noch immer auf ihre Brüste. Sie waren hoch, sehr voll und so weiß wie ihr Bauch. Sie würden in seinen Händen überquellen. Es kribbelte ihm in den Fingern, seine Handflächen wurden heiß.

Sie hatte nicht gewußt, wie Douglas reagieren würde, aber dieses Gespräch über ihre Brüste, so sachlich wie eine Diskussion über das Wetter, verunsicherte sie. Sie sah, wie er seine Hand hob und wieder fallen ließ. Noch immer ruhten seine Augen, die jetzt sehr dunkel waren, auf ihr. Sie zwang sich, stillzuhalten.

»Rosa paßt gut zu Rot. Ich kann eine rosa Brustwarze durch Ihr rotes Haar schimmern sehen.«

Alexandra hätte am liebsten ihren Körper in einen kleinen runden Ball verwandelt und wäre davongerollt. Aber sie rührte sich nicht, denn ihre ganze Zukunft lag in diesem Zimmer, hing von dieser Minute ab. Dieser Mann war ihr Ehemann, sie gehörte zu ihm, mehr als sie irgend jemandem je in ihrem Leben gehört hatte.

Douglas versuchte, sich blasiert zu geben. Er war ein erfahrener Mann, ein Mann, der viele Frauen genossen hatte, ein wählerischer Mann. Ein kalter Fisch, hatte ihn Ryder genannt, da er seine Gefühle immer beherrschte. Aber, um die Wahrheit zu sagen, er war überwältigt. Es waren die schönsten Brüste, die er je in seinem Leben gesehen hatte, Brüste, fast zu groß für ihren zierlichen Körper; ihre Taille war schmal, ihr Bauch flach, die Locken über ihrem Venushügel von einem weichen Rot, ihre Beine lang und schön geformt. Da war ein Leberfleck auf ihrem Bauch, direkt unter ihrem Nabel. Sie sah sehr schön aus. Sie glich ganz und gar nicht einem kleinen Mädchen. Sie stand vor ihm gerade und groß, und doch war sie zierlich. Dieser verdammte Besenstiel in ihrem Rücken. Er wollte ihr sagen, daß sie sich umdrehen sollte, damit er ihren Rücken und ihre Pobacken sehen konnte.

Großer Gott, was machte er da nur?

»Kommen Sie her.« sagte er, bevor sein Verstand die Aufforderung rückgängig machen konnte und öffnete seine Beine.

Sie stand nun zwischen seinen Beinen, ruhig, die Arme noch immer an den Seiten. Er berührte sie nicht, sein Blick wanderte über ihren Körper und blieb an ihrem Bauch hängen. Sie fühlte seine Augen auf ihr ruhen.

Es war mehr, als sie ertragen konnte, dieses intensive Studieren ihres Körpers. Sie selbst hatte ihren Körper nie so betrachtet.

Endlich, nach einer Ewigkeit, hob Douglas seinen Kopf und sah ihr ins Gesicht. »Sie mißfallen mir nicht. Ihre frauliche Ausstattung ist angemessen. Würden Sie bitte Ihre Beine öffnen, daß ich den Rest von Ihnen sehen kann? Nein? Das ist nicht Teil Ihrer Verführung? Wie weit planen Sie zu gehen, wenn ich nichts tue?« Er sah von ihr weg ins Feuer. »Sie sagen nichts. Ich habe Sie bereits dazu gebracht, zwischen meinen Beinen zu stehen. Fällt Ihnen nicht etwas ein, was Sie jetzt selbst tun könnten?«

Alexandra hob die eine Hand zu ihren Brüsten und mit der anderen bedeckte sie ihre Scham. Es war eine lächerliche Geste, aber sie konnte es einfach nicht mehr ertragen, noch länger so unbedeckt und offen vor ihm zu stehen. Sein Desinteresse war offensichtlich, und es war so schmerzlich, daß sie es kaum ertrug.

»Sie wissen, Alex«, sagte er, sie wieder ansehend, »daß ich Sie nicht nur wieder und wieder nehmen kann, ich kann es ebenso verhindern, daß Sie ein Kind von mir empfangen. Ich kann mich ohne weiteres von Ihnen trennen, bevor sich der ganze Samen in Ihnen ergießt. Ich bin kein Junge, ich bin ein Mann und kann mich beherrschen wie ein Mann. Schauen Sie nicht so verdutzt! Sie können nicht schwanger werden, wenn mein Samen Ihre Gebärmutter nicht erreicht. So kann ich frei nehmen, was mir geboten wird und immer noch diese Ehe annullieren.« Er winkte ablehnend mit seiner Hand. »Wie auch immer, heute nacht, in diesem Augenblick, wo Sie vor mir stehen, mit nur Ihrer weißen Haut bedeckt, merke ich, ich habe kein Interesse. Sie sind nicht Melissande. Sie sind nicht die Frau, die ich wollte. Gehen Sie.«

Alexandra fühlte sich über alle Maßen gedemütigt. Der Schmerz, der in ihr aufwallte, ließ sie nicht mehr klar denken. Seine Worte hinterließen das unendlich quälende Bewußtsein, versagt zu haben und ein Gefühl der Leere. Sie stand keinen Zentimeter von ihm entfernt, unfähig, sich zu bewegen. Sie war nicht so sehr verlegen, als mehr vernichtet. Er hatte sie abgelehnt, vollständig abgelehnt. Dabei war er nicht sonderlich brutal gewesen, eher sachlich. Er hatte seine Gefühle sehr deutlich gemacht. Obwohl er sie annehmbar fand, begehrte er sie doch nicht genug, um sie zu nehmen und wieder abzulegen. Er wollte sie um nichts in der Welt. Ryder hatte die Gefühle seines Bruders diesmal nicht richtig eingeschätzt. Ryder hatte sich geirrt. Da war nichts mehr, was sie tun konnte.

Sie trat zur Seite, das Blut pochte wild in ihren Adern, sie rannte aus seinem Schlafzimmer.

Douglas sah nur einen Schatten weißer Haut vorbeihuschen. Er hörte, wie die Verbindungstür leise geschlossen wurde und saß unbeweglich da. Nach einiger Zeit stand er auf und hob ihr Nachthemd vom Boden. Er sah zu ihrem Zimmer, überlegte kurz und warf es auf seinen Sessel.

Er wußte, was er getan hatte. Er wußte, er hatte sie wieder und wieder getreten. Aber, verdammt noch mal, er ließ sich nicht in die Enge treiben, er ließ sich nicht bestechen oder erpressen mit fleischlicher Lust. Nie würde er einer Frau erlauben, ihm zu diktieren. Er würde ihretwegen nicht den Verstand verlieren, nur weil sie ihren Körper zur Schau stellte. Doch da war dieser sonderbare Ausdruck auf ihrem Gesicht gewesen, als er zu ihr gesprochen hatte. Er fluchte, und der Schlafrock, den er von sich schleuderte, landete neben ihrem Nachthemd auf dem Sessel. Er fluchte noch immer, als er in sein großes leeres Bett stieg und sich unter seinem Laken verkroch. Sicher, sein Verhalten ekelte ihn an, aber er würde nichts zurücknehmen. Er würde tun, was er tun wollte, und er würde sich nicht zwingen lassen. Und mit Sicherheit nicht von einem achtzehnjährigen Mädchen, auch wenn es den schönsten Busen hatte, der ihm je begegnet war.

Mitten in der Nacht wachte Douglas schweißgebadet auf. Regungslos blieb er liegen. Er hatte ein Geräusch gehört. Er wartete, hellwach und gespannt. Da war er wieder, dieses fremde Geräusch. Es klang wie eine Frau. Ein gedämpftes, leises Weinen, doch deutlich zu hören. Nein, es war kein Weinen, eher ein tiefes Stöhnen, verletzt und wund. Er wußte, daß sie wegen eines großen Schmerzes stöhnte. Woher er das wußte, war ihm unklar, aber er wußte es. Wütend sah er zur Verbindungstür. Einfach lächerlich.

Das Weinen kam von Alexandra. Nun, er hatte sie gründlich in die Schranken gewiesen. Sie schmollte, weil sie versagt hatte, ihren Willen durchzusetzen. Nun versuchte sie sein Mitleid zu erwecken. Krokodilstränen, nichts weiter. Das war es. Er war ein Mann, aber er würde sich nicht von Frauentränen erweichen lassen, heuchlerischen Tränen. Nur weil sie es nicht geschafft hatte, daß er seinen Kopf verlor. Aber es war kein Weinen ... es war Stöhnen, es war abgrundtiefer Schmerz. Er fluchte und schleuderte seine Bettdecke zurück.

Völlig unbekleidet eilte er zur Verbindungstür und öffnete sie leise. Er war sich sicher, es mußte Alexandra sein. Kein Zweifel, sie war es. Er war noch immer leise, auch die Tür machte kein Geräusch, als er sie öffnete. Im Schlafzimmer sah er einen schmalen Streifen Mondlicht durch das Fenster aufs Bett fallen. Es war leer. Nein, warte, da war sie, sie stand auf der anderen Seite des Bettes, starrte darauf und stöhnte leise, sehr leise. Nur, er hätte schwören können, daß sich ihr Mund nicht bewegte, daß sie keinen Laut von sich gab. Aber er hörte das Weinen, das Stöhnen, er hörte es klar in seinem Kopf. Es war so leise, daß er sich wunderte, wie er es in seinem Schlafzimmer nebenan hatte hören können. Ihre Arme hatte sie um ihren Körper geschlungen. So stand sie reglos, bis sie ihn bemerkte und ansah.

Sie verstummte. Er öffnete seinen Mund, doch kein Ton kam heraus. Im nächsten Moment war sie verschwunden. Sie löste sich in Nichts auf, langsam wie ein lautloser weißer Schatten im Mondlicht.

»Nein«, sagte Douglas laut und bestimmt. »Nein, verdammt! Ich will das nicht akzeptieren.«

Er rannte auf die andere Seite des Bettes. Alexandra war nicht da. Verdammt, er hatte alles geträumt. Er fühlte sich schuldig, und er hatte Visionen aus Schuldgefühlen heraus.

Wo war Alexandra? Sie konnte sich schnell verstecken, das mußte er zugeben. Dieses verdammte Mädchen. Es gab nicht viele Verstecke, wo man suchen konnte. Er sah in den Schrank, ging sogar auf die Knie, um unterm Bett nachzusehen.

Sie war nirgendwo. Es war mitten in der Nacht. Wo zum Teufel war sie?

Er sah ihr Gesicht klar vor sich. Er sah ihre Blässe, die Demütigung in ihren Augen, als seine Worte sie getroffen hatten, hart und unbarmherzig, Worte, die tief verletzten. Und er hatte ihr sogar ihre Schwester vorgeworfen, als sie stumm und verloren zwischen seinen Beinen stand, nackt, verwundbar und entsetzlich allein. Nun hatte sie ihn verlassen. Bar jeden Restes von Würde und verletzt. Und er hatte sie stillschweigend gehen lassen. Na und wenn schon, zum Teufel.

Gott sei Dank war es nicht so spät wie er anfangs vermutet hatte. Es war kurz nach Mitternacht. Bald nachdem er eingeschlafen war, hatte es ihn aus dem Schlaf hochgeschreckt. Schnell warf er sich die Kleider über und ging leise nach unten. Er machte kein Licht, er brauchte keines. Er kannte jeden Fußbreit in Northcliffe. Aber sie nicht. Im Erdgeschoß gab es mehr als genug Möglichkeiten, sich zu verstecken. Aber sie würde einfach nicht hierbleiben wollen.

Es stellte sich für ihn gar nicht die Frage, woher er das wußte. Er öffnete die massive Vordertür und schlüpfte hinaus in die kalte, dunkle Nacht. Der schmale Streifen des Mondlichts war hinter dichten, grauen Wolken verschwunden. In Kürze würde es in Strömen regnen.

Er hatte die Kälte nicht bedacht. Nun zitterte er dank seiner Gedankenlosigkeit. Er trug nur ein Hemd, enge Lederhosen und Stiefel. Ein Wind kam auf, der Sturm näherte sich.

»Alexandra!«

Der Wind raschelte durch die Blätter. Ein Fenster schlug im oberen Stockwerk. Er spürte plötzlich Panik bei sich aufkommen und rannte zu den Ställen. Sie schienen verlassen zu sein, die Stallburschen lagen schon im Bett. Leise schlich er zu Fannys Box hinüber. Neben der Tür entdeckte er eine Lampe, die er leise und rasch anmachte. Er hob das Licht hoch und blickte sich um.

»Wer da?«

Ihre Stimme klang verängstigt. Gut so, sie hatte es verdient. Er war wütend auf sie. Ihn aus tiefem Schlaf zu wecken – offensichtlich hatte er keinen Alptraum gehabt –, aber sie hatte einen schweren Fehler begangen. Sie hatte ihn gezwungen, nach ihr zu schauen. Ihretwegen hatte er sich Sorgen gemacht, sie hatte ihm unnötig Scherereien beschert; ihretwegen hatte er ein schlechtes Gewissen.

»Wer da?«

Er stellte die Lampe auf den Boden.

»Sollten Sie wagen, sich zu bewegen, schlage ich Sie«, rief er und stürmte wutentbrannt auf sie los. Garth hatte die Stimme seines Herrn erkannt und wieherte. Den Kopf nach hinten gewandt, antwortete ihm Fanny ebenfalls mit einem Wiehern.

»Nehmen Sie das Zaumzeug herunter.«

»Nein«, gab Alexandra zurück. Am liebsten wollte sie den Sattel fallenlassen, weil er so schwer war, aber sie hielt ihn fest an die Brust gepreßt.

»Sie wollten die Stute meiner Schwester stehlen?«

»Nein, ich wollte sie nur für eine kurze Zeit ausleihen. Ich bin keine Diebin. Selbstverständlich hätte ich sie zurückgebracht.«

»Lassen Sie den verdammten Sattel los, ehe Ihnen noch die Arme abfallen.«

Doch statt dessen legte Alexandra den Sattel auf Fannys Rücken und versuchte, ihn festzugurten. Die Stute riß ihren Kopf herum und schnappte nach Alexandra, die gerade rechtzeitig zurückzuckte.

»Darf man fragen, wohin Sie zu fliehen gedenken?«

»Nach Hause. Wollen Sie mich endlich in Ruhe lassen? Ich werde von Ihnen gehen und diese Ehe annullieren. Es ist mir alles egal! Hören Sie, es ist mir gleichgültig. Verschwinden Sie!«

Douglas lehnte sich an die Tür zur Box von Garth und verschränkte die Arme über der Brust. »Ich habe Ihnen viel zugemutet, aber nicht, daß Sie dumm sind. Doch muß ich mich diesem schlagenden Beweis Ihrer Dummheit beugen. Sie sind unglaublich dumm. Sie sind ganz und gar ein Dummkopf. Hatten Sie vor, mit Fanny den ganzen Weg zurück nach Harrogate zu reiten? Ich denke, ich sollte Sie verprügeln.«

Alexandra witterte den Zorn des Mannes. Er war bereit gewesen, sie zu demütigen. Nun wollte er sie auch noch schlagen. Vielleicht bis sie blutüberströmt und bewußtlos war? Sie fragte sich, ob er dazu eine Reitgerte benützen würde. »Warum sind Sie aufgewacht? Ich war doch ganz leise.«

Er sah sie böse an. »Ich bin eben aufgewacht, basta. Ich war beim Militär und habe seither einen leichten Schlaf.« Das war eine Lüge, aber eine nützliche. Er schlief stets so fest wie ein Toter. Das hätte ihn in Italien zweimal beinahe das Leben gekostet. Dem Himmel sei Dank für seinen Kammerdiener und Offiziersburschen Finkle. »Da ich nicht tief schlafe, habe ich jede Bewegung von Ihnen vernommen.«

Wie war das möglich? Sie hatte sich selbst kaum gehört, so leise war sie gewesen. Aber offensichtlich nicht leise genug, denn er war ihr gefolgt. Warum – doch sie hatte jetzt keine Zeit für Vermutungen. »Was kümmert es Sie, ob ich fortgehe? Sie wollen mich hier nicht. Ich bin eine Fremde. Ich habe Sie ebenso wie Tony verraten. Ich gehe und kehre niemals mehr zurück, um Sie zu belästigen. Ist es nicht das, was Sie wollen?«

»Ich werde Ihnen sagen, was ich will, wenn mir danach zumute ist. Sie werden nichts ohne meine Anweisungen unternehmen.«

»Das ist einfach lächerlich! Ginge es nach Ihnen, würde ich wie eine Art Sklavin abwarten müssen, bis Sie beschließen, mich hinauszuwerfen. Verdammt, Mylord, Sie sind derjenige, der eine Tracht Prügel verdient hat!«

Es passierte blitzschnell. Douglas war eher belustigt als besorgt, als er sie nach dem Rechen greifen sah, der an Fannys Bordwand gelehnt war. Sie hielt ihn mit beiden Händen über ihren Kopf und rannte auf ihn los. Im letzten Augenblick nahm sie die Arme herunter und hielt die Lanze wie ein Ritter bei einem Turnier. Sie stieß ihm mit derartiger Wucht in die Magengrube, daß er zur Seite taumelte und zu Boden sank. Dann schlug sie nach der flackernden Lampe, die sofort ausging. Der Stall lag in vollkommener Dunkelheit.

Er sprang auf, sein Bauch fühlte sich an, als wäre er von einem Loch durchbohrt. Fanny schnaubte ihm ins Gesicht und hätte ihn beinahe umgerannt. Er sprang zur Seite, drehte sich um und sah dieses verdammte Mädchen ohne Sattel davonreiten. Ihre Haare flatterten im Wind, sie hielt sich flachgeduckt an Fannys Nacken fest. Der Sattel lag im Stroh. Sie ritt, als wäre der Teufel hinter ihr her.

Der Teufel würde auch sehr bald hinter ihr her sein. Douglas war wütend, er konnte es einfach nicht fassen. Für einen Augenblick übermannte ihn der Zorn. Er holte tief Luft und führte Garth aus dem Stall hinaus, legte ihm das Zaumzeug an und schwang sich auf seinen bloßen Rücken.

Wenn er sie erwischte, würde er ihr den Garaus machen. Alexandra ritt noch immer wie der Teufel. Sie war eine ausgezeichnete Reiterin. Das Pferd zwischen ihren Schenkeln zu spüren, gab ihr das Gefühl, daß sie das Pferd viel mehr beherrschte, als wenn sie auf dem zierlichen Damensattel saß, den man Frauen aufzwang.

Sie preßte ihr Gesicht an Fannys Nacken, hielt ihre Beine eng an sie gepreßt und flüsterte ihr aufmunternd ins Ohr. Die Stute beschleunigte ihr Tempo. Alexandra fühlte ihren Hals, warm und lebendig. Fanny gab alles her. Ihre Gangart war weich, und sie war schnell wie der Wind. Alexandra lockerte die Zügel und ließ Fanny das Tempo bestimmen.

Es waren gut fünf Minuten vergangen, bis ihr zu Bewußtsein kam, was sie da eigentlich tat. Wut, Demütigung und die Gewißheit, eine Niederlage erlitten zu haben, trafen sie wie eine kalte Dusche und ließen sie kopflos handeln. Es dauerte nur eine weitere Minute, bis sie die dröhnenden Hufe von Garth vernahm.

Der Hengst war schnell, zweifellos, kraftvoll und schnell. Warum verfolgte der Graf sie? War es sein verletzter männlicher Stolz? Seine Arroganz, daß niemand ohne die Einwilligung seiner hochwohlgeborenen Lordschaft zu handeln hatte?

Alexandra schüttelte den Kopf. Sie wollte nicht über seine Beweggründe nachgrübeln. Schon wahr, sie hätte nicht fortlaufen sollen, eine Frau alleine war Freiwild für jeden Schurken auf den englischen Landstraßen. Aber dumm war sie nicht. Sie hatte vor, während der drei Tage, die es dauerte, bis sie zu Hause war, nur nachts zu reiten und sich tagsüber zu verstecken. Sie würde sehr vorsichtig sein. Vielleicht ritt Douglas aus dem Grund hinter ihr her, weil Männer den Versuch einer Frau, etwas alleine zu tun, niemals würdigen konnten. Sicher sah er sie unbekümmert zwischen Dieben und Räubern reiten und hielt sie für leichtsinnig und gedankenlos. Sicher dachte er, es würde seinem Ruf schaden, stieße seiner Frau etwas zu – immerhin war sie ja noch seine Frau. O ja, wenn seiner flüchtigen Frau etwas passieren würde, dann wäre sein Stolz verletzt, und seine Freunde würden mißbilligend die Brauen heben.

Der Regen fiel plötzlich in dichten, kalten Strömen herab. Es war, als wünsche er ihre ganze Körperwärme und ihre Gedanken fort. Sie rang laut nach Atem. In ihren Plänen hatte sie nicht mit Regen gerechnet. Sie hatte nicht einmal an die Möglichkeit gedacht, daß es regnen könnte. Vielleicht hatte Douglas doch recht, vielleicht war sie tatsächlich dumm.

Alexandra schüttelte den Kopf. Was machte schon das bißchen Regen? Sie war ja nicht aus Zucker, der einfach dahinschmolz. Während ihrer achtzehn Jahre konnte sie sich an keinen einzigen Tag erinnern, an dem sie krank gewesen war. Ja, sie würde es schaffen, wenn sie nur Douglas entwischen konnte.

Er näherte sich. Sie spürte ihn hinter sich, Garths Hufgetrappel drang an ihr Ohr. Sie drehte sich um und sah ihn, wie er um eine Kurve heranpreschte, gerade als sie selbst um eine unübersichtliche Kurve ritt. Das war ihre Chance, vielleicht ihre einzige. Sie lenkte Fanny geschwind von der Straße ab ins Unterholz zwischen den Ahornbäumen. Sie glitt von Fannys Rücken herunter und hielt die Nüstern des Pferdes zu, so daß sie Garth nicht mit Wiehern begrüßte. Sie wagte nicht zu atmen.

Douglas ritt an ihr vorbei. Er ritt ausdauernd. Er sah großartig aus auf Garths breitem Rücken, stark und selbstbewußt, selbst im prasselnden Regen. Ein Mann, dem man Vertrauen und Bewunderung entgegenbringen konnte. Und sie wäre durchaus bereit gewesen, ihn zu bewundern, wenn sie ihn nicht in diesem Augenblick am liebsten in tausend Stücke gerissen hätte.

Es war ein erhebendes Gefühl, daß sie ihn zum Narren gehalten hatte. Unter dem dichten Blätterwald des Ahorn war der Regen schwächer. Alexandra tätschelte Fannys Nacken.

»Wir schaffen es, mein Mädchen. Ich bin nicht dumm. Ich werde dich nicht zu sehr beanspruchen. Und ich bin selbstbewußt. Zwar habe ich noch nicht allzuviel von der Welt gesehen, doch weiß ich, was ich kann. Wir werden in Sicherheit sein. Die Ställe von Claybourn Hall werden dir gefallen. Sie sind fast leer und dort gibt es keinen blöden Hengst, der dich belästigt.«

Anmutig schwang sich Alexandra wieder auf Fannys Rücken und hielt sich an ihrer dichten Mähne fest. Sie führte die Stute zurück zur Straße. Nun mußte sie aufpassen. Es war gut möglich, daß Douglas zurückkehrte, das hieße, sie würde dann direkt auf ihn zureiten. Sie hielt sich am Straßenrand, um jederzeit das Pferd zwischen die Bäume zu lenken.

Der Regen fiel unbarmherzig herab und wurde von Minute zu Minute kälter.

Alexandra verlangsamte ihr Tempo. Sie spürte, daß Fanny müde wurde.

Beinahe hätte sie ihn übersehen.

KAPITEL 10

Er tauchte zwischen den Bäumen gleich einem düsteren Schatten auf und brüllte wie ein Wahnsinniger. Garth bäumte sich auf. Douglas saß finster und dräuend auf dem Rücken des Pferdes. In wenigen Augenblicken hatte er den Hengst in seiner Gewalt, zerrte ihn zur Seite und blockierte die Straße.

Er lächelte sie dämonisch an. »Jetzt habe ich Sie«, tönte er. Befriedigung und rasender Zorn vermischte sich in seiner Stimme.

Alexandra brachte Fanny zum Stillstand. Ungerührt blieb sie auf der Stute sitzen und blickte ihn unverwandt an. »Ich habe es versucht«, erklärte sie ruhig. »Ich habe es wirklich versucht. Doch ich konnte mich nicht länger versteckt zwischen den Bäumen halten, während ich von Minute zu Minute immer mehr fror. Ich habe gelauscht, ob Sie kommen, das ist der Grund, weshalb ich so langsam geritten bin. Ich habe versucht, Sie zu hören. Ich fürchtete, Sie würden umkehren und ich würde in Sie hineinlaufen. Aber Sie sind ja äußerst gerissen, nicht wahr, Mylord? Sehr ausgefuchst. So einfach auflauern.«

Er schwieg. Sie sah ihn starr an. Dann reckte sie das Kinn in die Luft.

»Ich werde nicht zurückkehren, Douglas.«

»Sie werden exakt das tun, was ich Ihnen sage, Madam.«

»Sie reden unüberlegtes Zeug. Sie wollen mich nicht. Ist das Teil Ihres Plans, mich weiterhin zu demütigen? Wollen Sie mich etwa nach Claybourn Hall schleifen und mich mit einem Strick um den Hals meinem Vater übergeben? Ihm erklären, daß ich nichts tauge, daß ich Ihre Aufmerksamkeit nicht wert bin? Ich hätte nicht gedacht, daß Sie so grausam sind.«

Douglas legte die Stirn in ärgerliche Falten. Sein rasender Zorn war gerechtfertigt und durchaus verständlich. Doch sie drängte ihn in die Enge und machte ein regelrechtes Monster aus ihm. Er war ein Mann, gebildet, wortgewandt, mit einem gut ausgerüsteten Verstand. Und dennoch schikanierte sie ihn. Das hatte vor ihr noch kein weibliches Wesen gewagt. Im übrigen erwies sie sich als recht geschickt dabei. Das ließ er sich nicht gefallen. Sofort würde er das unterbinden.

»Kommen Sie«, befahl er. »Wir kehren zurück nach Northcliffe Hall.«

»Nein.«

»Wie wollen Sie mich davon abhalten, Sie zurückzuschleifen? Haben Sie etwa wieder vor, mir einen Rechen in den Bauch zu rammen? Nun, für welche Waffe Sie sich auch immer entscheiden, Sie werden nichts dergleichen tun. Diesmal nicht. Ich dulde Ihre Gewalttätigkeiten nicht mehr. Sie werden mir folgen und Ruhe geben, Schluß mit dieser Aufmüpfigkeit. Kommen Sie jetzt.«

Alexandra wirbelte Fanny herum und bohrte ihre Absätze in die

Flanken der Stute. Im nächsten Augenblick dröhnte ein krachender Donner, der die Erde erbeben und die Bäume am Straßenrand schwanken ließ. Ein Blitz zuckte durch Regen und Dunkelheit, ein grellweißes, breites Zickzack. Er schlug in einen Ahorn ein.

Alexandra fuhr zusammen und fiel beinah vom Pferd. Sie drehte sich auf Fannys Rücken um, ihr Blick voll entsetztem Erstaunen: Sie traute ihren Augen nicht. Der Blitz hatte einen dicken Ast in der Gabelung getroffen. Der Ast knickte, Rauchwolken stiegen auf, und er fiel krachend auf die Straße, keinen halben Meter entfernt von Garths Vorderhufen. Der Hengst, außer sich vor Angst, wieherte, tänzelte erregt hin und her und verfing sich in den kräftigen Zweigen und in den Blättern des Astes.

Douglas hatte keine Chance. Er wurde abgeworfen und landete am Straßenrand. Dann rührte er sich nicht mehr.

Alexandra schrie auf, laut, gellend, in höchster Angst. Augenblicklich war sie an seiner Seite. Sie kniete über ihm und versuchte ihn vor dem prasselnden Regen zu schützen.

Er bewegte sich nicht. Endlich fand sie am Hals seinen Puls. Er ging regelmäßig. Sie setzte sich in die Hocke und sah ihn fest an. »Wachen Sie auf, verdammt noch mal! Douglas!«

Sie schüttelte ihn, versetzte ihm kräftige Ohrfeigen.

»Aufwachen! Das ertrage ich nicht! Sie treiben ein ehrloses Spiel. Sie halten mich hier fest, nur weil Sie hilflos sind. Wie niederträchtig von Ihnen. Nein, ich kann Sie doch nicht hier so liegenlassen. Aufwachen!«

Er rührte sich nicht. Seine Augen blieben geschlossen. Dann sah sie Blut hinter seinem linken Ohr hervorsickern. Er war beim Fallen gegen einen Stein geprallt.

Alexandra merkte zuerst gar nicht, daß sie ihren Körper über ihn gebeugt hin und her wiegte und aus tiefster Brust angsterfüllte Klagelaute ausstieß, die ihr beinahe die Kehle zuschnürten.

»Reißen Sie sich zusammen, Douglas! Liegen Sie nicht einfach nur so da.« War das tatsächlich ihre Stimme? Sie klang fest und stark. Es mußte etwas unternommen werden. Douglas brauchte sie. Sie blickte sich um. Beide Pferde waren ausgerissen, wahrscheinlich waren sie zu den Sherbrooke-Ställen zurückgekehrt. Sie waren jetzt mutterseelenallein. Es goß in Strömen. Douglas hatte das Bewußtsein verloren, vielleicht lag er sogar im Sterben.

Was tun?

Wieder beugte sie sich über ihn, um sein Gesicht vor dem Regen zu schützen. Wenn er doch wieder das Bewußtseins erlangte. Und wenn nicht? Was, wenn er einfach stumm und regungslos blieb, bis er tatsächlich starb?

Sie konnte, sie wollte das nicht hinnehmen. Sie mußte etwas unternehmen.

Aber was? Sie war nicht in der Lage, ihn hochzuheben oder zu tragen. Vielleicht könnte sie ihn am Boden entlangschleifen, doch wohin?

Sie bettete seinen Kopf in ihren Schoß, neigte sich über ihn, um ihn so gut wie möglich zu schützen. Jede Faser ihres Körpers war angespannt. Ihr war bitterkalt, eine Gänsehaut überzog sie. Schließlich wurde sie taub gegen jegliches körperliche Unwohlgefühl.

»Zum Teufel, wollen Sie mich ersticken, Mädchen?«

Sie erstarrte, fassungslos diese Stimme zu hören, diese Stimme, gereizt und voller Groll, diese gedämpfte Stimme, die an ihrer Brust erklang. Langsam hob sie das Gesicht und blickte zu ihm hinunter. Seine Augen waren geöffnet.

Ihre Haare fielen in einem wilden Durcheinander über sein Gesicht, ein klatschnasser Vorhang aus tropfenden Haarsträhnen. »Douglas, fehlt Ihnen irgend etwas?«

»Nein, mir fehlt nichts. Halten Sie mich für einen Schwächling? Mein Kopf tut zwar teuflisch weh, aber mir geht es gut.« Er hielt kurz inne, seine Nase keine Handbreit von ihrer entfernt. »Aber ich ziehe es vor, mein Gesicht zwischen Ihren Brüsten zu vergraben.«

Sie konnte ihn nur noch entgeistert anstarren. Dieser Mensch hier würde einfach nicht sterben. Dazu war er zu gemein, zu frech, zu unverschämt. Lächelnd eröffnete sie ihm: »Beide Pferde sind auf und davon. Wir sind hier gestrandet. Keine Ahnung, wie weit wir von zuhause, äh, Northcliffe, weg sind. Es regnet in Strömen. Blut sickert hinter Ihrem linken Ohr hervor. Sie sind gegen einen Stein gefallen, einen kleinen zwar, aber immerhin einen Stein, das heißt gegen etwas Hartes, daher kommt das Blut. Für kurze Zeit waren Sie ohnmächtig. Helfe ich Ihnen auf, werden Sie bloß vom Regen völlig durchnäßt.« Dann schwieg sie, was sollte sie noch sagen? Sie heftete den Blick interessiert auf ihn.

Wortlos tastete Douglas seinen Körper ab. Nur sein Kopf reagierte mit Schmerzen, aber es war nicht allzu schlimm, nur ein unregelmäßiges, dumpfes Pochen. »Beweg dich«, feuerte er sich selbst an.

Er setzte sich auf, hielt den Kopf kurz nach unten gesenkt, dann straffte er sich und sah sich um. »Sehen Sie den schmalen Pfad dort drüben? Wir befinden uns in der Nähe der Hütte meines Wildhüters. Sein Name ist Tom O'Malley. Von allen meinen Leuten ist er derjenige, der nicht vor Schreck umsinken wird, wenn wir nach Mitternacht durchnäßt und in diesem jämmerlichen Zustand an seiner Türschwelle erscheinen. Kommen Sie, Alexandra, helfen Sie mir aufzustehen, und lassen Sie uns zu ihm gehen. Bis zum Schloß ist es zu weit.« Dabei fiel ihm ein, daß sie das Schloß als ihr Zuhause bezeichnet hatte. Dumme Bemerkung. Das hätte sie sich verkneifen können. Es war nicht ihr Zuhause und würde es wahrscheinlich auch nie werden.

Douglas sagte kein Wort, bis er auf den Beinen stand und ein leichtes Schwindelgefühl bei sich feststellte. Nicht nur ein leichtes. Verärgert sagte er: »Ich muß mich auf Sie stützen. Sind Sie stark genug, etwas von meinem Gewicht auszuhalten?«

»Aber ja, natürlich«, gab sie zurück und stützte ihn. Sie sammelte ihre ganze Kraft und schlang ihren Arm um seine Mitte. Blinzelnd sah sie ihn durch den dichten Regen an. »Ich wäre so weit, Douglas. Ich lasse Sie schon nicht fallen.«

Sein Kopf dröhnte. Ihm war kalt und schwindlig. Er sah auf das patschnasse weibliche Wesen unter seinem Arm, fest an seine Seite gedrückt. Nur halb so groß wie er, plagte es sich, ihn aufrecht zu halten. Er konnte sich nicht beherrschen und lachte los. »Wahrhaftig, ein Herkules. Ich kann es, verdammt noch mal, nicht fassen. Hier entlang, Alexandra.«

Auf einmal strauchelte er und zog sie mit sich hinunter. Sie fiel auf die Knie. »Hoffentlich sind es keine Brennessel«, bemerkte sie. Ihr Atem ging stoßweise, während sie das verdächtige Blätterwerk entfernte. »Fehlt Ihnen etwas, Douglas? Es tut mir leid, daß ich Sie habe fallen lassen, aber eine Wurzel hat mich zu Boden gebracht.«

Er hatte das Gefühl, er müßte sich übergeben, doch beherrschte er sich, auch wenn das Übelkeitsgefühl übermächtig zu werden drohte. Er verharrte kurz auf den Knien, wild entschlossen, sich zu erheben, um sich keine Blöße zu geben. Kalkweiß im Gesicht erhob er sich und schluckte die bittere Galle hinunter. »Nein, es war nicht Ihre Schuld. Ich fiel hin, ehe Sie über die Wurzel gestolpert sind. Ich habe Sie doch nicht verletzt?«

»Aber nein«, erwiderte sie und rappelte sich hoch. Sie zitterte vor Kälte und schlug sich mit den Händen gegen die Arme.

»Es waren doch keine Brennessel, sonst würde unser ganzer Körper brennen. Beeilen wir uns. Es ist nicht mehr weit.«

Tom O'Malleys Hütte befand sich am Ende des schmalen Pfades mitten auf einer kleinen Lichtung. Es war offensichtlich das Zuhause eines Menschen, der seine Einsamkeit liebte. Die Hütte aus robustem Eichenholz besaß ein Satteldach, war ein Stockwerk hoch und frisch bemalt. Das Grundstück war säuberlich gejätet. Rosen und Heckenkirschen, beide gut gepflegt, rankten sich an den Seiten hoch. Alexandra kam es wie ein herrschaftlicher Wohnsitz und so düster wie eine Gruft vor.

»Ich möchte nicht, daß er auf uns schießt«, erklärte Douglas seelenruhig und begann leicht an die schwere Tür zu klopfen. »Tom! Tom O'Malley!« Dann hämmert er stärker dagegen. »Lord Northcliffe hier! Kommt, Mann, laßt uns rein!«

Alexandra wußte nicht, was sie erwartete. Doch hatte sie nicht mit der sehr hohen, sehr ausgemergelten Gestalt eines Mannes mittleren Alters gerechnet, der voll bekleidet war und keineswegs überrascht schien, seinen Herrn mitten in der Nacht auf seiner Türschwelle zu sehen. Er hatte eine sehr lange und schmale Nase, die bebte, als er mit rauher Stimme rief: »Mylord, so, so, Sie sind es tatsächlich. Und das ist Ihre neue Gräfin? Ja, gewiß ist sie das, denn Willie vom Stall hat mir von ihr erzählt. Sie sei anmutig und zart und hätte eine geschickte Hand mit den Pferden. Willkommen, Mylady. Ich werde ein Feuer machen, damit Sie sich wärmen können. Nein, nein, das tut nichts, wenn der Boden naß wird. Er wird schon trocken, er ist ja schließlich aus Holz. Kommen Sie rein, kommen Sie rein. Bleiben Sie nicht draußen in dem schrecklichen Regen.«

»Das ist Tom O'Malley«, sagte Douglas zu Alexandra. »Er und seine Mutter sind vor fünfundzwanzig Jahren von County Cork nach Northcliffe hergekommen, dem Himmel sei Dank dafür.«

»Ja, ja, ich bin's sehr wohl, Mylord, und es ist vor fünfundzwanzig Jahren gewesen. Ah, da ist Blut auf Ihrem Gesicht, Mylord. Ihnen ist wohl etwas zugestoßen, eh, etwas ist auf Ihren Kopf gefallen.« Er übernahm geschickt Alexandras Rolle als Pflegerin und begleitete Douglas zu einem schlichten Stuhl mit hoher Rückenlehne vor dem Kamin. »Ruhen Sie sich aus, Mylord. Mylady«, fügte er hinzu, indem er sich an Alexandra wandte, die tropfnaß knapp vor einem schönen, bunten, handgewebten Teppich stand. Schnell trat sie beiseite, wobei sie ausrief: »Oh, er ist wunderschön, Mr. O'Malley.«

»Ja, ja, Mylady, meine Mutter, Gott hab sie selig, hat ihn mit ihren eigenen begnadeten Händen geknüpft. Das hat sie, ja, ja. Sie war eine wundervolle Frau, ja, das war sie. Kommen Sie und wärmen Sie sich auf. Sie brauchen jetzt trockene Kleidung. Nichts Feines, Sie verstehen, aber was Trockenes.«

»Das wäre wunderbar, Mr. O'Malley. Seine Lordschaft und ich bedanken sich.«

Sie eilte auf Douglas zu, der mit leeren Augen auf das Kaminfeuer starrte. »Schmerzt Ihr Kopf noch?«

Er blickte sie an. »Bitte, schüren Sie das Feuer.«

Sie tat, wie ihr geheißen. Dann wischte sie sich die Hände an ihrem triefenden Hemd ab. Er sah sie an und meinte: »Eigentlich müßte ich es Ihnen hoch anrechnen, daß ich mich jetzt mitten in der Nacht in Ihrer Begleitung in der Hütte meines Wildhüters wiederfinde. Doch ist es nicht gerade das, was man sich im allgemeinen erträumt. Ja, dies steht nicht einmal auf meiner Liste der Alpträume.«

Ihr Kinn hob sich, und ihr Rücken straffte sich. »Sie wären jetzt auch gar nicht hier, wenn Sie nicht so starrköpfig gewesen wären und besser mit Ihrem Pferd hätten umgehen können.«

Für einen verbalen Angriff war das nicht einmal übel. Douglas wollte es ihr in gleicher Weise zurückgeben, aber er fühlte sich einfach hundsmiserabel. Er sagte bloß: »Treiben Sie keine weiteren Scherze mit mir. Schweigen Sie und rücken Sie näher ans Feuer. Nein, sehen Sie mich nicht so an, als würde ich meinen letzten Atemzug tun. Nur mein Kopf schmerzt mich etwas. Ach, Tom, haben Sie denn keine trockene Kleidung für uns?«

Alexandra beharrte darauf, daß Douglas als erster in das kleine Schlafzimmer ging, seine nassen Gewänder zu wechseln. Als er wieder auftauchte, lächelte sie. Sie fand ihn hinreißend in den Hosen aus grobem Wolltuch und dem einfachen Leinenhemd. Sie konnte den Blick nicht so schnell abwenden, wie es sich wohl für eine junge Dame geziemt hätte. Das Hemd war vorne offen, denn Douglas hatte sich nicht die Mühe gemacht, die Bänder bis zum Hals zuzubinden. Für Augenblicke vergaß sie, wie naß und kalt und elend ihr war.

»Sie sind an der Reihe, Alexandra. Sie sehen recht erbarmungswürdig aus. Tom besitzt keine Kleider, das brauche ich wohl nicht zu erwähnen. Sie werden sozusagen mein Zwilling sein.«

Und so geschah es, daß innerhalb von zehn Minuten Lord und Lady Northcliffe auf einer grobgeschnitzten Bank in der Hütte des Wildhüters in dessen Kleider saßen und den köstlichsten Tee, den beide je getrunken hatten, nippten.

Ihr eigene Kleidung lag auf jeder verfügbaren Fläche zum Trocknen ausgebreitet. Nach einiger Zeit bemerkte der Graf: »Wir danken Ihnen für Ihre Gastfreundschaft, Tom. Sollten Sie über ein zusätzliches Bettuch verfügen, würde Ihre Ladyschaft und ich vor dem Kamin schlafen.«

Tom O'Malley machte große Augen, erbleichte und holte tief Luft. »Nie und nimmer, Mylord! Bittet niemals wieder um etwas derart Unpassendes. Meine gute Mutter würde von ihrem himmlischen Zuhause zurückkehren und mich schlagen, bis mir die Nase aus dem Gesicht fiele.«

Der Graf protestierte. Alexandra hörte beiden belustigt zu, denn sie wußte, Douglas würde hier den kürzeren ziehen. Tom bat geradezu inständig immer und immer wieder: »Nein, Mylord, zwingen Sie mich bitte nicht dazu. Meine liebe tote Mutter, ja, sie blickt in diesem Augenblick auf uns hinab und schimpft mir die Ohren voll, Mylord.«

Douglas gab nach. Sein Kopf schmerzte teuflisch, und Alexandra sah aus, als würde sie jeden Augenblick zu Boden sinken, so erschöpft war sie. Sie zogen in Tom O'Malleys Schlafzimmer.

»Das Hemd reicht Ihnen bis zum Knie«, bemerkte Douglas über das schmale Bett zu Alexandra hinweg. »Sie können es ebensogut als Nachthemd tragen.«

»Natürlich werde ich das tun! Haben Sie befürchtet, ich würde es herunterziehen und wieder nackt vor Ihnen stehen? Oder etwa vor Ihnen paradieren, um Ihr Interesse zu wecken?«

Douglas wehrte ab: »Ich denke nicht, daß sich der Ort für eine großartige Zurschaustellung eignet.« Ohne sie eines Blickes zu würdigen, zuckte er mit den Achseln. »Sie stellen immer Dinge an, mit denen ich niemals gerechnet habe.«

»Machen Sie sich keine Sorgen, Mylord, daß ich noch irgend etwas Überraschendes anstelle. Sie werden mich sobald wie möglich los sein. Nie wieder werde ich Ihre Abscheu hervorrufen.«

»Ich empfand gar keine Abscheu.«

Alex schnaubte, ein recht lautes und seltsames Geräusch in der winzigen Kammer. Douglas lachte.

»Ich habe vor, Toms Hemd so lange zu tragen, bis es an mir vermodert, falls nötig.«!

»Ich hoffe, Ihr Opfer erübrigt sich.«

»Ich auch.« Sie sah sich in der Kammer um. Es war hier reinlicher als ihr Schlafzimmer in Claybourn Hall, zwar karg möbliert, aber alles ordentlich hergerichtet und gepflegt. Die Bettdecke war weich, von hellblauer Farbe und sorgfältig gestrickt.

Sie löste ihren Gürtel und begann die grobgewebte Hose an der Taille herunterzurollen. Sie war mindestens acht Mal umgeschlagen, und trotz der widrigen Umstände mußte sie kichern, als sie die Hosen endlich herunterzog. Dann kam ihr zum Bewußtsein, was sie getan hatte und wo sie war, und sie erstarrte. »Tom ist sehr groß, aber so spindeldürr, daß die Hose an keiner Stelle paßt.« Dabei blickte sie zu Douglas hinüber. Er hatte sich das Hemd über den Kopf gezogen. Seine Hände lagen am Bund seiner Hose. Er sah sie an. Der kleine Schnaufer, den sie ausstieß, brachte ihn aus dem Konzept.

»Ich bitte Sie«, ermahnte er sie und drückte die Flamme der einzigen Kerze aus. »Ich habe keineswegs die Absicht, Sie zu schockieren, so wie Sie das mit mir getan haben. Glauben Frauen denn, Männer könnten nicht in Verlegenheit geraten, wenn sie die Verführerin spielen? Sei's drum, ich bin sowieso nicht neugierig auf Ihre Antwort. Im Gegensatz zu Ihnen wird meine Entkleidungsprozedur ausschließlich im Dunkeln stattfinden. Nicht quieken.«

Als beide auf dem Rücken lagen, keine zwei Handbreit voneinander entfernt, bemerkte Alexandra: »Tom schien gar nicht überrascht, uns zu sehen.«

»Tom stammt aus einer langen Linie von phlegmatischen O'Malleys. Er ist ein guter Mann, obwohl ich nicht gerne sein Bett in Anspruch nehme. Er ist zwar so groß wie ich, aber das verdammte Bett ist zu kurz. Ich muß mich um ein neues für ihn kümmern. Das ist das mindeste, was ich für ihn tun kann.«

Douglas drehte sich und fluchte, als sein Ellbogen gegen ihren Kopf stieß. »Verflucht und zugenäht, Mädchen, Ihr Haar ist noch ganz naß. Wollen Sie sich eine verdammte Erkältung zuziehen? Breitet es auf dem Kopfkissen aus, damit es trocknet.« Er schimpfte weiter über die gedankenlos dummen Frauenzimmer, während Alex einen Haarkranz um ihren Kopf legte.

»Sie brauchen Ihre unflätige Sprache nicht vor mir zu benützen.«

»Kommen Sie, legen Sie sich hin, ich werde Ihre Haare ausbreiten. Sie machen das falsch.«

Sie fühlte seinen warmen Atem ihre Wange streichen, während seine langen Finger durch ihr Haar fuhren und die nassen Strähnen fächerförmig ausbreiteten. »So«, stellte er gelangweilt fest. »Schlafen Sie jetzt. Ich bin müde. Ihr Leichtsinn hat mich ganz schön strapaziert.«

Was sollte sie bloß tun? Diese Frage stellte sich Alexandra immer und immer wieder. Sie quälte sie so lange, bis sie schließlich neben ihrem Mann im Bett des Wildhüters einschlief.

Douglas erwachte erhitzt und erregt. Sein Glied war steif, ein lästiger Zustand. Einen Augenblick lang war er verwirrt. Niemals zuvor hatte er so eine heftige Begierde empfunden, eine Begierde, die sich so drängend und ungestüm seiner bemächtigte, daß er darüber vergaß, wer und wo er war. Er merkte, daß Alexandras Wange gegen seine nackte Schulter gepreßt lag, ihr entblößtes Bein ruhte auf seinem nackten Bauch. Ihr Leinenhemd war über ihre Mitte hinaufgerutscht. Er fühlte jeden Millimeter ihrer köstlichen Weiblichkeit. Er hatte den Wunsch, ihre Brüste zu berühren, ihre Beschaffenheit, ihre Weichheit zu spüren. Er sah sie vor seinem geistigen Auge, wie sie fest entschlossen mit geballten Fäusten neben seinem Ohrensessel gestanden war. Und er, nun, er hatte sie schwer gedemütigt.

Das war nicht recht von ihm gewesen. Aber, was hätte er sonst tun sollen? Das zu nehmen, was sie ihm angeboten hatte, käme einem Eingeständnis gleich, daß er nachgab und sie akzeptierte, daß sie triumphierte, daß sie und ihr verflixter Vater gesiegt hatten. Nur weil sie sich bis auf ihre liebliche weiße Haut entblößt und ihm ihren Anblick gewährt hatte. Sie hatte sich ihm angetragen. Zwar fluchte er jetzt, doch es half nichts. Sein Glied schmerzte ihn, es schmerzte vor Verlangen. Nun, warum denn eigentlich nicht? Sie war auch jetzt beinahe nackt und lag fest an ihn geschmiegt. Warum sollte er da keine Lust empfinden? Er war doch ein normaler Mann, nicht wahr? Er gab auf. Jetzt schien alles gleichgültig. Es war dunkel, sie waren allein, draußen peitschte der Regen heftig gegen den einzigen Fensterladen und prasselte dumpf gegen das Dach. Alle realen Dinge, alle konkreten Dinge, alles Wichtige, alles, was dringend nach Entschluß und konsequenter Haltung verlangte, war wunderbar weit entfernt. All dies könnte eine gute Weile lang außer acht gelassen werden.

Er wandte sich ihr vorsichtig zu. Seine Hände begannen ihre Brüste zu liebkosen. Sie stöhnte auf. Dieses leise, sanfte Geräusch ließ sein Herz heftig pochen. Er wollte auf der Stelle in sie eindringen. Zum Teufel mit ihr, wie es ihn drängte. Wieder stieß er einen Fluch aus, während seine Hand eine Brust kurz umfaßte. Schnell band er ihr Hemd auf. Er zog es ihr mit einer heftigen Bewegung bis zur Taille herunter. Warum wachte sie nicht auf? Er konnte sie kaum sehen, doch er wußte, ihre Brüste waren prachtvoll. Er mußte sie jetzt berühren, küssen, ihren Geschmack spüren. Ohne zu überlegen, ohne an die Folgen seiner Tat zu denken, senkte er den Kopf und nahm eine Brustspitze in den Mund. Sie war heiß, unglaublich heiß und so süß, daß er es kaum ertrug. Sein Zustand war bejammernswert, das war ihm völlig klar.

Für einen Augenblick hob er den Kopf. Sie begann wieder und wieder zu stöhnen, wobei ihr Kopf zur Seite rollte. Er war wild nach ihrem Mund. Sie sollte in seinen Mund stöhnen, ihn mit der Leidenschaft erfüllen, die er in ihr entfacht hatte. Als sich sein Mund an ihrem festsaugte, spürte er wieder die unglaubliche Glut, die von ihr ausging. Wieder stöhnte sie auf.

Jetzt raste er beinahe vor Verlangen, das in seinem Körper aufwallte, sein Glied fest gegen ihren Schenkel gepreßt. Warum, zum Teufel, wachte sie nicht auf? »Lassen Sie mich Ihr lächerliches Hemd ausziehen.« Sie stöhnte erneut. Er hielt inne und sah mit zusammengezogenen Brauen zu ihr hinunter. Sie sollte doch nur dann stöhnen, wenn das, was er tat, ihre Lust erregte.

»Alexandra«, sagte er leise und klopfte leicht mit der Handfläche gegen ihre Wange. Sie war brennend heiß.

Zuerst wollte er es einfach nicht wahrhaben. Wieder stöhnte sie und entwand sich ihm. Großer Gott, sie stöhnte nicht, weil sie ihn begehrte; sie stöhnte nicht, um ihn zu verführen; sie stöhnte, weil sie vor Fieber glühte.

Er kam sich wie ein Tier vor; er fühlte sich verdammt schuldig und hätte sich am liebsten wegen seiner Einbildung selber ausgelacht. Er schüttelte den Kopf. Nun erfaßte er den Ernst der Lage. Sie war krank. Sehr krank. Er riß sich zusammen, und seine Lust erstarb in Sekundenschnelle. In Gedanken sah er die zahllosen Männer vor sich, die nach den Schlachten vom Fieber gebeutelt wurden. So viele waren daran gestorben. Zu viele. Wenigstens wußte er, was er zu tun hatte. Immer noch regnete es heftig. Es gab keinerlei Möglichkeit, den Arzt zu holen. Jetzt lag es an ihm. Douglas erhob sich schnell und eilte ins Vorderzimmer.

»Tom, rief er leise.

»Mylord, was gibt's?«

»Ihre Ladyschaft ist krank. Ich müßt einen Kräutertee machen. Ich werde sie mit kaltem Wasser abwaschen, um das Fieber zu senken. Besitzen Sie irgendwelche Arzneien, die ihr helfen könnten?«

Zwar hatte Tom keinerlei Arzneien, aber er besaß den heilkräftigen Kräutertee seiner guten Mutter.

Als Douglas mit einer brennenden Kerze zu Alexandra zurückkehrte, bemerkte er plötzlich, daß er sich, ohne es zu merken, splitternackt mit Tom unterhalten hatte und schüttelte den Kopf über sich selbst. Dann stellte er die Kerze auf das Tischchen neben dem Bett und zog sich schnell die Hosen von Tom über. Er berührte mit der Handfläche ihre Wangen, ihre Schultern. Sie waren schweißgebadet. Er zog ihr das feuchte Leinenhemd endgültig aus. Nach wenigen Augenblicken brachte Tom eine Schüssel voll Wasser und einen weichen Waschlappen.

Nun streckte er ihre Arme und Beine aus. Systematisch strich er in langen, gleichmäßigen Bewegungen mit dem nassen Lappen von Kopf bis Fuß an ihr hinunter. Als der feuchte Lappen ihr Gesicht berührte, versuchte sie sich zu entwinden, aber er hielt sie fest. »Nein, Alexandra. Halten Sie still. Sie sind diejenige, die jetzt krank ist. Halten Sie still.«

Sie konnte ihn nicht verstehen, das wußte er. Er wischte ihr Gesicht ab und drückte den Lappen ein paar Sekunden dagegen. Sie rieb das Gesicht gegen seinen Handteller, wie um sich in den Lappen hineinzuwühlen.

»Ja, Ihnen ist heiß, nicht wahr? Nein, ich werde nicht damit aufhören, das verspreche ich. Ich weiß, es fühlt sich gut an. Ich weiß, Sie verglühen beinahe. Vertrauen Sie mir wenigstens hier.« Mit dem Waschlappen fuhr er an ihrem Hals und an den Schultern entlang. Dann befühlte er den Lappen. Er war fast trocken und sehr heiß. Das Fieber hatte sie schwer gepackt.

Nun legte er sie auf den Bauch. Immer wieder strich er mit dem kühlenden Lappen über sie. Er vermied es, sie dabei anzusehen; er wollte nicht wahrhaben, wie es ihm bei ihrem Anblick zumute wurde; er wollte sich nicht eingestehen, daß sein Glied geschwollen war, obwohl sie krank und nicht bereit war, ihn zu empfangen. Wahrscheinlich würde sie ihn auch als Gesunde nicht mehr haben wollen.

»Alexandra«, rief er. »Hören Sie mich an. Sie sind jetzt krank, aber ich bin fest entschlossen, Sie schnell wieder gesund zu bekommen. Hören Sie mich? Hören Sie jetzt mit diesem Unsinn auf. Öffnen Sie die Augen und sehen Sie mich an. Zum Teufel mit Ihnen, Sie sollen die Augen öffnen!«

Das tat sie denn auch. Sie blickte ihn mit fiebrig glänzenden Augen an. »Hallo!« sagte sie leise. »Schmerzt Ihr Kopf, Douglas?«

»Wen kümmert schon mein Kopf? Wie fühlen Sie sich?«

»Alles tut mir weh.«

»Ich weiß. Tut das gut?« Er fuhr mit dem Lappen über ihre Brüste hinunter zum Bauch.

»O ja«, erwiderte sie und schloß die Augen.

Douglas fuhr fort, bis Tom den Kräutertee seiner Mutter brachte.

Douglas deckte Alexandra zu und lehnte sie gegen die Kissen. Dann setzte er sich neben sie und stützte sie mit seinem Arm. »Aufwachen, Alexandra. Ich will, daß Sie diesen Tee trinken. Es ist wichtig, daß Sie Flüssigkeit zu sich nehmen, sonst trocknen Sie aus und sterben. Los, Mund auf.«

Sie tat es und verschluckte sich. Er flößte ihr den Tee nur noch tropfenweise ein. Mit unendlicher Geduld. Sie trank die ganze Tasse aus. Dann stöhnte sie. Er legte sie wieder hin und begann erneut mit dem feuchten Lappen über ihren Körper zu streichen.

Nach einer Stunde war das Fieber gesenkt, aber kurz darauf begann sie vor Kälte zu zittern.

Er kroch zu ihr ins Bett und zog sie an sich. Sie vergrub sich beinahe unter ihm, als wollte sie sich verkriechen. Ihre Beine drückten gegen seine, sie preßte ihr Gesicht unter seinen rechten Arm. Leise lächelnd versuchte er ihren Körper der Länge nach auszustrecken. Bald war er selber schweißnaß, schob sie aber nicht von sich, sondern zog sie näher heran, um jeden Millimeter ihres Körpers zu bedecken. Seltsam, sie fühlte sich so heiß an und fror doch zugleich. Wirklich, sehr seltsam, dachte er, während er seine Wange auf ihren Scheitel legte. Wenigstens waren ihre Haare jetzt trocken. Nun trug er die Verantwortung für sie. Dabei war es ihm völlig klar, daß seine Hände soeben ihren Rücken streichelten.

Gottverdammich!

Leise stöhnend preßte sie ihre Nase gegen seine Rippen, ganz nahe am Herzen. Ein ungewohntes und ihm höchst unwillkommenes Gefühl überkam ihn, als ihr warmer Atem sanft über seine Haut streifte.

Er erwachte bei Tagesanbruch. Es war ein trüber, grauer Morgen. Immer noch goß es in Strömen, vielleicht eine Spur weniger als gestern. Unter diesen Umständen konnte er sie auf gar keinen Fall ins Schloß zurückbringen. Bis vor Toms Haustür konnte keine Kutsche vorfahren. Er konnte und durfte es nicht riskieren, sie bis zur Straße zu tragen. Dafür war sie viel zu krank.

Douglas begann wieder, sie mit dem nassen Lappen zu benetzen. Ihr Fieber stieg und fiel in regelmäßigen Abständen in einer schier unendlichen Folge, die ihn halbtot ängstigte.

Ja, seine Angst war so groß, daß er zu beten begann.

Eigentlich hatte er erwartet, daß Tom Mrs. Peacham holen würde, die, soweit seine Erinnerung zurückreichte, stets alle Sherbrookes gesund gepflegt hatte. Doch diesmal kam sie nicht. Nur Finkle, sein ehemaliger Offiziersbursche und Kammerdiener, kehrte mit Tom zurück. Finkle, gesund, kräftig, eben vierzig geworden und beinahe so kleingewachsen wie Alexandra, erklärte ohne Umschweife: »Der Trottel von einem Doktor hat sich das Bein gebrochen. Jetzt werde ich Ihnen helfen, Mylord. Ich habe alle möglichen Arzneien dabei. Ihre Ladyschaft wird im Handumdrehen wieder gesund.«

Douglas übernahm ihre Pflege; abwechselnd zwang er sie, Tee oder Toms dicken Haferschleim zu sich zu nehmen. Danach wusch er sie wieder ab. Nach einem für Douglas wohl längsten Tag in seinem Leben, wußte er – das Schlimmste hatte sie hinter sich. Da war kein Gedanke mehr an seine eigenen Kopfschmerzen. Erstaunt registrierte er lediglich eine Beule über seinem linken Ohr, die er sich zugezogen hatte bei seinem Fall gegen den Stein.

Er stand am Bett und blickte zu ihr herab. Er wußte nun, das Fieber war besiegt. Doch ihm war klar, nur wenn sie jetzt kämpfte, konnte sie wieder ganz gesund werden.

»Geben Sie bloß nicht auf«, drohte er ihr. »Ich verpasse Ihnen eine ordentliche Tracht Prügel, wenn Sie es wagen, aufzugeben.«

Leise stöhnend versuchte sie sich seitlich zu legen. Er half ihr dabei, dann hüllte er sie in die Decken ein.

»Sie schafft es«, rief Finkle in sachlichem Ton durch die Tür. »Sie hat die Kraft einer Sherbrooke.«

Douglas schritt zur Tür und schloß sie wortlos hinter sich. Dann wandte er sich an seinen Offiziersburschen. »Verschon mich mit deiner Impertinenz. Sie ist nur zeitweilig eine Sherbrooke, und das nur aufgrund von Intrige und Betrug. Allein weil sie krank ist und vielleicht sterben wird, macht sie das noch lange nicht zu meiner Frau.«

Finkle, seit elf Jahren im Dienste seiner Lordschaft, meinte daraufhin: »Ihre Gedanken sind verwirrt, Mylord. Sie wird leben, dank dem gütigen Wesen über uns, und Sie haben sie gerettet. Wenn man einmal das Leben eines Menschen gerettet hat, soll man ihn nicht einfach wie ein altes Boot ausrangieren.«

»Ich kann mit diesem verdammt hinterhältigen Fratz tun und lassen, was ich will. Hast du denn so schnell vergessen, was sie, ihr Vater und mein ach so lieber Cousin Tony angezettelt haben?«

»Ihre Schwester, Lady Melissande, meint, Ihre Ladyschaft, die zur Zeit angeblich hier darniederliegt, sei niemals krank gewesen. Sie meint, es sei wohl eher eine Hinterlist, um Ihre Zuneigung zu ködern. Sie hätte jedoch die Verpflichtung, meinte sie, herzukommen, um sich selbst ein Bild davon zu machen.«

»O Gott«, rief Douglas und eilte auf die Haustür zu, als würde Melissande jeden Augenblick auftauchen.

»Sie kommt nicht, Mylord.«

»Wie hast du sie zurückgehalten?«

»Ich sagte, sollte Ihre Ladyschaft die Krankheit doch nicht vortäuschen, dann wäre es leicht möglich, daß sie von dem Fieber angesteckt werden könnte und daß ein Fieber die Schönheit einer Dame für immer ruinieren würde. Ich sagte, ein Fieber hinterließe immer Narben auf dem Gesicht einer Dame.«

Douglas konnte seinen Kammerdiener nur entgeistert ansehen. »Meine Güte, das hast du aber geschickt eingerichtet.«

»Lord Rathmore stimmte mir zu. Ihm selber wäre dieses Phänomen schon untergekommen, er hätte diese Art Narben schon oft behandelt. Er meinte, das solle sie aber nicht von ihrem Vorhaben abhalten. Er lobte ihre Uneigennützigkeit. Höflich erkundigte er sich, ob er sie zu ihrer Schwester fahren und sie pflegen dürfe, falls sie tatsächlich erkrankt sei und nicht simulierte. Da schrie Lady Melissande entsetzt auf. In erheblicher Lautstärke. Lord Rathmore hingegen brach in Gelächter aus.«

»Das hast du gut gemacht, Finkle, und mein Cousin auch, dieser Flegel. Nun, mir bleibt wohl nichts anderes übrig, als das junge Ding selber zu pflegen. Warum hat dich Mrs. Peachham nicht begleitet?«

»Sie und Hollis sind zu dem Schluß gekommen, das schickte sich nicht.«

»Von wegen! Hollis ist ganz allein zu diesem Schluß gekommen, und das weißt du genau. Dieser intrigante Kerl! Warum er unbedingt will, daß dieser Fratz die Countess of Northcliffe bleibt, will mir nicht in den Kopf. Man könnte doch meinen, er sollte eigentlich wissen, wem er Loyalität schuldet.«

Finkle warf seinem Herrn einen Blick zu. »Sie enttäuschen mich, Mylord«, sagte er nur und überließ Douglas sich selbst.

»Ach was, zum Teufel«, fluchte Douglas. Rasch lag er unter der Decke neben Alexandra. Noch ehe er sie angefühlt hatte, wußte er, daß sie wieder fror. Die Kälte kam von innen.

Wahrscheinlich war es schon spät in der Nacht, sie lag eng an ihn gekuschelt. Beide waren sie nackt und warm, da begann er mit dem Gedanken zu spielen, sie als seine Frau doch zu akzeptieren. Er könnte sie zur glücklichsten Frau der Welt machen, davon war er überzeugt. Schließlich hatte sie ja versucht, ihn zu verführen. Sie war eine Lady, eine junge Lady von feinster Herkunft und Erziehung. Trotzdem hatte sie sich vor seinen Augen splitternackt ausgezogen. Nun, warum sie nicht behalten? Vielleicht würde sie ihm mit der Zeit ebensogut wie jedes andere weibliche Wesen gefallen.

Ein Jammer, daß sie nicht Melissandes Schönheit besaß.

Aber keine Frau auf Gottes Erdboden war so schön wie Melissande.

Der Versuch, eine Frau von ihrer Schönheit zu finden, wäre einfach sinnlos. Andererseits müßte er dann nicht bei jedem Mann, der in Alexandras Nähe trat, Anzeichen verzückter Hingabe konstatieren. Zudem müßte er sich auch keine Sorgen machen, daß sie mit den Männern flirtete, denen sie den Kopf verdreht hatte. Bei diesem Gedanken zog er die Brauen zusammen, denn Melissande flirtete nicht bloß; sie flirtete geradezu unverschämt. Sie sonnte sich darin. Und zum ersten Mal fragte er sich, ob Tony wohl die Wirkung haßte, die ihr Anblick auf jedes männliche Wesen zwischen zehn und achtzig Jahren ausübte. Vielleicht würde er seinen Cousin eines Tages danach fragen.

Allerdings bezweifelte er das. Immer noch hegte er den Wunsch, Tony aus der Welt zu schaffen.

Neben ihm stöhnte Alexandra leise auf. Ohne zu überlegen, drückte er ihr einen Kuß auf die Stirn und zog sie enger an sich.

Was tun?

Er würde darüber nachdenken. Er malte sich die Erleichterung und Freude auf ihrem Gesicht aus, wenn er ihr seinen Entschluß eröffnete, daß er sie zu behalten gedachte.

Ja, warum sollte er sie eigentlich nicht zur glücklichsten Frau der Welt machen?

KAPITEL 11

Ein gutes Gefühl. Sie war am Leben, wirklich und wahrhaftig am Leben.

Alexandra sog die Luft tief ein. Erleichtert stellte sie fest, daß sie dabei keinerlei große Schmerzen verspürte. Doch sie fühlte sich geradezu lächerlich schwach, so schwach, daß sie nicht einmal die Kraft hatte, das Wasserglas, das sie auf ihrem Nachttischchen entdeckte, in die Hand nehmen konnte, obwohl es ihr so sehr danach verlangte.

Schließlich gelang es ihr, sich auf die Seite zu drehen. Sie streckte den Arm nach dem Wasserglas aus. Tränen der Enttäuschung über ihre vergebliche Anstrengung traten ihr in die Augen, da öffnete sich die Tür der Schlafkammer. Douglas warf einen Blick herein.

»Sie sind wach. Wie fühlen Sie sich?«

Sie starrte auf das Wasserglas und erwiderte mit matter Stimme: »Durst. Bitte, ich habe so Durst.«

Sofort war er zur Stelle. Er setzte sich neben sie, lehnte ihren Kopf an seine Schulter, nahm das Glas und hielt es mit gekonntem Griff an ihre Lippen. »Warum haben Sie mich nicht gerufen? So weit weg war ich nicht, keine fünf Meter.«

Selig schloß sie die Augen. Das Wasser schmeckte göttlich. Douglas flößte es ihr in nur winzigen Schlucken ein, aber das war ihr ganz recht. Schlucken war eine große Anstrengung.

Als sie das Glas beinahe zur Hälfte ausgetrunken hatte, stellte er es wieder hin, hielt sie aber noch aufgestützt. Wieder fragte er: »Warum haben Sie mich nicht gerufen? So groß ist Toms Hütte wiederum auch nicht. Ich hätte Sie gehört.«

»Daran habe ich nicht gedacht.«

»Und warum nicht? Sie haben sich ja nicht selber pflegen müssen. Ich war derjenige, der Sie gepflegt hat, und nicht einmal so übel. Können Sie sich wenigstens daran erinnern?«

»Was für ein Tag ist es?«

Er sah sie gereizt an. »Es ist Mittwoch, früher Nachmittag. Sie waren nur eineinhalb Tage krank. Bei meiner guten Krankenpflege sollten Sie jetzt wohlauf sein.«

»Wie geht es Ihrem Kopf?«

»Mein Kopf ist wieder mit wichtigeren Dingen beschäftigt.«

»Sind wir immer noch in Tom O'Malleys Hütte?«

»Ja, sagte ich doch schon. Sie hätten mich rufen sollen, wenn Sie etwas gebraucht hätten. Finkle ist nach Northcliffe Hall zurückgekehrt, um eine Kutsche zu holen. Bald werden Sie in Ihrem eigenen Bett liegen.«

»Ich habe keine Kleider an.«

»Ist mir bekannt.«

»Aber mir nicht recht. Sie sind bekleidet und ich nicht.«

»Soll ich Ihnen beim Waschen und Ankleiden behilflich sein? Es sind zwar die alten Kleider, die Sie schon getragen haben, aber sie sind wenigstens trocken.«

»Das kann ich selber.«

»Trotz fördert nicht gerade Ihre Genesung.« Er hob die Hand. »Aber bitte, dann spielt eben die Eigensinnige. Ich hätte es wissen müssen. Sie sind selbstverständlich niemals aufsässig, woher denn. Nein, bloß keine Streiterei. Sie sind nicht einmal starrköpfig, es ist nur mädchenhaftes Feingefühl, das jedes Ihrer Worte beflügelt. Ich denke, ich sollte Sie einfach in Decken packen und so den ganzen Weg zurück nach Northcliffe Hall bringen.«

Zwei Stunden später hielt die kronenverzierte Kutsche wieder vor Northcliffe Hall. Die zwei Graufalken schniebten und schnauften in der warmen Nachmittagssonne. Der Graf entstieg der Kutsche, seine Gräfin im Arm.

Douglas erstarrte mitten im Gehen, als lauter Jubel von seiner Dienerschaft erscholl. Seine Blicke durchbohrten Hollis. Der schlaue alte Fuchs grinste bloß. Douglas hegte keinerlei Zweifel, daß er hinter diesem ganzen Theater stand. Ob Hollis wohl die Domestiken für diesen merkwürdigen Willkommensjubel bezahlt hatte, fragte er sich. Er würde ihm noch ein, zwei Dinge unter die Nase reiben, gleich nachdem er Alexandra zu Bett gebracht hatte.

Sie gab keinen Ton von sich. Er registrierte, wie sie mit geschlossenen Augen und schlapp in seinen Armen hing.

Flüsternd beugte er sich vor: »Schon gut. Es ist ganz normal, daß Sie sich schwach fühlen. Noch ein paar Augenblicke, und ich stecke Sie ins Bett.«

»Warum jubeln alle Ihre Dienstboten?«

Weil Hollis sie bestochen und außerdem dazu angestiftet hat.

»Sie sind froh, daß wir gesund und munter wieder zurück sind«, sagte er laut. Wieder verfiel sie in Schweigen. Sein Blick fiel auf Melissande oben auf der Treppe. Betörend sah sie aus. Er mußte heftig schlucken. Ihr liebliches Gesicht war blaß und sie rang mit den Händen. Ihre himmlischen Augen standen voll Tränen des Mitleids, doch näherte sie sich ihrer Schwester keinen Schritt.

»Alex? Geht es dir gut? Ja?«

Alexandra regte sich und erhob ihren Kopf von Douglas Schulter. »Ja, Melissande, ich bin wieder auf dem Damm.«

»Gut«, bemerkte Tony und trat neben seine Frau. »Finkle erzählte uns, Douglas hätte dich hingebungsvoll gepflegt. Er soll keinen Augenblick von deiner Seite gewichen sein.«

Mit tönender Stimme erklärte Melissande: »Ich hätte dich eigentlich pflegen sollen, Alex, aber Tony hat es nicht zugelassen. Er wollte mich keiner Gefahr aussetzen, obwohl ich fest entschlossen war, ganz ehrlich. Ich habe ja so für dich gebetet.«

»Stimmt«, bestätigte Tony. »Jede Nacht rutschte sie auf den Knien.«

»Ich danke dir«, hauchte Alexandra und bettete ihr Gesicht auf Douglas Schulter.

»Du bist doch nicht mehr ansteckend?«

»Nein, Mellie, sie ist nicht mehr ansteckend. Du wirst keine Flecken bekommen.«

»Nenn mich nicht mit diesem scheußlichen Namen!«

Tony packte eine Handvoll von Melissandes schönem schwarzem Haarschopf und preßte seine Frau gegen seine Brust. Dann küßte er sie und küßte sie so lange, bis sie besänftigt war. Er hob den Kopf mit einem Grinsen und warf Douglas einen amüsierten Blick zu, der eine Miene zog, als wollte er Tony an die Gurgel springen.

Das Herzpochen, verursacht durch das Küssen seiner Ehefrau, überspielte er mit gelassener Stimme: »Ich habe dir viel Kummer und Ärger erspart, Douglas. Mit den Jahren wirst du schon drauf kommen. Ihr Temperament entspricht nicht gerade dem einer barmherzigen Nonne. Ich bin darauf gekommen, daß ihre vielen Wünsche und Bedürfnisse ständig Aufmerksamkeit verlangen, und sie sind zahlreich und sehr verschiedenartig. Glaub's mir, Douglas.«

Melissande schnappte nach Luft und versetzte Tony einen Fausthieb gegen die Brust.

Lachend küßte er sie noch einmal heftig. »Ein Kompliment, mein Schatz.«

»Klang mir aber nicht so«, entgegnete Melissande höchst mißtrauisch. »Bist du dir auch sicher?«

»Mehr noch als über die Farbe meines Hengstes.«

»Wenn dem so ist, dann sei dir verziehen.«

»Ein feiner Zug von dir, Mellie. Sehr fein.«

Douglas stampfte in wütendem Schweigen auf das Schlafzimmer der Gräfin zu.

»Ungezogener Lümmel«, nuschelte er vor sich hin, aber nicht nuschelig genug.

»Er kann gut mit ihr umgehen«, bemerkte Alexandra erstaunt. »Erstaunlich.«

Douglas stieß einige unfeine Flüche aus.

»Es ist mir unbegreiflich, weshalb Vater meint, Sie würden einen guten Einfluß auf Reginald ausüben. Ihm ist wohl Ihr unflätiger Wortschatz nicht bekannt.«

»Ich sehe, es geht Ihnen schon viel besser. Sehr erfreulich, denn da ich Sie pflegen mußte, bin ich tatsächlich mit meinen Pflichten auf dem Schloßgut in Verzug geraten. Hoffentlich bleiben Sie einige Zeit im Bett und lassen mir meine Ruhe.«

Er fühlte, wie ihr Rücken wieder stocksteif wurde und bereute seine unbedachten Worte. Einmal ausgesprochen, waren sie jedoch nicht mehr rückgängig zu machen. Doch sie hatte jedes einzelne davon verdient. Kratzbürstig und ruppig wie sie war. Außerdem bereitete sie ihm erheblichen Verdruß und drängte ihn in die Enge. Es versetzte ihn in Erstaunen und verärgerte ihn zugleich.

Alexandra erwiderte nichts. Eine junge Zofe – mit Namen Tess, wie Douglas erklärte – würde sich um die Wünsche Ihrer Ladyschaft kümmern. »Außerdem«, fuhr er fort, »wird Mrs. Peachham Sie mit Ratschlägen, Arzneien und allen möglichen Krankenspeisen vollstopfen. Gehen Sie mit ihr nach eigenem Gutdünken um, aber vergessen Sie nicht, sie meint es gut.«

Darauf verließ er sie. Alexandra schlief den Rest des Tages durch. Mrs. Peachham kam persönlich mit einem wunderschönen Silbertablett, beladen mit mindestens einem halben Dutzend verlockender Speisen für einen Rekonvaleszenten. »Seine Lordschaft meinte, ich sollte bei Ihnen bleiben, bis Sie genügend zu sich genommen haben«, verkündete sie und machte es sich in einem Ohrensessel bequem, der neben Alexandras Bett stand. Alexandra hatte den Eindruck, sie würde jeden einzelnen ihrer Bissen mitzählen.

»Wo hält sich Seine Lordschaft auf?«

Mrs. Peachham blickte für den Bruchteil einer Sekunde verlegen drein, schüttelte aber dann den Kopf: »Wissen Sie, Mylady, Gentlemen haben in einem Krankenzimmer nichts zu suchen. Sie bestehen doch nur aus zwei linken Händen, aus Gedankenlosigkeit und aus Wurstelei.«

»In Toms Hütte hat er alles andere als herumgewurstelt. Er glich eher einem Tyrannen, der genau wußte, was zu tun war.«

»Nun, das war ja auch wohl was anderes, nicht wahr?«

»Gewiß, das stimmt schon«, antwortete Alexandra und wandte

sich einer neuen Schüssel zu, diesmal mit Dampfkartoffeln und Erbsen drinnen, die Mrs. Peachham für sie aufdeckte. Den Abend verbrachte sie allein. Weder Mann noch Schwester kamen zu Besuch.

Sie verging vor Selbstmitleid.

Später verfiel sie in einen unruhigen Schlaf. Sie träumte einen ähnlichen Traum wie schon einmal. Eine wunderschöne junge Frau stand neben ihr und sah vollkommen regungslos auf sie hinab. Gleich einem Lufthauch und transparent, wunderschön und dennoch verschreckt. Seltsam. Sie wollte etwas sagen, unterließ es jedoch. Irgendwie ahnte Alexandra ihre Absicht. Sie wollte Alexandra vor etwas warnen, aber ohne einen Grund dafür angeben zu können. Die Dame trat noch näher an sie heran, beugte sich über sie, bis sich ihre Gesichter beinahe berührten. Plötzlich zog sie sich fast bis zur Tür zurück. Einmal hob sie mit flehentlicher Geste die Arme. Wirklich seltsam. Der Traum schwand und erschien abwechselnd, bis Alexandra bei Morgengrauen endgültig erwachte. Sie griff nach der Glockenschnur, aber es pressierte zu sehr.

Der Nachttopf befand sich hinter einer spanischen Wand, keine drei Meter von ihrem Bett. Nur drei Meter. Überhaupt keine Entfernung.

Alex schwang die Beine über die Bettkante. Wenigstens hatte ihr Tess ins Nachthemd geholfen, also brauchte sie sich nicht um den Morgenmantel kümmern, der über einem Stuhl in entgegengesetzter Richtung des Nachttopfes lag. Für Augenblicke schloß sie die Augen bei der Erinnerung an Douglas, der ihr, als sie splitterfasernackt gewesen war, bei ihren natürlichen Verrichtungen geholfen hatte. Sattgesehen hatte er sich an ihr, ohne Zweifel, denn es war niemand dagewesen, der ihn davon hätte abhalten oder sie hätte pflegen können. Unter vorgehaltener Hand hatte sie schon darüber tuscheln hören, daß ein Gentleman oft von seinen niederen Instinkten überwältigt wurde. Eine junge Dame mußte daher sehr auf die Unversehrtheit ihrer Person bedacht sein. Ließ sie nicht genügend Vorsicht walten, nun denn, so hatte sie es sich selbst zuzuschreiben, wenn sich ein Gentleman plötzlich in eine rasende Bestie verwandelte. Sie war aber gar nicht imstande gewesen, Vorsicht walten zu lassen. Offensichtlich hatte Douglas, das, was er zu sehen bekommen hatte, gelangweilt. Aber hatte er sie nicht sowieso schon verschmäht?

Je nun, sie war hilflos und krank gewesen. Aber jetzt war sie es nicht mehr.

Sie rappelte sich hoch und klammerte sich schnell an den verschnörkelten Bettpfosten um den plumpen Nacken eines Cherubs. Warum bloß war sie noch so schwach?

Sie machte einen ersten Schritt, er gelang ihr, dann machte sie einen zweiten. Noch drei schlürfende Schritte – und sie mußte den Cherub loslassen. Die Wand, hinter dem der Nachttopf stand, schien zwei Dörfer und einen Schlagbaum weit entfernt zu stehen.

Seufzend ließ sie den Cherub los. Sie schwankte kurz, gewann dann aber wieder ihr Gleichgewicht. »Ich schaffe es«, sagte sie sich immer wieder, die Augen starr geradeaus auf die Wand gerichtet. »Ich werde mich nicht blamieren und wie ein Häufchen Elend zu Boden sinken.«

Sie torkelte auf einen Stuhl zu, griff nach ihm, um sich aufrechtzuhalten, da schlitterte das abscheuliche Ding den Boden entlang gegen den Schreibtisch mit derartiger Wucht, daß das Tintenfaß durch die Luft flog und die schwarze Tinte auf den Fußboden und den kostbaren Aubusson Teppich spritzte. Zwei Bücher fielen mit einem dumpfen Knall zu Boden. Alexandra, aufgebracht und wütend, hätte am liebsten losgeschrien. Sie stand da, schwindelig, geschwächt und voller Mordgelüste.

Die Person, die nun durch die Verbindungstür eintrat, war das gefundene Opfer: Douglas, hastig den Gürtel seines Morgenmantels zubindend, eilte auf sie zu.

»Was soll dieser Tumult? Was zum Teufel suchen Sie außerhalb Ihres Bettes?«

Sie hätte gerne eine Kanone bei sich gehabt. Oder ein Messer. Pfeil und Bogen hätten auch genügt. »Was, glauben Sie, habe ich wohl vor? Ich mache meine Morgengymnastik. Tut das nicht jeder in der Früh?«

»Allmächtiger, Sie verwüsten mein Haus!«

Sie verfolgte seinen Blick, der sich auf das unschöne Rinnsal aus schwarzer Tinte heftete, das rasch in den Teppich einsickerte. Sie reckte ihr Kinn und erklärte: »Jawohl, genau das tue ich. Ich hasse Northcliffe Hall. Es ist meine erklärte Absicht, alles kurz und klein zu hauen, ehe ich von hier fortgehe. Dies ist erst meine Eröffnungssalve.«

Douglas bemerkte, daß sie drauf und dran war, ohnmächtig zu werden. Mit einem Satz war er bei ihr, packte ihre beiden Arme, um sie aufrecht zu halten. »Was wollten Sie außerhalb Ihres Bettes?«

Seine Begriffsstutzigkeit war unbegreiflich. »Ich war auf dem Weg zur Küche, warme Milch zu holen.«

»Lachhaft! Sie schaffen es ja nicht einmal durchs halbe Zimmer.«

»Natürlich schaffe ich das. Ich treffe mich mit Mrs. Peachham, um mich mit ihr wegen frischer Bettwäsche zu besprechen. Meine stinken nach Mottenkugeln.«

»Alexandra, bitte, lassen Sie den Unfug!«

»Himmelherrgott, seien Sie doch nicht so einfältig! Ich muß auf den Topf!«

»Ach so, das ist etwas anderes.«

»Fort jetzt. Ich hasse Sie. Geht weg und laßt mich in Ruhe.«

Douglas sah sie finster an. Er war immer noch fest entschlossen, sie als seine Frau zu akzeptieren und in den siebten Himmel zu versetzen. Doch sie schien nicht so recht in Stimmung zu sein, dieses paradiesische Angebot entgegenzunehmen. Vorigen Abend hatte er sie alleine gelassen; sie sollte sich ausruhen und zu Kräften kommen, ehe er sie zur glücklichsten Frau der Welt machte. Und nun benahm sie sich wie ein zänkisches Weib, gerade so, als wäre er der Leibhaftige persönlich, als würde sie sein Anblick überhaupt nicht erfreuen. Dabei war er doch ihr Ehemann und hatte sich so rührend um sie gekümmert!

Unberechenbare, dumme Person.

Er hob sie in seine Arme. Noch während sie ihn vergeblich von sich stoßen wollte, befahl er ihr: »Halten Sie brav den Mund. Ich werde Sie zum Nachttopf bringen. Nein, halten Sie Ihr verdammtes Mundwerk.«

Sie gab nach, denn sie bezweifelte, ob sie es ohne seine Hilfe je bis zum Bett schaffen würde. Sie hätte nach Tess klingeln sollen. Douglas ließ sie hinter der spanischen Wand alleine. Sie fand sich zurecht, doch der Gedanke, daß er vor der Wand stand, machte ihr zu schaffen. Er war so nahe, er konnte alles hören. Das lähmte sie beinahe.

Als sie schließlich und endlich auftauchte, unterließ er jedwede Bemerkung. Er nahm sie wieder in seine Arme und schwieg erfreulicherweise so lange, bis er sie unter der Bettdecke verstaut hatte.

»Na also, war doch nicht so schlimm, oder? Sie haben zwar recht lange auf dem Nachttopf verbracht, doch ... na ja. Meinen Sie, Sie können wieder einschlafen oder benötigen Sie etwas Laudanum?«

»Fort.« Sie warf ihm einen haßerfüllten Blick zu. Doch dann sah sie ein, daß Ihr Benehmen zu wünschen übrig ließ und erklärte mit förmlicher Stimme: »Ich danke Ihnen für Ihre Hilfe. Entschuldigen

Sie, daß ich Sie geweckt habe. Es tut mir leid, daß ich gegen den Stuhl gestoßen bin, daß er gegen den Schreibtisch gefallen ist, daß dabei das Tintenfaß umkippte und daß die Tinte den wunderschönen Teppich verdorben hat. Ich werde den Teppich ersetzen. Ich habe etwas Geld.«

»Ach, sieh an. Es fällt mir schwer, das zu glauben. Ihr so geschätzter Vater besaß keinen verdammten Heller. Melissande und Sie sind beide ohne Mitgift von Zuhause fort. Sie haben ja nicht einmal eine blasse Ahnung von dem Ehevertrag, den Ihr Vater mit Tony geschlossen hat, stimmt's? Im übrigen haben Sie keine Ahnung, ob ich Ihnen überhaupt irgendein Taschengeld geben werde. Großer Gott, nicht auszudenken: ich gebe Ihnen ein Taschengeld und Sie ersetzen freundlicherweise den Teppich. Also zahle ich ja trotzdem diesen verdammten Teppich selbst.«

»Nein, tun Sie nicht. Ich habe dreißig Pfund bei mir. Diese Summe habe ich mir in den letzten vier Jahren zusammengespart.«

»Dreißig Pfund! Aha! Das würde ein oder zwei Nachttöpfe ersetzen, aber keinen wertvollen Teppich.«

»Vielleicht kann man ihn säubern lassen.«

Douglas musterte den mitgenommenen Teppich. Sein wunderbares Muster war schwarz gefärbt. »Aber klar. Und vielleicht schleudert ein Minister Napoleon zum Spaß einen Kuchen ins Gesicht.«

»Alles ist möglich.«

»Sie sind zu jung, um zu erkennen, daß Dummköpfe auf dieser Welt niemals aussterben. Legen Sie sich wieder schlafen. Sie sind von einer geradezu lächerlichen Gutgläubigkeit, die einen verärgern kann.«

Soviel zum Thema, eine Frau glücklich zu machen, zürnte Douglas, als er zurück in sein Schlafzimmer marschierte. Wie konnte sie nur so boshaft sein? Was zum Teufel war ihr über die Leber gelaufen? Er hatte sich wie der perfekte Gentleman benommen, verflucht noch mal, und hatte wahrscheinlich durch seine ausgezeichnete Krankenpflege ihr Leben gerettet.

War dies der Dank? Sie haßte ihn. Sie befahl ihm, sie in Ruhe zu lassen. Sie ruinierte einen der Lieblingsteppiche seiner Großmutter.

Douglas schlief mit einem bitteren Geschmack im Mund ein.

Es war Freitagmorgen. Alexandra bat Tess, ihr nach dem Bad beim Ankleiden behilflich zu sein. Sie fühlte zwar immer noch eine gewisse Schwäche, aber sie konnte mit ihr durchaus fertig werden.

Es war höchste Zeit, fortzugehen. Die innere Überzeugung über ihren Entschluß beschwingte sie. Sie betete, dieser Zustand möge bis zu ihrer Abreise von Northcliffe Hall anhalten.

Douglas hatte sie verschmäht. Hatte sie behandelt, als wäre sie nichts als eine lästige Fliege, eine geschlechtslose Bürde.

Sie hatte den wunderbaren Teppich seiner Großmutter zerstört.

Über ihre dreißig Pfund hatte er nur gelacht. Dabei machte er sich keine Vorstellung, wie schwer es gewesen war, diese dreißig Pfund, Penny für Penny, zu horten.

Nicht nur daß er sie verschmäht hatte, als sie, dumm genug, diese unglückselige Verführung gewagt hatte. Er bemühte sich bloß um sie, weil er keine andere Wahl mehr hatte.

Diese Litanei ging ihr beständig durch den Kopf. Niemals würde sie all dies vergessen. Sie schürte ihre Wut und ihren Groll. Das war immerhin leichter, als seine Kränkung, seine Mißachtung und seine Abscheu ihr gegenüber auszulöschen.

Sie hatte ganz und gar versagt, ihn für sich zu gewinnen, ihm zu zeigen, daß sie gut zu ihm paßte, daß sie ihn bis ans Ende ihrer Tage lieben könnte und wollte. Was hatte er eigentlich mit dem Taschengeld gemeint? Sie verwarf jegliche weitere Nachforschung; nichts hatte er damit gemeint.

Immer noch begehrte er Melissande. Jeder wußte, daß er weiterhin die Frau seines Cousins für sich haben wollte. Immer noch redete er davon, Tony auf dem Feld der Ehre abzuschlachten. Allerdings war bis jetzt noch nichts daraus geworden. Alexandra hatte die Domestiken darüber tratschen hören. Ach, wie sie sich Gedanken darüber machten und herumspekulierten.

Seit ihrem Streit bei Morgengrauen hatte sich Douglas ihr nicht mehr genähert. Sie war ja nur froh darüber. Zweimal hatte ihre Schwester sie besucht, beide Male gute vier Meter von ihr entfernt und von zarter Blässe aus lauter Sorge um sie. Alexandra hatte sich an Tonys Kuß während des zweiten Besuchs ihrer Schwester erinnert: »Es hat dir wohl gefallen, von Tony geküßt zu werden.«

Zu ihrer Überraschung senkte Melissande den Kopf und murmelte: »Er ist manchmal wirklich unmöglich. Ich habe ihn nicht in der Hand. Es ist schwierig, herauszufinden, wie man sich verhalten kann.«

In der Hand, ha! Melissande hatte endlich jemand ihr Ebenbürtigen gefunden. »Aber du scheinst recht angetan zu sein.«

»Du hast keine Ahnung, Alex! Du kannst dir nicht vorstellen, wie er mit mir umgeht – mit mir!«

»Erzähl's mir doch.«

»Ach so, das heißt, der Graf hat dich noch nicht genommen. Tony hatte es eigentlich gehofft. Das würde alles ganz legal machen, und wir könnten nach London abreisen.«

»Nein, es würde es überhaupt nicht legal machen. Douglas hat mir erklärt, er könne mit mir tun und lassen, was er wolle, und trotzdem gäbe es die Möglichkeit, unsere Ehe zu annullieren.«

»Aber würdest du schwanger –«

»Douglas meinte, das könne er mit Leichtigkeit vermeiden.«

»Oh«, erwiderte Melissande und verzog das Gesicht. »Aber Tony bestand darauf ...« Sie unterbrach sich, ihre herrlichen Augen zu Schlitzen zusammengekniffen, was ihre Schönheit zwar etwas minderte, sie aber nur noch verführerischer machte.

»Wie geht denn Tony mit dir um?«

Melissande winkte ungehalten ab. »Es ist nicht schicklich, wenn ich dir erzähle, was so passiert. Tony ist ein Verrückter. Er will mich unbedingt herumkommandieren. Dann tut er Dinge, die er eigentlich nicht tun dürfte, aber wie er sie macht, na ja ... Wie immer ...« Wieder verfiel sie in Schweigen. Alexandra hatte sich gefragt, ob das, was zwischen Mann und Frau vorging, nicht doch aufs innigste zu wünschen war. Sie hatte keine weiteren Fragen gestellt. Melissande hatte sie etwas überstürzt verlassen. Langsam war Alexandra zu dem Schluß gekommen, daß Tony der ideale Partner für ihre Schwester war. Wie wäre wohl Douglas mit ihr umgegangen, hätte er sie geheiratet, fragte sie sich. Es war zu bezweifeln, ob er sie je gemein behandelt hätte.

Aber was sollte das schon. Hier hatte sie nichts mehr zu suchen. Ihre Gesundheit war leidlich wiederhergestellt; sie hatte nicht die geringste Absicht, daß Douglas über ihre Genesung erfuhr und sie zulassen mußte, daß er sie zu ihrem Vater zurückbrachte. Nie würde sie es ihm erlauben, ihr diese letzte Schmach anzutun.

Das hatte sie nicht verdient. Sie hatte einiges verdient, schließlich hatte sie an der Intrige gegen ihn mitgespielt. Doch die Demütigungen, die er ihr zufügte, die hatte sie nicht verdient. Sie würde sich schon selbst demütigen, ohne seine Hilfe. Sie sah das Gesicht ihres Vaters vor sich, wenn sie in Claybourn Hall ankam, allein, verstoßen, als Noch-Ehefrau. Ein schreckliches Bild, aber immer noch besser als das, wenn Douglas hämisch grinsend neben ihr stände und ihrem Vater erklärte, sie sei nicht geeignet, er wolle sie nicht, habe sie nie gewollt. Lieber sich gar nicht erst ausmalen, was der geplatzte Ehevertrag für ihren Vater bedeuten würde. Daran war jetzt nichts zu ändern. Sie hatte nichts unversucht gelassen.

Sie wartete ab, bis feststand, daß Douglas mit seinem Gutsverwalter, einem Mann namens Tuffs, ausgeritten war. Dann schritt sie gefaßt die Treppen hinunter. Als sie Tony mit Hollis reden hörte, hielt sie inne und horchte.

»Ich wünschte mir, Ryder wäre nicht vor Douglas' und Alex Verschwinden abgereist. Er war drauf und dran, Douglas' Gedankenwirrwarr zu ordnen.«

»Da gebe ich Ihnen recht«, erwiderte Hollis würdevoll. »Master Ryder ist jedoch fortgereist. Niemand ist anwesend, Seine Lordschaft zu unterstützen, außer ihnen, Mylord. Hat Seine Lordschaft, äh, von dem Wunsch Abstand genommen, Ihre Innereien auf dem Tablett serviert zu bekommen?«

»Aber woher denn«, erklärte Tony. »Teufel noch mal, ich bin es allmählich leid, Douglas klarzumachen, daß Melissande nicht die geeignete Frau für ihn ist. Sturer Esel! Warum kann er nicht hinter ihrem schönen Gesicht ihr durch und durch selbstsüchtiges Wesen erkennen? Es wird Zeit, daß ich meine Frau von hier fortbringe, Hollis, nach Strawberry Hill.«

»Wenn ich recht verstanden habe, gibt Lady Melissande London den Vorzug, Mylord.«

»Tut sie, tut sie. Sie wird jedoch etwas anderes vorziehen, wenn sie einmal begriffen hat, wie sie sich, meinem Wunsch entsprechend, entscheiden will.«

Hatte Alexandra es einmal seltsam gefunden, daß ein Peer in so familiärem Ton mit dem Butler sprach, so war sie hier, während ihres kurzen Aufenthalts in Northcliffe Hall, eines besseren belehrt worden.

»Vielleicht wäre eine Abreise Ihrerseits das allerbeste, Mylord. Ah, die Launen seiner Lordschaft sind so unberechenbar. Ich mache mir um Ihre Ladyschaft große Gedanken.«

»Ich auch, Hollis. Doch ihre Krankheit in O'Malleys Hütte – ich komme einfach nicht drumherum, das als gute Sache zu betrachten. Douglas schien betroffen, und er hat sich rührend um sie gekümmert. Das war eine ausgezeichnete Idee von dir, O'Malley ohne Begleitung eines Arztes in seine Hütte zurückzuschicken.«

Alexandra wollte keinerlei weitere Vertraulichkeiten oder Winkelzüge von Douglas' Dienstboten erfahren. Sie war sich nicht ganz sicher, ob Tony sie nicht doch von ihrem Fortgehen abhalten würde. Oder Hollis. Oder Mrs. Peachham. Sie kaute auf ihrer Unterlippe und überlegte, was tun.

Dann schoß ihr der Gedanke durch den Kopf, daß keiner von ihnen es wagen würde, sie zu berühren. Sie konnten noch so poltern und schimpfen; doch sogar Tony, so unbekümmert er auch war, war von unerschütterlicher Treue seinem Cousin gegenüber. Auch wenn er in Douglas' Revier gewildert hatte. Er würde es aber niemals wagen, sie in einen Raum einzusperren. Und genau das wäre nötig, denn sie würde keineswegs freiwillig bleiben.

Sie stand da, in diesem Augenblick ganz die Countess of Northcliffe. Sie würde tun und lassen, was immer ihr beliebte. Nur Douglas könnte sie abhalten, doch der würde es nicht tun. Ganz einfältig war sie jedoch nicht. Sie würde abwarten, bis Tony mit Melissande ausfuhr. Sie hatte gehört, wie Melissande mit lieblicher Stimme Mrs. Peachham aufgeregt erzählt hatte, daß Tony sie nach Rye, einer Stadt von großer historischer Bedeutung, führen würde. »Ja, Mellie«, hatte er ihr gesagt und sie dabei zärtlich auf die Schläfe geküßt. »Rye ist 1285 zur Stadt erklärt worden. Edward der Erste, weißt du. Sie ist sehr schön, und auf dem Klippenweg küsse ich dich noch einmal.«

Festen Schrittes trat Lady Alexandra, die demnächst abgeschobene Countess of Northcliffe, mit einem Köfferchen und dreißig Pfund ausgerüstet, am Freitagnachmittag um ein Uhr Mittag durch den Haupteingang der Empfangshalle.

Hollis stand offenen Mundes am Eingang. Alle seine noch so überzeugenden Argumente seiner Ladyschaft gegenüber waren in Nichts aufgelöst.

Mrs. Peachham nestelte unglücklich an ihren Röcken.

Der Graf war zur Inspektion zweier Pachthütten, die unter dem schweren Regensturm gelitten hatten, in den östlichen Teil der Sherbrookegüter ausgeritten.

Was tun?

Hollis versuchte es erneut. »Bitte, Mylady, Sie sollten wenigstens auf die Rückkunft des Grafen warten. Ihr seid für eine Reise noch nicht gesund genug.«

»Ich werde zu Fuß gehen, wenn Sie nicht augenblicklich eine Kutsche vorfahren lassen, Hollis.«

Hollis Versuchung war groß, sie zu Fuß ziehen zu lassen. Sie käme nicht sehr weit, bis der Graf sie eingeholt hätte. Verflixter Junge! Hollis war sich nicht ganz sicher, daß der Graf ihr wieder folgen würde. Beim ersten Mal hatte er es getan, aber jetzt? Warum war er keinen Schwierigkeiten mehr gewachsen? Seit seiner Rückkunft von O'Malleys Hütte war er jedem mit übler Laune begegnet. Hollis machte der Gräfin keinen Vorwurf. Er schob die ganze Schuld dem Grafen zu. Er hätte es verdient, ausgepeitscht zu werden. »Sehr wohl, Mylady«, erwiderte Hollis schließlich mit dem bitteren Geschmack der Niederlage im Mund. Er gab einem Lakaien die Anweisung, eine Kutsche aus den Ställen kommen zu lassen und wies ihn zugleich an, einen Stallburschen nach dem Grafen auszuschicken. »Der Bursche soll ihn schnellstens finden, sonst garniere ich meinen Lammbraten mit seinen Ohren!«

Zehn Minuten später saß Alexandra in einer der gräflichen Kutschen. Der Kutscher hatte die Anweisung, sie nach Claybourn Hall zu bringen. Ihr einziger Koffer lag auf dem gegenüberliegenden Sitz.

Alles war schiefgelaufen.

Plötzlich brachte John, der Kutscher, auf den Ruf einer anderen Kutsche hin das Gespann zum Halten. Alexandra steckte ihren Kopf heraus, um zu sehen, was da vor sich ging.

Sie sah sich Auge in Auge mit einer älteren Dame, die das Aussehen einer Sherbrooke besaß. Sie glotzte Alexandra sprachlos an.

Ein junges Gesicht tauchte neben ihr auf, und ein sehr hübsches junges Mädchen rief: »Ach, Sie sind wohl Douglas' Braut? Natürlich sind Sie's! Ich bin Sinjun, seine Schwester. Das ist ja fantastisch! Sie sind Mellis – nein, nein, Sie sind die andere! Willkommen in der Sherbrooke-Familie!«

Alexandra verdrehte die Augen gen Himmel. Ihren Glücksstern, von dem sie gehofft hatte, er ginge jetzt auf, sah sie nun bleischwer zu Boden stürzen und sein Gesicht im Schmutz liegen.

Die andere Frau, zweifellos Alexandras zukünftige Nicht-Schwiegermutter, zog die Luft erschreckend laut durch die Nase.

»Sie sollen den Pächtern keinen Besuch abstatten, dies ist nicht Ihre Aufgabe. Es ist mir unbegreiflich, weshalb Sie noch hier sind. Sie sind völlig unscheinbar im Vergleich zu Ihrer Schwester, habe ich mir sagen lassen. Sie sind überhaupt nichts Außergewöhnliches. Mein Sohn hätte Sie niemals auserwählen sollen.«

Alexandra parierte den Hieb gefaßt: »Da haben Sie zweifellos recht. Ihr Sohn will mich nicht. Auch statte ich den Pächtern keinen Besuch ab. Ich gehe fort. Nein, sagen Sie nichts. Ich mache Ihnen gerne die Freude, daß ich abreise.« Eben wollte sie John, dem Kutscher, den Befehl zur Weiterfahrt geben, als sich der Wagenschlag der gegenüberliegenden Kutsche öffnete und das junge Mädchen heraussprang. »Lassen Sie mich bitte mit Ihnen reisen!«

Alexandra schloß die Augen, biß die Zähne zusammen, bis ihr der Kiefer schmerzte. Sie stieß innerlich einen von Douglas wilden Flüchen aus.

Die andere Frau schrie laut auf: »Joan, du kommst auf der Stelle zurück! Die Kleine fährt ohne dich weg, laß sie ziehen!«

Das Mädchen schenkte ihr keine Beachtung, riß die Wagentür auf und stürzte sich voller Ungestüm herein. Nun saß Alexandra ihrer zukünftigen Nicht-Schwägerin gegenüber.

»Wohin fahren wir?« erkundigte sich Sinjun mit einem strahlenden Lächeln bei Alexandra.

KAPITEL 12

Alexandra starrte ihre Schwägerin entgeistert an. »Sie müssen augenblicklich aussteigen, bitte. Sie haben sehr wohl verstanden, was ich gesagt habe – ich besuche weder Pächter noch sonst irgend jemanden. Ich verlasse Northcliffe Hall. Und ich habe nicht die geringste Absicht, jemals wiederzukehren.«

Sinjun blickte sie mit dem milden Ausdruck einer Nonne an. »Aber natürlich fahre ich mit Ihnen. Gleichgültig, was Sie sagen. Bitte, werfen Sie mich nicht hinaus. Ich bin jetzt Ihre angeheiratete Schwester und eigentlich gar keine so schlechte Person ...«

»Ich gehe nicht davon aus, daß Sie eine schlechte Person sind, doch ich verlasse Ihren Bruder. Dies entspricht auch allem Anschein nach dem Wunsch Ihrer Mutter und zweifellos der aller Dienstmägde. Ich kann nicht die Verantwortung für Sie übernehmen. Großer Gott, ich kenne Sie überhaupt nicht. Sie mich auch nicht. Würden Sie also die Güte haben, aus der Kutsche zu steigen?«

Sinjun fand diese neue komplizierte Wendung der Dinge höchst interessant. Das war also die Geburt einer Ehe. Es war weitaus fesselnder als alle griechischen Dramen, die sie um Mitternacht bei Kerzenlicht in Douglas' Bibliothek gelesen hatte. Es ähnelte eher den Dramen von Dryden und Wycherley. Zwar verstand sie nicht alles, was in den Stücken vorkam, doch sie wußte soweit über den

Inhalt Bescheid, um sich köstlich darüber zu amüsieren. Und sie verstand sie auch insofern, daß sie Douglas nichts von ihrer Lektüre verriet. Sie hatte nämlich das recht klare Gefühl, er wäre darüber überhaupt nicht begeistert.

»Warum verlassen Sie Douglas?«

»Bitte, steigen Sie aus.«

Sinjun winkte statt dessen dem Kutscher des gegenüberliegenden Wagens zu, der daraufhin sofort losfuhr. Die Mutter blickte ihr noch aus dem Fenster nach. Ein Ausdruck zwischen Hoffnung und Verwirrung lag auf ihrem Gesicht. Allerdings machte sie keinerlei Anstalten, den Wagen anzuhalten.

»Jetzt gibt es keine andere Wahl mehr, es sei denn, Sie wollen, daß ich zu Fuß gehe. Nein, das nehme ich doch nicht an. Sie müssen mit mir reden.«

Das ging einfach zu weit. Alexandra schüttelte nur den Kopf, öffnete den Wagenschlag, packte ihr Köfferchen und stieg aus. Sie blickte in das kreuzbrave erschrockene Gesicht des Kutschers John. »Fahren Sie die Komteß bitte nach Hause.«

»Das geht nicht«, jammerte der Kutscher. »Seine Lordschaft würde meine Gedärme den Schweinen zum Fraß vorwerfen. Es geht nicht! Bitte, Mylady, verlangen Sie das nicht von mir. Ich kann Sie nicht alleine lassen. Man würde mir meine Gurgel aufschlitzen, mir die Haut vom Rücken in Fetzen peitschen!«

»Ich hätte nicht gedacht, daß der Graf so grausam und ungerecht ist. Doch was kümmert es mich? Es ist nicht länger meine Angelegenheit. Offen gesagt, es ist mir gleichgültig, was Sie tun. Bleiben Sie oder kehren Sie nach Northcliffe zurück. Ich werde diejenige sein, die geht.« Sie drehte sich auf den Fersen um und begann sich auf den Weg zu machen. Der Koffer war schwerer als gedacht. Sie würde es dennoch schaffen. Nur nicht aufgeben oder die Schultern hängen lassen.

Alsbald trippelte Sinjun, so als hätte sie keinerlei Sorgen auf dieser Welt und müßte sich mit nichts anderem als mit der Vielfalt der Schmetterlinge an einem Nachmittagsspaziergang beschäftigen, vor sich hinsummend an ihrer Seite. Kurz darauf folgte ihnen die Kutsche nur ein paar Schritte entfernt hinterher.

»Das ist ja lächerlich«, rief Alexandra und schrie beinahe aus Wut und Enttäuschung. Sie wandte sich abrupt zu Sinjun. »Warum tun Sie mir das an? Ich habe, soweit ich weiß, Ihnen niemals etwas getan. Wie gesagt, ich kenne Sie nicht einmal.«

Sinjun neigte den Kopf zur Seite und bemerkte ungerührt: »Sie sind meine Schwester. Ich habe nie eine Schwester gehabt, nur drei Brüder, und ich kann Ihnen sagen, das ist nicht das gleiche. Douglas hat Sie offensichtlich aus der Fassung gebracht. Er ist manchmal recht selbstherrlich, sogar hart und streng. Aber er meint es gut. Nie würde er Kutscher John peitschen, glauben Sie mir.«

»Mit Ihnen meint er es gut, aber ich bedeute ihm nichts. Gehen Sie jetzt.«

»O nein, ich werde Sie nicht verlassen. Dann würde Douglas auch meine Gedärme den Schweinen zum Fraß vorwerfen. Er hat feste Vorstellungen, was den Schutz von Damen betrifft. Ein wenig altmodisch, aber trotzdem, er ist das Oberhaupt der Sherbrooke-Familie und nimmt seine Verantwortung sehr ernst. Es gibt Dutzende von Sherbrookes, müssen Sie wissen.«

»Seine Ehe nimmt er aber nicht sehr ernst. Gehen Sie jetzt endlich!«

»Ich habe gehört, daß er nicht Sie als Frau erwartet hat, aber dem messe ich keine Bedeutung bei. Tony würde ihm nie eine Katze im Sack schenken, Sie wissen doch, was ich meine. Zwar habe ich Melissande noch nie gesehen, aber jeder behauptet, sie sei das bezauberndste Geschöpf in Südengland, wenn nicht gar einschließlich des westlichen Teils von England. Doch ich sehe es vor mir, wie Douglas mit der Zeit sehr mißmutig geworden wäre, hätte Tony ihm Melissande zur Frau gegeben, anstatt sie selber zu heiraten. Damit will ich Ihre Schwester nicht beleidigen, aber Douglas würde sich mit keiner Frau einlassen, die genau wüßte, wie schön sie ist und die von jedem erwartet, daß er die ganze Zeit ihrer Schönheit huldigt. Tony hat das Richtige getan, doch ich hoffe sehr, daß er auch genau weiß, was er tut. Nur verstehe ich nicht, warum ...«

Alexandra unterbrach sie. Klar und unmißverständlich erklärte sie: »Hören Sie mir jetzt mal genau zu. Ihr Bruder will mich nicht. Er will meine Schwester. Er liebt sie. Mißmut hat gar nichts damit zu tun. Es ist ihm gleichgültig, daß sie weiß, wie schön sie ist. Er ist durchaus bereit, ihre Stirn die nächsten fünfzig Jahre zu preisen. Tony möchte er am liebsten aus der Welt schaffen. Er ist tiefunglücklich. Ich gehe fort, damit er mich nicht persönlich zurück zu meinem Vater bringt und mich auf der Treppe von Claybourn Hall wie ein unerwünschtes Paket deponiert. Würden Sie nicht das gleiche tun, Sinjun? Würden Sie nicht vor so einer Demütigung fliehen?«

Sinjun hatte ihre Schwägerin sie genannt, ohne zu zögern. Sinjun lächelte: »Ich bin nur fünfzehn Jahre alt, also verstehe ich nicht ganz, was vorgefallen ist. Aber ich stimme mit Ihnen überein. Demütigung ist keine schöne Sache. Sind Sie sicher, Douglas würde Sie in dieser Form erniedrigen? Ich kann es mir bei ihm nicht vorstellen. Er ist kein grausamer Mann.«

»Nicht zu Ihnen natürlich.«

Sinjun schüttelte den Kopf. »Letztes Jahr hat Douglas mir den Hintern mit einem Birkenstock versohlt. Er glaubte, ich hätte es verdient. Natürlich war ich vollkommen anderer Meinung. Ich weiß nicht einmal mehr, was ich getan habe. Ist das nicht merkwürdig? Hören Sie, ich kann Sie jetzt nicht alleine lassen. Ich bin fest entschlossen, Sie zu begleiten. Darf ich Sie Alexandra nennen? Vielleicht sogar Alex? Es ist ein männlicher Kosename, genau wie meiner. Haben Sie Geld bei sich? Wir werden es nämlich brauchen.«

Alexandra starrte das Mädchen entgeistert an. Die Sherbrookes waren eine Familie jenseits ihres Begriffsvermögens und ihrer Erfahrung. Sie ertappte sich dabei, wie sie zustimmend nickte. Zwar hatte sie schon von Flutwellen gehört, doch hätte sie es sich niemals träumen lassen, die Wirkung einer solchen zu spüren, ohne sich überhaupt in der Nähe des Meeres zu befinden.

»Ausgezeichnet, Mutter gibt mir nämlich nie Geld, außer an Weihnachten, und auch dann muß ich für jeden einzelnen Schilling und jeden einzelnen Penny genau Rechenschaft ablegen, sogar was ich für ihr eigenes Geschenk bezahlt habe. Und immer kritisiert sie, was ich mir aussuche. Also, letztes Weihnachten habe ich ein halbes dutzend Schnupftücher für Douglas genäht, und da hat sie gemeint, der Leinenstoff sei zu teuer gewesen, meine Stiche seien schief und krumm und daß die Tücher weggeworfen werden sollten. Natürlich hat Douglas sie nicht weggeworfen. Er behauptete, sie gefielen ihm. Er benützt sie auch. Es war erniedrigend, wenn ich so daran denke. Vielleicht kann ich Sie jetzt ein wenig verstehen. Ich will wie eine vernünftige Person behandelt und nicht wie ein dämlicher Mops übers Köpfchen gestreichelt werden.«

»So ist es«, bestätigte Alexandra.

Sinjun rieb sich die Hände. »Ich bin größer als Sie, also wird mir wohl kaum eines Ihrer Kleider aus dem Koffer passen. Vielleicht können wir auf unserem Weg zu Ihrem Zuhause etwas für mich kaufen. Wie weit müssen wir denn gehen? Hoffentlich sind's ein paar Tage Fußmarsch. Ich bin ganz begierig auf ein Abenteuer. Gewiß wird es ein Heidenspaß, Sie werden schon sehen. Vielleicht begegnen wir sogar ein paar Straßenräubern. Wäre das nicht unglaublich romantisch? Finden Sie nicht?«

Da mußte Alexandra erkennen, daß sie von einer unschuldsvollen Fünfzehnjährigen in ein Netz gelockt worden war.

»Ich liebe es ja so sehr, in der freien Natur zu spazieren«, fuhr Sinjun fort und tat einen kleinen Hüpfer. »Ich kenne auch eine Menge interessanter Geschichten, um die Zeit zu vertreiben. Wenn ich Sie langweile, nun denn, sie brauchen es mir nur zu sagen, und ich halte den Mund.«

Alexandra, überwältigt und verwirrt, konnte nur noch nicken.

»Douglas ermahnt mich stets, ich sollte mein Plappermaul halten, Ryder auch. Tysen – er möchte Vikar werden – würde diese Dinge auch gerne sagen. Aber er fürchtet sich vor dem Höllenfeuer, wenn er das ausspräche, was er wirklich meinte. Der Pfad der Tugend ist manchmal ziemlich öde. Doch Douglas meint, wir sollten uns in Geduld üben, denn Tysen sei noch jung und könne noch nicht ganz klar denken. Er meint, er hätte noch zu viele Seifenblasen im Kopf. Tysen bildet sich auch ein, er sei in ein dummes Gänschen verliebt, bei der es mich nur so schaudert; sie ist so entsetzlich *gut* und so mustergültig *anständig*. Ryder lacht Tysen bloß aus und sagt ihm, sie hätte zwei Vornamen – Melinda Beatrice! – wirklich blöd. Außerdem ist sie so geziert und hat überhaupt keinen Busen.«

Alexandra kapitulierte. Sie nahm das hübsche, ausgelassene Mädchen an ihrer Seite in Augenschein. Dann wandte sie sich um und winkte Kutscher John.

»Was tun Sie, Alexandra?«

»Nach Hause fahren«, antwortete sie. »Wir fahren nach Hause.«

»Herrje, also kein Abenteuer. Wie schade. Vielleicht können wir später einmal Muscheln sammeln gehen. Das macht großen Spaß. Also kommen Sie, lassen Sie sich behilflich sein beim Einsteigen.«

Keine fünf Minuten waren vergangen, da entdeckte Alexandra ein höchst zufriedenes Lächeln auf Sinjuns Gesicht. Sie starrte sie an, zuckte dann zusammen und erschauerte, als es ihr plötzlich wie Schuppen von den Augen fiel. Die Range hatte sie vorsätzlich hinters Licht geführt. Unschuldsvoll, von wegen! Alexandra kam sich wie ein ausgemachter Dummkopf vor. Herr im Himmel, welch finstere Mächte hatten sie mitten in diese ausgesprochen ekelhafte Familie hineingesetzt?

Übertölpelt von einer Fünfzehnjährigen, die so lammfromm dreinsah wie eine Nonne. Es war sehr beschämend, beschämender noch als von einem Pferd zu fallen und auf dem Hinterteil zu landen.

Douglas stand am Treppenabsatz von Northcliffe Hall, Hände in den Hüften. Er beobachtete die Kutsche, die den weiten Bogen der Einfahrt entlangfuhr und keine zwei Meter vor ihm zum Stehen kam. Kutscher John machte ein triumphierendes Gesicht. Sein Lächeln war pure Erleichterung. Douglas war froh, daß er seine Mutter mit der Anweisung ins Haus geschickt hatte, nicht herauszukommen. Ihr erster Eindruck von Alexandra war alles andere als vielversprechend gewesen. Er stieß einen tiefen Seufzer aus. Die Wut stieg in ihm hoch. Tysen, der dicht neben ihm stand, petzte ihm gerade, was Sinjun alles angestellt hatte, daß sie frech gewesen war und er, Douglas, ihr gefälligst Disziplin beibringen sollte. Douglas lächelte, wohl wissend, daß er ihr im Gegenteil Dank schuldete.

Er kannte Sinjun. Und er hatte recht behalten. In kürzester Zeit war es Sinjun gelungen, seine flüchtige Frau zurückzuholen. Als Mann hätte sie auf die Welt kommen sollen; aus ihr wäre ein hervorragender General geworden.

Kaum öffnete sich der Wagenschlag, da sprang Sinjun heraus, doch Douglas rührte sich nicht. Er starrte über sie hinweg. Schließlich tauchte Alexandra mit gesenktem Kopf und hängenden Schultern auf. Sie machte einen geschlagenen Eindruck. Das brachte ihn nur noch mehr in Wut.

»Ich sehe, Sie sind zurückgekehrt«, bemerkte er kalt.

»Ja«, erwiderte Alexandra ohne aufzublicken. »Ich hatte es nicht vor, doch bin ich anscheinend nicht einmal imstande, das jüngste Mitglied der Sherbrookes zu überlisten.«

Sie mühte sich ab, den Koffer zu halten, was ihn nur noch mehr verdroß. Sie hatte sich noch nicht ganz von ihrer Krankheit erholt, trotzdem hatte sie versucht, ihn wieder zu verlassen – und dabei das lächerliche Köfferchen selbst getragen!

»Bei den Sherbrookes handelt es sich größtenteils um fähige Leute.«

»Dürfte ich jetzt gehen, Mylord?« Während sie das sagte, erhob sie den Kopf und sah ihm ins Gesicht. »Ich möchte jetzt gehen. Bekomme ich die allergnädigste Erlaubnis Seiner Lordschaft?«

»Nein.« Douglas schritt auf sie zu und riß ihr den Koffer aus der Hand. »Kommen Sie.«

Sie machte keine Bewegung. Er spürte, wie jeder Dienstbote des Hauses Sherbrooke dem skandalösen Theater, das sich vor seinen Augen abspielte, begierig verfolgte. Douglas war gerade im Begriff, saftigen Tratsch und Klatsch für die kommenden Wintermonate zu bieten.

Er trat näher an sie heran und zischte leise: »Ich bin Ihre Unverschämtheit leid. Sie handeln gedankenlos und leichtfertig. Ich bin nicht mehr bereit, das zu tolerieren. Sie werden augenblicklich mit mir kommen und, Himmeldonnerwetter, tun Sie nicht so, als würde ich Sie jeden Augenblick schlagen!«

Sie straffte die Schultern und trat an seiner Seite ins Haus.

Ihre Schwiegermutter stand ihr gegenüber mit einem Ausdruck, als würde sie jeden Augenblick Gift und Galle spucken. Alexandra verzögerte ihre Schritte. Sie wollte jeder Auseinandersetzung aus dem Weg gehen. Ihr Blick fiel auf einen jungen Mann, und sofort wußte sie, daß es sich um Tysen handelte, der in die Zimperliese mit den zwei Vornamen und dem spärlichen Busen verliebt war. Sinjun war nirgends zu sehen, doch Alex war klar, daß sie von irgendwo zusah. Kein Sherbrooke würde sich so ein vielversprechendes Schauspiel entgehen lassen.

Sie hielt inne. Douglas drehte sich zu ihr um. »Was ist jetzt schon wieder?

»Wann bringen Sie mich zu meinem Vater zurück?

»Was, zum Teufel, soll das heißen?«

»Sie wissen sehr wohl, daß Sie mich hier nicht behalten wollen. Ich bin fortgegangen, um Ihre kostbare Zeit nicht zu beanspruchen und um mir weitere Demütigungen von Ihnen zu ersparen. Erlauben Sie mir, zu gehen, und Sie müssen mich nie wieder zu Gesicht bekommen.« Sie schwieg. Ein bitterer Ton hatte sich in ihre Stimme eingeschlichen. »Ich vermute, Sie ziehen es vor, mich persönlich zurückzubringen, nicht wahr? Bereitet es Ihnen ein zusätzliches Vergnügen, mich weiter zu erniedrigen und meinem Vater zu eröffnen, daß ich keineswegs etwas tauge und daß Sie Ihr ganzes Geld zurückhaben wollen?«

»Nicht so laut, verdammt noch mal!«

»Warum denn nicht? Ihre Mutter wünscht mich so dringend hier zu haben, wie sie die Pest willkommen heißen würde! Bei meinen Worten müßte sie direkt in Jubel ausbrechen!

»Seien Sie still!«

»Ich bin nicht still! Ich erkenne Sie nicht mehr als meinen Ehemann an. Ich werde Ihnen nicht mehr folgen.«

»Sie sind in meinem Haus! Ich bin hier der Herr, sonst niemand. Sie werden genau das tun, was ich Ihnen sage, basta! Keine weiteren Dummheiten, Madam!«

Doch Alexandra, von sanftmütigem, stillem und bedächtigem Wesen, stürzte sich auf ihren Ehemann und trommelte mit den Fäusten gegen seine Brust.

Er ließ sie gewähren, doch nur weil er starr vor sprachloser Überraschung war. Ihr Gesicht war rot angelaufen, die Augen weit aufgerissen. Mit sanftem Griff nahm er ihre Handgelenke und drückte ihre Hände zur Seite.

»Schluß jetzt, Alexandra, Schluß. Nun gut, Sie und ich haben einiges zu bereden.«

»Nein«, erwiderte sie.

Douglas war ein überzeugter Verfechter von Vernunft und Gelassenheit. Als Familienoberhaupt war er ein aufgeklärter Herrscher. Zudem war er es gewohnt, der Herr im Hause zu sein. Das war nicht Prahlerei, das war die schlichte Wahrheit. Er war weder ein Despot noch ein böswilliger Barbar. Doch seine Worte waren Gesetz, und seine Ansichten zählten. Aber dieses verflixte Frauenzimmer wagte es, sich gegen ihn aufzulehnen! Es war zum Wahnsinnigwerden und außerdem untragbar. Auf einmal wußte er nicht, was er tun sollte. Beim Militär bekam jeder aufsässige Soldat Arrest. Was aber sollte ein Mann tun, wenn seine Frau ihn vor den Augen sämtlicher Dienstboten, seiner Mutter, seines Bruders und seiner Schwester den Gehorsam verweigerte? Wenn sie ihn schlug?

»Nein«, wiederholte sie.

»Laß sie ziehen«, tönte die verwitwete Countess of Northcliffe. »Wenn sie gehen will, Douglas, gewähre es ihr.«

Er schleuderte ihr einen Blick entgegen, den sie noch nie an ihm gesehen hatte. »Mutter, ich wünschte mir, Sie würden jetzt den Mund halten.«

Seine Mutter schnappte nach Luft.

Douglas schenkte ihr keinerlei Beachtung und wandte sich wieder an seine Frau. »Wenn Sie nicht augenblicklich mit mir kommen, werfe ich Sie über die Schulter und trage Sie.«

Die Drohung war knapp und unmißverständlich. Alexandra konnte es sich jedoch nicht vorstellen, daß er zur weiteren Unterhaltung der Domestiken noch eine wilde Szene liefern würde. Nein, dafür war er viel zu stolz, um etwas derart Unschickliches anzustellen. Sie drehte um und schritt auf die Eingangstür zu, den Kopf in den Nacken geworfen und kerzengerade, als hätte sie wieder einmal einen Besenstiel verschluckt.

In diesem Augenblick fing Sinjun wie am Spieß an zu schreien. Es klang geradezu unmenschlich. Alle Aufmerksamkeit, einschließlich der Alexandras, richtete sich auf sie.

Sie hüpfte auf und ab und schrie sich schier heiser.

»Donnerwetter noch mal, Sinjun«, brüllte Douglas. »Sei still!«

»Eine Ratte, Douglas, eine riesige, ekelhafte, haarige Ratte! Schau, schau, dort! Gleich neben Alexandra! Oh, mein Gott, mein Gott, sie ist drauf und dran, ihr den Rock hochzuklettern!«

Alexandra packte ihre Röcke und rannte in Windeseile in das nächstgelegene Zimmer, dem sogenannten ›Goldenen Salon‹. Sie schleuderte die Türe zu, machte mitten im Zimmer Halt und erkannte blitzartig, daß es überhaupt kein Nagetier gegeben hatte. Sinjun hatte sie wieder einmal überlistet. Das Mädchen hatte sie daran gehindert, Douglas zu verlassen und vielleicht auch verhindert, daß er ihr weitere Demütigungen zufügte ... obwohl, es wäre auch denkbar gewesen, daß Douglas sie einfach hätte ziehen lassen. Die Tür öffnete sich; sie wandte sich nicht einmal um. Die Tür wurde geschlossen, und sie hörte den Schlüssel sich im Schloß drehen; sie wandte sich immer noch nicht um.

»Ihre Schwester ist eine Gefahr.«

»Nur gemach, dann entgehen Sie vielleicht einer ordentlichen Tracht Prügel. Bleibt sie Ihnen tatsächlich erspart, bedanken Sie sich bei Sinjun, denn sie hat Sie davor bewahrt.«

Langsam ging Alexandra auf das Sofa zu und setzte sich. Sie faltete die Hände in den Schoß und blieb vollkommen regungslos.

»Hätten Sie gerne ein Glas Wein? Brandy? Saft?«

Sie schüttelte den Kopf.

Er stand aufgepflanzt vor ihr, die Arme über die Brust gekreuzt.

»Wie fühlen Sie sich?«

Das kam überraschend. Sie blickte zu ihm auf. »Mir geht es gut, vielen Dank. Jedenfalls gut genug, um zurück nach Claybourn Hall zu fahren. Alleine, ohne Ihre werte Begleitung.«

»Das bezweifle ich.«

»Nun, wenn ich tot in den Graben fiele, käme es doch aufs gleiche raus, oder?«

»Nein, ganz und gar nicht. Dann würde ich meine Zuwendung nicht von Ihrem Vater zurückbekommen.«

Alexandra erhob sich und streckte die Hand aus. »Geben Sie mir den Schlüssel zu dieser Tür. Ich war ein Dummkopf, so lange hier zu bleiben, nur um weitere Bedingungen und Spötteleien von Ihnen zu ertragen. Es war ein Irrtum von mir zu glauben, daß Sie mich im Laufe der Zeit akzeptieren und erkennen würden, daß ich Ihnen eine recht gute Ehefrau wäre. Ich hätte meine Gefühle für Sie … aber lassen wir das. Ich habe schnell gelernt, beinahe so viel Verachtung für Sie zu empfinden wie Sie für mich. Ich bleibe keine Minute länger. Geben Sie mir den verdammten Schlüssel.«

Douglas fuhr sich Flüche ausstoßend mit den Fingern durchs Haar. »Das war nicht meine Absicht. Ich wollte sagen, ich will mich mit Ihnen unterhalten, ohne daß wir uns gegenseitig Beleidigungen an den Kopf werfen. Sie empfinden doch nicht wirklich Verachtung für mich, das kann nicht Ihr Ernst sein. Auch ich empfinde keine für Sie. Zudem hatte ich niemals vor, Sie in Schimpf und Schande zurück zu Ihrem Vater zu schicken.«

»Das glaube ich Ihnen nicht.«

»Bitte, nehmen Sie doch Platz.«

»Geben Sie mir den Schlüssel. Ich verlasse Sie.«

Douglas umspannte mit seinen großen Händen ihre Taille und hob sie hoch. Er trug sie bis zu einem Stuhl und plazierte sie darauf. Vor ihr stehend, versperrte er ihr jegliche Fluchtmöglichkeit. »Jetzt hören Sie mir gut zu. Ich weiß nicht, wie wir in dieses Durcheinander geraten sind. Ich hielt Sie für vernünftiger, für …«

»Gehorsamer? Anschmiegsamer? Dümmer?«

»Donnerwetter, still jetzt! Nichts dergleichen. Sie sind lächerlich und wollen mich nur ärgern.« Er begann, vor ihrem Stuhl auf und ab zu gehen. Sie beobachtete ihn dabei und verstand ihn nicht. Allerdings war sie sich nicht sicher, ob sie ihn überhaupt verstehen wollte.

Er blieb stehen, beugte sich vor, die Hände hielten die Stuhllehne umklammert, sein Gesicht keine zwei Zentimeter Abstand von ihrem. »Ich habe beschlossen, Sie als meine Ehefrau zu behalten. Ich werde diese Ehe nicht annullieren. Ihr Vater kann die verdammte Zuwendung behalten. Bestimmt werden Sie, wie jedes andere weibliche Wesen, eine geeignete Ehefrau für mich abgeben. Sie hatten ganz recht; Sie werden mir eine gute Ehefrau sein. Sie kommen aus einem guten Stall; Sie haben eine ausgezeichnete Erziehung genossen, denke ich mir wenigstens. Behalte ich Sie, erspare ich mir eine Reise nach London, um dort eine passende Kandidatin zu suchen, ihr den Hof zu machen, bis ich vor Langeweile vergehe. Tony hat das richtig gesehen, zur Hölle mit dem Lümmel. Selbstverständlich entsprechen Sie keineswegs meinen Wünschen. Sie müssen lernen, Ihre unverschämte Zunge zu zügeln. Ich denke, ich könnte Ihnen darin helfen, Ihren Umgangsformen und Ihrem Benehmen mir gegenüber einen besseren Schliff zu geben. Wie Sie sehen, Alexandra, es besteht keine Notwendigkeit zu gehen. Nur nicht unbesonnen handeln. Sie sind meine Frau – und ich akzeptiere Sie als solche –, Sie sind die Countess of Northcliffe.

Er strahlte sie an.

Sehr, sehr langsam erhob sich Alexandra. Er trat einen Schritt zurück, strahlte sie immer noch an, offensichtlich in der hoffnungsfrohen Erwartung, daß sie sich an seine männliche Brust warf, erleichtert aufschluchzte, ihn für seinen wunderbaren Edelmut pries, seine Hände küßte und auf ewig Ergebenheit und Gehorsam schwor.

Sie wandte sich gemessen um, hob ein spindelbeiniges Abstelltischchen, das neben dem Stuhl stand, hoch über ihren Kopf und ließ es Niedersausen. Er starrte sie ungläubig an, sprang aus dem Weg, und das Tischchen fiel krachend auf seine Schulter, knapp seinen Kopf verfehlend. Der Schlüssel fiel aus seiner Hand klirrend zu Boden.

Sie schnappte ihn sich und eilte zur Tür. Douglas schüttelte den Kopf, wütend, verblüfft und ein wenig verwirrt. Er war zwar schnell, aber nicht schnell genug. Sie war im Nu aus der Tür draußen und schlug sie ihm im nächsten Augenblick vors Gesicht. Als seine Hand den Türknauf umklammerte, hörte er, wie der Schlüssel sich im Schloß drehte. Sie hatte ihn eingesperrt.

Das verdammte Frauenzimmer hatte ihn in den ›Goldenen Salon‹ eingesperrt! Die Tür war alt, sehr edel, massiv und schwer. Mindestens fünf Mann wären nötig, um sie einzuschlagen.

Douglas war Soldat gewesen. Er war stark, hatte einen scharfen Verstand und nur wenige Kämpfe verloren. Himmeldonnerwetter, er sprach sogar fließend Französisch und Spanisch. Und doch haute dieses Frauenzimmer ihn immer wieder übers Ohr. Das war mehr als genug.

Er kapitulierte und brüllte los. »Öffnen Sie diese gottverfluchte Tür! Alexandra, öffnen Sie die Tür!«

Endlich hörte er Hollis mit fester Stimme das ganze Getöse

übertönen: »Einen Augenblick, Mylord. Ihre, äh, Ladyschaft hat den Schlüssel weggeschleudert, hier irgendwo unter die Treppen, glauben wir zumindest. Wir machen uns gerade auf die Suche.«

»Haltet sie auf, Hollis! Laßt sie nicht fort!«

»Es besteht kein Grund zur Besorgnis, Mylord. Lady Sinjun hat sie, während unseres Gespräches, äh, aufgehalten.«

Das ging einfach zu weit. Douglas stand da wie eine Steinsäule, ohne ein weiteres Wort zu sagen. Er stand einfach nur da, hilflos, nicht in der Lage, irgend etwas zu unternehmen. Da öffnete sich die Tür. Nun schritt er durch das Menschenknäuel aus Dienstboten und Familie. Onkel Albert und Tante Mildred waren von irgendwo aufgetaucht. Alles schrie und redete durcheinander, ein Höllenlärm, der seine Ohren zum Rauschen brachte.

Er starrte hinüber zu seiner Schwester, die rittlings über Alexandra saß und sie zu Boden gedrückt hielt. Alexandras Arme hatte sie auf dem italienischen schwarzweißgemusterten Marmorboden über ihren Kopf ausgestreckt.

Er starrte fassungslos. Mit Northcliffe Hall war es noch schneller bergab gegangen, als mit einer besiegten Armee. Er warf den Kopf zurück und lachte schallend.

»Allmächtiger«, erklang eine bekannte schleppende Stimme von der Eingangstür. »Na, ich muß schon sagen, Douglas, was zum Teufel geht hier vor? Wieso, um alles in der Welt sitzt Sinjun auf Alexandra? Woher kommen alle diese Leute? Mir scheint, fast jeder Sherbrooke von London bis Cornwall ist zur Zeit hier anwesend.«

Tony und Melissande traten durch die Tür und mischten sich im Handumdrehen in den Tumult ein.

KAPITEL 13

In Anbetracht des vorangegangenen Spektakels, saß eine erstaunlich gesittete Menschengruppe wenig später zum Mittagessen rund um den großen Speisetisch. Hollis stand auf seinem Posten und schien unerschütterlich wie ein Fels in der Brandung, während er diskret beide Lakaien beim Servieren anwies. Weder Harry noch Barnaby sagten ein einziges Wort. Sie bewegten sich wie auf Eiern. Douglas thronte am Kopfende des langen Mahagoni-Tisches. Alexandra, stumm und starr wie eine Statue, saß zu seiner Rechten. Hollis hatte sie mit sanfter Gewalt dorthin bugsiert. Die verwitwete Countess of Northcliffe saß am anderen Ende des Tisches.

Teufel, dachte Douglas, was für ein verdammtes Durcheinander.

Er nahm sich eine dünne Schinkenscheibe und kaute gedankenverloren daran. Seine Mutter hatte sich hastig den Ehrenstuhl genommen, ehe Alexandra – unpünktlich – ins Speisezimmer trat. Douglas bemerkte es, als es schon zu spät war.

Doch er sagte nichts. Keinen Zwist mehr, keine Auftritte, wenigstens nicht jetzt. Nicht einmal vorstellen wollte er sich, was seine Mutter täte, wenn man ihr eröffnete, daß sie nun nicht mehr die Herrin von Northcliffe war und der Stuhl am Ende des langen Tisches ihr nicht mehr zustand. Im Augenblick wirkte sie recht selbstzufrieden. Das irritierte ihn. Freute sie sich über die hochnotpeinliche Situation, die seine Frau heraufbeschworen hatte? War sie der Meinung, er würde Alexandra von Northcliffe entfernen? Meinte sie etwa, weiterhin die Herrin bleiben zu können, wenn Alexandra blieb?

Natürlich war sich Alexandra ihrer Pflichten als Herrin überhaupt nicht bewußt, das verdammte kleine Ding! Sie nahm nicht wahr, daß die Witwe auf ihrem, Alexandras, rechtlich angestammten Platz saß. Was tun?

Er warf kurz einen herablassenden Blick auf ihren gesenkten Kopf. Er hatte ihr die Erde, den Mond schenken wollen und sich selbst ihr zum Mann angeboten; doch sie war wie eine verdammte Furie über ihn hergefallen. Sie hatte ihn mit einem Abstelltischchen angegriffen! Sie hatte ihn in den ›Goldenen Salon‹ eingesperrt! Dankbarkeit hätte sie ihm erweisen müssen, in Jubel ausbrechen, daß er so großzügig war und ihr verzieh. Schließlich war sie ebenso arglistig wie Tony und ihr Vater gewesen. Es war völlig unbegreiflich. Hatte sie sich nicht vor ihm ausgezogen und sich ihm angeboten, damit er die Annullierung vergessen sollte? Andererseits jedoch war er wohl nicht allzu freundlich mit ihr umgegangen. Er hatte sie abgelehnt, rigoros und kalt. Aber nein, das war jetzt nicht mehr wichtig. Er hatte sie gerettet, ihr die beste Pflege zukommen lassen, als sie krank gewesen war. Er schüttelte den Kopf. All das war Vergangenheit, die guten und die weniger guten Dinge. Wichtig war jetzt nur, daß er sie endgültig als seine Frau akzeptierte.

Das Lachen beim Anblick seiner Schwester, die in der Eingangshalle auf Alexandra saß und ihr die beiden Arme über den Kopf hielt, war ihm bald vergangen. Alexandra war außer sich gewesen,

Zornesröte im Gesicht. Doch Sinjun hatte sich als die Stärkere erwiesen und Alexandra hatte hilflos am Boden gelegen. Er hatte vorhin laut gelacht und ihr dabei unverfroren direkt ins Gesicht gesehen. Nun hatte er das Gefühl, daß kein Fünkchen guter Laune mehr in ihm war.

Nur gedrückte Stimmung war zurückgeblieben. Seine Frau war immer noch auf dem Weg der Genesung, doch sie aß nicht einmal genügend, um ihr linkes Bein am Leben zu halten. Er wollte sie ermuntern, mehr zu essen. Sie mußte zu Kräften kommen. Doch da sah er vor seinem geistigen Auge, wie sie das verdammte Tischchen auf seinem Schädel zerschmettern wollte. Um ihm das Tischchen entgegenzuschleudern, hatten ihre Kräfte zweifellos gereicht. Innerlich seufzend blickte er zu Melissande hinüber, gegen deren Schönheit alle anderen verblaßten. Er kaute in Gedanken vertieft und verfiel von Minute zu Minute in eine gedrücktere Stimmung.

Schließlich brach Sinjun das Schweigen und bemerkte fröhlich: »Ach, ist das nicht nett! Wir alle hier so zahlreich versammelt. Wie schön, dich kennenzulernen, Melissande. Da wir ja verwandt sind, macht dir meine vertraute Anrede nichts aus?«

Melissande hob ihr makelloses Gesicht, streifte das aufgekratzte junge Mädchen ziemlich desinteressiert mit den Augen und nickte kurz. »Aber nein, ganz und gar nicht.«

Tony antwortete: »Nenn sie, Mellie, Sinjun. Liebes, Sinjun ist meine Lieblingscousine!«

»Aber ich bin doch deine einzige Cousine, Tony!«

»Aber nein, es gibt noch drei weitere unverheiratete Cousinen, alle mit hervorstehenden Zähnen, die mit zwanzig Katzen hausen und mir jedes Weihnachten Hausschuhe stricken.«

»Na denn, Prost«, sagte daraufhin Sinjun. »Mellie. Der Name gefällt mir.«

Zu Alexandras Überraschung lächelte ihre Schwester sogar.

»Soweit ich weiß, hat man Alex noch niemals zu Boden geworfen und sich auf sie draufgesetzt. Mir sind die Augen fast aus dem Kopf gefallen. Du bist sehr zupackend.«

Zu Alexandras weiterer Überraschung hielt Sinjun zum ersten Mal, seit Alexandra ihr begegnet war – was etwa zwei Stunden her war –, den Mund und senkte den Kopf, nachdem sie ihr einen schuldbewußten Blick zugeworfen hatte.

Als darauf Tante Mildred, eine alte Dame mit eisgrauen Haaren, dürr wie ein Zahnstocher und einem Paar sehr scharfer Augen, mit affektierter Stimme erklärte: »Solche Dinge bin ich nicht gewohnt, Douglas«, war ihm klar, daß es mit dem Frieden am Mittagstisch vorbei war. Er wappnete sich innerlich gegen einen Angriff von Tante Mildred. Lange mußte er nicht darauf warten.

»Dein Onkel und ich kommen mit einer Nachricht von dem Marquess of Dacre, um dir von dem bevorstehenden Besuch seiner reizenden Tochter Juliette Bescheid zu geben, die, wie du weißt, schön und von liebreizendem Wesen ist. Zudem ist sie mit einer reichen Mitgift ausgestattet. Und da sehen wir doch diese Person auf dem Boden liegen und alles drumherum aufgeregt schreien. Übrigens kommt Juliette morgen an. Sie, dessen bin ich mir ganz sicher, hat noch keine Sekunde auf dem Boden liegend verbracht. Insbesondere nicht mit jemanden, der auf ihr sitzt. Du hast alles verdorben, Douglas. Wir haben erfahren, daß du schon mit *ihr* ferngetraut worden bist und nicht mit diesem entzückenden Mädchen hier, die mit Tony verheiratet ist. Und nun kommt auch noch die liebe Juliette. Was für ein heilloses Wirrwarr. Sicher weißt du nicht, was du tun sollst. Es ist jedoch alles deine Schuld. Du wirst eine Regelung finden müssen, um die Dinge wieder in Ordnung zu bringen.«

Und wie genau sollte er, bitte schön, vorgehen, fragte Douglas sich.

Tante Mildred lehnte sich zurück und starrte finster auf ihren Kalbsbraten.

Die verwitwete Countess of Northcliffe antwortete darauf mit glasklarer Stimme: »Ich bin da durchaus deiner Meinung, liebe Mildred. Die ganze Angelegenheit ist zum Verzweifeln. Doch ist es nicht Douglas' Schuld. Tony und dieses Mädchen sind dafür verantwortlich. Tony hat Melissande genommen und hat Douglas mit diesem – diesem ...«

»Mutter«, unterbrach sie Douglas, beugte sich vor und sprach mit leiser, drohender Stimme, »zähme deine Worte. Ich bin der Herr im Haus, und ich bestimme, was getan und was nicht getan wird.«

»Ah«, bemerkte Sinjun und griente ihren Bruder an, »das ist hier die Frage, stimmt's?«

Douglas kapitulierte. Er hatte über niemanden Autoritätsgewalt, nicht einmal über seine fünfzehnjährige Schwester.

Die Witwe fuhr nach einigen Augenblicken in etwas gemäßigterem Ton fort: »Lady Melissande, möchten Sie noch ein wenig Apfelkuchen? Er ist sehr schmackhaft, eine Spezialität unserer Köchin.«

Melissande schüttelte den Kopf und erkundigte sich mit gedämpfter Stimme bei ihrem Mann: »Wer ist diese Juliette?«

»Ah, mein Schatz, Juliette kommt an Schönheit gleich nach dir. Aber *nach* dir, das schwöre ich.«

»Ich würde sie gerne kennenlernen«, bemerkte Melissande. »Sie scheint reizend zu sein.«

Gott im Himmel, dachte Douglas, das hatte ihm gerade noch gefehlt, zwei hochkarätige Diamanten in seinem Haus, in deren Umkreis jeder Mann in rasende Begierde verfiel und die Fähigkeit verlor, vernünftig zu denken und zusammenhängend zu reden.

»Nun«, meinte Tante Mildred, »ihre Ankunft ist nicht mehr aufzuhalten, es sei denn, ein Wegelagerer raubte sie.«

»Aha, das wäre eine Überlegung wert«, erklärte Tony und grinste in Richtung Douglas, der sich eben an Alexandra gewandt hatte. »Was meinst du, Tysen? Du hast noch nichts gesagt. Würdest du gerne dieser Juliette den Hof machen?«

»Aber nein«, erwiderte Sinjun. »Tysen ist in Melinda Beatrice verliebt. Aber er hat es bald überwunden.« Dann machte Sinjun ein Kreuz.

Tysen schien drauf und dran, seiner Schwester eine Ohrfeige zu verpassen. Doch er hielt sich zurück und antwortete mit dem Ernst eines Henkers: »Ich fahre umgehend nach Oxford zurück, um meine theologischen Studien zu beenden. Diese Juliette klingt in der Tat reizend, aber ich kann nicht bleiben. Es tut mir leid, Tony.«

Damit war das Gespräch beendet.

Douglas blickte zu Alexandra hinüber.

Sie hatte sich geschickt rausgehalten, merkte er jetzt. Sie war stumm und verschlossen geblieben. Oh, sie saß zwar noch auf ihrem Stuhl, aber das Feuer in ihr war gelöscht. Sie wirkte blaß, abweisend und niedergedrückt.

Douglas ertrug es nicht. Er schleuderte seine Serviette auf den Teller und schob den Stuhl nach hinten. »Alexandra, begleiten Sie mich in die Bibliothek, seien Sie so freundlich.« Douglas hatte seine Lektion gelernt. Anstatt einfach aus dem Speisesaal zu gehen, in der Annahme, daß sie ihm automatisch folgen würde, blieb er wartend hinter ihrem Stuhl stehen. Sie blickte leise seufzend zu ihm hoch. Nur keine weiteren Szenen mehr, dachte sie. Mit einem Mal war ihr bewußt, wie alle bei Tisch, einschließlich Hollis und die beiden Lakaien, den Atem anhielten und darauf warteten, was sie als nächstes nun Haarsträubendes anstellen würde.

»Selbstverständlich, Mylord«, gab sie zurück und erlaubte Harry, ihren Stuhl wegzuziehen. Sie legte sogar ihre Hand auf Douglas dargebotenen Arm.

»Entschuldigt uns«, erklärte Douglas. »Bitte, fahr fort, Tony, bemüh dich um etwas Konversation. Und ruiniere meinen Ruf nicht noch mehr, als er es ohnehin schon ist.«

»Ich werde eine Anekdote aus unserer vergeudeten Jugend erzählen«, begann Tony mit einem Blick auf Alexandra.

»O ja, tu das«, freute sich Sinjun. »Ich kann mich erinnern, daß Douglas und Ryder alles auf den Kopf gestellt haben.«

Ehe Douglas und Alexandra das Zimmer verließen, bemerkte die alte Gräfin mit schneidender Stimme: »Armer Douglas. Was soll er bloß mit so einer anfangen? Das war sehr ungezogen von dir, Tony, ihn mit so einer zu verkuppeln, während du das kostbare Juwel für dich selbst behältst.«

Zu Tonys Überraschung erwiderte Melissande darauf: »Alexandra ist meine Schwester, Ma'am. Bitte redet nicht in diesem herablassenden Ton über sie.«

»Hmmph«, war alles, was die verwitwete Gräfin daraufhin von sich gab.

»Gut gemacht, Schatz«, murmelte Tony ganz nahe dem wunderhübschen Ohr seiner Frau.

»Ja«, antwortete Melissande, »dachte ich mir doch, daß es dir gefallen würde.«

»Langsam fängst du an zu lernen«, sagte er mit gedehnter Stimme. »Vielleicht geht es dir eines Tages in Fleisch und Blut über. Dann mußt du nicht mehr vorher überlegen, was ich von deinem Verhalten denke.«

Alexandra sprach kein Wort. Sie durchquerte an Douglas' Seite die Eingangshalle. Unwillkürlich blickte sie aus den Augenwinkeln in jene Ecke, wo Sinjun ihr auf so schändliche Weise ein Bein gestellt hatte und sie in voller Länge auf dem Marmorfußboden gelegen hatte.

Sie fühlte sich beraubt, ausgesetzt und vollkommen einsam. Sie war besiegt. Es käme einer Wohltat gleich, von all diesen schrecklichen Menschen fortzukommen. Doch jetzt war sie bei Douglas, der einzige Mensch auf der Welt, der sie vernichten konnte.

Douglas führte sie in die Bibliothek und schloß die Tür hinter sich ab. Dieses Mal überreichte er ihr den Schlüssel. »Um mich vor einem weiteren möglichen Angriff zu schützen«, erklärte er. »Obwohl ich hier keine Möbelstücke sehe, mit denen Sie mich angreifen können. Nicht einmal Sie wären imstande, diesen Ohrensessel zu heben. Was das Kniekissen hier betrifft, lassen Sie sich nicht durch die mangelnde Masse täuschen. Es wiegt mehr als Sie.«

Sie schüttelte den Kopf, trat eilig von ihm zurück und verschanzte sich hinter einem Sofa, einem dunkelbraunen Ungetüm. So war es ihm recht.

Er hoffte, sie würde irgend etwas sagen, doch sie schwieg. Er schleuderte den Schlüssel auf den Schreibtisch.

Tief Luft holend fixierte er sie mit seinem Major-Blick. »Nun gut, Alexandra, endlich ist die Zeit für uns gekommen, einige Dinge zu klären.«

Sie sah ihn an, ihre Miene verriet nichts von ihren Gedanken oder Gefühlen.

Er zog die Brauen zusammen. »Sie haben mich zum allgemeinen Gespött gemacht. Darüber bin ich nicht gerade begeistert. Aber, was geschehen ist, ist geschehen. Ich bin bereit zuzugeben, daß ich für einen gewissen Teil verantwortlich bin. Haben Sie irgend etwas dazu zu sagen?«

»Ihre Familie hat mich lächerlich gemacht. Darüber bin *ich* nicht gerade begeistert. Was geschehen ist, hätte nicht geschehen dürfen, aber es nun einmal geschehen. Weiterhin würde ich hinzufügen, daß Sie den größten Teil dazu beigetragen haben. Das ist es, was ich zu sagen habe.«

»Sie haben recht, bis zu einem gewissen Punkt. Meine Familie hat falsch gehandelt. In Zukunft werde ich das unterbinden. Nun lassen Sie uns auf Sie und Ihr Benehmen zurückkommen.«

Sie starrte ihn an, wortlos.

»An Ihrer Stelle bliebe ich ebenfalls stumm. Eine Entschuldigung klänge verdächtig, da Ihr Benehmen der einer Tollhäuslerin glich, eines gedankenlosen und unbesonnenen Wildfangs, nicht würdig, den Titel einer Gräfin zu tragen.« Douglas kam zu einem abrupten Schluß. Die Schimpftirade war berechtigt, zweifellos, das war sie. Sie würde ihm aber nach den heftigen Kämpfen im Speisezimmer nichts nützen. Nun, in Anbetracht ihrer gegenwärtigen Neigung zu Wutanfällen, könnte sie möglicherweise doch das Sofa auf seinem Kopf plazieren. Er drosselte seine Stimme. »Aber wie ich schon sagte, was geschehen ist, ist geschehen.« Er lächelte sie einschmeichelnd an. »Wir müßten jetzt in die Zukunft blicken.«

»Welche Zukunft?«

»Genau darüber möchte ich mich mit Ihnen unterhalten.«

»Ich sehe keine große Hoffnung für die gemeinsame Zukunft. Ihre Mutter ist verzweifelt, daß Sie mit mir verheiratet sind. Es ist auch nicht zu übersehen, daß sie sich Melissande als Schwiegertochter wünscht. Da aber nun Melissande nicht mehr im Rennen ist, gibt es da noch diese Juliette, die, obwohl an Schönheit nach Melissande kommend, immer noch in Punkto gutes Aussehen ziemlich weit oben rangiert. Was mich betrifft, scheine ich am unteren Ende der Skala zu liegen. Ihre Mutter würde mich nie akzeptieren. Ich bin nicht darauf erpicht, Demütigungen von Ihnen und dann Gemeinheiten von ihr zu ertragen.«

Darauf antwortete Douglas spontan: »Ich denke, meine Mutter sieht in Melissande keine Gefahr für ihre Autorität. Sie aber sind aus härterem Stoff gemacht. Man kann nicht damit rechnen, daß Sie Ihre ganze Zeit mit Kleidung oder Partyplänen verplempern. Nein, Sie würden wahrscheinlich die Haushaltsführung gerne selber in die Hand nehmen.« Er hielt inne, entsetzt und überrascht zugleich über das, was er da gesagt hatte.

Sie sah, wie erschrocken er über sich selbst war. »Achtung, Mylord, ich könnte das als Kompliment auffassen, ungeachtet Ihrer eigentlichen Absichten.«

»Ich habe es nicht so gemeint«, sagte er. »Selbstverständlich wäre Melissande imstande, ihren Pflichten nachzukommen.«

Alexandra hätte ihm erzählen können, daß Melissande angesichts eines Lakens mit einem Riß völlig hilflos war.

Statt dessen antwortete sie: »Melissande liebt auch das Aquarellieren. Sie hat wirklich Talent dazu. Während ich sehr gut Laken stopfen kann, überläßt sie solch profane Aufgaben jenen, die nicht ihre Begabung besitzen.«

Douglas wußte nicht, was er darauf antworten sollte.

»Und ich kann singen. Ich bin zwar keine Madame Belle Orzinski, aber man sagt mir, meine Stimme klinge recht hübsch. Mit Pflanzen und Blumen kann ich gut umgehen. Übrigens sind die Northcliffe-Gärten in einem miserablen Zustand.«

Er erwiderte ihr beinahe im Flüsterton, seine Augen glitzerten gefährlich. »Versuchen Sie mich davon zu überzeugen, was für eine gute Ehefrau Sie für mich wären? Gehen Sie mit Ihren guten Eigenschaften hausieren?« Daß sie daraufhin erblaßte, erfüllte ihn mit Schadenfreude. Offensichtlich wußte sie gar nicht, was sie da sagte, bis er sie darauf hinwies.

»Nein«, erklärte sie. »Ich will nicht mehr Ihre Frau sein. Ich will nach Hause. Sie können mich nicht zwingen, hier zu bleiben, Mylord.«

»Ich kann Sie sehr wohl dazu zwingen, zu tun, was mir beliebt. Es stünde Ihnen gut an, dies nicht zu vergessen.«

Statt ihn mit Beschimpfungen zu bombardieren, atmete Alexandra tief durch, um Fassung zu bewahren. Ihr Verhalten war angemessen, ihr Denken vernünftig. Sie hatte sich im Griff, sie war von sanftmütigem Wesen. Dies würde sie jetzt sich selbst und ihm beweisen. Sie würde ihn nicht angreifen. »Sie sagten, Sie wünschen mich zu sprechen? Um was geht's?«

Das war gekonnt, dachte er zufrieden. »Unter Ihrem rechten Arm ist ein Riß im Kleid. Entweder ist er entstanden, als Sie das Abstelltischchen nach mir geschleudert haben, oder als Sinjun auf Ihnen saß und Ihre Arme über den Kopf niedergedrückt hat.«

»Wenn ich schön bitte, bitte sage, kaufen Sie mir dann ein neues Kleid?«

»Wahrscheinlich.«

»Ich will aber nichts von Ihnen! Immer wenn ich Ihr Mißfallen errege, also alle zwei Minuten, würden Sie mir das unter die Nase reiben.«

»Schade, denn Sie haben mich und alle meine schlechten Eigenschaften durchschaut. Auch meine gesamte verflixte Verwandtschaft, die über die Feinfühligkeit von Büffeln verfügt sowie zwei dutzend meiner aufdringlichen Dienerschaft. Nein, bitte werfen Sie mir keine Beleidigungen mehr an den Kopf. Ihr Gleichmut ist erfrischend, wenn auch ungewöhnlich. Nun, ich sagte Ihnen schon, ich werde die Ehe nicht annullieren. Ich sagte Ihnen auch schon, daß ich Sie als meine Frau akzeptiere. Und ich habe meine Meinung nicht geändert. Also, haben Sie irgend etwas dazu zu sagen?«

»Sie sind abartig.«

»Nicht mehr als Sie.«

In gewisser Weise hatte er recht. Sie setzte sich, lehnte sich mit nach hinten ausgestreckten Armen aufs Sofa. Die Beine gekreuzt, wippte sie mit einem Fuß. Sie machte ein belustigtes Gesicht. »Ach, jetzt begreife ich Sie. Sie tun dies, um einen Skandal zu vermeiden.«

»Nein, aber wie Sie richtig bemerken, es käme zu einem Skandal, wahrscheinlich einem höchst unangenehmen dazu. Aber das ist nicht der Grund. Ich denke, wenn Sie wieder Ihre innere Gelassenheit gefunden haben, kämen wir recht gut miteinander aus.«

Nun kam er mit dem Angebot, nach dem sie sich seit drei Jahren gesehnt hatte, so heftig gesehnt, daß sie sogar versucht hatte, ihn zu verführen. Splitternackt hatte sie vor ihm gestanden, sich ihm dargeboten. Doch er hatte sie von sich gestoßen und sie beleidigt. Nun trug sie ein Kleid mit einem Riß unter dem Arm, und er machte ihr das Angebot, sie nicht fortzujagen. Sie konnte es nicht so recht begreifen. Andererseits, was blieb ihr für eine andere Wahl? War dies nicht genau das, was sie sich innigst gewünscht hatte?

Sie blickte zu ihm auf und sagte: »In Ordnung.«

Douglas lächelte. Etwas in seinem Inneren entspannte sich. Ihm war gar nicht bewußt, wie verkrampft er gewesen war, mit welcher Angst er ihre Antwort erwartet hatte.

»Sie sehen ganz anders aus, wenn Sie lächeln.«

»Ich vermute, Sie haben mich nicht oft in guter Laune gesehen.«

»Nein. Und ich vermute, Sie haben mich auch nicht oft in ausgeglichener Stimmung gesehen.«

»Nein.«

Dann sprudelte es aus ihr heraus: »Was haben Sie vor?«

Er neigte den Kopf zur Seite. »Was meinen Sie? Wollen wir ausreiten? Da Sinjun da ist, müssen Sie sie fragen, ob Sie auf Fanny reiten dürfen. Ich werde Ihnen ein anderes Pferd kaufen. Vielleicht können Sie mich begleiten. Auf Branderleigh Farm gibt es ein Gestüt, das Stuten mit erstklassigem Stammbaum verkauft.«

»Nein. Was haben Sie jetzt mit dieser Juliette vor?«

»Aha, der Diamant zweiter Wahl.«

»Ja! Der kürzlich zu Ihrer Überprüfung importiert wurde. Ich ertrage es einfach nicht, Douglas!« Alexandra sprang auf und begann hin- und herzugehen. »Ich ertrage es einfach nicht mehr, verglichen zu werden. Diese Juliette – meine Güte, sie trägt den Namen nach einem Shakespeare-Stück! – wird hier ankommen und alle Ihre Verwandten werden von Melissande auf sie und dann auf mich schauen und ihr Mißbehagen über das, was vorgefallen ist, deutlich zur Schau tragen. Sie werden ihr Mißbehagen in Worte fassen. Ich ertrage es ganz einfach nicht, Douglas.«

»In der Tat, es wäre für uns beide nicht angenehm. Lassen Sie mich überlegen. Jetzt, wo ich weiß, daß Sie nicht mehr durchbrennen werden, kann ich mich ja darauf konzentrieren, dieses Problem zu lösen. Einverstanden?«

Sie nickte, ohne ein Wort zu sagen.

»Sie werden doch nicht wieder ausbüxen, oder?«

»Nein. Ich bezweifle nämlich, ob ich Ihre Schwester überlisten könnte.«

»Überlassen Sie mir als Pfand Ihre dreißig Pfund?«

»Nein, niemals.«

»Also haben Sie kein Vertrauen zu mir. Nun gut, mir scheint, ich muß Ihnen als erster Vertrauen schenken. Haben Sie noch Hunger? Sie haben nicht sehr viel gegessen. Oder wollen Sie sich lieber hinlegen und ausruhen? Ich versichere Ihnen, es wird Sie keiner stören.«

»Ja«, erwiderte sie mit unüberhörbar erschöpfter Stimme. »Ja, das wäre schön.«

Er sah sie lange an, sagte jedoch kein Wort.

KAPITEL 14

Es war elf Uhr nachts. Alexandra saß, abgestützt von drei dicken Kissen, im Bett und starrte in die sterbende Glut des Kaminfeuers. Das Zimmer lag im Dunkeln, die einzige Lichtquelle war ein fünfarmiger Kerzenständer zu ihrer Rechten.

Würde er heute nacht zu ihr kommen?

Das Buch von Molières Schauspiel Der Misanthrop lag mit dem Gesicht nach unten auf ihrem Schoß. Eben hatte sie die Zeile ›Frauen wie ich sind Euresgleichen nicht würdig‹, gelesen, die ihr jetzt ständig durch den Kopf ging. Armer Douglas, nicht nur der erste hochkarätige Diamant war ihm verlustig gegangen, sondern auch der zweite. Sie fragte sich, zu welchem Edelstein sie sich rechnen würde. Vielleicht zu einem Topas, ja, einem Topas, einem Halbedelstein, nicht so kostbar, doch hübsch anzusehen. Ein solider Stein, gediegen und bewährt. Sie nahm das Buch in die Hand, um sich zum Weiterlesen zu zwingen.

Würde er heute nacht zu ihr kommen?

Ein Schatten fiel über die weiße Buchseite. Sie zuckte zusammen. Douglas stand in einem tiefblauen Morgenmantel aus dickem Brokat und mit Goldfäden durchwirkt, dicht an ihrem Bett. Er war barfuß. Sie sah an ihm hoch, blickte ihm in die nachtdunklen Augen und sagte: »Was macht Ihr hier?«

Er lächelte zu ihr herab und nahm ihr das Buch aus der Hand. »Ah, Der Misanthrop. Leider auf englisch. Lesen Sie nicht französisch? Auf französisch ist es weitaus amüsanter, wissen Sie das?«

»Vielleicht«, antwortete sie, »aber ich kenne das Stück gut, und ich mag es besonders gerne, auch auf englisch.«

Er blätterte durch mehrere Seiten, und las dann laut: »›Nichts als Intrigen zählen in unserer Zeit ...‹ Wie denken Sie darüber, Alexandra?«

Ach ja, ihre Intrige. Tonys Intrige. Niemals würde Douglas davon ablassen. Mit dumpfer Stimme erwiderte sie: »Ich finde es nicht gerade freundlich von Ihnen, ausgerechnet diese Passage auszusuchen, wo man doch so viele andere hätte aussuchen können.«

»Ich dachte da eigentlich an meine Schwester und an ihre Winkelzüge. Ich höre sie noch einmal wegen der riesigen, haarigen Ratte aufkreischen, die angeblich an Ihrem Rock hochgekrabbelt ist. Ich sehe sie vor mir, wie sie Sie lachend am Boden niederhält. Übrigens habe ich Sie bei Tisch vermißt.«

»Ich wüßte nicht, warum.«

»Ehrlich gesagt, weil es etwas langweilig war. Da Sie – die Zielscheibe ihres Spottes – nicht mehr in ihrer Mitte weilten, stopfte meine Verwandtschaft mehr als sie sollte in sich hinein und machte Konversation über das Wetter. Wenigstens habe ich dann in Tante Mildred eine Partnerin für eine Partie Whist gefunden. Können Sie Whist spielen?«

»Ja.«

»Dann sind Sie das nächste Mal meine Partnerin. Sie können sich nicht weiter hier versteckt halten, das müssen Sie einsehen. Spielen Sie so gut wie Ihre Schwester?«

»Ja.«

Douglas machte ein nachdenkliches Gesicht. »Ich glaube aber nicht, daß ihr Spiel sehr geschickt ist. Es muß an ihrer Schönheit liegen, daß man die eigenen Karten und die Strategie, die man sich ausgedacht hat, nicht mehr im Kopf hat.«

»Bei mir können Sie Ihre Strategien ausführen.«

»Schon möglich. Trotzdem muß ich darauf bestehen, Alexandra; als Herrin von Northcliffe Hall ist es Ihre Pflicht, sich um meine Familie und meine Gäste zu kümmern.«

Sie sah zu ihm hoch mit undurchdringlicher Miene. »›Ich bin klug, hübsch und anmutig; meine Taille ist schmal, meine Zähne stark und weiß‹.«

Douglas lachte. »Das ist eine Zeile von einem mir sehr wohlbekannten Stück. Doch brauchen Sie diese Vorzüge nicht erst hervorzuheben, meine Liebe, sie sind nicht zu übersehen. Sollen wir nicht Molière wieder zurück ins Regal stellen? Gut.« Er wandte sich um und blickte wieder in den Kamin. »Haben Sie mich heute nacht nicht erwartet?«

»Kann ich nicht genau sagen.«

»War es Ihr Wunsch, daß ich komme?«

In diesem Augenblick blickte sie so erfreut, als hieße sie die Pest in ihrem Haus willkommen. »Ich weiß nicht. Ich mache mir ziemliches Kopfzerbrechen.«

»Über was denn? Über das, was ich Ihnen beibringen werde?«

»Ja.«

»Eigenartig. Ich habe nicht das geringste Kopfzerbrechen von einer Frau erwartet, die vor nicht allzulanger Zeit in mein Schlafzimmer trat, sich das Nachthemd vom Leib riß und zwischen meinen Beinen stand. In der Tat, ich habe mich schnurstracks hierher aufgemacht, weil ich dachte, Sie können vielleicht Ihren Auftritt wiederholen. Eigentlich besucht ja der Ehemann seine Braut in der Hochzeitsnacht, nicht umgekehrt. Und dies ist jetzt unsere Hochzeitsnacht. Offen gestanden, Alexandra, ich dachte, Sie hätten kein Fädchen Anstand am Leib. Kopfzerbrechen? Fürchten Sie, ich könnte Sie schlagen?«

»Nein, ich fürchtete nur, Sie würden mich wieder ansehen und verschmähen.«

Douglas Mund klappte zu. Gütiger Himmel, wenn sie doch nur nicht so direkt wäre. Ihre Ehrlichkeit war erschreckend. Er wünschte sich, sie würde damit zurückhaltender umgehen. »Nun, ich bin Ihr Ehemann. Ich sage es jetzt zum letzten Mal, daß ich diese Ehe annehme. Und nun muß sie auch vollzogen werden, wenn es denn eine richtige werden soll.«

Ein Schauer ängstlicher Erregung durchfuhr sie. Er klang nicht gerade sonderlich begeistert, in ihrem Schlafzimmer zu sein. Eher klang es wie eine Pflichterfüllung.

»Ich weiß nie, was Sie als nächstes tun werden. Sie sind unberechenbar. Ich habe nicht den Eindruck, daß Sie tatsächlich mit mir zusammen sein wollen.«

Er winkte ab. »Ich bin durchaus in der Lage, mich mit Ihnen zu amüsieren. Ab dieser Nacht wird, was das Bett betrifft, nichts mehr unberechenbar sein. Sie sehen doch ein, daß ich hier sein muß? Begreifen Sie, was eine Ehe vollziehen bedeutet, Alexandra? Sie wissen doch, was wir tun werden?«

Immer noch stand er neben ihr, groß und breitschultrig, und blickte von seiner imposanten Höhe auf sie hinab. »Verstehen Sie das?«

»Ich weiß, Sie bewundern meinen Busen. Das haben Sie mir gesagt. Ich nehme an, das war nicht gelogen.«

»›Busen‹, so sagen die Frauen. Was Sie haben, Alexandra, sind Brüste. Volle, weiße Brüste, groß genug, daß sie in der Hand eines Mannes überquellen. Ja, ich mag Ihre Brüste. Sie sind überaus beeindruckend. Sie werden üppig genug sein, meinen Sohn zu säugen. Doch bis mein Sohn auf der Welt ist, werde ich an Ihrer Brust saugen.«

»An der Brust saugen? Sie sind doch kein Neugeborenes.«

Sein Mund verzog sich. »Ich werde es Ihnen zeigen müssen. Nun, wissen Sie, was geschehen wird? Ich frage Sie, Alexandra, denn Sie sind noch Jungfrau. Ich habe keineswegs die Absicht, Sie zu schockieren oder abzustoßen.«

»Warum sollten Sie auch? Das macht mich zornig, Douglas, denn nie haben Sie mich abgestoßen, es sei denn hie und da mit Ihrer unflätigen Sprache.«

»Vielleicht empfinden Sie meinen Körper als abstoßend. Ich bin dunkel, sehr behaart und groß. Ich habe schon gehört, daß junge Damen aus gutem Hause vom männlichen Körper angewidert sind.«

»Aber nein.«

»Dies ist in der Tat ein seltsames Gespräch«, bemerkte er und starrte düster in den Kamin. »Lassen Sie es uns beenden. Sollten wir nicht die Ehe vollziehen, Alexandra?«

»Ich weiß nur wenig darüber Bescheid. Ich habe Melissande gefragt, aber …« Sie hielt inne, als Douglas plötzlich tief Luft holte. Ein quälender Schmerz hatte sie übermannt. Er dachte wohl an Melissande und Tony, wie sie sich liebten, und das bedrückte ihn. Aber was hatte sie anderes erwartet?

»Was hat sie Ihnen erzählt?«

Er versuchte, sein Gefühl zu überspielen, das mußte sie ihm zugestehen. »Eigentlich hat sie nicht viel erzählt. Sie meinte, es sei unschicklich, dann wurde sie puterrot und hat zu stottern angefangen. Ich konnte mir meinen Teil denken.«

Douglas zupfte einen losen Goldfaden aus seinem Ärmel heraus. »Es ist allgemein bekannt, daß Tony ein guter Liebhaber ist.«

»Bei wem?«

»Zuerst einmal bei den Damen. Die unterhalten sich dann mit

anderen Liebhabern und Ehemännern. So erfahren die Herren, wer von ihnen Erfolg bei den Damen hat.«

»Je besser also der Liebhaber, um so mehr Frauen kann er genießen? Gleichgültig, ob er verheiratet ist oder nicht? Oder ob sie verheiratet ist oder nicht?«

Douglas verzog das Gesicht. So waren die Dinge nun einmal, aber er konnte sich nicht recht dazu bringen, ihr dies zu sagen. »So wird es wohl sein.«

»Was ist denn ein guter Liebhaber? Ein gütiger Mann? Ein sanfter Mann? Ein Mann, der zu küssen versteht?«

»All dies und noch viel mehr.«

»Mir scheint, all dies und noch viel mehr erfordert recht viel Übung und eine Menge Erfahrung.«

»So ist es. Tony hat Jahre davon hinter sich.«

»Und Sie?«

»Ich auch.«

»Und Ryder?«

Douglas lachte auf. »Ah, mein jüngerer Bruder ist wohl schon als guter Liebhaber auf die Welt gekommen. Er braucht sich nur zu zeigen, und die Damen, auch solche, die keine sind, schmelzen dahin, flirten und säuseln. Doch neigt er dazu, über sein eigenes Vergnügen alles andere zu vergessen.«

»Was meinen Sie damit?«

»Das tut nichts zur Sache. Später. Vielleicht, wenn Sie mehr als jetzt darüber Bescheid wissen.«

»Ist es allgemein bekannt, daß Sie ein guter Liebhaber sind?«

»Ich denke schon. Nie habe ich mich wie ein rücksichtsloser Kerl aufgeführt. Ich war immer darauf bedacht, der Frau ihre Erfüllung zu geben.«

»Sie klingen nicht gerade, als ob es für Sie ein Vergnügen wäre, wenn Sie auf so viel achten müßten.«

»Die Natur hat es so vorgesehen, daß die geschlechtliche Vereinigung für den Mann immer sehr lustvoll ist, egal unter welchen Umständen. Die Lust ist nicht notwendigerweise für die Frau vorgesehen, da sie nur die Empfängerin des männlichen Samens ist und somit keine aktive Rolle zu spielen braucht. Sie ist von der Natur aus benachteiligt. Das ist schade, doch wenn ein Mann ein guter Liebhaber ist, überwindet er dieses Manko der Natur. Ich überwinde es mit Vergnügen.«

»Auch wenn Ihnen Frauen nicht allzuviel bedeuten?«

»Im allgemeinen schlafe ich nicht mit Frauen, die mir gleichgültig sind. Nur in Ausnahmefällen.«

Nun, sie hatte ihn gefragt, und er hatte ihr wahrheitsgetreu geantwortet, nicht ganz umfassend, doch immerhin wahrheitsgetreu.

»Ja«, fuhr er fort, »eine Frau erfordert mehr Aufmerksamkeit, wenn sie …« Er brach ab, fügte aber dann hinzu: »Ich sehe gerne, wenn eine Frau ihren Höhepunkt hat.« Dann hielt er inne, als er ihren tiefverletzten Blick sah, verletzt und gekränkt. Was, zum Teufel, hatte er jetzt bloß wieder gesagt? Vielleicht war es nur die Angst des jungen Mädchens. Sie verstand nichts, aber ehe diese Nacht vorbei war, würde sie es tun.

Dann schloß sie die Augen. »Dann werde ich wohl mein Leben lang mit diesen schönen Frauen verglichen werden, die Sie besessen und denen Sie beim Höhepunkt zugesehen haben. Und weil ich unwissend bin und kein kostbarer Diamant, werde ich wohl nie herausfinden, was es mit diesem Höhepunkt auf sich hat. Sie werden nicht zufrieden mit mir sein. Immer werde ich mich als die Verliererin sehen. Stets' werden Sie es bereuen, mich geheiratet zu haben.«

»Noch eben haben Sie mir durch ein Zitat zu verstehen gegeben, daß Sie anmutig sind, mit einer schmalen Taille und weißen Zähnen. Ach ja, und hübsch.« Er machte eine kurze Pause, dann sagte er leise: »Was die Erfüllung betrifft, ich werde Ihnen soviel Lust bereiten, daß Sie vor Wonne aufschreien werden. Was sie sonst noch gesagt haben, ist alles dummes Zeug.«

»Ich weiß nicht, Douglas. Vielleicht bedauern Sie, daß ich die Nutznießerin Ihrer Könnerschaft bin. Sie wird das Gefühl beschleichen, daß Sie Ihr Können an jemanden wie mich verschwenden.«

»Das bezweifle ich. Ich habe Sie gesehen, berührt und gepflegt. Ihr Körper gefällt mir, Alexandra. Sehr sogar. Ich bin ein Mann, kein kleiner Junge. Habt Vertrauen, ich werde Sie gut behandeln. Um Ihr Vergnügen willen, werde ich genau das Richtige zum richtigen Augenblick tun.

»Sie klingen ziemlich kaltblütig.«

Darauf zuckte er nur mit den Achseln. Gelegentlich traf das zu, doch wollte er ihr das nicht eingestehen. »Wissen Sie eigentlich, daß dies eine sehr seltsame Unterhaltung für eine Hochzeitsnacht ist? Und das ist eine, Alexandra. Nun, sollen wir?«

»Nein«, erklärte sie. »Ich denke nicht. Halt, warten Sie noch. Wollten Sie tatsächlich heute nacht bei mir sein?«

»Verdammt noch mal, Alexandra, es genügt doch, wenn ich hier bin! Genau wie ich Sie als meine Frau akzeptiere. Nein, sehen Sie mich doch nicht so an, als würde ich Sie abschlachten.« Er packte ihre Arme und zog sie aus dem Bett. »Setzen Sie sich«, befahl er und plazierte sie dann auf die Tagesdecke. Ihre Füße berührten den Boden nicht. Sie waren nackt, schmal, mit wohlgeformten Zehen. Ihr Nachthemd wirkte mädchenhaft; sie sah aus wie sechzehn. Ihr tizianrotes Haar fiel in dichten Wellen auf den Rücken. Sie hatte es gebürstet, was nur heißen konnte, daß sie ihn erwartet hatte. Wenigstens ein wenig. Douglas trat einen Schritt zurück und begann seinen Gürtel zu lösen.

»O je, was machen Sie da?«

»Ich zeige Ihnen jetzt, wie ein Mann aussieht«, erwiderte er und ließ den Gürtel achtlos zu Boden fallen. Ganz langsam schüttelte er, erst mit einer, dann mit der anderen Schulter, den Morgenmantel ab. Er fiel zu Boden. Douglas stieß ihn mit dem Fuß von sich. Er schaute ihr immer noch fest in die Augen, straffte seinen Rücken und ließ die Arme fallen. Jetzt stand er vollkommen nackt vor ihr.

«O mein Gott«, hauchte sie. Sofort hefteten sich ihre Augen zwischen seine Beine.

»Ich sehe ganz und gar nicht wie Sie aus«, bemerkte Douglas. Er beobachtete sie genau. Ihre Augen weit aufgerissen, hatten einen leichten Glanz bekommen. »Wenn Sie mich so voll Interesse betrachten, gerate ich gewissermaßen in zunehmende Erregung. Mit meinem Verstand hat das nichts zu tun.«

»O mein Gott«, wiederholte sie nur.

Er stand immer noch da und ließ sie sich an ihm sattsehen. Endlich, zu seiner Erleichterung, nickte sie, als wäre sie zu einem Entschluß gekommen. Er hatte nicht die geringste Vorstellung, was sein nächster Schritt gewesen wäre, hätte sie ihn weiter so angesehen, als wollte er sie umbringen.

»Ihr Nachthemd ist im Weg. Ziehen Sie es aus.«

Er wartete erst gar nicht ab, sondern zog sie hoch, daß sie vor ihm zum Stehen kam. Er bückte sich, packte den Saum ihres Nachthemdes und zog es ihr über den Kopf. »Nun«, sagte er, »befinden wir uns beide sozusagen im selben Boot.«

»Sie sind sehr dunkel, behaart und groß.«

»Ja, und Sie sehr weißhäutig und völlig unbehaart, außer zwischen Ihren Schenkeln. Ganz entzückend.

»O mein Gott.«

»Berühren Sie mich, Alexandra. Das würde mir sehr gefallen.«

»Wo?«

»Wo immer Sie wollen, solange es zwischen meiner Brust und meinen Schenkeln ist.«

Sie preßte beide ausgestreckten Handflächen gegen seine Brust. Schwarzes Haar kräuselte sich in ihren Händen. Sie fühlte sein Herz pochen, langsam und regelmäßig. Behutsam, sehr behutsam glitten ihre Hände hinunter.

Er sog die Luft scharf ein. Sein Glied schwoll. Die Hände an seiner Seite ballten sich zu Fäusten, doch zwang er sich, weiter stillzustehen, damit sie sich ihm nicht entzog. Er würde ihr noch früh genug einen Schrecken einjagen. Als ihre Hände über seinen Bauch fuhren, pulsierte sein Glied. Inständig betete er, sie möge ihn nicht berühren.

»Sie sind sehr groß, Douglas.«

Er rang sich ein gequältes Lächeln ab. »Das ist wahr, doch werden Sie bald lernen, daß ein Mann dazu da ist, einer Frau Wonne und Lust zu bereiten. Es ist seine Aufgabe, seinen Samen in eine Frau zu ergießen.«

»Ich kann mir nicht vorstellen, wie das gehen soll.«

Dann, noch ehe er etwas darauf erwidern konnte, berührte sie ihn ganz zart mit den Fingerspitzen. Stöhnend zuckte er zusammen.

»Habe ich Ihnen wehgetan?«

»Nein, es war köstlich. Aber berührt mein Glied nicht noch einmal, Alexandra, das könnte mich sonst in Verlegenheit bringen.« Douglas konnte es nicht fassen. Hier stand derselbe Mann, dem Ryder vorgeworfen hatte, er sei kalt wie ein Fisch, der Mann, der sich bei einem Engel noch beherrschen könnte. Es stimmte ja auch. Sein Lebtag hatte er noch nie um Beherrschung gerungen. Doch nun berührte sie ihn, und er war fast um den Verstand gebracht. Er war zu lange ohne eine Frau gewesen. Aber nein, das stimmte ja gar nicht.

»Aber Sie sind so …«

»So was?« keuchte er zwischen zusammengebissenen Zähnen. Ihre Hände schwebten über ihm, mit gesenktem Kopf betrachtete sie ihn eingehend, als er sie plötzlich auf die Knie sinken sah. Sie machte Anstalten, seinen Penis in den Mund zu nehmen – und der Gedanke ließ ihn erschauern. In diesem Augenblick konnte er nicht mehr an sich halten. Jede Spur von Kaltblütigkeit war geschwunden. Ein Rausch überkam ihn. Er riß sie an sich und drückte sie heftig an seinen Körper.

»Ich begehre dich«, raunte er nahe ihrem Mund. »Öffne deine Lippen, jetzt, jetzt, ja, so ist's richtig.« Sein warmer Atem blies ihr in den Mund, seine starken Hände streichelten ihren Rücken, dann kneteten sie ihre Hinterbacken. Er stöhnte in ihrem Mund auf, seine Zunge berührte ihre. Nun drückte er sie zu sich hoch. Hart und heiß fühlte er sich an. Seine Hände glitten über ihre nackten Beine, fieberhaft tasteten sie sich nach oben, bis er mit den Fingerkuppen schließlich ihre Scheide berührte. Sie schreckte zurück. Nun merkte er, sie hatte Angst. Sie war steif wie ein Brett.

Douglas gewann seine Fassung zurück. Zu hastig, er ging viel zu hastig vor. Das sah ihm gar nicht ähnlich. Er war bedächtig, vorsichtig, sehr überlegt, und doch führte er sich jetzt wie ein Wilder auf. Er, der wunderbare Liebhaber, jagte ihr eine Heidenangst ein. Ah, aber es verlangte ihn so sehr danach, ihren Spalt zu öffnen, jetzt, in dieser Sekunde, wollte er tief und fest in sie eindringen. Aber er hatte vor ihr geprahlt, er wäre kein rücksichtsloser Kerl. Verdammt, dabei hatte er sogar angegeben, wie gut er mit einer Frau umgehen konnte. Er mußte seine Fassung wiedergewinnen. Sie war Jungfrau, er hingegen ein erfahrener Mann, der wußte, wie man vorzugehen hatte. Dieses Grabschen und Betatschen und Herumgekeuche waren gewiß kein Zeichen großer Könnerschaft. Er holte tief Luft. Mit einem Schritt entfernte er sich von ihr. Dann packte er seinen Morgenmantel und schlüpfte hinein. Er würde keinen verfrühten Samenerguß haben und sie mit der Frage zurücklassen, weshalb er sich je als unübertrefflicher Bettgenosse gepriesen hatte. »Tut mir leid«, sagte er mit rauher, heiserer Stimme. »Ich habe dich erschreckt. Tut mir leid.« Dann mußte er über sich selbst lachen. »Du wirst es nicht glauben, Alexandra«, fuhr er fort, wobei er an ihren Armen immer wieder auf und abstreichelte, denn er mußte sie anfassen, ihre Haut berühren. »Noch nie, bitte, glaub mir, war ich so außer mir, so verdammt rasend vor Begierde. Es ist die Wahrheit, und es erschreckt mich, daß ich die Beherrschung über mich verlieren konnte. Es gefällt mir ganz und gar nicht. Es sieht mir überhaupt nicht ähnlich. Du bist, ehrlich gesagt, nur eine Frau, wie alle anderen Frauen auch, außer der Tatsache, daß du meine Ehefrau bist. Ich belüge dich nicht, Alexandra. Nein, sieh mich nicht an, als wäre ich ein Ungeheuer. Ich lehne dich nicht ab, niemals. Bei dem einen Mal bin ich ein Esel gewesen. Heute nacht möchte ich es wiedergutmachen. Ich will dir nicht weh tun, dich nicht erschrecken. Großer Gott, deine Brüste sind wunderbar.«

Er atmete schwer, gerade so, als wäre er eben von den nördlichen Feldern Northcliffes zurückgerannt. Sein Glied war immer noch straff hochgereckt. Alexandra drückte ihre Handfläche gegen sein Herz. Rasendes Pochen. Er begehrte sie.

Und sie benahm sich wie eine dumme Pute und lag stocksteif in seinen Armen! »Bitte, Douglas, verzeih mir, daß ich mich fürchte. Ich werde mich nicht mehr wie eine Jungfrau benehmen.«

Er lachte, das verletzte sie. »Du bist aber eine Jungfrau.« Doch er bewunderte ihre begehrliche Bereitschaft. Immer noch etwas ängstlich, schien sie jedoch auch begierig zu sein. Und er war mehr als begierig, sie zu unterrichten.

»Komm her.«

Nach drei Schritten stand sie unmittelbar vor ihm.

»Du wirst es nicht übersehen haben, wie groß mein Verlangen nach dir ist. Doch wie gesagt, ich habe mich nicht unter Kontrolle. Willst du hierbleiben, oder zu mir in mein Schlafzimmer kommen?«

»Ich will zu dir kommen.«

Ohne ein weiteres Wort zu verlieren, hob Douglas sie hoch und hielt sie fest an sich gedrückt. Ihr warmer Atem streifte seine Wange. Dann gab sie ihm einen leichten Kuß, mit geschlossenen Lippen, den Kuß einer Jungfrau, den unschuldigen Kuß eines jungen Mädchens für ihren Onkel. Es behagte ihm und benebelte seine Sinne vor Verlangen. Er ließ sie los, nahm sie bei der Hand und zog sie ins Schlafzimmer. Dort angekommen, wandte er sich ihr zu und preßte sie erneut an sich. Wieder küßte sie ihn, diesmal sein Ohr. Dann knabberte sie zart an seinem Ohrläppchen.

Das letzte Stück rannte er geradezu zu seinem Bett. Schier atemlos und mit knapper Not würde er es schaffen. »Jetzt hör mir zu«, keuchte er und zwang sich, sie nicht zu berühren, sondern sie nur ausgestreckt mitten auf seinem Bett zu betrachten. »Ich will nicht, daß du mich wieder berührst oder küßt. Ich weiß nicht, was mit mir los ist, aber ich halte es nicht aus, Alexandra. Verstehst du?«

Kaum ausgesprochen, erinnerte er sich, wie ihn Ryder als kalten Fisch bezeichnet hatte. Kalt, von wegen!

Ihre Augen waren erstaunt aufgerissen, als sie zu ihm hochblickte.

»Ich weiß, du verstehst nichts, verdammt, aber sag mir einfach, daß du's tust, ja?«

»Ich verstehe, Douglas«, sagte sie, streckte die Arme nach ihm aus, legte sie um seinen Hals und zog ihn zu sich hinunter. Er fiel auf sie, sein Mund streifte den ihren. Er küßte sie unentwegt und murmelte ihr zu, sie solle die Lippen öffnen. Sie folgte ihm. Er ächzte und stöhnte. »Alexandra.« Er wiederholte ihren Namen immer und immer wieder. Niemals würde er aufhören, sie zu küssen, erst bis ihm der Atem verginge, erst bis er stürbe, dann vielleicht. Es gelang ihm, sich den Morgenmantel vom Leib zu reißen. Die Berührung mit ihrem Leib brachte ihn zur Raserei. Er lag auf ihr, sein Gewicht lastete auf ihrem Bauch. Das Verlangen, zwischen ihren Beinen einzudringen, übermannte ihn. Vor ihr kniend, spreizte er ihre Beine weit auseinander. Dann fiel er wieder auf sie, sein Glied drängte sich begierig gegen ihren Körper. Er glaubte zu vergehen, wenn er nicht gleich, sofort und auf der Stelle, in sie eindrang. Noch hielt er sich zurück, seine Zunge aber schnellte wild in ihrer Mundhöhle hin und her und drang immer tiefer. Die warme Feuchtigkeit steigerte seinen Herzschlag zu wildem Pochen. Er hob den Kopf und starrte auf sie hinunter. »Ich kann es nicht fassen«, keuchte er. Dann küßte er sie erneut. Ihre Arme um seinen Rücken geschlungen, gruben sich ihre Fingernägel in seine Schultern. Rhythmisch begann sie sich unter ihm zu bewegen. Er riß sich los von ihr und starrte auf ihren Körper, der vor ihm hingestreckt lag, bereit, genommen zu werden. Ihr blasses Gesicht war so weiß wie ihr samtweicher Bauch. Seine Augen hefteten sich zwischen ihre weit geöffneten Beine. Er zitterte vor Spannung. Er konnte es nicht begreifen. Auf den Fersen hockend, starrte er wieder auf sie. »Du bist unglaublich«, flüsterte er. Seine Hände umspannten ihre Brüste, kneteten sie. Dann beugte er sich hinab und lutschte an ihrer Brustwarze. Alexandra, für Sekunden schockiert und entsetzt, stöhnte auf.

Dann bäumte sich ihr Rücken, ihre reflexartige Bewegung benebelte ihm die Sinne. Seine Hände tasteten sie überall ab, wo er sie nur berühren konnte. Seine Hand umspannte ihre Taille. Sie war klein und zierlich, das gefiel ihm. Nun fingerte er in dem kastanienroten Gekräusel ihrer Schamhaare. Darunter war es feucht. Erregung und heftige Liebesglut erfüllte ihn. Er konnte es nicht abwarten, sie erst zu beschwichtigen oder sie zu unterweisen. Er packte sie an den Hüften und riß sie hoch, um sich mit seinem Mund zwischen ihren Beinen festzusaugen.

Sein Tun ließ Alexandra keine Zeit, zu erschrecken. Seine Zunge war heiß und naß. Sie dachte nur noch: »O mein Gott, was geschieht mit mir!« Und dann geschah es. Sie schrie, eine lavaartige Glut pulsierte zwischen ihren Schenkeln. Sein Mund drückte sich fester an sie. Dann bahnte sich ein Finger behutsam seinen Weg in sie hinein. Sie schnellte hoch, ihre Hände packten wild in seinen Haarschopf. Ein Beben schüttelte sie. Wieder stöhnte sie laut auf. In diesem Schwebezustand brannten sich seine Worte dennoch tief in sie hinein: »Ja, komm zu mir, Alexandra, komm, komm ... ja. Du gehörst mir, das ist jetzt das Glück einer Frau ... komm.«

Die erschütternde, vibrierende Glut ließ allmählich nach. Im nächsten Augenblick fuhr er streichelnd mit den Fingern an ihrem Spalt entlang, drückte ihn sanft auseinander. Vorsichtig fuhr er in sie hinein. Sie wollte ihm Einhalt gebieten, denn es bereitete ihr Schmerzen. Zudem war sie überzeugt, es würde niemals gutgehen. Er war sicher viel zu groß, und er würde sie entzweireißen. Doch wieder glitten seine Finger liebkosend über ihre schlüpfrig-feuchte Scheide. Sie schluchzte, von den Wogen der Erregung ergriffen, als er tiefer in sie hineinfingerte.

»Alexandra, sieh mich an!«

Sie starrte zu ihm hoch. Sein angespanntes Gesicht war schweißüberströmt, es sah schmerzverzerrt aus; stöhnend hievte er seinen muskulösen Rücken in die Höhe, dann schnellte sein Körper vor. Ein Aufschrei entrang sich ihr von dem tiefen, stechenden, hochwirbelnden Schmerz, der sie in Stücke zu zerreißen drohte. Auf den Handflächen abgestützt schwebte er über ihr. Unfähig sich zurückzuhalten, sank er auf sie. Sein Atem ging rasselnd, und ein Ausdruck des Erstaunens und gleichzeitiger Raserei malte sich auf seinem Gesicht. Tief drang er sich in sie ein, mit harten Stößen, schneller und immer schneller. Aller Schmerz war vergessen. Sie weinte.

Er erstarrte. Verdutzt, daß er unvermittelt so reglos war, blickte sie ihm ins Gesicht, auf dem sich nun Verwunderung und tiefe Befriedigung spiegelte. Ein dumpfes, tiefes Stöhnen kam aus seiner Brust, die schwarzen Augen blickten wild und glasig. Er fuhr mit seinem Treiben weiter fort, sie fühlte sich jetzt glatt und geschmeidig an. Der Schmerz hatte nachgelassen.

Ebenso plötzlich lag er nach Atem ringend reglos auf ihr und erdrückte sie beinahe auf der Matratze. Es war vorbei. Sie fragte sich: Was war geschehen? Was würde nun eintreten? Nach einigen Minuten stützte sich Douglas auf einem Ellbogen auf. Er blickte ihr unendlich lange ins Gesicht. Dann verfinsterte sich seine Miene.

Schließlich bemerkte er mit harscher, wütender Stimme: »Meine Güte, ich kann es nicht fassen. Es hätte nicht passieren dürfen. Es ist mir noch nie passiert. Das habe ich nicht gewollt, das war nicht vorgesehen. Gottverdammich!«

Er zog sich aus ihr heraus, dabei entging ihm nicht das Zucken ihres Fleisches. Nachdem er sich aus dem Bett gerollt hatte, stand er kurz still und sah sie mit festem Blick an. »Schlaf jetzt«, befahl er. Zu ihrer großen Verwunderung wandte er sich auf den Fersen um und verließ sie. Er verschwand im Schlafzimmer der Gräfin und schloß die Tür hastig hinter sich.

KAPITEL 15

Ein Schrei ließ Alexandra in ihrem Bett hochfahren. Laut und gellend drang er aus dem Schlafzimmer der Gräfin. Doch die war gar nicht dort, vielmehr hüpfte sie eben aus Douglas Bett und stellte fest, daß sie vollkommen nackt war. Sie packte die Tagesdecke und wickelte sie sich um. Nun stürzte sie sich auf die Verbindungstür und riß sie heftig auf.

Da stand Dora, die Dienstmagd, fünfzehn Jahre alt, einfältig und mager. Laut kreischend hielt sie die Hände vors Gesicht. Dabei starrte sie durch ihre Finger hindurch aufs Bett.

Dort saß Douglas aufrecht und warf einen etwas verwirrten Blick auf seine blanke Brust, die mit heißer Schokolade bekleckert war. Das weiße Laken bedeckte ihn nur bis zum Bauch.

Alexandra hielt jäh inne. Sie war völlig entgeistert.

Douglas hob den Kopf und brüllte die Zofe an: »Himmeldonnerwetter noch einmal, dummes Frauenzimmer, halt den Mund!«

Sofort klappte Dora den Mund zu und rang die Hände. Schnell eilte Alexandra auf Dora zu. Endlich erblickte die ihre Herrin. Sie, statt Seiner halbnackten Lordschaft, hatte Dora im Bett erwartet. »Ach, Mylady. Ach, Gott! Seine Lordschaft lag im Bett, und ich dachte, Sie sind's. Da habe ich Sie leicht an Ihrer – seiner – Schulter geschüttelt. Dann ist er aufgetaucht, mit kaum was an. Da hab ich die ganze Schokolade über ihn ausgeschüttet und ihn verbrannt. Ach, Mylady!«

Alexandra warf einen Blick auf Douglas. Schokolade klebte auf seinem dichten Brusthaar und hatte die weißen Laken beschmutzt. Seine Haare waren zerzaust, seine Wangen dunkel von Bartstoppeln; er sah einfach unwiderstehlich aus, sie begriff gar nicht, weshalb Dora so gekreischt hatte. Hätte sie ihn so entdeckt, im Nu wäre sie in sein Bett gehüpft und hätte ihm bis zur Atemlosigkeit die Schokolade weggeküßt.

Sie erklärte der Zofe: »Schon gut, Dora. Du kannst gehen. Bring warmes Wasser, Waschlappen und Handtücher. Beeil dich, Seine Lordschaft dürfte sich nicht allzu wohl mit der Schokolade auf der Brust fühlen.«

Alexandra wandte sich an ihren Mann. »Fehlt dir etwas? Hat dich die Schokolade verbrannt?«

Er machte einen irritierten Eindruck. »Himmeldonnerwetter, nein, aber sie hat mir einen Riesenschreck eingejagt, dieses hysterische kleine ...«

»Du hast sie wahrscheinlich noch viel mehr erschreckt, weil du in meinem Bett lagst.«

Sie konnte sich gerade noch so lange beherrschen, bis Dora aus dem Zimmer war. Dann prustete sie los, die Tränen kollerten ihr die Wangen hinunter. Sie hielt sich die Seiten und krümmte sich vor Lachen.

»Gottverdammich, halt den Mund!«

»Sehr wohl, Mylord«, kicherte sie. Endlich wischte sie sich die Augen mit einem Zipfel der Tagesdecke ab. Dann sah sie ihrem Ehemann ins Gesicht.

Douglas, den man aus dem Tiefschlaf gerissen, mit heißer Schokolade übergossen und angekreischt hatte, schob die Decken beiseite und erhob sich. Er war nackt. Bei seinem Anblick verstummte Alexandra.

Er sah nicht so aus wie gestern nacht.

»Allmächtiger, starr mich nicht so an, Weib!« Dann sah er an sich hinunter. Er holte Luft. Sein Glied war blutverschmiert.

Er blickte zu der verhüllten Frau mit den langen, wirren, roten Haaren, die ihn groß anstarrte. Es war die Frau, die er gestern nacht genommen hatte, die ehemalige Jungfrau, seine Frau. Schroff fragte er: »Habe ich dir wehgetan?«

Sie sah ihn immer noch entgeistert an und zog die Tagesdecke dichter um sich. »Ja.«

»Tut es noch weh?«

Er brachte sie mit seinen Fragen so in Verlegenheit, daß sie rot bis an die Haarwurzeln wurde. »Ein wenig. Nein, eigentlich nicht. Etwas. Es ist eigenartig.«

Er ging an ihr vorbei in sein eigenes Schlafzimmer. Dabei griff er sich seinen Morgenmantel und zog ihn über. Er schaute über die Schultern und befahl ihr: »Komm mit.«

Alexandra blickte mit seitlich geneigtem Kopf in die ihr angewiesene Richtung. Langsam ging sie auf ihn zu. Ohne Vorwarnung hob er sie hoch und legte sie rücklings aufs Bett. Dann begann er, die Tagesdecke von ihrem Leib zu rollen.

»Halt! Du meine Güte, was machst du da, Douglas?« Sie schlug nach ihm, doch ohne Erfolg. Bald lag sie nackt auf dem Bett. Er betrachtete sie. »Spreiz die Beine!«

Sie wollte sich ihm entwinden, doch er packte sie an den Fesseln und zog sie zurück. »Himmelherrgott, halt still Weib!«

»Nein, das ist ja furchtbar! Hör auf, Douglas! Ich mag zwar keine Jungfrau mehr sein, aber es ist trotzdem mehr als peinlich.«

Er warf sich auf sie. »Sei still. Ich habe Blut auf meinem Glied gesehen, dein Blut, dein Jungfrauenblut. Ich muß nachsehen, ob bei dir alles in Ordnung ist. Hast du stark geblutet? Ich habe vergessen, dich vorzuwarnen. Hast du Angst gehabt? Verdammt, es tut mir leid.«

Sie sah ihn mit großen Augen an. »Ich weiß es nicht.«

»Was soll das bedeuten, du weißt es nicht?«

»Ich hatte ein klebriges Gefühl, aber ich habe mich nicht angeschaut. Es war dunkel, und du bist von mir fortgegangen.«

»Jetzt ist es nicht mehr dunkel. Halt still, Alexandra.« Er rollte sich von ihr herunter und schob ihre Beine auseinander. »Donnerwetter«, rief er, »du wirst das Wasser eher brauchen, das Dora jetzt bringt. Du bist in einem schlimmen Zustand.«

Das beschämte sie und war ihr so unangenehm, daß sie mit fest zusammengedrückten Augen einfach dalag. Sie fühlte seine großen, warmen Hände auf ihren Schenkeln, die sie zwischen den Beinen berührten. Ihr war bewußt, er betrachtete sie. Diesmal war es tagheller Morgen, Sonnenlicht flutete durch die Fenster. Sie wünschte sich, sie würde die Augen öffnen, um festzustellen, sie wäre zehn Jahre alt und ihr Kindermädchen wartete auf sie, um sie zum Frühstück abzuholen, und all dies hier hätte gar nicht stattgefunden.

Die Matratze bewegte sich. Jetzt stand er also neben ihrem Bett. Er starrte auf sie herunter. »Nicht bewegen. Ich werde das Wasser holen und dich waschen.«

Da hörte sie, wie sich die Tür zum Schlafzimmer des Schloßherren öffnete. Schneller als gedacht bewegte sie sich und vergrub sich zwischen die Laken.

»Mylord?«

Das war Finkle, Douglas' Kammerdiener.

»Weg mit Ihnen!«

»Mylady? Sind Sie es, so eingehüllt? Herrje. Entschuldigen Sie vielmals.«

»Finkle?«

»Ach, Mylord, verzeihen Sie, ich dachte, Sie wären es, aber dem war nicht so, sie war es, ach herrje!«

»Schon gut. Verstanden. Gehen Sie und holen Sie Badewasser. Und klopfen Sie beim nächsten Mal an. Ihre Ladyschaft hat sich noch nicht entschieden, welches Bett ihr gehört. Sie hat Probleme mit der Orientierung, verstehen Sie? Ich habe ihr versprochen, Verständnis dafür zu zeigen.«

Als die Türe sich schloß, blickte Douglas auf die verhüllte Gestalt auf seinem Bett. Jetzt war er an der Reihe zu lachen. Was er auch tat. Sie vergrub sich noch tiefer. Schließlich sagte er lachend: »Du kannst jetzt rauskommen. Finkle ist weg. Weißt du jetzt, wie ich mir vorhin vorgekommen bin?«

»Das hier ist schlimmer. Männern scheint es gleichgültig zu sein, wer was sieht. Sie besitzen offenbar kein Schamgefühl.«

»Diese Schlußfolgerung entstammt wohl deiner reichhaltigen Erfahrung, vermute ich mal? Gewöhne dich beizeiten daran, daß ich dich, wo und wann auch immer, anschauen kann. Was den armen Finkle betrifft, dürftest du und er ein Duett anstimmen können. Komm schon, in deinem Zimmer steht das warme Wasser.«

Sie folgte, die Tagesdecke schleifte hinter ihr her wie ein Brautschleier.

An der Türschwelle blieb sie wie angewurzelt stehen. »Ich kann mich alleine waschen, Douglas.«

»Unsinn, ich muß mich um deine Gesundheit kümmern. Ich trage die Verantwortung für deine Verwundung. Ist allerdings nicht die richtige Formulierung für das Durchdringen deines Jungfernhäutchens. Doch ich habe es getan. Ich werde dich pflegen.«

»Du wirst jetzt gehen. Ich lasse es nicht zu. Es ist mir zu peinlich.«

Douglas schaute verärgert. »Hast du vergessen, was ich dir vergangene Nacht angetan habe, Madam? Ist dir entfallen, wie du vor Wollust geschrien hast? Glaub mir, ich habe dich sehr wohl angesehen. Jetzt ist es anders, ein wenig nur. Halt also jetzt einfach den Mund.«

»Nein.« Sie wurde unruhig. »Gestern nacht war es dunkel. Du sagst, das Blut sei normal?«

Er hörte die Angst aus ihrer Stimme heraus und bemühte sich um einen beschwichtigenden Tonfall. »Ja, ich hätte dich warnen sollen, habe es aber nicht getan.« Bei der Erinnerung, wie durch die Wucht seiner Ekstase alles Behagliche, Wohlbekannte und Bewährte von ihm gewichen war und einem ihm vollkommen unbekannten, fremdartigen, verhaßten Gefühl Platz gemacht hatte, verfinsterte sich seine Miene. Innerlich rückte er von ihr und der Szene seiner Niederlage ab.

»Geh weg, Douglas.«

Douglas nahm die Schüssel mit dem warmen Wasser und stellte sie auf den Tisch neben dem Bett. Die Waschlappen legte er daneben. Er wandte sich zu ihr. Alexandra wollte die Flucht ergreifen, doch sie stolperte über die Tagesdecke und fiel ihm in die Arme. Er nahm sie hoch und ließ sie aufs Bett plumpsen. Er wickelte sie aus und sagte: »Ich habe es satt, Cäsar und Kleopatra mit dir zu spielen, auch wenn du dich noch so gut aus dem Teppich wickeln läßt. Ich bin es leid, dich dauernd zu ermahnen, du sollst den Mund halten und dich nicht bewegen. Ich will es dir nicht noch einmal sagen.«

Mit abgewandtem Kopf und zugepreßten Augen lag sie regungslos da, während er ihre Beine spreizte, um das Blut und seine Samenflüssigkeit abzuwaschen.

Douglas fühlte sich ruhig und beherrscht, auch als seine Finger ihr Fleisch berührten und sie dabei erbebte. Er erinnerte sich, daß er während ihrer Krankheit ebenso ruhig und beherrscht gewesen war. Damals wie jetzt empfand er keine wilde Begierde. Vorbei, Gott sei Dank. Er war wieder der alte. Wenn er sich jetzt vornahm, sie zu besitzen, dann würde er es mit Verstand, mit Logik und nur mit dem nötigen Engagement vollziehen. Kein Außer-sich-sein, keine Raserei. Sie würde ihn nicht mehr bis zu dem Punkt durcheinanderbringen, an dem er völlig außer sich geriet. Mit einem letzten Handgriff trocknete er sie noch einmal ab, dann warf er das Handtuch achtlos fort. Gerade im Begriff, sie aufzufordern, sich zu erheben, fiel sein Blick auf sie herunter. Er fühlte, er konnte die Augen nicht von ihr abwenden. Seine Ruhe war von einem Augenblick zum anderen verflogen. Mit seiner Pflicht war es vorbei und mit seiner Beherrschung auch. Er konnte einfach nicht aufhören, sie anzusehen. Seine Finger bebten alleine durch die Nähe ihres Körpers. Ihr Fleisch war weich, rosig und warm. Er merkte, wie er zu zittern begann. Nein, der Anblick einer nackten Frau würde ihn gewiß nicht zum Zittern bringen. Das war nie zuvor geschehen. Seine Finger gruben sich leicht in ihre Innenschenkel. Er wollte sie streicheln, sie mit seinen Fingerkuppen und seinem Mund liebkosen. Und er wollte ihre Brüste umfassen, seine Hände mit ihren Brüsten füllen. Er wünschte sich, an ihnen zu saugen, seine Wange gegen das samtene Fleisch zu drücken und ihren Herzschlag an seinem Gesicht zu spüren.

Er zog die Luft tief ein. Es war ärger noch als in der Nacht zuvor: die lähmende Lust, dieses nie gekannte Drängen – sie machten aus ihm einen Wilden, einen Mann, den er selbst nicht wiedererkannte, einen Mann, den er vom Verstand her nicht akzeptieren konnte. Das Blut pochte an seinen Schläfen, in seinen Muskeln. Sein Glied spannte sich und pulsierte. Die Begierde nach ihr war übermächtig. Er begann zu beben. Er stöberte vergeblich nach einem Rest von Verstand in seinem Kopf, aber kein Fünkchen war mehr vorhanden.

»Gottverdammich«, rief er und fiel weich auf sie, wobei er mit seinem Körper ihre Beine noch weiter auseinanderdrückte.

»Heb deine Hüften hoch«, murmelte er und stemmte sie mit seinen großen Händen in die Höhe. Er keuchte und stand kurz davor, vor Lust zu vergehen, stand kurz vor seinem Samenerguß und – er konnte es nicht begreifen – drang plötzlich mit einem harten Stoß in sie ein.

Alexandra schrie überrascht.

Douglas erstarrte, nur einen Augenblick lang. Sie fühlte sich heiß und eng an. Er spürte, wie ihr Körper sich ihm anpaßte. Also mußte auch von ihr aus ein Verlangen nach ihm bestanden haben. Kein Widerstand, nur weiche Nachgiebigkeit. Er fühlte jede einzelne Bewegung von ihr. Es war köstlich. Alles, was er je begriffen hatte, löste sich in Nichts auf. Er bäumte sich hoch und drang tiefer und immer tiefer in sie ein. Sie weinte. Die kleinen abgehackten Schluchzer brachten so etwas wie Bewußtsein bei ihm zurück. Er war tief, unendlich tief in ihrem Leib. Doch es genügte ihm nicht. Er wollte seine Zunge in ihren Mund legen, wollte ihre wogenden Brüste fest an seiner Brust fühlen.

»Alexandra.«

Sie öffnete die Augen.

»Bitte, beweg dich nicht. Tue ich dir weh?«

»Nein, nicht eigentlich. Nur weiß ich nicht, was als nächstes passieren wird. Das macht mir angst.«

»Ich verspreche dir, beim nächsten Mal werde ich ganz langsam sein. Das schwöre ich dir, nur dieses Mal nicht. Bitte, beweg dich nicht. Wenn du es tust, verliere ich den Verstand. Begreifst du das?«

Sie sah ihn an und begriff nichts.

»Sag einfach, daß du es tust.«

»Ich verstehe.«

»Gut. Nicht bewegen. Ich weiß nicht, was mit mir los ist. Das habe ich noch nie so intensiv erlebt. Es ist mir unerträglich, doch ...« Er fühlte ihre Muskeln sich enger um ihn zusammenziehen. Aufstöhnend spannte er sich und bewegte sich auf und ab. Mit geschlossenen Augen stieß er einen Fluch aus. Er drängte sich tief in sie hinein. Er entzog sich, nur um wieder nach vorne zu schnellen. Seine Hände hielten ihre Hüften umklammert und hoben sie weiter hoch.

Er brüllte, als der Höhepunkt ihn übermannte, brüllte wie ein Wahnsinniger, brüllte, wie niemals zuvor im Leben. Dann lag er in voller Länge auf ihr. Er küßte sie, als wollte er sie verschlingen. Er kostete ihre Tränen und spürte ihre Wärme in seinem Mund. Immer noch bewegte er sich in ihr. Es war unfaßbar. Er konnte es nicht begreifen. Und es hörte nicht auf.

Schließlich kam er etwas zur Ruhe, doch blieb er auf ihr liegen. Schon wieder war es ihm passiert. Wieder hatte er die Beherrschung verloren, wieder hatte er vergessen, wer und was er war. Und ausgerechnet diese Frau hatte ihn in diese mißliche Situation gebracht. Das würde er nicht einfach so hinnehmen. Er runzelte verärgert die Stirn. Sie weinte, sie war bleich, die roten Haare fielen ihr in wildem Durcheinander ins Gesicht.

»Tut mir leid«, sagte er und zog sich aus ihr heraus. »Beim nächsten Mal, das schwöre ich, werde ich langsamer sein. Du wirst dich nicht mehr fürchten müssen. Verzeih mir.«

Er stand da, immer noch keuchend, und blickte auf ihre gespreizten Beine. »Verzeih mir«, wiederholte er, »Aber ich kann nicht ...«

Abrupt wandte er sich um, sein Morgenmantel öffnete sich. Da hielt ihn eine scharfe und sehr zornige Stimme zurück. »Wenn du jetzt wieder das Weite suchst, Douglas Sherbrooke, dann schwöre ich, verlasse ich Northcliffe Hall und mache mich auf den Weg nach London, um jedem dort zu erzählen, daß du ein mieser Kerl und kein guter Liebhaber bist. Allen Damen werde ich erzählen, daß du nicht über die geringste Beherrschung verfügst, und daß du ein vollkommen Wahnsinniger bist, daß du an niemanden außer an dich denken kannst. Ach ja, und daß du sehr behaart bist und sehr viel schwitzt!«

»Zum Teufel mit dir, es ist deine Schuld! Wenn du nicht so ...«

»So was? Wenn ich nicht so außerordentlich schön wäre? So vollkommen?«

»Na ja, das bist du nicht, eigentlich nicht, nur daß ... die Schuld liegt bei dir. Keine Frau hat je so einen Narren aus mir gemacht, so einen völlig unbeherrschten Esel, und weiß Gott, du bist nicht deine Schwester, daher ...«

»Nein, ich bin nicht meine verdammte Schwester! Ich bin nur ich, und du kannst dich nur mit Mühe überwinden mich anzuschauen!«

»Was allerdings schon gründlich widerlegt worden ist. Ich brauche dich bloß anzuschauen, und schon benebeln sich meine Sinne. Na ja, vielleicht nicht dein Gesicht, aber der Rest von dir. Das bist ja auch du. Du mußt eine Hexe sein. Du hast mich fertiggemacht. Es muß an den Brüsten liegen. Doch da sind noch deine Schenkel, dein Bauch und ... Was hast du mit mir angestellt?«

»Bis jetzt noch nichts. Doch eines kann ich dir sagen, ich überlege mir ernsthaft, ob ich ein scharfes Messer nehmen soll, um deine elende Kehle aufzuschlitzen!«

»Wage es ja nicht, mir zu drohen! Teufel auch! Der Herr im Himmel weiß, es ging mir viel besser, ehe du dich in mein Leben gedrängt hast! Wenigstens wußte ich, wer ich war und kannte die Gründe, warum ich was tat.«

Wenigstens zog er sich diesmal nicht in ihr Zimmer, sondern in seines zurück, dachte sie. Dabei starrte sie auf die Türe, die soeben zugeschlagen worden war.

Sie zog die Beine zusammen. Es schmerzte sie tief in ihrem Leib. Die Muskeln ihrer Schenkel brannten. Sie war keine Jungfrau mehr. Hätte sie sich nicht an die unvorstellbare Lust der vergangenen Nacht erinnert, sie hätte ihn gewiß als rücksichtsloses Tier verflucht. Doch so arbeitete sie sich nur aus der verkrumpelten Tagesdecke heraus. Sie war wirklich in einem schlimmen Zustand. Er hatte recht gehabt.

Sie gab der Glockenschnur einen kräftigen Ruck.

Eine knappe Stunde später tauchte Alexandra aus ihrem Schlafzimmer auf und entdeckte Douglas, der an der gegenüberliegenden Wand zwischen zwei Sherbrooke-Porträts mit gekreuzten Armen gelehnt stand.

»Du hast eine gute Weile gebraucht«, sagte er und stieß sich leicht von der Wand ab. »Ich nehme an, du möchtest jetzt frühstücken?«

»Warum nicht? Vielleicht hat deine Mutter etwas Rattengift unter meine Rühreier gemischt.«

»Ich werde von deinem Teller essen, so wie ich in deinem Bett geschlafen habe. Ich werde dein königlicher Vorkoster sein. Im übrigen, dieses Kleid ist einer Countess of Northcliffe völlig unwürdig.«

»Laß mir nur eine Minute Zeit, dann fange ich zu bitten und betteln an.«

»Nein, nicht nötig. Da ich dich akzeptiere, nun, dann muß ich dich wohl oder übel auch passend einkleiden. Besonders mißfällt mir, wie deine Kleider deine Brüste zusammendrücken. Das kann außerdem nicht gesund sein. Nicht, daß sie in den neuen Kleidern offen zur Schau getragen werden sollen, aber ein kleiner Ausschnitt wäre recht hübsch. So muß ich mich nicht ganz auf meine Fantasie verlassen, um ...«

»Was suchst du überhaupt hier?«

Er grinste sie an und bot ihr seinen Arm. »Ich dachte, vielleicht brennst du wieder durch. Du hast Feuer gespuckt, als du so mit weit gespreizten Beinen auf dem Rücken lagst. Ich kann es nicht zulassen, daß du nach London fährst und allen Damen erzählst, wie ich mich verhalten habe.«

Sein Grinsen wurde noch breiter. »Gewiß, sie würden dir nicht glauben. Niemals. Sie würden dich auslachen. Sie würden dich für eine eifersüchtige Frau und eine Lügnerin halten.«

Sie würdigte ihn keines Blicks. »Ich reise nach London ab, sobald ich mich vergewissert habe, daß sich deine Schwester nicht in der Nähe aufhält.«

»Du wirst nicht abreisen.«

»Hör auf mit den Zähnen zu knirschen, es nützt dir alles nichts. Ich werde genau das tun, was ich will.«

Er sagte ruhig: »Vielleicht erwartest du ein Kind.«

Blitzschnell wandte sie sich um und starrte entgeistert zu ihm hoch. »Nein, unmöglich. Du kannst doch nicht so schnell Erfolg gehabt haben. Nein, das kann nicht wahr sein. Das hast du dir nur ausgedacht, damit ich spure. Stimmt's?«

»Wäre sehr gut möglich.« Er legte eine Hand mit gespreizten Fingern auf ihren Bauch. »Zweimal habe ich meinen Samen in dir vergossen. Erzähl mir nicht, daß beide Male so wenig erinnerungswürdige Erfahrungen waren, daß du sie einfach schon aus deinen Gedanken verbannt hast.«

»Wie könnte ich? Beim ersten Mal hast du mir wehgetan, und beim zweiten Mal hast du dich wie ein keulenschwingender Wilder aufgeführt.«

Douglas zog die Stirn in Falten und nahm seine Hand weg. »Na ja, das war nicht meine Absicht. Und was das erste Mal betrifft, lügst du. Du hast gejuchzt wie eine ...«

»Genug! Wenn das als eine Art Entschuldigung gelten sollte, dann laß dir gesagt sein, Mylord, sie ist mehr als unzureichend. Doch wenigstens hast du nicht wieder mir die Schuld zugeschoben.«

Er sah sie finster an. »Ich wäre noch der alte, wenn es dich hier nicht gäbe. Also was soll ich tun?«

»Was mich betrifft, ich gehe schnurstracks ein Messer wetzen.«

Douglas grinste. In dem Augenblick sah er seinen Cousin vom anderen Ende des Korridors auftauchen. »Ah, wenn das nicht Tony ist, dieser verräterische Schurke. Ich wünschte, du würdest mir nicht unter die Augen treten. Wo ist deine Frau?«

Tony lächelte müde und glücklich. »Sie schläft noch und träumt gewiß von mir.«

Douglas Grinsen ging über in eine knurrige Miene. Das machte Alexandra wütend, sie konnte sich einfach nicht zurückhalten und versetzte ihm einen Fausthieb in den Magen.

Nach Luft ringend, lächelte er noch unter Schmerzen.

»Tony solltest du angreifen, nicht mich, deinen Ehemann, der dir gestern nacht Lustschreie entlockt hat.«

»Aha«, sagte Tony und studierte Alexandras zutiefst betretenes Gesicht. »War auch an der Zeit, Douglas.«

Alexandra kam mit diesem unmöglichen Mann an ihrer Seite einfach nicht zurecht. Hatte er denn überhaupt kein Schamgefühl, keinen Takt?

»Ich nehme an, Mylord, ich bin selbstverständlich für deine verächtlichen Worte verantwortlich. Sag jetzt nichts mehr und du auch nicht, Tony.«

»Ein Eheweib ist keine schlechte Einrichtung«, bemerkte Tony schmunzelnd, während er neben Alexandra schritt. »Sie ist stets an deiner Seite, allzeit bereit, geküßt und gekrault zu werden.«

»Eine Frau ist kein Haustier.«

»Aber nein, sie ist viel mehr als ein Haustier. Wie denkst du darüber, Douglas?«

Alexandra hatte den Eindruck, daß sich Douglas ausschließlich auf die Treppe konzentrierte und Tony gar nicht beachtete. Wahrscheinlich war er in Gedanken bei Melissande, dieser Esel. Mürrisch sagte er: »Sind Onkel Albert und Tante Mildred immer noch da?«

Tony gähnte und kratzte sich am Ellbogen. »Nehme ich doch an. Es ist schließlich dein Haus. Du bist der verdammte Gastgeber. Du solltest eigentlich wissen, wer gerade unter deinem Dach weilt.«

»Du weilst auch gerade hier, und, weiß Gott, ich wünschte, du tätest es nicht.«

Für eine echte Klage war dies zu wenig überzeugend vorgebracht, das erfreute Tony. »Aber, aber, lieber Cousin. Ich hätte gedacht, am heutigen Morgen wäre alles vergeben und vergessen. Schließlich hast du endlich Alexandra genommen, wie ein Mann seine Braut nehmen muß – nach ihrem Aussehen und nach deinem zu schließen, würde ich sagen.«

»Sag es nicht, Tony!«

»Tut mir leid, Alex, tut mir leid. Nun, Douglas, ich denke, ich werde Melissande am Freitag nach Strawberry Hill bringen. Freut dich das?«

»Das sind noch drei weitere Tage in deiner verfluchten Gesellschaft!«

»Und der meiner Schwester«, erwiderte Alexandra. »Du solltest mit dem Geschäft zufrieden sein. Du kannst apathisch herumsitzen, düsteren Gedanken nachhängen und ein melancholisches Gesicht machen.«

»Ich wüßte es wahrhaft zu schätzen, wenn es dir gelänge, deine Zunge im Zaum zu halten, Madam.«

»Ich habe bei Douglas noch nie gesehen, daß er wegen einer Frau düsteren Gedanken nachhängt, Alex. Dazu ist er viel zu stolz.«

»Hallo! Guten Morgen, Alexandra! Meine Güte, siehst du blaß aus. Hast du nicht gut geschlafen? Piesackt dich Douglas wieder? Guten Morgen, Gentlemen.«

Alexandra blickte auf ihre aufgekratzte, junge Schwägerin, die gesund, munter und gräßlich beschwingt wirkte. Sie seufzte.

»Hallo, Sinjun.«

»Guten Morgen, Range«, sagte Tony.

Douglas brummte irgend etwas zu seiner Schwester hin.

»Ist deine Mutter im Frühstückszimmer?« erkundigte sich Alexandra.

»Aber nein, es ist noch viel zu früh für Mutter. Sie steht erst kurz vor zwölf auf. Komm schon, Alexandra, kein Grund, hier herumzutrödeln. Nur Tante Mildred ist da. Sie ißt eine Menge, also wird sie nicht viel sagen. Komisch, nicht wahr? Dabei ist sie so dünn.«

Wieder seufzte Alexandra.

»In der Früh gleicht Mutter einer Zitrone. Tante Mildred eher einer Pflaume.« Sinjun runzelte die Stirn, dann bemerkte sie zu ihrem Bruder. »Schwer sich vorzustellen, wie eine Pflaume viel in sich hineinfuttert.«

»Du bist heute nicht gerade sonderlich gut gelaunt, Douglas. Hat Tony dich wieder auf die Palme gebracht? Schenk ihm keine Beachtung. Ich bin so froh, daß du wieder zu Hause bist und mit Alex verheiratet bist. Reiten wir nach dem Frühstück aus?«

»Warum nicht?« meinte Alexandra. »Ich möchte die Straße kennenlernen, die direkt nach London führt.«

Tante Mildred war tatsächlich mit zwei großen Keksen beschäftigt, die vor Butter und Honig nur so troffen. Sie warf Alexandra einen Blick aus gesenkten Augen zu, sagte jedoch kein Wort.

Alexandra fühlte Douglas Hand an ihrem Ellbogen. Sie hielt inne und sah ihn an. »Es ist an der Zeit, daß du an deinem dir angemessenen Platz sitzt.«

Sie heftete die Augen auf den Stuhl der Gräfin. Ein leichtes Frösteln durchfuhr sie. »Aber das ist doch nicht nötig und ...«

»Gar nichts, und. Sei still und tu, was ich dir sage. Es wird eine neue Erfahrung für dich sein. Hier, setz dich.«

»Du siehst sehr gut auf diesem Stuhl aus«, bemerkte Sinjun. »Mutter wird zwar mit den Zähnen knirschen, aber es ist ja nur recht und billig, daß Douglas' Frau den Vorrang bekommt. Du bist jetzt hier die Herrin. Und, laut Douglas, muß ein Sherbrooke stets seine oder ihre Pflicht erfüllen und Verantwortung übernehmen.«

»Schade, daß mein Cousin keiner der berühmten Sherbrooke-Maximen befolgt hat, diese heimtückische Kanaille.«

Tante Mildred sagte zu niemandem besonderen: »Sie ist zu klein für den Stuhl.«

Douglas lächelte über die Länge des Tisches hinweg zu seiner Frau hinüber. »Möchtest du auf einem Kissen sitzen?«

Sinjun sagte: »Ich finde, Tante, dieser Stuhl hat genau die richtige Größe für Alex. Ich muß ehrlich sagen, Mutter ist zu breit für den Stuhl. Der Stuhl im offiziellen Speisezimmer müßte allerdings für Alex gepolstert werden.«

»Ganz recht, Sinjun«, bekräftigte Tony.

»Niemand hat dich nach deiner Meinung gefragt, Anthony«, ermahnte ihn Tante Mildred. »Du hast dich abscheulich benommen. Das muß ich wirklich sagen! Zwei Mädchen zu heiraten und das falsche Douglas zu überlassen.«

»Der Keks schmeckt famos«, meinte Sinjun und bot ihrer Tante einen an.

»Bitte, sprich nicht so über meine Frau, Tante«, bemerkte Tony. »Du mußt wissen, sie braucht die Luft, die ich atme; sie verzehrt sich vor Sehnsucht nach mir, wenn ich nur einen einzigen Augenblick von ihr fort bin, sie ...«

»Ich finde, wir sollten Alexandra heute eine Stute kaufen, Douglas«, warf Sinjun ein und wedelte mit einem weiteren Keks in Richtung Tony. »Außerdem, Douglas, am Frühstückstisch kannst du Tony schlecht verprügeln. Übrigens bin ich gestern Tom O'Malley begegnet. Er hat mir alles über deinen und Alex' Besuch berichtet, daß du sie so hingebungsvoll gepflegt und daß du ihm ein neues Bett geschickt hast. Er sagte, es sei himmlisch und gewiß das erste Bett, das ihm gehört und länger ist als er. Ah, da ist ja Hollis. Seine Lordschaft braucht dringend Kaffee, Hollis.«

»In der Tat, ich sehe, er braucht dringend einen«, stimmte ihr Hollis zu und goß die duftend-heiße Flüssigkeit aus einer zierlichen Kanne ein. »Möchte Ihre Ladyschaft auch welchen?«

Alex fuhr zusammen. Ladyschaft! Sie blickte in Hollis' gütiges Gesicht. »Bitte etwas Tee, Hollis. Mir ist nicht nach Kaffee.«

»Ich denke, junge Dame, du sitzt auf meinem Stuhl!«

»O je«, rief Sinjun, »jetzt wird's interessant. Dabei ist es weit vor zwölf Uhr mittag.«

Die verwitwete Countess of Northcliffe gab ein beeindruckendes Bild der Empörung ab. »Halt augenblicklich den Mund, Joan, sonst bekommst du bis Ende des Jahres Stubenarrest in deinem Schlafzimmer. Es ist mir nicht entgangen, wie du diese junge Frau in ihrer Frechheit unterstützt. Nun, und was dich betrifft, du erhebst dich auf der Stelle von diesem Stuhl.«

KAPITEL 16

Das plötzliche Schweigen erstickte jedes Geräusch im Frühstückszimmer.

Alexandra blickte zu Douglas hinüber, der vollkommen regungslos, die Gabel starr in die Luft gerichtet, auf seinem Stuhl saß. Er nickte ihr unmerklich zu. Nun gut, er überließ es ihr und würde sich nicht einmischen. Sie schluckte schwer, dann wandte sie sich an ihre Schwiegermutter.

Mit sanfter Stimme erklärte sie: »Wie Sie wohl wissen, lautet mein Name nicht ›junge Dame‹, sondern Alexandra. Genauer gesagt, Lady Alexandra. Ich bin die Tochter eines Herzogs. Wenn wir uns in Charlton House befänden, stünde ich rangmäßig über Ihnen. Selbst wenn ich durch meine Heirat in meinem Stand etwas gesunken bin, rangiere ich dort trotzdem noch über Ihrem. Nun sind Sie aber meine Verwandte und sehr viel älter als ich. Demnach schulde ich Ihnen den gebührenden Respekt. Zwar habe ich nie verstanden, warum das Alter Respekt verlangt, aber so sind die Dinge nun mal. Nun denn, würden Sie mich also bitte Alexandra oder Lady Northcliffe nennen?«

Die alte Countess of Northcliffe war nicht so leicht unterzukriegen. Doch spürte sie sehr wohl den eisernen Willen des Mädchens, das da auf dem Stuhl saß – auf ihrem Stuhl! – und sah sich nun gezwungen, ihre gesellschaftliche Position neu zu bestimmen. Ihr Sohn äußerte kein Wort dazu. Er verteidigte sie nicht einmal, seine eigene, liebe Mama. Die Witwe holte tief Luft, doch Hollis kam ihr zuvor, der seelenruhig bemerkte: »Mylady, die Köchin hat für Sie heute morgen ein Mandelgebäck mit Zimt bereitet. Es schmeckt geradezu köstlich, und sie wartet begierig auf Ihre Meinung.

»Hier, Mylady, bitte setzen Sie sich auf diesen schönen Stuhl, der so einen reizenden Ausblick auf den östlichen Teil des Rasens bietet. Sehen Sie doch, wie die Pfauen heute morgen herumstolzieren. Ich habe diesen Stuhl immer für den bestplazierten am Tisch gehalten.«

Die Witwe war unschlüssig, wie sie sich verhalten sollte. Sie konnte doch ihrer heuchlerischen Schwiegertochter nicht kampflos das Feld überlassen! Alexandra klatschte begeistert in die Hände: »Ich würde auch so gerne die Pfauen sehen, Hollis. Haben sie ein Rad geschlagen? Wie wunderbar! Ma'am, würde es Ihnen etwas ausmachen, wenn ich mich heute morgen dort hinsetzte, damit ich die Tiere beobachten kann? Vorhin habe ich schon bemerkt, an welch ausgezeichnetem Platz der Stuhl steht.«

Darauf erwiderte die verwitwete Gräfin mit aufgeregt bebenden Fettwülsten unter ihrem Kinn: »Nein, ich möchte mir diese Vögel heute früh ansehen. Sie sind sehr unterhaltsam. Nun, Hollis, ich warte darauf, daß man mich zu meinem Stuhl geleitet und mir das Nußgebäck reicht.«

Douglas war beeindruckt, zutiefst beeindruckt sogar. Er warf einen Blick auf Alexandra, doch die hielt den Kopf gesenkt. Auch das beeindruckte ihn. Kein Sich-Brüsten, kein Triumphieren über diesen kleinen, wenn auch recht entscheidenden Sieg. Mit Hollis' Hilfe hatte sie erfolgreich vermieden, das Frühstückszimmer in ein Schlachtfeld zu verwandeln. Nun bemerkte er: »Nach dem Frühstück besuchen Alexandra und ich die Branderleigh Farm, um eine Stute zu kaufen. Sinjun, möchtest du uns begleiten?«

Sinjun, den Mund voller Räucherhering, konnte nur zustimmend nicken. Es war Melissande, die im Türrahmen stehend entzückt bemerkte: »Oh, wie wunderbar! Tony, möchtest du mir nicht auch eine Stute kaufen? Ich hätte gerne eine weiße Stute, schneeweiß, mit einer ganz weißen Mähne.«

Sie sah so überaus schön aus, daß Douglas sie für einige Augenblicke reglos ansah. Ihr Morgenkleid war blaßblau und, zugegeben, sehr schlicht, doch mehr war auch nicht nötig. Ein blaues Band war durch ihre dichten schwarzen Locken geflochten. Sie wirkte zierlich, zart und unendlich verführerisch.

»Und dazu vielleicht ein neues Reitkostüm, Mellisande?« fragte Sinjun. »Ganz weiß mit einer giftgrünen Feder am Hut. Oh, das stünde dir hervorragend. Und dann auf einem kostbaren Sattel mit einem weißen Pferd. Ah, du würdest wie eine Märchenprinzessin aussehen.«

»Weiß macht sie fahl«, bemerkte Tony lakonisch, während er etwas Rührei auf seinem Teller häufelte.

»Fahl! Ich bin niemals fahl! Willst du damit sagen, daß ich irgendwie eine scheußlich gelbe Hautfarbe habe? Also wirklich, das ist ja vollkommen lächerlich. Ich sehe nie, nie fahl aus.«

»Bist du sicher, Mellie? In diesem Fall sagt dir dein Spiegel nicht die Wahrheit. Du solltest beizeiten lernen, deinem Mann zu vertrauen. Ich habe einen sehr feinen Geschmack, mußt du wissen. Übrigens habe ich vor, alle deine kindischen Nachthemden wegzuwerfen. Nichts Weißes mehr. Ich denke da an Blaues und Grünes –

alles in Seide und Satin, natürlich – mit den dazupassenden Pantöffelchen. Was hältst du davon, Schatz?«

Melissande steckte etwas in der Klemme. »Ich sehe nie gelb aus«, bekräftigte sie erneut, »doch sicher würden mir neue Sachen gefallen.«

»Dachte ich mir doch. Nach unserem Aufenthalt in Strawberry Hill, der so lange dauern wird, wie ich es für richtig halte, brechen wir nach London auf. Dort kannst du dann die Herzen junger Männer mit deiner einmaligen Schönheit und deinen Seiden- und Satingewändern reihenweise brechen.«

»Ich will aber sofort nach London, Tony!«

»Möchtest du ein Brötchen, meine Liebe?« warf die alte Countess of Northcliffe ein.

Douglas blickte zu Melissande und verzog dabei das Gesicht. Sinjun bemerkte es und lächelte.

»Du solltest allen deine hübschen Aquarelle zeigen, Mellie«, meinte Tony, während er seine junge Frau dabei beobachtete, wie sie mit wunderschönen schlanken Fingern das Brötchen anmutig auseinanderbrach. »Douglas, sie hat einige von Northcliffe gemalt. Ich denke, du wirst beeindruckt sein.«

Melissande ließ das Gebäck sinken, strahlte ihren Mann an und lehnte sich mit glänzenden Augen zu ihm herüber: »Gefallen sie dir tatsächlich, Tony? Ehrlich? Es ist schwierig, weißt du, mit dem sich ständig ändernden Licht, besonders in der Nähe des Ahornwäldchens. Soll ich versuchen, die Pfaue zu malen, die alle so gerne sehen wollen?«

»Ich weiß nicht recht«, erwiderte er und sah sie nachdenklich an. »Vielleicht beginnst du mit der Stute, die ich dir kaufen will. Aber bitte keine weiße Stute, Mellie, vielleicht eine Braune mit weißem Fuß. Ich mag es nicht, wenn du trivial wirst.«

»Trivial! Ich bin nie – was genau willst du damit sagen?«

»Ich will damit sagen, es würde dir dann an Originalität mangeln. Du wärst dann alltäglich, bloßer Durchschnitt.«

Daraufhin runzelte Melissande die Stirn, doch bald schenkte sie ihrem Mann wieder ein wunderschönes Lächeln. »Nun denn, Mylord. Suche du eine Stute für mich aus, die etwas Besonderes ist.«

»Gut, das werde ich. Du wirst lernen, mir in Zukunft zu vertrauen, denn ich tue nur das, was dir zum Vorteil gereicht.«

Melissande nickte nachdenklich.

Sinjun warf Alexandra einen spitzbübischen Blick zu.

Die verwitwete Countess of Northcliffe bemerkte mit tragender Stimme zu Tante Mildred: »Nach dem Frühstück wünsche ich mich mit dir über Lady Juliettes Ankunft zu unterhalten. Wir müssen ein kleines Soiree für sie geben, meinst du nicht? Ihr hoher Stand verlangt nach gebührender Anerkennung, und nun, da Douglas sie nicht mehr heiraten wird, da muß ...«

O je, dachte Alexandra und starrte zu Douglas hinüber, der bereit schien, Gift und Galle über seine reizende Mutter zu spucken. Alexandra kam ihm zuvor: »Auch ich möchte gerne allen Nachbarn vorgestellt werden. Ein Empfang für Juliette wäre genau das Richtige, um uns gegenseitig kennenzulernen.«

»Der Empfang findet statt, um meine Frau vorzustellen«, erklärte Douglas, und in seiner Stimme schwang die Kälte und Strenge eines Richters. »Lady Juliette, die, wie es die Höflichkeit von uns verlangt, für einige Tage unser Gast sein wird, wird natürlich selbstverständlich eingeladen sein. Unter gar keinen Umständen, Mutter, wirst du aber eine Andeutung machen, daß es ein Fest ihr zu Ehren ist. Hast du mich verstanden?«

»Die Pfaue haben aufgehört, ein Rad zu schlagen«, bemerkte die verwitwete Countess of Northcliffe und erhob sich von ihrem Sitz. Ihr Abgang aus dem Frühstückszimmer verlief majestätisch.

Tony verschluckte sich beinahe beim angestrengten Ernstbleiben an seinem Kaffee.

Kaum eine Stunde später kam Lady Juliette schon an, kurz bevor sich Alexandra zur Branderleigh Farm aufmachen wollte.

Sinjun stöhnte hinter Alexandras Rücken. Auch sie hätte am liebsten aufgestöhnt, aber sie war die Ältere und zudem Ehefrau. Also straffte sie den Rücken und holte tief Luft.

»Der Besenstiel ist wieder da, wie ich sehe«, stellte Douglas trocken fest, als er neben ihr auf der obersten Stufe der breiten Treppe stand, die zur kiesbestreuten Einfahrt des Anwesens führte.

»Was redest du da?«

Er winkte ab. Dann beobachtete er die junge Frau, der ein Lakai in gelb-weißer Livree behutsam beim Aussteigen aus der herzoglichen Kutsche half. Ein weiterer Lakai plazierte ein Treppchen unter ihre zierlichen Füße. Nach ihr entstieg der Kutsche eine sauertöpfisch dreinblickende Zofe, die eine riesige Schmuckschatulle an ihren mageren Busen preßte.

»Lady Juliette, Tochter des Marquess of Dacre«, verkündete der Lakai.

»Müssen wir einen Knicks machen?« zischte Sinjun, die hinter ihrem Rücken stand, durch die Zähne. »Vielleicht gar ihre Gunst erflehen?«

»Halt den Mund«, mahnte Douglas sie.

Die verwitwete Countess of Northcliffe empfing Juliette überschwenglich. Bald war offensichtlich, daß Lady Juliette nicht nur überaus schön, sondern auch sehr überzeugt von der Wichtigkeit ihrer Person war. Sie wirkte äußerst angetan über ihren Aufenthalt auf Northcliffe Hall – bis zu dem Augenblick, als sie Melissande erblickte. Während sie den unerwarteten Gast anstarrte, erklärte die alte Gräfin: »Nun, meine liebe Juliette, unser Douglas hat sich vermählt. Es war ja so eine Überraschung, aber Sie werden verstehen, daß ...«

Lady Juliette sah die alte Gräfin mit großen Augen entgeistert an. Sie fühlte sich blamiert. Der elende Graf hatte einfach geheiratet, ohne vorher sie, Juliette, die schönste junge Dame dreier Grafschaften, gesehen zu haben! In einem Anflug von Ehrlichkeit mußte sich Juliette jedoch innerlich eingestehen, daß diese Melissande, die frischvermählte Frau des Grafen, wahrscheinlich die schönste junge Dame von beinahe ganz England war. Diese Ehrlichkeit wandelte sich umgehend in Feindseligkeit und Haß. Er hatte diese junge Dame schöner gefunden als sie und sie zu seiner Frau gemacht. Das war untragbar. Dieser Schuft. Er verdiente es, von der Schwertspitze ihres Vaters durchbohrt zu werden.

»Wo ist Douglas Ihnen begegnet?« erkundigte sie sich und blickte Melissande direkt in die Augen.

»Er ist mir vor drei Jahren begegnet, als er wegen einer Kriegsverletzung bei irgendeiner Schlacht wieder in England war. Den Namen der Schlacht habe ich vergessen.«

»Oh, Sie haben also aufgrund einer Familienvereinbarung geheiratet? Gab es vorher Verwicklungen?«

Melissande neigte ihr liebreizendes Köpfchen. »Aber nein, wir haben geheiratet, weil wir so wunderbar zusammenpassen.«

»Aber das ist doch unmöglich.«

Douglas und Tony traten gleichzeitig einen Schritt nach vorn. Tony erklärte ohne Umschweife: »Ich fürchte, meine liebe Lady Juliette, Sie haben voreilige Schlüsse gezogen. Melissande ist meine Frau. Alexandra, ihre Schwester, ist die Gräfin von Douglas.«

Ein Moment lastender Stille trat ein, auf die ein heilloses Stimmengewirr folgte. Schließlich übertönte Douglas' Stimme alle: »Seid bitte alle mal ruhig! Nun, Lady Juliette, darf ich Ihnen meine Frau vorstellen, Alexandra.«

Bei der Vorstellung musterte Juliette Alexandra und fühlte sich erheblich wohler. Mit einem glockenhellen Lachen bemerkte sie: »Ach ja, äußerst charmant, Mylord. Sie scheinen in nur allzu kurzer Zeit eine Frau gefunden zu haben. Das war wohl das Ergebnis einer alten familiären Vereinbarung. Manchmal ist es ratsam, sich Zeit zu lassen. Aber es ist ganz reizend, zu Gast auf Northcliffe zu sein.«

»Ja«, mischte Sinjun sich so laut ein, daß es auch alle hörten, »es stimmt, was Tony gesagt hat. Juliette ist sehr hübsch, aber was das betrifft, kommt sie tatsächlich erst an zweiter Stelle nach Melissande.«

Douglas hätte seiner Schwester am liebsten eine deftige Ohrfeige verpaßt.

Mit bedrückender Gewißheit wurde es Alexandra klar, daß dieser Gast nicht zur festlichen Stimmung beitragen würde.

Sie lächelte, als sie beim Eintreten ins Schloß überhörte, was Melissande Tony zuraunte: »Ist das nicht höchst merkwürdig? Sie mag mich nicht und kennt mich nicht einmal. Tony, ich weiß sehr wohl, daß ich schön bin, aber, nun, Schönheit ist vielleicht nicht alles … na ja, und wenn schon, es gibt noch andere Dinge – wie den Charakter eines Menschen –, die man berücksichtigen sollte, findest du nicht?«

Tony küßte seine Frau vor aller Augen. »Du bist wunderbar, und dein Charakter wird in nächster Zukunft wahrscheinlich deiner Schönheit Konkurrenz machen.«

Sinjun flüsterte Alexandra zu: »Gut, daß Douglas das nicht gehört hat. Tony wägt genau ab, wie er Lob und Beifall verteilt. Er verhält sich sehr geschickt.«

»Entgeht dir eigentlich nichts?«

Sinjun machte ein verdutztes Gesicht. »Natürlich. Aber das hier ist wichtig, Alex, sehr wichtig. Man muß Douglas helfen, die Menschen richtig einzuschätzen.« Sie kicherte wie ein junges Mädchen. »Diese Juliette ist offensichtlich eine dumme Gans. Ich frage mich, ob sie ebenso dumm wie eingebildet ist. Douglas würde viel lieber ihr als mir eine Ohrfeige verpassen.«

»Sei dir da nicht so sicher«, erwiderte Alexandra. »Er weiß weibliche Schönheit zu schätzen.«

Sinjun warf ihr einen strengen Blick zu. »Jetzt benimmst du dich aber wie eine dumme Gans. Rede doch keinen Unsinn. Glaubst du, wir könnten Juliette meiner lieben Mutter und Tante Mildred überlassen und zur Branderleigh Farm reiten?«

»Das hoffe ich sehr.«

Es ergab sich keinerlei Möglichkeit zur Flucht. Zwei geschlagene, nie enden wollende Stunden lauschte Alexandra den Geschichten über jede einzelne Eroberung Juliettes während der Saison in London. Endlich wandte sie sich an Melissande, die gerade einen Finger Tonys untersuchte. »Wenn ich recht verstehe, müssen Sie nicht mehr an der Saison teilnehmen, Lady Rathmore. Sie haben das Glück, nach vielen vergeblichen Versuchen, einen Ehemann gefunden zu haben.«

»Ja, ganz recht«, bestätigte Tony mit gebrochener Stimme. »Sehen Sie sie an. So ausgemergelt, alt, mit langen, schwarzen Zähnen. Ich hatte große Mühe, sie vom Regal zu angeln. Sie stand ganz verstaubt oben und ganz weit hinten. Es hat alle meine Entschlußkraft gekostet, diesen wagemutigen Schritt zu unternehmen. Sogar jetzt noch versuche ich sie davon zu überzeugen, einen Kissenüberzug über dem Kopf zu tragen, um die Welt vor ihrem Anblick zu verschonen. Tja, ich habe sie aus Mitleid zur Frau genommen. Ich vermute, daß jeder andere Mann auf dieser Welt auch Mitleid für sie empfindet, denn er braucht nur aus hundert Meter Entfernung einen Blick auf sie zu werfen, und schon wird er zum hoffnungslosen Narren und geht aller seiner fünf Sinne verlustig.«

Zu Alexandras Überraschung sah sie Melissande in Tonys Finger beißen und dann sanft ihre Wange an seiner Handfläche reiben. Alex' Blick schweifte zu Douglas, der, am Kaminsims mit gekreuzten Armen stehend, das vollkommene Bild eines höflichen Edelmannes abgab. Seine Augen wanderten von Juliette über Melissande zu Alexandra. Sein Gesicht war völlig ausdruckslos. Jedenfalls konnte sie nichts darin lesen. Just in diesem Augenblick verglichen zu werden, war einfach unerträglich. Höchste Zeit, etwas zu unternehmen und nicht wie ein Holzklotz zu verharren.

Lächelnd erhob sie sich und streckte Juliette die Hand hin. »Verzeihen Sie, wenn ich nach dem Abendessen sehen muß. Falls sie irgend etwas brauchen, zögern Sie nicht zu fragen. Willkommen auf Northcliffe.«

Sie verließ den Raum, wohlwissend, daß das Gesicht ihrer Schwiegermutter ziegelrot vor Ärger angelaufen war. Sie hatte natürlich gelogen; sie hatte nicht im geringsten die Absicht, Mrs.

Peachham aufzusuchen. Es war ihr sonnenklar, daß das von der Köchin zubereitete Abendessen sogar einen knochigen Asketen zur Völlerei verleiten würde.

Sie ging zu den Gärten, wo die zahlreichen griechischen Statuen aufgestellt waren. Der Boden war in einem miserablen Zustand. Sie würde mit Douglas darüber sprechen müssen. Seine Genehmigung war vonnöten, um den Gärtnern auf Northcliffe Beine zu machen, diesen faulen Kerlen. Es gab da einen besonders schönen Rosenstrauch, der total von Unkraut überwuchert war. Alexandra zögerte nicht, Ihr Kleid war ohnehin alt und laut Douglas recht unansehnlich. Sie kniete sich hin und begann das Unkraut auszurupfen. Bald trällerte sie vor sich hin und nach kurzer Zeit fühlte sie sich ruhig und ausgeglichen. Juliette und sogar ihre Schwiegermutter hatte sie vergessen.

Es begann leicht zu nieseln. Die Erde weichte noch mehr auf, und Alexandra jätete und rupfte und klopfte liebevoll die Erde platt. Sie bemerkte nicht mal den Wassertropfen, der ihr von der Nasenspitze fiel.

Schließlich stand der Rosenstrauch vom Unkraut befreit. Er schien jetzt wie von innen heraus zu glühen. Die Blüten hatten nun ein kräftigeres Rot angenommen, sie wirkten größer, die Blätter grüner und üppiger.

Zufrieden setzte sie sich in die Hocke.

»Mein Gott.«

Immer noch lächelnd wandte sie sich um und sah Douglas, der mit zusammengekniffenen Augen über ihr stand, die Hände in die Hüften gestemmt.

»Hallo. Ist er nicht wunderschön? Jetzt sieht er viel fröhlicher und gesünder aus.«

Douglas warf einen uninteressierten Blick auf den Rosenstrauch. Aber zumindest stimmte es, was seine Frau da sagte. Doch lenkte er seinen Blick auf die erdbeschmutzte Alexandra, deren Haare in langen, tropfenden Grüppchen am Kopf baumelten. Er verschwendete keinen Gedanken mehr an den Rosenstrauch. »Komm schon, es wird Zeit, daß du dich fürs Abendessen umziehst.«

»Wie hast du mich gefunden?« fragte sie und erhob sich. Ihre erdverschmutzten Hände wischte sie an ihrem ohnehin schon ruinierten Kleid ab.

»Melissande. Sie sagte, während sie die Dinge malt, bringst du sie zum Wachsen. Ich verfüge über genügend Gärtner. Es ist daher völlig überflüssig, daß du dich dreckig machst.«

Auf ihren gestrengen Blick hin, den sie ihm zuwarf, mußte er lachen. »Die Gärtner nutzen dich aus, Mylord. Seit langer Zeit hat man schon nichts mehr in diesen wunderschönen Gärten gemacht. Es ist ein Skandal.«

»Ich werde mit Danvers darüber reden.«

»Ist er der Hauptgärtner?«

»Nein, er ist mein Aufseher. Zur Zeit ist er nicht da. Sein Vater ist krank, und er stattet ihm in Couthmouth einen Krankenbesuch ab.«

»Der Hauptgärtner trägt hier die Verantwortung, Mylord.

»Nun gut, dann rede mit Strathe, wann immer es dir paßt. Sag ihm, du hast meine Erlaubnis. Komm schon, du mußt dich etwas herrichten.«

»Da gibt es nicht viel zu tun.«

Douglas runzelte die Stirn. »Ich habe mich jedes Mal gefragt, wenn ich deine Schwester sehe, warum sie im Gegensatz zu dir so erlesen angezogen ist.«

»Ich hätte eine neue Garderobe bekommen, wenn ich an der Saison teilgenommen hätte. Statt dessen hat mich Tony an dich verheiratet; keine Saison, keine neuen Kleider. Halte Melissande nicht für verwöhnt und verzogen. Die meisten ihrer Kleider stammen aus ihrer vergangenen Saison.«

»So ist das also zu sehen«, antwortete er, und Alexandra fragte sich, was denn so zu sehen wäre.

Das Abendessen mit den zwei hochkarätigen Diamanten, die beide am selben Tisch aßen, stellte sich als große Prüfung heraus. Juliette erzählte von Lord Melberry, der so hingerissen von ihr wäre, und dabei warf sie Melissande ein triumphierendes Lächeln zu. Melissande zuckte bloß mit den Achseln und erklärte, er langweile sie mit seinem ewigen Geschwätz über seine Nachkommenschaft. Schließlich würde ein Gespräch über die pralle Reife der Trauben auch nach zehn Minuten langweilig werden.

Dann erzählte Juliette, wie sie Lord Downleys Antrag zurückgewiesen und wie sehr sie ihn damit verletzt hätte. Melissande lachte nur und erklärte, Lord Downley würde jeder Frau einen Antrag machen, die von sich sagen konnte, sie brächte mehr als tausend Pfund Mitgift mit in die Ehe. Und so ging es in einem fort.

Endlich konnte Alexandra sich erheben und den Damen bedeuten, mit ihr in den Salon zu gehen. Dabei übersah sie den höchst empörten Blick ihrer Schwiegermutter. Sie eilte auf das Pianoforte zu und setzte sich. Bemüht, nicht auf die Gesprächsfetzen um sie herum zu achten, spielte sie ein paar französische Balladen.

»Meine Eltern empfinden große Zuneigung für mich«, verkündete Juliette. »So haben sie mir einen wunderschönen Namen gegeben. Lord Blaystock hat mir erklärt, sie müssen gewußt haben, daß ich so schön werde.« Sie richtete ihre eisgrauen Augen auf Alexandra, die etwas heftiger die Tasten betätigte. Juliettes Stimme wurde lauter: »Der Wunsch Ihrer Eltern ist anscheinend nicht in Erfüllung gegangen, denn Ihr Name klingt recht männlich, finden Sie nicht auch, Mylady?«

»Welche Lady?« erkundigte sich Sinjun. »Hier sind so viele.«

»Sie sind noch zu jung, um schon bei den Erwachsenen sitzen zu dürfen, finden Sie nicht? Natürlich beziehe ich mich auf Alex. Zweifellos ein männlicher Kosename.«

»Ich habe eine Freundin, deren Pferd den Namen Juliette trägt.«

»Joan! Sei still und entschuldige dich bei Lady Juliette.«

»Ja, Mutter. Verzeiht mir, Lady Juliette. Aber es ist ein sehr nettes Pferd, genauer gesagt, eine Stute. Sie hat die sanftesten Nüstern, die man sich vorstellen kann und den kugeligsten Bauch der Welt. Ihr Schwanz ist dicht und lang und zuckt jedes Mal hin und her, wenn die Fliegen im Stall herumschwirren.«

Douglas hörte den letzten Teil des Gesprächs und konnte ein Lachen nicht zurückhalten. Seine Schwester war die beste Waffe in seinem Arsenal. Ihre Fähigkeiten hatte er bisher noch nicht vollständig gekannt. Es freute ihn, daß er ihr heute abend die Erlaubnis gegeben hatte, länger unten zu bleiben.

»Joan! Douglas, bitte rede ein ernster Wort mit deiner Schwester.«

»Hallo, Sinjun. Schenk mir doch bitte noch Tee ein. Alexandra, spiel weiter. Du musizierst gut, es gefällt mir.«

Tony setzte sich neben seine Frau.

Der Abend, so mußte die alte Gräfin erkennen, drohte ein Reinfall zu werden. Also verkündete sie, man werde jetzt zur allgemeinen Unterhaltung Whist spielen. Douglas forderte Alexandra mit einem breiten Grinsen auf, seine Partnerin zu sein.

Ihre Gegenspieler waren Tony und Juliette. Douglas fragte sich, ob seine Frau tatsächlich eine so geschickte Spielerin war, wie sie behauptet hatte. Darüber wurde er nicht lange im Zweifel gelassen. Zählen konnte sie zwar nicht so gut, doch spielte sie mit

Schwung und Fantasie und einer seiner nicht unähnlichen Strategie. Das ärgerte ihn einerseits, freute ihn aber auch zugleich.

Er fragte sich – dieser Gedanke schoß ihm nur kurz durch den Kopf –, wie gut wohl Melissande mit einem Sack über dem Kopf spielen würde. Er und Alexandra gewannen die meisten Spiele. Tony stöhnte nur amüsiert, auch wenn Juliette ein gutes Blatt laut herausposaunte oder über ein schlechtes jammerte.

Douglas mußte sich die Karten vor das Gesicht halten, um sein verräterisches Grinsen zu verbergen, das ihn jedesmal überkam, wenn Alex Juliette besiegte. Die dumme Gans war zu einfältig, den Mund zu halten. Schließlich schleuderte Juliette die Karten hin, sprang auf und stampfte doch tatsächlich mit dem Fuß auf.

»Wie können Sie wissen, daß ich den Pikkönig in der Hand hielt? Das ist doch unmöglich. Warum spielen Sie das As aus, das taugt doch wirklich nichts. Es ist reine Glückssache, alles. Das liegt wohl an dem Sprichwort, Glück im Spiel, Unglück in der Liebe!«

Das ging entschieden zu weit. Douglas erhob sich und bemerkte mit eiskalter Stimme: »Ich denke, Sie sind erschöpft, Lady Juliette. Gewiß äußert ein ausgeruhter Kopf keine solch unbedachten Worte.«

Juliette schnappte nach Luft, hielt aber ihre Zunge im Zaum, ein äußerst seltenes Ereignis. Sie gewährte einem sehr beflissenen und zuvorkommenden Onkel Albert, sie aus dem Salon zu geleiten.

»Sie ist sehr schön«, bemerkte Sinjun ungerührt, »aber auch sehr dumm. Schade.«

»Warum schade, Range?« erkundigte sich Tony und grinste sie an.

»Ein bedauernswerter Gentleman, von ihrer Schönheit hingerissen, wird sie zu seiner Frau machen. Dann kommt das böse Erwachen, wenn er entdeckt, daß er eine dumme Frau ohne Herzensgüte geheiratet hat.«

Melissande stellte sich neben ihren Mann. Ihre Hand ruhte leicht auf seiner Schulter. Er streichelte sie ganz automatisch. »Du tust mir leid, daß du gegen Alexandra spielen mußtest. Sie ist ein Teufelsweib. Papa hat es ihr beigebracht. Reginald wollte ihr das Falschspielen zeigen. Darin war sie aber nie besonders gut. Jedes Mal, wenn sie es versuchte, wurde sie rot.«

»Man muß ihr das Zählen besser beibringen«, sagte Douglas beiläufig.

»Dafür – und für andere Dinge bist du nunmehr verantwortlich, bester Cousin«, erwiderte Tony, erhob sich und verneigte sich vor Alexandra. Dann wünschte er dem Rest der Gesellschaft eine gute Nacht.

Alexandra stieß einen Seufzer aus, als sie und Douglas die Treppen hochstiegen.

»Ein langer Abend. Das gebe ich zu.«

»In der Tat«, sagte sie, und ihre Stimme klang auf einmal etwas dünn. Würde er darauf bestehen, wieder zu ihr zu kommen? Ihre Schritte verlangsamten sich.

Mitten im Korridor hielt Douglas inne, packte sie an den Schultern und sagte sehr deutlich: »Laß mich dir eines in aller Deutlichkeit sagen; es ist völlig sinnlos zu seufzen. Dir bleibt nur eine Wahl: ist es dein Wunsch, in meinem Bett zu liegen oder soll ich in deines kommen?«

Doch auch hier nahm er ihr die Wahl ab. Mit einem leichten Schubser stieß er sie in sein Schlafzimmer, schloß die Tür hinter sich und sperrte sie ab. Da stand er nun und betrachtete sie grüblerisch im glimmenden Licht des Kaminfeuers.

»Heute nacht werde ich dich nicht erschrecken. Ich werde ruhig und vorsichtig vorgehen. Ich werde dein Vergnügen so wie meines bewußt lenken. Ich bin ein erfahrener, weltgewandter Mann. Ich werde so unaufdringlich und zurückhaltend sein wie dieses Kaminfeuer. Hast du mich verstanden?«

Sie starrte ins Feuer und dann auf ihn.

»Sag, daß du mich verstanden hast, verdammt.«

»Ich verstehe.« Dann streckte sie die Arme nach ihm aus, eine unwillkürliche Geste. Im nächsten Augenblick hob er sie hoch und trug sie zu seinem Bett. Er warf sich auf sie, seine Hände tasteten wie besessen an ihr, sie zogen und zerrten und rissen fast alles in Fetzen. »Das ist jetzt völlig gleichgültig, verdammt!« Dann fiel kein Wort mehr, denn er küßte sie unaufhörlich. Als er ihre Brüste entblößt hatte, funkelten seine Augen. Er stöhnte, als er sie mit dem Mund liebkoste und an ihnen saugte. Bebend wälzte er sich auf sie, bemüht, sie gleichzeitig mit Mund und Händen zu bedecken, auch noch, als er den Rest ihrer Kleider und seine eigenen ruckartig herunterriß.

Dann lag sie nackt unter ihm. Er erhob sich, um sich die Hosen auszuziehen. Dabei hampelte er ungestüm und stand dann endlich in voller Pracht nackt vor ihr. Sein Körper schimmerte im Glanz des Kaminfeuers. »Du bist schön, Douglas«, bemerkte sie.

»O, nein, nein«, stammelte er, fiel aber dieses Mal nicht über sie her. Er spreizte ihre Beine, legte sich zwischen sie und hob ihr Becken an seinen Mund. »Diesmal lasse ich es nicht zu, daß du dich entziehst. Nein, ich lasse es nicht zu. Gefällt dir das, Alexandra? Lieber Gott, du glühst ja. Ja, du zitterst. Bitte sag mir, was du empfindest.«

Sie stöhnte und krallte ihre Finger in seine Haare. Sie preßte ihn wild an sich. Sein warmer Atem streifte ihren Körper. Ihre Wollust steigerte sich ins Unerträgliche. Schreiend bäumte sie sich auf.

Douglas spürte ihre Fingernägel tief in seinen Schultern, er spürte die wilden Zuckungen ihres Leibes. Ihre Lust nahm ihn gefangen. Er wartete nicht ab, bis sie sich beruhigte. Mit einem tiefen Stoß drang er in sie ein und hob sie mit sich in die Ekstase empor. »Schling deine Beine um meine Mitte«, flüsterte er. Er mußte es wiederholen, denn sie war entrückt vor Lust und Staunen.

Ihre Arme lagen um seinen Hals, ihr Mund fand den seinen, als er in sie stieß. Seine großen, warmen Hände hielten ihre Hinterbacken umklammert. Immer und immer wieder küßte sie ihn, leise stöhnend und raubte ihm jegliche Besinnung.

Er trug sie zu dem großen Teppich vor dem Kamin. Er wußte, daß er bald verloren sein würde, aber er wußte auch, daß er nicht dagegen ankämpfen würde. Er legte sie behutsam zu Boden und stieß wieder tief in sie hinein.

Bei seinem Höhepunkt empfand Alexandra etwas Noch-nie-Dagewesenes. Er zuckte keuchend in ihren Armen. Streichelnd flüsterte sie aus diesem unendlich schönen Gefühl von Geborgenheit und Wärme heraus: »Ich liebe dich, Douglas. Ich habe dich immer schon geliebt.«

Er stöhnte und fiel dann zur Seite, wobei er sie fest an sich zog. Sie fühlte die Glut des ausgehenden Kaminfeuers auf ihrem Rükken und ihren Beinen. Sie fühlte die Kraft, mit der er ihre Taille umfaßt hielt, und die Wärme seines Atems streifte ihre Schläfen.

Doch im nächsten Augenblick überkam sie eine Kälte, als ihr bewußt wurde, was sie ihm gestanden hatte. Er hatte dazu nur geschwiegen. Sie erkannte, welche Macht sie ihm über sich gegeben hatte. Sie fühlte sein Sperma an ihren Schenkeln und wollte sich ihm entziehen.

»Nicht«, sagte er mit leiser, schlaftrunkener Stimme. »Nicht.« Er hob sie auf in seinen Armen und trug sie in sein Bett. »Nicht«, sagte er erneut, während er sie zwischen die Decken legte. »Ich will meinen Samen in dir lassen.« Er schlüpfte zu ihr ins Bett, bedeckte sich und hielt sie fest an sich gepreßt. Im nächsten Augenblick schlief er, sein Atem ging schwer und regelmäßig.

Es geht doch nichts über einen jungen Esel, dachte sie sich in ihr Schicksal fügend und schmiegte ihr Gesicht an seine Brust. Seine Brusthaare kitzelten ihr in der Nase. Wenigstens hatte er diesmal keine Anstalten gemacht, aus dem Zimmer zu laufen. Sie küßte seine Kehle und ließ ihre Zunge über seine kleinen Brustwarzen gleiten. Aufseufzend drückte er sie enger an sich. Ihre Brüste preßten sich gegen seinen Brustkorb. Nun wußte sie, es gab kein Zurück mehr. Dann fiel auch sie in tiefen Schlummer.

KAPITEL 17

»Was tust du da?«

Douglas drehte sich um und entdeckte Alexandra im Türrahmen. »Ich sehe nach, wie schlimm es tatsächlich mit deiner Garderobe steht.«

»Du schaust dir meine ganzen Kleider durch!«

»Wie sonst soll ich herausfinden, was du brauchst? Zum Teufel mit meiner vorwitzigen Schwester. Sie hat doch glatt behauptet, wenn sie an der Soiree teilnehmen soll, bräuchte sie ein neues Kleid. Doch dann hat die Kleine den Kopf geschüttelt und gesagt, nein, das ginge doch nicht. Das alles wurde mit einer tiefbetrübten, sanften Stimme vorgetragen, wie du sie dir nicht tragischer vorstellen kannst. Ja, sie hat es wunderbar gespielt. Sie erklärte, das gehöre sich nicht, nicht, wenn du kein neues Kleid zum Anziehen hättest. Dann hat sie auch noch die Unverschämtheit besessen, mich mit einem Blick zu strafen, als würde ich dich schmählich behandeln. Ausgerechnet ich, der ich dir versichert habe, du könntest alles von mir bekommen!«

»Hör bitte auf, Douglas! Ich brauche und will keine neuen Kleider, es ist einfach lächerlich. Sinjun sollte was hinter die Ohren bekommen.«

»In diesem Fall hat die Kleine aber recht. Komm, Alexandra, sei bitte vernünftig.«

»Also gut, vielleicht bräuchte ich doch ein neues Ballkleid, aber ich habe mein eigenes Geld, Douglas, ich will nicht, daß du ...«

»Hör ich recht? Schon wieder diese berüchtigten dreißig Pfund?

Mein liebes Mädchen, damit kannst du nicht einmal ein Mieder für ein flachbrüstiges Mädchen kaufen. Gütiger Himmel, die Unmenge von Groschen, die ich benötigen werde, um deine Oberpartie zusammenzuhalten, wird meine Taschen leeren. Nein, nicht schimpfen. Schön ruhig bleiben. Ich bin fest entschlossen. Ich habe schon vereinbart, daß die Schneiderin aus Rye heute am späten Nachmittag kommt. Sie wird deine Maße nehmen, dann werde ich ein passendes Kleid für die Soiree am nächsten Mittwoch aussuchen. So wie deine restlichen Kleider aussehen, werde ich dich nach London zu Madame Jordan bringen müssen.« Douglas schloß die Tür des Kleiderschranks mit einem Schwung. Dann öffnete er sie wieder und begann ihre Schuhe durchzusehen. »Aha, wie ich mir dachte. Du mußt von Kopf bis Fuß neu eingekleidet werden.«

»Douglas«, sagte sie mit verzweifelter Stimme. »Es ist nicht nötig, daß du mir diese Sachen kaufst, bestimmt nicht. Dieses ganze Geschwätz, daß ich dich anbetteln werde, war nur ein dummer Scherz, weiter nichts. Sinjun ist vorwitzig gewesen, wie du schon sagtest. Was das Ballkleid betrifft, magst du recht haben, aber nicht mehr. Ich glaube nicht ...«

»Halt den Mund.«

»Nein, ich werde absolut nicht den Mund halten! Ich bin nicht einer deiner Diener, die du herumkommandieren kannst. Hör zu, ich will dir keine Dankbarkeit schulden, ich will nicht ...«

»Aha, du willst mich also lieber beschämen, indem du diese verdammten Fetzen trägst. Zum Teufel, Weib! Ich will mir keine Knausrigkeit vorwerfen lassen; ich will nicht, daß die Leute denken, ich halte dich zu kurz. Der Klatsch über uns blüht ohnedies schon, ohne daß noch hinzukommen muß, ich lasse meine Frau wie eine hausbackene Dienstmagd herumlaufen.«

»Aber es kümmert dich doch nicht sonderlich, was die Leute denken«, antwortete sie langsam und sah ihn fest an. »Ich bin nicht hausbacken. Ich sehe nur so aus, wenn ich das Pech habe, neben Melissande zu stehen. Doch zugegeben, meine Kleider sind nicht ganz auf dem neuesten Stand.«

»Nun gut, aber die Wahrscheinlichkeit ist groß, daß du neben ihr stehen wirst, also müssen wir etwas dagegen tun. Außerdem habe ich beschlossen, daß ich deine Brüste gut betonen lassen werde, gleichgültig wieviel es kostet. Vielleicht mit einer kleinen Andeutung auf deine Vorzüge. Vielleicht sogar mit mehr als einer kleinen Andeutung. Das muß ich mir aber noch überlegen. Es gibt zu viele Herren, die dich mit Stielaugen anstarren und dich in Verlegenheit bringen werden. Zudem dulde ich keine Widerrede. Begreifst du denn nicht: wären deine Kleider zu tief ausgeschnitten, könnten dir die Herren bis zu den Zehen hinunterschauen.«

»Das ist doch lächerlich!«

»Nein. Du bist nicht groß. Daraus resultiert, daß die Herren dich immer überragen werden und auf dich hinunterblicken. Ich werde deine Brüste nicht diesen geifernden Hunden zur Schau stellen, damit sie um dich herumschleichen. Also bitte, widersprich mir nicht dauernd.«

»Aber ich habe dir doch gar nicht widersprochen!«

»Aha, und wie würdest du das nennen? Du kreischt wie ein verdammtes Fischweib.«

»Gut, nimm mich mit nach London, bring mich zu dieser Madame Jordan, verjubel deine ganzen Groschen, um mich standesgemäß zu bedecken!«

»Ha! Du meinst wohl deine Vorderseite?«

»Mein Gott, Douglas, ich bitte dich!«

Er grinste.

»Gottverdammich, du bist ebenso boshaft wie Sinjun. Zur Hölle mit dir!« Alexandra ballte die Fäuste.

»Nicht ganz. Wie ich sehe, hast du dir einen der Lieblingsflüche der Sherbrookes angewöhnt. Ich habe versucht, mich in deiner Nähe zu beherrschen, doch du hast sie dir trotzdem angeeignet. Von wem, will ich gar nicht wissen. Wir werden nach der Soiree nach London fahren, einverstanden? Nein, keine Widerrede. Du hast schon zugestimmt, und ich werde mich daran halten. Außerdem wird dann der verräterische Schurke mit Melissande abgereist sein.«

»Und es besteht für dich kein Grund, hierzubleiben, wenn sie nicht da ist.«

»Du hast keine Ahnung, worüber du sprichst. Also, wenn du mir weiter deine Brüste so entgegenstreckst, werde ich dir dieses Kleid vom Leib reißen, und du kommst zu spät zur Schneiderin.«

Er ließ sie mitten in ihrem Schlafzimmer stehen, die Augen auf nichts besonderes gerichtet und vor sich hinmurmelnd: »Was für ein seltsamer Mann.«

Falls Alexandra geglaubt hatte, Douglas würde sich erbarmen und ihr gewähren, alleine mit Mrs. Plack, der Schneiderin aus Rye, zu sein, stellte sich das bald als großer Irrtum heraus. Sinjun lümmelte auf der Chaiselongue, und Douglas hatte stillvergnügt im Ohrensessel Platz genommen. Die Beine leicht übereinandergeschlagen und die Arme vor der Brust gekreuzt, bat er: »Bitte, fangt an, Mrs. Plack.«

Sie wollte die beiden Zuschauer zu gerne aus ihrem Schlafzimmer schicken, doch wußte sie aus kurzer, doch prägender Erfahrung, daß ein einmal entschlossener Douglas von nichts mehr abzubringen war. Sie stand stocksteif, während Mrs. Plack ihre Maße nahm. Sie hob die Arme und reckte sich hoch; dann versuchte sie nur ein ganz klein wenig vornübergeneigt zu stehen, damit ihre Brüste nicht zu sehr hervorstanden, worauf Douglas mit scharfer Stimme bemerkte: »Nein, halte dich gerade!«

Sie gehorchte. Man genehmigte ihr zu bleiben, während Douglas Modezeichnungen studierte, bis er ein Kleid nach seinem Geschmack fand. »Aber«, bemerkte er und strich sich übers Kinn, »entfernen Sie den Volant am Saum. Das ist zuviel. Ach ja, die fließende Linie und die erhöhte Taille wird sie größer erscheinen lassen. Und noch etwas, machen Sie den Ausschnitt mindestens drei Zentimeter höher.«

»Aber, Mylord, Ihre Ladyschaft wirkt dann provinziell! Das ist die neueste Mode aus Paris!«

»Drei Zentimeter«, wiederholte Seine Lordschaft. »Erhöhen Sie ihn drei Zentimeter.«

»Darf ich mal sehen?« flötete Alexandra.

»Selbstverständlich«, erwiderte Douglas und zog sie an ihrem Arm zu sich heran. »Stimmst du mit mir überein, daß es dir ausnehmend gut stehen wird?«

Sie starrte auf das Kleid und schluckte heftig. Es war hinreißend. »An welche Farbe hast du gedacht?«

»An ein sanftes Hellgrün mit einem dunkelgrünen Überrock.«

»Ich möchte auf keinen Fall provinziell aussehen.«

Mrs. Plack stieß einen Seufzer der Erleichterung aus. »Gut. Ich werde den Ausschnitt so lassen wie er ist.«

»Nein«, erklärte Douglas. »Sie soll bewundert, aber nicht angestarrt werden.«

Alexandra lächelte ihn wortlos an. Ihr Blick fiel auf seinen Mund, und ihre Augen verdunkelten sich. Sie liebte seinen Mund, wenn er ihren berührte; da bemerkte sie, wie sich seine Hände zusammenballten. Sie liebte den kräftigen Zugriff seiner Hände, die Leidenschaftlichkeit seines Mundes und seiner Hände, wenn er sie in den Armen hielt, wenn er sich in etwas Wildes, Ungebändigtes, Unzivilisiertes verwandelte und sie ihm das wichtigste Geschöpf auf der Welt war.

»Laß das«, zischte er.

»Haaa«, gähnte Sinjun ausgiebig. »Ich finde, du hast gut gewählt, Bruder. Aber denkst du nicht, wir könnten jetzt Alexandra die Stute kaufen?«

»Du bleibst hier und läßt dir deine Maße für dein Kleid nehmen, Sinjun. Ich habe es ausgesucht, und Mutter hat es gebilligt. Nein, versuch nicht, dich bei mir zu bedanken.«

»Eben wollte ich dich zur Rede stellen, warum du so anmaßend bist! Ich hätte gern selbst mein Kleid ausgesucht.«

»Nein, dafür bist du zu jung und zu grün hinter den Ohren. Leg dich nicht mit mir an. Alexandra und ich werden dich später sehen. Vielen Dank, Mrs. Plack. Nicht vergessen, drei Zentimeter.«

»Du warst in der Tat anmaßend«, erklärte Alexandra ihrem Mann, als sie auf die Ställe zugingen.

Er verscheuchte eine Fliege von seinem wildlederverhüllten Schenkel. »Du und meine naseweise Schwester brauchen es so.« Während er weiterlief, fuhr er leise fort: »Wenn wir zum Schloß zurückkehren, führe ich dich wieder zu dem hübschen kleinen Fluß. Ich bin zu dem Schluß gekommen, daß dieses Schlafzimmer mit dem Riesenbett mir jegliche Vernunft und jegliches Augenmaß rauben. Jawohl, der Ort ist dafür verantwortlich, daß ich mich zu einem Mann ohne alle Finesse und Lebensart wandle.

Wir werden zum kleinen Fluß gehen. Ich werde ganz ich selbst sein. Ich werde dir die Kleider ausziehen, dich auf den Rücken legen, deine Brüste küssen und dich zwischen den Beinen liebkosen. Während ich dies tue, werde ich dich anlächeln und mich mit dir unterhalten. Vielleicht werden wir uns dabei über die Situation in Neapel auseinandersetzen, einmal über Napoleons Standpunkt und einmal über den der Royalisten. Und ich werde brillant sein, denn nicht deinem Körper, sondern meinen Worten wird alle Aufmerksamkeit gelten. Meine Beherrschung wird beeindruckend sein, meine Erfahrung meinem Verstand gehorchen. Wenn ich dann beschließe, weiterzumachen, nun, dann werde ich es tun. Ich werde all die Dinge tun, zu denen ich mir bei dir bis jetzt noch keine Zeit genommen habe. Jedenfalls nicht genügend Zeit. Du wirst schreien und jammern, bis du heiser bist. Und es wird dir außerordentlich gefallen, daß ich ein Gentleman bin und dies vorausgeplant habe.«

Er drehte sich zu ihr um. Mit verlegenen roten Flecken im Gesicht sah sie ihn verwirrt und ungläubig an. »Du wirst nach Lust und Laune losschreien können. Niemand, außer ein paar Enten und Vögeln, wird anwesend sein. Doch, es wird mir ein Genuß sein, dich mitten am Tag stöhnen zu hören, während die Sonne dir ins Gesicht scheint und ich dich auf die warme Erde drücke.«

Sie knuffte ihn in den Magen, worauf er nur noch mehr lachte. Eigentlich wollte sie ihm sagen, er könnte so wild sein wie er nur wollte, doch zögerte sie. Er sagte: »Du wirst noch mehr Genuß an mir finden, wenn du entdeckst, was für ein wunderbarer Liebhaber ich bin.« Sie fragte sich, ob das je stattfinden würde.

Auf der Branderleigh Farm fiel ihre Wahl auf eine dreijährige Stute mit Berberabstammung, dessen Vater Pander von Foxhal Stud war. Sie war lebhaft, hatte weiche Nüstern, einen langen Rücken, war mitternachtsschwarz mit einer durchgehenden Blesse. Sie versuchte Alexandra in die Schulter zu beißen, die jedoch rechtzeitig zurückwich. Dann schnaubte sie ihr zärtlich ins Gesicht. Es war Liebe auf den ersten Blick.

»Ich weiß schon einen Namen für dich«, erklärte Alexandra und klatschte entzückt neben Douglas in die Hände, nachdem er den Kauf mit Mr. Crimpton abgeschlossen hatte. Die neue Stute wurde hinten am Zweiradwagen angebunden.

»Midnight? Blackie?«

»Aber nein, das wäre zu gewöhnlich, und du weißt doch, wie dringlich wir diesen Vorwurf vermeiden müssen!«

Er half ihr auf das Gig, dann ging er um den Wagen herum, um auf seinen Sitz zu klettern. Schnalzend trieb er das Pferd voran. »Und?« erkundigte er sich ein paar Augenblicke später.

»Ihr Name ist Colleen.«

»Sie hat kein irisches Blut.«

»Ich weiß. Sie ist reinrassig.«

Er grinste. Und fühlte sich herrlich. Mit Schnalzlauten trieb er das Pferd an. Er wollte so schnell wie möglich an den Fluß gelangen, um zu beweisen, was für ein beherrschter Liebhaber er war. Während er fuhr, legte er sich logische Argumente für Napoleons Invasion von Neapel zurecht. Kaum daß er bemerkte, wie sie neben ihm saß. Es war wunderbar. Er war wieder der alte.

Er half ihr herunter vom Gig, aber allein diese Berührung – nur das Umklammern ihrer Taille beim Aussteigen – ließ seine Hände über ihre Brüste gleiten und seinen Mund auf ihren drücken. Er hatte sie kaum berührt und war schon verloren. Er zerriß ihr Leibchen. Er kam schnell und heftig. Als er sich schließlich von Alexandra löste, noch mit wild pochendem Herzen, daß er meinte, es hören zu können, sagte er völlig benommen: »Ich ertrage es nicht, wahrhaftig, ich kann es nicht. Gottverdammich, das ist zuviel für einen Mann. Sogar den Sherbrooke-Fluch hast du mir entlockt, dabei habe ich mir die größte Mühe gegeben, kein anstößiges Wort vor dir auszustoßen. Ich habe versagt. Jesus, ich bin nichts als ein brünstiges Wiesel, ein Dummkopf ohne Sinn und noch weniger Verstand.«

Was Alexandra betraf, sie bezweifelte, ob sie sich überhaupt rühren konnte. Er hatte sie schnell genommen, wie immer. Er war tief in sie eingedrungen, nachdem er sie zum Höhepunkt gebracht hatte. Sie hatte lustvoll aufgeschrien und sich aufgebäumt. Die Sonnenstrahlen waren durch die Äste des Eichenbaums auf sie gefallen. Ihre neue Stute hatte mitfühlend gewiehert. Douglas hatte ihr schwer atmend Dinge gesagt, von denen sie annahm, daß es sich um sehr erotische Dinge handelte, doch sie verstand ihren Sinn nicht. Gerne hätte sie ihn gebeten, sie darüber aufzuklären, damit sie alles verstand und ihm auch diese Dinge zuflüstern konnte.

»Wahrhaftig«, stellte er fest, »es ist zu stark, als daß ich mich beherrschen könnte.« Er beugte sich über sie, um sie zu küssen. Sie öffnete die Lippen. Es begann erneut. »Himmeldonnerwetter!« murmelte er bei ihrem süßen Duft, dann küßte er sie wieder. Er war in sie eingedrungen und stieß immer tiefer. Dann entzog er sich und erkundete sie mit seinen Fingern und seinem Mund. Es schien niemals aufzuhören. Sie war wie im Taumel, doch gleichzeitig ganz nach innen gekehrt, bei ihm, um von den Wogen seiner Leidenschaft davongetragen zu werden. Er sollte kein Gentleman sein, er sollte nichts anderes sein, als er war. Sie wollte ihn als rücksichtslosen Kerl.

Zwischen Küssen auf seine Wangen, seine Schultern, seinen Hals, gestand sie ihm immer wieder, wie sehr sie ihn liebte, während ihre Hände fieberhaft seine Brust hinab bis zum Bauch wanderten. Ihre Finger berührten sein Glied. Er erbebte.

»Nein, nicht schon wieder.« Sanft schob er sie auf den Rücken. Er starrte mit harten Augen auf sie herab. »Nein, du liebst mich nicht«, sagte er. »Hör mir gut zu, Alexandra. Eine Frau sagt einem Mann, daß sie ihn liebt, weil sie ihre Leidenschaft für ihn vor sich selbst rechtfertigen muß. Wenn sie entrückt ist und große Lust empfindet, nun, dann muß es eben Liebe sein und nicht Lust. Besonders für dich, die du jung und romantisch bist, ist es wichtig, dein körperliches Vergnügen in ein hehres Gefühl zu verpacken. So funktioniert das weibliche Gehirn, vollgestopft mit all diesen Schundromanen, für die du sicherlich geschwärmt hast. Aber auch das wirst du überwinden und vernünftig werden.«

»Du lächerlicher Einfaltspinsel!« Alexandra versetzte ihm einen schwungvollen Kinnhaken. Er hatte sich auf dem Ellbogen aufgestützt und der überraschende Schlag brachte ihn aus dem Gleichgewicht.

»Du blöder Grobian. Du hirnloses, brünstiges Karnickel!«

»Nun, letzteres stimmt, das habe ich schon für mich gepachtet!«

»Geh zum Teufel!«

Sie war schon auf den Füßen und zupfte ihre Kleider zurecht, völlig atemlos und zitternd vor Wut.

»Alexandra, sei doch vernünftig. Hör auf damit.«

Sie tat es nicht. Wenn überhaupt möglich, zerrte sie noch heftiger an den Kleidungsstücken, so daß ein Knopf in hohem Bogen absprang.

Er lag nackt und schwitzend in voller Länge aufgestützt auf seinen Ellbogen und fühlte sich pudelwohl. Er sah sie grinsend an. »Alexandra, warum verstört dich die einfache, simple Wahrheit? Liebe ist das alberne Spielzeug der Poeten, und wenn sie dabei ein dummes Wort finden, das sich mit einem anderen reimt, um so besser. Es ist so unwirklich wie ein Traum, flüchtig wie der Regen, der dir durch die Finger tropft. Verwende es nicht als Krücke oder als Entschuldigung, wenn du Lust an mir und an dir empfindest. Das ist unter deiner Würde. Du und ich passen gut zusammen im Bett. Du reagierst auf mich, auch wenn du bei mir anscheinend diese Karnickelkrankheit auslöst. Glaub' ja nicht, du müßtest das mit romantischem Unfug verbrämen.«

Sie war jetzt vollkommen bekleidet, außer ihren Strümpfen und ihren Reitstiefeln, die noch auf dem Boden lagen. Die Hände in die Hüften gestemmt, sagte sie langsam und bedächtig: »Mir war klar, daß ich es dir hätte nicht sagen sollen. Ich weiß, du empfindest überhaupt nichts ähnliches für mich. Und ich befürchtete, es würde dir Macht über mich verleihen! Ich habe mich gründlich geirrt.

Du empfindest so wenig Zuneigung für mich, daß Macht überhaupt keine Rolle spielt. Ich wußte wirklich nicht, daß du über meine Worte spotten und meine Gefühle ins Lächerliche ziehen würdest. Dein Zynismus ist armselig, Douglas. Wenn du dich dadurch besser fühlst, wenn dadurch deine Überzeugungen bestätigt werden, nun denn, im Augenblick liebe ich dich nicht. Ich würde dir gerne einen Fußtritt in dein Hinterteil geben. Doch statt dessen werde ich dich halt anders bestrafen.« Sie sammelte schnell seine Reitstiefel und Hosen und rannte zum Fluß. Dort schleuderte sie die Sachen mit aller Kraft so weit weg, wie sie nur konnte.

Douglas reagierte zu spät. »Zum Teufel!« Er sprang in den Fluß, um seine Stiefel und Hosen zu retten. Alexandra band das Pferd los, sprang auf das Gig und stürmte in der nächsten Sekunde davon. Sein Hemd und sein Überrock lagen auf dem Rücksitz.

Sie vernahm sein Gebrüll hinter sich und trieb das Pferd heftiger an. Barfuß wie er war, könnte er sie niemals einholen. Nach den Pferden konnte er pfeifen soviel er wollte, sie würden ihm keine Beachtung schenken. Alexandra lächelte. Dieser zynische Schuft. Rache schmeckte sehr süß.

Dreißig Minuten später kam Douglas an einem Eibenbaum vorbei, an dem sein Hemd gleich einer weißen Friedensfahne flatterte. Der Teufel sollte sie holen! Ihm war heiß, er schwitzte, und er wünschte sich, er könnte ihren Hals zwischen die Finger bekommen, nur einen Augenblick lang, nur lang genug, um zuzudrücken, bis sie blau anlief.

Dumme Gans. Nichts als Begierde, reine, brennende Begierde verband sie. Aber wie alle weiblichen Wesen auf dieser Welt mußte sie etwas Großartigeres daraus machen, etwas Höheres. Ermunterte er sie dazu, würde sie zweifellos sehr wortgewandt über eine geistige Vereinigung, ja, über die Paarung zweier Seelen daherplappern. Es war nicht auszuhalten.

Das Hemd klebte an seinem schweißnassen Rücken. Die Nachmittagssonne war heiß und drückend. Nach einer weiteren Viertelstunde entdeckte er seinen Rock an einem niedrig hängenden Ahornzweig baumeln.

Als er schließlich die breiten Eingangstreppen von Northcliffe Hall hochstampfte, war er bereit, einen Mord zu begehen.

Hollis begrüßte ihn mit einer Unschuldsmiene, die durchsichtig und klar wie Rinderbrühe war. »Ah, Eure Lordschaft sind von Ihrem Spaziergang durch die Natur zurückgekehrt. Ihre Ladyschaft haben uns berichtet, wie sehr Sie den Tulpenbaum gepriesen haben, der anmutig über dem Fluß ragt; sie sagte, Sie hätten sich fast ein Rückenleiden zugezogen, um die Baumkrone der Pappeln an beiden Seiten der Ufer zu erspähen. Sie erzählte, Sie hätten gemeinsam mit den Drosseln tirilliert und am Flieder geschnuppert. Sie wollten in der Gesellschaft der Fische sein, sagte sie noch, also sind Sie in den Fluß gesprungen. Und sie erwähnte, wie überaus gütig Sie waren, sie vorausfahren zu lassen, da heftiges Kopfweh sie plagte. Sie sehen etwas erhitzt aus, Mylord. Wünschen Sie vielleicht eine Limonade zu sich zu nehmen?«

Douglas wußte, daß Hollis log, und er wußte, daß Hollis es wußte. Warum bestand jedermann darauf, sie in Schutz zu nehmen? Was war mit ihm? Er war derjenige gewesen, der in den Fluß springen mußte, um Hose und Stiefel aus dem Schlamm zu holen. Er war es gewesen, der fünf Kilometer mühsam zu Fuß zurück nach Northcliffe Hall marschiert war. Limonade?

»Wo befindet sich Ihre Ladyschaft?«

»Nun, sie hält Zwiesprache mit der Natur hier auf Northcliffe, Mylord. Sie promeniert in den Gärten.«

»Ich dachte, sie hätte so schlimmes Kopfweh.«

»Ich nehme an, sie hat es auskuriert.«

»In der Tat«, erwiderte Douglas. Der Gedanke, sie kühl und trocken, bequem ruhend auf der Chaiselongue, vorzufinden, hätte ihn noch mehr in Rage gebracht. Douglas riß sich zusammen. Er schüttelte über sich selbst den Kopf. Das alles war lächerlich.

Vor einem Monat war er noch ein freier Mann gewesen.

Vor zwei Wochen wähnte er sich mit der schönsten Frau Englands verheiratet.

Und nun war er an ein dummes Mädchen gefesselt, das er nie zuvor gesehen hatte und das ihn quälte. Außerdem machte sie einen Barbaren aus ihm. Und sie quälte ihn sehr gekonnt.

Im Ost-Garten lehnte Tony lässig am schlanken Stamm eines Lärchenbaums, die Augen auf seine Schwägerin gerichtet. Sie war verschmutzt, Schweiß stand ihr auf der Stirn und ihre Hände waren schwarz vor Erde. Eben machte sie einem dichten Unkraut resolut den Garaus, mit ruckartigen Bewegungen und vor sich hinmurmelnd.

»Ich finde, es läuft alles ausgezeichnet«, sagte er.

Alexandra hielt inne und blickte zu Tony auf. »Nichts läuft ausgezeichnet. Er mag mich nicht – nicht wirklich.«

»Hierin irrst du, meine Liebe. Er hat dich als seine Frau akzeptiert. Außerdem habe ich ihn beobachtet, wie er dich ansieht. Ich habe ihn rasend vor Begierde und Lust gesehen.«

»Das gerade haßt er. Bis heute schiebt er mir die Schuld in die Schuhe, daß er jedes Mal, wenn er mich berührt, die Beherrschung verliert. Vor eben zwei Stunden hat er das Schlafzimmer und das breite Bett dafür verantwortlich gemacht. Er hatte vor, über Philosophie oder über den Krieg oder sonstwas zu diskutieren, während er mich liebte.« Sie seufzte. »Wenn das fehlgehen sollte, würde er … na ja, nun ist er gewiß darauf erpicht, mich zu finden, um mir den Hals umzudrehen.«

»Was du mit ihm gemacht hast, war großartig, Alex. Er hat es verdient. Ich wünschte mir, ich hätte ihn sehen können, wie er nackt in den Fluß hinter seinen Hosen und Stiefeln hergehechtet ist. Wenn ich mich recht erinnere, liegen einige Felsen am Grund, an denen man sich wundervoll die Füße aufscheuern kann.«

»Ich weiß, es ist nicht recht, so zu reden, Tony, aber ich habe niemanden sonst. Ich habe ihm gesagt, daß ich ihn liebe. Ich konnte mich nicht zurückhalten, es ist einfach so aus meinem Mund herausgesprudelt. Er erklärte mir, was ich tatsächlich fühlen würde und er auch – nämlich einfach nur körperliche Lust. Er meinte, die Sache mit der Liebe sei Unsinn und die Vorstellung einer geistigen Vereinigung würde ihm körperliche Übelkeit bereiten!«

»Hat er das wirklich gesagt?«

»Nicht genau so. Ich nehme nur die Worte, die seine Gefühle genauer treffen. Was er in Wirklichkeit gesagt hat, war bedeutend schlimmer – es war viel kränkender und zynischer.«

»Doch nun ist er dein Ehemann. Eines schwöre ich dir, Alex, wenn ein Mann sein Vergnügen findet, folgen meist weitere Freuden, vorausgesetzt, beide haben auch nur den geringsten Funken Vernunft in sich. Du liebst Douglas. Damit ist die halbe Schlacht schon gewonnen. Mehr noch als die halbe, denn jedesmal, wenn er dich berührt, raubt es ihm den Verstand. Du wirst schon sehen. Morgen abend findet die Soiree statt. Melissande und ich reisen am nächsten Tag ab. Du wirst dir keine Gedanken mehr über meine liebliche Hexe machen müssen. Übrigens habe ich den Eindruck, daß Douglas sich langsam zu fragen beginnt, wie er überhaupt mit Melissande zurechtgekommen wäre.«

»Ich kann mir nicht vorstellen, daß du sie Mellie nennen darfst.«

»Mir mißfällt der Name geradezu ungeheuerlich. Mellie, bah!

Es klingt nach einem übergewichtigen Mädchen mit Pickeln im Gesicht. Doch es ist wichtig, daß sie sich mir ganz unterwirft. Wenn ich sie Mops zu nennen wünsche, nun, dann muß sie es eben akzeptieren, weil es von mir, ihrem Ehemann und Meister kommt.«

Alexandra konnte ihn nur entgeistert anstarren. »Du bist erschreckend, Tony.«

Er grinste zu ihr herunter. »Nein, bin ich eigentlich nicht. So sehr ich deine Schwester liebe, ich werde es nicht zulassen, daß sie die Oberhand bekommt. Ah, ich denke, da kommt dein verirrter Mann. Gewöhnlich hält ein Mann inne – nur für einen Augenblick –, um sich die antiken griechischen Statuen anzusehen, nicht so Douglas. Er sieht aus, als möchte er jemanden umbringen. Das könnte interessant werden. Wünscht du, daß ich ihn aufhalte?«

»Nein, sonst würde er dich zu einem Duell herausfordern und dich an Ort und Stelle überwältigen.« Sie schüttelte den Kopf.

»Richtig. Ah, wir sind gerettet. Da taucht Melissande auf mit ihren Wasserfarben. Jetzt macht sie Halt, um sich die Statuen zu betrachten, aber keineswegs mit der Absicht, sie zu malen, das könnte ich beschwören. Sie und Douglas haben sich jetzt gesehen, sie unterhalten sich miteinander. Jetzt muß er seine Wut herunterschlucken. Er muß höflich sein, auch wenn er dich umbringen will. Ja, er scheint mit dem Zähneknirschen aufgehört zu haben. Alex, ich habe eine Idee, eine sehr verwerfliche Idee.«

Sie sah ihn an und begriff sofort. »Ach, nein, Tony, es würde nicht klappen, es würde …«

Douglas und Melissande schritten gerade um einen dichten Eibenstrauch, da erblickten sie Tony auf den Knien vor Alexandra, die Arme um sie geschlungen und einen Kuß auf ihren Scheitel drückend.

Douglas erstarrte zur Salzsäule.

Melissande prallte zurück, als hätte sie einen Schlag versetzt bekommen. Sie schleuderte ihre Wasserfarben aufheulend wie ein Klageweib zu Boden, stürzte auf das Paar zu, packte Alex an den Haaren und beutelte sie mit aller Kraft hin und her. Tony war auf den Rücken gefallen und grinste sie an, doch Melissande schaute nicht hin. Aber ihre Schwester sah es.

»Du erbärmliche Männerdiebin!« schrie Melissande, warf sich erneut auf Alexandra und stieß sie zu Boden. »Wie kannst du es nur wagen, Alex! Du hast einen Mann, und trotzdem besitzt du die

Stirn, mir meinen abspenstig zu machen!« Sie zog Alexandra wieder bei den Haaren.

»Hör auf! Um Gottes willen!«

Douglas packte Melissande und schubste sie zu Tony hin, der sie auffing und dabei ihre beiden Arme festhielt. »Ich reiße ihr sämtliche Haare aus, ich mache sie um einen halben Meter kleiner!

»Beruhige dich, Melli, beruhige dich.«

Melissande wandte sich an ihren Mann, keine Handbreit von seiner Nase entfernt. »Nenn mich nicht mit diesem scheußlichen Namen! Warum hast du ihre Haare geküßt? Ich habe wunderschönes Haar. Wenn du schon Haare küssen willst, dann küsse gefälligst meins! Du untreuer Poussierstengel, ich werde ihr sämtliche Haare ausreißen, und dann wirst du – versuch ja nicht, mich jetzt zu küssen, du erbärmlicher Esel!«

Douglas hörte das Kreischen hinter sich, doch er drehte sich nicht um. Er ging vor seiner am Boden liegenden Frau in die Hocke. Sie bewegte ihren Kopf vorsichtig hin und her, um zu prüfen, ob er noch auf ihren Schultern saß. Sie war verschmutzt, ihr Gesicht mit Erde verschmiert, ihre Augen tränten.

»Fehlt dir etwas?«

»Nein, nur meine Kopfhaut brennt wie Feuer. Ich wußte nicht, daß Melissande so stark ist.«

»Es geschieht dir ganz recht.«

»Ja, wahrscheinlich.«

»Ich nehme an, Tony hat nicht im Traum daran gedacht, daß sie dich angreifen würde. Offensichtlich war sein Plan nicht wohldurchdacht.«

Sie sah zu ihm empor. Er hatte alles durchschaut. »Nein, ich denke, er war überrascht. Und geschmeichelt zugleich.«

»Ja. Komm jetzt mit, du bist in einem sehr ramponierten Zustand, mehr noch als ich. Doch ich werde nicht mit dir zusammen baden, sonst bleiben wir so schmutzig wie wir sind.«

Sie erhoben sich und entdeckten, wie Tony seine Frau leidenschaftlich küßte.

Douglas bemerkte milde: »Ja, Tony hat etwas beweisen können, nicht wahr? Etwas, mit dem er nicht gerechnet hat. Jetzt ist er höchst zufrieden mit sich.«

Nachdem Alex und Douglas im Haus verschwunden waren, liebten Tony und Melissande sich neben einer griechischen Statue. Sie taten es so heftig und drängend, als ob es kein Morgen gäbe.

Melissande verschwendete keinen einzigen Gedanken an ihr kostbares Kleid oder an die Grasflecken oder mögliche Späher, die zufällig des Wegs kamen. Sie war sich ihrer selbst nicht mehr mächtig. Es war ein köstliches Gefühl. Als sie ihm sagte, sie würde ihn lieben und jede Frau umbringen, die auch nur versuchte, ihn ihr wegzuschnappen, da setzte er das Grinsen eines seligen Narren auf und erklärte mit höchst zufriedener Stimme: »Ich denke, ich liebe dich auch. Dein Hitzkopf gefällt mir, ebenso deine Eifersucht. Ja, du gefällst mir gut, sehr gut sogar.«

Was Douglas betraf: der saß grübelnd in seiner Kupferbadewanne. Und sein Kammerdiener stand händeringend neben ihm und beklagte die ruinierten Stiefel und die kaputte Hose.

KAPITEL 18

Tysen Sherbrooke erklärte mit stolzgeschwellter Brust und aus ehrerbietigen Augen, die auf Alexandra gerichtet waren: »Ich möchte dir Melinda Beatrice Hardesty vorstellen. Meine Schwägerin, Lady Alexandra.«

Das war also die flachbrüstige, zimperliche, gottesfürchtige junge Dame, von der Sinjun gar nichts hielt. »Sehr erfreut, Miß Hardesty. Tysen hat uns ja schon so viel von Ihnen erzählt. Ich hoffe, Sie werden sich heute abend amüsieren.«

Melinda Beatrice, durchaus sich ihres Wertes bewußt, fühlte sich gegenüber der Gräfin doch ein wenig schüchtern, auch wenn diese keinen Monat älter war als sie. Sie machte einen anmutigen Knicks und sagte geziert: »Vielen Dank, Ma'am.«

»Ich hoffe, Tysen und Sie werden sich beim Tanzen vergnügen.«

»Tysen Sherbrooke hat bei Mama um Erlaubnis gebeten, mit mir tanzen zu dürfen. Selbstverständlich hat sie abgelehnt, ich bin nämlich noch nicht volljährig.«

»Schade«, erwiderte Alexandra. »Vielleicht können Sie statt dessen Karten spielen.«

»O nein, Ma'am. Das würde sich nicht schicken, und Mama würde sehr aufgebracht darüber sein. Mama sagt, nur liederliche Menschen spielen Karten.«

»Nun«, meinte Alexandra daraufhin und schoß dem liebeskranken Tysen einen verzweifelten Blick zu, »vielleicht könnten Sie und Mister Sherbrooke sich in den Gärten ergehen. Es ist ein warmer Abend, also dürfte Ihre Frau Mama sicherlich nichts dagegen einzuwenden haben. Außerdem befinden sich in nächster Nähe überall Erwachsene, um Ihren Ruf zu schützen.«

»Ja, das würde mir gefallen«, erwiderte Miß Hardesty. »Wenn Mama nichts dagegen hat.«

»Ein dummes Gänschen«, bemerkte Douglas, während sein Bruder Miß Hardesty fortgeleitete. »Ich hoffe sehr, er hat es bald überwunden. Gott sei Dank kehrt er bald nach Oxford zurück.« Er sah sich nach seiner Frau um, deren Miederausschnitt nur um zwei Zentimeter erhöht worden war. Er machte ein verärgertes Gesicht. Sinjun hatte sich darüber amüsiert. Aber er hatte nicht gegen den Ausschnitt protestiert, als Alexandra vor ein paar Stunden in das Gesellschaftszimmer mit dem Gesichtsausdruck eines verspielten jungen Hundes eingetreten war. Er war viel zu sehr von dem Gedanken gefangengenommen gewesen, wie hübsch sie doch aussah, um irgendetwas einzuwenden. Die grüne Farbe ließ ihre Haut sanft und weiß schimmern; ihre Haare, dicht und sündhaft rot, waren kunstvoll hochgetürmt, nur einige glänzende Strähnchen ringelten sich über ihre Schultern. Er blickte über die verlockenden weißen Wölbungen und fühlte, wie ihn ein Zittern überkam. »Laß uns tanzen, sonst bin ich geneigt, meine Hand in deinen Ausschnitt zu stecken.«

»Sehr wohl.«

»Sehr wohl was?«

Sie schenkte ihm ein Sirenenlächeln. »Du hast die Wahl, Douglas.«

Er zauderte. Und Alexandra mühte sich, ein Lachen zu unterdrücken. Während er noch mit sich kämpfte, ließ sie ihren Blick mit nicht geringem Stolz über den Ballsaal streifen, der mit blauem, weißem und goldenem Kreppapier festlich geschmückt war. Topfpflanzen und üppige Buketts verzierten jede Ecke und jeden Tisch und verströmten ihren Wohlgeruch in den lauen Abend. Mindestens fünfzehn Paare tanzten gerade und weitere dreißig standen oder saßen um den Tanzboden herum. Jede Einladung war angenommen worden, außer von Sir James Evertson. Der hatte den Fauxpas begangen, just an diesem Morgen das Zeitliche zu segnen. Sie hatte bei den Vorbereitungen zum Fest mitgeholfen, und alles lief wie am Schnürchen. Es gab reichlich zu essen, und den Champagner-Punch hatte Tante Mildred selbst für die zimperlichste Matrone für geeignet erklärt. Zum ersten Mal fühlte sich Alexandra wirklich als Herrin von Northcliffe Hall. Es war ein erhebendes Gefühl, und es tat ihr sehr gut. Bei manchen ihrer Anweisungen hatte ihre Schwiegermutter etwas mit der Nase gerümpft, aber ihr nicht widersprochen, wenigstens nicht vor ihr. Ja, sie hatte bewiesen, daß sie mit ihrer Schwiegermutter zurechtkam, zumindest in dieser Sache.

Sie suchte nach Melissande, die gleich einer Prinzessin mit einem jungen Mann tanzte, der den Eindruck erweckte, jeden Augenblick ohnmächtig zu werden und, nach Atem ringend, ihr zu Füßen zu sinken.

Douglas, der seine Fassung wiedergewonnen hatte, sagte in leicht empörtem Ton: »Willst du mich reizen, Alexandra?«

Sie lächelte zu ihrem Mann auf. »Von was haben wir denn gerade geredet? Du hast mit deiner Antwort so lange gebraucht. Ach ja, du solltest wählen. Du bist derjenige, der darauf besteht, ich würde ausschließlich Lust empfinden. Nun denn, du bist älter und sehr viel erfahrener als ich, also nehme ich an, du hast recht. Du starrst auf meinen Busen, und es ist nur Lust, die du dabei empfindest. Nun starre ich auf deinen Mund. Da sollte es dir eigentlich völlig klar sein, daß ich dich küssen, daß ich dich mit den Händen abtasten will, von Kopf bis Fuß, besonders aber oberhalb deines Bauches und darunter, ja, da möchte ich dich berühren, dort bist du so feurig, wild und samtweich. Das ist alles nur Lust. Schließlich hast du mich aufgefordert, vernünftig zu sein. Da du nun einmal ein Mann von großer Erfahrung bist, ja, es ist Lust.« Sie warf ihm ein verruchtes Lächeln zu und streckte ihm ihre Hand entgegen. »Tanzen, Mylord?«

Am liebsten hätte er ihr ins Gesicht geschlagen.

Er atmete schwer. Er sah vor seinem geistigen Auge ihre weißen Hände über seine Brust gleiten, sie fächerten über seinen Bauch, ihre Finger schlossen sich langsam um sein Glied. Seine Muskeln zuckten heftig. »Ich gehe ins Spielzimmer«, erklärte er barsch und verschwand mit einem knappen Kopfnicken.

Alexandra lächelte. Sollte er doch in seinem eigenen Saft schmoren. Sollte er doch glauben, daß sie nichts für ihn empfand, außer seiner so geschätzten Lust.

Alexandra sah, daß Lady Juliette sich bestens amüsierte. Ihren Hofstaat hatte sie weit entfernt von Melissande etabliert. Sie lachte ein wenig zu oft und zu laut, aber was kümmerte es Alexandra. Die dumme Pute würde morgen in der Früh ohnehin abreisen.

Sie war verblüfft darüber, wie schnell die Zeit vergangen war, als Hollis ihr ins Ohr flüsterte, daß das Abendbuffet eröffnet sei. Tony geleitete sie zu Tisch und Douglas Melissande. Juliette hing am Arm eines schmachtenden Landjunkers, der sich vorher in allen Einzelheiten über seine Gicht ausgelassen hatte – bis er Juliette entdeckt hatte.

»Douglas ist immer noch eingeschnappt«, bemerkte Alexandra zu Tony, während sie ein schmackhaftes Stück Lachspastete gabelte. »Und alles nur, weil ich schließlich seinen Gefühlen zugestimmt habe, statt sie abzustreiten.«

»Nur Lust, hm?«

»Ja. Er hat sich wie ein hochmütiger Kardinal aufgebläht und sich vorhin ins Spielzimmer verzogen. Seiner Mutter gefällt das gar nicht. Sie gibt mir die Schuld an seinem schlechten Betragen. Ich bin versucht, ihr klipp und klar zu erklären, weshalb er sich so schlecht beträgt. Ich schwöre, sie würde Douglas in einem anderen Licht sehen.«

»Und dich auch, du Biest.«

Alexandra lachte. »Schon wahr, aber ihr Gesichtsausdruck wäre die Sache wert.«

»Bist du schwanger?

Sie ließ die Gabel sinken. »Meine Güte, ich habe keine Ahnung. Herrje, Tony, darüber habe ich mir noch keine Gedanken gemacht. *Schwanger!* Weshalb um alles in der Welt fragst du mich danach?«

»Ich habe die alte Gräfin darüber mit Tante Mildred reden hören. Sie hofft, du erfüllst vor Jahresende deine Pflicht, da dies der einzige Grund war, weshalb Douglas überhaupt dieser Heirat zugestimmt hat.«

Sie warf ihm einen erstaunten Blick zu. »Ich nehme an, falls ich nicht den heißersehnten Nachfolger innerhalb eines Jahres zur Welt bringe, versetzt mir Douglas einen Fußtritt und versucht ihn mit einem anderen weiblichen Wesen zu zeugen.«

»Bei dir klingt es so, als handelte es sich um die Viehzucht auf einer Farm. Nein, ich denke, Douglas wird es mannhaft weiter versuchen, zweifellos.« Tony spielte mit einer Brotscheibe und sagte schließlich: »Ich weiß, es fällt dir schwer, das zu glauben, aber es entspricht der Wahrheit. Ich habe noch nie erlebt, daß Douglas seine Beherrschung verliert. In einer Schlacht verhielt er sich immer verdammt kaltblütig. Nie schwankte er, er behielt stets das Ziel vor Augen und vergaß nie die geringste Kleinigkeit, die einen möglichen Einfluß auf den Ausgang der Schlacht haben könnte. Er war brillant, Alex, einfach brillant; nie verlor er den Kopf. Die Männer verehrten ihn, denn sie wußten, sie konnten ihm vertrauen. Nie hätte er sie im Stich gelassen.

»Ich habe ihn in solch rasendem Zorn gesehen, daß andere in die Luft gegangen wären, nicht aber Douglas. Natürlich habe ich ihn nicht im Bett mit einer Frau beobachtet, aber Männer sind nun einmal Männer, wir reden über diese Dinge. Früher war es immer ein Spiel für ihn. Er liebte es, wenn Frauen sich an seinen Liebkosungen berauschten; er liebte es, die Zügel in der Hand zu halten, das Tempo und den Ablauf zu bestimmen. Du hast ihn bis in seine Sherbrooke-Zehen erschüttert. Er verliert den Boden unter den Füßen. Ich finde es sehr amüsant. Außerdem fand ich deinen heutigen Schritt genial. Ich wünschte mir, ich könnte so lange bleiben, bis ich seine Niederlage erlebe.«

»Niederlage. Das Wort gefällt mir nicht.«

»Na, dann seinen Aufstieg. Wenn er erkennt, daß er für seine Frau im und außerhalb des Bettes große Zuneigung empfindet. Und daß es gar keine so schlechte Sache ist, wenn man ganz verrückt nach ihr ist.«

»Weißt du, würde jemand unser Gespräch belauschen, deportierte man uns gewiß zu dieser schrecklichen Botany Bay. Nicht einmal im Traum habe ich an solche Dinge gedacht, über die wir uns jetzt ganz offen unterhalten.« Sie giggelte. »Was Douglas betrifft, er kennt keinerlei Zurückhaltung oder Scham …«

Tony nahm ihre Hand und küßte sie lachend. Er sah zu seinem Cousin hinüber, der ihn mit dunklen Augen mordlüstern anfunkelte. Was Melissande betraf, stand nicht nur die blanke Mordlust in ihren wunderschönen Augen, es drohte zudem auch noch Verstümmelung, falls Tony richtig darin las. Er war überaus zufrieden. Niemals in seinem Leben würde er vergessen, wie sie sich im Garten geliebt hatten. Er hoffte, daß Melissande schwanger war. Verdient hatte sie es jedenfalls.

»Ach, es ist doch zu dumm, etwas von dem Drama zu versäumen.«

Alexandra lachte auf. »Wenn du so weiter machst, wirst du das restliche Drama nicht mehr erleben.«

Die Abendgesellschaft war um zwei Uhr morgens zu Ende. Alexandra war noch zu aufgekratzt, um ins Bett zu gehen, doch die lavendelfarbene Feder am Turban ihrer Schwiegermutter signalisierte streng in Richtung Hafen; Tante Mildred hatte aufgehört, mit den Füßen den Musik-Takt zu tappen; Onkel Albert schnarchte friedlich gegen eine Topfpflanze gelehnt. Douglas tauchte aus dem Spielzimmer auf, um fünfhundert Pfund reicher, um seinen Platz beim Verabschieden der Gäste neben seiner Frau einzunehmen.

»Du warst ein Erfolg«, sagte er, »doch immer noch mißfällt es mir, wie sich deine Brüste hervorwölben.«

»Ich finde, du warst auch ein Erfolg, Douglas, besonders in diesen schwarzen Kniehosen, unter denen sich deine Schenkel und, na ja, alles mögliche abzeichnet. Ich vermute, die Damen haben über deine männlichen Vorzüge getuschelt.«

Gleich darauf wandte sie sich an Sir Thomas Hardesty und seine Frau und machte ihnen Komplimente über ihre liebliche Tochter, Melinda Beatrice. Dabei zwinkerte sie Tysen zu, der beschützend neben dem jungen Mädchen stand. Zu ihrer Überraschung hielt Sir Thomas ihre Hand ungebührlich lange in seiner, sein Mund umspielte ein eindeutig lüsterner Zug. Douglas stand so stocksteif daneben, als hätte er einen Besen verschluckt, bis sie gegangen waren. »Dieser alte Lustgreis. Wie kann er es wagen, dir schöne Augen zu machen!«

»Er hat ihr eigentlich keine schönen Augen gemacht«, beschwichtigte Tysen. »Er ist kurzsichtig, das ist alles.«

»Du wirst von Tag zu Tag ein immer größerer Esel, das ist äußerst irritierend. Ich hätte dich mit Ryder fortschicken müssen. Er hätte dir deine Naivität schon ausgetrieben.«

»Na ja«, bemerkte Lady Alexandra, nachdem Tysen einen unsicheren Blick auf seinen Bruder geworfen und sich dann zurückgezogen hatte, »Lady Harvesty hat dir, denke ich, auch schöne Augen gemacht.«

»Deine unpassende Bemerkung wird dich reuen, Alexandra.«

Sie lächelte ihn strahlend an. »Warum nennst du mich nicht Alex?«

Melissande und Tony kamen auf sie zu. Douglas betrachtete beide Schwestern wie sie nebeneinander standen. Die eine so liebreizend schön, daß einem Mann die Zunge am Gaumen kleben blieb bei ihrem bloßen Anblick; und die andere … Großer Gott, allein ihr Lachen zu hören, brachte ihn schon in Wallung und trieb ihm den Schweiß auf die Stirn; er mußte an sie denken, wie sie nackt unter ihm lag. Sie sah keineswegs hausbacken an der Seite von Melissande aus. Am liebsten hätte er ihre glänzende Nasenspitze geküßt.

Douglas konnte es kaum erwarten, seine Hände in ihre Mieder zu tauchen und es von ihren Brüsten zu reißen. Er folgte ihr ins Schlafzimmer, verabschiedete die Zofe und ging zur Tat über. Als seine Hände ihre Brüste umfaßt hielten, seufzte er befriedigt und schloß die Augen. Auf einmal spürte er ihre Hände an seinen Beinen hinauf bis zu seinen Hüften entlangfahren. Er erstarrte. Dann kneteten ihre Hände seine Lendengegend. Am liebsten hätte er vor wollüstigem Vergnügen laut herausgeschrien.

»Ah«, hauchte sie in seinen Mund, während er sie küßte, »ich bin verrückt nach der fleischlichen Lust, du nicht auch, Douglas?«

»Gottverdammich«, stieß er hervor und riß ihr in Windeseile die Kleider vom Leib. Sie verschwendete keinen Gedanken an ihr wunderschönes Ballkleid, das ihn mindestens hundert Pfund gekostet hatte. Sie war viel zu sehr damit beschäftigt, ihn auszuziehen, ihn zu streicheln und zu liebkosen – und ihm dabei fest in die Augen zu sehen.

Wieder ließ er sich keine Zeit, es kam keine Ouvertüre, kein Präludium. Er lag ächzend auf ihr, sein kräftiger, großer Körper bebte. Da preßte sie sich fest an ihn, und er drang in sie ein. Sie war bereit für ihn, sie war immer bereit, und sein Ungestüm ließ sie aufstöhnen. Sie drängte sich noch enger an ihn und packte seinen Haarschopf, um seinen Mund an den ihren zu drücken. Sie küßte ihn, biß ihn in die Unterlippe, während ihre Hände wild seine Schultern bearbeiteten. Gierig drückte sie sich gegen ihn, damit er tiefer in sie hineinfuhr.

Einen kurzen Augenblick kam Douglas zur Besinnung. In diesem Moment hatte sie ihren Höhepunkt. Er sah, wie ihr Blick verschwamm und sie einen sanften Ausdruck annahm. Er küßte sie auf den Mund und sog ihre atemlosen Schreie in sich hinein. Doch das war nur ein Moment gewesen, ein kleiner Moment. Dann ergriff ihn wieder blindwütiges Verlangen, er wurde zügellos, war nicht mehr er selbst. Es schien nie aufzuhören. Dann fühlte er ihre Hände auf seinen Hinterbacken, und er fiel in einen Taumel. »Alexandra«, stöhnte er und brach im nächsten Augenblick über ihr zusammen.

Sein Gewicht lastete auf ihr, aber es kümmerte sie nicht. Sie fragte sich, ob es immer so sein würde – diese heißblütige, brünstige Liebe, immer so schnell, heftig und tief. Was machte es schon?

Ihre Gefühle, ebenso feurig und wild, stimmten stets mit den seinen überein. Douglas würde sich auch mit nichts anderem zufrieden geben. Als sie endlich wieder Atem schöpfen konnte, fragte sie: »Glaubst du, ich bin schwanger?«

»Ja«, antwortete er prompt. »Gleich beim ersten Mal habe ich dich geschwängert.«

»Nun, wenn du recht hast, werde ich wohl für geeignet befunden werden. Das wollten doch alle, oder? Einen Nachfolger für die Sherbrookes?«

»Ja. Und wenn ich mich recht erinnere, hast du dich freiwillig bereit erklärt, einen auf die Welt zu bringen.«

»Das ist wahr«, pflichtete sie ihm bei. »Ich werde dir ein halbes Dutzend Erben schenken, wenn du es willst. Ich hätte gerne einen kleinen Jungen, der dir ähnlich sieht, Douglas.«

Die Gefühle, die ihre Worte bei ihm auslösten, behagten ihm ganz und gar nicht. Er brummte und erklärte: »Ich bin müde. Du hast mich vollkommen ausgelaugt. Schlaf jetzt.«

»Könntest du deine Begehrlichkeit besser beherrschen, hättest du jetzt die Kraft, dich mit mir zu unterhalten.«

»Schlaf jetzt, verflucht noch mal.«

Das tat sie auch, mit einem Lächeln auf den Lippen.

Als Alexandra am nächsten Morgen erwachte, lag sie in ihrem eigenen Bett ohne Douglas. Sie setzte sich auf, er fehlte ihr. Es war ihm zur Angewohnheit geworden, sie mit Küssen zu wecken, seine Hände zwischen ihre Schenkel zu schieben, sie zu liebkosen und sie für die Liebe mit ihm bereit zu machen, ehe sie noch ganz erwacht war. Jetzt war sie allein. Das gefiel ihr ganz und gar nicht.

Ich habe dich beim ersten Mal geschwängert.

Nein, nein, woher konnte er das wissen? Seit sie Douglas kannte, war ihr Monatsfluß ausgeblieben, das stimmte, doch ihre Blutungen kamen stets unregelmäßig. Sie konnte daher keine Gewißheit haben.

Sie stand auf, nahm ein Bad und zog sich geschwind an. Tony und Melissande sowie Onkel Albert und Tante Mildred fuhren heute ab. Und Gott sei Dank auch Lady Juliette.

Es war kurz vor zwei Uhr nachmittags, als ihr erster Gast, Lady Juliette, abfuhr. Sogar während des Abschieds von ihrer Gastgeberin und ihrem Gastgeber schalt sie ihre Zofe aus.

Die alte Gräfin sah mißbilligend drein. »Das Mädchen war eine große Enttäuschung, Mildred. Ich hätte es nicht gerne gesehen, wenn Douglas sie geheiratet hätte.«

»Ein zänkisches Mädchen«, nickte auch Tante Mildred.

»Trotzdem ist sie hinreißend«, schwärmte Onkel Albert. »Sie ist jung und heiter, das ist alles.«

»Sie ist eine verwöhnte Meckerziege und wird im Alter noch schlimmer werden«, bemerkte seine liebende Frau.

Tony aber hatte Alexandra umarmt und ihr dabei ins Ohr geflüstert: »Ich bin stolz auf dich. Bleib wie du bist. Mach weiter so. Es wird alles gut.«

Melissande hingegen warf Alexandra einen langen Blick zu und sagte: »Es macht mir nichts, daß ich eine Countess und du eine Viscountess bist. Es stört mich nur, daß du vielleicht Tony für dich haben willst. Niemals wirst du ihn bekommen, Alex, also vergiß es.«

Alexandra betrachtete ihre überirdisch schöne Schwester und hätte am liebsten losgekichert, so lächerlich war das. »Ich verspreche, ich werde es nie mehr versuchen, ihn dir wegzuschnappen.«

»Sieh zu, daß du das auch einhältst! Du wolltest Douglas Sherbrooke, und du hast ihn bekommen. Wenn du jetzt zu dem Schluß gekommen bist, daß du ihn nicht mehr willst, dann tut es mir leid. Du mußt eben zusehen, wie du mit ihm auskommst. Aber Tony gehört mir.«

»Ich werde es versuchen«, sagte Alexandra mit demütiger Stimme.

Douglas, der das meiste dieser Unterhaltung mitbekommen hatte, konnte nur mit Mühe seine Belustigung kaschieren. Es gelang ihm, sich mit höflicher Stimme zu erkundigen: »Wird man sich in London sehen?«

»Vielleicht. Wenn ja, könntest du dann bitte alle auf meine Frau vorbereiten, Douglas. Man könnte dadurch Duelle verhindern. Ich würde dir das hoch anrechnen.«

»Sie hat schon an einer Saison teilgenommen. Man ist auf sie vorbereitet.«

»Aber nein, jetzt ist es etwas anders. Sie ist jetzt ... einfühlsamer, sensibler und somit auch verletzbarer. Bereite sie vor, Douglas. Jetzt ist sie eine vermenschlichte Göttin. Man hat sie schon nachdenklich mit der Stirn runzeln sehen.«

»Nun gut, ich werde allen erzählen, du hättest sie ausgebildet.«

»Vergiß nicht die Selbstdisziplin, mein lieber Freund.«

Lachend boxte Douglas den Arm seines Cousins. Zwischen ihm und seinem Cousin herrschte jetzt wieder heitere Stimmung und nicht mehr die empörte Verbitterung der vergangenen Wochen. Alexandra sah einen Hoffnungsschimmer. Obendrein war sie froh, daß Melissande das Gespräch nicht gehört hatte. Sonst hätte sie Tony die Augen ausgekratzt.

Sie standen auf den breiten Treppen von Northcliffe Hall, bis der letzte Wagen fortgerollt war.

»Nun«, meinte die alte Countess of Northcliffe, »jetzt sind wir wieder alleine und werden bestimmt Trübsal blasen.«

»Ich nicht«, meinte Douglas und sah zu seiner Frau herunter.

»O je«, bemerkte Sinjun, »hör auf, sie so anzuschmachten, Douglas. Ich hatte gehofft, du würdest ausreiten.«

»Ich nicht«, sagte er. »Zumindest nicht im Moment.«

»Ist das denn die Möglichkeit!« empörte sich Douglas' liebevolle Mutter, als sie sah, wie der die Hand seiner Frau packte und mit ihr ins Schloß eilte.

Douglas hörte noch, wie Tante Mildred sagte: »Laß gut sein, Lydia, wir alle wünschen uns sehnlichst einen Nachfolger. Douglas erfüllt nur seine Pflicht. Er ist ein guter Junge.«

Er zerrte sie hinauf in sein Schlafzimmer. Zwei Mal nahm er sie, schnell und heftig, und verschwendete kein einziges Mal einen Gedanken an einen Nachfolger. Danach starrte er sie mit keuchendem Atem und klopfendem Herzen an, sagte aber keinen einzigen Ton. Kopfschüttelnd zog er sich an und verließ sie auf der Stelle, um auszureiten.

Alexandra richtete den Blick auf die Zimmerdecke und rührte sich fünfzehn Minuten lang nicht, bis sie sich endlich zusammenriß und vom Bett erhob. Während sie sich wusch und anzog, dachte sie an seinen verdatterten Gesichtsausdruck, als sie im Augenblick seines Höhepunktes ihm nahe an seinem Mund zugeraunt hatte: »Ach, Douglas, ich begehre dich ja so!«

Er hatte sie angeknurrt.

In dieser Nacht kam Douglas nicht zu ihr. Alexandra vermutete, daß er über Lust oder ähnlichem in seiner Bibliothek grübelte. Wenigstens hoffte sie das. Sie schlief in ihrem eigenen Schlafzimmer ein. Mitten in der Nacht, in tiefster Dunkelheit, wurde sie plötzlich hellwach. Sie rührte sich nicht. Sie wußte nicht, was vor sich ging. Sie wußte nur eines: sie war nicht allein.

Dann erblickte sie die Gestalt: es war die junge Frau, die sie schon einmal gesehen hatte, ganz in Weiß gekleidet. Sie schien schwerelos über den Boden zu gleiten, die schimmernden Haare waren hell, beinahe weiß, sie umrahmten ihr liebliches Gesicht und flossen ihr den Rücken hinab.

»Wer sind Sie?«

Großer Gott, sollte das ihre eigene Stimme sein, so dünn und atemlos vor Angst?

Die Gestalt rührte sich nicht, sie stand keinen Meter von ihrem Bett entfernt. Ihr Körper schillerte, ihre Füße berührten nicht den Boden, sie schwebte über ihm. Die Arme hatte sie Alexandra entgegengestreckt.

»Was wollen Sie? Warum sind Sie hier?«

Wieder verharrte die Gestalt wortlos in ihrer Stellung.

»Ich weiß, man nennt Sie die jungfräuliche Braut, weil Ihr frischvermählter Ehemann getötet wurde, noch ehe Sie seine Frau werden konnte. Doch ich bin keine Jungfrau. Mein Mann ist nicht gestorben. Warum also sind Sie hier aufgetaucht?«

Darauf gab die Gestalt einen leisen, tiefen Ton von sich. Alexandra wäre beinahe vor Schreck aus ihrem Bett gefallen.

Mit einem Mal war ihr alles klar, so als hätte die Gestalt etwas gesagt. Alexandra wußte, warum sie hier war. »Sie wollen mich warnen, nicht wahr?«

Die Gestalt regte sich ein klein wenig und brachte Licht und Schatten in Bewegung.

»Sie machen sich Sorgen, mir könnte etwas passieren?«

Ein mattes Schimmern umgab die Gestalt. Plötzlich war sich Alexandra nicht mehr sicher, ob sie es war, oder nein, sie war es nicht … oder vielleicht war sie's doch? Ihr Verstand hatte ausgesetzt; sie versuchte tatsächlich die Absichten eines Geistes zu erraten. Das war Wahnsinn.

»Was zum Teufel geht hier vor? Alexandra, mit wem sprichst du?«

Die Gestalt erbebte, ein fahles Licht ging von ihr aus; sie verschwand spurlos hinter der Wandtäfelung.

Douglas trat durch die Verbindungstür. Er war vollkommen unbekleidet.

»Schon gut. Ich unterhielt mich eben nur mit meinem Liebhaber. Doch du hast ihn verscheucht.«

Sie merkte nicht, wie ihre Stimme zitterte und sie so klang, als stünde sie kurz davor, in einen Abgrund hinuntergestoßen zu werden. Douglas merkte es. Er durchquerte das Zimmer, blickte sie kurz an und schlüpfte zu ihr ins Bett. Er zog sie fest an sich, fühlte ihren bebenden Leib und hielt sie einfach in den Armen.

»Ist schon gut, es war nur ein Alptraum, weiter nichts, nur ein Alptraum.«

»O Gott«, sagte sie schließlich und hielt ihr Gesicht an seiner Schulter vergraben. »Es war weder ein Traum noch ein Alptraum. Das schwöre ich dir. Du liebe Güte, Douglas, ich habe sie nicht nur gesehen, sondern auch mit ihr gesprochen. Ich bildete mir ein, ich könnte sie verstehen.«

»Es war ein Traum«, gab er mit fester Stimme zurück. »Diese verdammte Geistergestalt ist wie ein kollektiver Wahn. Du hast sie nur geträumt, weil ich nicht hier war und dich bis zur Erschöpfung geliebt habe.«

»Du hast sie auch schon gesehen, nicht wahr?«

»Natürlich nicht. Ich bin doch kein dummes Gänschen.«

»Du hast sie gesehen, lüg mich nicht an, Douglas! Wann? Wie ging das vor sich?«

Er küßte ihre Schläfen und drückte sie fester an sich. Als sie wieder sprach, streifte ihr warmer Atem seine Schulter. »Ich habe ihr gesagt, daß ich keine Jungfrau mehr bin und daß du nicht tot bist; ich habe sie gefragt, warum sie gekommen sei. Sie wollte mich warnen, aber ich bin mir nicht sicher, ob ich diejenige bin, die in Gefahr schwebt ... vielleicht nicht, aber dann bist du hereingekommen, und sie ist verschwunden.«

»Ja, ja, ich kann es mir genau vorstellen. Sie ist davongeschwebt, ihr Leichenhemd flatterte dabei romantisch um sie herum.«

»Ich will wissen, wann du sie gesehen hast.«

Wieder küßte Douglas ihre Schläfen, doch seine Gedanken wanderten zu jener Nacht, als Alexandra ihm davongelaufen war und er sie in diesem Zimmer weinen gehört hatte. Er war hereingekommen und hatte sie gesehen ... nicht Alexandra, aber dieses verdammte Gespenst. Er schüttelte den Kopf. »Nein«, sagte er. »Nein«.

Sein Rücken versteifte sich. »Mein Gott, ist dir eigentlich klar, daß ich gar nicht über dich hergefallen bin? Daß wir uns tatsächlich mindestens drei Minuten miteinander unterhalten haben, obwohl wir beide fast nackt sind und ...« Sie drehte ihr Gesicht zu ihm hin. Er fühlte ihren warmen Atem an seinem Mund und küßte sie.

»Gottverdammich«, fluchte er und fuhr mit den Händen ihren Rücken hinab, bis er ihre Hinterbacken hielt. Er wandte sich ihr zu, seine schwellendes Glied lag fest gegen ihren Bauch gepreßt. Sie hatte ihre Arme um ihn geschlungen und bedeckte ihn mit leidenschaftlichen Küssen. Mit einigem Umstand gelang es ihm, ihr das Nachthemd auszuziehen.

Sein Atem ging kurz und stockend. Er merkte, daß er nicht mehr lange Zeit hatte, da hob er ihr rechtes Bein an und stieß mit aller Macht in sie. Sie keuchte nach Luft vor Erstaunen und Wollust. Doch das Keuchen verwandelte sich in heftiges Stöhnen, als er mit seinen Händen und Fingern begann, ihre Scham zu liebkosen und sein glühender Mund sich auf ihre Brüste drückte.

»Douglas«, hauchte sie. Mit einem erstickten Schrei erreichte sie ihren Höhepunkt.

Er legte sie auf den Rücken, um weiter in sie einzudringen. Sie streckte ihm ihre Hüften entgegen, damit er tiefer in sie hineinkam. Da schrie er auf, ein Krampf schüttelte ihn, ehe er in zügellosen Stößen seinen Samen in sie ergoß.

»Ach, Douglas«, flüsterte sie nach einer Weile schweratmend an seiner Halsbeuge. »Sie schwebte irgendwie.«

»Zum Donnerwetter. Sie war nicht hier, es war bloß ein törichter Traum. Du warst für so etwas empfänglich, weil du mich nicht hattest – als Stärkungsmittel –, ehe du einschliefst. Heute nacht wirst du das verdammte Gespenst nicht mehr sehen. Halt jetzt den Mund.« Er zog sie über sich, bis sie auf ihm lag, dann deckte er sie zu. »Du hast nur noch an mich zu denken. Hast du verstanden?«

»Ich habe verstanden«, antwortete sie und küßte ihn an Hals, Ohr und Schulter. »Nur an dich und an die köstliche Wollust, die du mir schenkst. Ist es nicht wunderbar, daß wir morgen in der Früh nach London fahren? Vielleicht wollte sie mir das sagen. Dort gäbe es noch viele Männer, an denen ich meine Lust haben könnte.«

»Du bist so witzig wie ein Furunkel auf dem Rücken.«

Lachend küßte sie den kleinen Fleck hinter seinem Ohr.

Douglas starrte mit grimmigem Gesicht in die Dunkelheit, während er ihren Rücken streichelte und ihre Hüften mit seinen Händen nachmodellierte. Endlich schlummerte er ein.

Die herrschaftliche Residenz der Sherbrookes war drei Stockwerke hoch und stand Ecke Putnam Place. Sie war vor sechzig Jahren nach den hochfliegenden Plänen eines Earl of Northcliffe, der über mehr Geld als Geschmack verfügte, erbaut worden. Immerhin fanden einige Leute die griechischen Säulen beeindruckend – Leute, die zu tief ins Glas geschaut hatten, pflegte Douglas verächtlich schnaubend zu sagen. Innen standen nun in den meisten Nischen, die für die Statuen vorgesehen waren, Blumen oder Bücher. Die Figuren selber hatte man auf den Dachboden verstaut. Es handelte sich um eben jenen Grafen, der die Gärten von Northcliffe so üppig mit griechischen Plastiken bestücken hatte lassen. »Das habe ich mir anfertigen lassen«, erklärte Douglas und zeigte auf den kostbaren weinroten Brokatvorhang, der im großen Wohnzimmer zugezogen war. »Möglich, daß meine Nachkommen das als Geschmacksverirrung halten und etwas anderes hinhängen.«

Er runzelte die Stirn und sagte: »Vielleicht möchtest du einige Veränderungen durchführen. Die Zimmer der Gräfin habe ich so belassen.«

»In Ordnung«, hatte Alexandra ihm geantwortet. Sie war so vollkommen benommen von der Tatsache, in London zu sein – einer Stadt voller Kultur und Überfluß, Elend, Vergnügen und einer Vielfalt von Gerüchen –, daß sie allem, was er sagte, zugestimmt hätte. Er hatte sie auf alles aufmerksam gemacht, und sie hatte mit großen Augen aus dem Kutschenfenster gestarrt. Douglas grinste sie an. »Ziemlich überwältigend, nicht wahr?«

Sie nickte und tippte dabei leicht mit dem Finger auf einen kostbaren spanischen Tisch.

»Du wirst dich bald daran gewöhnen. Was das Haus betrifft, wird dir Mrs. Goodham alles zeigen. Burgess, unser stämmiger Butler in London, ist ebenso tüchtig wie Hollis. Du kannst ihm vertrauen. Wir werden uns zwei Wochen in London aufhalten, genügend Zeit, um dich mit Kleidern, Hüten und sonstigem einzukleiden und dich der Gesellschaft vorzustellen. Wünscht du etwas zu ruhen oder können wir Madame Jordan einen Besuch abstatten?«

Madame Jordan war eine waschechte Französin, geboren und aufgewachsen in Rennes. Sie hatte sechs Ladengehilfinnen, ein beeindruckendes Geschäft mitten im Herzen von Piccadilly und eine Schwäche für den Earl of Northcliffe. Alexandra stand tatenlos da, ein unbedeutendes Mitglied seiner Entourage, und lauschte den Ausführungen von Madame und ihrem Mann, was mit ihr angestellt werden sollte. Man nahm ihre Maße, man beäugte sie. Kurz bevor sie Douglas anschreien konnte, sie sei nicht unsichtbar und hätte durchaus einen guten Geschmack, spreizte Madame auf einmal ihre Hand über Alexandras Busen und ratterte los in einem Salvenfeuer von schnellem, aufgeregtem Französisch. Aha, dachte Alexandra, und lächelte amüsiert zu Douglas hinüber, dessen Gesicht hart und verschlossen war. Sie will also meinen Busen modisch hervorheben. »Ich stimme mit Madame überein«, erklärte sie laut. Douglas wandte sich ihr, der idealen Zielscheibe für seinen Zorn, zu. »Sei still, Alexandra, oder du wartest draußen in der Kutsche! Das hat nichts mit dir zu tun!«

»Ha! Du willst, daß ich wie eine Nonne einhergehe, aber Madame stimmt dem nicht zu. Ich ebensowenig. Gib endlich nach, Douglas, und sei nicht so komisch. Ich bin eine Frau wie jede andere auf der Welt. Alle Frauen sind so wie ich gebaut. Niemanden kümmert es, einfach niemanden. Wenn du darauf bestehst, daß ich bis zum Kinn bedeckt bleibe, nun, da wird sich doch jeder fragen, ob ich nicht irgendwo schrecklich deformiert bin!«

»Ich stimme mit der Gräfin überein«, verkündete Madame in perfektem Englisch. »Mylord, Sie sind einfach zu besitzergreifend mit Ihrer Braut. Es gehört sich nicht, so offen und ehrlich zu sein.«

»Bin ich doch gar nicht«, brüllte Douglas und knallte seine Faust auf das Hochglanzbild einer Frau, mindestens einsachtzig groß und in ein hauchdünnes Kleid drapiert, so zart und durchsichtig wie das der Geisterfrau. »Ihre Unschuld ist einfach zu groß und sie weiß nicht, was Männer ...« Er hielt jäh inne, voll hilfloser Wut. Man hatte ihn überrumpelt und überfahren, das war klar. Beide Frauen blickten ihn mit mildem Beileid an. Die Vernunft war auf seiner Seite, ganz gewiß, nur klang er einfach lächerlich. »Gottverdammich! Tut, was ihr wollt!« Und damit stampfte er davon und brüllte noch über seine Schulter hinweg: »Ich warte auf dich in der Kutsche. Mach die verdammten Ausschnitte so tief bis zur Taille, was kümmert es mich?«

»Ach, ich liebe leidenschaftliche Männer, Sie nicht?« fragte Madame Jordan und lächelte dem Grafen zärtlich nach.

»Aber ja«, stimmte Alexandra zu. »Ihr Englisch ist übrigens superb, Madame.«

Madame nickte nur, kein bißchen von dem peinlichen Zwischenfall berührt. »Ich spreche auch Deutsch, Italienisch und ein wenig Russisch. Ein russischer Graf ist mein Liebhaber, wußten Sie das? Er ist möglicherweise ein so wilder und besitzergreifender Liebhaber wie Ihr Mann, ein heißblütiger Mensch, der mein Gefühl in Wallung bringt.«

In Alexandras Ohren klang das wunderbar.

Ehe der Nachmittag zu Ende gegangen war, konnte sie sich vor Müdigkeit kaum auf den Beinen halten. Zudem war sie die stolze Besitzerin sechs neuer Kleider, zweier Reitkostüme, etlicher Nachthemden und Unterkleider. Großer Gott, die Liste hörte überhaupt nicht mehr auf. Nachdem sie Madame Jordan verlassen hatten, fand Douglas wieder seine gute Laune. Er kaufte ihr später noch Hüte und Schuhe, Taschentücher, Strümpfe und Damentaschen, sogar einen Regenschirm.

Er war immer noch voller Energie, als er ihr schließlich in die Kutsche half. Er verstaute einen Stapel Schachteln auf dem Rücksitz. Alexandra war so erschöpft, daß es ihr gleichgültig gewesen wäre, ob sie sich in London oder auf den Hebriden befand. Ihr Kopf fiel auf seine Schulter. Er drückte sie an sich und gab ihr einen Kuß auf den Kopf.

»Es war ein langer Tag. Du hast dich gut gehalten. Ich war stolz auf dich. Zumindest die meiste Zeit. Dein Ausschnitt behagt mir immer noch nicht.«

Alexandra war nicht gewillt, auf dieses Thema noch einmal einzugehen. Aber auf ein anderes. Sie kaute auf ihrer Unterlippe und platzte dann heraus: »Du kennst dich in modischen Dingen aus. Du und Madame Jordan seid offensichtlich gut bekannt. Hast du schon vielen Frauen Kleider gekauft?«

KAPITEL 19

Douglas betrachtete sie nachdenklich und zuckte dann mit den Achseln. »Eigentlich geht es eine Ehefrau nichts an, was ihr Ehemann so treibt. Doch finde ich nichts dabei, dich aufzuklären. Ja, als vielversprechender Jüngling von neunzehn Jahren erkannte ich, daß ein Mann sich in modischen Dingen auskennen sollte. Also kümmerte ich mich darum. Will ein Mann Erfolg bei Frauen, muß er sich rechtzeitig an ihre kapriziösen Eigenarten gewöhnen.«

»Klingt mir ziemlich kaltblütig.«

»Bist du mir denn heute kein bißchen dankbar für meine Großzügigkeit? Sechs neue Kleider … zwei neue Reitkostüme. Außerdem habe ich dir und Madame Jordan euren Willen gelassen. Willst du mich nicht entsprechend belohnen?«

Seltsam, dachte sie, seltsam und so vorhersehbar, daß Männer die Dinge einfach in einem anderen Licht sahen. Sie seufzte. »Ich bin sehr wohl dazu bereit, doch gibst du mir keine Gelegenheit dazu, Douglas. Du fällst schon über mich her, ehe ich die Chance bekomme, irgend etwas zu tun. Die Belohnung erhalte nur ich, nie kann ich dir etwas kaufen.«

»Ein interessanter Gesichtspunkt. Die meisten Männer und Frauen würden dich für ziemlich ungewöhnlich oder zumindest für eine besonders gerissene Frau halten.« Er sah sie durchdringend an, als wäre er sich über irgend etwas nicht ganz sicher. Dann fügte er hinzu: »Besitzt du immer noch die dreißig Pfund?«

»Aber ja doch. Willst du damit sagen, wenn ich Erfolg bei Männern haben will, sollte ich mich an deren besondere Eigenschaften gewöhnen?«

»So laufen die Dinge nicht. Männer verfügen immer über Erfolg bei Frauen. Männer sind sehr leicht zu fesseln. Sie sind weder affektiert noch provozieren sie oder kommen mit Ausreden daher.«

»Komm schon, Douglas, ich mag zwar wenig Erfahrung haben, doch eines weiß ich. Was dem einen recht ist, ist dem anderen billig. Mit den dreißig Pfund komme ich nicht sehr weit. Es würde nicht einmal ausreichen, die märchenhaften Männer vor den Kopf zu stoßen, gleichgültig wie interessiert sie wären. Vielleicht sollte ich aber versuchen, ein dutzend Exemplare der gleichen Ware zu kaufen und sie nach und nach zu verschenken. Was denkst du?«

»Ich denke, du willst mich mit dem Rücken zur Wand drängen. Kein kluger Schritt. Ich denke, du verdienst eine Tracht Prügel. Und ich denke, man müßte dir Schweigen und Nachdenken verordnen. Du bist sehr vorwitzig, das dulde ich nicht. Halt schön den Mund, Alexandra.«

»Ich sollte nach Uhrenanhängern Ausschau halten«, sagte sie mit matter Stimme, immer noch an seine Schulter gelehnt. »Ich könnte auf jeden meine Initialen neben denen der Männer eingravieren lassen. Persönliches Geschenk, du verstehst?«

Ruhig gab er mit eisig beherrschter Stimme zurück: »Wenn du mir bald einen Nachfolger schenkst, wird sich alles Geld, was ich für dich ausgegeben habe, gelohnt haben.«

O je, dachte sie. Sie war zu weit gegangen. Er hatte es ihr prompt und ziemlich schmerzhaft heimgezahlt.

»Wenn du mir sagst, daß du es nicht so gemeint hast, dann bin ich still, erwähne keine Uhrenanhänger mehr und unterlasse meine Witze.«

»Nichts dergleichen werde ich dir sagen. Lassen wir das. London ist, was das Gesellschaftliche betrifft, um diese Jahreszeit nicht viel bevölkert. Doch es gibt noch genügend passende Unterhaltungsmöglichkeiten. Heute abend findet der Ranleaghs Ball statt. Der wäre angemessen für dein Debüt in die Gesellschaft. Du wirst das gleiche Ballkleid tragen wie in Northcliffe Hall. Ich habe Mrs. Goodham gebeten, dir behilflich zu sein.«

An diesem Abend, kurz nach elf Uhr, im prachtvollen Wohnsitz der Ranleaghs auf der Carlisle Street, stand Alexandra einer Frau gegenüber, die Douglas offensichtlich sehr gut kannte und die scheinbar immer noch Interesse an ihm hatte.

Alexandra belauschte ihr Gespräch und hatte dabei nur ein Quentchen schlechtes Gewissen. Tatsache war, ihr Zorn war weitaus größer als ihr Schuldgefühl. Beide sprachen Französisch miteinander. Sie verstand kein einziges Wort.

Die Frau war viel zu hübsch. Sie wirkte zierlich und sehr weiblich mit ihren großen Augen. Sie hatte ihre weiße' Hand auf Douglas' Ärmel gelegt und stand sehr nah mit leicht vornübergebeugtem Körper bei ihm. Gewiß streifte ihr warmer Atem seine Wangen, so wie bei ihr, wenn sie sein Gesicht küßte. Ihre Stimme klang leise und guttural. Douglas tätschelte ihre Hand und sprach sanft in fließendem Französisch auf sie ein.

Warum hatte ihr Vater auf Italienisch-Unterricht bestanden? Es war völlig sinnlos gewesen. Mein Gott, wie ernst, eindringlich und interessiert die Frau Douglas ansah! Wer war sie? Hatte Douglas ihr auch Kleider gekauft? Hatte sie ihn dafür belohnt?

In diesem Augenblick drehte sich Douglas um, und Alexandra verbarg sich blitzschnell hinter dem Vorhang eines Alkoven. Ein Pärchen stand dort und küßte sich gerade leidenschaftlich. Alexandra stotterte: »Oh, Verzeihung!« und floh in den angrenzenden Wintergarten.

Sie war fünfzig Leuten vorgestellt worden und erinnerte sich an keinen einzigen Namen. Sie war ganz allein. Zwar erblickte sie Lady Ranleagh, aber die gute Lady war gerade in ein Gespräch mit einem Gentleman mit Perücke vertieft, der sehr bedeutend aussah und einen etwas angetrunkenen Eindruck machte.

Da sie keine andere Wahl hatte, stellte sie sich an den Rand der Tanzfläche und sah den Paaren bei einem anmutigen Menuett zu.

Ihre Darbietung war perfekt; alle waren schön und reich und äußerst exquisit. Sie fühlte sich als Eindringling, als Landpomeranze, deren Ausschnitt einen Zentimeter zu hoch geschnitten war. Jeden Moment würden alle mit spitzen Fingern auf sie zeigen und schreien: »Sie gehört nicht hierher! Fort mit ihr!«

»Gehe ich richtig in der Annahme, daß Sie ein verirrtes Schäfchen auf der Suche nach einem freundlichen Hirten sind?«

Eine interessante Einleitung, dachte Alexandra und sah sich nach dem Gentleman um, der sie angesprochen hatte. Er war großgewachsen, gut gebaut, mit sehr blonden Haaren und makellos gekleidet. Wahrscheinlich nicht älter als fünfundzwanzig, doch seine tiefblauen Augen waren so voller Weltschmerz, daß er den Eindruck erweckte, älter zu sein. Er sah gut aus, mußte sie sich eingestehen, und machte in seiner Abendgarderobe eine glänzende Figur. Die allzu welterfahrenen Augen waren jedoch beunruhigend. Und ausgerechnet er bot sich als freundlicher Hirte an?

»Ich habe mich keineswegs verirrt, Sir, sehr freundlich von Ihnen, sich zu erkundigen.«

»Sie sind doch Melissandes kleine Schwester, nicht wahr? Eine der Damen hat mich auf Sie aufmerksam gemacht.«

»Das stimmt. Kennen Sie meine Schwester?«

»Aber ja. Sie ist ein charmantes, hinreißendes Wesen. Hat sie tatsächlich Tony Parish, Lord Rathmore, geheiratet?«

Alexandra nickte. »Es war Liebe auf den ersten Blick. Sie werden bald nach London kommen.«

»Da nehme ich an, daß Teresa Carleton davon nicht allzu begeistert sein wird. Sie wollte ihn sich nämlich angeln. Ach, Sie wissen nichts darüber? Tony war mit ihr verlobt und plötzlich war das Verlöbnis aufgelöst. Wortlos hatte er London verlassen. Teresa verbreitete, daß sie ihn überhaupt nicht als Ehemann haben wollte, da er völlig altmodischen und spießigen Vorstellungen nachhing. Ach, meine Liebe, verzeihen Sie. Mein Name ist Heatherington.«

»Es ist mir ein Vergnügen, Sie kennenzulernen, Sir. Zu dem, was die Lady über Tony geäußert hat – wenn Sie ihn kennen, dann müssen Sie wissen, daß das alles Unfug und dummes Zeug ist. Tony ein Spießer? Einfach lächerlich. Kennen Sie meinen Mann, Douglas Sherbrooke?«

»Dann stimmt es also doch. Jeder kennt Sherbrooke, oder North, wie ihn viele Kameraden vom Militär nennen. Ein Mann, den man nicht leicht übergehen kann. Ich hätte ihn nicht gerne als Feind.

Und Teresa hat wohl niemand so recht geglaubt. Nein, Tony ist kein Spießer.«

»Er ist ein sehr amüsanter Mann. Er und meine Schwester kommen gut miteinander zurecht. Sie sind sehr verliebt.«

Er zuckte mit den Achseln und sah sie dabei fest an. »Sie, meine Liebe, sind das Rätsel. Sie sind mit Douglas Sherbrooke verheiratet. Sie machen einen warmherzigen und recht fröhlichen Eindruck, in der Tat, während Ihr Mann kalt sowie hart und streng wirkt, um der Wahrheit die Ehre zu geben.«

»Mein Mann kalt? Sprechen wir von demselben Mann? *Kalt?* Das ist einfach zu komisch«, bemerkte Alexandra lachend.

»Beecham! Überrascht, dich zu sehen.« Douglas drängelte sich geschickt zwischen den Mann und Alexandra. Stirnrunzelnd sagte sie zu ihrem Mann: »Ich dachte, er hieße Heatherington.«

Douglas war äußerst irritiert von diesem jungen Mann, bei dem es sich schließlich um einen mondänen Lebemann handelte. Der Hund hatte den Nerv, mit seiner Frau zu flirten! Er sagte: »Das ist Lord Beecham.«

»Heatherington ist mein Familienname« sagte dieser mit einem bedeutungsvollen Blick auf sie. »Gratuliere, Northcliffe. Ihre Frau ist charmant. Ganz anders als ihre Schwester. Originell, würde ich sagen. Wie ich sehe, bereitet man sich gerade zur Quadrille vor. Ich habe diesen Tanz Miß Danvers versprochen, die sich für den Inbegriff von Anmut und Diskretion hält. Ich denke nicht, daß sie deine Zeit wert ist, Northcliffe.«

»Nein, ist sie nicht«, entgegnete Douglas.

Heatherington brachte den Hauch eines Lächelns zustande. »Ich bezweifle im übrigen, ob sie meine Zeit wert ist.«

»Halt dir diesen Mann vom Leibe«, wandte er sich an Alexandra, während er Lord Beecham nachblickte, der sich Miß Danvers näherte. »Man sagt, er zieht die Röcke über den Kopf einer Frau, noch ehe er ihren Nachnamen kennt.«

»Aber er ist doch noch so jung.«

»Er ist nur zwei Jahre jünger als ich. Doch du hast recht, er ist ein eigenartiger Bursche. Finger weg von ihm!«

»Er muß sehr viel von Mode verstehen und über einen prallen Geldbeutel verfügen, um in so zarten Jahren so erfolgreich zu sein.«

»Eigenartig, Alexandra. Es gefällt mir nicht, wie er dich angesehen hat. Laß die Finger von ihm.«

»Also gut, das mache ich, wenn du dich nicht in die Nähe dieses französischen Biestes begibst, das die Hand so vertraulich auf deinen Ärmel gelegt und beim Sprechen fast deine Lippen berührt hat.«

»Welches französische ...« Er warf ihr einen zornentbrannten Blick zu. »Gestikuliere nicht so wild herum. Ich kann jeden weißen Zentimeter von dir bis hinunter zur Taille sehen. Ich werde das Dekolleté dieses verdammten Mieders höher machen lassen, ehe du es wieder anziehst.«

»Du kannst mich nicht ablenken, Douglas! Wer war dieses abscheuliche Geschöpf?«

Er starrte sie an. Überraschung und zugleich Befriedigung lagen in seinen Augen, die sich, falls möglich, noch dunkler verfärbten. »Großer Gott, du bist ja eifersüchtig.«

In der Tat. Es war demütigend, daß er sie dabei erwischt hatte. »Wenn ich jemanden hier kennen würde, würde ich dich einfach stehenlassen und eine gepflegte Konversation mit ihm führen. Doch wenn ich jetzt gehe, bin ich allein, und das schickt sich nicht.«

»Ihr Name hat dich nicht zu kümmern. Sie ist einfach jemand, den ich kenne, das ist alles.«

»Was hat sie dir erzählt?«

Er präsentierte ihr eine glatte Lüge. »Daß ihre Großmutter krank sei.«

»O weh«, rief Alexandra gespielt mitfühlend.

»Nun gut. Sie war der Grund, weshalb ich nach Frankreich fuhr. Sie war diejenige, die ich befreite – während ich Tony nach Claybourn Hall schickte. *Das* Ergebnis entsprach nicht ganz unseren Erwartungen.«

»Aha, das ist also diese Janine, von der du mir erzählt hast. Sie ist dieses verflixte Weib, die sich an dich rangeworfen hat.«

»Dein Erinnerungsvermögen ist erschreckend. Ich sage dazu kein einziges Wort mehr. Vergiß, was ich an jenem Tag gesagt habe. Es ist jetzt unerheblich. Kümmere dich um deine eigenen Dinge, Alexandra.«

»Komm schon, tanz mit mir. Ich möchte dich nicht zu weiteren Vertraulichkeiten zwingen, auch wenn die, die du mir verraten hast, recht dürftig ausgefallen sind.«

Er führte sie zum Tanzen, begleitete sie zum Dinner, stellte sie jungen verheirateten Frauen vor, von denen er annahm, daß sie Gefallen an ihnen finden würde. Und er behielt sein wachsames Auge auf Georges Cadoudal. Gottverdammich, diesen Verrückten, Georges, wollte er am allerwenigsten auf dieser Welt als Feind haben.

Warum, zum Teufel, hielt sich der Mann nicht in Frankreich auf, wo er eigentlich hätte sein sollen? Vielleicht hielt er sich ja auch dort auf, vielleicht war Janine Daudet einfach nur hysterisch.

»Ich würde gerne Teresa Carleton vorgestellt werden.«

»Beecham hat dir also von ihr erzählt? Er liebt es, Unheil zu stiften. Es würde mich nicht überraschen, wenn er mit der bewußten Dame geschlafen hat.«

»Hat sie das Verlöbnis mit Tony gelöst?«

»Nein, das hat sie nicht. Tony hatte herausgefunden, daß sie ein Verhältnis mit einem seiner Freunde hatte. Er ist fast vor Entsetzen und Wut zusammengebrochen. Er kam nach Northcliffe, um sein seelisches Gleichgewicht wieder zu finden. Ich wiederum habe ihn als meinen Retter angesehen. Er erfüllte zwar meinen Auftrag, nach Claybourn Hall zu gehen, aber heiratete *meine* Frau.«

»Glaubst du, Douglas, daß du dies in etwas andere Worte fassen könntest?«

»Warum? Es ist die Wahrheit. Nur, weil du wie ein Geist aus der Flasche aufgetaucht bist, ändert das nichts an den Tatsachen.«

Sie seufzte. »Du hast natürlich recht. Könntest du jedoch deine Worte ein klein wenig ändern, würde ich dich dafür belohnen, wenn wir nach Hause kommen. Es sei denn, du belohnst mich zuerst, was du ja immer tust. Du gibst mir keine Chance, Douglas.«

»Vielleicht in fünfzig Jahren.«

Das klang Alexandra nach einer vernünftigen Vereinbarung. Sie lächelte ihn strahlend an. Douglas hingegen überdachte seine Worte und hätte sich am liebsten selber einen Fußtritt versetzt. Er fluchte, trank vor lauter Ärger zu viel Brandy und wurde sehr heiter. Viel Alkohol würde ihn in seiner Gier nach Alexandra etwas bremsen. In der Kutsche überkam ihn ein Schwindelgefühl, und als er die Treppen hochstieg, pfiff er vor sich hin. Ja, der Brandy würde seine Wirkung tun.

Das tat er nicht, doch es war den Versuch wert gewesen. Als er sich schließlich aus ihr herauszog und auf den Rücken rollte, kreuzte er die Arme unter dem Hinterkopf und versuchte, seinen Atem zu beruhigen. »Du bringst mich noch um«, sagte er schließlich. »Kein Mann kann so weitermachen. Das ist unnatürlich. Es ist nicht gesund.«

»Und was ist mit mir?«

Er löste seinen Arm und legte ihn über ihre Brüste. Ihr Herz schlug übermäßig schnell. Er mußte grinsen. »Wir werden Seite an Seite auf dem Familienfriedhof zu Northcliffe begraben werden.«

»Klingt nicht sehr verlockend.«

»Zuerst mußt du mir einen Nachfolger schenken.«

»Ich dachte, Frauen wird es bei einer Schwangerschaft übel.«

»Den meisten, habe ich gehört.«

»Ich fühle mich prächtig.«

»Wann war dein letzter Monatsfluß?«

Es war dunkel. Sie hatten sich gerade umarmt und lagen nun nebeneinander in dem großen Bett, nackt und befriedigt. Trotzdem war die Frage peinlich.

Als ihr Schweigen seine Geduld überforderte, fragte er sie:

»Du hast also seit unserer Heirat keine Blutung mehr gehabt, nicht wahr?«

Sie schüttelte leicht den Kopf, und er erahnte ihre Bewegung.

Sanft legte er seine Hand auf ihren Bauch. »Er ist ganz flach.« Dann fuhr er mit den Fingern über ihre Hüften. »Du bist schmal, doch nicht zu sehr hoffe ich, um mein Kind auszutragen. Es ist wahr, ich bin ein großer Mann, Alexandra. Noch heute beklagt sich meine Mutter bitterlich, daß ich sie mit meiner Größe bei der Geburt beinahe das Leben gekostet hätte. Nein, ich denke, du bist nicht breit genug. Ich werde einen Arzt kommen lassen, um dich zu untersuchen.«

»Das wirst du nicht tun!«

»Sieh an, sie kann sogar reden«, rief Douglas.

»Hör mich an, Douglas.« Sie stützte sich auf ihren Ellbogen, ihre Haare bedeckten sanft seine Brust. »Ich bin eine Frau, und es sind Frauen, die Kinder bekommen. Ich werde keinen anderen Mann außer dir erlauben, daß er mich berührt. Hast du mich verstanden?«

»Wer wird unser Kind auf die Welt bringen?«

»Eine Hebamme. Meine Mutter wurde von einer Hebamme entbunden. Auch sie mochte keine Männer.«

Darüber mußte er lachen. Dann fächerte er mit seiner Handfläche ihren Bauch hinunter und hielt sie fest. Wieder drückte er sie auf den Rücken. Seine großen Hände fühlten sich sehr warm an. Seine Finger begannen sie zu liebkosen. Sie holte tief Luft. »Du magst mich also nicht, Alexandra? Ich bin ein Mann.«

»Ich weiß, daß du ein Mann bist, Douglas. Und ich verstehe nicht, warum alle glauben, du seist kalt. Sieh dich doch an, was du gerade tust und wie warm deine Stimme klingt. Kalt! Bah!«

»Wer hat dir das gesagt?«

»Der junge Mann, den du für verdorben hältst. Heatherington.«

»Aha. Vielleicht dachte er, du seist unglücklich mit mir, daher seine Bemerkung.«

»Was kümmert es ihn, ob ich unglücklich bin oder nicht? Ach, Douglas, das fühlt sich wunderbar an.«

Er hörte mit seinem Fingerspiel auf, doch die Wärme seiner Berührung verweilte noch auf ihrer Haut. Sie rührte sich ein wenig. »Du läßt mich vergessen, was ich eben gesagt habe, Douglas, wenn du so weitermachst.«

»Gewöhne dich daran, denn ich werde dich berühren, wann immer es mir gefällt. Jetzt hör mir gut zu, Alexandra. Ich bin ein kalter Mann, wie du eben sagtest. Damit meine ich, ich bin kein Mann, der sich von List und Tücke narren läßt. Ich bin ein Mann, der nach Verstand und Logik lebt und nicht ...« Er brach ab, seine Finger glitten wieder über sie. Noch während er sie küßte, fluchte er vor sich hin. Er wälzte sich auf sie und drang in sie ein. Es war wie immer; schnell, heftig und tief. Sie schrie vor Wollust und klammerte sich an ihn. Ihr Verlangen nach ihm war stärker, als sie es sich je hätte vorstellen können. Das Empfinden war so tief, daß sie sich nicht mehr daran erinnern konnte, wie es einmal ohne ihn gewesen war. Doch sie flüsterte ihm keine Liebesworte zu. Stöhnend erreichte sie ihren Orgasmus. Vom Gefühl überwältigt, biß sie ihm in die Schulter. Und Douglas genoß einfach ihre Lust und ließ sie an seiner teilhaben. Nach seinem Höhepunkt hielt er sie fest in den Armen, bis beide den Schlaf fanden.

Alexandra trat ins Wohnzimmer und erblickte einen schmächtigen, mittelalterlichen Gentleman mit schütteren Haaren. Er stand auf den Fersen wippend vor einem der Erkerfenster und starrte auf seine Uhr, ohne den wunderschönen Ausblick auf den gegenüberliegenden Park eines Blickes zu würdigen. Kaum hatte er sie erblickt, stopfte er hastig seine Uhr in die Westentasche und machte eine leichte Verbeugung vor ihr. Den Kopf leicht zur Seite geneigt, erkundigte sie sich: »Unser Butler sagte mir, ein Gentleman wünscht mich zu sprechen. Was mich wundert, denn ich habe die Bekanntschaft von noch nicht allzuvielen Gentlemen in London gemacht. Für einen Augenblick dachte ich, es sei Beecham. Doch nein, ich denke nicht, daß er so indiskret wäre. Das entspräche nicht seinem Stil. Wer sind Sie, Sir?«

»Ich?« Er blickte sie unverwandt an. »Ich? Sicherlich hat Sie Seine Lordschaft von meinem Kommen unterrichtet. Es müßte Ihnen bekannt sein, wer ich bin.«

Sein Erstaunen und ihr Unwissen waren nicht gespielt. Sie lächelte. »Nein, Burgess hat nur erwähnt, ein Gentleman sei hier. Sind Sie etwa ein Stückeschreiber oder ein Schauspieler auf der Suche nach einem Mäzen? Ein Vikar, der eine Unterstützung sucht? Wenn dem so ist, bedaure ich sagen zu müssen ...«

»Aber nein, ich bin Dr. John Mortimer! Ich bin Arzt. Ich gehöre zu einem der renommiertesten Ärztekreise Londons. Eure Lordschaft hat mich gebeten, Sie zu konsultieren. Wie Sie wohl wissen, macht er sich Sorgen, Sie könnten für die Niederkunft seines Nachfolgers zu schmal sein. Ich sollte auf sein Geheiß hin feststellen, ob dem so ist.«

Sie starrte ihn ungläubig an. Zum Teufel mit Douglas und seinen schwarzen Augen und schwarzen Haaren. In aller Frühe hatte man schon nach ihm verlangt, und er war noch nicht zurückgekehrt. Also hatte er nur in die Wege geleitet, daß dieser Mann herkommen sollte. Nun, er war wenigstens noch nicht zurück, das hieß, sie mußte sich nicht vor ihm mit diesem Dr. Mortimer auseinandersetzen.

»Dr. Mortimer«, antwortete sie immer noch lächelnd, wenn auch etwas gequält. »Ich fürchte, Sie sind umsonst gekommen. Mein Mann macht sich übertriebene Sorgen. Abgesehen davon, sollte ich bereits ein Kind erwarten, kann nichts mehr dagegen unternommen werden, wenn ich zu schmal bin, nicht wahr?«

Dr. Mortimer, in nicht unerheblichem Maße seiner Bedeutung bewußt und zudem ungewohnt gegenüber solch Unverblümtheit aus dem Munde einer Dame, raffte sich zusammen und lächelte sie gütig an. Sie war verwirrt, das war alles. Das war die einzige Erklärung für ihr eigenartiges Verhalten, obwohl sie gar keinen eigenartigen Eindruck machte. Vorsichtshalber setzte er seine onkelhafte Stimme ein, die auf neurasthenische Damen unfehlbar ihre Wirkung tat, gluckste anerkennend über ihren Versuch, Witz zu versprühen, und sagte: »Meine liebe Lady Northcliffe, die Damen, gleichgültig was sie denken oder zu denken meinen – zweifellos in guter Absicht von ihren älteren weiblichen Verwandten dazu animiert –, verfügen nicht über die Fähigkeit, zu entscheiden, was ihnen guttut und was nicht. Deshalb haben sie Ehemänner. Ich bin hier, Sie zu untersuchen, Mylady, wie mich Ihr Gemahl gebeten hat. Danach werde ich Ihrem Gemahl Bescheid geben, was das beste für Sie wäre, wenn Sie seinen Nachfolger zur Welt bringen. Seine Besorgnis um Ihre Beschaffenheit ist höchst löblich. Als Arzt werde ich alle Möglichkeiten in Erwägung ziehen und Ihnen die entsprechenden Anleitungen geben, welche Schritte Sie unternehmen sollten, bis das Kind auf die Welt kommt. Nun, Mylady?«

Alexandra konnte es nicht so recht glauben, daß dieser eingebildete, überaus lästige Mann, Arzt oder nicht, einfach in ihr Wohnzimmer getreten war und sie wie eine Halbirre behandelte. Doch Douglas war es, auf den sie am liebsten eingeprügelt hätte.

Sie lächelte zuckersüß: »Wünschen Sie etwas Tee, Sir?«

Er erwiderte ihr Lächeln mit entblößten Zähnen. »Nein, vielen Dank, Mylady.« Er winkte mit den Händen in gespielter Bescheidenheit ab. »Ich kann nicht immer über meine Zeit verfügen, müssen Sie wissen. Du meine Güte, in einer Stunde muß ich Lady Abercrombie konsultieren. Sie ist eine Cousine der Königin, müssen Sie wissen, und ich bin ihr Leibarzt. Es war recht schwierig für mich, Ihnen so schnell einen Besuch abzustatten. Doch kenne ich Ihren Mann recht gut, also beschloß ich, mich entgegenkommend zu zeigen. Nun, Mylady, es ist an der Zeit für uns, in Ihr Schlafzimmer zu gehen. Falls Sie die Anwesenheit Ihrer Zofe wünschen, läßt sich das sehr wohl einrichten.«

»Sir, wir werden nirgendwo zusammen hingehen. Es tut mir leid, daß Sie die Reise hierher umsonst unternommen haben. Wie ich schon sagte, mein Mann macht sich übertriebene Sorgen.« Kaum hatte sie dies ausgesprochen, marschierte sie auf die Glockenschnur zu und gab ihr einen kräftigen Ruck. Ihr Herz pochte wild. Sie spürte, wie ihr Gesicht rot anlief. Seltsamerweise war sie nicht einmal sonderlich böse auf diesen arroganten kleinen Mann, er war nun einmal so. Doch was Douglas betraf, da lagen die Dinge ganz anders.

»Mylady, ich muß schon sagen …«

Sie hob die Hand, um ihn zum Schweigen zu bringen. »Nein, Sir, bitte entschuldigen Sie sich nicht. Machen Sie sich auf den Weg zu Lady Abercrombie, der Cousine der Königin, die sicherlich Ihrem Kommen entgegenfiebert und dabei so starkes Herzklopfen bekommen hat, daß es ihrer Gesundheit abträglich ist.«

»Ich hatte nicht vor, eine Entschuldigung vorzubringen! Ihr Gemahl hat mich um mein Kommen angefleht!«

»Verzeihen Sie, Sir, doch mein Mann würde nicht einmal den König selbst anflehen. Offensichtlich sind Sie nicht sehr gut mit ihm bekannt. Ach, Burgess, bitte begleitet den guten Doktor zur Tür. Er ist in großer Eile. Er muß zur Königin, müssen Sie wissen.«

»Nein, nein, es handelt sich um Lady Abercrombie, die Cousine der Königin. Es ist doch nicht wirklich Ihr Wunsch, daß ich gehe!«

»Ich bin sicher, auch die Königin würde bei ihrer Anwesenheit vor Freude ohnmächtig werden, Dr. Mortimer. Nun, Sir, wenn Sie mich jetzt bitte entschuldigen wollen ...«

Der wenig beneidenswerte Burgess befand sich in einer verzwickten Lage. Der Graf hatte ihn über den bevorstehenden Besuch des Arztes informiert. Doch wußte er auch, daß man der Gräfin, zu seinem Leidwesen, nicht Bescheid gesagt hatte. Obwohl er sie nur kurz kannte, war ihm klar, daß sie das Handeln des Grafen wenig gutheißen würde. Und nun warf Ihre Ladyschaft den guten Doktor kurzerhand hinaus. Burgess kannte seine Pflicht. Er wußte auch, wie er Ärger zu vermeiden hatte. Er nahm sich zusammen und richtete seine gesamte Länge von einmeterneunundfünfzig kerzengerade hoch, wobei er gelassen verkündete: »Dr. Mortimer, bitte hier entlang.«

»Auf Wiedersehen, Sir. Danke für Ihren freundlichen Besuch.«

Dr. Mortimer war über den Vorfall völlig perplex. Er begriff ganz einfach nicht, wie es der jungen Dame, Gräfin oder nicht, gelungen war, ihn hinauszujagen. So ließ er es einfach mit sich geschehen, daß ein Butler, der eher einem Gastwirt glich – glatzköpfig, mit einem runden Bauch, nur die Schürze hätte noch gefehlt –, ihn zur Tür hinauskomplimentierte. Zudem war der Butler recht kurz geraten. Er entsprach so ganz und gar nicht dem, was Dr. Mortimer in einem gräflichen Haushalt für angemessen gehalten hätte. Für Augenblicke stand er perplex auf der Eingangstreppe und starrte über seine Schulter hinweg auf die geschlossene Haustür der gräflichen Stadtresidenz.

Douglas hatte sich sehr beeilt, um bei der Ankunft des Arztes anwesend zu sein. Er vermutete, daß Alexandra nicht allzu begeistert wäre, den Mann zu sehen. Doch machte er sich wirklich Sorgen um sie. Er wollte, daß der Arzt sie sofort untersuchte. Er wollte es aus seinem Munde erfahren, daß alles bei ihr gut laufen würde. Die Tatsache, daß er nicht wußte, ob sie überhaupt schwanger war, schien ihm unerheblich. Wenn sie es jetzt nicht war, dann wurde sie es früher oder später. Nein, er war besorgt, und seine Sorgen sollten von einem Mann beschwichtigt werden, der sich in diesen Dingen genau auskannte. Mortimer war ihm von seinem eigenen Arzt empfohlen worden, der vor drei Jahren seine Armverletzung behandelt hatte.

Als er nun den Arzt vor seiner Haustür mit einem verwirrten Blick auf die geschlossene Tür stehen sah, erstarben ihm die Begrüßungsworte im Mund. Seine Miene verfinsterte sich. O Gott, etwas stimmte nicht. Sie war zu schmal; er hatte es gewußt; sie erwartete ein Kind, und sie würde sterben. Alles wäre seine Schuld. Mit heiserer und aufgeregter Stimme fragte er: »Dr. Mortimer, ist meine Frau wohlauf?«

»Oh, Mylord! Ihre Gemahlin? Sie hat mir Tee angeboten. Ihrer Gemahlin geht es gut. Sie entspricht so gar nicht dem, was ich erwartet habe. Sie ist keine Arztbesuche gewohnt. Sie ist jung, daran wird es liegen. Sehr eigenartig. Ich muß mich beeilen, Mylord. Ach, Ihre Gemahlin, ja, ja, Mylord, Ihre Gemahlin. Ich wünsche Ihnen alles Gute, Mylord. Viel Glück. Sie werden es bestimmt brauchen.«

Hastig eilte Dr. Mortimer die Treppen hinunter und verschwand in seiner Kutsche, die auf ihn wartete.

Douglas hielt den Türgriff in der Hand und starrte dem Doktor nach. Er hatte einen geistig abwesenden Eindruck gemacht; er schien sinnlos vor sich hinzuplappern; er vermittelte nicht die Souveränität, die er heute in der Früh ausgestrahlt hatte, als Douglas bei ihm gewesen war. Doch würde er sicher etwas gesagt haben, wenn mit Alexandra etwas nicht gestimmt hätte. Oder?

Er fand sie vor einem der Erkerfenster. Sie hielt die schweren Vorhänge beiseite und blickte starr in den gegenüberliegenden Park.

Als sie ihn hörte, blickte sie wortlos über die Schulter. Dann widmete sie ihre Aufmerksamkeit wieder dem gegenüberliegenden Park.

»Ich bin Dr. Mortimer auf der Eingangstreppe begegnet.«

Sie antwortete nicht.

»Er machte einen etwas seltsamen Eindruck. Er meinte, du seist wohlauf, glaube ich zumindest, daß er das sagte. Er muß sehr früh gekommen sein.«

Sie blieb stumm. Ihr Rücken war steif wie ein Besenstiel.

»Hör mich an, Alexandra, ich wollte mich vergewissern, daß bei dir alles gutgehen würde. Du kannst mir doch daraus keinen Vorwurf machen, weil ich mir um dich Sorgen mache. Ich weiß, er ist ein Mann. Aber nur Männer sind Ärzte. Es gab daher keine Wahl. Ich habe versucht, mich zu beeilen, um bei seiner Ankunft zurückzusein, doch ich war verhindert. Ich wollte bei dir sein. Komm schon, so schrecklich kann es doch nicht gewesen sein.«

»Aber nein, es war überhaupt nicht schrecklich.«

»Warum stehst du dann da und ignorierst mich? Behandelst mich, als wäre ich Luft? So etwas bin ich von meiner Frau nicht gewöhnt. Weißt du nicht mehr? Du liebst mich doch.«

»Oh, aber gewiß nicht, Douglas. Es ist nur Lust, nichts weiter. Du hast mich neulich schon davon überzeugt. Was deinen verehrten Herrn Doktor betrifft, nun, ich hoffe, dieser aufgeblasene Dummkopf kommt mir nie mehr in die Quere.«

Douglas fuhr sich mit den Fingern durchs Haar. »Es tut mir leid, wenn er dich nicht so behandelt hat, wie ich es getan hätte. Nein, nein, das nehme ich sofort zurück. Was für eine schreckliche Vorstellung. Hat er dir nicht zugesagt? Ist er nicht sanft genug mit dir umgegangen? Hat er dich unnötig in Verlegenheit gebracht?«

Sie wandte ihm das Gesicht mit abwesendem Ausdruck zu.

»Gestern nacht habe ich dir erklärt, daß ich mich von keinem Mann untersuchen ließe.«

»Außer von mir.«

Sein scherzhaft gemeinter erster Schritt zur Versöhnung ging daneben. »Ganz recht. Dein Erinnerungsvermögen leistet dir gute Dienste, wenn es deinen Zwecken dient. Ich habe ihn höflich behandelt, Douglas, doch haben wir dieses Wohnzimmer nicht verlassen.«

»Du hast ihn dich hier untersuchen lassen? Wo? Auf dem Sofa? Nein? Dann auf dem großen Ohrensessel da drüben? Großer Gott, Alexandra, das war nicht recht gehandelt von dir. Es war weder feinfühlig noch klug. Meine Güte, Mrs. Goodham hätte hereinplatzen können. Burgess hätte mit einem Teetablett hereinkommen können. Das Dienstmädchen hätte zum Staubwischen kommen können, du lieber Gott. Ich hätte von dir erwartet, daß du darauf bestehst, den Anstand zu wahren und zumindest drei weibliche Wesen anwesend sein würden, um genauestens aufzupassen. Nein, das war wirklich nicht ...«

»Er hat mich nicht berührt. Ich sagte dir schon gestern nacht, ich würde es nicht dulden. Hast du mir nicht geglaubt?«

»Du bist meine verdammte Frau! Zu Anfang warst du es nicht. Doch dann habe ich beschlossen, daß du es bist, also wäre es sehr entgegenkommend von dir gewesen, mir einen Gefallen zu tun – ach was, lächerlich. Es wäre deine verdammte Pflicht gewesen! Ich will, daß du untersucht wirst. Ich möchte nicht, daß dich ein anderer Mann berührt, aber er ist nicht eigentlich das, was man einen Mann nennt. Er ist Arzt, eine Art Eunuch, und er wird dafür bezahlt, daß er dich berührt und weiß, was er berührt. Verflixt, Alexandra, was hast du mit ihm angestellt?«

»Dein hervorragender Dr. Mortimer ist aber doch ein Mann, Douglas! Er hat all den köstlichen männlichen Unsinn ausgespuckt, den ich gewöhnt bin. Er hat mich wie ein Kind behandelt, wie ein einfältiges Kind. Abgesehen davon, wie kann er überhaupt wissen, was er da tut? Er ist keine Frau; er ist nicht wie eine Frau gebaut. Woher will er wissen, wie eine Frau richtig oder falsch funktioniert?«

»Ich will mich mit dir nicht darüber streiten, Alexandra. Ich werde ihn bitten, zurückzukommen. Wenn du es wünschst, werde ich zugegen sein und ein Auge auf ihn halten, falls du dir Gedanken darüber machst. Das wollte ich heute schon tun. Aber genug davon. Möchtest du nach Richmond reiten? Wir könnten ein Picknick machen. Ich könnte dann nicht über dich herfallen – das heißt, dich belohnen –, denn es gäbe zu viele Menschen dort. Was meinst du?«

Sie konnte ihn nur entgeistert anstarren. »Douglas, siehst du denn nicht, was du getan hast?«

»Reiz mich nicht, Alexandra.«

»Du hast entgegen meinem Wunsch gehandelt. Du hast mich nicht einmal gefragt. Ich dulde so etwas nicht, Douglas.«

Er lief rot an und begann sie anzubrüllen. »Verdammt, du bist meine Frau. Begreifst du denn nicht: Wenn ich dich schwängere, könntest du eventuell sterben. Ich will dich nicht umbringen!«

»Warum nicht?« Ihre Stimme klang butterweich. Douglas hörte den veränderten Ton heraus und hätte sich am liebsten die Zunge abgebissen.

»Verschon mich mit deiner Tücke, Madam. Zieh deine Reitsachen an. Du hast fünfzehn Minuten Zeit. Verspätest du dich, werde ich dich im Labyrinth von Richmond verlieren.«

Zumindest war das ein Anfang, dachte Alexandra, als sie die Treppen hochstieg. Ein vielversprechender Anfang.

Doch keine halbe Stunde später hätte sie ihn am liebsten kräftig gewürgt. Der vielversprechende Anfang schien auch ein solcher zu bleiben.

KAPITEL 20

»Douglas, wer hat dich heute so früh am Morgen rufen lassen?« Sie hatte die Frage aufs Geratewohl gestellt. Doch Douglas erstarrte auf seinem Sattel. Dem Hengst – ein riesiger, rotbrauner Wallach –, den er sich in London hielt und der auf den Namen Prince hörte, gefiel dieses Erstarren ganz und gar nicht und tänzelte zur Seite. Alexandras Stute, eine reizbare Braune, beschloß, daß ihre Reiterin die Schuld an der Verstimmung des Reitpferdes trug, riß den Kopf nach hinten und biß Alexandra in den Stiefel. Überrascht stieß sie einen schrillen Schrei aus.

Douglas fuhr sie mit scharfer Stimme an: »Ich sagte dir doch, sie ist nicht mit deiner Stute zu Hause zu vergleichen. Paß auf, Alexandra.«

Sie zog eine Grimasse hinter seinem Rücken, während sie gerade im leichten Galopp die Rotten Row passierten. Douglas hatte beschlossen, daß ihnen nicht mehr genügend Zeit für die Irrgärten in Richmond blieb. Alexandra war froh, daß es noch viel zu früh am Tag für die Anwesenheit der feinen Gesellschaft war. Der frühe Nachmittag war höchst angenehm; eine leichte Brise ließ ein paar vorwitzige Löckchen in ihr Gesicht tanzen.

Sie wiederholte ihre Frage, doch diesmal etwas eindringlicher: »Wer wollte dich heute morgen unter allen Umständen sehen? Ist jemand in deiner Familie erkrankt? Fehlt irgend jemandem etwas?«

»Meine Familie ist jetzt auch deine Familie. Versuch dich daran zu erinnern. Außerdem geht es dich gar nichts an, wohin ich gehe oder was ich tue. Eine Ehefrau sollte ihre Nase nicht in die Angelegenheiten ihres Mannes stecken. Paß lieber auf dein Pferd auf und ...«

»Douglas«, unterbrach sie ihn in sehr vernünftigem Ton, zumindest was sie dafür hielt, »du bist übelgelaunt, weil ich diesen dummen Wicht von einem Arzt nicht in mein Schlafzimmer geführt habe. Und ich werde auch in Zukunft nirgendwo mit ihm hingehen.

Es sei denn, du möchtest eine schreckliche Szene zwischen uns heraufbeschwören. Sprich, warum diese Dringlichkeit? Ich bin deine Frau. Bitte, sag mir, was hier vorgeht.«

Er blieb verstockt und schwieg. Ihre Fantasie nahm eine dramatische Richtung. »Es hat doch nichts mit einer Invasion zu tun, oder? O mein Gott, das Ministerium will dich doch nicht etwa wieder in der Armee haben? Du gehst doch nicht hin, nicht wahr? Bitte, überlege es dir genau, Douglas. Es sind so viele Dinge in Northcliffe, die deiner ständigen Aufmerksamkeit benötigen. Ich denke nicht, daß ...«

»Halt den Mund! Es hat nichts damit zu tun, verdammt noch mal! Es hat etwas mit einem hochbegabten Irren zu tun namens Georges Cadoudal.«

»Wer ist er?«

Wie es ihr wohl gelungen war, daß er den Namen ausgesprochen hatte, fragte er sich und starrte zwischen die Ohren seines Pferdes. »Das hat dich nicht zu kümmern. Halt jetzt den Mund. Laß mich in Ruhe. Ich erzähle dir nichts mehr.«

»Dann eben nicht«, gab sie zurück. Georges Cadoudal. Er war Franzose, und Douglas sprach Französisch, als hätte er es mit der Muttermilch eingesogen. Sie erinnerte sich an die aufdringliche Art der Französin – dieses Biest, das er aus Frankreich gerettet hatte – gestern abend auf dem Ball der Ranleaghs und fragte ihn: »Hat er etwas mit der Schlampe zu tun, die dich gestern verführen wollte?«

Douglas sah sie entgeistert an. Woher konnte sie das wissen? Sie hatte es nur geraten. Er war ein Esel; sie zu beunruhigen und zu verängstigen, war das letzte, was er erreichen wollte. Noch weniger wollte er, daß sie sich in diese lächerliche Angelegenheit einmischte. Er stieß seine Absätze in die Flanken von Prince und preschte vorwärts.

Alexandra wünschte sich, sie hätte einen Stein in der Hand, um ihn Douglas nachzuschleudern. Doch sie empfand eigentlich mehr Sorge als Wut. Wie konnte sie herausfinden, wer dieser Georges Cadoudal war und was er mit Douglas zu tun hatte? Nun erinnerte sie sich an den Brief, den sein Kammerdiener Finkle – der sie beide nach London begleitet hatte – seinem Herrn überreicht hatte. Vielleicht lag der Brief noch irgendwo. Sie beschloß, ihn zu suchen. Hatte er nicht gesagt, daß seine Familie jetzt auch ihre Familie war? Nun gut. Sie war seine Frau; es war höchste Zeit für ihn zu erkennen, daß eine Ehefrau auch das Ende von eigenen geheimen Plänen bedeutete.

Sie fand den Brief. Finkle hatte ihn zusammen mit anderen Sendschreiben Seiner Lordschaft sorgsam auf seinem wuchtigen Schreibtisch deponiert. Alexandra las ihn stirnrunzelnd. Es war ein Brief von Lord Avery. Das große schwarze Gekritzel enthielt lediglich die Nachricht für Douglas, daß dieser Georges Cadoudal sich anscheinend nicht in Paris, wo er eigentlich hätte sein sollen, sondern in England aufhielt. Lord Avery machte sich Sorgen; er bat umgehend um eine Unterredung mit Douglas.

Alexandra faltete den Brief wieder vorsichtig zusammen und legte ihn zurück auf den Stapel, so daß er wieder so lag, als wäre er niemals entfernt worden. Kaum hatte sie ihn hingelegt, trat Douglas unerwartet ins Zimmer. Sie wurde rot bis zu den Haarwurzeln und entfernte sich hastig vom Schreibtisch.

»Guten Tag, Mylord«, trällerte sie und winkte ihm leicht zu.

Sein Gesicht war verärgert; er stellte sich ihr in den Weg. »Was tust du hier, Alexandra?«

Sie reckte das Kinn. »Ist das nicht auch mein Haus? Gibt es hier Räume, die ich nicht betreten soll? Wenn dem so ist, dann wäre es nur recht und billig, wenn du mir Bescheid sagen würdest, welches ich betreten darf und welches nicht.«

Douglas warf einen Blick auf seinen Schreibtisch, wobei ihm immer noch der Ärger im Gesicht stand. »Deine Bemühungen, mich abzulenken, sind noch nie erfolgreich gewesen. Zudem hast du meine Anweisung nicht befolgt. Also, was gibt es auf meinem Schreibtisch so Interessantes für dich?«

Er trat einen Schritt vor und sie versuchte, an ihm vorbeizuschlüpfen. Da packte er sie am Handgelenk. Sie fühlte seinen Daumen zärtlich über ihre weiche Haut fahren. Wenn er so weitermachte, würde sie binnen kurzem auf den Boden oder aufs Sofa sinken und sich ausgiebig dem Sinnengenuß hingeben.

Douglas' Gedanken bewegten sich anscheinend in gleichen Bahnen. Jäh ließ er ihr Handgelenk fallen. »Rühr dich nicht vom Fleck«, sagte er, »sonst sehe ich zu, daß dich deine Neugier, die meine Angelegenheiten betreffen, teuer zu stehen kommt.« Ob er schon eine Strafe für sie parat hatte, wenn sie aus dem Zimmer hinauslaufen würde? Nachdem sie beschlossen hatte, daß er nur eine leere Drohung ausgestoßen hatte, verschwand sie blitzschnell aus dem Zimmer.

Douglas ließ sie gehen. Er würde sie schon früh genug erwischen; dann trat er an seinen Schreibtisch und ging die Papiere durch. Als ihm Lord Averys Schreiben in die Hand fiel, begann er zu fluchen. Zur Hölle mit Finkle, warum mußte er auch so pedantisch sein? Ihm war sofort klar, daß Alexandra diesen Brief gefunden und gelesen hatte. Na gut, sie wußte jetzt nicht sehr viel mehr als vorher. Trotzdem war er beunruhigt. Dieser Georges Cadoudal war unberechenbar. Aus eigener Erfahrung wußte Douglas: wenn Georges sich einmal etwas in den Kopf gesetzt hatte, konnten ihn keine zehn Pferde mehr davon abbringen. Das war sowohl ein Vorzug als auch ein großer Nachteil. Wie er am jetzigen Beispiel wieder einmal sehen konnte.

Douglas stieß einen Fluch aus. Was sollte er tun?

Sein Handlungsplan war noch am selben Abend beschlossen. Er führte Alexandra auf eine kleine Abendgesellschaft im Hause von Lord und Lady Marchpane, einem reizenden älteren Ehepaar. Sie hatten Douglas ins Herz geschlossen, weil er sich in der Armee um ihren Enkel gekümmert hatte. Sie begrüßten ihn und Alexandra sehr herzlich.

Alexandra war auf der Hut, obwohl Douglas kein Sterbenswörtchen mehr über Vergeltung oder Strafe sagte. Er schien mit seinen Gedanken ganz woanders zu sein, auch als sie sich in ihrem neuen Kleid präsentierte, dessen Ausschnitt nicht gerade dezent war. Er hatte nur kurz genickt, das war alles gewesen. Sie beobachtete ihn aus den Augenwinkeln. Eigentlich hätte sie es vorgezogen, in der Stadtvilla zu bleiben, mit ihm allein. Vielleicht sollte sie sich wegen ihrer Neugier entschuldigen. Sie zupfte leicht an seinem Ärmel. Er blickte mit ausdruckslosem Gesicht zu ihr hinunter.

»Es tut mir leid, Douglas.«

»Was denn?«

»Daß ich spioniert habe. Aber es hat mich so wütend gemacht, daß du mir nicht erzählen wolltest, was hier vorgeht. Schließlich bin ich deine Frau. Ich könnte dir eine Hilfe sein, wenn du es nur zulassen würdest.«

Seine Augen blickten, wenn überhaupt möglich, noch ausdrucksloser. »Ich nehme deine Entschuldigung an, obwohl sie karg wie die Steppe ist. Was das andere betrifft, komme ich wohl nicht um die Erkenntnis umhin, daß du meine Frau bist. Du bist jede verdammte Minute bei mir. Ich bezweifle, daß ich mein Wasser abschlagen könnte, ohne daß du wissen wolltest, wohin das geht und was ich damit tue. Ah, da ist ja Teddy Summerton. Ein guter Tänzer. Ich werde dich ihm überlassen. Nein, keine Widerrede. Tu, was ich von dir verlange. Hast du mich verstanden?«

»Ich habe verstanden«, antwortete sie brav.

Und so tanzte sie den folgenden ländlichen Tanz mit Teddy Summerton, einem sehr sympathischen jungen Gentleman, mit bleichem Teint und Segelohren, der offenbar ihren Mann vergötterte. Als der Tanz vorüber war, war Douglas nirgends zu erblicken.

Ob er wieder mit dieser französischen Schlampe beisammen war? Sie schlenderte quer durch den ganzen Ballsaal; einige Gäste erkannten sie und nickten ihr zu. Sie nickte lächelnd zurück. Wo steckte bloß Douglas?

Es war ein warmer Abend. Die drückende Luft versprach einen Regenguß. Alexandra trat auf den Balkon hinaus und lehnte sich über die steinerne Balustrade, um in den Garten hinunterzuspähen. Laternen waren in einigem Abstand voneinander aufgehängt worden, aber immer noch herrschte viel Schatten, viele Stellen lagen völlig im Dunkeln. Eine plötzliche Angst bemächtigte sich ihrer.

Leise rief sie: »Douglas?«

Es kam keine Antwort. Sie meinte ein Rascheln im Gebüsch zu ihrer linken Seite zu hören, sie war sich aber dessen nicht sicher. Wieder rief sie seinen Namen, dann lief sie eilig die hohen Steinstufen in den Garten hinunter. Sie hastete über einen der schmalen Steinpfade und horchte angestrengt. Nichts. Dann vernahm sie auf einmal eine Männerstimme, die wie leises Zischen klang, doch verstand sie kein Wort. Gottverdammich, er sprach Französisch. Sie war drauf und dran, einen Angstschrei auszustoßen, als sie Douglas' Stimme antworten hörte. Er klang sehr kalt und höchst empört.

Auf einmal drangen die unverwechselbaren Geräusche eines Handgemenges zu ihr herüber. Sie wartete erst gar nicht ab, sondern stürzte sich in die Richtung, wo der Kampf stattfand. Sie lief durchs Gebüsch und sah, wie zwei Männer Douglas überfielen. Verblüfft sah sie, wie Douglas sich auf den Fersen umdrehte und einem der Männer einen harten Faustschlag in die Magengrube versetzte, sich dann blitzschnell umdrehte, und den anderen Mann mit seinem Ellbogen in die Kehle stieß. Es geschah alles so schnell, daß sie einfach stehenblieb, schreckensstarr wie ein Kaninchen. Einer der Männer rieb sich die Kehle und brüllte etwas auf Französisch zu Douglas; im nächsten Augenblick waren er und sein Spießgeselle blitzschnell in der Dunkelheit verschwunden.

Douglas rieb sich die Knöchel seiner linken Hand und starrte durch die schwarze Nacht hinter ihnen her. Sie lief ihm entgegen. Ihre Hände berührten seine Arme, hielten seine Schultern und legten sich schließlich um sein Gesicht. »Fehlt dir etwas? Du warst großartig, Douglas. Und so schnell. Ich konnte es gar nicht fassen. Du hast meine Hilfe nicht benötigt. Geht es dir gut? Kannst du nicht sprechen? Bitte, Douglas, bitte sprich zu mir.« Während sie das sagte, streichelte sie ihn weiter mit ihren Händen. Noch immer stand er regungslos da, sein Atem ging schwer, aber regelmäßig.

Doch dann hob er die Arme, packte sie an den Händen und brachte sein Gesicht ganz nahe an ihres. »Was zum Teufel hast du hier draußen zu suchen?«

Sie schreckte nicht vor ihm zurück. »Ich habe mir Sorgen um dich gemacht, denn ich konnte dich nicht finden. Ich dachte, vielleicht benötigst du meine Hilfe.«

»Deine Hilfe? Großer Gott, Madam, verschon mich mit deiner Hilfe! Komm, wir gehen.«

»Aber wer waren diese Männer? Warum haben sie dich überfallen? Ich habe euren Streit gehört, aber ich konnte nichts verstehen. Es war leider in Französisch.«

Er schüttelte stumm den Kopf und zog sie an der Hand den Pfad entlang zur Villa. Er hatte Todesangst um sie gelitten, denn Georges Cadoudal hatte noch als letztes eine Drohung gegen sie ausgestoßen. So wie er Janines Leben zerstört hatte, so würde er Douglas' frischvermählte Frau zugrunde richten.

Auch in der Kutsche sagte er nichts, bis sie ihn endlich fragte: »Ich habe noch nie jemanden so zuschlagen sehen. Gegen Tony hast du nicht in der Art gekämpft.«

»Tony wollte ich verprügeln, nicht umbringen.«

»Wo hast du gelernt, so zu kämpfen?«

Er wandte sich ihr im trüben Licht der Kutsche zu. Ein leises Lächeln huschte über sein Gesicht bei der Erinnerung. »Ich war damals in Portugal und lernte einige Mitglieder einer Bande in Oporto kennen, die die gemeinsten, niederträchtigsten und dreckigsten Kämpfer waren, die mir je untergekommen sind. Sie haben es mir beigebracht, und ich habe ihren Unterricht überlebt.«

»Oh. Und wer waren diese Kerle, die dir etwas antun wollten?«

Er nahm ihre linke Hand und hielt sie fest. »Hör mir gut zu, Alexandra. Du darfst nirgendwo ohne mich hingehen, hast du mich verstanden? Sieh mich nicht so an, vertrau mir einfach. Sag mir, daß du verstanden hast.«

»Ja, ich habe verstanden.«

»Natürlich hast du das nicht, aber das tut nichts zur Sache. Übermorgen kehren wir nach Northcliffe zurück.«

Warum?«

»Tu, was ich dir sage, und stelle keine Fragen mehr.«

Sie beschloß, die Sache auf sich beruhen zu lassen. Sie kannte ihn gut genug, um zu wissen, wenn er einmal nicht mehr reden wollte, konnte ihn nichts mehr dazu bewegen, den Mund wieder aufzumachen. Er war der halsstarrigste Mensch, den sie kannte. Sie lehnte sich gegen die weiche Rückenlehne aus Leder, schloß die Augen und begann leise zu schnarchen.

Sie meinte ihn leise lachen zu hören, doch war sie sich dessen nicht sicher. Sie hatte einen Plan gefaßt; keinen großartigen, aber es war zumindest ein Anfang.

Am nächsten Tag, kurz nach elf Uhr morgens, kehrte Douglas in die Stadtvilla zurück. Sein Treffen mit Lord Avery war kurz und knapp verlaufen. Ja, Georges Cadoudal befand sich nicht in Paris, sondern hier in London, wahrscheinlich mit dem Geld der englischen Regierung, und er wollte Blut sehen, sein Blut.

Douglas seufzte, übergab Burgess seinen Spazierstock und fragte ihn: »Wo befindet sich Ihre Ladyschaft?«

Burgess sah etwa gequält, aber tapfer drein. »Sie befindet sich in Gesellschaft einer Person, Mylord.«

»Einer Person, sagst du? Handelt es sich um eine männliche Person?«

»Jawohl, Mylord. Es handelt sich um eine männliche Person französischer Herkunft.«

Sofort kam ihm Georges Cadoudal in den Sinn. Doch nein, Georges würde nicht hierher kommen. Zum Teufel mit ihr. Wollte sie ihm nachspionieren, indem sie sich einen Franzosen von der Straße holte, um ihn beschatten zu lassen? »Ich verstehe. Und wo hält sie sich mit dieser männlichen Person französischer Herkunft auf?«

»Im Morgenzimmer, Mylord.«

»Warum hast du nicht diese männliche Person französischer Herkunft nach ihrem Auftrag gefragt?«

»Ihre Ladyschaft meinte, es ging mich nichts an. Ihr Tonfall und ihre Worte ähnelten sehr den Ihren, Mylord.«

»Das hat dich schon früher nicht davon abgehalten, den Mund aufzumachen!«

»Ihre Ladyschaft hat sich nach meinem Neffen erkundigt, der einen eitrigen Hals hat, Mylord. Sie haben niemals soviel Besorgnis gezeigt. Deshalb habe ich ihr versprochen, zu schweigen.«

»Zum Teufel mit dir. Ich wußte gar nicht, daß du einen Neffen hast!«

»Weiß ich, Mylord.«

Douglas, äußerst verwirrt, eilte den Korridor entlang zur Rückseite der Villa. Das Morgenzimmer öffnete sich auf einen geschlossenen Garten. Er war hell und luftig, ein bezaubernder Raum. Er hatte sich nicht oft hier aufgehalten. Sinjun hatte ihm erklärt, er sei ein Raum für die Damen, und er solle gefälligst fernbleiben. Ohne anzuklopfen trat er leise ein. Er erblickte einen langgesichtigen jungen Gentleman, dessen Kleidung eine verschossene schwarze Farbe hatte. Er saß Alexandra gegenüber und schwieg. Eben sagte sie leise: *»Je vais à Paris demain. Je vais prendre mon mari avec moi.«*

Der junge Mann platzte schier vor Begeisterung. »*Excellent*, Madame! Et maintenant ...«

Douglas warf vom Türrahmen aus unvermittelt ein: »Ich fahre morgen nicht mit dir nach Paris, Alexandra. Und was soll außerdem an diesem Vorschlag so exzellent sein?«

Unter seinem scharfen Blick errötete sie bis zu den Haarwurzeln, dann sagte sie zu der männlichen Person französischer Herkunft: *»Je crois, que celui-ci cést mon mari.«*

»Du *denkst* nur, ich sei dein Mann?« Douglas nickte dem Franzosen zu, der aufgesprungen war, ihn nervös anblickte und an seinem Uhrenanhänger nestelte. Einem Uhrenanhänger!

»Was hat er hier zu suchen, Alexandra?«

Auch sie war aufgesprungen, lief anmutig auf ihn zu und lächelte ihn lieblich an. »Ach, er ist nur ein sehr netter junger Gentleman, den ich kennengelernt habe ... ach ja, den ich bei Gunthers kennengelernt habe. Ich bat ihn, auf einen Besuch vorbeizukommen, damit wir, äh, damit wir uns über einige Dinge unterhalten könnten.«

»Französische Dinge?«

»So könnte man es auch nennen.«

»Zahlst du ihn dafür?«

»Äh, ja!«

»Spioniert er für dich? Willst du, daß er mich verfolgt und meine Gespräche überhört, um dir alles zu berichten?«

Sie starrte ihn an: »Denkst du wirklich, ich würde so etwas tun, Douglas?«

»Nein«, antwortete er knapp. »Nein, das tue ich nicht, wenigstens nicht im herkömmlichen Sinn. Doch ich glaube, daß du alles Erdenkliche anstellen würdest, um mir zu helfen, auch wenn ich es nicht brauchen kann oder nicht will und dich sogar verprügeln würde, wenn du es wagen würdest.«

Sie neigte ihren Kopf zur Seite. »Du sprichst da einiges aus, Douglas, und ich bin mir nicht sicher, ob ...«

»Zum Teufel, Frauenzimmer, wer ist der Bursche, und was hat er hier zu suchen?«

Sie reckte das Kinn in die Luft. »Nun gut. Sein Name ist Monsieur Lessage, und er gibt mir Unterricht in Französisch.«

»Was?«

»Du hast mich gehört. Wenn du bitte jetzt gehen würdest, Douglas, wir sind noch nicht fertig.«

Douglas fluchte so fließend auf Französisch, daß der junge Franzose ihn anerkennend breit angrinste. Er sagte etwas sehr Schnelles zu Douglas, und Douglas antwortete ihm mit etwas noch Schnellerem. Dann fuhren die beiden Männer fort, in der verfluchten Sprache weiterzureden. Sie war nun ausgeschlossen und kam sich wie eine Außenseiterin vor.

»Douglas«, sagte sie mit erhobener Stimme, »Monsieur Lessage ist mein Lehrer. Du hast uns unterbrochen. *Sil vous plait,* bitte, geh jetzt.«

Douglas sagte etwas zu Monsieur, worauf dieser erneut grinste.

»Ich bitte um Verzeihung, Alexandra, aber Monsieur hat sich soeben daran erinnert, daß er in Kürze eine weitere Unterrichtsstunde am anderen Ende von London geben muß.« Douglas schüttelte die Hand des Mannes. Geld ging von der Hand ihres Mannes in die des Franzosen.

Alexandra hatte große Lust, ihn zu schlagen. Sie wünschte, sie könnte ihn in ebenso fließendem Französisch beschimpfen. Nein, sie wollte nur einen französischen Fluch können, nur einen einzigen. Sie hielt die Hände geballt an der Seite. Sie wartete ab, bis die Tür geschlossen war, dann stürzte sie sich auf ihn. »Wie konntest du es nur wagen! Er war mein Lehrer! Er war nicht jemand, der nach deinen Wünschen gesprungen kommt! Ah, ich würde dir ja so gerne auf Französisch sagen, wie wütend ich auf dich bin!«

»Willst du mir einen Fluch an den Kopf werfen?«

»Ja. *Oui*!«

»Merde!«

»Was?«

»Du kannst *merde* sagen. Es bedeutet ... was immer, es ist ein Fluch und besänftigt deinen Koller. Glaub mir.«

»Merde!«

Er zuckte etwas zusammen, dann grinste er sie an. »Fühlst du dich jetzt besser?« Sie antwortete ihm nicht. Er fuhr fort: »Warum wolltest du Französisch lernen?«

»Um herauszufinden, was diese Schlampe zu dir gesagt hat, und warum dieser Mann, Georges Soundso, dich gestern nacht umbringen wollte!«

»Aha, hatte ich also doch recht. Du siehst dich als die weibliche Ausgabe des Heiligen Georg.« Er schritt auf die hohen Glastüren zu, die sich zum Garten hin öffneten und machte sie auf. Tief atmete er die frische Morgenluft ein. »Alexandra, hattest du wieder vor, mich zu retten? Diesmal mit Hilfe von Schulfranzösisch?«

»Wenn du mir nicht verrätst, was hier vor sich geht, nun denn, dann muß ich etwas unternehmen! Ich bin nun einmal so, ich kann nichts dafür. Ich wünschte mir, du würdest es nicht als Einmischung sehen.«

»Schade«, antwortete er, den Rücken ihr zugewandt. »Ja, wirklich schade, daß du nicht mehr deiner Schwester gleichst, einer Lady, so nehme ich an, die anstandslos bereit ist, abzuwarten, was ihr Mann von ihr verlangt und die sich nicht wie ein ungezogenes Mädchen in eine Schwierigkeit nach der anderen stürzt. Schwierigkeiten, so möchte ich hinzufügen, die dich nichts angehen.«

»Ich wünschte mir, Douglas, du wärest in deinen Äußerungen noch etwas deutlicher, wenn du mich schon verurteilst.«

»Inwiefern bin ich nicht deutlich?«

»Liebst du Melissande immer noch?«

Er wandte sich zu ihr, seiner Frau, und sah den schmerzlichen Ausdruck in ihren Augen. Das verwirrte ihn. Letzte Nacht hatte er sie nicht geliebt. Es hatte ihn danach verlangt, bei Gott, das war ja nichts Neues, es verlangte ihn stets nach ihr. Doch er mußte ihr klar machen, daß sie ihn nicht haben konnte, wann immer es ihr beliebte. Daß er es zu bestimmen hatte, wo und wann. Zudem mußte er ihr sein Mißfallen deutlich zeigen. Nun, das hatte er getan. Und jetzt war er wild wie der Teufel vor Begierde nach ihr.

Seufzend drehte er ihr wieder den Rücken zu, denn allein der Gedanke an ihre verdammten Brüste erregte ihn. Das behagte ihm ganz und gar nicht.

Zu seiner eigenen Überraschung sagte er: »Nein, ich liebe Melissande nicht. Ich habe sie nie geliebt, doch ich wollte sie haben. Ich nehme an, sie war so etwas wie ein Traum für mich, keine wirkliche Frau aus Fleisch und Blut, nur diese edle Erscheinung, die mir meine Nächte weniger einsam gemacht hat. Nein, ich liebe sie nicht. Ich fürchte, Tony hat darin recht gehabt, der verdammte Hund.«

»Tony liebt sie.«

»Ja, das tut er.«

Sie wollte ihn so gerne fragen, ob er sich vielleicht dazu bringen könnte, sie zu lieben, nur ein klein wenig. Doch sie blieb stumm. Sie sagte nur: »Ich bin, wie ich bin, Douglas. Ich ertrage den Gedanken nicht, daß du in Gefahr schwebst. Ich kann mir nicht vorstellen, daß du mich lieber beim Teetrinken sähest, während dir ein Schurke ein Messer in den Rücken stößt.«

»Sollte das eintreffen, würdest du aus vollem Halse nach der Hilfe eines Mannes schreien.«

»Und wenn sich keiner deiner köstlichen Spezies in der Nähe aufhielte?«

»Unterlasse deine Scherze mit mir, Alexandra. Ich will nicht, daß du Dinge unternimmst, denen ich nicht zugestimmt habe. Ich will wissen, wo du bist und was du tust. Ich will und brauche deine Einmischung in meine Angelegenheiten nicht.« Er sah sie lange nachdenklich an. »Ich möchte, daß du hier, in diesem Haus bleibst. Geh nicht auf die Straße. Beaufsichtige morgen früh die Vorbereitungen für unsere Abreise. Genügt dir das als Beschäftigung?«

Sie erhob sich, die geballten Fäuste seitlich an ihren Körper gedrückt. Er gab einfach nicht nach. Sie fragte sich in diesem Augenblick, ob er je nachgeben würde. Sie lächelte, doch es schmerzte, den Mund derart zu verziehen, trotzdem tat sie es. Dann nickte sie ihm zu und verließ den Raum.

Sie stieg die breiten Treppen hinauf, ohne sich umzusehen, als Mrs. Goodharn nach ihr rief. Sie trat in ihr Schlafzimmer und schloß die Türe hinter sich. Lange stand sie mitten im Zimmer, dann ließ sie sich auf die Knie fallen. Sie schlang die Arme um sich und begann zu schluchzen.

Sie war so sehr in ihrer Verzweiflung versunken, daß sie es überhörte, wie die angrenzende Tür lautlos geöffnet wurde. Douglas, der gerade einen Befehl äußern wollte, verschlug es bei ihrem Anblick die Sprache. Er starrte sie an und bekam ein unangenehmes Gefühl in der Magengrube. Er hatte sie doch nicht ernsthaft ausgeschimpft, nichts, was diesen Ausbruch von Verzweiflung rechtfertigte! Das war zu viel. Leise ging er auf sie zu, hob sie auf und trug sie auf ihr Bett. Er legte sich auf sie, seinen Mund an ihren gedrückt und küßte ihre Tränen weg. Er wollte sie den Schmerz vergessen machen. Alles sollte sie vergessen, nur nicht die Sinnenlust, die er ihr bereiten würde. Er riß ihr das Kleid hoch, zerriß ihre Strümpfe und schleuderte ihre zierlichen Hausschuhe weg.

»Mir scheint, ich muß dich jeden Tag lieben, unserer Gesundheit zuliebe, verstehst du. Sonst werden wir frühzeitig alt, böse und gereizt. Verstehst du? Sag, daß du verstanden hast.«

»Ich habe verstanden«, antwortete sie und zog sein Gesicht an ihres heran. Sie war hungrig nach ihm. Immer verspürte sie diesen Hunger. Sie küßte ihn, ihre Zunge drängte sich in seinen Mund. Sie übernahm die Führung. Es überraschte ihn und machte ihn rasend vor Begierde.

»Ah, bitte nicht«, raunte er, doch es war zu spät.

Als sie fertig waren und er wieder halbwegs zu Atem gekommen war, stützte sich Douglas auf einen Ellbogen und sah ihr ins verwirrte Gesicht. »Nicht wieder losweinen. Das mag ich nicht. Es besteht kein Anlaß, zu weinen. Ich bin doch zu dir gekommen, nicht wahr? Habe ich dir keinen Genuß bereitet?«

»Doch«, sagte sie. »Doch, das hast du.«

»Schluß mit dem Weinen«, erklärte er, stieg aus dem Bett und stand in voller Länge neben ihr. Er zog sich die Hosen hoch.

»Warum kannst du mir nicht vertrauen, Douglas?«

»Du redest Unfug.«

»Habe ich nicht versucht, dich vor Tony zu retten?«

»Das hat überhaupt nichts damit zu tun.«

Sie setzte sich im Bett auf und strich ihr Kleid glatt. Dann blickte sie auf ihre bloßen Füße, die über das Bett ragten und den Boden nicht berührten. »Nun gut, Douglas, ich werde tun, was du verlangst. Ich werde mich in nichts einmischen. Wenn du in Schwierigkeiten gerätst, wird es mir leid tun, doch ich werde nichts unternehmen. Das entspricht doch deinem Wunsch, nicht wahr?«

Er machte ein finsteres Gesicht. Nein, entsprach es nicht, aber so hatte er es gesagt.

»Ich wünsche, daß du dich zurechtmachst. Ich habe Hunger. Es ist Zeit zum Mittagessen.« Dann verließ er sie, schloß die Tür hinter sich und verschwand in seinem eigenen Schlafzimmer. Sie saß auf der Bettkante und starrte ihm hinterher. »*Merde*«, sagte sie schließlich.

KAPITEL 21

Douglas schreckte plötzlich aus dem Schlaf hoch. Er wußte nicht, was ihn aufgeweckt hatte, aber eine Sekunde davor war er im Traum in einem Scharmützel nahe von Pena gewesen; die Franzosen näherten sich seinem Flügel; im nächsten Augenblick starrte er mit keuchendem Atem in die Dunkelheit. Er schüttelte den Kopf und tastete automatisch nach Alexandra.

Seine Hand landete auf glattgestrichenen Laken. Verwirrt fuhr er über ihr Kissen und ihre Decken, die am Fußende zu einem Bündel zusammengerollt lagen. Sie war nirgends. Sie war fort. Ein panisches Gefühl wallte schmerzhaft in ihm hoch. Großer Gott, Georges Cadoudal hatte sie geraubt.

Nein, das war lächerlich. Wie hätte Georges ins Haus eindringen, ins Schlafzimmer gelangen und sie entführen können, ohne daß er es gemerkt hätte. Nein, das war unmöglich.

Douglas band noch den Gürtel um seinen dunkelblauen Morgenmantel, als er bereits die Treppen hinuntereilte und mit seinen nackten Füßen geräuschlos über den dicken Teppich ging.

Lautlos sah er in den beiden Salons, dem Frühstückszimmer und den beiden riesigen offiziellen Speisezimmern nach. Besorgt blieb er einen Augenblick in der geräumigen Eingangshalle stehen. Dann hastete er zurück in die Bibliothek. Er verharrte, als er durch den Türspalt einen Lichtstrahl erblickte.

Sehr vorsichtig drehte er den Türknauf um und sah hinein.

Alexandra saß an seinem Schreibtisch, neben ihrem linken Ellenbogen stand eine Kerze, ein aufgeschlagenes Buch lag vor ihr. Sie starrte mit gerunzelter Stirn äußerst konzentriert darauf.

Er war drauf und dran hereinzustürzen, um sie zu fragen, was zum Teufel sie hier zu suchen hatte, als er sie deutlich sagen hörte:

»Das also bedeutet *merde*. So, so, es ist in der Tat anstößig. Douglas hatte recht. Es besänftigte den Koller schnell und wirksam.« Sie wiederholte das Wort mehrere Male, dann fügte sie laut hinzu: »Natürlich nützt es wenig auf die Dauer. Komm schon, Mädchen, fang an.«

Er hatte große Mühe, ein Lachen zu unterdrücken, aber es gelang ihm gerade noch. Nun begann sie in schlechtem, doch verständlichem Französisch laut zu memorieren: »Ich werde nicht gehen. *Je ne vais pas*. Er wird nicht gehen. *Il ne vas pas*.«

Er machte große Augen. Was zum Teufel hatte das zu bedeuten?

Sie versuchte sich selbst Französisch beizubringen. Nur weil sie ihm eine mögliche Hilfe sein wollte.

Douglas blickte wie erstarrt auf seine Frau. Ein unendlich tiefes und süßes Gefühl stieg in ihm hoch, ein Gefühl, das er nie zuvor in seinem Leben empfunden hatte. Es war neu, wunderbar und großartig. Es war etwas völlig Unerwartetes, ein Gefühl, von dem er nie gewußt hatte, daß es existierte, und er hatte nicht gewußt ... einfach nicht gewußt, daß es ihm je abgegangen war.

Immer noch blickte er auf sie. Sie saß da in ihrem weißen hochgeschlossenen Nachthemd, die dunkelroten Haare waren zu einem Zopf geflochten, der ihr über die rechte Schulter fiel.

Sie gestikulierte beim Aufsagen der französischen Wörter. Das flackernde Kerzenlicht fiel auf ihr Gesicht, es ließ ihre Augen aufleuchten und malte Schatten auf ihren Wangen und auf ihren Haaren. Sie wiederholte in endloser Folge immer wieder die gleichen Wendungen.

Er konnte ihr Französisch verstehen. Wenn er sich Mühe gab.

»Ich helfe ihm. *Je l'áide*. Ah, und was heißt das?« Sie verstummte und sagte dann sehr zärtlich: »Ich liebe ihn. *Je l'áime*. Ich liebe Douglas. Jáime Douglas. Ich liebe meinen Mann. *J'áime mon mari*.«

Er stand im Türrahmen und ließ sich von dem neuen Gefühl überflugen. Dann begann er zu lächeln, es war ein sanftes Lächeln, das ihn innerlich erwärmte und unglaublich glücklich machte. Es bedeutete, daß er sie vollkommen akzeptierte, er bejahte, was sie ihm bedeutete und was er für immer – das spürte er – für seine Frau empfinden würde.

Sachte schloß er die Tür und stieg nachdenklich die Treppen wieder hinauf. Er lag wach und ergötzte sich an dem ungewohnten Gefühl. Er wartete auf sie.

Als sie eine Stunde später neben ihn ins Bett schlüpfte, stellte er sich schlafend. Zehn Minuten lang. Dann drehte er sich zu ihr und nahm sie in die Arme. Er küßte sie.

Alexandra zuckte überrascht zusammen, dann erwiderte sie seine Küsse mit wachsender Begeisterung, wie immer. Diesmal fehlte die lodernde Begierde, die Erregung. Voll Zartgefühl, sanft und langsam drang er diesmal in sie ein, was ihm nie zuvor bei ihr gelungen war. Er küßte sie immer weiter, liebkoste sie mit der Zunge, knabberte an ihrer Unterlippe, streichelte sie und gab sich ihr ganz hin. Es war gut, und sie stöhnte leise auf vor süßem Genuß, als es für beide zum Höhepunkt kam. Jetzt war sie untrennbar mit ihm verbunden. Sie würde für immer mit ihm untrennbar verbunden bleiben.

Nachdem er sich vergewissert hatte, daß sie eingeschlafen war, küßte er ihre Schläfe und murmelte an ihrer Wange: *»Je t'áime aussi.«*

Sieben Stunden später am Frühstückstisch ließ Douglas die Faust krachend auf den Tisch niedersausen, daß sein Teller zu tanzen begann und eine Speckscheibe auf die Tischdecke hüpfte.

»Und ich sage nein, Alexandra. Wenn Sinjun dich gebeten hat, ihr ein Buch bei Hookams zu besorgen, dann ist es ihr Pech. Ich habe nicht die Zeit, dich zu begleiten. Du gehst nirgendwo hin ohne mich. Hast du mich verstanden?«

Sie schwieg.

»Ob du mich verstanden hast?«

»Ich habe verstanden.«

»Gut. Nun geh und sieh, wie das Packen vorangeht. Tut mir leid, daß wir nicht schon jetzt fahren können, aber ich habe etwas zu erledigen. Ich komme heute später zurück.« Als er gerade an der Tür stand, erstarrte er, als sie ausrief: *»Merde!«*

Douglas kehrte zum Mittagessen nicht zurück. Alexandra war aus lauter Angst und Sorge um ihn kurz vor einem Schreikrampf. Sie versuchte mit ihrem Französisch weiterzukommen, doch sie war so wütend, daß sie die meiste Zeit nach weiteren Schimpfwörtern suchte, die sie ihm an den Kopf werfen könnte.

»Ihr seid nervös, Mylady«, stellte schließlich Mrs. Goodham leicht irritiert fest. »Warum machen Sie keine Spazierfahrt mit der Kutsche. Hier gibt es nichts, wo Sie gebraucht werden, das kann ich Ihnen versichern.«

Douglas hatte den Angestellten also nicht befohlen, sie wie eine

Gefangene zu behandeln. Alex preßte die Lippen zusammen. Sie würde sehr wohl den Roman für Sinjun besorgen, zur Hölle mit Douglas. Doch um ganz sicher zu gehen, holte sie eine kleine Pistole aus Douglas' Schreibtisch in der Bibliothek hervor, die sie in jener Nacht, als sie Französisch gelernt hatte, entdeckt hatte. Sie steckte sie in ihr Damentäschchen. Dann bat sie einen der Lakaien, sie zu begleiten. Er saß nun neben Kutscher John. Was könnte Douglas noch verlangen? Sie war mit zwei Leibwächtern und einer Pistole ausgerüstet.

Burgess war zwar darüber informiert, daß Ihre Ladyschaft zuhause bleiben sollte, doch als Alexandra aus der Tür huschte, James den Lakaien im Schlepptau, befand er sich gerade nicht auf seinem Posten.

Die Kutsche rumpelte den Piccadilly hinauf, am Hyde Park Corner vorbei bis zur St. Edward's Street. Kutscher John blieb auf seinem Kutschbock sitzen. James begleitete Alexandra zu Hookams. Es war ein zugiger Laden, vom Boden bis zur Decke mit Büchern vollgestellt. Überall lag Staub, die Gänge zwischen den Regalen waren schmal und eng. Doch war der Laden von der tonangebenden Gesellschaft als Treffpunkt erklärt worden, und deshalb drängelten sich unzählige plaudernde Damen und Herren zwischen den Gängen. In der Nähe des Ladeneingangs warteten die Dienstmädchen und Lakaien, um ihren Herrschaften die Päckchen abzunehmen. Alexandra überließ James dem Vergnügen, einem hübschen Mädchen nachzugaffen und bat einen beflissenen Verkäufer, sie dorthin zu führen, wo Sinjuns Roman stand. Ah ja, da drüben, auf dem dritten Regal. Sie suchte nach dem Buch *The Mysterious Count*. Plötzlich erstarrte sie, als eine Männerstimme ihr ins rechte Ohr zischte.

»Aha, das Täubchen fliegt aus dem Nest, eh?«

Das war nicht Heatherington. Nein, er war derjenige mit dem Schäfchen und dem Hirten. Seufzend sagte sie, ohne sich umzusehen: »Ihre Annäherung gefällt mir nicht, Sir. Es fehlt ihr an Originalität. Es fehlt ihr an Anmut und Charme. Es fehlt ihr an Witz. Allerdings gefällt mir die Nachahmung eines französischen Akzents, paßt aber nicht zu Ihrem fehlerfreien Englisch.«

»Zum Teufel mit Ihnen, ich hatte nicht vor, Ihnen zu gefallen! Ich spreche drei Sprachen fließend!«

»Nun, was ist dann Ihre Absicht?« Sie drehte sich um und blickte an einem hageren, sehr großgewachsenen Mann hoch, dessen schwarze Haare noch schwärzer als die von Douglas waren. Er trug die Vormittagsgarderobe eines Gentleman. Mit einem Schlag wußte sie, dies war Georges Cadoudal. Herrje, der Akzent dieses Mannes war nicht gespielt.

»Meine Absicht? Nun, das will ich Ihnen sagen. Ich halte eine sehr kleine und sehr tödliche Pistole in meiner rechten Hand, die auf Ihre Brust gerichtet ist. Ich schlage vor, Madam, kommen Sie mit und bewahren Sie dabei dieses reizende Lächeln auf Ihrem Gesicht. Nehmen Sie einfach an, ich sei Ihr Liebhaber, und wir werden famos miteinander auskommen, in Ordnung? Gehen wir.«

Alexandra sah die kalte, unbeugsame Entschlossenheit in seinen Augen. *»Je ne vais pas!«* schrie sie aus vollem Halse. Sie schleuderte ihm *The Mysterious Count* ins Gesicht, in der Hoffnung, ihm dabei wenigstens die lange Nase zu brechen. Als er die Arme hob, um sie zu schlagen, schrie sie: *»Merde! Merde! Je vais a Paris demain avec mon mari! Aidez moi!«*

Er schlug sie, fürchterliche Flüche ausstoßend, seitlich am Kopf, während die gesamte Kundschaft bei Hookams zu Eis erstarrte.

»James, Hilfe! *Aidez moi*!«

»Zur Hölle mit Ihnen!« fauchte ihr Georges Cadoudal ins Gesicht und war im nächsten Augenblick verschwunden. James war an ihre Seite geeilt, er zitterte aufgeregt von Kopf bis Fuß. Er hatte seine Herrin im Stich gelassen, aber der Überfall des unbekannten Schurken war wie aus heiterem Himmel gekommen.

»Fehlt Ihnen was, Mylady? Mein Gott, bitte sagen Sie mir, daß alles in Ordnung ist.«

Alexandra bewegte vorsichtig ihren Kopf hin und her, um ihn wieder klar zu bekommen. Von dem Schlag war ihr schwarz vor den Augen geworden. »Ja, alles in Ordnung.« Sie betrachtete den Roman in ihrer Hand und begann die zerknitterten Seiten zu glätten. »Ich habe ihm eins auf die Nase gegeben, James. Haben Sie mein Französisch gehört?«

»*Merde*, Mylady?«

Diese Mal war es tatsächlich Heatherington, der Mann, von dem Douglas ihr erzählt hatte, daß er die Röcke einer Frau hob, noch ehe er ihren Namen wußte. Er lächelte sie an, doch jetzt war es nicht das blasierte Lächeln des mondänen Lebemannes, sondern es war echt. »O ja, ich habe Ihr ausgezeichnetes Französisch vernommen. Wer war die arme Seele, die es gewagt hat, Ihren Ärger zu erregen?«

»Er ist fort«, antwortete Alexandra. Sie sah stolz wie ein Grenadier drein. »Mein Französisch hat ihn verjagt.«

Heatherington sah sie lange an, dann lachte er los. Es klang etwas rostig, denn so richtig von Herzen hatte er schon lange nicht mehr gelacht. Es paßte nicht zu seinem Gebaren, das er kultiviert hatte. Er lachte noch lauter und warf dabei den Kopf in den Nacken. *»Merde«,* wiederholte er. Und noch einmal: *»Merde«.* Dann wandte er sich lachend um und ging aus dem Buchladen hinaus.

Alexandra starrte verständnislos hinter ihm her, dann bezahlte sie den Roman, wobei sie den tuschelnden Ladys und den entsetzt dreinblickenden Gentlemen keinerlei Beachtung schenkte. James lief dicht an ihrer Seite und half ihr in die Kutsche hinauf. Er wollte sich gerade wieder umdrehen, um sich auf die Rückbank der Kutsche zu schwingen, da hielt sie ihn am Ärmel fest und sagte eindringlich: »Bitte, James, ich wünsche nicht, daß Seine Lordschaft etwas von diesem, äh, kleinen Vorfall erfährt, ja? Es war völlig belanglos, völlig unwichtig. Der Mann hatte sich offensichtlich in meiner Person geirrt, das war alles.«

James war sich nicht ganz sicher, ob dem wirklich so war. Er war beunruhigt und zu Recht, denn die erste Person, die er in der Eingangshalle erblickte, war Seine Lordschaft. Mordlust stand auf seinem Gesicht geschrieben.

James hatte noch nie zuvor einen Mann so brüllen hören wie in diesem Augenblick. Seine Lordschaft reckte sich in voller Höhe auf und schrie seine Frau, die ihm nur bis zu den Schultern reichte, in voller Lautstärke an. »Wo, zum Teufel, warst du? Wie kannst du es wagen, mir den Gehorsam zu verweigern! Großer Gott, Alexandra, diesmal hast du mich bis zum Äußersten gereizt! Himmeldonnerwetter, das geht zu weit, viel zu weit!«

James zog sich zurück und lief zu Burgess, der zu dem Gefecht stieß, ohne die geringste Erschütterung auf seinem Gesicht zu zeigen.

»Mylady, willkommen daheim. Ah, wie ich sehe, ist James stets in Ihrer Nähe geblieben, wie auch Kutscher John. Seine Lordschaft hat sich natürlich Sorgen gemacht, obwohl …«

»Verdammt noch mal, Burgess? Halt den Mund! Glaub mir, sie hat weder deinen Schutz noch deine Einmischung nötig.« Douglas packte sie beim Arm und zerrte sie in den Salon. Er stieß die Tür mit seinem Stiefelabsatz zu.

»Ich habe Sinjuns Roman gekauft«, bemerkte sie, als er sich für einen kurzen Augenblick beruhigt zu haben schien.

»Zum Teufel mit Sinjuns verdammtem Roman!«

»Douglas, dein Vokabular läßt zu wünschen übrig. Bitte, beruhige dich. Es ist nichts passiert, bestimmt ...«

Wieder rüttelte er sie hin und her. »Und nun verschlimmerst du deinen Ungehorsam durch eine Lüge. Wie kannst du es nur wagen, Alexandra? Wie kannst du es nur wagen, mich anzulügen?«

Nein, unmöglich, daß er irgend etwas über den Vorfall im Buchladen wußte.

»Ich bin Heatherington begegnet«, sagte er. Ihm war klar, daß sie ihn weiter belügen würde.

»Ach«, erwiderte sie und lächelte ihn zögernd an. Heatherington wußte nichts von der Sache, fast gar nichts. »Es gab da nur einen Mann, der anscheinend nicht recht wußte, was sich gehört.«

»Georges Cadoudal. Er hätte dich entführen können.«

»Woher willst du das wissen?«

»Möge der gütige Herr im Himmel mich vor einfältigen Frauen bewahren. Alexandra, du hast dermaßen laut auf Französisch losgekreischt, daß dich ganz London hören konnte. Ich bin noch einem weiteren, dir unbekannten Gentleman begegnet, der mir erzählt hat, wie du dein *merde* hinausgebrüllt hast. Nun wissen es alle. Ohne Zweifel werden gewiß Dutzende von Leuten mir einen Besuch abstatten, um mir über das äußerst befremdende Verhalten meiner Frau zu berichten.«

»Ich habe auch noch andere Dinge gesagt, Douglas.«

»Ja, ja, ich weiß. Du würdest morgen mit deinem Mann nach Paris fahren.«

»Und ich habe auch auf Französisch um Hilfe geschrien.«

»Und noch etwas«, fuhr er fort, das Thema brachte ihn zunehmend in Rage, doch hielt er jäh inne, als sie eine kleine Pistole aus ihrem Damentäschchen zog.

»Das habe ich auch mitgenommen. Ich bin doch nicht dumm, Douglas. Dieser Mann hätte mir kein Härchen krümmen können. Ich habe das Haus nicht einfach gedankenlos und unvorbereitet verlassen. Es war mir langweilig, Douglas, bitte versteh doch. Es war mir langweilig, und ich wollte etwas unternehmen. Es ging alles gut aus. Er hat es versucht, aber es ist ihm nicht gelungen. Zudem habe ich ihm Sinjuns Roman auf die Nase geschlagen. Er hatte gar keine Chance.«

Douglas konnte sie nur noch verblüfft anstarren. Sie schien sehr stolz auf sich zu sein, das dumme Kind. Sie war fest überzeugt davon, daß sie im Recht war. Sie war naiv und völlig arglos. Gegen einen Mann wie Georges Cadoudal besaß sie die Überlebensmöglichkeit eines Hühnchens. Er nahm ihr die Pistole aus der Hand und schritt hoch aufgerichtet wortlos aus dem Zimmer.

Alexandra heftete ihren Blick auf die geschlossene Tür. »Er gibt sich wirklich große Mühe, sich zu beherrschen«, murmelte sie anerkennend.

Zum Abendessen war er nicht da. In dieser Nacht kam er auch nicht zu ihr.

Um acht Uhr dreißig in der Früh verließen sie London. Douglas saß wortlos neben seiner Frau. Die, zur Hölle mit ihrem Gleichmut, schmökerte in Sinjuns Roman *The Mysterious Count*. So ein verdammter Quatsch. »Warum liest du diesen Unsinn«, fragte er sie schließlich höchst irritiert.

Alexandra blickte lächelnd zu ihm auf. »Du willst dich nicht vernünftig mit mir unterhalten, die Landschaft bietet nichts Besonderes und ich hab keine Lust, ein Nickerchen zu machen. Hast du einen besseren Vorschlag, als zu lesen? Vielleicht hast du zu meiner Erbauung einen Band mit Moralpredigten?«

Statt zu antworten, verharrte Douglas beinahe eine Stunde lang in brütendem Schweigen. Dann rief er aus dem Fenster Kutscher John zu, er möge anhalten. Sie waren mitten auf dem platten Land. Keine Menschenseele ringsum, keine Behausungen, keine Kühe, nur ein paar Bäume, Brombeerbüsche und Hecken.

Alexandra blickte mit erschrockenen Augen von ihrem Buch auf.

»Keine Angst, ich dachte nur, du möchtest dir vielleicht ein wenig die Füße vertreten, oder dich drüben in dem Wäldchen erleichtern.«

Er half ihr aus der Kutsche hinunter, seine Hände hielten ihre Taille umfaßt, er zog sie an sich und umarmte sie für einen kurzen Augenblick, ehe er sie auf den Boden stellte. »Geh hinüber zum Ahornwäldchen. Mach schnell, und rufe mich, wenn du mich brauchst. Es muß nicht auf Französisch sein, aber ganz wie du willst, ich werde jedenfalls hier sein, um dich zu hören.«

Alexandra lächelte ihn wortlos an und winkte ihm leicht zu, ehe sie im Ahornwäldchen verschwand. Im Wald war es totenstill, das

Blätterwerk, dicht und schwer, hielt die Sonne fern. Sie hatte es schnell hinter sich gebracht und wollte eben zu Douglas zurückkehren, als eine Hand sich in Sekundenschnelle auf ihren Mund preßte und sie gewaltsam gegen den Körper eines Mannes gerissen wurde.

»Diesmal habe ich Sie erwischt«, knurrte der Mann. Sie erkannte Georges Cadoudals Stimme. »Diesmal lasse ich Sie nicht entkommen.« Sie hatte weder Douglas' Pistole bei der Hand, noch James, den Lakaien, als Begleitung. Doch Douglas war da, wenn sie sich nur für einen Augenblick, einen ganz kurzen Moment befreien könnte.

Sie biß ihn in die Hand, und sein Griff lockerte sich für einen Augenblick. Sie war drauf und dran loszuschreien, als sie es durch die Luft zischen hörte und etwas sehr Hartes ihre rechte Schläfe traf. Sie fiel wie ein Stein zu Boden.

Douglas tigerte auf und ab. Gute zehn Minuten waren nun vergangen, als sie ins Ahornwäldchen gegangen war. War ihr schlecht geworden? Er machte sich Sorgen. Fluchend eilte er auf den Wald zu und rief: »Alexandra! Komm schon, Alexandra!«

Schweigen.

Er schrie: *»Aidez-moi! Je veux aller à Paris demain avec ma femme!«*

Wieder tiefes Schweigen.

Er rannte in den Wald hinein. Sie war fort. Er sah sich genau um. Schließlich entdeckte er die Stelle, wo zwei Menschen gestanden haben mußten. Es hatte keinen Kampf gegeben, kein einziger Laut war zu hören gewesen. Georges hatte sie geraubt; entweder hatte er sie getötet oder bewußtlos geschlagen. Nein, wenn er sie getötet hätte, dann hätte er ihre Leiche hier zurückgelassen. Douglas suchte fieberhaft weiter. Bald fand er auch die Stelle, wo ein Reitpferd an einen Eibenbaum gebunden gestanden hatte. Er sah, daß die Pferdespuren aus dem Wald führten und daß die Hufe tiefer in die Erde eingesunken waren, weil das Tier nun zwei Menschen auf seinem Rücken trug.

Er hatte kein Pferd zur Verfügung. Da war nur die Kutsche und eine Verfolgung nicht möglich. Nach einer Stunde erst rollte die Kutsche in Terkton-on-Bryne ein, wo er sich ein kräftiges, schnelles Pferd besorgen konnte.

Er war wütend. Er hatte Angst. Innerhalb von einer halben Stunde war er zu dem Ahornwäldchen zurückgeritten und verfolgte zehn Minuten später die Pferdespur.

Er flehte inständig, es möge nicht regnen, doch die zunehmenden grauen Wolken am Himmel sahen bedrohlich aus. Cadoudal bewegte sich in Richtung Süden, nach Eastbourne, direkt an die Küste. Hatte er vor, sie nach Frankreich mitzunehmen? Douglas' Blut erstarrte schier in seinen Adern.

Zwei Stunden später goß es in Strömen. Douglas stieß Flüche aus, doch es half nichts – bald waren die Spuren verwischt. Er hatte aber das tröstliche Gefühl, daß Georges, der brillante Stratege, es nicht leicht haben würde mit Alexandra.

Ehe er die Stadt erreichte, war er bis auf die Haut durchnäßt und zitterte vor Kälte. Ihm war klar, daß es so gut wie unmöglich war, Cadoudal im Alleingang zu erwischen. Glück alleine würde ihm nicht ausreichen; er benötigte unbedingt Hilfe. Er benötigte viele Männer, um die Gasthäuser und den Hafen abzusuchen sowie die Passagierlisten zu überprüfen.

Er war erschöpft und wußte, daß er rein gar nichts mehr unternehmen konnte. Trotzdem ritt er noch nach Eastbourne und hielt an drei Gasthäusern. Niemand erkannte seine Personenbeschreibung, oder sie waren von Georges bestochen worden, ihm eine Lüge aufzutischen. Er gab sich geschlagen, setzte sich auf sein Pferd und ritt die zwanzig Kilometer nach Northcliffe Hall, so schnell das Pferd ihn tragen konnte.

Hollis warf einen Blick auf Seine Lordschaft und rief sofort nach dem Kammerdiener. Douglas wurde in sein Schlafzimmer gebracht und in einen warmen Morgenmantel gehüllt. Danach hielt es Hollis für angemessen, ihn über seine Aktivitäten zu informieren.

Er berichtete: »Kutscher John hat uns alles über den Vorfall erzählt. Ich habe Anweisungen gegeben, und nun stehen Ihnen dreißig Männer zur Verfügung. Sie müssen mir nur weitere Befehle geben.«

Douglas sah seinen Butler entgeistert an und wäre ihm am liebsten um den Hals gefallen. Statt dessen murmelte er mit erschöpfter Stimme: »Georges Cadoudal hat sie entführt, und ich fürchte, daß er sie schon nach Frankreich verschleppt hat. Ich habe seine Spur beinahe bis nach Eastbourne verfolgen können, doch dann begann es zu regnen. Bei den örtlichen Gasthäusern hatte ich kein Glück.«

Hollis klopfte ihm auf die Schulter, als wäre er noch ein zehnjähriger Knabe. »Seien Sie unbesorgt, Mylord. Sie geben mir die

Beschreibung dieses Cadoudal, und ich werde sie an die Männer weitergeben. Sie können sich in einer Stunde auf den Weg machen. Was Sie betrifft, Sie werden erst einmal ruhen, ehe Sie dieses Zimmer verlassen. Ich bringe Ihnen etwas zu essen und einen guten Tropfen Brandy. Das wird Sie bald wieder auf die Beine bringen.«

Innerhalb von dreißig Minuten waren zweiundzwanzig Männer nach Eastbourne ausgeschwärmt. Hollis agierte wie ein echter General.

Dann erklärte er Douglas: »Ich habe auch Lord Rathmore benachrichtigt. Ich erwarte ihn in Kürze. Seine Lordschaft hat Sie noch nie im Stich gelassen.«

Douglas brummte und nippte an dem wärmenden Brandy. Er hatte sich sattgegessen und das Kaminfeuer war warm und behaglich. Er lehnte sich in seinem Sessel zurück, schloß die Augen und schlief eine Stunde fest. Danach erwachte er frisch und ausgeruht.

Kaum hatte er die Augen geöffnet, erblickte er Sinjun, die neben seinem Sessel stand. Einen Augenblick lang vergaß er alles und sagte: »Hallo, Range. Wo steckt Alexandra?«

Doch dann traf ihn die Wirklichkeit wie ein Schlag. Sinjun sah ihn erbleichen.

»Es tut mir ja so leid, Douglas. Auch wenn Mama dagegen ist, ich werde dir bei deiner Suche Gesellschaft leisten. Soll ich Tysen Bescheid geben?«

»Nein, laß ihn in Oxford.« Douglas stand auf und streckte sich. »Ich kann es einfach nicht glauben«, sagte er.

»Es ist spät, Douglas. Zu spät, um deine Suche fortzusetzen. Es ist beinahe Mitternacht.«

»Zweiundzwanzig Männer suchen da draußen, Sinjun. Ich muß zu ihnen.« Er hielt inne und nahm ihr Gesicht sanft in seine Hände. »Ich danke dir, daß du mich begleiten wolltest, doch muß ich dich bitten, hierzubleiben und nach dem Rechten sehen. Du kennst doch Mama ... nun, ich möchte die Gewißheit haben, daß alles bereitsteht, wenn Alexandra zurückkehrt.«

Douglas ritt von Northcliffe Hall nach Eastbourne. Es hatte zu regnen aufgehört, und ein Halbmond leuchtete ihm den Weg. Er begegnete McCallum, seinem obersten Stallburschen, im Drowning Duck Inn bei den Docks von Eastbourne.

»Ah, Eure Lordschaft hat sicher einen Schoppen dringend nötig. Setzen Sie sich. Ich werde Ihnen berichten, was wir herausbekommen haben. Ich habe dieses Gasthaus zum Hauptquartier erklärt;

alle halbe Stunde wird mir Bericht erstattet. So ist's recht, trinken Sie Ihr Ale und machen Sie es sich bequem. Nun hören Sie zu, Mylord.«

Um zwei Uhr morgens kamen fünf Männer in die Schankstube mit der Nachricht, daß sich Cadoudal und Ihre Ladyschaft auf einem schnellen Paketboot eingeschifft hatten. Leider konnten sie ihnen aufgrund der ungünstigen Strömung nicht folgen, außerdem blies der Sturm gerade landeinwärts. Da war nichts zu machen, bis der Sturm sich verzogen hatte.

Douglas wies McCallum an, die Männer nach Hause zu schicken. Um vier Uhr morgens war er wieder auf Northcliffe Hall.

Er trat in Alexandras Schlafzimmer und legte sich auf ihr Bett. Er starrte an die Decke, erschöpft, aber hellwach. Er erinnerte sich an jedes einzelne grobe Wort, das er gegen sie gerichtet hatte. Er erinnerte sich an ihren verletzten Blick, als er über Melissande sagte, sie hätte sich wie eine Lady benommen und ihrem Mann gehorcht.

Ein tiefer, brennender Schmerz durchfuhr ihn. Es überkam ihn eine große Leere. Es war etwas Ungewohntes, doch nicht Unerwartetes; jetzt nicht mehr, da er endlich erkannt hatte, daß er ohne seine Frau nicht leben konnte.

Am nächsten Tag hatte sich der Sturm in einen Orkan verwandelt. Niemand ging außer Haus. Der Regen peitschte gegen die Fensterläden, Donnerschläge erschütterten die Erde. Die Äste der Pappeln wurden vom tobenden Wind beinahe zu Boden gedrückt. Douglas betete, daß Georges Alexandra sicher nach Frankreich gebracht hatte. Selbst während seines Gebetes lachte er bitter.

Seine Mutter, Lady Lydia, spürte, daß diese arrogante Frau, die vorher ihrem Sohn völlig fremd gewesen war, nun von ihm mit anderen Augen betrachtet wurde. Sie war nicht dumm; sie behielt ihre Gedanken wie – ›Laß doch das dumme Ding, wo es ist‹ – lieber für sich. Sinjun hingegen versuchte, ihren Bruder abzulenken.

Umsonst. Draußen tobte der Sturm. Sogar Hollis hatte einen besorgten Zug um den Mund. Im gesamten Haushalt herrschte angespannte Stimmung. Niemand sagte ein Wort.

In dieser Nacht schlief Douglas in Alexandras Zimmer. Sein Schlaf war tief und fest. Allerdings einzig und allein aus dem Grund, weil Hollis etwas Laudanum in seinen Wein getan hatte. Er träumte von Alexandra; sie stand lachend bei den Ställen und tätschelte die Nüstern ihrer Stute, während sie ihm erklärte, wie sie ihn aus tiefstem Herzen liebte …

Dann erwachte er. Alexandra stand neben seinem Bett und sprach zu ihm.

KAPITEL 22

Entgeistert starrte er sie an, zwinkerte mit den Augen. Doch, nein, sie war's, sie stand an seinem Bett. Er sah sie ganz deutlich vor sich. Sie lächelte sanft zu ihm herab und sagte: »Es geht ihr gut.« Hatte sie tatsächlich etwas gesagt? Er hatte die Worte ganz deutlich gehört.

Es war nicht Alexandra. Er streckte seine Hand aus. Sie trat schnell einen Schritt zurück, schien sich dabei kaum zu bewegen, aber er hatte sie am Ärmel berührt und nichts gespürt, nur Luft.

Die Angst schnürte ihm die Kehle zu, die Angst vor dem Unbekannten, vor Gespenstern, vor Kobolden und vor bösen Geistern, die in Schubladen hausten und nachts herauskrochen, um kleine Knaben zu erschrecken.

»Nein«, rief Douglas. »Nein, es gibt dich nicht wirklich. Ich bin krank vor Sorge, du bist ein Gehirngespinst, das mich quälen will, weiter nichts, nichts, zum Teufel mit dir!«

Die langen glatten Haare waren hell, beinahe weiß, und ihr Gewand floß in leichten Wellen um ihre Gestalt, trotz der stickigen, reglosen Luft. Natürlich hatte er sie schon einmal gesehen, besser, er hatte sie sich schon einmal in seiner überspannten Fantasie heraufbeschworen. Sie war ihm in der längst vergangenen Nacht erschienen, als Alexandra von ihm davonlaufen wollte.

Unvermittelt sah Douglas Alexandra vor seinem geistigen Auge. Sie lag in einer engen Kammer auf einem schmalen Bett. Ihr Kleid war zerknittert und zerrissen. Die Haare fielen ihr wirr ins Gesicht. Obwohl sie blaß war, entdeckte er keinerlei Spuren von Angst auf ihrem Gesicht. Hand- und Fußgelenke waren gefesselt. Sie lag wach, er sah sie direkt vor sich, wie sie krampfhaft einen Fluchtplan überlegte, so daß er lächeln mußte. Sie hatte wirklich Mut. Ebenso deutlich sah er dann das Bauernhaus in dem Dorf vor sich, wo sie sich befand. Es war in Etaples. Dann verschwand sie.

Georges Cadoudal hatte Sinn für Ironie.

Douglas ließ es nicht darauf beruhen. Mit einem Satz sprang er aus dem Bett und stürzte sich in die Richtung, wohin sie verschwunden war. Nichts.

»Du abscheuliches Nichts, komm sofort zurück! Feigling! Du lächerliches Hirngespinst!«

Außer dem Regen, der beständig gegen die Fenster trommelte und hie und da einem Ast, der gegen eine Fensterscheibe peitschte und kratzte, war nichts zu vernehmen.

So stand er eine ganze Weile ratlos da, nackt und vor Kälte zitternd. Er hatte Kopfweh.

Bei Morgengrauen nieselte es nur noch. Um sieben Uhr früh hatten sich die Wolken verflüchtigt, und die Sonne ging auf.

Douglas lief die Treppen hinunter und ging ins Frühstückszimmer. Tony Parrish saß am Tisch, trank Kaffee und verspeiste Eier mit Speck und geräucherten Hering.

Er sah hoch und begrüßte seinen Cousin. »Setz dich und iß. Danach machen wir uns auf die Suche. Wir werden sie finden, Douglas, keine Sorge.«

»Ich weiß«, erwiderte Douglas und leistete ihm Gesellschaft.

Tony wartete ab, bis Douglas etwas gegessen hatte. »Was soll das heißen, du weißt?«

Douglas lächelte nur und sagte: »Georges Cadoudal hat sie nach Etaples entführt. Wir werden ihn im Nu erwischen. Wir nützen die Gezeiten aus und erreichen Frankreich mit etwas Glück in acht Stunden. Dort werden wir uns Pferde mieten und in aller Frühe in Etaples sein.«

»Woher weißt du, wo sie steckt, Douglas? Hat Cadoudal eine Forderung nach Lösegeld hinterlassen?«

»Hat er«, erwiderte Douglas und biß in ein Stück Brot. »Ja, ich hätte mich schon früher aufgemacht, doch der Sturm hat mich aufgehalten. Ist Melissande bei dir?«

»Ja, sie schläft noch.«

»Aha.«

»Erzähle mir doch etwas über diesen Burschen Cadoudal und den Grund, weshalb er Alexandra entführt hat.«

Douglas erzählte ihm die Wahrheit. Warum sollte er auch nicht? Allerdings erzählte er ihm weder von Cadoudals Plan, noch von den eine Million Guineen, die die englische Regierung für den Sturz Napoleons, für einen Aufstand in Paris und für die Inthronisierung Louis' XVI. Bruder, dem Comte von Artois, zur

Verfügung gestellt hatte. Doch berichtete er ihm von Janine Daudet. Diese Frau hatte vor ihrem Geliebten Georges Cadoudal behauptet, daß er, Douglas, der Vater ihres Kindes sei. Sie war zu sehr verängstigt gewesen, um ihm zu gestehen, daß General Belesain oder einer seiner Männer, denen er sie überlassen hatte, sie geschwängert haben könnten. Einmal ausgesprochen, gab es kein Zurück für sie. Sie hatte nicht geahnt, daß Georges nach Rache sinnen würde.

»Die Frau ist verrückt!« warf Tony ein. »Warum sollte sie dir diese Gemeinheit antun, Douglas? Du meine Güte, schließlich hast du sie gerettet!«

Douglas rückte den Stuhl zurück und erhob sich. »Das erzähle ich dir auf dem Weg nach Eastbourne.«

Die Luft war frisch und kühl, und eine leichte Brise wehte ihnen ins Gesicht. Garth war voller Energie und ausgelassen, und Douglas hatte alle Hände voll zu tun, um ihn im Zaum zu halten. Beide Männer waren mit Pistolen und Messern bewaffnet. Sie trugen hohe Schaftstiefel, Wildlederhosen und Capes.

Schließlich sagte Douglas zu Tony: »Sie meinte, ich wäre nicht mit ihr ins Bett gegangen, da General Belesain sie zur Hure degradiert hatte. Natürlich stimmte das nicht. Was den General betrifft, gut möglich, daß er sie als seine Hure angesehen hat, die er seinen Freunden, seinen Gästen, wem immer, zur Verfügung stellen konnte. Er hat sie mir angeboten, damit ich mich mit ihr vergnüge. Warum also nicht auch anderen Männern, ehe ich kam? Jedenfalls war sie außer sich und gekränkt, und sie hat jeden hinters Licht geführt, als sie wußte, daß sie schwanger war.«

Tony schüttelte den Kopf. Er fluchte. Dann dachte er laut mit finsterem Blick nach: »Warum hat dir Cadoudal einen Brief geschickt? Wenn er nach Rache sinnt, wäre es nicht einfacher gewesen, Alexandra einfach wortlos zu entführen? Verlangt er Geld?«

»Nein. Er verlangt etwas anderes.«

Tony wollte schon weiterfragen, doch der Anblick von Douglas' finsterer Miene hielt ihn zurück.

Sie erreichten Eastbourne pünktlich. Douglas mietete eine verwitterte, doch tüchtige Schaluppe. Der Kapitän fluchte zwar, was das Zeug hielt, doch die Mannschaft schien das wenig zu bekümmern und ging seelenruhig ihrer Arbeit nach.

Siebeneinhalb Stunden später erreichten sie Calais.

Sie schlug wild um sich, als er sie auf dem Pferd an sich gepreßt hielt. Er hatte ihr mit der Pistole auf den Kopf geschlagen, um sie zur Ruhe zu bringen. Der Schlag war sehr fest gewesen. Als sie wieder zu sich kam, hatte sie dröhnendes Kopfweh, und es war ihr übel. Sie saß gegen einen Eichenbaum gelehnt. Da ihre Hände gefesselt waren, beschloß sie, sich nicht zu übergeben. Sie wollte stark sein; sie wollte ihren Körper im Griff haben. Kaum daß sie die Zeit hatte, ihre Gedanken zu sammeln, stand er schon vor ihr und zwang sie, eine Flüssigkeit zu schlucken. Ehe sie das Bewußtsein verlor, roch sie Meeresluft.

Wieder bei einigermaßen klarem Verstand, wurde ihr klar, daß er sie betäubt hatte. Aber für wie lange? Sie hatte keine Ahnung, wo sie sich befand, irgendwo in einem kleinen Haus, auf einem Bett, gefesselt, schmutzig, hungrig und sehr durstig. Aber wo?

Sie war mutterseelenallein. Welche Wachtposten er auch immer aufgestellt haben mochte, sie befanden sich wohl alle vor der einzigen Tür des Raumes. Ihre Gedanken waren noch etwas verschwommen. Sie schloß die Augen, um sich zu sammeln.

»Sie sind also wieder wach. Ich hoffte, Sie nicht getötet zu haben. Ich kann aber das rechte Quantum an Laudanum nie richtig einschätzen. Natürlich«, fügte er dann schnell hinzu, »zeichne ich mich perfekt in allen anderen Dingen aus.«

Sie öffnete die Augen. Er stand vor ihrem Bett und sah zu ihr hinab. Wie war er nur so lautlos in ihr Zimmer gekommen? Er sah erschöpft aus, seine Züge waren angespannt, die Augenlider verquollen. Seine langen, schwarzen Haare hatten dringend Wasser und Seife nötig. Er trug die Kleidung eines englischen Gentlemans, sie war von guter Qualität, doch zerknittert und schmuddelig. Sein gefährlicher Gesichtsausdruck ging ihr durch Mark und Bein. Trotzdem empfand sie seltsamerweise keine Furcht vor ihm, zumindest nicht in diesem Augenblick, denn Douglas befand sich ja in Sicherheit.

»Ich bin froh, daß Sie mich nicht auch noch vor Schreck umgebracht haben. Ich habe Sie überhaupt nicht gehört. Sie müssen auf Katzenpfoten herangeschlichen sein.«

Er zuckte kurz zusammen, dann hob er die Schultern. »Jawohl, ich verfüge über vielfache Talente, doch Rache ist ein Talent, das ich in eine spezielle Kunst verwandelt habe. Ich überlasse nichts dem Zufall, nichts, was Ihren verdammten Mann auf meine Spur bringen könnte. Ihr Gemahl wird Sie niemals finden, also lassen

Sie von vornherein jegliche lächerliche Hoffnungen fahren, daß er es könnte.«

Immer noch fürchtete sie sich nicht, obwohl sie flach auf dem Rücken gefesselt auf einem Bett lag. »Ich sage Ihnen ganz ehrlich, Monsieur Cadoudal, ich wünsche mir nur, daß mein Mann in Sicherheit ist. Er ist das Wichtigste für mich.«

Georges lachte böse, was seinen schwarzen Augen einen satanischen Ausdruck verlieh. »Wie rührend. Was sind Sie doch für ein romantisches Kind. Nun, ich vermute, Ihre kindliche Ergebenheit stellt im Moment für Lord Northcliffe eine große Befriedigung dar. Zudem stelle ich mir vor, daß Sie sein Wohlgefallen erregt und jung genug sind, um ihm zeitweiliges Vergnügen zu schenken. Männer seines Kalibers finden jedoch niemals Befriedigung, auch nicht bei einer kleinen Jungfrau, die zu ihm wie zu einem Helden aufschaut. Vor Ende des Sommers hätte er Sie hintergangen.«

Alexandra sah ihn böse an. Nur weil sie ihren Mann liebte, meinte er, sie betrieb Heldenverehrung? Sie hätte ihm gerne beigebracht, daß sie nicht so ein dummes Ding war, statt dessen sagte sie: »Sie denken an Janine.«

Wieder zuckte Georges Cadoudal zusammen. »Woher wissen Sie über Janine Bescheid? Hat er tatsächlich die Stirn besessen, Ihnen zu erzählen, was er ihr angetan hat? Hat er damit geprahlt? Vor Ihnen? Seiner Frau?«

»Er hat mir erzählt, er hätte sie aus Frankreich gerettet und nach England gebracht.«

»Ha! Douglas Sherbrooke kann man ebenso viel vertrauen wie jedem anderen skrupellosen Engländer. Er hat mich hintergangen. Er hat sie geschändet. Die Bestie, die sie gefangenhielt, hat sie ihm offeriert, weil er beim Kartenspiel verloren hatte. Er hat sie mehrmals vergewaltigt. Dann hat er ihre Mitarbeit gefordert, denn meine Janine ist stark und nicht leicht unterzukriegen. Das war sein Preis, um sie heil nach England zu bringen.«

»O nein, Douglas würde so etwas niemals tun. Er ist ein Gentleman und ein Ehrenmann. Sie irren sich. Diese Janine hat Sie angelogen. Ich würde nur zu gerne wissen, warum sie das getan hat, aber leider kann ich kein Französisch, also konnte ich nicht verstehen, was sie zu Douglas sagte. Zwar habe ich mich bei ihm danach erkundigt, doch er meinte, das sei nicht meine Angelegenheit.«

Georges Cadoudal hatte vorgehabt, dieses kleine Hühnchen zu vergewaltigen und sie dann geschwängert zu Douglas zurückzuschicken. Keinen Moment zweifelte er dabei an seiner Männlichkeit. Es würde nicht lange brauchen. Es wäre eine ›Aug'-um-Aug'‹-Sache gewesen. Danach würde er seinen Plan, Napoleon zu entführen, weiterverfolgen. Aber warum brach sie nicht in Tränen aus? Warum bettelte sie nicht um ihr Leben, flehte um Verschonung?

»Was heißt das genau, Sie haben sie mit Douglas reden hören?«

»Es war beim Ball der Ranleaghs. Ich sah sie, wie sie sich an Douglas' Ärmel klammerte. Ich habe versucht zu hören, zu lauschen, wenn Sie so wollen. Aber, wie ich schon sagte, ich spreche nicht Französisch. Es war mir gegenüber äußerst provozierend. Ich drängte Douglas, mir alles zu erzählen, aber er tat es nicht. Ich habe großen Durst. Kann ich etwas Wasser haben?«

Er erfüllte ihr diesen Wunsch einzig und allein deshalb, weil sie ihn völlig aus dem Konzept gebracht hatte. Nachdem er ihre Handfesseln gelöst hatte und zusah, wie sie die Knöcheln rieb, um das taube Gefühl zu vertreiben, überreichte er ihr einen Becher mit Wasser. Dann erst wurde ihm bewußt, daß er sie viel mehr hätte quälen wollen – doch es war zu spät, um ihr den Becher aus der Hand zu schlagen. Sie trank ihn gierig mit Riesenschlucken aus. Sie hatte so großen Durst, daß ihr das Wasser am Kinn hinuntertröpfelte. Mit dem Handrücken wischte sie es ab, dann schloß sie zufrieden die Augen.

Er starrte sie an und hörte sich sagen: »Wollen Sie noch mehr?«

»Ja, bitte. Sie sind sehr gütig.«

»Zum Teufel mit Ihnen, ich bin nicht gütig!« Er stampfte aus dem Zimmer und schlug die Tür hinter sich zu. Sie hörte, wie der Schlüssel sich knarzend im Schloß herumdrehte.

In dem Augenblick, als sie wieder allein war, packte die nackte Angst sie wie mit einem Würgegriff. O Gott, was hatte sie bloß angestellt? Sie hatte so offen und ehrlich wie mit einem Pfarrer zu ihm gesprochen. Sie war ein Närrin gewesen.

Alexandra lehnte sich mit geschlossenen Augen zurück. Sie wünschte sich, Douglas hätte in aller Offenheit mit ihr gesprochen. So wäre sie jetzt in der Lage, die Wahrheit gegen Georges Cadoudal einzusetzen. Erst nach einer Minute wurde sie gewahr, daß ihre Hände nicht gefesselt waren. Sie konnte es kaum glauben. Sie hob die Hände und sah sie sich an.

Neue Energien wallten in ihr auf. Alexandra löste die Fesseln von ihren Füßen, erhob sich und fiel geschwächt wieder aufs Bett.

Einige Zeit verbrachte sie damit, ihre Fesseln zu reiben und immer wieder zu versuchen, aufzustehen.

Als sie schließlich imstande war zu gehen, lief sie auf Zehenspitzen zur Tür. Zwar wußte sie, daß sie zugesperrt war, doch sie versuchte es trotzdem. Erfolglos. Sie wandte sich dem einzigen Fenster im Raum zu: es war schmal, vielleicht zu schmal, um ihre Schultern und Hüften durchzuzwängen. Doch sie mußte es einfach versuchen.

Douglas und Tony ritten von Calais in Richtung Etaples. Es war ein warmer Tag, die Sonne schien hell am Himmel. Es war Markt, die Straßen waren überfüllt mit Wagen und Karren, auf der Straße ruhende Esel sowie Bauern, die ihre Waren schleppten, in Säcken über die Schulter geworfen. In Etaples würde auch Markt sein. Markttage bedeuteten immer ein heilloses Durcheinander. Zudem waren da die französischen Soldaten, die französischen Tischler und sonstige Handwerker, Arbeiter und Schiffsbauer. Cadoudal mußte verrückt gewesen sein, sie hierherzubringen. Es war tollkühn. Es war, als ob man dem Teufel ins Gesicht lachte, es war, als ob man ihm in seinen gegabelten Schwanz kniff.

Tony, der dicht an seiner Seite ritt, sagte: »Hat dir dieser Bursche Cadoudal genaue Instruktionen gegeben, Douglas? Du scheinst den Weg genau zu kennen.«

»Ja«, antwortete Douglas und blickte unverwandt zwischen die Ohren seines Reitpferdes. »Ich kenne den Weg genau.«

»Das verstehe ich nicht. Was will er von dir?«

Douglas schüttelte nur den Kopf. Er konnte diesen verdammten Gespenstertraum nicht aus seinem Kopf vertreiben. Dabei war es nichts als ein Traum gewesen. Er wußte mit einem Mal, daß er so intensiv darüber nachgedacht hatte, wohin Cadoudal Alex verschleppt haben konnte, daß er auf die mögliche Lösung gekommen war.

Ja, es paßte alles genau. Alles, seitdem er wußte, daß Cadoudal sie nach Frankreich entführt hatte. Alles, mit Ausnahme des lächerlichen Gespenstes, der törichten jungfräulichen Braut.

Sogar das Haus, wo er sie gefangenhielt, stimmte. Es war das Bauernhaus von Janines Großmutter. Douglas kannte den Ort. Er diente Cadoudals Zwecken auf ideale Weise. Jawohl, es paßte alles genau.

Es dauerte eine Stunde bis Etaples und dann noch zehn Minuten bis zum Bauernhaus.

Alexandra gelang es, sich aus dem verschmutzten, offenen Fenster zu winden. Mit den Hüften hatte sie etwas mehr Schwierigkeiten, doch schließlich gelang es ihr, durchzuschlüpfen. Sie landete auf allen Vieren mit dem Gesicht im Schlamm. Schwer atmend lag sie für einen Augenblick da, dann hob sie den Kopf, um sich zu orientieren.

Sie befand sich in einem winzigen Garten hinter dem Bauernhof, mit viel Unkraut und nur noch wenig Gemüse. Daneben stand ein verfallener Stall mit sehr alten, schiefliegenden Dachschindeln. Sie hörte Hühner gackern. Eine Ziege, keine drei Meter von ihr entfernt, knabberte an einem alten Stiefel. Sie kaute gemächlich vor sich hin, ohne Alex zu beachten.

Alexandra vernahm keine Stimmen. Nirgendwo ein Lebenszeichen.

Jetzt oder nie! Sie erhob sich und rannte los.

Die Sonne schien sengend auf sie herab. Bald flimmerte es Alexandra vor den Augen. Die Hitze und der Hunger machten ihr schwer zu schaffen. Ihr Atem ging rasselnd und wurde immer mühsamer. Sie war so müde wie noch nie im Leben, doch zwang sie sich, weiterzulaufen, schnell zu gehen, bis schmerzhaftes Seitenstechen sie zwang, wie eine alte Frau zu humpeln.«

Als sie das Hufgetrappel hinter sich hörte und die Erde schier erbebte, hätte sie am liebsten vor Wut laut aufgeschrien, doch sie rannte weiter.

Da ertönte jedoch schon seine laute böse Stimme an ihrem Ohr: »Sie verräterisches Frauenzimmer!«

Im nächsten Augenblick packte er sie um die Taille und schleuderte sie aufs Pferd.

Alexandra drehte sich um und schlug ihm ins Gesicht. Sie traf genau sein Kinn. Beim zweiten Schlag wich er aus, und sie streifte nur seine Wange. Er schüttelte sie wie ein Lumpenbündel und warf sie, Gesicht nach unten, quer über den Sattel. »Halten Sie still, verdammt noch mal!«

Alexandra fühlte, wie ihr schlecht wurde. Sie würde sich übergeben müssen. Verzweifelt versuchte sie sich zu beherrschen, doch es gelang ihr nicht. Sie erbrach sich über dem Sattel, auf seine Wildlederhose, über das Pferd.

Der Hengst wurde von ihren Krämpfen und dem schrecklichem Würgen kopfscheu. Wild bäumte er sich auf und riß die Zügel aus Cadoudals Händen, so daß sie beide zu Boden fielen. Alexandra schlang die Arme um ihren Leib, wobei sie weiter würgte und sich vor Krämpfen schüttelte. Endlich ließen die zuckenden Krämpfe nach und sie blieb reglos sitzen. Sie hielt den Kopf gesenkt und versuchte wieder ruhig zu atmen.

Dann blickte sie zu Cadoudal hoch, der seitlich auf dem Boden lag und zu ihr hinüberblickte.

Sie sagte: »Es tut mir leid. Ich habe versucht, es zu verhindern, doch es ging nicht. Ist das Pferd in Ordnung?«

Er pendelte mit dem Kopf, als wollte er sichergehen, daß sein Gehirn sich noch im Schädel befand. Einige Meter entfernt graste friedlich sein Pferd, völlig ungerührt von dem ganzen Durcheinander.

»Dem Pferd scheint es gut zu gehen, was ganz sicher nicht Ihnen zu verdanken ist.«

Ihr Magen krampfte sich erneut zusammen, und sie stöhnte, bis wieder dieses schreckliche Würgen kam.

Georges Cadoudal erhob sich und klopfte den Staub von seinen Kleidern. Dann packte er sie unter den Armen und zog sie empor. Mit zornigem Gesicht sagte er: »Ihr Anblick ist abstoßend. Sie sehen verboten aus. Ich kann es nicht ausstehen, wenn eine Frau so heruntergekommen aussieht.«

Alexandras Augen schmälerten sich. »Und Sie sehen wie ein Mann aus, der seine Nase zwei Nächte lang nicht aus der Brandyflasche gezogen hat! Ha! Mir zu sagen, ich sehe schrecklich aus!«

Georges Cadoudal lachte.

»Kommen Sie. Ich bringe Sie zurück ins Bauernhaus.«

Wenig später half er ihr vor der Tür vom Pferd. »Gehen Sie hinein. Trinken Sie etwas Wasser. Setzen Sie sich. Wenn Sie auch nur Ihre Nase an der Tür oder an einem der Fenster blicken lassen, dann wird Ihnen das leid tun.«

Hätte Douglas diese Drohung ausgestoßen, dann hätte ihr Alexandra keinerlei Beachtung geschenkt, doch Georges Cadoudal kannte sie nicht. Er war grausam und rücksichtslos und hatte seine Entschlossenheit sehr wohl demonstriert. Möglicherweise hatte er vor, sie umzubringen. Andererseits hatte er ihr Wasser angeboten. Das paßte nicht so recht zusammen.

Sie trat in die Stube des Bauernhofes, trank etwas Wasser und setzte sich dann auf einen der wackligen Stühle.

Als Cadoudal die Tür öffnete und sie hinter sich mit einem Fußtritt schloß, sah sie seelenruhig zu ihm auf. Er hatte seine Wildlederhose gesäubert und trat nun mit einem gefährlichen Grinsen auf sie zu.

Gleichgültig fragte sie: »Werden Sie mich später umbringen?«

»Nein.«

»Was haben Sie dann mit mir vor?«

Er blickte sie fest an.

»Wollen Sie Lösegeld für mich verlangen? Oh, nein!« Ihr blasses Gesicht wurde noch weißer. Er wußte, was ihr durch den Kopf ging. Er würde Lord Northcliffe einen Brief schicken, der würde daraufhin kommen, und Georges würde ihn töten. Nie zuvor in seinem Leben hatte Cadoudal so tief empfundenen Schmerz gesehen. Aber er würde nicht zulassen, daß ihm so etwas unter die Haut ging. Er war in seinem Leben dem Tod schon so oft begegnet, daß ihm diese Situation wie ein friedlicher Kirchenbesuch vorkommen mußte.

Hastig fügte sie hinzu: »Nein, Douglas wird nicht nach mir suchen, das schwöre ich Ihnen. Er ist in meine Schwester Melissande verliebt. Er mußte mich heiraten, sein Cousin hatte mich stellvertretend für ihn geheiratet. Es war alles ein schrecklicher Irrtum. Douglas will mich loswerden, Hand aufs Herz. Bitte, Monsieur. Bitte, es kümmert ihn nicht.«

»Ich nehme nicht an, daß Sie kochen können? Ich wette, Sie sind eine dieser völlig unnützen englischen Ladys, die sich noch nie in ihrem Leben die Hände schmutzig gemacht haben.«

»Ich bin nicht unnütz! Ich kenne mich im Garten gut aus.« Sie hielt inne und fuhr dann langsam fort: »Eigentlich kann ich wirklich nichts kochen, was irgendwie einladend aussieht. Es tut mir leid, aber ich habe auch gar keinen Hunger.«

Er brummte und ging auf die kleine Küche zu, die sich in der hintersten Ecke des Raumes befand. Über die Schulter hinweg knurrte er: »Bewegen Sie sich nicht.«

Sie gehorchte, saß stumm da und beobachtete ihn, wie er mit irgend etwas in der Ecke hantierte.

Einige Minuten später kam er mit zwei Tellern in der Hand zurück. Auf dem einen lag eine dicke Brotscheibe, der andere war mit einem nach Knoblauch duftenden Eintopf gefüllt. Alexandra hätte sich beinahe wieder übergeben.

Ungerührt sagte er: »Essen Sie die Brotscheibe. Das wird vielleicht Ihren Magen beruhigen.«

Sie nagte an dem Brot herum und vermied es, ihn anzusehen, wie er den abstoßenden Eintopf verschlang.

Einige Bissen konnte sie behalten. Sie warf einen Blick auf das kleine Stück Butter, doch wagte sie es nicht, aufs Brot zu streichen. Georges Caudoudal fuhr fort, gierig den Eintopf zu löffeln.

Als sie das Schweigen nicht mehr aushielt, rief sie: »Was haben Sie mit mir vor?«

Er hob den Kopf und sagte: »Ich werde Sie aller Ihrer Kleider entledigen und waschen. Dann werde ich Sie vergewaltigen, wie es Ihr Gemahl mit meiner Janine getan hat. Ich werde Sie so lange behalten, bis Sie schwanger sind. Dann schicke ich Sie zu Douglas zurück.«

Sie starrte ihn an. »Aber«, warf sie ein und neigte ihren Kopf zur Seite, »das macht doch keinen Sinn, nicht wahr?«

Er schleuderte den Löffel an die Wand, sprang von seinem Stuhl auf, und hieb mit den flachen Händen auf den rauhen Holztisch. »Schluß mit Ihrem unnützen Geplapper! Ich mag es nicht. Es geht mir auf die Nerven. Haben Sie mich verstanden?«

»Nein, habe ich nicht. Es scheint mir unendlich dumm und schlicht unehrenhaft und nicht eines Gentlemans würdig, so etwas überhaupt in Erwägung zu ziehen. Wollen Sie mich zwingen? Wollen Sie mich als Gefangene behalten und mich auf diese Weise erniedrigen? Nein, das ist unvernünftig. Außerdem hat mir Douglas erklärt, es braucht seine Zeit, um ein Kind zu zeugen. Wollen Sie mich für die nächsten fünf Jahre behalten?«

Er knurrte in hilfloser Wut. »Zur Hölle mit Ihnen. Fordern Sie mich nicht heraus, es zu tun!«

Sie sah ihn groß an.

»Ach, halten Sie den Mund?«

Sie sagte immer noch nichts.

Schließlich entschloß er: »Ich werde Ihnen etwas Badewasser holen. Ich möchte, daß Sie gut duften, wenn ich Sie nehme.«

Die Hauptstraße von Etaples war vollgestopft mit Marktbuden; die Leute boten alles an – von Kartoffeln bis Brombeeren. Tony und Douglas stiegen von ihren Pferden und bahnten sich einen Weg durch die Menschenmenge.

Douglas fluchte. Sie hätten doch einen Bogen um Etaples machen sollen. Aber er hatte es für besser gehalten, sich gut umzusehen, falls es nötig wäre, sich irgendwo zu verstecken. Wie hatte er nur das Durcheinander und das turbulente Getriebe, das an einem Markttag herrschte, vergessen können?

Sie brauchten zwanzig Minuten, bis sie sich durchgekämpft hatten. Zum Schluß kaute Tony an einem Apfel, und Douglas nagte an einer Karotte.

»Na ja, irgend etwas müssen wir essen.«

Douglas ärgerte sich noch immer.

»Es dauert ja nicht mehr lange, Douglas. Bist du dir aber wirklich sicher, daß sie sich in diesem Bauernhaus aufhält?«

»Sie wird dort sein.«

Douglas kaufte einem Bauern noch mehrere Äpfel ab und einen warf er Tony hinüber. »Iß dich satt, Cousin.«

Sie machten sich auf den Weg.

Der Wasserzuber stand mit dem heißen Wasser, das Cadoudal eigenhändig mit Holz erhitzt hatte, hinter ihr. Sie hatte diese Zeit genutzt, einen Fluchtplan auszuhecken.

»Ihr Gesicht ist verschmutzt.«

»Ich bin auf meiner Nase gelandet, als ich mich aus dem Fenster zwängte.«

»Ziehen Sie Ihre verdammten Kleider schon endlich aus.«

Sie verharrte stumm und schüttelte bloß den Kopf.

Er stieß einen Seufzer aus und machte ein unglückliches Gesicht. Dann packte er sie. Sie wehrte sich wie eine Wildkatze, sie griff ihn an, stieß ihn gegen das Schienbein, daß er vor Schmerzen aufstöhnte. Doch innerhalb von wenigen Minuten stand sie völlig unbekleidet und zitternd vor ihm. Ihre Kleider lagen überall verstreut am Boden.

»So.« Er hob sie an den Achseln hoch und setzte sie ohne Schwierigkeiten in den Badezuber. Dann reichte er ihr einen Waschlappen und ein Stückchen Seife. »Waschen Sie sich. Und zwar gründlich.«

Sie schien ihm völlig gleichgültig zu sein. Das erleichterte und überraschte sie dermaßen, daß sie kein Wort von sich gab und ihn nur mit großen Augen anblickte.

»Waschen Sie sich die Haare. Sie sind schmutzverkrustet. Übrigens mag ich keine roten Haare bei einer Frau.«

Sehr gut, dachte sie und antwortete laut: »Das werde ich.«

Er warf ihr noch einen grübelnden Blick zu und ließ sie dann, Flüche vor sich hin murmelnd, allein.

Alexandra wusch sich mit Wohlbehagen.

Unglücklicherweise war sie so erschöpft, daß sie dabei einschlief. Sie wachte mit einem Ruck auf, als Georges Cadoudal vor ihr stand. »Verdammt noch mal, das Wasser ist ja beinahe kalt. Sie sind eingeschlafen? Sie sollten zumindest einen Fluchtplan schmieden, Sie sollten Todesangst vor mir haben, Sie sollten Schreie ausstoßen, gellende Hilfeschreie. Sind Sie fertig mit dem Baden?«

Sie verneinte und tauchte noch tiefer ins Badewasser hinein.

Er sah sie so streng an wie ein ungezogenes Kind. Dann schnappte er den nassen Waschlappen, seifte ihn gründlich ein, klatschte ihn ihr ins Gesicht und begann heftig zu schrubben.

Sie versuchte zu schreien, doch die Seife in ihrem Mund hinderte sie an ihrem Vorhaben. Dann spürte sie seine Hände auf ihren Brüsten und jeder Faser ihres Körpers erstarrte.

KAPITEL 23

»Donnerwetter!« rief Georges und starrte auf ihre Brüste. Sie versuchte sich seinen Händen zu entziehen. Er schüttelte den Kopf und setzte eine abweisende Miene auf, als müßte er sich zwingen, sie anzusehen. »Die Natur hat es gut gemeint mit Ihnen. Erstaunlich. Solche Brüste, wie Sie sie besitzen, hätten mir früher auffallen müssen. Es beunruhigt mich, daß sie mir nicht aufgefallen sind, aber ich bin zu erschöpft, zu sehr mit meinen Zukunftsplänen beschäftigt, und Sie sind nichts anderes als eine lästige Bürde gewesen, aber …« Fassungslos und unzufrieden mit sich selbst schüttelte er den Kopf.

Gleich darauf hatte er sich wieder im Griff. Er stand auf und warf ihr den Waschlappen zu.

»Beenden Sie Ihr Bad und schlafen Sie nicht wieder ein, das macht es nur noch schlimmer für Sie.«

Sie gehorchte prompt. Ihr kam vor, als ob er sie beobachten würde, während sie aus der Wanne stieg, obwohl er sich schon im anderen Raum befand und ihr nur das zerschlissene Handtuch zuwarf. Schnell wickelte sie sich darin ein.

»Für Ihr Haar«, bemerkte er beiläufig und warf ihr dabei ein zweites Handtuch herüber. »Habe ich Ihnen schon gesagt, daß ich rote Haare bei Frauen nicht leiden kann?«

»Ja, Sie waren mehr als deutlich. Würden Sie jetzt bitte den Raum verlassen, Monsieur?«

»Nein, ich muß mich erst noch sattsehen. Es würde mich erregen, oder sollte es zumindest, und mich befähigen, die Vergewaltigung schnell hinter mich zu bringen.«

»Es wäre mir lieber, Sie täten es nicht.«

Er zuckte auf typisch gallische Art mit den Schultern, das alles und nichts bedeuten konnte. Doch sie wußte genau, was in diesem Fall damit gemeint war.

Sie wickelte das Handtuch fest um ihren Körper. Dann nahm sie das andere Handtuch, das man eher einen Fetzen nennen konnte, für ihre Haare.

Er forderte sie auf: »Kommen Sie in das andere Zimmer. Ich habe ein Feuer gemacht. Es ist kalt, trotz des Sommers. Ich dachte, das Feuer könnte mein Blut in Wallung bringen und außerdem das Zimmer erwärmen. Ich muß es versuchen; ich habe es mir vorgenommen.«

Sie folgte ihm ins Vorderzimmer, während sie die Tür im Auge behielt.

»Selbst wenn es Ihnen gelänge, zu fliehen«, gab er mit unbeteiligter Miene zu verstehen, »kann ich mir nicht vorstellen, daß Sie barfuß und nur mit einem Handtuch bekleidet auf die Straße gehen würden.«

»Sie haben recht«, gab sie zu und stellte sich vor das Kaminfeuer. Es war warm und behaglich. Sie stand davor und rubbelte ihre Haare so lange, bis es schon weh tat, in der Hoffnung, sein Interesse würde abkühlen …

»Schluß damit«, sagte er schließlich, doch erweckte er nicht den Eindruck eines Mannes, der sich an ihr vergehen wollte. Er wirkte eher erschöpft, verärgert und innerlich aufgewühlt.

Sie drehte sich langsam um und sah ihn mit großen Augen an. Er erwiderte ihren Blick, ohne sich zu rühren. Er wollte etwas sagen und sagte dann doch nichts. Dann brummelte er irgend etwas auf Französisch und fuhr sich mit den Fingern durch das Haar. »Na gut«, sagte er schließlich auf Englisch, »zur Hölle mit Ihnen. Warum ausgerechnet Sie? Douglas sollte büßen, der verfluchte Hund, aber ich kann mich nicht dazu bringen, ich …«

Sie wollte ihren Mann in Schutz nehmen, aber es entfuhr ihr nur ein schriller Schmerzensschrei. Sie preßte ihre Hände gegen ihren Leib. Der Krampf wurde heftiger und schüttelte sie, daß sie gegen einen Stuhl stieß. Sie schöpfte tief Luft, als der Krampf etwas nachließ, nur um bei dem folgenden Krampf erneut aufzuschreien.

»Was, zum Teufel, ist los mit Ihnen? Sie können unmöglich krank sein. Das paßt mir ganz und gar nicht ins Konzept.«

Ihr Gesicht war aschfahl, ihr Mund schmerzverzerrt.

»Woher sollten Sie denn Krämpfe bekommen? Das ist doch lächerlich! Weder wurden sie vom Pferd geschüttelt, noch haben Sie viel gegessen. Schluß damit, hören Sie? Wie ich schon sagte, es paßt mir nicht.«

Der Krampf ließ nach, und sie spürte eine heiße, klebrige Flüssigkeit zwischen ihren Beinen. Sie blickte nach unten und sah Blut in Rinnsalen an ihren Beinen hinunterlaufen. Sie hob den Kopf und starrte ihn an.

»Was ist mit mir los? Was geschieht mir?« Sie schrie auf und taumelte gegen den Tisch. Tränen brannten ihr auf dem Gesicht; Blut floß ihr heiß die Beine hinunter. Der Schmerz wuchs ins Unerträgliche.

Sie fiel auf den Boden, zog die Beine an, umfaßte ihren Leib, schrie und versuchte den Schmerz zu besiegen, doch er wurde durchdringender und stärker. Sie konnte nichts weiter tun, als wimmernd auf dem Rücken zu liegen.

Georges war sofort bei ihr. Er schlug das Handtuch auf und sah das Blut an ihren Schenkeln und die tiefroten Streifen auf dem Handtuch. Er schluckte. Er war völlig hilflos.

Da flog die Tür zum Bauernhaus auf. Douglas stürmte mit einer Pistole in der Hand herein. »Finger weg von ihr, verdammter Bastard! Ich bringe Sie um, Sie Schweinehund!«

Tony stand direkt hinter Douglas. Er sah Alexandras weißen Körper, erblickte Cadoudal über sie gebeugt und spürte blanke Wut in sich aufsteigen. Hatte sie der Bastard bereits vergewaltigt? O Gott, wie sie blutete, so viel Blut, Blut wohin man sah! Hatte er ihr Gewalt angetan?

Georges Cadoudal wirbelte blitzschnell herum, erblickte Douglas, und ein Gefühl der Erleichterung und Hoffnung ergriff ihn. Doch blieb ihm keine Zeit, eine Erklärung abzugeben, denn Douglas stürzte sich mit einem Hechtsprung quer durchs Zimmer und versetzte ihm einen Fausthieb mitten ins Gesicht. Georges schrie auf. Wieder schlug Douglas zu, diesmal bearbeitete er die Rippen. Georges verteidigte sich nicht, er wollte nur sich selbst schützen.

»Douglas, halt ein!«

Douglas schlug erneut, ehe er Tonys Stimme vernahm.

»Douglas, hör jetzt endlich auf! Alexandra, sie ist verletzt!«

Douglas richtete sich auf, seine rechte Faust schwebte immer noch bedrohlich über Georges' Nase. Er saß immer noch rittlings auf ihm, doch sein Blick ging zu seiner Frau. Sie lag ausgestreckt auf dem Rücken und keuchte vor Schmerz; überall floß Blut, so viel Blut.

Douglas' Faust senkte sich, und Georges ergriff die Gelegenheit, um schnell zu sagen: »Nein, nein, schlagen Sie mich nicht noch einmal. Ich kann nicht noch länger in der Verteidigung bleiben. Ich bin ein Mann und kann mir das nicht weiter bieten lassen. Aber, Gott sei Dank, daß Sie es sind. Schnell! Sie hat eben eine Fehlgeburt erlitten. Verdammt! Ich will nicht, daß sie stirbt. Ah, *mon Dieu!!* So helfen Sie ihr doch!«

»Sie hat *was*?« Douglas befand sich keine zwei Zentimeter von Georges' Gesicht entfernt.

Alexandra stöhnte und versuchte aufzustehen.

»Sehen Sie sie an, Douglas. Ich habe sie nicht vergewaltigt. Ich schwöre, ich würde sie in keinem Fall vergewaltigt haben. Sehen Sie doch, verdammt noch mal! Sie verliert ein Kind!«

In diesem Augenblick erkannte Douglas den Ernst der Lage. Er sprang mit einem Ruck von Georges hoch und kniete in der nächsten Sekunde neben seiner Frau. »Georges, bringen Sie heißes Wasser und saubere Wäsche, auf der Stelle! Tony, geh ins andere Zimmer und hole die Matratze vom Bett. Wir lassen sie hier vor dem Kaminfeuer liegen.«

Die beiden Männer parierten sofort. Allerdings schwankte Georges noch etwas. Aber beide waren froh, etwas zu tun.

Douglas kümmerte sich um seine Frau. Sie stöhnte und warf den Kopf von einer Seite zur anderen, während die Krämpfe sie schüttelten. Als sie etwas nachließen, lag sie mit geschlossenen Augen da und rang nach Luft.

»Alexandra«, rief er und nahm ihr Gesicht in seine Hände. »Alexandra.«

Sie öffnete die Augen und sah ihn groß an. Zu seinem Erstaunen lächelte sie. »Ich wußte, du würdest kommen. Bitte, hilf mir, Douglas. Es tut so furchtbar weh. Bitte mach irgend etwas, damit es aufhört.«

»Ich helf dir schon, Liebling.« Er hob sie auf und legte sie behutsam auf die Matratze, die Tony dicht vor den Kamin gelegt hatte.

»Nun hör mir gut zu. Du verlierst ein Kind. Es ist noch sehr klein, und das Ganze wird daher schnell vorüber sein, das verspreche ich dir. Halt durch, mein Liebling. Jetzt werde ich die Tücher an die Stelle pressen, um die Blutung zu stillen. Kämpf nicht gegen den Schmerz an. So ist's gut, halt meine Hand fest, so fest du willst. Ja, genau so.«

Ein scharfer Schmerz durchfuhr ihn, so fest drückte sie zu.

Er betete, es möge alles schnell vorbei sein. Er wußte so gut wie nichts über Fehlgeburten. Es war einfach kein Thema, worüber man unter Männern sprach.

Ihr Körper wurde plötzlich steif, sie bäumte sich auf und schrie gellend. Er fühlte, wie ein schwerer Blutschwall aus ihrem Körper trat. Er sickerte durch die Tücher und floß über seine Hand.

Sie blickte zu ihm hoch, mit stumpfen Augen. Sie war ohnmächtig geworden.

»Hier ist heißes Wasser«, meldete sich Georges Cadoudal. »*Mon Dieu,* wie geht es ihr, Douglas?«

»Sie wird wieder gesund. Ich drehe ihr den Hals um, wenn sie es nicht wird.«

Georges sah ihn befremdet an. »Sie hat mir erzählt, Sie würden ihr nicht folgen. Sie war auch der festen Überzeugung, Sie würden ihre Schwester lieben. Sie bildete sich auch ein, daß es Ihnen gleichgültig sei, was ich ihr antun würde.«

»Sie hat manchmal verquere Ansichten«, erwiderte Douglas, ohne Georges eines Blickes zu würdigen, denn er hatte nur Augen für seine Frau.

»Ja, den Eindruck habe ich auch. Sie ist ungewöhnlich.« Georges fuhr sich mit den Händen durchs Haar und seufzte. »Ich hätte es nicht über mich gebracht, sie zu vergewaltigen. Das ist die Wahrheit. Zum Teufel, ausgerechnet ich, der ich in der Lage bin, hundert Männer zu töten, aber so etwas … Es tut mir leid, daß ich sie entführt habe, Douglas. Das war nicht recht von mir. Sie haben doch nicht etwa Janine vergewaltigt, oder?«

»Nein.«

»Die Kleine hier war sich sicher, daß Sie es nicht getan haben. Sie sind doch ein Ehrenmann.«

Douglas lächelte nur und säuberte Alexandra.

Tony brachte eine Decke und hüllte Alex darin ein. Er legte seine Hand auf ihre Stirn. Sie fühlte sich kalt an.

Georges Cadoudal wandte sich ab. Zu Douglas' Erstaunen

wirkte er so, als quälte ihn etwas. Dann sprach er wie bei einer Beichte: »Ich habe das alles verursacht.«

Douglas musterte ihn mit unbewegter Miene. »Erzählen Sie mir, was passiert ist.«

»Sie ist mir entwischt. Ich gab ihr Wasser zu trinken und vergaß danach, ihre Hände wieder zu fesseln. Mir ist nicht klar, wie sie es geschafft hat, aber es ist ihr gelungen, sich durch das enge Fenster im Schlafzimmer zu zwängen. Dann landete sie mit dem Gesicht voraus im Schlamm. Sie lief um ihr Leben, aber ich habe sie wieder eingefangen. Ich warf sie quer über den Rücken meines Pferdes. Dann übergab sie sich.«

»Ich habe gehört, eine Fehlgeburt ist eine ziemlich natürliche Sache«, erklärte Tony. »Wenn dem männlichen Samen nicht bestimmt ist, im weiblichen Schoß zu verweilen, stößt ihn der Körper wieder ab. Das geschieht hin und wieder.«

»Nein, wenn ich sie nicht entführt hätte, wäre es nicht passiert.«

»Ganz recht«, pflichtete ihm Douglas bei, ohne sich vom blassen Gesicht seiner Frau abzuwenden. »Ich habe vor, Sie dafür totzuprügeln.«

»Um Gottes willen, Douglas«, mischte sich Tony ein, »niemand wird je erfahren, ob ihn eine Schuld trifft oder nicht. Verprügelt hast du ihn ja bereits. Was geschehen ist, kann nicht mehr rückgängig gemacht werden. Sie wird gesund werden, und du wirst deinen Nachfolger bekommen. Abgesehen davon, wenn Cadoudal wirklich eine Schuld treffen sollte, wird er zur Hölle fahren, und der Teufel wird ihn bis in alle Ewigkeit bestrafen.«

»Ich bezweifle, daß der Teufel Zeit findet, Cadoudal für diese besondere Missetat zu bestrafen. Er hat zu viele andere Untaten begangen.«

Douglas hielt kurz inne, ehe er hinzufügte: »Und außerdem pfeife ich auf den heißersehnten Erben.« Douglas blickte Georges wortlos an. »Wenn sie stirbt, bringe ich Sie um. Dann kann sich der Teufel mit Ihnen vergnügen.«

»Ich sehe ein, daß Sie es auf einen Versuch ankommen lassen müssen«, räumte Georges achselzuckend ein. Sein linkes Auge war durch Douglas' Faustschlag fast gänzlich geschwollen.

Tony schwieg. Georges trat an eines der blinden Fenster des Bauernhauses. Einige Augenblicke verstrichen in völligem Stillschweigen. Erneut stieß Georges wüste Verwünschungen aus.

Tony und Douglas blickten hoch. Georges riß mit einem Ruck die vordere Tür auf.

Janine Daudet stand ohne Begleitung in der offenen Tür, in staubigen, abgerissenen Kleidern, mit einer Pistole in der Hand.

Sie packte Georges, schüttelte ihn und schrie ihn dabei ununterbrochen auf Französisch an: »Sag mir, daß du sie nicht mißbraucht hast, bitte …« Ihre Stimme erstarb, und sie schwieg fassungslos. »Douglas, Sie sind hier?«

»Ja.«

»Wer ist dieser Mann?«

»Das ist mein Cousin, Lord Rathmore.«

»Ah, und diese Frau ist wohl Ihre Gattin. Was fehlt ihr? Dieses viele Blut … O mein Gott, Georges, du hast sie doch nicht umgebracht?«

»Nein«, gab Douglas gefaßt zur Antwort. »Sie hatte eine Fehlgeburt.«

Tony beobachtete die Frau, die nun leise vor sich hinwimmerte, und blickte auf George Cadoudal, der sie in seine Arme schloß und versuchte, sie zu beruhigen. Vorsichtig nahm er ihr die Pistole aus der Hand und ließ sie in seine Tasche gleiten. Die Frau wiederholte fortwährend: »Es ist alles meine Schuld, ganz und gar meine Schuld.«

»Schluß mit dem Gejammer«, zischte Douglas schließlich ungehalten dazwischen. »Halten Sie den Mund, Janine. Es ist sicherlich Ihre Schuld, daß Alexandra jetzt hier ist – halbtot vor Angst, meine ich –, weil Georges ihr mit Vergewaltigung gedroht hat, als Rache für das, was ich Ihnen angeblich angetan habe.«

»Ach was«, widersprach Georges, »sie hatte überhaupt keine Angst. Sie ist aus einem ganz besonderen Holz geschnitzt. In meinem ganzen Leben habe ich noch keine Frau angetroffen, die so wortgewandt wie sie ist. Sie hat mir das Gefühl gegeben, ein ungezogener Schuljunge zu sein, dem der Hintern versohlt gehörte.«

Aber im Grunde wußte er, daß er ihr doch Angst eingejagt hatte. Es tat ihm leid.

Er verstand das alles nicht. In der Vergangenheit hatte er ohne Reue getötet, und er würde auch in Zukunft alles in seiner Macht stehende tun, um die Bourbonen wieder zurück auf den französischen Thron zu bringen. Aber diese Frau war ein Fall für sich.

»Was machst du hier, Janine?«

Auf Douglas' Frage hob sie den Kopf. »Ich mußte einfach kommen, als ich erkannte, was Georges angerichtet hatte. Ich mußte den Lauf der Dinge aufhalten. Mir wurde klar, daß ich ihm die Wahrheit gestehen mußte.«

»Und wie lautet die Wahrheit, chérie?«

Janine riß sich von ihm los, die Augen betreten auf ihre Reitstiefel geheftet. »Er hat mich vergewaltigt, nein, nein, nicht Douglas, sondern der General. Er tat es viele Male, und er zwang mich, bei ihm und bei anderen erniedrigende Dinge auszuführen. Viele Male hat er zugesehen, wenn er mich anderen Männern überließ, und jedes Mal, wirklich jedes Mal, drohte er mir damit, meine Großmutter umzubringen, wenn ich ihm nicht zu Willen wäre. Das Kind, das ich in mir trage, wird niemals erfahren, wer sein Vater ist, weil ich es selbst nicht weiß. Oh, mein Gott.«

Es herrschte völlige Stille. Nur ihr leises Schluchzen war zu vernehmen.

»Warum hast du Lord Northcliffe beschuldigt?« wollte Georges wissen. Tony zuckte bei der strengen Feierlichkeit seiner Stimme und seiner Worte zusammen.

»Er war hochanständig zu mir.«

»Gewiß, ein edler Zug von ihm.«

»Die Sache stand auf der Kippe«, fügte Douglas glatt hinzu. »Sie hatte Angst, Sie würden sie nicht mehr begehren, wenn Sie erfahren würden, was General Belesain mit ihr angestellt hatte. Ich hätte einen besseren Vater abgegeben, als jeder dieser Bastarde.«

Georges zischte durch die Zähne. »Das gesamte Pack soll verrecken.«

»Ja, ganz meine Meinung«, pflichtete ihm Douglas bei.

Tony gab nach einigen Augenblicken angespannter Stille zu bedenken: »Das ist ja alles sehr interessant, aber ist dann nicht dieser Schurke Belesain für das ganze Leid verantwortlich? Warum verpassen wir unserem Freund nicht eine Lektion, die er nie vergessen wird?«

Georges Cadoudal lächelte selten. War er einmal von seiner Sache überzeugt, verfolgte er sie gnadenlos. Güte konnte er sich nicht erlauben. Alle Freude für das Leben hatte er vor vielen Jahren verloren, als er mit ansehen mußte, wie Robespierre seine Eltern und seine zwei Schwestern umgebracht hatte. Er war ein Mann mit festen Grundsätzen; Männer mit festen Grundsätzen lächelten seiner Ansicht nach nicht.

Doch jetzt überzog ein breites Grinsen sein Gesicht.

»Jesus, ja! Wie könnte ich ihn umbringen? Da gibt es eine Reihe von Methoden. Wirklich sehr zahlreiche. Der Spielraum ist groß und die Auswahl vielfältig.« Er rieb sich die Hände, die Augen glitzerten, Strategien und Pläne schossen ihm durch den Kopf.

Douglas gab zu bedenken: »Sie vergessen, daß er von zahlreichen Soldaten umgeben ist. Er lebt in einer Art Festung. Seine Wachen begleiten ihn überall hin. Zudem kennt er mich, Sie und Janine vom Sehen.«

Schweigend grübelten sie weiter.

Schließlich sagte Tony: »Mich hat er noch nie gesehen.«

»O nein, dieser Kampf ist nicht deine Sache, Tony«, stellte Douglas ganz klar fest.

»Da bin ich mir nicht so sicher, es …«

Alexandra stöhnte leise auf. Sie öffnete ihre Augen und erblickte Douglas, der ihr sanft zulächelte.

»Ich habe unser Kind verloren, ich habe deinen Nachfolger verloren, Douglas, und das war alles, was du von einer Frau erwartet hast. Ich habe versprochen, deine Zuchtstute zu sein, doch ich habe versagt. Ich bin so entsetzlich traurig, doch …«

»Du bist jetzt still. Es ist geschehen und damit basta. Ich möchte, daß du gesund wirst. Nur du zählst. Hast du mich verstanden? Ich lüge nicht. Es ist die volle Wahrheit.«

Er konnte den Schmerz in ihren Augen nicht ertragen. Er wollte ihr etwas Tröstliches sagen, bemerkte aber, daß sie nicht mehr weinte. Ihre Augen waren jetzt schmale Schlitze. Ihre Wandlungsfähigkeit war bemerkenswert. Sie brachte es fertig, in einem Moment mitleiderregend zu weinen und sich im nächsten Augenblick als Teufelsweib zu entpuppen. »Was hat diese französische Schlampe hier zu suchen? Ist sie wieder hinter dir her, Douglas? Das dulde ich nicht, verstehst du! Sage mir, wie ich ihr das auf Französisch klarmachen kann, bitte.«

»Also paß auf, sag einfach: *Je suis la femme de Douglas et je l'aime. Il es à moi.*«

Sie blickte ihn mißtrauisch an.

»Du willst ihr damit sagen, daß du meine Frau bist und mich liebst, und daß ich zu dir gehöre.«

»Wiederhole es bitte.«

Das tat er denn auch Wort für Wort.

Alexandra öffnete ihren Mund und schrie die Wörter Janine Daudet entgegen.

Es folgte ein verdattertes Schweigen, dann bemerkte Georges nachdenklich: »Ich glaube, es gefällt mir besser, wenn Sie Ihr *merde* zum Besten geben.«

Douglas lächelte, was er gar nicht für möglich gehalten hätte. Alexandra blickte noch immer mit zusammengekniffenem Mund zu Janine Daudet hinüber. »Douglas, sag ihr bitte, wenn sie jemals wieder Lügengeschichten über dich verbreitet, wird sie es sehr bereuen.«

Douglas zögerte keine Sekunde. Er sagte es Janine auf schnellem Französisch. Sie blickte entgeistert von ihm zu Alexandra, dann nickte sie zustimmend.

Georges rieb sich seinen Kieferknochen und wandte sich dabei an Douglas: »Ich bin Ihnen dankbar dafür, daß Sie ihn nicht gebrochen haben.«

»Du hast ein blaues Auge«, stellte Janine fest. »Hat sie dir das zugefügt?«

»Nein, es wäre allerdings gar nicht so abwegig zu denken, daß sie sehr wohl in der Lage wäre, mir beide Augen blau zu färben.«

Es war ein Uhr nachts. Der Mond war verschwunden. Die drei Männer eilten tief gebückt von Baum zu Baum, um unbemerkt vorwärtszukommen.

Im Haus des Majors in Etaples brannten keine Lichter. Vier Wachsoldaten bewachten das Gelände. Sie unterhielten sich leise untereinander, um sich Langeweile und Müdigkeit zu vertreiben.

Die drei Männer lauerten in der Hocke, knapp fünf Meter von den Wachsoldaten entfernt. Douglas flüsterte: »Tony, du nimmst dir den auf der rechten Seite vor. Georges, Sie erledigen den da drüben.«

»Was aber ist mit den restlichen zwei Männern?« wollte Tony wissen.

»Keine Sorge, die gehören mir«, sagte Douglas händereibend.

Georges gefiel das nicht sonderlich. Er war es gewohnt, immer das Sagen zu haben und bei jedem Gefecht das Kommando zu übernehmen. Doch er war in Douglas' Schuld, zudem respektierte er seine Fähigkeiten, und so hielt er seine Zunge im Zaum.

Sie warteten in vollkommenem Schweigen ab, bis die vier Wachsoldaten den äußersten Rand des Geländes erreicht hatten. Daraufhin verteilten sie sich, kauerten sich nieder und waren nur noch Schatten in der Nacht.

Douglas hatte sich vorgenommen, die zwei übrigen Wachsoldaten in dem Moment zu überwältigen, wenn sie dicht beieinander standen. Er war voller Ungeduld. Douglas beobachtete, wie sich Tony an den einen Wachposten heranpirschte. Er blieb vollkommen gelassen. Als er sah, wie Tony den Mann zu Boden beförderte und ihm mit dem Unterarm die Kehle zudrücke, grunzte er zufrieden. Nur ein leises Röcheln war noch vernehmbar. Derweil schnappte sich Georges seinen Wachposten und verdrehte ihm die Arme nach hinten, bis dieser lautlos einknickte.

Douglas ging in Stellung. Die Wachsoldaten näherten sich.

Sie standen jetzt sehr nahe beieinander. Douglas war unhörbar und schnell. Er stand neben ihnen, ehe sie merkten, was gespielt wurde. Unverschämt grinsend begrüßte er sie in tadellosem Französisch: *»Bon soir, Messieurs!«* Dann sauste sein rechter Ellbogen in die Magengrube des einen Wachsoldaten, zugleich traf seine linke Faust die Kehle des anderen. Er wirbelte herum und trat dem einen noch ans Kinn und dem anderen verpaßte er noch einen Schlag gegen die Rippen. Beide fielen wie nasse Säcke zu Boden.

»Gut gemacht«, flüsterte Tony. »Erinnere mich daran, dich niemals zu provozieren, Cousin.«

Douglas knurrte. Es dauerte nicht lange, die Männer zu fesseln und zu knebeln. Dann führte Douglas seine Mitstreiter den Weg am Haus entlang zum Salon, wo er vor so langer Zeit mit General Belesain Karten gespielt hatte. Das Fenster war verschlossen. Douglas zerschlug es vorsichtig mit einer verbundenen Faust. Es war nur ein leises Klirren zu hören.

Tony bildete mit seinen Händen eine Leiter und hievte Douglas hoch. Der schlüpfte durch das Fenster und ließ sich behutsam auf den Boden gleiten, auf dem ein Teppich lag. Kurz darauf folgten Tony und Georges.

Schemenhaft schlichen sie die breite Treppe hoch.

Vor dem Schlafzimmer des Generals hielt ein Soldat Wache. Er saß bequem gegen die Wand gelehnt und schlief seelenruhig mit der Pistole im Schoß.

Douglas schlug ihm mit dem Kolben seiner eigenen Waffe auf die rechte Schläfe, worauf der Mann seitlich zu Boden rutschte.

»Jetzt«, sagte Douglas. Langsam drehte er den Knauf der Schlafzimmertür. Die Tür gab kein Geräusch von sich. Langsam, unendlich langsam, drückte er die Tür nach innen auf. Es ging alles vollkommen geräuschlos vor sich. Er trat ins Zimmer.

Dann blickte er in Richtung Bett, ohne den General zu entdecken. Er wagte sich noch einen Schritt vor, dann erstarrte er zur Salzsäule.

»Aha«, hörte er den General zufrieden sagen, keinen Zentimeter von seinem Ohr entfernt. Der Lauf der Pistole des Generals war in Douglas' Rücken gebohrt.

»Wer bist du, he? Ein Dieb, der in dieses Haus eingedrungen ist? Wohl eher ein Wirrkopf. Gleich werde ich es herausfinden. Ich habe dich gehört, weil ich an Schlaflosigkeit leide.«

Douglas rührte sich nicht von der Stelle. Kein Geräusch drang vom Flur herüber, wo Tony und Georges keinen Meter entfernt warteten.

Ein Kerzenlicht flackerte auf. Für einen Augenblick war Douglas geblendet, als Belesain ihm das Licht direkt vor die Nase hielt.

»Sie sind's«, stieß Belesain verwundert aus. »Das kann ich nicht fassen, das begreife ich nicht. Weshalb sind Sie hier?«

Douglas schwieg.

»Ach, das spielt jetzt auch keine Rolle, Sie müssen ohnehin dran glauben. Es gibt nämlich keinen Grund, Sie nicht auf der Stelle zu töten. Aber eines möchte ich noch wissen. Es gibt vier Wachleute. Ich kann mir nicht vorstellen, daß Sie sie alle außer Gefecht gesetzt hat.«

»Hat er auch nicht«, rief Tony und schmetterte die Tür gegen Belesains Arm. Die Pistole flog in hohem Bogen durch den Raum. Douglas machte abrupt auf dem Absatz kehrt und versetzte Belesain einen gewaltigen Hieb in die Magengrube.

Sein weißes Nachthemd gab in dem dunklen Raum ein vortreffliches Ziel ab, nachdem die Kerze auf den Boden gefallen war.

Georges stürzte durch die Tür und packte Douglas am Arm. »Jetzt bin ich an der Reihe«, erklärte er und schlug dem General seine Faust mit voller Wucht ins Gesicht. Der ging schwer zu Boden, landete auf allen Vieren und verharrte in dieser Stellung, keuchend und leise vor sich hinwimmernd.

»Er ist noch fetter geworden, seit ich ihn das letzte Mal gesehen habe«, stellte Douglas angewidert fest.

»Er kann so dünn wie ein Strich sein und bleibt trotzdem noch ein Schwein«, warf Georges ein und spuckte den General an. »Paß gut auf, Alter. Ich bin Georges Cadoudal und bin hier, um Vergeltung zu üben. Sie haben meine Janine mißbraucht. Sie haben sie nicht nur als Gefangene gehalten, Sie haben sie darüber hinaus entehrt und von anderen Männern ebenfalls schänden lassen.«

»Cadoudal«, entfuhr es dem General blöde, und er hob die Augen. »Mein Gott, Sie sind das.«

»Jawohl.«

Tony blickte ungerührt auf den General, dessen Gesicht aus Angst vor Georges noch weißer als sein Nachthemd wurde. »Es ist deine Entscheidung, Georges. Was hast du mit ihm vor?«

Die Erregung, die sich in Georges Gesicht spiegelte, verriet eine Mischung aus tiefem Schmerz und geballter Wut, die nur schwer zu besänftigen war.

Der General versuchte sich zu rechtfertigen: »Ihre Janine, Cadoudal? Ich sage Ihnen, sie war nicht Ihre Frau. Es war gar nicht nötig, sie mit Gewalt zu nehmen. Ich bot ihr meine Gunst, meine Juwelen, mein Geld und noch vieles mehr an. Sie kam aus freien Stücken zu mir, bereitwillig öffnete sie all den Männern die Tür, die bei ihr anklopften. Alle haben ihr etwas dafür gegeben, und sie ...«

Georges trat ihm so heftig gegen die Rippen, daß er zur Seite kippte. »Das war nicht übermäßig klug von Ihnen, General«, bemerkte Douglas. »Ich finde eher, daß es ziemlich dumm war. Bringen wir es hinter uns, Georges.«

Im Kerzenschein konnte Tony erkennen, daß Georges lächelte. Es war ein furchterregendes Lächeln.

»Du weißt doch, was man mit Schweinen anstellt, Douglas?«

Der General rührte sich nicht.

»Nein«, erwiderte Douglas, »doch ich könnte mir gut vorstellen, daß ich da lernfähig bin.«

Wie am Spieß quiekend, wollte der General auf allen Vieren davonkriechen.

»Hiergeblieben, Alter, oder ich jage Ihnen eine Kugel ins Bein.«

Der General gehorchte. Er keuchte schwer; er hatte fürchterliche Angst. Es war dumm von ihm gewesen, Janine zu beleidigen. Er sagte hastig: »Ich weiß, Sie sind ein glühender Royalist. Ich weiß, Sie wollen Napoleon in die Verbannung schicken oder ihn ermorden. Ich kann Ihnen dabei behilflich sein. Ich besitze Informationen, die Ihnen nützlich sein könnten. Ich kann ...«

Georges unterbrach ihn einfach: »Oh nein, nichts können Sie. Sie haben nichts für mich. Ich kenne Sie gut genug. Sie sind ein feister Bürokrat, der zwar über keine Talente, dafür aber unglücklicherweise über eine gewisse Macht verfügt. Sie sind ein bösartiger Schmarotzer. Es stimmt, ich hasse Napoleon, aber erst recht hasse ich Hohlköpfe, wie Sie es sind, die sich daran ergötzen, ihre Mitmenschen zu schröpfen und zu quälen. Doch genug. Meine Freunde und mich hält hier nichts mehr.«

Zu dritt schleiften sie den General über die Treppe bis vor die Tür der schönen Villa.

Um fünf Uhr früh erreichten sie wieder das Bauernhaus, wo sie Alexandra trafen, die aufrecht sitzend, in eine Decke gehüllt, gerade an einer Tasse starken Kaffees nippte. Ihr gegenüber saß Janine auf dem Boden, an Händen und Füßen gefesselt mit einem zornentbrannten Ausdruck im Gesicht. Sie stieß laute Verwünschungen aus, und als Georges ins Zimmer trat, kreischte sie ihn an. Wie erstarrt blieben die Männer stehen.

»Wie konnten Sie nur so etwas tun?« wandte sich Georges an Alexandra, die schon wieder recht munter aussah, gemessen daran, daß sie noch vor zwei Stunden fast mit dem Tod gekämpft hatte.

»Ich habe sie überlistet«, triumphierte Alexandra und nahm noch ein Schlückchen von ihrem Kaffee. »Ich sagte ihr, ich fühlte mich nicht gut. Na ja, und als sie dann auf mich zukam, um mir zu helfen – etwas widerwillig allerdings, Douglas –, da habe ich ihr einen Schlag versetzt und sie gefesselt. Sie hat es verdient, für das, was sie dir angetan hat. Douglas, sage mir, daß du mich verstanden hast.«

Er mußte unwillkürlich lachen. »Ja, ich habe verstanden.«

Janine kreischte auf Französisch weiter. »Das macht sie schon die ganze Zeit, seitdem ich sie gefesselt habe. Aber weißt du, da ich ja kein Französisch sprechen kann, verstehe ich sie nicht. Ich habe keine Ahnung, was sie da sagt. Douglas, beleidigt sie mich gerade?«

Douglas grinste seine Frau an. »Zuerst hat sie dich wahrscheinlich verflucht. Im Augenblick verflucht sie deine Enkelkinder.«

Georges musterte seine Geliebte und fügte hinzu: »Tatsächlich geht sie jetzt gerade sehr beredt auf Eure Vorfahren und Eure früheren Lieblingstiere los.«

»Ich bin dafür«, schlug Tony vor, »sie jetzt loszubinden. Sie sieht nicht sehr zufrieden aus. Was sagst du dazu, Alexandra? Meinst du, sie genug bestraft zu haben?«

Alexandra nahm noch einen großen Schluck von ihrem Kaffee. »In Ordnung«, lenkte sie schließlich ein. »Ich möchte sie ja nicht umbringen, zugegeben, eigentlich schon, aber ich fühle mich im

Augenblick nicht in der Lage dazu. Sie sollte jedoch wissen, daß ich sehr hart sein kann und solch unverschämtes Benehmen meinem Mann gegenüber nicht hinnehmen werde. Sie wird nie wieder versuchen, Douglas zu schaden. Nie wieder.«

Douglas wandte sich Georges zu und sagte ihm irgend etwas ganz schnell auf Französisch. Er und Tony lachten beide daraufhin los.

»Was hast du da gesagt«, erkundigte sich Alexandra mit Argwohn in der Stimme.

»Ich sagte«, lächelte Douglas seine Frau an, »wenn du erst einmal die französische Sprache richtig beherrscht, würde ich dich sogar auf Napoleon loslassen. Auch Georges ist der Meinung, der korsische Emporkömmling hätte keine Chance gegen dich.«

»Da bin ich mir nicht so sicher«, antwortete sie mit düsterer Miene und sorgenvollem Unterton, »ich fühle mich im Augenblick noch nicht so recht auf der Höhe. Wie lange werde ich brauchen, diese verdammte Sprache zu lernen?« Sie hielt inne und sah Douglas mit großen Augen an. »O je«, hauchte sie nur noch.

Sie war ohnmächtig geworden. Der Kaffeebecher fiel zu Boden und Janine hörte sofort mit ihren Schimpftiraden auf. Tony und Douglas stürzten besorgt zu Alexandra hin.

»In spätestens drei Monaten redet sie wie ein französischer Landsknecht daher«, sagte Tony sanft, während er zwei Finger vorsichtig auf ihre Halsschlagader legte, um ihren Puls zu fühlen. »Hör auf zu schlottern, Douglas, bald hat sie es überstanden. Es ist die Aufregung, mehr nicht.«

KAPITEL 24

Die drei Männer und Janine Daudet trafen genau um sechs Uhr früh des folgenden Tages auf dem weiträumigen Schiffsbaugelände ein, das sich zusehends mit Handwerkern, Seeleuten, Köchen, Dirnen und Straßenhändlern bevölkerte, welche die ausgefallensten Waren feilboten. Die drei versteckten sich und warteten.

Sie verharrten noch in ihrem Versteck, als aufgeregtes Geschrei verkündete, daß General Belesains Hauptquartier gestürmt worden sei. Wachsoldaten seien verwundet und gefesselt worden, der General abgesetzt.

Es gab ein großes Palaver, während sich die Menschen durch die weiten Tore Richtung General-Hauptquartier schoben. Die vier Beobachter folgten ihnen unauffällig.

Am Anfang waren es nicht mehr als fünfzig Männer und Frauen; dann aber füllte sich die Straße mit Hunderten von Menschen an, die plötzlich alle schwiegen. Dann erklang kurzes Gekicher und ein lautes Auflachen. Mehr und mehr Menschen versammelten sich. Das Gelächter wuchs ebenso wie die Flüche des Generals, der jedem Anwesenden mit Armabhacken, Beinabschlagen, Zungeausreißen und Häuten drohte. Die Gaffer kümmerte das herzlich wenig. Sie hatten ihr Vergnügen.

Ein Mann rief aus: »Meine Güte, das ist ja ein Schwein, ein dikker, fetter Schweinegeneral!«

Eine Frau kreischte: »Seht euch doch sein kleines Ding an. Nichts als ein kleines Würstchen!«

»Jawohl, und dieser Wanst, vollgestopft mit unserem Essen, das er von seinen Soldaten stehlen ließ, dieses selbstsüchtige Schwein!«

»Ein Schwein! Ein Schwein! Seht euch dieses Schwein an!«

Georges blickte zu Douglas und dann zu Tony. Es war jetzt nicht mehr nötig aufzupassen und stillzuhalten. Der Lärm war ohrenbetäubend. Sie lachten und klopften sich gegenseitig auf die Schultern. Janine Daudet war so entzückt von dem Schauspiel, daß sie sogar Tony umarmte.

General Belesain stand auf einer einmeterfünfzig hohen Holzkiste. Man hatte ihn sorgfältig an einen Pfosten gefesselt und dabei seine Arme so weit nach hinten gezogen, daß sein Rücken ganz durchgedrückt war und sein dicker, schwabbeliger Bauch sich auf abstoßende Weise vorwölbte. Er war splitternackt. Schweinsohren, die Georges einem Schlachter entwendet hatte, hatte man ihm kunstvoll an seinen Kopf gebunden ebenso wie eine Schweineschnauze, die weit über seine Nase hinausragte. Der Rest von ihm, ohnehin fett und rosig, benötigte keine weiteren Verschönerungen.

Seine Männer versuchten zu ihm vorzudringen, um ihn zu befreien, aber die Menge hielt sie zurück. Sie gierten nach weiterer Belustigung.

Schließlich gab Douglas das Zeichen aufzubrechen, wobei Janine sich verwundert an Georges wandte: »Du lachst ja! Ich kann's gar nicht fassen. Du lachst sonst nie.«

Schlagartig wurde der wieder ernst: »Das wollte ich nicht. Das war nicht richtig.«

Tony erklärte ihm: »Klar, ist das richtig! Ein Mann sollte lachen. Es bringt ihm die richtige Orientierung. Es zeigt ihm, wie absurd das Leben sein kann!«

Douglas schwieg. Er wollte nur seine Frau wiedersehen. Sie hatte sich so gewünscht, mitzukommen, aber er hatte es ihr nicht gestattet. Sie war einfach zu schwach. Sie bedrängte ihn, aber er war standhaft geblieben. Jetzt wünschte er, er hätte sie doch mitgebracht; sie hätte bestimmt ihren Spaß gehabt.

Drei Tage später – Douglas trug Alexandra auf den Armen, gefolgt von Tony – hielten sie Einzug auf Northcliffe Hall.

An jenem Morgen herrschte fast der gleiche Tumult, der bei General Belesains Sturz geherrscht hatte. Nur war dies ein fröhlicher Tumult, der sie willkommen hieß. Douglas sah auf und erblickte Melissande, die eben die Treppen herunterschritt, schöner als eine Frau aus Fleisch und Blut eigentlich aussehen durfte, in der Tat atemberaubend schön. Doch er konnte sie jetzt zwar herzlich, aber innerlich unbeteiligt anlächeln. Ihre Augen suchten Tony, und als sie ihn entdeckte, raffte sie ihre Röcke und rannte Hals über Kopf in seine Arme. Sie rief aus vollem Hals: »Du bist wohlbehalten, du Schurke! Ich habe mir ja so große Sorgen gemacht …« Mehr konnte sie nicht sagen, denn Tony küßte sie ausgiebig.

Douglas lächelte immer noch.

Er betrachtete seine Frau und bemerkte Tränen in ihren Augen. Jäh packte ihn die Angst. »Bist du krank? Stimmt etwas nicht? Hast du Schmerzen?«

Sie verneinte und wischte die Tränen mit der Hand weg.

»Alexandra, in knapp fünf Minuten werden wir von fünfzig Dienstboten, Sinjun und meiner Mutter überfallen. So rede doch.«

»Ach, sie ist so wunderschön.«

»Wer? Ach so, Melissande. Ja, das stimmt. Wen kümmert's?«

Sie erstarrte in seinen Armen.

Er begann zu lächeln. »Oh, du bist ja immer noch eifersüchtig.«

»Nein, bin ich nicht, verdammt noch mal!«

»O doch, bist du noch, du dummes Gänschen. Sag mir eins, Alex. Kann Melissande Französisch?«

»Nein, Sprachen liegen ihr überhaupt nicht, ihr Akzent ist noch grauenhafter als meiner, aber dafür kann sie sehr gut malen.«

»Siehst du, deshalb konnte sie auch nicht versuchen, mich zu retten. So wie du.«

»Das hat überhaupt nichts damit zu tun.«

Douglas grinste sie immer noch breit an. »Ich möchte gerne wissen, wie man das auf Französisch sagen würde. Hör gut hin, Alex.«

»Du hast mich ja Alex genannt!«

»Ja, sicher. Wenn du Liebling bevorzugst, kannst du das auch gerne hören. Und halsstarrig, hochgeschätzt, aufmüpfig und wunderbar. Jetzt, hör mich an. Ich finde deine Schwester wunderschön. Das ist nichts Neues. Aber sie ist nicht du. Aber das spielt jetzt alles keine Rolle. Was für Tony zählt, ist, daß sie sich unter seiner sanften Führung überraschend gut entwickelt hat. Tony hat mir gestern gegenüber erwähnt, daß sich ihr Charakter ihrer Schönheit angleichen könnte.«

»Tatsächlich, Douglas?«

»Tatsächlich was?«

»Hochgeschätzt?«

Er küßte sie. Dann vernahm er Gelächter und hob langsam seinen Kopf. Sinjun stand vor ihm und feixte von einem Ohr zum anderen. Seine Mutter stand mit leicht gespitztem Mund dahinter und zeterte:

»Wo hast du gesteckt? Was geht hier eigentlich vor? Ich verlange es sofort zu erfahren. Warum trägst du sie?«

»Bald, Mutter. Was die Kleine hier betrifft, sie ist krank gewesen.«

»Auf mich macht sie einen recht gesunden Eindruck. Warum hat man sie in eine Decke gewickelt?«

»Weil«, antwortete Douglas und trat einen Schritt auf sie zu. »Weil sie darunter völlig nackt ist.«

»Douglas! Du weißt genau, daß das nicht stimmt.« In der Tat trug sie eins von Janine Daudets Kleidern, ein ziemlich häßliches allerdings. Zweifellos Janines Rache für die Prügel, die ihr Alexandra verpaßt hatte. Die Füße, die jedoch aus der Decke lugten, waren tatsächlich nackt. Douglas hatte sich nicht mit Schuheinkäufen aufhalten wollen. Sie hatte nichts dagegen einzuwenden gehabt. Es war angenehm, von ihrem Mann getragen zu werden.

»Nun, wenn sie glaubt, du seist nackt, entkomme ich meiner Mutter mit dir um so schneller.«

»Was ist passiert?« fragte Sinjun.

»Wir werden das alles später berichten.« Douglas drehte sich um und verkündete mit lauter Stimme: »Wir sind alle gesund und munter und froh, wieder zu Hause zu sein. Dank an alle, die sich um uns Sorgen gemacht haben.«

Die Dienerschaft jubelte ihm zu. Hollis verschränkte zufrieden seine Arme über der Brust. Alexandra spürte ein Gefühl der Erleichterung in sich aufsteigen. Vielleicht würde sich alles zum Guten wenden. Vielleicht würde sogar ihre Schwiegermutter netter werden. Vielleicht verehrte Douglas sie, Alexandra, wirklich. Vielleicht.

Douglas trug sie in sein Schlafzimmer. Er küßte sie, dann setzte er sie behutsam auf die Bettkante, und wickelte sie aus der Decke. »Zweifellos hält dich Mutter für ein lockeres Frauenzimmer, das seine Kleider verbrannt hat, um mich zu kompromittieren. Ich werde ihr eröffnen, daß ich bereits gründlich kompromittiert bin, daß du mich ohne Unterlaß verführt hast und ich mich so daran gewöhnt habe, daß ich nicht mehr ohne deine körperlichen Reize und deine Gesellschaft auskommen kann.«

Sie starrte ihn regungslos an; sie saß nur da in Janines Kleid, das ihr zu weit und zu lang war, und ließ die Füße über die Bettkante baumeln.

Sie befeuchtete ihre Lippen.

»Schätzt du mich, Douglas? Vielleicht nur ein wenig?«

Vielleicht«, antwortete er.

Er ging lächelnd in ihr angrenzendes Schlafzimmer, um gleich darauf mit einem Nachthemd zurückzukehren. »Komm, laß dir das anziehen. Du brauchst jetzt Ruhe.«

Er zog ihr das Kleid über den Kopf, wobei er einen Blick auf ihre Brüste riskierte. Dabei schluckte er heftig und zog ihr schnell das feine Leinennachthemd an. »So, das wär's.« Er legte sie unter die Bettdecke, setzte sich neben sie, ordnete ihre Haare auf dem Kissen und bemerkte nachdenklich: »Bis jetzt ist unsere Ehe nicht gerade reibungslos verlaufen. Könntest du vielleicht deinen Tatendrang etwas zügeln? Vielleicht überlegst du vorher, ehe du wieder blindlings losrennst, um irgend etwas Haarsträubendes zu veranstalten, ja? Also weder vor mir weglaufen noch dich entführen und in ein fremdes Land verschleppen zu lassen, ja? Oder der Versuch, mich zu retten, wenn in Wahrheit du diejenige bist, die in Gefahr schwebt. Kapiert?«

Sie starrte ihn an, ganz still, während er weiterhin ihr Haar kunstvoll auf das Kissen drapierte.

»Ich weiß nicht, ob ich das durchhalte«, sagte sie schließlich, »du bist mir sehr wichtig, Douglas.«

Das war Musik in seinen Ohren. Er beugte sich zu ihr hinunter und küßte ihre Nasenspitze. »Ich habe beschlossen, dich, sagen wir mal, drei Stunden am Tag – die Nächte natürlich nicht mitgezählt – ins Bett zu schicken, damit du dich entweder ganz auf mich konzentrieren kannst oder du so sehr damit beschäftigt bist, dich von der Liebe zu erholen, daß mir keine grauen Haare mehr wegen dir wachsen.«

»Wirst auch du zu sehr damit beschäftigt sein, dich von unseren Schäferstündchen zu erholen?«

»Nie so sehr, daß ich aufhören würde, über das nächste Mal nachzudenken, wie ich dich ins Bett locken und mich mit dir vergnügen könnte. Du nimmst schon einen sehr großen Platz in meinem geplagten Hirn ein.«

Als sie nichts erwiderte, runzelte er die Stirn. »Ich werde dich nicht nur ins Bett locken, um dich zu lieben. Ich male mir aus, wie ich dich in den Stall oder das Stockwerk hinauf in die Bibliothek auf den weichen Teppich vor den Kamin lege. Vielleicht auch in das Frühstückszimmer, wenn die Morgensonne auf uns hereinscheint – und dann auf den großen Eßtisch. Du könntest dich an dem Tafelaufsatz festklammern, während ich dich zum Höhepunkt bringe.«

Sie lachte und stupste ihn auf den Arm.

»Sag mir, daß du mich liebst, Alexandra.«

»Ich liebe dich, Douglas.«

»Kannst du dir vorstellen, daß ein Mann begierig ist, das jeden Tag zu hören, ein Leben lang?«

»Das kann ich mir sehr gut vorstellen.«

»Gut. Und nun will ich, daß du etwas ruhst. Ich werde mich inzwischen zur Familie gesellen und unsere Geschichte ein wenig entschärfen, vorausgesetzt, daß Sinjun nicht schon Tony alle Einzelheiten entlockt hat. Ich werde mir die neuesten Klatschgeschichten merken und dir später alles erzählen.«

Er küßte sie auf den Mund. Eigentlich hatte er nur ein Küßchen geplant, sie aber schlang ihre Arme um seine Schulter, drückte ihn leidenschaftlich an sich und öffnete ihre Lippen.

»Du hast nach mir gesucht«, sagte sie an seinem Mund. »Du hast dir Sorgen um mich gemacht.«

»Natürlich«, sagte er, wobei er sie auf Nase, Lippen und Kinn küßte und sein warmer Atem dabei ihre Haut streifte. »Du bist meine Frau, ich liebe dich. Ich würde sogar soweit gehen und behaupten, daß Wertschätzung eine ganze Menge damit zu tun hat. Bist du nun zufrieden?«

»Weißt du, daß eine Frau sich sehnlichst wünscht, das jeden Tag zu hören, ihr ganzes Leben lang?«

»Das überrascht mich gar nicht. Nein, überhaupt nicht.« Er küßte sie erneut, zog ihr die Decke über die Schultern und ließ sie zur wohlverdienten Ruhe allein.

Zwei Wochen danach, an einem späten Nachmittag, betrat Douglas das gemeinsame Schlafgemach. Alexandra sah von ihrer Näharbeit hoch und lächelte unwillkürlich. Gütiger Himmel, wie sie ihn doch über alle Maßen liebte!

»Was hast du da«, erkundigte sie sich und versuchte ihre Verliebtheit einigermaßen zu verbergen.

Er blickte nachdenklich drein. »Ich muß mir Klarheit verschaffen«, sagte er mehr zu sich selbst als zu ihr. »Ich mußte mir einfach Klarheit verschaffen. Deshalb habe ich mich in Sinjuns Schlafzimmer umgesehen.« Er breitete auf ihrem Schoß die Gegenstände aus, die er ganz hinten verstaut in Sinjuns Kleiderschrank gefunden hatte.

Alexandra schnappte nach Luft. »Eine Perücke! O Gott, sie gleicht dem Haar der jungfräulichen Braut! Und das hauchzarte Gewand! Douglas, das kann doch nicht dein Ernst sein! Nein, sicher nicht. Ich …«

»… kann nicht glauben, daß Sinjun unsere Geisterfrau war? Offensichtlich doch. Ja, gewiß war sie es. Hier sind die Beweisstücke.«

Alexandra versuchte sich zu erinnern, wann sie den Geist zum ersten Mal gesehen hatte. Es fiel ihr prompt wieder ein: Sinjun war doch in London gewesen! Darin täuschte sie sich nicht. Sie wollte Douglas das gerade erzählen, als sie merkte, wie er angestrengt das Ostfenster musterte. Er war etwas blaß um den Mund. Sein Gesicht war angespannt, sein Rücken und seine Schultern verkrampft. Sie schwieg.

Schließlich wandte er sich zu ihr und sagte sehr bestimmt: »Sinjun ist es die ganze Zeit gewesen. Es war nur meine kleine Schwester, die die Geisterrolle gespielt hat, einfach weil sie Staub aufwirbeln und auf unsere Kosten ihren Spaß haben wollte.«

Alexandra schüttelte erstaunt den Kopf. Sie wollte etwas sagen, aber Douglas bedeutete ihr, zu schweigen.

»Ja, es war nur Sinjun, nichts Außergewöhnliches, nichts Geisterhaftes. Ein Mensch aus Fleisch und Blut, kein körperloses Phantom, kein Wesen, das spricht und doch wieder nicht spricht, und dessen Worte man nur in der Vorstellung zu hören glaubt. Nein, nichts von alledem. Das ist die Wahrheit. Und es ist sehr wichtig, daß das die Wahrheit ist. Und es wird immer die Wahrheit bleiben. Sag mir, daß du verstanden hast.«

»Ja, ich habe verstanden.«

Er küßte sie, streckte sich und erklärte, während er auf die Perücke und das Kleid starrte: »Ich habe beschlossen, über die ganze Sache nicht mit Sinjun zu reden. Ich habe keine Lust, mir ihre Ausflüchte und Beteuerungen anzuhören. Ich will alles auf sich beruhen lassen. Nein, widersprich mir nicht. Mein Entschluß steht fest. Hast du mich verstanden?«

»Ja, ich habe verstanden.«

»Im Gegensatz zu meinen vielgerühmten Vorfahren werde ich nie eine Zeile über die jungfräuliche Braut schreiben. Ungeachtet der Tatsache, daß sie von großer Hilfe war. Nur in meiner Einbildung natürlich, nirgendwo sonst. Da ich Sinjuns Requisiten verbrennen werde, wird es keine Auftritte dieser geisterhaften jungen Dame mehr geben. Nie wieder. In Zukunft wird kein Mensch je ein Wort in albernen Tagebüchern darüber verlieren. So und nicht anders muß es gemacht werden. Hast du verstanden, Alexandra?«

»Ja, ich habe verstanden.«

»Gut«, sagte er, küßte sie noch einmal und ging aus dem Zimmer. Sie blickte ihm nach. Sie lächelte, wiegte ihren Kopf und machte sich wieder an ihre Näharbeit.

Die Satansbraut

KAPITEL 1

Montego Bay, Jamaika
Juni 1803

Es hieß, sie hätte drei Liebhaber. Den Gerüchten zufolge handelte es sich erstens um den blassen, schmalbrüstigen Anwalt Oliver Susson, einen der reichsten Männer in Montego Bay, ledig und im mittleren Alter, zweitens um den Pflanzer Charles Grammond, dessen große Zuckerplantage an Camille Hall – die Plantage, wo sie lebte – grenzte und der mit einer willensstarken Frau und vier enttäuschten Kindern gesegnet war, und drittens um einen Lord David Lochridge – jüngster Sohn des Herzogs von Gilford –, der nach Jamaika geschickt worden war, weil er sich innerhalb von drei Jahren dreimal duelliert und dabei zwei Männer getötet hatte. Außerdem hatte er versucht, das gesamte Vermögen seiner Großmutter, das er im zarten Alter von achtzehn Jahren geerbt hatte, durchzubringen, was ihm allerdings aufgrund seine phänomenalen Glücks im Kartenspiel nicht gelungen war. Lochridge war mittlerweile fünfundzwanzig – also genauso alt wie Ryder selbst –, ein großer, schlanker Mann mit dem Gesicht eines Engels und der gespaltenen Zunge einer Schlange.

Ryder hörte erstaunlich viel über diese Männer, aber kaum etwas über die berüchtigte Frau, deren Gunst sie sich offenbar teilten, als er an seinem allerersten Nachmittag in Montego Bay in einem beliebten Kaffeehaus einkehrte, im *Gold Doubloon*, einem langgestreckten Flachbau, der sich zu Ryders Verwunderung in unmittelbarer Nachbarschaft der Kirche befand. Der geschäftstüchtige Wirt hatte durch einen einfachen Trick die reichen Männer der Insel als Gäste gewonnen; seine schönen Töchter, Nichten und Kusinen bedienten die Kunden mit äußerster Zuvorkommenheit. Niemand fragte danach, ob all diese hübschen Mädchen tatsächlich Blutsverwandte des Wirtes waren. Ryder wurde herzlich willkommen geheißen und erhielt einen Becher des hiesigen dunklen, dickflüssigen Grogs, der ausgezeichnet schmeckte. Er entspannte sich, heilfroh, endlich wieder festen Boden unter den Füßen zu haben, und betrachtete die anwesenden Männer. Insgeheim fragte er sich wieder einmal, ob es tatsächlich notwendig gewesen war, daß er sein Heim in England verließ, um auf diese gottverdammte Insel zu fahren, nur weil der Verwalter ihrer Zuckerplantage, Samuel Grayson, seinem älteren Bruder Douglas, Earl of Northcliffe, einen fast hysterischen Brief geschrieben und alle möglichen übernatürlichen schlimmen Vorgänge in Kimberly Hall geschildert hatte. Natürlich waren diese haarsträubenden Ereignisse blanker Unsinn, aber Ryder hatte sich freiwillig erboten, nach dem Rechten zu sehen, weil Grayson vor Angst offenbar ganz aus dem Häuschen war und Douglas frisch vermählt war – mit einer jungen Dame, die er nicht selbst zu seiner Frau erkoren hatte. Deshalb brauchte der Graf nun Zeit, um sich an seine neue, gänzlich unerwartete Lage zu gewöhnen. Und so war es denn Ryder gewesen, der sieben Wochen auf hoher See verbracht hatte, bevor er hier in Montego Bay ankam, mitten im Sommer, bei einer mörderischen Hitze, die ihm den Atem verschlug. Zumindest aber war das, was hier vorging, ziemlich mysteriös, und Ryder liebte Geheimnisse. Er hörte, wie einer der Männer eine Bemerkung über dieses Mädchen mit den drei Liebhabern machte. Hatten die Kerle denn keine anderen Gesprächsthemen? Dann betrat einer ihrer Liebhaber, der Anwalt Oliver Susson, das Kaffeehaus, und einen Moment lang herrschte betretenes Schweigen, bis ein älterer Herr vernehmlich äußerte: »Ah, da ist ja der liebe Oliver, dem es nichts ausmacht, sein Mahl mit den anderen Brüdern zu teilen.« – »Aber nein, Alfred, nur den Nachtisch teilt er mit anderen.« – »Ei, ei, wirklich ein köstliches Früchtchen als Dessert«, sagte ein fetter Gentleman mit lüsternem Grinsen. »Wie es wohl schmecken mag? Was meinst du, Morgan?«

Ryder beugte sich interessiert auf seinem Rohrstuhl vor. Bisher hatte er geglaubt, daß auf dieser hinterwäldlerischen Insel sogar die Streitereien sterbenslangweilig sein würden.

Statt dessen mußte er jetzt grinsen. Wer zum Teufel war diese Frau, die im Schlafzimmer so geschickt mit drei Männern jonglierte?

»Ich bezweifle, daß es Kirschen sind, die er da nascht«, erwiderte der Mann namens Morgan, während er amüsiert mit seinem Stuhl wippte, »aber ich kann euch sagen, auch der junge Lord David leckt sich danach die Lippen.«

»Fragen wir doch Oliver. Er als Anwalt kann uns bestimmt eine qualifizierte Auskunft über dieses Naschwerk geben.«

Oliver Susson war ein sehr guter Rechtsanwalt. Er segnete den Tag vor etwa zwölf Jahren, als er in Montego Bay angekommen war, denn nun hatte er die Aufsicht über drei Zuckerplantagen, deren Besitzer in England lebten und nicht das geringste dagegen einzuwenden hatten, daß er auch die Konkurrenz vertrat. Jetzt seufzte er leise. Natürlich hatte er jede provozierende Bemerkung gehört, aber er zeigte wie immer keine Gefühlsregung und stellte statt dessen ein tolerantes Lächeln zur Schau.

»Meine sehr verehrten Herren«, sagte er mit träger Gutmütigkeit, »besagte Dame ist wirklich die Krönung aller Desserts, und es ist purer Neid, der eure Zungen zu groben Unverschämtheiten verleitet.« Er bestellte einen Brandy bei einer bezaubernden jungen Frau mit wilder roter Haarmähne, in einem Kleid, das ihre cremefarbenen Brüste offenherzig präsentierte. Dann schlug er eine englische Zeitung auf, schüttelte sie und versteckte sich dahinter.

Wie zum Teufel hieß diese Frau? Wer war sie?

Ryder hatte nicht die geringste Lust, das Kaffeehaus zu verlassen. Draußen brannte die Sonne unerbittlich, auf den Gehwegen häuften sich Abfälle aller Art, und bei jedem Schritt wirbelte dichter Staub auf. Aber er war müde und mußte noch nach Kimberly Hall, und außerdem mußte er die zerrütteten Nerven des braven Grayson beruhigen, der jetzt wahrscheinlich am Dock herumlief und sich wunderte, wo er abgeblieben war. Nun, über dieses köstliche Früchtchen würde er noch früh genug Näheres erfahren.

Er bezahlte seinen Grog, verabschiedete sich von seinen neuen Bekannten und trat in die brütende Hitze des Spätnachmittags hinaus. Sie erschlug ihn fast, und er fragte sich, wie man in diesem Inferno noch Lust auf Sex verspüren konnte. Sofort war er von zerlumpten schwarzen Kindern umringt. Jedes wollte irgend etwas für ihn tun, seine Stiefel mit einem schmutzigen Lumpen putzen oder gar den Weg vor ihm mit nichts als einigen zusammengebundenen Zweigen fegen. Alle schrien »Massa, Massa!« Er warf einige Shillinge in die Luft und schlenderte zu den Docks zurück. Ihm war bekannt, daß es in Westindien freie Neger gab, doch obwohl sie frei waren, schienen sie ein genauso erbärmliches Dasein zu fristen wie ihre Sklavenbrüder.

Vom Gestank der vor sich hin faulenden Fische am kleinen Dock mußte er sich fast übergeben. Die Holzplanken knarrten unter seinen Stiefeln. Es herrschte hektische Betriebsamkeit, weil Sklaven ein soeben angekommenes Schiff entluden. Ein schwarzer und ein weißer Mann standen dabei; beide hatten Peitschen in der Hand und gaben fortwährend Befehle. Ryder entdeckte Samuel Grayson, den

Verwalter und Anwalt der Sherbrookes, der hin und her lief und sich mit einem Taschentuch den Schweiß von der Stirn wischte. Der Mann sah älter aus, als er war, und bei Ryders Anblick schien ihm eine zentnerschwere Last von den Schultern zu fallen.

Ryder lächelte charmant und streckte seine Hand aus. »Samuel Grayson?«

»Ja, Mylord. Ich dachte schon, Sie wären nicht gekommen, bis ich zufällig den Kapitän sah. Er erzählte mir, Sie seien der angenehmste Passagier gewesen, den er je befördert hat.«

Ryder schmunzelte. Er hatte darauf verzichtet, mit der Frau des Kapitäns zu schlafen, einer jungen Dame, die ihren viel älteren Mann erstmals auf einer Reise begleitete. Sie hatte versucht, Ryder während eines Sturms auf der Kajütentreppe zu verführen, und offenbar hatte Kapitän Oxenburg Wind davon bekommen.

»O ja, ich bin hier, aber ich bin kein Lord, das ist nur mein älterer Bruder, der Earl of Northcliffe. Großer Gott, diese Hitze ist so brutal und die Luft so stickig, daß ich das Gefühl habe, ein unsichtbares Pferd auf den Schultern zu schleppen.«

»Gott sei Dank, daß Sie da sind. Ich war sehr verunsichert, wie ich ohne weiteres zugebe, Mylo ... Master Ryder. Wir haben hier Probleme, große Probleme, und ich wußte nicht, was ich tun sollte. Aber nun sind Sie ja da, und was die Hitze anbelangt – nun, Sie werden sich bald daran gewöhnen und dann ...«

Mr. Grayson verstummte abrupt und hielt den Atem an. Ryder folgte seiner Blickrichtung und glaubte einen Moment lang an eine Vision. Es war eine Frau, wirklich nur eine Frau, doch sogar aus dieser Entfernung wußte er sofort, wer sie war. O ja, das mußte jene Frau sein, die drei Männer nach ihrer Pfeife tanzen ließ. Dann schüttelte er den Kopf. Er war viel zu müde von den sieben Wochen an Bord des angenehm geräumigen Schoners *The Silver Tide*, um sich dafür zu interessieren, ob die Frau eine Schlangenbeschwörerin aus Indien oder einfach die Inselhure war, wie er fast annahm. Die Hitze laugte ihn völlig aus. Er hatte noch nie im Leben etwas Derartiges erlebt. Hoffentlich behielt Grayson recht, und er würde sich bald an dieses Klima gewöhnen; andernfalls würde er nur im Schatten liegen und dem Nichtstun frönen.

Er wandte sich wieder dem Verwalter zu, der die Frau noch immer anstarrte und einem sabbernden Hund glich, der einen Knochen heiß begehrt, den er aber niemals bekommen wird, weil größere Hunde ihn sich bereits angeeignet haben.

»Mr. Grayson«, sagte Ryder, und endlich schenkte der Mann ihm wieder etwas Aufmerksamkeit, »ich würde jetzt ganz gern nach Kimberly Hall aufbrechen. Unterwegs können Sie mir Näheres über die Probleme erzählen.«

»Ja, Mylo – Master Ryder – sofort. Es ist nur ... das ist Sophie Stanton-Greville, müssen Sie wissen.« Er wischte sich die Stirn ab.

»Aha.« In Ryders Stimme schwang sowohl Ironie als auch Verachtung mit. »Vorwärts, Grayson, ziehen Sie die Zunge wieder ein, bevor sich Fliegen darauf niederlassen.«

Es gelang Samuel Grayson nur unter Aufbietung aller Willenskräfte, dieser Aufforderung Folge zu leisten, denn ein Weißer war der Dame gerade beim Absteigen von ihrer Stute behilflich, und dabei offenbarte sie einen seidenbestrumpften Knöchel. Daß der Anblick eines weiblichen Knöchels aus Männern sabbernde Idioten machte, war Ryder völlig unverständlich. Er hatte in seinem Leben schon so viele Knöchel, Waden und Schenkel gesehen samt allen übrigen Reizen des weiblichen Geschlechts, daß ihm im Moment ein Sonnenschirm viel lieber gewesen wäre als alles, was diese Frau möglicherweise sonst noch zu bieten hatte.

»Und nennen Sie mich nicht Master. Einfach Ryder genügt auch.«

Grayson nickte, konnte seinen Blick aber noch immer nicht von der Vision losreißen. »Ich verstehe es nicht«, sagte er mehr zu sich selbst als zu Ryder, während er auf zwei Pferde zuging, die von zwei kleinen schwarzen Jungen gehalten wurden und mit gesenkten Köpfen dastanden. »Sie sehen sie, Sie sehen ihre außergewöhnliche Schönheit, und doch scheinen Sie nicht beeindruckt zu sein.«

»Sie ist eine Frau, Grayson, nicht mehr und nicht weniger. Auf geht's.«

Er hätte vor Freude fast geweint, als Grayson einen Hut für ihn hervorzauberte, aber er konnte sich trotzdem nicht vorstellen, in dieser Sonnenglut weit zu reiten. »Ist es hier immer so gnadenlos heiß?«

»Ja, zumindest im Sommer«, antwortete Grayson. »Wir reiten trotzdem immer, Ryder, denn die Straßen sind für Kutschen fast unpassierbar, wie Sie gleich sehen werden. Alle Herren reiten hier, und auch viele Damen.«

Ryder sah, daß Grayson ganz gemütlich im Sattel seines gedrungenen Grauen saß, während er selbst sich auf einen schwarzen Wallach schwang, ein riesiges Tier, das nicht gerade freundlich dreinblickte.

»Uns steht bis zur Plantage ein knapp einstündiger Ritt bevor.

Aber der Weg führt am Wasser entlang, und dort weht immer eine leichte Brise. Und das Wohnhaus steht auf einer Anhöhe und bekommt deshalb jeden Windhauch ab, so daß es im Schatten immer einigermaßen erträglich ist.«

»Freut mich zu hören.« Ryder stülpte sich den breitkrempigen Lederhut auf. »Sie könnten mir nun vielleicht erzählen, was Sie so beunruhigt hat.«

Grayson redete und redete. Er erzählte von sonderbarem blauen und gelben Rauch, der sich zum Himmel emporschlängelte, von Feuer, das weiß und grünlich schillerte, von Seufzen und Stöhnen und von Gestank, der nur aus der Hölle stammen konnte – Schwefelgestank, der bestimmt die baldige Ankunft des Teufels ankündigte. Es war nur eine Frage der Zeit, wann der Höllenfürst zum direkten Angriff übergehen würde. Erst vergangene Woche war ein Schuppen neben dem Wohnhaus in Brand gesteckt worden. Sein Sohn Emile und die Haussklaven hatten das Feuer zum Glück löschen können, bevor es größeren Schaden anrichtete. Und vor drei Tagen war ein Baum umgestürzt und hätte fast das Dach der Terrasse getroffen. Dabei war es ein sehr massiver Baum gewesen.

»Und es gab keine Spuren einer Säge an dem Baum?« fragte Ryder.

»Nein«, erwiderte Mr. Grayson sehr bestimmt. »Mein Sohn hat ihn sich genau angeschaut. Es war ein Werk des Bösen. Sogar Emile konnte mir danach nicht mehr widersprechen.« Er atmete tief durch. »Einer der Sklaven schwor, er hätte die große grüne Schlange gesehen.«

»Wie bitte?«

»Die große grüne Schlange. Das Symbol ihrer wichtigsten Gottheit.«

»Wessen Gottheit?«

Grayson sah richtiggehend schockiert aus. »Ach ja, man vergißt, daß Engländer sich mit solchen Dingen nicht auskennen. Nun, ich spreche natürlich von Voodoo.«

»Aha, Sie glauben also, all dies sei auf übernatürliche Kräfte zurückzuführen?«

»Ich bin ein Weißer, aber ich lebe seit vielen Jahren auf Jamaika und habe Dinge gesehen, die in einer weißen Welt keinen Sinn ergeben würden, die in der Welt der Weißen gar nicht existieren würden. All die seltsamen Ereignisse geben einem eben doch zu denken, Sir.«

Ryder glaubte an das Übernatürliche genauso wenig wie an die Ehrlichkeit eines Spielhöllenbesitzers. Er runzelte die Stirn. »Entschuldigung, aber mir geben sie nicht zu denken. Man braucht nur bestimmte Chemikalien zu mischen, um diesen Rauch und diese ungewöhnlichen Flammen zu erzeugen. Hinter all dem steckt ein Mensch aus Fleisch und Blut, keine grüne Schlange. Die Frage, die sich stellt, heißt also: wer und warum? Ja, wer würde so etwas tun?«

Grayson war sichtlich nicht überzeugt. »Da ist noch etwas, Ryder. Nach der Französischen Revolution gab es auf Haiti eine Revolte, die von einem Mann namens Dessalines angeführt wurde. Er metzelte alle Weißen nieder und zwang viele Voodoopriester und -priesterinnen, Haiti zu verlassen. Diese Leute sind sehr mächtig. Sie haben sich überall in Westindien und sogar in Amerika niedergelassen und ihre Dämonen mitgebracht.«

Ryder hätte am liebsten laut gelacht, tat es aber nicht, denn es war offenkundig, daß Grayson an diesen Voodoo-Unsinn glaubte, und in einer Hinsicht hatte der Mann zweifellos recht: ein Weißer konnte solche Dinge nicht für real halten, besonders dann nicht, wenn er sein ganzes bisheriges Leben in England verbracht hatte. »Ich nehme an, daß wir bald eine weitere Kostprobe bekommen werden«, sagte er. »Übrigens wußte ich gar nicht, daß Sie einen Sohn haben.«

Grayson plusterte sich wie ein stolzer Hahn auf und fummelte an seinen leichten grauen Handschuhen herum. »Er ist ein guter Junge, Sir, und er tut viel für mich – für die Sherbrookes. Ich selbst komme ja allmählich in die Jahre. Er wartet in Kimberly Hall auf uns, weil er das Haus nicht ungeschützt lassen wollte.«

Sie ritten an Dutzenden von Kindern vorüber. Alle waren zerlumpt, und alle waren schwarz, Kinder der Sklaven, die auf den Feldern arbeiteten. Sie gaben keinen Laut von sich, geschweige denn, daß sie die beiden weißen Herren mit irgendwelchen Angeboten belästigt hätten.

Grayson deutete nach links und rechts. »Wir befinden uns hier inmitten der Mangrove-Sümpfe. Passen Sie gut auf, wenn Sie hier entlangreiten, denn oft kommen Krokodile aus den Sümpfen hervor, und das sieht manchmal so aus, als würden dicke Balken auf der Straße liegen. Im allgemeinen meiden sie die Menschen, aber es hat Fälle gegeben, wo sie es nicht taten – sehr unangenehme Fälle.«

Krokodile! Ryder schüttelte ungläubig den Kopf, behielt die Straßenränder aber doch vorsichtshalber im Auge. Das Sumpfwasser stank bestialisch, und er trieb sein Pferd an. Kurz darauf erreichten sie eine Ebene: zu ihrer Linken lag die Karibik, zu ihrer Rechten erstreckten sich Zuckerrohrfelder bis hin zu den fernen Hügeln. Ryder fielen die vielen Ziegen auf, die auf den niedrigen Steinmäuerchen saßen und an den Blumen knabberten. Es gab auch Silberreiher, die auf den Rücken von Rindern saßen, und Ryder wußte, daß sie das Vieh von Zecken befreiten. Und es gab viele Schwarze. Die Männer waren groß, und ihre nackten Oberkörper glänzten vom Schweiß. Sie trugen bei der Arbeit in den Zuckerrohrfeldern nur strapazierfähige Baumwollhosen und schienen die Hitze überhaupt nicht zu bemerken. Jedenfalls war ihr Arbeitsrhythmus sehr gleichmäßig, ob sie nun die Felder pflügten, Unkraut jäteten oder Gräben zwischen den Pflanzenreihen aushoben. Und die Frauen in ihren großen bunten Kopftüchern schufteten im gleichen regelmäßigen Rhythmus wie die Männer. Nicht weit entfernt saß auf einem Pferd ein weißer Aufseher. Er hielt sich im Schatten eines einsamen Poincianabaumes auf, dessen farnartige Blätter in der Sonne schimmerten, und die Peitsche in seiner linken Hand gewährleistete offenbar, daß die Arbeit ohne Unterbrechung vor sich ging.

All dies war für Ryder sehr fremd, aber es war auch exotisch. Der schwere, süßliche Duft der roten Jasminbäume entlang der Straße und das wunderbare Blau des Wassers, das man hin und wieder unerwartet zu sehen bekam, entzückten ihn. Er war froh, während der Überfahrt viel gelesen zu haben. So hatte er jetzt wenigstens gewisse Kenntnisse über die hiesige Flora und Fauna. Von irgendwelchen verdammten Krokodilen war in den Büchern allerdings nicht die Rede gewesen.

»Wir nähern uns Camille Hall«, sagte Grayson plötzlich fast im Flüsterton.

Ryder hob eine Augenbraue.

»Dort lebt sie, Sir – Sophie Stanton-Greville, meine ich. Sie lebt bei ihrem Onkel, sie und ihr jüngerer Bruder. Es gibt noch eine Plantage zwischen Camille Hall und Kimberly Hall, aber soviel ich weiß, will ihr Onkel sie bald kaufen und dadurch seinen Besitz erheblich vergrößern.«

»Wer ist der Besitzer?«

»Charles Grammond. Manche Leute sagen, er wolle nach Virginia ziehen – das ist einer der Kolonialstaaten im Norden –, aber für mich hört sich das wenig plausibel an, denn er weiß nichts über die Kolonien und deren Bräuche oder Lebensweise. Er hat vier

Söhne, auf die sein Vaterherz aber nicht besonders stolz sein kann, denn sie sind weder ehrgeizig noch wollen sie arbeiten. Seine Frau soll schwierig sein, habe ich mir sagen lassen. Es ist schade, jammerschade.«

Ryder war sicher, den Namen im Kaffeehaus gehört zu haben. Er sagte behutsam: »Diese Frau, diese Sophie Stanton-Greville, soll doch zur Zeit mit drei Männern ins Bett gehen. Ich glaube mich zu erinnern, daß dieser Charles Grammond einer davon ist.«

Grayson errötete bis zu den Wurzeln seiner grauen Haare. »Sie sind doch erst angekommen, Sir.«

»Es war das erste, was mir zu Ohren gekommen ist – in der Taverne, *Gold Doubloon* heißt sie, glaube ich. Man redete dort sehr ausführlich über dieses Thema.«

»Nein, nein, Sir, sie ist eine Göttin, gut und rein. Es ist alles gelogen. Viele Männer hier sind keine Gentlemen.«

»Aber das Gerücht gibt es doch?«

»Ja, schon, aber Sie dürfen es nicht glauben, Ryder. Nein, es ist eine gemeine Lüge, weiter nichts. Verstehen Sie mich bitte nicht falsch. Hier herrschen andere Gepflogenheiten als in England. Alle weißen Männer haben schwarze Mätressen. Sie werden als Haushälterinnen bezeichnet, und das gilt als ehrbare Stellung. Ich habe schon viele Engländer erlebt, die hierher gekommen sind, um als Buchhalter auf den Plantagen zu arbeiten oder anderweitig ihr Glück zu versuchen. Einige sind tatsächlich reich geworden, aber ob sie hier nun zu Geld kommen oder nicht – die meisten verändern sich jedenfalls. Sie heiraten und legen sich nebenbei Mätressen zu. Ihre Moralvorstellungen ändern sich. Aber eine Dame bleibt stets eine Dame.«

»Hat sich Ihr Leben hier auch verändert, Grayson?«

»Ja, eine Zeitlang sicherlich. Ich war früher ein ziemlicher Draufgänger, aber meine Frau war Französin, und ich habe sie sehr geliebt. Erst nach ihrem Tod habe ich mich den hiesigen Bräuchen angepaßt und mir eine solche sogenannte Haushälterin genommen. Das Leben ist hier eben anders, Ryder, ganz anders.«

Ryder entspannte sich in dem bequemen spanischen Sattel, schloß für einen Augenblick die Augen und atmete die frische salzige Meeresluft tief ein. Jetzt verdeckten keine Mangroven mehr die Sicht auf die Küste. »Warum verkauft Grammond denn Ihrer Meinung nach?« fragte er schließlich.

»Da bin ich mir nicht sicher. Natürlich kursieren alle möglichen Gerüchte. Ich weiß nur, daß es ein plötzlicher Entschluß war. Angeblich sollen er und seine Familie schon nächste Woche wegziehen. Die Plantage ist durchaus rentabel, aber man behauptet, er hätte viel Geld an Lord David Lochridge verloren. Das ist ein Taugenichts, mit dem Sie auf keinen Fall Karten spielen dürfen. Es heißt, er hätte seine Seele dem Teufel verschrieben, und deshalb hätte er so unglaubliches Glück im Spiel.«

»Hier gibt es genauso viel Gerede wie in England«, murmelte Ryder nachdenklich. »Und ich dachte, ich würde mich langweilen. Vielleicht wird es als Willkommensgruß für mich gleich heute nacht sogar irgendwelche mysteriösen Ereignisse geben. Irgend so ein Geisterspektakel – das würde mir Spaß machen. Soll nicht auch dieser junge Lord David einer ihrer Liebhaber sein?«

Ryder dachte, daß Grayson gleich einen Schlaganfall bekommen würde. Er öffnete den Mund, verzichtete dann aber doch auf eine scharfe Erwiderung, weil ihm wahrscheinlich eingefallen war, daß es sich schließlich um seinen Brötchengeber handelte. Deshalb zwang er sich, halbwegs ruhig zu antworten: »Ich wiederhole, Ryder, das alles ist totaler Blödsinn. Ihr Onkel, Theodore Burgess, ist ein grundsolider Mann, wie wir hier auf Jamaika sagen. Er genießt einen ausgezeichneten Ruf, hat ein angenehmes Wesen, und seine Geschäftspraktiken sind ehrlich. Er liebt seine Nichte und seinen Neffen sehr, und ich kann mir gut vorstellen, wie schmerzhaft das ganze boshafte Gerede über seine Nichte für ihn ist. Natürlich spricht er nie darüber, denn er ist ein echter Gentleman. Sein Aufseher ist allerdings von ganz anderem Kaliber. Der Kerl heißt Eli Thomas und ist ein Rohling, der die Sklaven grausamer als nötig behandelt.«

»Wenn Onkel Burgess ein so feiner Mensch ist – warum hält er sich dann diesen Schurken von Aufseher?«

»Das weiß ich nicht. Manche sagen, er bräuchte diesen Thomas, weil die Plantage andernfalls nichts einbrächte. Wissen Sie, Burgess selbst geht zu weich mit den Sklaven um.«

»Und Charles Grammond verkauft seinen Besitz an den Onkel dieser Frau, an Theodore Burgess?«

»Ja. Vielleicht hat Burgess einfach Mitleid mit Grammond und kauft die Plantage, um ihm und seiner Familie zu helfen. Burgess ist übrigens der jüngere Bruder von Miss Sophies und Master Jeremys Mutter.«

»Wie kam es dazu, daß das Mädchen und der Junge hier auf Jamaika sind?«

»Ihre Eltern sind vor fünf Jahren ertrunken, und der Onkel wurde zu ihrem Vormund bestimmt.«

»Ich habe den Namen Stanton-Greville noch nie gehört. Sind sie Engländer?«

»Ja. Sie lebten in Fowey, in Cornwall. Ein Verwalter kümmert sich jetzt um Haus und Ländereien, bis der Junge alt genug ist, alles selbst in die Hand zu nehmen.«

Ryder dachte über all das nach, was er gehört hatte. Das Mädchen war also in Cornwall aufgewachsen. Und hier auf Jamaika war es zum Flittchen geworden. Seine Gedanken kehrten zu dem Punkt zurück, das ihn hergeführt hatte. Er bezweifelte sehr, daß die Probleme in Kimberly Hall irgendwelche übernatürlichen Ursachen hatten. O nein, Habgier war auf der ganzen Welt sehr weit verbreitet und gehörte offenbar auch zu den hiesigen Lastern. »Hatte Mr. Grammond irgendwelche Probleme, bevor er sich bereit erklärte, an diesen Burgess zu verkaufen?«

»Nicht daß ich wüßte. Oh, ich sehe, welche Richtung Ihre Gedanken einschlagen, aber ich kann Ihnen da nicht zustimmen. Burgess hat, wie gesagt, einen guten Ruf. Er ist ehrlich und spendet viel für wohltätige Zwecke. Nein, falls Grammond in finanziellen Schwierigkeiten steckt oder mit ähnlichen Problemen zu kämpfen hat wie wir in Kimberly, so steckt mit Sicherheit nicht Burgess dahinter.«

Ryder fragte sich unwillkürlich, ob Grayson sich auch über die Sherbrookes so positiv äußerte. Er hatte noch nie einen Mann gekannt, der solche Lobeshymnen tatsächlich verdient hätte. Nun, er würde sich bald ein eigenes Urteil bilden können. Die Insel war klein, und die vornehme Gesellschaft kam ständig zusammen. Er würde diesen edlen Mr. Burgess und dessen Nichte zweifellos demnächst kennenlernen.

Grayson ritt jetzt landeinwärts, weg von der wohltuenden Brise am Wasser. Die Luft war schmutzig und geschwängert von dem widerlichen süßen Geruch des Zuckerrohrs. Von einem Hügel blickte Ryder zurück auf die Karibik: leuchtendes Blau, so weit das Auge reichte, an seichteren Stellen topasfarben, und silbergekrönte Wellen rollten dem weißen Strand zu. Er wünschte sich nichts sehnlicher, als seine Kleider abzustreifen und im Meer zu schwimmen, bis er wie ein Stein untergehen würde.

»Dieses ganze Land ringsum gehört den Sherbrookes, Sir. Ah, schauen Sie nur mal dort hinauf, zu den roten Kassien.«

Er hörte, wie Ryder laut Atem holte, und lächelte. »Sie werden auch rosa Regenbäume genannt und sind gerade jetzt am schönsten. Es gibt auch goldene Regenbäume und Mangobäume und jede Menge Palmen. Direkt dahinter liegt das große Wohnhaus. Sie können es von hier aus nicht sehen, aber die Küste macht plötzlich eine scharfe Kurve und führt dicht an der Rückseite des Hauses vorbei.«

Ryder atmete noch einmal tief durch.

»Die meisten großen Plantagenhäuser auf Jamaika sind in der traditionellen Weise gebaut – drei Stockwerke und riesige dorische Säulen. Nur haben wir hier Terrassen und Balkone vor fast jedem Zimmer, um für frische Luft zu sorgen, verstehen Sie? Alle Schlafzimmer liegen nach hinten und sind mit Balkonen versehen, die auf das Meer hinausgehen. Der hintere Rasen fällt schräg zum Strand hinab und ist sehr gepflegt. Sie werden sogar bei größter Hitze gut schlafen können, obwohl Sie mir das im Augenblick bestimmt nicht glauben werden.«

»Da haben Sie recht«, sagte Ryder, während er sich mit dem Handrücken den Schweiß von der Stirn wischte.

Es war fast Mitternacht. Ryder hatte sich eine gute Stunde im warmen Wasser der Karibik getummelt. Der Halbmond spendete weiches Licht, das sich in den Wellen widerspiegelte. Er fühlte sich erstmals wirklich wie im Paradies. An die schreckliche Nachmittagshitze wollte er lieber nicht denken.

Sie war so wunderschön, die schwarze Himmelskuppel über ihm, so still und gewaltig, übersät mit unzähligen Sternen, daß er spürte, wie ihn ein Gefühl des Friedens durchflutete.

Er war kein friedlicher Mensch. Deshalb war dieses Gefühl für ihn ungewohnt, aber alles andere als unangenehm. Er streckte sich nackt auf dem Rücken aus, obwohl er genau wußte, daß der Sand in Körperteile dringen würde, wo er sehr störte; aber im Moment war ihm das egal. Er rekelte sich, total entspannt, schloß die Augen und lauschte den Geräuschen, die er nie zuvor gehört hatte. Über den Koquito oder Baumfrosch hatte er viel gelesen und glaubte sein Gezirpe nun in der samtenen Dunkelheit zu hören, ebenso wie das Gurren einer Turteltaube. Er seufzte wohlig, denn jeder Laut trug zu seiner Entspannung, zu seinem Wohlbefinden bei.

Es ist schon verdammt exotisch, dachte er und reckte sich wieder, mit dem Resultat, daß der Sand plötzlich schrecklich zu jucken begann. Er sprang auf, rannte laut platschend durch die Brandung, tauchte in die erste größere Welle und schwamm, bis er erschöpft war. Dann lief er langsam zum Strand zurück und merkte plötzlich, daß er einen wahren Heißhunger hatte. Beim Abendessen hatte er wegen der Hitze kaum etwas zu sich genommen, und auch das fremdartige Essen hatte seinen Appetit nicht gerade angeregt.

Am Rand des Strandes wuchsen Kokospalmen. Ryder grinste, denn er hatte zuvor einen Schwarzen beobachtet, der auf einen dieser Bäume geklettert war. Ihm lief schon das Wasser im Munde zusammen, doch bald mußte er feststellen, daß es nicht so einfach war, wie es aussah, und schließlich stand er da, rieb sich einen zerkratzten Oberschenkel und blickte haßerfüllt zu den Kokosnüssen empor, die unerreichbar schienen.

Dann fiel ihm jedoch ein, daß es für den Sohn eines englischen Grafen andere Möglichkeiten gab, an eine Kokosnuß zu kommen. Er fand einen Stein, zielte sorgfältig und wollte gerade werfen, als er etwas hörte.

Es war weder ein Koquito noch eine Turteltaube. Ryder stand still, ließ langsam den Stein sinken und spitzte die Ohren. Da war es wieder, dieses merkwürdige dumpfe Stöhnen, das nichts Menschliches an sich hatte.

Seine Füße waren zart, denn schließlich war er ein Engländer, aber es gelang ihm nichtsdestotrotz, sich zwischen den Palmen lautlos zu bewegen. Das Geräusch wurde lauter, als er sich dem Wohnhaus näherte. Er rannte leichtfüßig die Grasböschung hinauf und schlich seitlich um das Haus herum, bis er den vorderen Rasen überblicken konnte. Hinter einem Brotfruchtbaum versteckt, betrachtete er das wunderbar gepflegte Grundstück. Das Geräusch wiederholte sich, und dann sah er ein sonderbares Licht, das direkt aus dem Boden emporzusteigen schien. Es war ein schmaler blauer Lichtstreifen, der nach Schwefel roch, so als käme er geradewegs aus der Hölle, und das Stöhnen hätte durchaus von den dort eingeschlossenen Seelen stammen können. Ryder spürte, daß er eine Gänsehaut bekam und daß sich seine Nackenhaare sträubten. Er schüttelte heftig den Kopf. Dies war mehr als absurd. Hatte er nicht Grayson erklärt, daß es sich einfach um eine chemische Mixtur handeln müsse? So war es auch zweifellos. Es mußte einfach stimmen.

In einem der Zimmer im zweiten Stock flackerte Kerzenlicht auf. Wahrscheinlich Grayson, der sich fast zu Tode ängstigte. Dann hörte er hinter sich ein Geräusch und drehte sich langsam um, den Stein wurfbereit in der Hand.

Es war Emile Grayson.

Ryder lächelte. Emile war ihm auf Anhieb sympathisch gewesen. Er mußte etwa in seinem Alter sein, ein intelligenter und ehrgeiziger junger Mann, kein bißchen abergläubisch, obwohl er seinem Vater während des Essens und der anschließenden Unterhaltung kein einziges Mal direkt widersprochen hatte.

»Was ist das?« flüsterte Ryder hinter vorgehaltener Hand.

»Ich weiß es nicht, möchte es aber unbedingt herausfinden. Gut, daß wir jetzt zu zweit sind. Ich habe versucht, einige Sklaven dazu zu bringen, mit mir Wache zu halten, aber sie rollen verzweifelt die Augen und fangen an zu jammern.«

Nach kurzem Schweigen fügte er hinzu: »Einer der Sklaven hat mir allerdings geholfen, ein Mann namens Josh. Wir hielten mehrere Nächte hintereinander zusammen Wache, doch dann wurde er eines Morgens tot aufgefunden, mit durchschnittener Kehle. Seitdem meldet sich natürlich niemand mehr freiwillig.«

»Also gut«, sagte Ryder. »Gehen Sie auf die andere Seite des verdammten Lichtes, und ich schleiche mich aus dieser Richtung an.«

Emile glitt wie ein Schatten von Baum zu Baum und arbeitete sich hinter dem dünnen Lichtstrahl vor. Eine gute Falle, dachte Ryder erfreut.

Sein Blut pulsierte wild. Erst jetzt kam ihm zu Bewußtsein, wie langweilig die Überfahrt im Grunde gewesen war, obwohl er sich die Zeit mit zwei charmanten Damen vertrieben hatte, nach dem Motto, daß man tagsüber der Lust frönen und nachts in den Armen einer Frau einschlafen sollte.

Sobald Emile seine Position eingenommen hatte, ging Ryder, den Stein noch immer in der rechten Hand, direkt auf das Licht zu. Er hörte einen unheimlichen Schrei. Der Lichtstrahl verwandelte sich in einen dünnen Rauchfaden von kräftigem Blau. Ein höllischer Gestank ging davon aus. Chemikalien, nichts weiter, dachte Ryder. Aber wer war für das Stöhnen verantwortlich?

Plötzlich schrie Emile, Ryder rannte los und sah eine Gestalt in weißen fließenden Gewändern, aus denen eine sehr menschliche Hand hervorragte – eine Hand, die eine Pistole hielt. War das nicht ein Kissenbezug, den der Mann sich über den Kopf gestülpt hatte? Die Hand hob sich, und ein Schuß wurde in Emiles Richtung abgefeuert.

»Verfluchter Bastard!« brüllte Ryder. »Wer zum Teufel bist du?«

Die Gestalt wirbelte herum und schoß nun auf ihn. Ryder spürte, wie die Kugel keine zehn Zentimeter von seinem Kopf entfernt vorbeisauste, und rannte auf den Schützen zu.

Der Kerl war sehr groß und wendig, aber Ryder war kräftiger und durchtrainiert, und der Abstand zwischen ihnen verringerte sich zusehens. Gleich würde er ihn schnappen. Er schnitt sich an einem Stein den Fuß auf, wurde dadurch aber nicht langsamer. Dann verspürte er plötzlich, ohne jede Vorwarnung, einen scharfen Schmerz am Oberarm. Er blieb wie erstarrt stehen und betrachtete den Pfeil, dessen Spitze in seinem Fleisch steckte.

Verdammt, der Kerl würde entkommen! Im nächsten Moment tauchte Emilie fluchend neben ihm auf.

»Woher ist dieser verfluchte Pfeil nur gekommen?« rief er verständnislos. »Der Schuft muß einen Komplizen gehabt haben, verflixt und zugenäht!«

»Es ist nicht weiter schlimm. Schnappen Sie ihn, Emile!«

»Nein«, erwiderte Emile ruhig. »Er wird bestimmt zurückkommen.«

Ohne ein weiteres Wort zu verlieren, riß Emile einen Ärmel seines weißen Hemdes ab, packte den Pfeil und zog ihn mit einem Ruck heraus.

»Na also«, murmelte er und begann den Hemdsärmel um die Wunde zu wickeln, aus der Blut sickerte.

Ryder wurde es vorübergehend leicht schwindelig, aber er war froh, daß Emile ohne viel Federlesens gehandelt hatte.

»Der Dreckskerl ist uns durch die Lappen gegangen«, schimpfte er. »Der Teufel soll ihn holen! Alle beide soll der Teufel holen!« Er betrachtete seinen Arm. »Wenn Sie mit dem Verband fertig sind, schauen wir uns am besten mal das Licht und den Rauch oder was es auch immer sein mag, aus der Nähe an.«

Aber es war kein Rauch mehr da, auch kein bläulicher Lichtstreifen, nur ein leichter Schwefelgeruch und angesengtes Gras.

»Nun«, sagte Ryder grimmig, »wir sind jetzt zu zweit, und nächstes Mal erwischen wir diese Bastarde bestimmt.« Sein Oberarm brannte. »Aber warum? Das ist doch die große Frage, stimmt's?«

»Ich weiß es nicht«, gab Emile zu. »Ich habe immer wieder darüber nachgedacht und verstehe es einfach nicht. Niemand ist an meinen Vater herangetreten, daß er die Plantage verkaufen solle. Keine Menschenseele. Und es kursieren auch keine Gerüchte, nur daß irgendwelche Voodoopriester und -priesterinnen aus irgendwelchen unerfindlichen Gründen mit uns unzufrieden sein müssen. Bitte, Mr. Sherbrooke, kommen Sie ins Haus, weil ich die Wunde auswaschen möchte. Wir haben einen großen Vorrat an Medikamenten, und Basilikumpuder ist genau das, was wir jetzt brauchen.«

»Wollen wir uns nicht duzen? Ich heiße Ryder.«

Emile grinste. »Unter den gegebenen Umständen – in Ordnung, Ryder.«

Ryder mußte plötzlich lachen. »Ich bin ein schöner Wachposten!« Er lachte noch mehr. »Wahrscheinlich habe ich unseren Bösewicht mehr verwirrt als erschreckt. Himmel, ich bin ja splitternackt!«

»Ja, aber ich wollte vorhin nicht darauf hinweisen, weil der Kerl ja ganz in der Nähe war.«

»Verstehe. Aber es ist zweifellos schwierig, einen Mann mit ›Mr. Sherbrooke‹ anzureden, der lediglich sein Adamskostüm trägt.«

KAPITEL 2

Camille Hall

Er versetzte ihr einen so harten Fausthieb zwischen die Rippen, direkt unterhalb der rechten Brust, daß sie benommen rückwärts taumelte und gegen die Wand prallte, wobei ihr Kopf an die obere Kante der dicken Eichentäfelung stieß.

Halb betäubt, glitt sie langsam zu Boden.

»Warum zum Teufel hast du es mir nicht gesagt, du dumme Gans?«

Sophie schüttelte den Kopf, um einen halbwegs klaren Gedanken fassen zu können. Sie hob die Hand und berührte mit den Fingerspitzen behutsam ihren Hinterkopf. Vor Schmerz wurde ihr schwindelig, und sie hatte einen Geschmack nach Galle im Mund.

»Beklag dich ja nicht darüber, daß ich dir weh getan habe. Es ist deine eigene Schuld.«

Natürlich war es ihre eigene Schuld, wie immer. Und er achtete immer darauf, so zuzuschlagen, daß niemand die blauen Flecke sehen konnte. Sie betastete ihre Rippen und schnappte vor Schmerz nach Luft, wodurch sie nur noch mehr litt. Daraufhin machte sie ganz kurze, flache Atemzüge, während sie inbrünstig hoffte, daß der Brechreiz bald nachlassen würde und keine Rippen gebrochen waren. Falls dies aber doch der Fall sein sollte, zweifelte sie nicht daran, daß ihrem Onkel eine plausible Erklärung einfallen würde. Bisher war er jedenfalls nie um eine verlegen gewesen.

Er beugte sich über sie, die Hände in die Hüften gestemmt. Seine Augen waren schmal vor Wut, und er war bleich im Gesicht. »Ich habe dich etwas gefragt. Warum hast du mir nicht gesagt, daß Ryder Sherbrooke in Montego Bay angekommen ist?«

Sie öffnete den Mund, um ihm eine Lüge aufzutischen, aber er kam ihr zuvor. »Wag ja nicht zu behaupten, daß du es nicht gewußt hast. Du warst heute in der Stadt. Ich habe dich mit eigenen Augen wegreiten sehen. Verdammt, ich habe dir selbst erlaubt hinzureiten.«

»Ich sage dir, ich habe es nicht ...« Sie verstummte, weil sie ihre eigene Feigheit haßte, weil sie ihre eigene Stimme haßte, die genauso dünn war wie ihr Battistnachthemd. Einen Moment lang schwieg sie und nährte die rasende Wut, die allmählich ihre Angst verdrängte. Schließlich blickte sie direkt in das verhaßte Gesicht. »Ich wollte, daß er herkommt und dich erwischt. Ich habe darum gebetet, daß es so kommen möge. Ich wußte, daß er nicht an diesen ganzen Voodoo-Zauber glauben würde, daß er deinem Treiben ein Ende bereiten würde.«

Er hob die Faust, ließ sie aber langsam wieder sinken.

Dann lächelte er sie tatsächlich an, und sie sah flüchtig, was alle anderen Menschen sahen – einen Mann mit Humor und Geist, einen gütigen Mann, etwas schüchtern, gebildet und von vornehmer Herkunft. Im nächsten Augenblick zeigte er aber schon wieder sein wahres Gesicht, das nur sie allein kannte. »Wenn Thomas nicht mit dem Pfeil auf ihn geschossen hätte, wäre das Spiel für mich vielleicht wirklich aus gewesen. Auf sowas war ich nicht gefaßt. Natürlich ist mir Graysons Sohn Emile seit langem ein Dorn im Auge, aber dieser unbekannte junge Mann, der nackt wie ein Satyr auf mich zuraste und aus Leibeskräften brüllte – der war eine totale Überraschung und hat mir einen Schock versetzt. Gott sei Dank hat Thomas ihn erwischt.«

Sophie erbleichte. »Ihr habt ihn umgebracht? Ihr habt den Plantagenbesitzer umgebracht?«

»O nein, Thomas hat ihn nur in den Oberarm geschossen. Er ist immer vorsichtig. Wirklich seltsam, daß Sherbrooke splitternackt war und einen Stein bei sich hatte. Und was sein Kriegsgeheul angeht, kann er es ohne weiteres mit jedem Kariben aufnehmen. Thomas vermutet, daß der Bursche sich gerade mit einer Sklavin vergnügte, als er vom Schwefelgestank und Rauch und von unserem mittlerweile perfekten Stöhnen aufgeschreckt wurde. Ich war sehr erleichtert, daß Emile Grayson sich um Sherbrooke kümmerte, anstatt mich zu verfolgen.«

Sie schwieg. Weil sie die Information für sich behalten hatte, hatte sie ein Menschenleben gefährdet. Ihr war überhaupt nicht in den Sinn gekommen, daß Ryder Sherbrooke wirklich in Gefahr schweben könnte. Und er hatte für ihre Dummheit bezahlen müssen. Nun ja, auch sie selbst hatte dafür bezahlt, aber das war nichts Neues. Zum Glück war er offenbar nicht schwer verletzt, und sie selbst auch nicht. Der Schmerz in ihren Rippen ließ allmählich ein wenig nach, so daß sie sich wieder tiefer zu atmen traute.

Onkel Theo entfernte sich von ihr, zog den Stuhl unter seinem kleinen Schreibtisch hervor, setzte sich und kreuzte die Beine an den Knöcheln. Die Arme auf dem flachen Bauch verschränkt, betrachtete er sie nachdenklich. »Dummheit paßt nicht zu dir, Sophie«, sagte er kopfschüttelnd. »Wie oft muß ich dir noch sagen, daß du gar keine andere Wahl hast als mir zu gehorchen? Loyalität mir gegenüber ist deine einzige Chance. Hast du dir überlegt, was aus dir und deinem heißgeliebten Jeremy geworden wäre, wenn man mich geschnappt hätte? Du bist minderjährig, und du bist die Inselhure; dir bliebe nichts anderes übrig als deinen Körper auf der Straße zu verkaufen, und Jeremy würde in einem Armenhaus landen. Bestenfalls könnte er sein Leben vielleicht als Lehrling eines Buchhalters fristen und in einem Massenquartier hausen. Nein, mein Fräulein, du wirst mich nie wieder hereinlegen, oder ich schwöre dir …« Er sprang auf und ging wieder auf sie zu. Unwillkürlich drückte sie sich an die Wand, als er neben ihr in die Hocke ging. Er packte sie am Kinn und riß ihren Kopf zu sich herum. »Ich schwöre dir, Sophie, ich bringe dich um, wenn du so etwas noch einmal versuchst. Hast du mich verstanden?«

Sie schwieg, aber er sah den Haß in ihren Augen und fuhr etwas sanfter fort: »Nein, ich werde nicht dich umbringen, sondern deinen armseligen Bruder. O ja, das ist es, was ich tun werde. Hast du mich jetzt verstanden?«

»Ja«, murmelte sie. »Ja, ich verstehe nur allzu gut.«

»Ausgezeichnet.« Er stand auf und streckte ihr eine Hand entgegen. Sie starrte seine langen, schmalen Finger mit den gepflegten

Nägeln an, dann blickte sie ihm in die Augen und stand langsam allein auf. Er ließ seine Hand sinken.

»Du bist eigensinnig, aber das gefällt mir bei einer Frau ganz gut. Und dein Haß amüsiert mich. Wenn du meine Geliebte wärest, würde ich dich mit wahrer Wonne auspeitschen, bis dieser unverschämte Ausdruck aus deinen Augen verschwände! Geh jetzt wieder ins Bett. Ich muß Pläne schmieden. Endlich ist Ryder Sherbrooke hier. Mein Gott, ich habe lange darauf gewartet, daß Grayson den Earl of Northcliffe informieren und dieser jemanden herschicken würde. Und er hat seinen Bruder hergeschickt, genau wie ich gehofft hatte. Jetzt wird es Zeit, meinen Plan in die Tat umzusetzen. Ach ja, meine Liebe, nachdem du schon eine beträchtliche Anzahl nackter Männer gesehen hast, interessiert es dich vielleicht, daß der junge Sherbrooke wirklich gut gebaut ist. Ein Athlet, und sein Körper ist schlank und muskulös. O ja, du wirst feststellen, daß er ein stattliches Mannsbild ist.« Er starrte eine Weile vor sich hin. »Ich glaube, daß alles gut klappen wird, aber ich muß noch über einige Einzelheiten nachdenken. Dieser Mann ist kein Narr. Ich hatte mit einem zweiten Lord David gerechnet, aber Sherbrooke ist mit dem Tunichtgut nicht zu vergleichen. Morgen früh werde ich dir sagen, was du zu tun hast.«

Um acht Uhr am nächsten Morgen versuchte Sophie, die vorderen Knöpfe an ihrem Kleid zu schließen. Jede Bewegung tat grausam weh. Die Haut über ihren Rippen hatte sich während der Nacht gelb und purpurrot verfärbt, und sie krümmte sich wie eine alte Frau, weil der Schmerz ihr fast den Atem raubte. Ihr Dienstmädchen hatte sie weggeschickt; Millie durfte sie nicht in diesem Zustand sehen, denn sonst würde es unweigerlich Gerede geben, und das konnte sie nicht zulassen.

Wegen Jeremy konnte sie das nicht zulassen.

Als es leise an ihre Tür klopfte und gleich darauf der Kopf ihres Bruders auftauchte, lächelte sie trotz ihrer Schmerzen. Jeremy betrat ihr Schlafzimmer. »Möchtest du nicht frühstücken? Du weißt ja, wie Onkel Theo ist. Bis zum Mittagessen bekommst du dann nichts mehr.«

»Ja, ich weiß. Ich bin gleich mit diesen Knöpfen fertig.«

Jeremy schlenderte in ihrem Zimmer herum, neugierig wie immer, energiegeladen wie jeder Neunjährige. Er war ständig in Bewegung, rastlos auf der Suche nach Beschäftigung und durchaus bereit, so hart wie ein Sklave zu arbeiten – nur daß er es natürlich nicht konnte.

Sie hatte endlich den letzten Knopf geschlossen, stellte aber bei einem flüchtigen Blick in den Spiegel fest, daß sie ja noch nicht gekämmt war, ganz zu schweigen von ihrer Blässe und den dunklen Ringen unter ihren Augen. Eine schöne Hure war sie, so verführerisch wie eine zerbrochene Muschelschale. Oh, es tat so weh, die Haare zu bürsten! Bei jedem Bürstenstrich schien ein Dolch ihre Brust zu durchbohren.

»Jeremy, könntest du mir die Haare bürsten?«

Er legte verwirrt den Kopf zur Seite und warf ihr einen fragenden Blick zu. Als sie nur wortlos den Kopf schüttelte, näherte er sich mit gerunzelter Stirn. »Bist du müde oder sowas, Sophie?«

»Ja, sowas Ähnliches.« Sie gab ihm die Bürste und setzte sich. Er stellte sich nicht gerade geschickt an, aber sie lobte sein Werk und schaffte es sodann mit Mühe, die kastanienbraune Haarflut mit einem schwarzen Samtband im Nacken zusammenzubinden.

»So, Master Jeremy, und jetzt wird gefrühstückt!«

»Du bist krank, Sophie, stimmt's?«

Es war im Grunde keine Frage, sondern eine Feststellung. Sie strich ihm leicht über die Wange, denn sie konnte an seinen Augen ablesen, daß er sich ernsthaft Sorgen machte. »Nein, mir fehlt nichts. Nur ein bißchen Bauchweh, sonst nichts, ich schwör's dir. Ein paar von Tildas köstlichen Brötchen, und mir geht's wieder blendend.«

Beruhigt hüpfte Jeremy vor ihr her. Zumindest bezeichnete sie seine Bewegungen, die anderen vielleicht unbeholfen und unkoordiniert vorkommen mochten, als fröhliches Hüpfen. Er war ein glücklicher kleiner Junge, der sich erstaunlich gut entwickelte. Sie liebte ihn mehr als alles auf der Welt, und sie war für ihn verantwortlich. Er war der einzige, der sie vorbehaltlos liebte.

Onkel Theo saß im Frühstückszimmer. Die Verandatüren waren weit geöffnet, und eine leichte Brise sorgte für angenehme Kühle. In der Ferne funkelte das Meer in der strahlenden Morgensonne. Es duftete nach Hochsommer, nach Rosen, Jasmin, Hibiskus, Bougainvillea, Kassie, Mandeln und Rhododendron. In der größten Mittagshitze waren diese Gerüche fast überwältigend. Doch jetzt, am frühen Morgen, war es ein Paradies von Düften. Trotzdem hatte Sophie keine Freude daran. Sie konnte sich überhaupt kaum noch an Schönheit irgendwelcher Art erfreuen. Schon lange nicht mehr. Seit einem Jahr. Nein, seit fast dreizehn Monaten.

Seit fast dreizehn Monaten war sie nun schon eine Hure. Seit dreizehn Monaten wurde sie von den Frauen anderer Plantagenbesitzer geschnitten, wenn man sich beim Einkaufen in Montego Bay zufällig begegnete. Hier in Camille Hall wurde sie von ihnen natürlich nicht geschnitten, weil die Damen ihren lieben Onkel viel zu sehr bewunderten, um ihm so etwas anzutun. Nein, hier behandelten sie sie mit kalter Höflichkeit.

»Es gibt keine Brötchen, Sophie«, rief Jeremy. »Soll ich Tilda danach fragen?«

»Nein, nein, mein Lieber. Ich esse frisches Brot, das schmeckt genauso gut. Setz dich hin und frühstücke.«

Das brauchte man Jeremy nie zweimal zu sagen.

Theodore Burgess blickte von seiner Zeitung auf, einer nur sieben Wochen alten Londoner *Gazette*, denn die englischen Schiffe kamen pünktlich auf Jamaika an.

Er musterte Sophie, nahm zufrieden zur Kenntnis, daß ihre Augen auf anhaltende Schmerzen hindeuteten, und verkündete: »Wir beide werden uns unterhalten, sobald du gegessen hast, meine Liebe. Es gibt einiges zu besprechen, und ich weiß ja, wieviel dir daran liegt, immer meinen Wünschen zu entsprechen. Ah, iß doch noch etwas. Ich weiß, daß die Hitze einem den Appetit verschlägt, aber du wirst mir noch viel zu dünn.«

Jeremy achtete nicht auf das Gespräch, vollauf damit beschäftigt, seine geröstete Yamswurzel dick mit Butter zu bestreichen.

»Ja, Onkel«, sagte Sophie. »In deinem Arbeitszimmer. Nach dem Frühstück.«

»So ist es, meine Liebe. Und was dich betrifft, mein guter Junge, so wirst du mich heute in die Brennerei begleiten. Ich möchte, daß du einige Arbeitsprozesse lernst. Es wird dort heiß wie im Höllenfeuer sein, aber wir bleiben nur solange, bis du einigermaßen verstehst, wie Rum erzeugt wird und welche Maßnahmen Mr. Thomas ergreift, um die Sklaven daran zu hindern, uns zu bestehlen und unsere Gewinne zu versaufen.«

Die Freude in Jeremys Augen verstärkte Sophies Schmerzen nur noch mehr.

Samuel Grayson hatte beobachtet, daß Ryders weißes Hemd ihm am Rücken klebte, daß sein dichtes hellbraunes Haar vom Schweiß dunkel glänzte und sein Gesicht von der Sonne gerötet war, als er mittags nach Hause kam, nachdem er den ganzen Morgen über mit Emile zu Pferde die Plantage besichtigt hatte. Wahrscheinlich hatte er sich jetzt an irgendeinen kühlen Ort verkrochen. Und tatsächlich fand Grayson ihn auf der Veranda vor dem Billardzimmer. Er saß mit geschlossenen Augen im tiefsten Schatten, an der einzigen Stelle, wo immer eine Brise spürbar war. »Ryder, es geht um eine Einladung«, sagte Samuel leise, für den Fall, daß der junge Mann eingeschlafen war. »Eine Einladung von Theodore Burgess. Am Freitag soll in Camille Hall ein Ball stattfinden, und Sie sind der Ehrengast.«

»Ein Ball!« Ryder riß die Augen weit auf. »Mein Gott, Samuel, ich kann mir beim besten Willen nicht vorstellen, bei dieser infernalischen Hitze zu tanzen. Das kann dieser Burgess doch nicht ernst meinen.«

»Sklaven werden die ganze Zeit über mit Palmenwedeln fächeln, um die Luft zu bewegen. Außerdem ist der Ballsaal von Camille Hall, genau wie der hiesige, mit riesigen Türen vom Boden bis zur Decke ausgestattet. Ich verspreche Ihnen, daß es ganz angenehm sein wird.«

Ryder schwieg einen Moment lang. Er dachte über die Frau nach, die mit drei Männern schlief, und verspürte Lust, sie kennenzulernen.

»Ein Junge wartet auf Ihre Antwort, Sir.«

Ryder schenkte ihm ein mattes Lächeln. »Selbstverständlich gehen wir hin.«

Grayson zog sich zurück, um die Einladung schriftlich anzunehmen, und Ryder schloß wieder die Augen. Er scheute jede Bewegung in dieser Hitze. Schwimmen war nicht möglich, solange die Sonne ihre volle sengende Glut entfachte; er hatte an Gesicht und Armen ohnehin schon einen leichten Sonnenbrand. Deshalb saß er ruhig da, und bald schlief er ein.

Als er aufwachte, waren die Nachmittagsschatten schon ziemlich lang, und Emile saß mit weit von sich gestreckten Beinen neben ihm.

»Dein Vater hat gesagt, daß ich mich an die Hitze gewöhnen würde«, knurrte Ryder, »aber ich glaube, er schwindelt.«

»Ein bißchen gewöhnt man sich daran«, erwiderte Emile. »Aber die Sommer sind mörderisch.«

»Es muß doch sogar für Sex viel zu heiß sein, oder?«

Emile lachte. »So ist es. Wie ich gehört habe, sind wir am Freitagabend zu einem Ball in Camille Hall eingeladen.«

»Ja, ich soll geehrt werden. Allerdings würde ich viel lieber schwimmen oder wieder versuchen, eine Kokospalme zu erklimmen; ja, ich würde sogar lieber einen in Laken gehüllten Schurken jagen.«

Emile grinste. »Es wird bestimmt ganz amüsant, Ryder. Du wirst alle Pflanzer und Kaufleute von Montego Bay sowie deren Gemahlinnen kennenlernen, und du wirst soviel Klatsch zu hören bekommen, daß dir die Ohren dröhnen werden. Weißt du, es gibt hier kaum etwas anderes zu tun, es sei denn, man ergötzt sich am Rum, wozu die meisten bedauerlicherweise neigen. Außerdem ist Vater begeistert von Sophie Stanton-Greville, und sie ist Burgess' Nichte und die Gastgeberin beim Ball. Ich zweifle nicht daran, daß Vater jeden Mann zum Duell fordern würde, der es wagte, in seiner Gegenwart etwas Abfälliges über seine Göttin zu äußern.«

»Und dabei soll sie doch eine Hure sein ...«

»Ja«, sagte Emile, ohne Ryder anzusehen, »das ist die allgemeine Meinung.«

»Dir mißfällt das offenbar. Du kennst sie wohl schon lange?«

»Ihre Eltern sind vor vier Jahren auf der Rückreise von Amerika nach England bei einem Sturm ertrunken. Sophie und ihr Bruder Jeremy kamen unter die Vormundschaft von Theodore Burgess, dem jüngeren Bruder ihrer Mutter. Als Sophie herkam, war sie fünfzehn. Jetzt ist sie neunzehn, fast zwanzig, und vor etwas über einem Jahr fingen diese Männergeschichten an. Du hast recht – mir mißfällt das. Vor allem aber bin ich sehr enttäuscht. Ich hatte sie gern. Sie war ein lebhaftes, geistreiches Mädchen, ausgelassen, ohne Falsch und Eitelkeit. Ich dachte sogar, wie könnten eines Tages ... aber das ist jetzt nicht mehr wichtig.«

»Du weißt also genau, daß diese Gerüchte stimmen?«

»Sie trifft ihre Liebhaber in einer kleinen Hütte am Strand. Ich war einmal zufällig dort, nachdem sie die Nacht mit Lord David Lochridge verbracht hatte. David war noch da, nackt, und der Ort roch durchdringend nach Sex. Er trank einen Rumpunsch und schien sehr zufrieden mit sich zu sein. Allerdings war er ziemlich betrunken, was mich wunderte, weil es erst neun Uhr morgens war. Er erzählte sehr offen von ihr, von ihren weiblichen Attributen, ihren Liebeskünsten, ihrer kühnen Nichtbeachtung aller Konventionen.«

»Die Frau war aber nicht da?«

»Nein. Offenbar verläßt sie ihre Männer immer, wenn sie schlafen, so daß sie beim Aufwachen allein sind. Jedenfalls hat David das gesagt. Es sind aber Sklavinnen da, die sich um die Männer kümmern, und keiner ihrer Liebhaber scheint sich an Sophies Gewohnheiten zu stören.«

»Hast du diesem Lochridge geglaubt?«

Emiles Stimme war ausdruckslos, aber er mied nach wie vor Ryders Blick. »Wie gesagt, es roch unverkennbar nach Sex. Und der Bursche war viel zu betrunken, um etwas einfach zu erfinden. Ich mag ihn nicht besonders, aber er hatte keinen Grund, mich zu belügen. Und die Hütte befindet sich auf Burgess' Land.«

Ryder zerquetschte ein Moskito und murmelte nachdenklich: »Sie wird also achtzehn und beschließt plötzlich, mit den Konventionen zu brechen. Das ergibt für mich nicht viel Sinn, Emile. Bestimmt würde sie jetzt niemand mehr heiraten. Was glaubst du, warum sie angefangen hat herumzuhuren?«

»Ich weiß es nicht. Sie war von jeher ein sehr willensstarkes Mädchen, auch lebhaft, wie schon gesagt, und sie will unbedingt ihren kleinen Bruder beschützen. Einer der Pflanzer hat sie einmal einen Satansbraten genannt, weil sie so wütend auf seinen Aufseher war, daß sie eine Kokosnuß auf seinem Schädel zerschmettert hat. Der Mann lag eine Woche im Bett. Er hatte Sophies Bruder irgendwie beleidigt. Das war vor etwa zwei Jahren. Damals hätte sie jeden Junggesellen auf der Insel heiraten können, weil allgemein bekannt war, daß sie eine große Mitgift bekommt. Ich habe immer wieder gehört, daß Frauen sich nicht soviel aus Sex machen wie wir Männer. Wie ist es da nur möglich, daß sie dafür alles aufgegeben hat, was Frauen im allgemeinen wollen, worauf ihre ganze Erziehung abzielt?«

»Es gibt für alles einen Grund«, sagte Ryder, während er aufstand und sich streckte. »Gott sei Dank, es scheint ein bißchen abzukühlen.«

Emile grinste ihm zu. »Ich habe gehört, daß Vater dem Koch aufgetragen hat, dir etwas Kühles zum Abendessen zu machen – vielleicht frischen Obstsalat und eisgekühlte Shrimps. Jedenfalls keine gebackenen Yamswurzeln oder heiße Fischpastete. Er möchte nicht, daß du uns hier verhungerst.«

Ryder zerquetschte wieder ein Moskito. Er blickte über die in der Sonne flimmernden Zuckerrohrfelder hinweg zur blauen Karibik hinüber, die so wunderschön war, so ganz anders als das Meer, das er bisher gekannt hatte. »Wie gesagt, es gibt immer etwas, das Männer und Frauen veranlaßt, sich so zu verhalten, wie sie es tun. Soviel ich weiß, hat sie zur Zeit drei Liebhaber, und davor gab es vermutlich schon andere. Natürlich hat sie irgendein Motiv, und weißt du was, Emile? Ich glaube, ich werde mir einen Spaß daraus machen herauszufinden, warum dieser Satansbraten für so viele Männer die Beine breit macht.«

»Es ist deprimierend«, seufzte Emile.

Am Freitagabend glaubte Ryder tatsächlich, daß er sich vielleicht halbwegs an die drückende Hitze gewöhnen könnte, obwohl er nach wie vor manchmal bei jedem Atemzug innerlich zu verdorren schien. Er war am Nachmittag sogar geschwommen, allerdings nicht lange, weil er sich keinen Sonnenbrand holen wollte. Zu seiner großen Enttäuschung hatte es nach dem Zwischenfall in der ersten Nacht keine weiteren seltsamen Vorkommnisse mehr gegeben. Keinen brennenden Schwefel, keine in flatternde Gewänder gehüllte Gestalt, kein schreckliches Stöhnen, keine Pistolen, keine Pfeile.

Es war überhaupt nichts Außergewöhnliches vorgefallen. Er hatte Samuel Graysons »Haushälterin« kennengelernt, eine junge braune Frau namens Mary mit fröhlichen Augen, molligem Körper und warmem Lächeln. Sie lebte in Graysons Zimmer und arbeitete tagsüber im Haus. Auch Emile hatte eine solche »Haushälterin«, ein schmales Mädchen, das Coco hieß. Sie hielt in Ryders Gegenwart stets die Augen gesenkt, und er hörte nie ein Wort von ihr. Älter als fünfzehn konnte sie nicht sein. Emile beachtete sie überhaupt nicht – das tat er, wie Ryder vermutete, nur nachts, wenn er mit ihr ins Bett ging. Sie kümmerte sich um seine Kleidung, hielt sein Zimmer in Ordnung und war hundertprozentig gefügig. Ryder amüsierte sich über diesen Brauch, der auf Jamaika von allen Betroffenen als durchaus respektabel angesehen wurde, aber er fand ihn auch etwas abstoßend. Grayson hatte ihm natürlich ebenfalls eine Frau angeboten, aber Ryder hatte dankend abgelehnt – zum erstenmal in seinem Leben verzichtete er freiwillig auf Sex, weil ein derartiges Arrangement ihm einfach zu kaltblütig, zu konstruiert vorkam. Er hatte einfach keine Lust, sich erwartungsgemäß zu verhalten, obwohl er über seine eigene Eitelkeit lachen mußte.

Die drei Männer ritten am Freitagabend um neun nach Camille Hall. Die Dunkelheit brach gerade herein, der Mond stand strahlend am Himmel, und die Sternenpracht überwältigte Ryder noch genauso wie in der ersten Nacht.

Die Lichter von Camille Hall waren schon von weitem zu sehen. Trotz des katastrophalen Zustands der Hauptstraße waren manche

Gäste in Kutschen gekommen; ferner wurden mindestens drei Dutzend Pferde von einem Dutzend kleiner Jungen in der Nähe des Herrenhauses bewacht, wo alle Verandatüren weit geöffnet waren.

Ryder sah sie sofort. Sie stand neben einem älteren Herrn am Eingang, in einem jungfräulich weißen Kleid, das ihre Schultern frei ließ, die kastanienbraunen Haare hochgesteckt, bis auf zwei dicke Strähnen, die über ihre nackten Schultern fielen. Ryder betrachtete sie und schmunzelte gerade vor sich hin, als sie aufschaute. Er sah, daß sie sich versteifte, und ihm kam zu Bewußtsein, daß es wohl ein ziemlich verächtliches Lächeln war. Sofort setzte er eine neutrale Miene auf und entspannte sich. Schließlich konnte es ihm völlig egal sein, ob sie mit jedem Mann auf der Insel schlief. Es spielte überhaupt keine Rolle.

Er ging neben einem völlig hingerissenen Samuel Grayson auf sie zu. Bei genauerer Betrachtung stellte er fest, daß sie nicht die göttliche Schönheit war, für die Grayson sie hielt. Sie sah viel älter als neunzehn aus, hatte schöne klare graue Augen und eine sehr helle Haut. Aber sie war viel stärker geschminkt, als es sich für ein Mädchen ihres Alters gehörte. Man hätte sie eher für eine Londoner Schauspielerin oder Opernsängerin halten können als für eine junge Dame der Gesellschaft bei einem Ball in ihrem eigenen Heim. Ihre Lippen waren tiefrot, die Augen mit Khol umrandet und die Brauen mit Khol nachgezogen; hinzu kam noch Rouge auf den Wangen und eine dicke Schicht weißen Puders. Warum ließ ihr Onkel es zu, daß sie in seinem eigenen Haus wie eine Hure aussah? Und dieses verdammte jungfräulich weiße Kleid setzte allem die Krone auf. Fast könnte man glauben, daß sie sich über ihren Onkel, über alle Gäste, ja vielleicht sogar über sich selbst lustig machen wollte.

Ryder ließ die Vorstellung über sich ergehen und griff nach ihrer Hand, drehte sie um und berührte mit den Lippen ihr Handgelenk. Sie zuckte zusammen, und er ließ ihre Hand langsam, ganz langsam wieder los.

Theodore Burgess war von ganz anderem Schlag. Groß und sehr hager, mit freundlichem Gesicht, aber energischem Kinn, machte er einen ungewöhnlich gehemmten Eindruck. Die unpassende Aufmachung seiner neunzehnjährigen Nichte schien er überhaupt nicht zu bemerken. Sein Händedruck war ziemlich kraftlos, aber er begrüßte Ryder überaus herzlich. »Es ist mir ein Vergnügen, Sir, ein großes Vergnügen. Mr. Grayson hat oft von den Sherbrookes gesprochen, von seiner hohen Wertschätzung für

Ihre Familie. Sie sind uns hier mehr als willkommen, Sir. Gewiß werden Sie mit meiner reizenden Nichte tanzen wollen?«

War der Kerl ein totaler Schwachkopf? Oder war er blind?

Die reizende Nichte sah wie eine bemalte Nutte aus. Trotzdem wandte Ryder sich ihr höflich zu. »Möchten Sie dieses Menuett tanzen, Miss Stanton-Greville?«

Sie nickte wortlos, ohne zu lächeln, und legte ihre Hand auf seinen Unterarm.

Ihm fiel auf, daß sie Emile völlig ignoriert hatte, und dieses eigenartige Benehmen stachelte seine Neugier nur noch weiter an. Dieses mysteriöse Geschöpf faszinierte ihn.

»Ich habe gehört, daß Sie und Emile seit Jahren gut miteinander bekannt sind«, sagte er, bevor die vorgeschriebenen Schritte des Menuettes sie voneinander trennten.

Als sie wieder zusammenkamen, sagte sie »Ja«. Nichts weiter, nur dieses kurze, ausdruckslose »Ja«.

»Man wundert sich«, stichelte er, »warum jemand einen alten Freund plötzlich einfach ignoriert. Wirklich seltsam.«

Es dauerte einige Minuten, bis er ihre Hand wieder umfaßte, und auch da äußerte sie nur: »Wundern kann man sich vermutlich über viele Dinge.« Das war alles. Verfluchte Göre!

Das Menuett endete, und Ryder stellte erleichtert fest, daß er nicht schwitzte. Grayson hatte die Wahrheit gesagt. Der Ballsaal erstrahlte zwar im Lichte unzähliger Kandelaber, war aber nichtsdestotrotz angenehm kühl, denn die vielen offenen Türen ließen die frische Meeresbrise ungehindert ein, und zusätzlich schwenkten barfüßige kleine Jungen in weißen Hemden und weißen Hosen große Palmwedel.

Ryder brachte Sophie schweigend zu ihrem Onkel zurück, und danach übernahm es Grayson, ihn mit allen anderen Pflanzern bekannt zu machen. Als Ryder einmal flüchtig zu ihr hinüberschaute, stand sie sehr steif da, während ihr Onkel mit gerunzelter Stirn auf sie einredete. Ob er ihr vielleicht Vorhaltungen wegen des übertriebenen Make-ups machte? Ryder hoffte es, bezweifelte es aber. Er selbst würde, wenn er ihr Onkel wäre, ihr Gesicht in einen Eimer Wasser tunken und es mit Kernseife tüchtig schrubben.

Er tanzte mit den Töchtern sämtlicher Kaufleute von Montego Bay und sämtlicher Pflanzer im Umkreis von fünfzig Meilen, wurde umschmeichelt und mit Komplimenten überhäuft, ob es sich nun um seine auf Hochglanz polierten Stiefel oder um seine herrlichen blauen Augen handelte – von letzteren war eine Siebzehnjährige ganz hingerissen, die vor Aufregung ständig kicherte. Diese ganze Anhimmelei langweilte ihn so, daß er am liebsten laut gegähnt hätte. Außerdem schmerzten seine Füße. Er wollte sich irgendwo hinsetzen und sich mindestens eine Stunde nicht bewegen. Kurz vor Mitternacht gelang es ihm endlich, Grayson zu entkommen, der drei Pflanzer samt Frauen und heiratsfähigen Töchtern im Schlepptau hatte.

Von der Veranda führten Steinstufen in einen schönen Garten hinab. Es duftete betörend nach Rosen, Hibiskus, Rhododendron und allen möglichen anderen prächtigen Blumen, die Ryder nicht kannte. Er atmete tief ein, betrat diesen märchenhaften Garten, entdeckte eine Steinbank und lehnte sich mit geschlossenen Augen an eine rosa Kassie.

»Ich habe Sie hierhergehen sehen.«

Er wäre vor Überraschung fast aufgesprungen. Sophie Stanton-Greville stand dicht vor ihm.

»Ich wollte mich ein wenig ausruhen«, erwiderte er lässig. »Ich habe mich noch nicht an diese Hitze gewöhnt, und in diesem verfluchten Ballsaal wollte jedes Mädchen unbedingt tanzen.«

»Ja, das ist bei Bällen allgemein üblich.«

Sie hörte sich sehr kalt an, geradezu feindselig, so als sei er ihr denkbar unsympathisch. Aber warum war sie ihm dann in den Garten gefolgt? Das ergab keinen Sinn.

Er machte es sich auf der Bank noch gemütlicher, streckte die Beine weit von sich, kreuzte sie an den Knöcheln und verschränkte die Arme vor der Brust. Noch nie hatte er sich, seit er erwachsen war, in Gegenwart einer Frau so flegelhaft benommen. Und die Kälte seiner Stimme konnte es mit der ihren durchaus aufnehmen, als er fragte: »Was wollen Sie von mir, Miss Stanton-Greville? Vielleicht einen weiteren Tanz, nachdem dies ja ein Ball ist, wie Sie soeben dezent betont haben?«

Sie versteifte sich sichtlich, und er fragte sich wieder, warum zum Teufel sie überhaupt hier war. In die Dunkelheit starrend, murmelte sie schließlich: »Sie benehmen sich nicht wie die meisten anderen Männer, Mr. Sherbrooke.«

»Ah, damit meinen Sie wohl, daß ich nicht mit hechelnder Zunge um Sie herumscharwenzele? Daß ich weder Ihren sehr roten Mund noch Ihre unbestreitbar reizvollen Brüste anstarre?«

»Nein!«

»Was ist es dann?«

Sie wandte sich ab, und er sah, daß sie an den weichen Falten ihres Musselinkleides herumnestelte. Sie war sehr schlank, und er zweifelte nicht daran, daß sie eine Wespentaille hatte, obwohl das bei der neuesten Damenmode, die sich an Josephines Geschmack orientierte, schwer zu sagen war. Unwillkürlich beschäftigten sich seine Gedanken auch mit ihren Beinen und Hüften.

Ein leichtes Lächeln spielte um ihre Lippen, als sie sich ihm wieder zuwandte. »Sie sind unverschämt, Sir. Bestimmt bedienen sich Gentlemen nicht einmal in England einer so drastischen Ausdrucksweise.«

»Nicht einmal im Gespräch mit angemalten Flittchen?«

Sie atmete tief, und er hätte schwören können, daß sie buchstäblich taumelte, wie von einem scharfen Hieb. Unwillkürlich hob sie die Hand und begann an der Puderschicht auf ihrer Wange zu reiben.

Gleich darauf faßte sie sich aber wieder und ließ die Hand sinken. Sie bedachte ihn mit einem herausfordernd kühlen Lächeln. »Nein«, sagte sie ruhig, »nicht einmal im Gespräch mit angemalten Flittchen. Ich hatte gehört, daß Sie ein kultivierter und geistreicher Mann sind, aber auf das Gerede der Leute darf man sich eben nie verlassen. Sie sind ein ungehobelter Bauer.«

Er erhob sich zu seiner vollen Größe, aber sie wich nicht vor ihm zurück. »Aha, jetzt kreuzen Sie die Klingen!« stellte er befriedigt fest, »und gar nicht mal so schlecht. Besondes gekonnt allerdings auch nicht.« Er zog ein Taschentuch aus der Tasche und wischte damit schnell über ihren roten Mund. Sie warf den Kopf zurück, aber er packte sie am Nacken und wischte ihre Lippen noch einmal kräftig ab, bevor er das Tuch auf den Boden warf. »Jetzt«, sagte er, beugte sich über sie und preßte seine Lippen auf ihren Mund. Es wurde ein sehr langer Kuß, und sie stellte fest, daß er viel erfahrener im Küssen war als alle Männer, die sie kannte. Sein Mund liebkoste den ihren, und seine Zunge suchte spielerisch Einlaß, ohne Gewalt anzuwenden. Sie ließ ihn gewähren, ohne irgendeine Reaktion zu zeigen.

Plötzlich wölbte er seine Hände um ihre Brüste, und unwillkürlich zuckte sie zusammen. »Pssst«, flüsterte er, und sein warmer Atem roch nach dem Rumpunsch, den er getrunken hatte. »Ich möchte fühlen, ob Ihre Haut wirklich so weich und warm ist, wie ich glaube.« Seine Hände glitten unter ihr Mieder und umfaßten ihre nackten Brüste. Dann hob er den Kopf und blickte spöttisch auf sie hinab. »Sie hatten Herzklopfen, aber es war nicht stark genug, finde ich. Sie haben schöne Brüste, Miss Stanton-Greville. Sind Sie mir deshalb gefolgt? Wollten Sie von mir liebkost werden? Oder wollten Sie vielleicht sogar, daß ich Sie gleich hier im Garten nehme? Vielleicht unter dieser herrlichen Kassie? Sie duftet so kräftig, daß sie möglicherweise die sexuellen Gerüche überdecken würde.«

Sie sagte kein Wort, stand regungslos da und ließ ihn ihre Brüste streicheln. Dann küßte er sie wieder, diesmal intensiver, seine Hand auf ihr Herz gepreßt. Ihr Herzschlag beschleunigte sich ein wenig, und er lächelte an ihrem Mund.

»Ist es das? Wollen Sie mich mit Ihren anderen Männern vergleichen? Sie werden keine Gelegenheit dazu haben, glauben Sie mir.«

Sein Atem war sehr warm, und seine Zunge spielte sanft mit der ihren. Aber sie erwiderte seinen Kuß nicht, blieb völlig passiv. Er verstand sie nicht. Bei Gott, er würde sie schon dazu bringen, irgendwie zu reagieren. Er zog seine Hände aus ihrem Mieder heraus und schob das Oberteil ihres Kleides bis zur Taille hinunter. Im blassen Mondlicht schimmerten ihre weißen Brüste verführerisch. Sie waren nicht groß, aber sehr schön geformt, rund und hoch angesetzt, mit hellrosa Brustwarzen. Er bückte sich und begann das warme Fleisch zu küssen. Sie lachte plötzlich, schalkhaft und spöttisch. Vor Überraschung richtete er sich auf und starrte sie verwirrt an. Anmutig wie eine Tänzerin entfernte sie sich ein wenig von ihm, machte aber keine Anstalten, ihre Blöße zu verhüllen.

»Sie sind als Mann nicht übel«, sagte sie mit samtiger, lockender Stimme. »Nein, wirklich gar nicht übel. Sie sind kühn und arrogant, ein Mann, der nicht erst auf die Einladung der Dame wartet. Vielleicht sollten Sie etwas mehr Zurückhaltung üben, Sir. Oder haben Sie nur nicht die Geduld, auf eine Einladung zu warten?«

»Vielleicht«, erwiderte er. »Aber ich teile nicht, Miss Stanton-Greville. Wenn ich eine Frau nehme, bin ich der einzige Mann, dessen Rute in sie eindringt. Es wird keine Vergleichsmöglichkeiten geben, zumindest keine direkten.«

»Ich verstehe«, flüsterte sie gedehnt, und ihre Stimme klang jetzt verführerischer als die aller Frauen, die er je gekannt hatte. »Einen Augenblick dürfen Sie mich noch bewundern, Sir.« Unwillkürlich starrte er auf ihre Brüste, während sie aufreizend langsam ihr Kleid wieder hochzog und zurechtrückte. Als nichts mehr daran erinnerte, daß sie soeben noch halb nackt gewesen war, sagte sie: »Nein, Mr. Sherbrooke, Sie sind wirklich viel zu weit vorgeprescht, und Ihre Unmäßigkeit mißfällt mir. Sie bitten nicht, Sie fordern. Andererseits gefällt mir Ihre Arroganz ganz gut, weil sie erfrischend ist. Sie nehmen kein Blatt vor den Mund, sondern sagen, was Sie denken. Ich werde über Sie nachdenken, Mr. Sherbrooke, und ich habe beschlossen, daß ich morgen früh mit Ihnen ausreiten werde. Holen Sie mich um acht Uhr ab, aber verspäten Sie sich nicht. Ich warte nicht gern auf Männer.«

Er wollte ihr sagen, daß sie sich mitsamt ihrem Reitkostüm, ihrem Pferd und ihren Befehlen zum Teufel scheren solle, aber er tat es nicht, denn ihr Mund war ohne die verdammte rote Schminke wirklich schön, und außerdem war sie nach wie vor mysteriös, und er konnte Geheimnissen nun einmal nicht widerstehen.

Deshalb strich er mit den Fingerspitzen leicht über ihr Kinn und lächelte ihr zu. »Auch ich gebe Ihnen eine Anweisung. Schminken Sie sich nicht. Ich finde das gräßlich. Und jetzt entschuldigen Sie mich bitte, Miss Stanton-Greville.«

Er schlenderte pfeifend davon, ohne sich noch einmal umzudrehen.

Sophie blickte ihm regungslos nach, bis er in der Dunkelheit verschwand. Sie hatte Herzklopfen und fühlte sich leicht benommen. Dieser Mann machte ihr Angst. Sie hatte nicht gelogen, als sie ihm sagte, er sei anders als die anderen. Erschöpft ließ sie sich auf die Bank fallen und vergrub ihr Gesicht in den Händen. Was sollte sie nur tun?

KAPITEL 3

Ryder lächelte, als er einen Blick auf die Bronzeuhr im großen Salon von Kimberly Hall warf. Es war genau acht Uhr morgens. Sie würde jetzt nach ihm Ausschau halten und jede Minute damit rechnen, daß er angeritten kam, wie Ihre Königliche Hoheit befohlen hatte.

Aber sie würde vergeblich warten.

Um halb neun stand er auf, reckte sich genüßlich und ging in den kleinen Frühstücksraum, von dem aus man in einen seitlichen Garten gelangen konnte. Emile und sein Vater saßen am Tisch und wurden von zwei Sklaven – einem männlichen und einem weiblichen – bedient. Die Frau war Samuels Haushälterin Mary, und sie lächelte Ryder fröhlich zu und deutete auf einen Stuhl, so als wäre er ihr Gast.

Ryder ließ sich frisches Brot und Obst von dem großen Schwarzen namens James bringen, der keine Schuhe trug – auf Jamaika trug kein Schwarzer, egal ob Mann, Frau oder Kind, Schuhe. Ryder hatte sich an diese Unsitte noch immer nicht gewöhnt. Er trank den aromatischen schwarzen Kaffee, dachte an Sophie Stanton-Greville und versuchte sich ihren Gesichtsausdruck vorzustellen, nachdem sie ja inzwischen gemerkt haben mußte, daß er nicht kommen würde. Er lächelte wieder, während er ein Stück Brot kaute.

»Ich habe gestern abend gehört, daß Sie heute morgen mit Miss Stanton-Greville ausreiten würden.«

Ryder schaute lieber nicht zu Samuel Grayson hinüber, weil er befürchtete, daß er sonst wie ein Sünder grinsen würde, denn Samuel hörte sich eifersüchtig an. Wie viele Männer mochten in das verdammte Mädchen verknallt sein? Und wie zum Teufel konnte jemand etwas von den Plänen wissen, die er und Miss Stanton-Greville gemacht hatten? Oder, besser gesagt, von ihrem selbstbewußten Befehl?

»Ich würde sagen, daß es sich offenbar um eine Fehlinformation gehandelt haben muß, denn hier sitze ich und genieße mein Frühstück. James, bitte sag Cora, daß das frische Brot sehr gut ist.«

»Ihr Onkel hat es mir erzählt«, sagte Samuel. »Er wollte von mir wissen, ob Sie vertrauenswürdig sind. Er liebt seine Nichte sehr und will verhindern, daß irgendein Mann sich ihr gegenüber Freiheiten herausnimmt.«

Emile verschluckte sich an seinem Kaffee.

Ryder klopfte ihm kräftig auf den Rücken. »Alles in Ordnung?«

»Ich dulde das nicht, Emile«, fuhr sein Vater ihn barsch an. »Du wirst nichts Schlechtes über sie sagen, hast du mich verstanden?«

»Ich habe doch kein Wort gesagt, sondern mich nur verschluckt!«

»Verdammt, Junge, ich werde keine Unverschämtheiten dulden!«

»Samuel«, versuchte Ryder den Streit zu schlichten, »Sie wissen doch selbst, daß es über Miss Stanton-Grevilles Tugend verschiedene Meinungen gibt.«

»Das ist mir egal«, beharrte Grayson. »Ich kenne die Wahrheit.«

»Sprechen wir lieber von etwas anderem. Es hat keine neuen

Höllenspektakel gegeben, was mich einerseits enttäuscht und andererseits auf die Frage bringt, warum sie nach meiner Ankunft so abrupt aufgehört haben.«

»Das stimmt«, sagte Emile langsam. »Nachdem du dich ja einige Stunden in Montego Bay aufgehalten hattest, bevor Vater dich nach Kimberly brachte, muß jeder oder so gut wie jeder innerhalb von vierundzwanzig Stunden von deiner Ankunft erfahren haben.«

»Und falls die Vorkommnisse nach meiner Ankunft aufhören sollten«, fuhr Ryder nachdenklich fort, »so bedeutet das, daß die dafür verantwortliche Person an jenem ersten Abend noch nicht wußte, daß ich hier eingetroffen war.«

»So ist es«, bestätigte Emile.

»Ich bin immer noch nicht davon überzeugt, daß ein Mensch hinter all dem steckt«, widersprach Samuel. »Es hat keine natürlichen Ursachen. Sie haben doch selbst gesagt, Ryder, daß keine Spuren von dem Feuer zu sehen waren. Vielleicht war es gar kein Mensch in weißen Gewändern, sondern eine dämonische Geistererscheinung.«

»Es war ein Mann aus Fleisch und Blut«, erklärte Ryder energisch. »Und auch der Pfeil, der meinen Arm traf, wurde von einer sehr realen Person abgeschossen. In jener ersten Nacht haben zwei menschliche Unholde hier ihr Unwesen getrieben. Eine Frage, Samuel – kennen Sie hier in der Gegend einen besonders guten Bogenschützen?«

»Großer Gott«, rief Emile bestürzt, »warum habe ich mir nicht schon längst diese Frage gestellt? Ja, Vater, laß uns mal darüber nachdenken.«

Während die beiden Männer überlegten, aß Ryder das eisgekühlte frische Obst und das knusprige frische Brot und dachte an Sophie Stanton-Greville. Sowohl diese Gedanken als auch das Brot waren köstlich.

Schließlich sagte Samuel: »Ja, ich kenne jemanden, der ein hervorragender Bogenschütze ist.«

»Wer?« fragten Emile und Ryder wie aus einem Munde.

Samuel winkte ab. »Nein, nein, das ergibt keinen Sinn. Ich dachte an Eli Thomas, Burgess' Aufseher. Er ist für seine Schießkünste bekannt, aber das ergibt einfach keinen Sinn. Warum sollte er hierherkommen und Ryder anschießen? David Lochridge ist ebenfalls ein Anhänger dieser Sportart, ferner ein Mr. Jenkins, Kaufmann in Montego Bay. Zweifellos gibt es in der Umgebung auch noch andere. Bestimmt zu viele, um irgendwelche sinnvollen Schlußfolgerungen ziehen zu können.«

Ryder lächelte. Ein weiteres Puzzleteilchen lag jetzt auf dem Tisch, und wieder bestand eine Verbindung zu der verdammten kleinen Nutte von Camille Hall, die ihn gehänselt und sich trotzdem nicht gegen seine Liebkosungen gewehrt hatte, obwohl gut hundert Gäste ganz in der Nähe waren. Er spielte mit einer Orangenscheibe. »Da die Männer, die uns in jener ersten Nacht nach meiner Ankunft einen Besuch abstatteten, offensichtlich nicht wußten, daß ich eingetroffen war, scheiden einige aus dem Kreis der Verdächtigen aus, denn an jenem ersten Nachmittag im *Gold Doubloon* habe ich viele Gentlemen kennengelernt.«

Emile holte ein Blatt Papier und einen Bleistift. Sie notierten alle Namen, an die Ryder sich erinnern konnte.

»Es bleiben immer noch zuviel Angreifer übrig, die theoretisch in Frage kämen«, seufzte Emile.

»Beispielsweise zwei ihrer Liebhaber«, bemerkte Ryder leichthin. »Oliver Susson können wir streichen.«

»Ja«, sagte Emile, und sein Vater warf die Serviette auf den Tisch und verließ den Raum.

Ryder blickte ihm stirnrunzelnd nach. »Warum verschließt er die Augen davor, was dieses Mädchen ist?«

Emile starrte das Ölgemälde an der gegenüberliegenden Wand an, das ein Zuckerrohrfeld als Motiv hatte. »Er hatte sich in den Kopf gesetzt, daß ich sie heiraten sollte, und er hat diese Idee bis heute nicht aufgegeben. Ich glaube außerdem, daß er selbst in sie verliebt ist. Ihm gefällt ihre Mutwilligkeit. Dir ist bestimmt schon aufgefallen, daß seine Haushälterin Mary auch ein keckes Geschöpf ist, und er hat sie sehr gern. Ich sage dir, Ryder, er würde Sophie auch noch verteidigen, wenn sie ihn in die Schar ihrer Liebhaber aufnehmen würde. Du darfst dir seinen Ärger nicht zu Herzen nehmen. Er ist mein Vater, und er meint es gut.«

Ryder nickte und aß weiter.

Emile fragte nach kurzem Schweigen: »Du hättest wirklich mit ihr ausreiten sollen, stimmt's?«

Ryder grinste. »Ja, aber ich werde einer Frau nie erlauben, mir Befehle zu erteilen. Ich werde ihr sagen, was ich von ihr will, und wann ich es will. Sie wird lernen müssen, daß ich das Sagen habe und mich nicht herumkommandieren lasse.«

»Das dürfte interessant werden.«

»Ich hoffe es.« Ryder leerte seine Kaffeetasse. »Weißt du, wie spät es ist, Emile?«

»Fast halb zehn.«

»Ich glaube, ich werde jetzt ein bißchen reiten.«

Emile lächelte etwas gequält. »Gute Jagd!«

»Danke, ich werd's gebrauchen können«, erwiderte Ryder.

»Wo ist er?«

Sophie drehte sich nach ihrem Onkel um. »Ich weiß es nicht. Ich dachte, er würde um acht hier sein. Er hat nicht gesagt, daß er nicht kommen würde.«

»Verdammt, du hast ihn irgendwie verärgert!« Er hob die Faust, ließ sie aber wieder sinken, weil einer der Haussklaven die Veranda betrat.

Er senkte auch die Stimme, aber sein Zorn war trotzdem nicht zu übersehen. »Du hast ihn vergrault! Du hast ihn nicht um den Finger gewickelt, Sophie. Ich bin sehr unzufrieden mit dir. Muß ich denn die ganze Planung allein machen? Nein, sag nichts. Ich werde entscheiden, wie wir jetzt vorgehen werden. Du hast alles verpatzt, und ich frage mich, ob du es nicht absichtlich getan hast.«

Er begann auf der Veranda hin und her zu laufen. Sophie beobachtete ihn schweigend und ohne großes Interesse. Sie hoffte inbrünstig, daß Ryder Sherbrooke vernünftig genug sein würde, sich von Camille Hall und von ihr fernzuhalten.

Burgess ließ sich in einen Rohrstuhl neben ihr fallen. »Du hast Lord David letzte Nacht in die Hütte mitgenommen, nicht wahr?«

Sie nickte.

»Ist alles gut gegangen?«

»Ja, aber er war eifersüchtig auf Ryder Sherbrooke. David hat keinen festen Charakter. Er ist kindisch und allzusehr von sich überzeugt. Sobald er genügend getrunken hat, bereitet er mir keine Schwierigkeiten, aber vergangene Nacht war seine Eifersucht ... na ja, das ist jetzt nicht weiter wichtig. Zum Schluß ist alles gut gegangen.«

»Du bist mit ihm fertig geworden?«

»Ja.«

»Grammond reist nächste Woche ab.«

»Ja.«

»Du kannst jetzt mit Lord David Schluß machen. Er ist nutzlos geworden.«

»Er wird sich nicht so leicht abwimmeln lassen«, entgegnete Sophie. »Er ist jung und arrogant und hält sich für einen tollen Hengst. Er wird mir einfach nicht abnehmen, daß ich ihn nicht mehr begehre.«

»Dir wird schon irgend etwas einfallen.« Theo Burgess erhob sich und ging ins Haus. Sie blieb mit ihren nutzlosen Gedanken allein, die sich immer im Kreise drehten.

Als Ryder Sherbrooke etwa zehn Minuten später angeritten kam, hätte sie ihm am liebsten zugerufen, daß er verschwinden solle. Der Teufel sollte seinen männlichen Eigensinn holen! Sie kannte die Männer und wußte genau, daß er ihr eine Lektion erteilen wollte. Natürlich mußte er ihr unbedingt demonstrieren, daß er sich von einer Frau nicht herumkommandieren ließ. Er wollte sie bestrafen und demütigen. Nun, sollte er es ruhig versuchen. Er würde staunen, wenn er wüßte, daß sie nur wünschte, ihn nie wiedersehen zu müssen, daß sie fast alles darum geben würde, wenn er mit dem nächsten Schiff nach England zurückführe. Sie rührte sich nicht von der Stelle, während sie beobachtete, wie er abstieg und seinen Hengst an einem Verandapfosten ganz in ihrer Nähe anband.

Er schlenderte gemächlich auf sie zu, lehnte sich ans Geländer und rief: »Guten Morgen.«

Dann runzelte er jedoch die Stirn, denn sie war wieder stark geschminkt, und in der Morgensonne sah das besonders grell und flittchenartig aus.

»Ich sagte Ihnen doch, daß Sie Ihr Gesicht waschen sollten. Sie sehen absurd aus. Sie mögen eine Hure sein, aber das braucht doch nicht jeder auf eine Meile Entfernung zu sehen.«

Sophie stand langsam auf und betrachtete ihn sehr lange, ohne ein Wort zu sagen. Schließlich fragte sie spöttisch: »Wollen Sie mit mir ausreiten oder mir Bedingungen für eine Kapitulation diktieren?«

»Kapitulation«, wiederholte er. »Das hört sich ganz hübsch an, besonders in bezug auf Sie, schönes Fräulein. Waschen Sie sich zunächst einmal das Gesicht, und dann werde ich mit Ihnen ausreiten.«

»Sie haben sich um fast zwei Stunden verspätet, Sir!«

»Tatsächlich? O Gott, das ist unverzeihlich! Andererseits hatte ich vor zwei Stunden noch keine Lust zum Reiten. Jetzt schon. Waschen Sie sich das Gesicht. Ich gebe Ihnen zehn Minuten Zeit, nicht länger.«

»Verdammt, verschwinden Sie von hier! Fahren Sie nach England zurück! Vielleicht können Sie sich dort wie ein ungehobelter Bauer aufführen!«

»Ah, Mr. Sherbrooke! Wie schön, Sie zu sehen, Sir. Meine Nichte hat erwähnt, daß Sie sie vielleicht zum Ausreiten abholen würden. Sophie, wohin gehst du, meine Liebe? Mr. Sherbrooke möchte deine charmante Gesellschaft bestimmt nicht entbehren.«

Es amüsierte Ryder, daß sie jetzt in der Falle saß.

»Ich will mich nur ein bißchen frisch machen, Onkel.«

»Ausgezeichnet, dann werden Mr. Sherbrooke und ich gemütlich plaudern, bis du zurückkommst. Wirklich ein reizendes Geschöpf, meine Nichte. Setzen Sie sich doch, Mr. Sherbrooke, bitte setzen Sie sich. Möchten Sie vielleicht einen Rumpunsch?«

»Um diese Uhrzeit? Nein, danke, Mr. Burgess.«

»Ach, nennen Sie mich doch Theo. So alt bin ich nun auch wieder nicht.«

»Dann müssen Sie mich Ryder nennen.«

»Wenn ich richtig verstanden habe, ist Ihr Bruder der Earl of Northcliffe?«

»So ist es. Er wäre selbst hergekommen, aber er ist jung verheiratet.«

»Ah! Und Sie haben die Absicht, länger hier auf Jamaika zu bleiben?«

»Nur solange, bis wir diese Geistererscheinungen aufgeklärt haben, unter denen Kimberly Hall in den letzten vier Monaten zu leiden hatte.«

»Mr. Grayson hat mir davon erzählt. Es ist allgemein bekannt, daß es auf Jamaika unheimliche Zeremonien und böse Voodoopriester gibt, die vor nichts zurückschrecken.«

»Aber diese Vorfälle haben plötzlich aufgehört.«

»Tatsächlich? Ich bin sehr erleichtert, Ryder, aber ich frage mich, warum.«

»Ich auch.« Ryder hätte ihn gern nach seinem Aufseher und dessen Künsten im Bogenschießen befragt, wußte aber, daß es dafür noch zu früh war. Er wollte die Oberhand behalten, und deshalb lehnte er sich in seinem Stuhl zurück und bedachte Mr. Burgess mit einem arglosen Lächeln.

Ein Haussklave servierte auf Burgess' Befehl hin köstliche Limonade. Ryder stellte fest, daß Sophie ihre zehn Minuten schon weit überschritten hatte. Er leerte sein Glas, stellte es behutsam auf dem Mahagonitisch ab, erhob sich und streckte Theo Burgess die Hand entgegen.

»Ich befürchte, daß es ein bißchen spät wird. Ihre Nichte hat offenbar Wichtigeres zu tun als mit mir auszureiten. Auf Wiedersehen!«

Er schlenderte lässig pfeifend davon.

Burgess starrte ihm nach und brüllte sodann: »Sophie!«

Ryder ging, ohne sich umzudrehen, auf sein Pferd zu. Als er über sich ein Geräusch hörte, blickte er neugierig hinauf. Sie stand auf dem Balkon im ersten Stock, einen Eimer in der Hand. Er sprang zurück, aber nicht schnell genug. Ein dicker Wasserstrahl ergoß sich auf seinen Kopf.

Er hörte sie lachen, doch im nächsten Moment rief sie: »O Gott, was habe ich gemacht? Oh, Mr. Sherbrooke, wie konnte ich nur so unachtsam sein? Ich hätte wirklich erst schauen müssen. Bitte verzeihen Sie mir, Sir. Kommen Sie herein, dann gebe ich Ihnen ein Handtuch. O Gott, o Gott!«

Er schwor sich, ihr diesen Streich heimzuzahlen.

»Danke, Miss Stanton-Greville«, rief er fröhlich hoch. »Eine kalte Dusche ist bei dieser Hitze durchaus angenehm.«

»Ich komme sofort mit einem Handtuch hinunter, Sir.« Und dann fügte sie mit so einer so falschen lieblichen Sanftmut hinzu, daß er unwillkürlich grinsen mußte: »Und nennen Sie mich doch bitte Sophie.«

Er drehte sich zur Veranda um und sah etwas völlig Unerwartetes: Theo Burgess' Gesicht war zu einer häßlichen Grimasse verzerrt, und seine hellbraunen Augen hatten einen Ausdruck, der Ryder einen kalten Schauder über den Rücken jagte. Im nächsten Moment lief der Mann aber mit sehr besorgter, aufgeregter Miene auf ihn zu und rang sogar seine Hände. »Kommen Sie hierher, Mr. Sherbrooke, und setzen Sie sich. Ach, meine Nichte war wirklich sehr unvorsichtig, aber sie wird es bestimmt wiedergutmachen.«

»Ich zweifle nicht daran, daß sie es versuchen wird«, sagte Ryder.

Dieses unverschämte Weibsbild!

Sophie hatte nur das grellste Make-up abgewaschen. Dafür war Ryders Gesicht tropfnaß. Sie lächelte ihm zu, und ihre Augen funkelten triumphierend, obwohl ihre Worte einer bußfertigen Nonne zur Ehre gereicht hätten. Sie plapperte lauter Blödsinn daher, wollte ihm Limonade einschenken, bot ihm vier weitere Handtücher an, vielleicht sogar fünf, weil er ja *so* naß war, bot ihm sogar einen Kamm an, erbot sich sogar, ihn zu kämmen.

»Nein, danke, Sophie«, wehrte Ryder schließlich ab. »Ich fühle mich ganz trocken und brauche wirklich nichts mehr. Allerdings hoffe ich sehr, daß es wirklich nur reines Wasser war, mit dem Sie mich versehentlich gebadet haben.«

Sie senkte die Lider, erbleichte, errötete und setzte sodann eine Miene tiefer Zerknirschung auf. »Du meine Güte ... ich glaube schon ... doch, Dorsey muß den Eimer schon gründlich ausgewaschen haben ... aber andererseits ist sie manchmal sehr faul ... warten Sie, Sir, ich werde sie fragen ... ach nein, das hätte wenig Sinn, denn Dorsey würde es natürlich nie zugeben, wenn sie ihn noch nicht gesäubert hätte ... wir werden es also nie wissen ... du meine Güte!« Sie sprang auf und schnüffelte vernehmlich, als sie an ihm vorbeiging.

Eine schlechte Schauspielerin war sie wirklich nicht!

Er stand ebenfalls auf. »Schnüffeln Sie ruhig noch einmal, Sophie. Irgendwelche unangenehmen Gerüche? Nein? Großartig. Wie ich sehe, muß Ihr Gesicht jetzt um einiges weniger wiegen als vorhin. Sie sind zwar immer noch geschminkt, aber nicht mehr so stark, daß ich Sie zurückschicken müßte. Außerdem hätten Sie ja sowieso kein Wasser mehr, um das restliche Make-up zu entfernen, stimmt's? Habe ich jetzt vielleicht Ihren Puder auf dem Kopf? Kommen Sie, reiten wir los, bevor es zu heiß wird.«

Ein Junge führte eine herrliche braune Stute herbei, die an Sophies Schulter knabberte. Sie lachte und streichelte den Kopf des Pferdes. »Ungezogenes Mädchen! Ah, du bist wohl auf einen Galopp aus, was?«

Ryder runzelte die Stirn. Eine ganz andere Stimme und ein bezauberndes leises Lachen.

Er half ihr nicht beim Aufsitzen, obwohl er sah, daß sie das erwartete. Statt dessen schwang er sich selbst in den Sattel, ohne sie auch nur eines Blickes zu würdigen.

Der Junge half ihr, und dann sah sie Ryder mit jener sanften Miene an, die seine Schwester Sinjun aufsetzte, wenn es ihr gelungen war, ihn beim Schachspiel zu besiegen.

»Wohin möchten Sie reiten, Mr. Sherbrooke?«

»Nachdem ich Sie ja Sophie nennen soll, können Sie mich ruhig mit Ryder anreden.«

»Ausgezeichnet. Wohin möchten Sie reiten, Ryder?«

»Zum Strand, zu der gemütlichen kleinen Hütte, von der ich schon soviel gehört habe.«

Sie verlor nicht die Fassung, aber er hätte schwören können, daß ihre Augen sich sekundenlang erschrocken weiteten. Dann sagte sie sehr kühl: »Das ist keine gute Idee.« Sie lächelte verführerisch und warf den Kopf zurück. Ihr Reitkostüm war hellblau, der Hut einen Ton dunkler, mit einer hübschen Feder, die ihr Gesicht umrahmte. Dadurch war das Zurückwerfen des Kopfes besonders wirkungsvoll. »Außerdem könnte die Hütte zur Zeit noch belegt sein. Mein Onkel vermietet sie, müssen Sie wissen. Ja, man weiß nie, wer sich dort gerade aufhalten könnte.«

»Oh, Ihr Onkel macht das?«

Sophie trieb ihre Stute Opal zu einem leichten Galopp an, und sie ritten die lange, breite Auffahrt von Camille Hall hinab.

Er überließ ihr bereitwillig die Führung. Nach einem knappen Kilometer auf der Landstraße bog sie zum Meer hinab. Als sie den dünnen Streifen von Mangobäumen hinter sich hatten, zog Ryder laut den Atem ein. Nie zuvor hatte er etwas so Schönes gesehen.

Vor ihm lag ein blendend weißer Sandstrand mit Wasser von hellem Türkis. Kokospalmen säumten den Strand. Die Ebbe setzte gerade erst ein, und die verschiedenen Schattierungen von Sand und Wasser waren von überwältigender Schönheit.

»Das ist unglaublich!« rief er impulsiv. »Einfach umwerfend!«

»Ich weiß. Es ist meine Lieblingsstelle. Hier schwimme ich oft.«

Er bedauerte bereits, seine Begeisterung so offen gezeigt zu haben, und versuchte diesen Fehler rasch wettzumachen. »Möchten Sie auch jetzt schwimmen?«

»Ich schwimme immer in einem Sarong, und den habe ich jetzt nicht bei mir.«

»Das macht nichts. Ich würde Sie wirklich gern nackt sehen. Daß Ihre Brüste durchaus akzeptabel sind, weiß ich ja schon. Nicht sehr groß, aber ansonsten sehr hübsch. Kein Mann, den ich kenne, würde sich über ihre Größe, ihre Form oder Festigkeit beklagen. Aber da ist schließlich noch alles andere – Hüften, Bauch, Beine und die intimeren Stellen. Ich finde, man sollte nie die Katze im Sack kaufen.«

Sie drehte den Kopf zur Seite, aber nur sekundenlang. »Oh? Und wie steht es mit der Frau? Was meinen Sie – soll sie den Kater im Sack kaufen, Sir?«

»Sie sollten mich wirklich Ryder nennen, weil wir uns ja wahrscheinlich bald sehr nahekommen werden. Nun, selbstverständlich gestehe ich Frauen dieselben Rechte wie den Männern zu. Möchten Sie mich nackt sehen, Sophie? Jetzt gleich?«

Er glaubte, sie jetzt in der Falle zu haben, mußte aber im nächsten Moment feststellen, daß er sich gründlich getäuscht hatte. Sie schenkte ihm das aufreizendste Lächeln, das er je gesehen hatte, fuhr sich mit der Zunge über die Unterlippe und beugte ihren Oberkörper vor. »Das wäre ganz nett, Ryder. Vielleicht könnten Sie für mich posieren. Ich könnte mich dort drüben unter eine Palme setzen und Ihnen sagen, wie Sie sich hinstellen und drehen sollen, damit ich Sie aus jeder Perspektive bewundern kann. Wissen Sie, die straffen Pobacken eines Mannes sind manchmal sehr reizvoll, wenn er sich etwas vorbeugt.«

Allmächtiger Gott, dachte Ryder, der das Bild lebhaft vor seinem geistigen Auge hatte.

Er errötete bis zu den Haarwurzeln.

Sophie sah das und zeigte ganz unverhohlen ihre Zufriedenheit darüber, ihn in Verlegenheit gebracht zu haben. »Es ist immer unklug, Mr. Sherbrooke, einen Angelhaken auszuwerfen, wenn man nicht weiß, was man fangen wird.« Es war nicht leicht gewesen, aber sie hatte fürs erste gewonnen, hatte ihn tatsächlich zum Erröten gebracht. Das war mit Sicherheit noch keiner anderen Frau gelungen, denn dieser Engländer mit den strahlend blauen Augen war mit allen Wassern gewaschen, zynisch und sehr selbstsicher. Aber sie hatte genau gewußt, was sie sagte, denn als sie Lord David zum erstenmal in die Hütte mitgenommen hatte, war er schon ziemlich betrunken gewesen. Er hatte sich hastig ausgezogen, weil er ihr zeigen wollte, daß sein Körper straff und muskulös war, viel attraktiver als der des alten Oliver Susson, und weil er hoffte, daß sie daraufhin allen anderen Männern den Laufpaß geben würde. Er hatte für sie posiert und ihr sogar den Rücken zugewandt und in gebückter Haltung seinen straffen Hintern präsentiert. Ihn hatte sie vor sich gesehen, als sie Ryder Sherbrooke so schamlos provozierte.

Ryder war wütend auf sich selbst, so wütend, daß er sich hätte ohrfeigen mögen. Sie hatte die Oberhand gewonnen, und das war unerträglich. Eine Frau, noch dazu eine verdammte Nutte, hatte ihn schachmatt gesetzt! Das konnte er sich einfach nicht gefallen lassen.

»Ich gehe gern Risiken ein, Sophie«, sagte er, als er sich wieder einigermaßen unter Kontrolle hatte. »Einen Hai oder Piranha habe ich noch nie gefangen. Vielleicht habe ich jetzt einen Meerengel an der Angel, und weiß der Himmel, die sind köstlich.« Er lächelte ihr zu, aber sie hob nur die Brauen, und Ryder hätte schwören können, daß sie keine Ahnung hatte, wovon er sprach. Nein, unmöglich, sie spielte nur wieder mit ihm, diesmal als Unschuld vom Lande.

Da, sie lachte! »Vielleicht sollte ich Ihnen eine Hahnenschwanzmuschel zeigen. Sie sind wunderschön, aber ziemlich gefährlich. Man kann sich an ihnen schneiden, wenn man am wenigsten damit rechnet. Und dann gibt es noch den Trompetenfisch, der den anderen Fischen viel zu laut ist, weshalb sie ihn meiden. Alles in allem ein ziemlich ungehobelter Kerl, finde ich.«

»Bei dieser Runde bin ich ausgesprochen im Nachteil«, sagte Ryder. »Sie könnten zweifellos endlos so weitermachen, während meine Kenntnisse der Meerestiere bereits erschöpft ist.«

»Wie schon gesagt, es ist unklug, den Angelhaken auszuwerfen …«

»Ja, ich weiß, und ich möchte auch keinen zarten Mund verletzten. Aber manche Fische haben ganz schön zähe Mäuler und sind auch ansonsten sehr zäh. Ich glaube kaum, daß sie gut schmecken. Vielleicht sind sie sogar giftig. Jedenfalls bestimmt nicht süß und saftig.«

»Ihre Vergleiche sind ziemlich weit hergeholt. Kommen Sie, galoppieren wir am Strand entlang. Hinter der Biegung dort vorne gibt es in den Felsen einige interessante Höhlen.«

Er folgte ihr, froh über die Meeresbrise, die ihn abkühlte. Sein Ärger galt nicht ihr, sondern sich selbst. Sie war, was sie war. Das Problem bestand nur darin, daß er nicht genau wußte, was sie nun eigentlich war.

Sie stieg ab, schüttelte ihre Röcke zurecht und führte ihn einen schmalen Pfad empor, vorbei an gezackten Felsen, engen Spalten und verkrüppelten Büschen. Sie keuchten beide vor Hitze, als Sophie schließlich stehenblieb und auf eine schmale Öffnung im Hügel vor ihnen deutete. Ryder machte einige Schritte in die Dunkelheit hinein, kam aber gleich wieder heraus. »Es gibt hier also tatsächlich Höhlen. Haben Sie diese hier bereits erforscht?«

»Ja, sie ist tief und scheint keinen zweiten Ausgang zu haben. Jedenfalls konnte ich keinen finden.«

»Haben Sie dort Vorräte gelagert?«

»Was meinen Sie damit?«

»Nun ja, Decken, vielleicht auch ein Laken, ein- zwei Flaschen Rum, all sowas. Champagner, um eine erfolgreiche Vereinigung zu feiern …«

»Verstehe. Sie möchten wissen, ob ich gelegentlich mit anderen Männern herkomme.« Sie machte ein nachdenkliches Gesicht. »Nein, bisher hatte ich hier noch nie ein Rendezvous, aber vielleicht ist es gar keine schlechte Idee. Wie schon gesagt, es ist durchaus möglich, daß die Hütte ausgerechnet jetzt belegt ist. Eine Alternative zu haben, wäre ganz hübsch, finden Sie nicht auch?«

»Wenn Sie mich fragen, würde sich nur ein Verrückter in einer kalten, feuchten Höhle vergnügen, auch wenn seine Gespielin noch so phantastisch sein mag.«

»Im Gegenteil. Ich habe die Erfahrung gemacht, daß die Herren der Schöpfung sich zumindest in einer Hinsicht nicht voneinander unterscheiden – sie neigen allesamt dazu, sich völlig zu vergessen. Sie könnten auf dem Mond sein und würden es als unwichtig abtun, wenn sie anderweitig beschäftigt sind.«

Ryder erinnerte sich plötzlich daran, daß er seinem Bruder einmal gestanden hatte, daß er sogar seinen eigenen Namen vergesse, sobald er eine Frau in Besitz nehme, daß er vor Lust schlichtweg *alles* vergesse. Er errötete wieder, diesmal allerdings nicht so stark. Falls sie es trotzdem bemerkt haben sollte, gab sie jedenfalls keinen Kommentar ab, diese verdammte Frauensperson.

»Ihre Theorie hat durchaus etwas für sich«, sagte er. »Wie könnte man sich sonst erklären, daß Ihre vielen Männer offenbar ganz zufrieden sind, obwohl sie voneinander wissen.«

»Ist das eine Kapitulation, Mr. Sherbrooke?«

»Nein, ich konstatiere nur Tatsachen. Man muß schon sehr töricht sein, wenn man Tatsachen leugnet. Übrigens heiße ich Ryder. Ich finde es schrecklich, wenn Sie bei Ihrem ersten Orgasmus mit mir plötzlich ›Mr. Sherbrooke‹ schreien würden.«

Sie sah kein bißchen verlegen aus, nur wütend und sarkastisch. Er lächelte ihr zu. »Sollen wir zu den Pferden zurückgehen? Wissen Sie eigentlich, ob Pferde einen Sonnenbrand bekommen können?«

Sie lachte fröhlich.

Am Spätnachmittag saß Sophie in ihrem Zimmer, wegen der drückenden Schwüle nur mit einem leichten Hemd bekleidet. Sie saß regungslos in einem Korbsessel vor der offenen Balkontür und starrte aufs Meer hinaus, mit dem Gefühl, eine totale Niederlage erlitten zu haben.

Sie würde mit Ryder Sherbrooke niemals fertig werden. Er war nicht wie all die anderen Männer, die sie kannte, die sie nach Belieben manipulieren und verführen konnte. Gewiß, sie hatte ihn in die Enge getrieben, aber nur, weil er noch nie einer Frau mit einem solch frechen Mundwerk begegnet war. Und mittlerweile gewöhnte er sich schon daran.

Was tun?

Sie wußte, daß ihr Onkel im Zimmer stand, obwohl sie das Öffnen der Tür nicht gehört hatte.

»Erzähl mir, was passiert ist.«

Ohne sich ihm zuzuwenden, berichtete sie mit tonloser Stimme: »Wir sind geritten. Ich habe ihm Penelope's Beach und eine der Höhlen gezeigt. Er ist zwar ein Mann, Onkel, aber er ist anders als die anderen. Er hat nicht versucht, mich zu küssen oder sonst etwas in dieser Richtung zu unternehmen, aber er hat ganz freimütig über sexuelle Dinge gesprochen.«

»Du wirst ihn verführen. Vielleicht schon morgen abend.«

Sie drehte sich jetzt doch nach ihm um. Er saß auf ihrem Bett, ans Kopfende gelehnt, das Gesicht vom Moskitonetz umrahmt, und in diesem Moment sah er gütig, freundlich und sanft aus, schien die Maske, die er der ganzen Welt präsentierte, mit seinem wahren Gesicht übereinzustimmen.

»Du verstehst nicht, Onkel. Er tut, was *er* tun will. Er wird mir sagen, wann er mit mir schlafen will, nicht umgekehrt. Wahrscheinlich könnte ich ihn nackt umkreisen, und er würde lächeln, eine unverschämte Bemerkung machen und einfach weggehen, solange er nicht das Gefühl hat, die Situation und mich völlig unter Kontrolle zu haben. Er würde sich nicht einmal umdrehen, um meine Reaktion zu sehen.«

Theo Burgess runzelte die Stirn. Sie hatte recht. Er hatte sich morgens lange genug mit Ryder Sherbrooke unterhalten, um genau zu verstehen, was sie meinte. Und es störte ihn gewaltig.

»Also gut.« Er stand auf. »Wir werden ihn schon auf irgendeine Weise in die Hütte bringen.«

Sie schwieg. Ihr war plötzlich kalt, sehr kalt, und sie fühlte sich unendlich müde.

»Hat er seinen verletzten Arm erwähnt?«

Sie schüttelte den Kopf.

»Er ist kein Dummkopf. Wahrscheinlich hat er Erkundigungen eingezogen, wer hier in der Gegend gut mit Pfeil und Bogen umgehen kann. Er spielt mit uns, aber du und ich, Sophie, du und ich sind die einzigen, die die Spielregeln kennen.«

Sie haßte diese Spielregeln. Es waren *seine* Regeln, nicht die ihren.

Noch an diesem Abend mußte sie Lord David klarmachen, daß sie nichts mehr mit ihm zu tun haben wollte, und sie hatte nicht die leiseste Ahnung, wie sie das anstellen sollte, denn er war jung und sehr von sich überzeugt, und er würde einfach nicht glauben können, daß jemand einen so wunderbaren Mann wie ihn nicht mehr begehrte.

Theo Burgess fand eine Lösung, und zum erstenmal seit sehr langer Zeit lachte Sophie herzhaft.

Es war sehr spät, als Sophie die Hütte erreichte. Davids Pferd war draußen angebunden. Als sie eintrat, prostete er ihr mit einem Rumpunsch zu. Offenbar war er aber noch nicht allzu betrunken. Das würde die Sache vermutlich einfacher machen.

Er sprang auf und wollte sie sofort umarmen, doch sie wehrte ihn mit beiden Händen ab und tänzelte lachend zurück. »Nein, David, zuerst müssen wir miteinander reden.«

»Reden?« wiederholte er erstaunt. »Was für seltsame Einfälle du plötzlich hast. Worüber sollen wir denn reden?«

»Ich muß dir etwas sagen. Es wäre unfair, dir die Wahrheit zu verschweigen, denn ich habe dich sehr gern, und ich will nicht, daß du krank oder vielleicht sogar verrückt wirst, was angeblich oft passiert.«

Lord David trank seinen Rumpunsch aus. »Das ist ein sehr merkwürdiges Gerede«, sagte er. »Was meinst du damit, Sophie?«

»Ich habe die Syphilis.«

Er wurde leichenblaß. »Nein!«

»Doch«, sagte sie mit leiser, trauriger Stimme. »Die Syphilis. Es besteht kein Zweifel mehr daran!«

»Verdammt, von mir hast du sie nicht bekommen!«

»O nein, bestimmt nicht, sonst müßte ich dich ja auch nicht warnen.«

»O Gott!« stöhnte er. »Und wenn du mich nun angesteckt hast?«

»Ich glaube nicht, daß das bisher möglich gewesen ist. Aber leider wäre es wohl unklug, wenn wir weiterhin ein Liebespaar blieben.«

Er sah sich in wilder Panik in der kleinen Hütte um, wo er in den vergangenen zwei Monaten ein ganzes Dutzend Nächte verbracht hatte. Dann betrachtete er Sophie und dachte an die seltsamen Phantasien und Traumfetzen, die ihm manchmal zu schaffen machten, wenn er nüchtern genug war, um einen halbwegs klaren

Gedanken fassen zu können. Aber jetzt war alles völlig unwichtig geworden. O Gott, die Syphilis!

»Ich gehe jetzt, Sophie. Tut mir wirklich leid. Leb wohl.«

»Leb wohl, David. Mach dir keine Sorgen. Ich habe dich bestimmt noch nicht angesteckt.«

Sie beobachtete, wie er hastig nach seinem Hut griff, ihn aufstülpte, aus der Hütte rannte und davongaloppierte, so als wäre die große grüne Schlange hinter ihm her. In diesem Fall hatte Onkel Theo tatsächlich recht gehabt.

Sie fragte sich, ob er auch Davids Reaktion richtig einschätzte, sobald dieser sich beruhigt haben würde.

»Er wird keiner Menschenseele auch nur ein Sterbenswort sagen. Darüber brauchen wir uns keine Sorgen zu machen. Nein, er hat viel zuviel Angst, sich der Lächerlichkeit preiszugeben. Wenn er feststellt, daß er sich nicht angesteckt hat, wird er die anderen Männer betrachten und insgeheim hämisch grinsen und ihnen das Schlimmste wünschen. Das entspricht seinem Charakter, das kannst du mir glauben.«

Sophie schätzte Lord David genauso ein wie ihr Onkel.

Bevor sie in dieser Nacht einschlief, fragte sie sich unwillkürlich, wie Ryder Sherbrooke wohl reagiert hätte, wenn sie ihm das Märchen von der Syphilis aufgetischt hätte. Wahrscheinlich hätte er versucht, die Wahrheit an ihrem Gesicht abzulesen, und dann hätte er darauf bestanden, sie höchstpersönlich zu untersuchen.

Das würde jedenfalls *seinem* Charakter entsprechen.

KAPITEL 4

Emile erzählte Ryder nach seiner Rückkehr aus Montego Bay am späten Vormittag, daß Lord David Lochridge nicht mehr einer der Liebhaber Sophies war.

Ryder blinzelte. »Allmächtiger Himmel, sie hat sehr schnell reagiert. Erstaunlich, würde ich sagen, aber schwer zu glauben. Hast du mir nicht erzählt, daß er noch vor zwei Nächten in der Hütte war?«

Emile setzte sich grinsend. »Du glaubst also nicht, daß sie das ganze Strandgut deinetwegen beseitigt?«

Ryder dachte lange nach, bevor er sehr entschieden sagte: »Auf den ersten Blick könnte man versucht sein, das zu glauben. Aber ich kann mir einfach nicht vorstellen, daß sie so direkt vorgehen würde. Sie kann, wenn es ihr angebracht scheint, durchaus subtil vorgehen, und – was noch wichtiger ist – sie ist keineswegs dumm. Sie mag vieles sein, aber dumm ist sie auf gar keinen Fall.«

»Vielleicht liegst du völlig falsch, Ryder, und sie will einfach mit dir ins Bett gehen. Vielleicht bewundert sie dich und begehrt dich, schlicht und einfach. Ohne Hintergedanken. Schließlich bist du kein häßlicher Gnom.«

»An Miss Stanton-Grevile ist nichts Schlichtes oder Einfaches. So gern ich mir auch etwas auf meine Männlichkeit und unwiderstehliche Anziehungskraft einbilden würde, wäre ich ein kompletter Narr, wenn ich es täte. Nein, Emile, falls sie mich tatsächlich in die Schar ihrer Liebhaber aufnehmen möchte, hat sie dafür irgendeinen triftigen Grund.«

»Nun gut, aber warum sollte sie dann Lord David verstoßen?«

Ryder rieb sich das Kinn. »Vielleicht ist er einfach zu nichts mehr nütze.« Aber er erinnerte sich wider Willen daran, daß er ihr erklärt hatte, er würde nicht einer von vielen, sondern der einzige Mann in ihrem Bett sein. Er schüttelte über sich selbst den Kopf. Nein, dieser Selbsttäuschung würde er nicht erliegen. Die Sache war im Grunde ganz interessant.

»Was meinst du damit?« fragte Emile.

»Ich meine, daß jeder Mensch für sein Verhalten gute Gründe hat. Wenn sie Lord David den Laufpaß gegeben hat, wird sie sehr gute Gründe dafür gehabt haben. Erinnerst du dich noch daran, daß wir über Motive gesprochen haben? Lord David ist jung, attraktiv, ein durchaus einleuchtender Kandidat, wenn eine Frau einen Liebhaber sucht. Aber Oliver Susson? Charles Grammond? Sie sind mittleren Alters, haben Übergewicht bzw. gebeugte Schultern – nein, nein, Emile, diese Auswahl ist alles andere als zufällig.«

»Lord David behauptet natürlich, er hätte sie satt bekommen, aber das glaubt ihm kein Mensch.«

»Kann ich mir vorstellen.«

»Ich habe einen Abstecher zur Plantage der Grammonds gemacht, um mich von der Familie zu verabschieden. Sie reisen Ende der Woche ab. Charles und ich haben Rum getrunken, und dabei habe ich etwas Interessantes erfahren – allerdings erst, nachdem seine Xanthippe von Frau den Salon verlassen hatte. Die Gerüchte stimmen – er hat tatsächlich einen schönen Batzen Geld verspielt.

Hat mein Vater dir von Lord Davids phänomenalem Glück im Spiel erzählt?«

»Ja, und auch einige andere Männer haben mich davor gewarnt, mit ihm Karten zu spielen. Das ist wirklich interessant, Emile. Er verliert beim Kartenspiel mit Lord David viel Geld und muß deshalb seine Plantage verkaufen und Jamaika verlassen – und zufällig grenzt diese Plantage an Camille Hall, und Mr. Theo Burgess kauft sie, weil er ein so feiner, mitleidiger Gentleman ist. Ich frage mich, wieviel er Grammond dafür bezahlt hat ...«

»Das könnte ich herausbringen«, sagte Emile. »Ich hätte ihn vorhin danach fragen sollen, aber es ist mir nicht eingefallen, und außerdem ist seine Frau bald zurückgekommen, und sie jagt mir immer Angst ein.«

»Macht nichts. Jeden Tag fügen sich neue Puzzleteilchen ineinander. Mein Gott, ist das wieder heiß!«

Emile grinste boshaft. »Es ist noch nicht einmal Mittag, Ryder. Ich wollte dich fragen, ob du mich in die Brennerei begleitest.«

»Nur als Leiche. Dieser Ort entspricht nämlich genau meinen Vorstellungen von der Hölle. Eine von Menschen aus Fleisch und Blut ersonnene Hölle – grauenhaft. Ich frage mich nur, wie die Sklaven es dort aushalten.«

»Sie sind daran gewöhnt. Außerdem kommen sie alle aus Afrika, einem noch ungastlicheren Land als Jamaika.«

»Trotzdem.« Ryder machte eine Kopfbewegung zur Tür hin, wo Emiles Haushälterin Coco schüchtern um die Ecke lugte.

Emile drehte sich um und runzelte die Stirn. »Was gibt's, Coco?«

Das Mädchen machte einen kleinen Schritt nach vorne, starrte nun aber auf seine nackten Füße hinab. »Ich ... ich muß mit Ihnen sprechen. Es tut mir leid, aber es ist sehr wichtig.«

Emile wandte sich an Ryder. »Sie macht normalerweise nie den Mund auf, folglich muß es wirklich etwas Wichtiges sein. Entschuldige mich einen Moment.«

Ryder fragte sich, was Emiles Haushälterin wohl auf dem Herzen haben mochte, doch dann hatte er das beklemmende Gefühl, von der Hitze versengt zu werden, und er dachte nur noch daran, wie herrlich es wäre, auf dem Gipfel des Ben Nevis nackt im Schnee zu liegen und sich darin zu wälzen, bis er fast erfror. Er dachte sehnsüchtig an dichte weiße Nebelschwaden auf der St. James' Street, die durch jede Kleidung drangen, bis man sich wie ein Eiszapfen fühlte. Ja, sogar ein kalter Londoner Nieselregen, der einem in den Nacken tropfte, kam ihm im Augenblick außerordentlich reizvoll vor.

Dann kehrten seine Gedanken zu Sophie Stanton-Greville zurück. Warum hatte sie Lord David Lochridge den Laufpaß gegeben? Er glaubte zu wissen, warum sie ihn anfangs zu ihrem Liebhaber erkoren hatte, aber er fragte sich, wie zum Teufel er Beweise für seine Theorie finden sollte. Vor allem fragte er sich aber, warum sie ausgerechnet ihn zu ihrem nächsten Liebhaber erwählt hatte. Er konnte sich beim besten Willen nicht vorstellen, was jemand davon haben könnte, wenn er mit ihr schlief.

Theo Burgess war bleich vor Zorn, als er in ihr Zimmer trat. »Deine Trägheit ist einfach himmelschreiend. Er hat sich seit zwei Tagen nicht mehr blicken lassen.«

»Ich weiß«, erwiderte sie, während sie sich ihm langsam zuwandte. »Er spielt mit mir.«

»Spiel hin, Spiel her – ich will, daß du nach Kimberly Hall reitest und tust, was ich von dir erwarte. Ich will ihn bald in der Hütte haben, verstehst du, Sophie?«

Er vergewisserte sich mit einem schnellen Blick, daß niemand in Sichtweite war, und schlug ihr ins Gesicht. Sie taumelte rückwärts, fiel in einen Stuhl und stürzte damit zu Boden, wo sie regungslos liegenblieb.

»Steh auf. Ich bin nicht sicher, ob du verstehst, wie ernst es mir in dieser Sache ist.«

»Ich verstehe es durchaus.«

»Verdammt, steh sofort auf, sonst lasse ich deinen Bruder holen und stelle einmal seine Schmerzempfindlichkeit auf die Probe.«

Sophie stand auf. Obwohl sie diesmal auf den Schlag vorbereitet war, ging sie von dem Fausthieb in die Rippen in die Knie. Neue blaue Flecke, und die letzten waren soeben erst ein bißchen verblaßt. Sie zitterte vor Wut und Schmerz.

»Ich nehme an, daß du mich jetzt wirklich verstanden hast. Zieh dich an und schmink dich. Du siehst blaß und angegriffen aus. Und deck die mögliche Hautverfärbung von meiner leichten Ohrfeige sorgfältig ab. Beeil dich gefälligst.«

»Ryder Sherbrooke sieht es nicht gern, wenn ich geschminkt bin.«

»Dann paß dich seinem Geschmack eben weitgehend an. Aber lieg nicht hier herum wie eine lahme Ente.«

Anderthalb Stunden später, als die drei Männer sich gerade an den Mittagstisch setzten, kündigte James die Ankunft von Miss Sophie Stanton-Greville an.

Emile warf Ryder einen ironischen Blick zu, aber Ryder runzelte die Stirn. Er hätte nicht gedacht, daß sie hierherkommen würde. Es sah ihr so gar nicht ähnlich, einem Mann nachzulaufen. Entweder hatte sich etwas Besonderes ereignet, oder aber jemand hatte ihr die Sporen gegeben, um sie zum Handeln zu zwingen.

Samuel Grayson bedachte James mit einem breiten Lächeln und rieb sich sogar die Hände. »Führ sie doch herein.«

Als sie das Eßzimmer in einem hellgelben Reitkostüm betrat, nur leicht geschminkt, bot sie einen zauberhaften Anblick. Ryders Augen funkelten. Er wußte, daß sie nicht auf jedes Make-up verzichten würde, denn das hieße ja, seinen Wünschen zu entsprechen. Mochte sie vielleicht auch eine einzelne Schlacht verloren haben, so doch gewiß nicht den Krieg.

Sie bot ihren ganzen Charme auf, war witzig und fröhlich, lachte und wickelte Samuel Grayson mühelos um den kleinen Finger. Ryder warf sie gelegentlich verführerische Seitenblicke zu, während sie Emile wieder weitgehend ignorierte, der allerdings seinerseits einen zerstreuten Eindruck machte. Erstaunlicherweise nahm sie sogar Samuels Einladung zum Mittagessen sofort an.

Ryder begnügte sich vorerst damit, ihr Spiel zu beobachten. In den Kampf eingreifen würde er erst, wenn er mit ihr allein war. Und er *wollte* mit ihr allein sein.

Gegen Ende des Essens strahlte Sophie ihn kokett an. »Ich bin eigentlich hergekommen«, erklärte sie, »um Mr. Sherbrooke einzuladen, mit mir eine faszinierende Höhle zu besichtigen, die einer unserer Feldsklaven soeben erst entdeckt hat. Sie ist viel größer als jene, die ich ihm am Penelope's Beach gezeigt habe, und sie ist auch nicht so kalt und feucht, weil der Eingang breiter ist und dadurch mehr Sonne einfallen kann.«

»Sie sind bestimmt eine überaus charmante Führerin«, sagte Samuel mit so verliebter Stimme, daß es Ryder fast übel wurde. »Ryder meidet nach Möglichkeit während der Mittagszeit die Sonne. Wissen Sie, er ist diese Gluthitze eben noch nicht gewöhnt.«

»Oh, aber vielleicht würde Mr. Sherbrooke ausnahmsweise doch den Mut und die Willenskraft aufbringen, sich der Sonne auszusetzen, wenn diese hübsche Höhle als Belohnung winkt.«

Ryder schmunzelte insgeheim über den Köder, den sie so geschickt auswarf. Ach ja, man brauchte bei einem Mann nur an die Männlichkeit zu appellieren, und schon biß er ganz automatisch an.

»Ach, ich weiß nicht so recht«, sagte er langsam. »Vielleicht ein andermal, Miss Stanton-Greville. Ich bin heute wirklich müde.«

»Sophie«, korrigierte sie leicht verdrossen.

»Ach ja, Sophie. Wissen Sie, ich bin nicht allzu kräftig, und mein Unternehmungsgeist hat gerade einen Tiefstand erreicht. O ja, ich bin ein schwacher Mann, der auf seine Gesundheit achten muß.«

»Aber einen einfachen Ritt zum Strand werden Sie doch wohl noch überleben!«

»Haben Sie einen Sonnenschirm, den ich unterwegs über mich halten könnte?«

»Ein Hut müßte eigentlich genügen.«

»Ich bin auch um mein Pferd besorgt«, sagte er. »Es spielt gern den Teufelskerl, aber im Grunde ist es genauso schwach und schlapp wie ich.«

Sie atmete schwer. Der Kerl war wirklich aalglatt. Dann lächelte sie. »Wie Sie wollen. Ich mache mich jetzt auf den Weg zur Höhle. Auf Wiedersehen, Mr. Grayson, und vielen Dank für das köstliche Mittagessen.«

»Aber Sie haben ja kaum etwas angerührt«, rief Grayson ihr nach.

Emile begann zu lachen, und sein Vater drehte sich auf dem Absatz um und eilte Miss Stanton-Greville nach.

»Du springst ja wirklich toll mit ihr um, Ryder. Ich wette, so etwas ist ihr noch nie passiert.«

»Ja, aber nun ist es genug, scheint mir. Ich werde ihr wohl nachreiten müssen. Sie hat gerade eine wichtige Lektion gelernt, und jetzt wird es Zeit für einen Frontalangriff.«

»Keine Flanke? Kein Hinterhalt?«

»Du wirst unverschämt, Emile.« Ryder grinste von einem Ohr zum anderen und entfernte sich.

Sophie wußte nicht, was sie tun sollte. Ein kleiner Sklave half ihr beim Aufsteigen, und dann saß sie einfach da und starrte vor sich hin.

Sie konnte nicht nach Camille Hall zurückreiten, weil Onkel Theo sonst sofort wüßte, daß sie versagt hatte. Beim Gedanken an die Konsequenz erschauderte sie und berührte unwillkürlich mit den Fingerspitzen ihre Wange. Sie war leicht geschwollen. Der Puder verdeckte die Spuren seines Schlages, aber die Erinnerung an den Schmerz und die Demütigung war nicht so leicht zu verwinden. Sie hätte diesem eingebildeten Laffen von Ryder Sherbrooke am liebsten laut ins Gesicht geschrien, daß sie sich keineswegs schminkte, um wie eine Hure auszusehen. Sie tat es, damit die blauen Flecke nicht zu sehen waren; zumindest war das anfangs der einzige Grund gewesen, doch dann hatte Onkel Theo erklärt, daß das Make-up ihr ein erwachseneres, verführerischeres Aussehen verleihe. Natürlich war ihm auch klar, daß er sie häufiger ins Gesicht schlagen konnte, wenn sie eine dicke Schicht Kosmetika auftrug.

Ihr blieb keine andere Wahl als zum Strand zu reiten und sich eine Weile dort aufzuhalten, bevor sie nach Hause zurückkehrte. Dann konnte sie Onkel Theo Lügen auftischen. Sie würde ihm erzählen, daß Ryder sie geküßt und ihr gesagt hatte, daß er sie begehrte. Aber wie sollte sie dann erklären, daß er noch kein Rendezvous in der Hütte vereinbart hatte? Nach Ansicht ihres Onkels dachte ein Mann beim ersten Kuß sofort ans Bett, und ihre eigene Erfahrung bestätigte das. Sie verdrängte diese trüben Gedanken. Wenn es soweit war, würde sie versuchen, irgendeine einleuchtende Ausrede zu finden.

Nachdem sie ihren Entschluß gefaßt hatte, ritt sie zu dem Strandabschnitt namens Monmouth Beach, eine Meile östlich von Penelope's Beach. Die vielen gezackten Felsformationen, an denen sich bei Flut die Wellen brachen, sorgten dafür, daß der Sand hier nicht weiß, sondern schmutzigbraun war. Die Höhle gab es tatsächlich. Ein Sklave hatte sie am Vortag entdeckt. Die Stute Opal suchte sich vorsichtig und geschickt einen Weg durch die Felsen.

Sophie hatte nicht die geringste Lust, die verdammte Höhle zu besichtigen. Sie stieg ab, sah sich um, und wenige Minuten später breitete sie die Satteldecke unter einer Kokospalme aus, ließ sich im Schatten nieder und schaute auf das glitzernde blaue Meer hinaus. Sie dachte an ihre Eltern, die sie vor nunmehr vier Jahren zuletzt gesehen hatte.

Ihre Mutter Corinna war eine außergewöhnlich willensstarke Frau gewesen, mit einem schönen Gesicht und üppiger Figur, und sie hatte ihre Kinder sehr geliebt, so sehr, daß sie sie nicht auf die Reise nach Amerika mitnehmen wollte, die ihrer Ansicht nach zu viele Gefahren in sich barg. Sophies Vater hatte das als Blödsinn abgetan, aber ihm fehlte Corinnas Charakterstärke, und deshalb waren Sophie und Jeremy, nachdem ihre Eltern ertrunken waren, von Onkel Theo in Fowey, Cornwall, abgeholt und nach Jamaika gebracht worden. Sie konnte sich noch lebhaft an ihre Trauer erinnern, aber auch daran, wie dankbar sie ihrem Onkel gewesen war. Damals hatte sie ihn geliebt.

Sie betete, daß ihre Eltern einen schnellen Tod gehabt hatten. Sogar jetzt, nach vier Jahren, wiederholte sie dieses Gebet. Irgendwie wußte sie, daß ihre Mutter ganz zum Schluß ihren Vater bestimmt gestärkt und getröstet hatte. So war Corinna nun mal gewesen. Sie schloß die Augen und genoß die kühle Meeresbrise auf ihrem Gesicht. Dann zog sie ihre Reitjacke aus und öffnete die oberen Knöpfe ihrer Leinenbluse, nahm ihren Hut ab und legte ihn behutsam auf die Jacke.

Minuten später schlief sie fest.

Als Ryder ihre Stute sah, grinste er. Sie war also wirklich hierhergekommen. Dann existierte vielleicht auch diese angeblich so interessante Höhle. Plötzlich sah er die Schläferin, an eine Kokospalme gelehnt.

Trotz der feuchten Schwüle war es hier am Strand und im Schatten angenehm kühl. Er stieg ein gutes Stück von ihr entfernt ab und band seinen Hengst an einer Stelle an, wo er sich am Seegras laben konnte.

Leise näherte er sich Sophie und betrachtete ihr Gesicht, das im Schlaf trotz des Make-ups sehr jung aussah, so jung, daß er sich unwillkürlich wieder fragte, warum sie mit all den Männern ins Bett gegangen war.

Und jetzt wollte sie ihn.

Er kniete geräuschlos neben ihr nieder und begann langsam und vorsichtig die restlichen Blusenknöpfe zu öffnen. Darunter trug sie ein einfaches Batisthemd. Keine Rüschen, keine Spitzen. Seltsam!

Er konnte ihr die Bluse nicht ausziehen, weil das verdammte Ding unter dem Rock steckte und er nicht wollte, daß sie zu früh erwachte. So zog er die Bluse nur so weit wie möglich auseinander, holte ein Messer aus der Tasche und schnitt das Unterhemd in der Mitte bis unter die Brüste auf. Ah, dachte er, während er den dünnen Stoff beiseiteschob, schöne Brüste hat sie wirklich! Sie bewegte sich, schlief aber weiter.

Er wartete einige Minuten und legte sie sodann ganz behutsam flach auf den Rücken. Sie drehte sich auf die Seite, stöhnte leise und kehrte in die Rückenlage zurück. Lächelnd schob Ryder nun ihren Rock hoch, bis er die schlichten Strumpfbänder sehen konnte. Sehr hübsche Beine, stellte er fest, lang und geschmeidig.

Er setzte sich neben sie und wartete darauf, daß sie aufwachen würde. Natürlich wußte er nicht genau, wie sie dann reagieren würde, aber er stellte sich vor, daß sie zu ihm aufblicken und die Arme nach ihm ausstrecken würde, schon leicht erregt. Er malte sich aus, daß seine Hand zwischen ihre Schenkel gleiten und sie an ihrer empfindlichsten Stelle berühren würde, und daß sie ihn anflehen würde, sie gleich hier zu nehmen.

Im nächsten Moment wachte sie auf, und ihrem bezaubernden Mund entrang sich ein regelrechter Schrei, laut, verlegen, entsetzt, der allmählich verklang und keuchenden Atemzügen Platz machte, während ihr Blick von ihm zu ihren nackten Brüsten und dem hochgeschobenen Rock schweifte.

»Verdammt, was haben Sie gemacht?«

»Ich habe Ihre Brüste geküßt, und Sie haben gestöhnt und den Rücken gewölbt, so daß ich gezwungen war, Ihr Unterhemd aufzuschneiden, um Sie besser befriedigen zu können. Aber Sie sind eine lüsterne Frau und wollten noch mehr. Sie haben sich auf den Rücken gleiten lassen und Ihre Hüften gehoben, und ich habe Ihnen geholfen, indem ich Ihren Rock hochschob.«

»Nein, nein, das ist eine Lüge!«

Ihr Gesicht war hochrot, und ihre Stimme überschlug sich fast. Er runzelte die Stirn, denn mit einer solchen Reaktion hatte er nun wirklich nicht gerechnet. Wo war das verführerische Lächeln, wo waren die gewagten sexuellen Bemerkungen geblieben? Er beobachtete sie aufmerksam, während sie mühsam ihre Fassung zurückerlangte.

Sophies einziger Gedanke war: Hat er die blauen Flecke auf meinen Rippen gesehen? Bitte nicht, lieber Gott nur das nicht!

Seit langem an eiserne Selbstdisziplin gewöhnt, hatte sie sich relativ schnell wieder voll unter Kontrolle. Sie brachte sogar ein Lächeln zustande, während sie das Unterhemd über ihre Brüste zog und die Bluse zuzuknöpfen begann, ihre Beine noch immer seinen Blicken ausgesetzt.

Als sie fertig war, stand sie langsam auf, strich ihren Rock glatt, stemmte die Hände in die Hüften und blickte auf ihn hinab.

»Sie verdammter Bastard!« Sie wunderte sich selbst über ihre ruhige Stimme. »Sie sind also doch noch gekommen.«

»Ja, denn Ihre unverhohlene Verachtung hat meinen männlichen Stolz verletzt.«

»Sie sind genau wie alle anderen Männer.«

»Wahrscheinlich.«

»Sie hatten kein Recht, so etwas mit mir zu machen.«

»Ich wollte Sie überrumpeln, denn jedesmal, wenn mir das gelingt, reagieren Sie völlig unerwartet. Vorhin haben Sie so entsetzt gequiekt wie eine alte Jungfer. Einfach köstlich. Diese Unberechenbarkeit macht Sie in meinen Augen besonders reizvoll. Ich frage mich, wie viele neue Seiten ich noch an Ihnen entdecken werde, wenn ich schnell genug bin.«

»Sie haben Ihren Spaß gehabt, Ryder.«

»Oh, ich habe noch nicht einmal richtig angefangen, wie Sie bald feststellen werden. Aber zuvor habe ich eine Frage an Sie, Sophie. Warum haben Sie Lord David Lochridge aus Ihrem Harem verbannt?«

»Harem? Ich glaube, Sie verwechseln die Geschlechter.«

»Es ist das gleiche Konzept. Warum, Sophie?«

Sie wandte sich achselzuckend von ihm ab und blickte aufs Meer hinaus. Nach langem Schweigen drehte sie sich wieder um, ganz das kokette Weibchen. »Er hat mich gelangweilt, denn er ist ein unreifer Junge in einem Männerkörper. Ihm ging es immer nur um sein eigenes Vergnügen, und das bekam ich einfach satt.«

»Sie lügen.«

»Oh? Wie kommen Sie dazu, so etwas zu behaupten?«

»Sie wollen mir weismachen, daß Sie ihm den Laufpaß gegeben haben, weil Sie jetzt mich begehren und sich daran erinnert haben, daß ich darauf bestehe, der einzige Mann in Ihrem Bett zu sein.«

»Ja, ich erinnere mich an Ihre Forderung.«

»Und was ist mit Oliver Susson? Werden Sie auch ihm den Laufpaß geben?«

Sie zuckte wortlos mit den Schultern.

»Vorher werde ich bestimmt nicht Ihr Liebhaber werden.«

»Sie sind wirklich etwas maßlos in Ihren Forderungen, Ryder. Kein Mann kann erwarten, daß eine Frau alles tut, um ihre Reize zu steigern. Ich bin auch so reizvoll genug. Eigentlich müßten Sie um mich herumscharwenzeln und mich auf Knien bitten, Sie in mein Bett zu lassen.«

Er lachte schallend. »Sophie, ich will Ihnen mal was sagen. Sie sind hübsch, sogar mit dieser absurden Schminke im Gesicht, aber ich habe mit vielen Frauen geschlafen, die so schön waren, daß Sie dagegen nur guter Durchschnitt sind, keineswegs etwas Besonderes. Was ich bisher von Ihrem Körper gesehen habe, gefällt mir ganz gut, aber verstehen Sie mich richtig – ich mache Ihre Spielchen nicht mit. Ich werde nicht geduldig in den Kulissen warten, während Sie für jeden Mann in der näheren Umgebung Ihre Beine spreizen. Ich bin kein geiler Junge, der jede Frau, die ihm über den Weg läuft, beackern muß. Ich bin ein Mann, Sophie, und im Laufe der Jahre habe ich ein gewisses Niveau erreicht.«

»Jahre! Wie alt sind Sie – fünfundzwanzig, sechsundzwanzig?«

»Ich hatte mit dreizehn mein erstes sexuelles Erlebnis. Und Sie?«

Er sah, daß sie wütend auf ihn war, daß sie vor Wut kochte und mit sich kämpfte, ob sie ihm etwas auf den Schädel schlagen sollte oder nicht. Doch gleich darauf lächelte sie ihn wieder an, mit jenem aufreizenden Lächeln, das ihn fast um den Verstand brachte.

»Kurz gesagt, Miss Stanton-Greville, werden Sie die anderen Männer los – alle! – oder ich werde nie mit Ihnen schlafen. Mein Interesse läßt schon jetzt sehr stark nach.«

»Also gut«, gab sie nach. »Ich werde Oliver aufgeben. Kommen Sie heute abend in die Hütte? Um neun?«

»Gibt es noch andere Männer?«

»Nein.«

»Aha, Charles Grammond haben Sie also schon den Laufpaß gegeben, dem armen Burschen, der sein ganzes Geld an Lord David verloren hat.«

»So ist es.«

Ryder wußte, daß seine Versuche, mehr über sie zu erfahren, erfolglos bleiben würden. Sie war ständig auf der Hut, und nur, wenn er sie wie vorhin total überrumpelte, gewährte sie ihm unfreiwillig Einblick in ihr kompliziertes Innenleben.

Er stand auf, packte sie an den Oberarmen und zog sie an sich heran.

»Vielleicht will ich mich aber nicht in demselben Bett wälzen wie all die anderen Männer. Vielleicht möchte ich hier und jetzt ausprobieren, was Sie zu bieten haben.«

Er küßte sie, aber sie wandte ihr Gesicht zur Seite, so daß seine Lippen nur auf ihrer Wange landeten.

Lächelnd verschränkte er die Arme unter ihren Hüften, hob sie hoch und preßte ihren Bauch an seinen Unterleib, damit sie spüren konnte, wie erregt er war.

»Lassen Sie mich runter, Ryder.«

Ihre Stimme war ruhig und beherrscht. Er lächelte noch immer. »Andererseits«, murmelte er dicht an ihrem Mund, »möchte ich Sie jetzt vielleicht doch nicht nehmen. Vielleicht möchte ich Ihnen nur einiges heimzahlen. Sie ein bißchen bestrafen. Ja, das ist es, wozu ich jetzt Lust verspüre.«

Er trug sie zum Wasser. Sie erkannte seine Absicht und versuchte sich zu befreien. Lachend watete er ins Meer hinein, und es war ihm völlig gleichgültig, daß er dadurch seine weichen Lederstiefel ruinierte. Er blieb erst stehen, als das Wasser ihm bis zu den Schenkeln reichte.

Sie trommelte schreiend mit den Fäusten gegen seine Brust, seine Arme und Schultern.

Er hob sie hoch und schleuderte sie einen guten Meter weit ins tiefere Wasser. Sie landete auf dem Rücken, paddelte wild mit den Armen und ging wie ein Stein unter.

»So, Satansbraten!« rief er, als ihr Kopf wieder zum Vorschein kam. Die kastanienbraunen Haar hingen ihr wirr ins Gesicht und über die Schultern, und sie bot ein Bild des Jammers. »Greifen Sie mich nicht wieder an, es sei denn, Sie wollen weitere Reparationen zahlen.«

Lachend ging er auf sein Pferd zu. »Es ist mein voller Ernst, Sophie. Meistens bin ich ein Gentleman, es sei denn, daß die Umstände mich zu einem anderen Benehmen zwingen. Ich werde von nun an jeden Hieb parieren.«

Ihre Röcke zogen sie im Wasser zuerst nach einer, dann nach der anderen Seite, und schließlich blieb ihre Stiefelette in einer Vertiefung stecken, und sie fiel aufs Gesicht. Als sie wieder aufrecht stand, drohte sie ihm mit der Faust, aber er ritt schon den Strand entlang, noch immer laut lachend.

Dann hielt er sein Pferd kurz an und schrie über die Schulter hinweg: »Heute abend um neun. Nicht verspäten! Und sorgen Sie dafür, daß die Hütte gut gelüftet ist!«

Sophie lief nervös in der Hütte auf und ab, obwohl sie wußte, daß ihr Onkel sie aus dem Augenwinkel heraus beobachtete. Schließlich gestand sie: »Ich fürchte mich vor ihm.«

»Sei keine Närrin«, sagte Theo Burgess. »Er ist doch nur ein Mann, ein junger Mann, der bestimmt keine allzu große Erfahrung hat.«

»Du irrst dich. Ich habe den Eindruck, daß er mit mehr Frauen geschlafen hat als es auf Jamaika überhaupt gibt. Dieser Kerl mit seinen verdammten Ansprüchen!«

Theo zuckte die Achseln. »Du mußt ihn eben betrunken machen. Darin hast du ja Erfahrung. Es ist fast Zeit. Ich bleibe in der Nähe. Du weißt, was du zu tun hast.«

»Ja«, flüsterte sie und wünschte nur, sie könnte auf der Stelle tot umfallen.

Aber dann wäre Jeremy ganz allein.

Sie straffte ihre Schultern, aber die Angst wich nicht von ihr. Sie wußte genau, daß sie ihn manipulieren mußte, und sie besaß dazu nicht nur die nötige Intelligenz, sondern hatte auch weiß Gott genügend Übung darin.

Um Punkt neun klopfte es leise an der Tür.

Sophie öffnete, und er lächelte ihr träge zu.

Während er die Hütte betrat, sagte er: »Ihre verführerische Robe ist gar nicht mal so schlecht, obwohl dieses ordinäre Rot wirklich nicht Ihre Farbe ist. Hellgrün würde Ihnen viel besser stehen, glaube ich. Auf jeden Fall sollten Sie Weiß meiden, wenn Sie sich nicht zum Gespött der Leute machen wollen. Und dieses Fischbeinzeug, das Ihre Brüste hochschiebt, ist mir ein Greuel. Eine Frau hat entweder Brüste, oder sie hat keine. Ein Frauenkenner läßt sich nicht täuschen. Aber Sie werden es schon noch lernen. Kommen Sie hierher ins Licht, damit ich Ihr Gesicht sehen kann.«

Sophie folgte ihm stumm. Sie hatte zu Recht Angst vor ihm.

Er nahm ihr Kinn zwischen seine schlanken Finger und hob ihr Gesicht ins volle Kerzenlicht. »Ah, kein Make-up, jedenfalls fast keines. Ich freue mich, daß Sie meinen Wünschen zu entsprechen versuchen. Nun, möchten Sie sich gleich für mich ausziehen, oder sollen wir uns erst noch ein Weilchen unterhalten? Wer sind beispielsweise Ihre Lieblingsphilosophen? Ah, Ihre Miene verrät mir, daß Sie die Geistesriesen aller Jahrhunderte gelesen haben. Ja, wahrscheinlich sind Sie mit sehr vielen bestens vertraut. Beschränken wir uns also auf die zweite Hälfte des letzten Jahrhunderts, auf die Franzosen.«

Sie entfernte sich etwas von ihm und blieb hinter einem Korbstuhl stehen. »Ich liebe Rousseau.«

»Tatsächlich? Lesen Sie ihn auf französisch oder auf englisch?«

»Beides.« Sie schenkte ihm rasch ein Glas Rumpunsch ein und reichte es ihm. »Es ist ein warmer Abend. Möchten Sie sich nicht etwas erfrischen, während wir uns über Rousseau unterhalten?«

»Ich mag Rousseau nicht. Seine Gedankengänge sind schrecklich ungenau, und die Erwartungen, die er in eine mögliche Vervollkommnung der Erde setzt – natürlich vorausgesetzt, daß man seine absurden Methoden anwendet – sind meiner Meinung nach einfach töricht.«

Ryder hob sein Glas und prostete ihr zu. Das Getränk war herb, kalt und köstlich. Er hatte gar nicht bemerkt, wie durstig er war. Im allgemeinen machte er sich nicht viel aus Rum, aber dieses Zeug schmeckte kaum nach Rum. Er leerte sein Glas und ließ es sich von ihr wieder füllen, so gut schmeckte es ihm.

»Ich halte Rousseau für einen gütigen Mann, der sowohl für Männer als auch für Frauen das Beste will. Er glaubt, daß wir der Niedertracht und Dekadenz der Welt von heute den Rücken kehren und zu einem einfacheren Leben zurückfinden sollten, zurück zur Natur.«

»Wenn ich mich recht entsinne, definiert er nie genau, was er unter Natur versteht.«

Ryder trank den zweiten Punsch und glaubte, noch nie im Leben ein köstlicheres Getränk gekostet zu haben. Sie füllte sein Glas zum drittenmal.

»Wie gesagt, der Mann ist ein Narr«, erklärte er im Brustton der Überzeugung. »Er hätte lieber predigen sollen, daß Männer nie die Herrschaft über Frauen verlieren dürfen, weil sie andernfalls bald überhaupt nicht mehr wissen, was und wer sie eigentlich sind, denn Frauen können Männer durch Liebeskünste beherrschen. Je erfahrener eine Frau ist, desto gefährlicher kann sie dem Mann werden. Beispielsweise Sie, Sophie. Ich frage mich, was Sie von mir wollen. Ich frage mich, was ich besitzen könnte, das Sie so sehr begehren – von meinem Körper einmal abgesehen. Natürlich bin ich ein Sherbrooke, und die Plantage gehört meiner Familie, aber …« Ryder verstummte. Ihm war plötzlich ganz warm; er fühlte sich einfach großartig, völlig entspannt, und doch begehrte er sie immer mehr. Sie sah so süß und anschmiegsam aus, so willig, so ängstlich bemüht, ihm zu gefallen. Sie streckte ihre Arme nach ihm aus und sagte etwas, aber er konnte ihre Worte nicht verstehen, was zwar etwas seltsam war, ihn aber überhaupt nicht störte. Er schluckte den restlichen Punsch, stand auf und ging auf sie zu, nahm sie in die Arme und begann sie zu küssen. Ihr Atem war warm und süß, und sie öffnete ihm ihre Lippen, und er nahm von ihrem Mund Besitz. Seine Hände glitten an ihrem Rücken entlang und legten sich auf ihre Pobacken. Wie am Nachmittag, so hob er sie auch jetzt etwas hoch, preßte sie an sich und stöhnte vor Lust.

Dann ließ er sie los und versuchte, ihr das Kleid von den Schultern zu ziehen.

Sie lachte leise, unglaublich verführerisch, und klopfte ihm sanft auf die Finger. »Nein, Ryder, Sie werden es noch zerreißen, und es war teuer. Ich habe es mir extra für Sie anfertigen lassen. Schade, daß Ihnen die Farbe nicht gefällt. Ich werde mir ein anderes in dem Grünton schneidern lassen, der mir Ihrer Ansicht nach besonders gut stehen müßte. Lassen Sie es mich selbst ausziehen. Ich möchte, daß Sie mich nackt sehen. Ja, setzen Sie sich hin und schauen Sie mir zu. Sagen Sie es mir, wenn Sie irgendwelche Wünsche haben. Hier, trinken Sie noch einen Rumpunsch zur Abkühlung, während Sie mir zuschauen.«

Ryder trank einen Schluck, lehnte den Kopf ans Stuhlkissen und starrte sie aus schmalen Augen an, während sie an den Knöpfen ihrer roten Robe herumnestelte.

Das war das Letzte, woran er sich erinnern konnte.

»Er ist bewußtlos.«

»Ausgezeichnet.« Onkel Theo betrat händereibend den Raum und beugte sich über Ryder. »Ja, das ist wirklich ausgezeichnet. Nein, Sophie, geh noch nicht. Ich möchte, daß du ihn nackt siehst. Es ist durchaus möglich, daß ein Mann wie er dir irgendwelche Fragen stellt, und darauf mußt du vorbereitet sein. Wenn er ein Muttermal auf dem Oberschenkel hat, mußt du darüber eine Bemerkung machen können.«

Sie trat zurück, während ihr Onkel den jungen Mann zu dem breiten Bett mit Satinlaken schleppte und rasch auszog. Er hatte darin inzwischen große Erfahrung. Als Ryder nackt auf dem Rükken lag, lachte Theo. »Mein Gott, er ist immer noch erregt. Schau dir das mal an, Sophie. Habe ich dir nicht gesagt, daß er ein Prachtexemplar ist?«

Wider Willen betrachtete sie ihn. Er war schlank und muskulös, hatte hellbraune Haare auf der Brust, die zum Unterleib hin dünner wurden, und mußte wohl als durchaus attraktiv bezeichnet werden. Aber sie fand ihn furchterregend, besonders sein Geschlechtsorgan, das dick und steif war. Onkel Theo drehte ihn auf den Bauch. Er hatte eine glatte Haut und eine kräftige Rückenmuskulatur. Muttermale waren nirgends zu sehen.

Onkel Theo rollte ihn wieder auf den Rücken. »Ah, er ist bereit, denn im Geiste glaubt er, daß er mit *dir* schlafen wird.« Er rief laut: »Dahlia! Komm herein, Mädchen.«

Ein sehr schönes junges Mädchen betrat die Hütte. Es war höchstens siebzehn, hatte eine hellbraune Haut und braune Augen, und es betrachtete fasziniert den nackten Mann auf dem Bett.

»Der wird ein Genuß sein.« Dahlia schenkte Theo Burgess ein strahlendes Lächeln, während ihre Fingerspitzen über Ryders Unterleib glitten.

»Ausgezeichnet, dann brauche ich dir ja nichts zu bezahlen.«

»So ein großer Genuß auch wieder nicht.« Sie schlüpfte aus ihrem Kleid, unter dem sie nackt war. Ihre Brüste waren sehr groß, ihre Hüften wohlgerundet. Sophie wandte sich ab, doch Onkel Theo packte sie am Arm. »Du solltest zuschauen, Sophie. Ich wiederhole, er könnte Fragen stellen, Kommentare abgeben und ...«

»Nein!« schrie sie ihm ins Gesicht, riß sich los und rannte aus der Hütte.

Sie hörte Dahlia leise lachen und überglücklich rufen: »Ah, sehen Sie nur, um wieviel größer er wird, und dabei berühre ich ihn nur mit den Fingern! O ja, dieser hübsche Junge wird ein Genuß!«

Sophie fiel auf die Knie. Sie verspürte einen heftigen Brechreiz, aber sie wußte, daß sie sich nicht übergeben würde. Jetzt nicht mehr. Sie hatte in den letzten Monaten zuviel gesehen, war das alles schon gewöhnt. Die Arme um sich selbst geschlungen, wiegte sie sich vor und zurück.

Sie hörte Dahlia in der Hütte aufschreien, hörte sie lachen und stöhnen, hörte sie Ryder ermutigen, ihre Brüste zu streicheln. Sophie fragte sich, ob Onkel Theo danebenstand und alles beobachtete. Sie wußte, daß er das manchmal machte. Und sie fragte sich, ob er selbst gelegentlich mit Dahlia schlief. Sie hörte Ryder stöhnen, hörte ihn schreien. O Gott, das war einfach zuviel.

Sie kroch davon.

KAPITEL 5

Ryder wachte langsam auf und registrierte ungläubig, daß er sich leicht betrunken, völlig entspannt und zugleich seltsam schwebend fühlte. Noch nie im Leben war er morgens beim Aufwachen betrunken gewesen. So etwas war einfach unmöglich.

Er setzte sich im Bett auf, faßte sich mit beiden Händen an den Kopf und versuchte zu verstehen, was los war. Dann stellte er fest, daß er nackt war, und plötzlich fiel ihm ein, wo er war und was er den größten Teil der Nacht über in diesem Bett getrieben hatte. Eigentlich müßte er völlig erschöpft sein, aber das war er nicht.

Er hatte die Nacht mit Sophie Stanton-Greville verbracht.

Allmächtiger Himmel, sie war einfach unglaublich gewesen! Er hatte noch nie mit einer Frau geschlafen, die solche Liebeskünste beherrschte. Während er langsam aufstand, schüttelte er kräftig den Kopf, in der Hoffnung, dadurch etwas klarer denken zu können. Die Tür öffnete sich, und eine alte Sklavin trat ein, verzog ihren zahnlosen Mund zu einem breiten Lächeln und sagte fast kichernd: »Guten Morgen, Herr. Gut fühlen Sie sich heute morgen, nicht wahr?« Er wollte irgendwie seine Blöße verhüllen, aber sie wehrte kopfschüttelnd ab. Dieser alten Frau schien es völlig egal zu sein, ob ein Mann morgens einen korrekten Cut trug oder aber so nackt wie die griechischen Statuen im Park der Sherbrookes, die er und seine Brüder fasziniert betrachtet hatten, als sie kleine Jungen gewesen waren.

Sie bot ihm ein Bad und Frühstück an.

Sophie hatte ihn, wie es ihre Angewohnheit war, allein gelassen. Er war für sie nur einer von vielen. Ihr lag nichts daran, bei ihm zu bleiben. Seltsamerweise ärgerte ihn das nicht nur, sondern es versetzte ihm auch einen schmerzhaften Stich. Für sie war er ein Mann wie jeder andere, und sie machte sich nicht das Geringste aus ihm.

Er setzte sich in die Badewanne und versuchte sich an alle Einzelheiten der Nacht zu erinnern. Es wollte ihm aber beim besten Willen nicht gelingen, und das war äußerst merkwürdig. Er wußte, daß er sie ganz am Anfang geküßt hatte, und später hatte sie ihn mit dem Mund befriedigt, so phantastisch gekonnt, daß allein schon die Erinnerung daran ihm einen heißen Schauder über den Rücken jagte. Er erinnerte sich auch daran, daß sie ihn geritten hatte, hart und schnell, und daß er dabei ihre großen Brüste gestreichelt und geknetet und schließlich auf dem Gipfel der Lust einen wilden Schrei ausgestoßen hatte.

Auch sie hatte geschrien. Und sie hatte mit ihm gesprochen, ihn angefeuert, ihm gesagt, was für ein toller Mann er sei. Er erinnerte sich ganz deutlich an ihre weiche, tiefe Stimme, und er spürte noch förmlich ihre Brüste in seinen Händen.

Allerdings konnte er sich nicht daran erinnern, sie seinerseits stimuliert zu haben, und das war seltsam, denn er hatte sie nicht belogen: er war ein ausgezeichneter Liebhaber, der eine Frau niemals unbefriedigt ließ. Aber er hatte sie nicht mit dem Mund liebkost, wie sie ihn. Er konnte sich nicht einmal daran erinnern, sie geküßt zu haben, nur ganz am Anfang, und das war nun wirklich mehr als seltsam, denn er liebte es, eine Frau zu küssen und ihre Lust gleichzeitig noch mehr zu steigern, indem er mit den Händen ihren ganzen Körper streichelte.

Warum hatte er sie nicht geküßt? War sie so erregt gewesen, daß sie ohne jede zusätzliche Stimulierung zum Höhepunkt gelangte? Er hatte nicht einmal seine Finger eingesetzt, zumindest konnte er sich nicht daran erinnern. Er schüttelte wieder den Kopf, um die Benommenheit zu vertreiben. Das Gefühl, leicht betrunken und nicht ganz bei sich zu sein, störte ihn gewaltig.

Er stieg aus der Wanne, und die alte Sklavin reichte ihm ein Handtuch, ohne das geringste Interesse an seinem Körper zu zeigen. Nein, dachte er wütend, sie ist so daran gewöhnt, hier nackte Männer – Sophies Männer – zu sehen, daß sie nicht einmal mehr hinschaut.

Er zog seine frisch gebügelten Kleider an – allmächtiger Gott, dachte dieses verdammte Weibsstück eigentlich an alles? – und aß frisches Obst und warmes Brot. Den angebotenen Rumpunsch lehnte er allerdings ab, und sobald die Alte sich unbeobachtet glaubte, leerte sie das Glas selbst. Der Alkoholkonsum ging hierzulande wirklich über jedes Maß und Ziel hinaus! Hatte er nicht selbst am vergangenen Abend um einiges zuviel getrunken?

Als er die Hütte einige Minuten später verließ, drehte er sich auf der Schwelle noch einmal um. Die Sklavin hatte inzwischen das Bett gemacht, aber im Raum roch es noch nach Sex.

Er haßte sich dafür, daß er ihr erlaubt hatte, alles Mögliche mit ihm zu treiben, während sie offenbar nie die Kontrolle über sich verloren hatte. Wieder fiel ihm ihr Lustschrei ein, und er fragte sich, ob sie ihm nur etwas vorgespielt hatte. Er war sich nicht sicher, und irgend etwas stimmte daran nicht, denn er war ein Frauenkenner, und es war normalerweise unmöglich, ihn zu täuschen. Doch diesmal hätte er beim besten Willen nicht sagen können, ob sie wirklich einen Orgasmus gehabt hatte oder nicht. Er dachte an die vielen Glas Punsch, die er nach seiner Ankunft in der Hütte getrunken hatte. Das Zeug war so köstlich gewesen, so kühl und erfrischend, und danach war ihm plötzlich so warm geworden, und die Begierde hatte ihn schier überwältigt, und dann war jener unglaubliche Sex gefolgt, bis er schließlich wie ein tapferer Soldat in der Schlacht gefällt wurde.

Er ging zu seinem Pferd. Unter einem Mangobaum saß Emile mit weit zurückgeschobenem Hut und kaute an einem Grashalb.

»Na«, sagte er nur, während er aufstand und seine Reithose abklopfte, »bist du jetzt bereit, nach Hause zu reiten?«

»Ja«, knurrte Ryder, »mehr als bereit.«

Emile stellte keine Fragen. Ryder war inzwischen völlig nüchtern, sein Kopf völlig klar. Doch je mehr er versuchte, die Nacht in allen Einzelheiten zu rekonstruieren, desto weniger wollte es ihm gelingen. Er wußte nur, daß er sich einmal in ihren Mund ergossen hatte, und daß sie später auf ihm geritten war, und daß es beide Male ein explosionsartiger Orgasmus gewesen war.

Etwas stimmte einfach nicht. Als Emile und er die lange Auffahrt von Kimberly Hall entlangritten, war seine Stirn noch immer gerunzelt, während er mit halbem Ohr dem rhythmischen Summen und Singen der Sklaven lauschte, die auf den Feldern arbeiteten.

»Emile«, fragte er schließlich, »hast du in den Mangrove-Sümpfen jemals ein Krokodil mitten auf der Straße gesehen?«

»Ja. Es ist ein furchterregender Anblick.«

»Etwas ist ganz und gar nicht in Ordnung«, sagte Ryder.

»Was meinst du damit?«

Emile wußte nicht so recht, wie er sich verhalten sollte. Er wollte Sophie nicht eine Hure nennen, denn möglicherweise war Ryder ja mittlerweile ganz verrückt nach ihr. Deshalb beschloß er, lieber diplomatisch zu sein.

Von einer Sekunde zur anderen erkannte Ryder die Wahrheit. Sie traf ihn mit der Wucht eines Hammerschlags. Ihre Brüste! Er hatte Sophies Brüste zweimal liebkost. Er kannte ihre Größe, er wußte genau, wie sie sich angefühlt hatten, und er hätte noch jetzt mit den Händen ihre Form nachbilden können.

Die Frau, die ihn nachts zweimal genommen hatte, war nicht Sophie gewesen. Und wenn er nicht mit Sophie, sondern mit einer anderen Frau geschlafen und das nicht bemerkt hatte, so gab es dafür nur eine einzige Erklärung, und die ließ ihn plötzlich vor Wut kochen. Sobald er sich ein wenig beruhigt hatte, sagte er: »Sie hatte etwas in den Punsch gemischt, den sie mir gestern abend zu trinken gab.« So, nun hatte er es laut ausgesprochen, und er zweifelte nicht daran, daß es stimmte. Aber er konnte Emile nicht erzählen, daß seine Theorie nur auf der Größe und Form von Brüsten basierte.

Emile starrte ihn ungläubig an. »Willst du damit sagen, daß sie dich betäubt hat? Großer Gott, wozu denn?«

»Ich bin allein aufgewacht, wie du es mir prophezeit hattest. Seltsam war, daß ich mich noch immer betrunken fühlte. Noch seltsamer ist aber, daß ich mich zwar an einige Dinge erinnern kann, aber an keine Einzelheiten.« Er schüttelte den Kopf, denn seine Theorie schien eine Schwachstelle zu haben. »Wenn etwas nicht stimmt, wenn sie tatsächlich Betäubungsmittel in die Drinks ihrer Männer mixt – warum hat keiner ihrer Liebhaber das bisher bemerkt und sie darauf angesprochen?«

»Ich würde sagen, daß keiner der anderen Männer deine große Erfahrung hatte. Vielleicht haben die anderen sich einfach an die Genüsse erinnert und keinen Gedanken an andere Dinge verloren.«

»Vielleicht«, murmelte Ryder. »Schon möglich.« Er hielt es für sehr wahrscheinlich, daß keiner der anderen Männer jemals so wie er Sophies Brüste gestreichelt hatte. Sie kannten nur die Brüste jener anderen Frau, und deshalb war ihnen der Unterschied nicht aufgefallen. Vielleicht wäre es auch ihm an ihrer Stelle so gegangen, zumindest anfangs.

Er lachte laut. Das ganze Komplott war nur wegen Sophies Brüsten aufgeflogen.

Um fünf Uhr nachmittags fiel Ryder ein, daß auch ein Mann in der Hütte gewesen war. Er hörte sogar seine Stimme, konnte sich an seine Worte aber nicht erinnern. Ergab das einen Sinn? O ja, durchaus. Wer hatte ihn ausgezogen? Er hatte sich bestimmt nicht selbst entkleidet, und er hatte auch Sophie nicht entkleidet.

Sie hatte ihn aufgegeilt und betäubt, und dann hatte eine andere Frau mit ihm geschlafen. Das stand für ihn fest. Ach ja, und Onkel Theo hatte ihn freundlicherweise ausgezogen. Es mußte Burgess gewesen sein; ein anderer kam nicht in Frage.

Ein grimmiges Lächeln spielte um Ryders Mund. Er badete und zog sich sorgfältig an, beflügelt von kalter Wut. Ein Besuch in Camille Hall war mehr als angebracht. Er zweifelte nicht daran, daß man ihn zum Abendessen einladen würde.

Sophie wollte in ihrem Zimmer essen, aber Jeremy kam besorgt hereingestürzt. »Was ist los, Sophie?«

Er befürchtete immer, daß sie krank werden und sterben könnte wie die Eltern. Sie beruhigte ihn. »Mir geht es ausgezeichnet, Liebling. Ich habe es mir anders überlegt und werde doch nicht hier essen, sondern unten. Warte, ich kämme mich nur kurz.«

Während sie ihre Haare bürstete, plapperte Jeremy munter drauflos.

»... Onkel Theo hat Thomas befohlen, mich heute auf das nördliche Feld mitzunehmen, aber nur für zwei Stunden, wegen der Hitze. Es war faszinierend, Sophie, aber Thomas hat mehrmals Sklaven mit seiner Peitsche geschlagen. Meiner Meinung nach war das nicht nötig, aber Thomas hat gesagt, er müsse sie schlagen, weil sie faul seien. Die Peitsche würde sie daran erinnern, was passieren würde, wenn sie nicht fleißig arbeiteten. Er hat sie dauernd Faulpelze genannt.«

Thomas war ein grausames Ungeheuer. Sophie haßte ihn. Sie band ihr Haar im Nacken mit einem schwarzen Samtband zusammen und betrachtete sich im Spiegel. In dem alten hellgelben Musselinkleid sah sie wie sechzehn aus. Nur die Schwellung auf ihrer linken Wange störte etwas, aber sie war nur noch ganz leicht grünlich verfärbt, und sie hatte keine Lust, sie zu überpudern. Im schwachen Abendlicht würde es niemandem auffallen, und falls Onkel Theo es doch bemerkte, würde es ihm wahrscheinlich große Befriedigung verschaffen.

Sie sagte über die Schulter hinweg: »Wenn du hier der Herr wärst, Jeremy, würdest du Thomas als Aufseher behalten? Oder einen anderen Mann wie ihn, der die Sklaven auspeitscht?«

Jeremy kaute an der Unterlippe und dachte angestrengt nach, was ihn aber nicht daran hinderte, seine überschüssige Energie durch kräftiges Wippen mit den Beinen abzureagieren.

»Ich weiß nicht«, sagte er schließlich. »Onkel Theo scheint Thomas für einen ausgezeichneten Mann zu halten. Er vertraut ihm und läßt ihm freie Hand. Es ist nur ...«

»Was?«

Jeremy sprang achselzuckend auf. »Na ja, ich kenne die meisten Sklaven, seit wir vor über vier Jahren hergekommen sind. Sie sind meine Freunde. Ich mag sie, und sie mögen mich. Ich verstehe nicht, warum man jemanden schlagen soll, den man gern hat. Und es ist so heiß auf den Feldern, Sophie. Ich wollte nach einer Weile ausruhen, aber sie dürfen nie ausruhen.«

Sie fuhr ihm zärtlich durch die Haare und küßte ihn auf die Stirn, obwohl sie wußte, daß ein Neunjähriger eine so mütterliche Geste nicht schätzte. Jeremy entwand sich ihr denn auch und rannte aus dem Zimmer. »Komm jetzt, Sophie!«

Sie blieb auf der untersten Treppenstufe stehen und bekam rasendes Herzklopfen. In der großen offenen Halle stand Ryder Sherbrooke, und er sah vom Scheitel bis zur Sohle wie ein englischer Gentleman aus dem Bilderbuch aus.

Onkel Theo hatte ihn soeben hereingebeten.

Ryder zwinkerte mehrmals, als er sie sah. Das Flittchen in der roten Robe vom Vorabend hatte keine Ähnlichkeit mit diesem jungen Mädchen, das ihn mit offenem Munde anstarrte, so als wäre er der Teufel höchstpersönlich, der sie in den vierten Kreis der Hölle zu bringen gedachte.

Theo Burgess drehte sich in diesem Moment um und schnitt unwillkürlich eine Grimasse. Verdammt, das Mädchen sah ja wie eine fünfzehnjährige Jungfrau aus. Am liebsten hätte er sie auf der Stelle verprügelt, weil sie nicht seinen Wünschen entsprechend zurechtgemacht war. Daß Ryder Sherbrooke völlig unerwartet aufgetaucht war, ließ er in seiner Wut völlig außer Acht.

»Hallo, Sophie«, sagte Ryder ganz gelassen. »Ihr Onkel hat mich soeben zum Abendessen eingeladen. Ah, und wer ist das hier?«

»Ich bin Jeremy, Sir, Sophies Bruder.«

Er humpelte mit ausgestreckter Hand auf Ryder zu.

Ryder schüttelte ihm lächelnd die Hand. »Guten Abend, Jeremy. Ich wußte gar nicht, daß Sophie einen so großen jüngeren Bruder hat.«

»Sophie sagt, ich würde schneller als Sumpfgras wachsen. Ich bin neun Jahre alt, Sir.«

»Er ist ein guter Junge«, sagte Theo mürrisch.

Sophie stand immer noch wie angewurzelt da. Würde Ryder voller Mitleid oder Verachtung auf Jeremy herabsehen? Sie kannte beide Reaktionen, und beide waren gleichermaßen schrecklich. Bisher hatte Ryder sich wie ein vollendeter Gentleman benommen, aber sie traute ihm nicht über den Weg. Vielleicht war ihm noch nicht aufgefallen, daß Jeremy nie so perfekt aussehen würde wie er selbst.

Jeremy strahlte den Mann an, in dem er auf den ersten Blick einen Gentleman erkannt hatte. Er war jung, sah gut aus und war gut gekleidet, und er hatte ein sehr sympathisches Lächeln, das auch seine Augen mit einschloß. Jeremy begriff auch, daß der Besucher wegen Sophie hier war, und er drehte sich nach seiner Schwester um und rief: »Er bleibt zum Abendessen, Sophie. Ist das nicht herrlich?«

»Ja.« Sophie rang sich ein gespenstisches Lächeln ab. »Es ist herrlich.«

Die Ähnlichkeit der Geschwister fiel Ryder genauso auf wie die Tatsache, daß der Junge ein lahmes linkes Bein hatte, wahrscheinlich einen Klumpfuß. Das war natürlich ein Jammer, aber es schien ihm nicht viel auszumachen. Auf dem Weg ins Eßzimmer plauderte er angeregt mit Ryder, der ihn amüsant und intelligent fand. Jeremy erinnerte ihn sehr an Oliver. Ah, wie er Oliver und die anderen Kinder vermißte!

Theo Burgess versuchte Jeremy zur Ruhe zu bringen, aber es gelang ihm nicht. Allem Anschein nach hatte er den Jungen wirklich gern, denn er befahl ihm nicht, still zu sein, sondern schüttelte nur den Kopf und lächelte Ryder zu, so als wollte er sagen: Was soll ich machen?

Sophie sagte kein Wort.

»Meine Schwester ist die beste Reiterin in der ganzen Gegend«, berichtete Jeremy stolz. »Vielleicht sogar von ganz Jamaika, aber ich bin noch nie in Kingston gewesen, und deshalb weiß ich das nicht genau.«

»Danke, Jeremy.« Sophie lächelte ihrem Ritter zu, und Ryder hielt unwillkürlich den Atem an, als er dieses wunderschöne, ganz natürliche Lächeln sah. Es brachte ihr Gesicht zum Leuchten und ließ es ungemein liebreizend erscheinen.

Ihm ging durch den Kopf, daß dies das erste nicht aufgesetzte Lächeln gewesen war, das er von ihr gesehen hatte, und es war verwirrend.

Was zum Teufel ging hier eigentlich vor?

Er betrachtete die köstlichen Garnelen mit Ananas auf seinem Teller, spießte eine auf und kaute nachdenklich. Der Junge erzählte gerade, was er mit Thomas auf den Feldern erlebt hatte.

Sophie fiel auf, daß Jeremy diesmal nichts vom Auspeitschen der Sklaven erwähnte.

Als Dessert gab es eine Mangotorte mit warmer Sahne, und der aromatische schwarze Kaffee schmeckte wie immer einfach herrlich.

Ryder ließ sich Zeit. Er hatte seine Freude an dem Jungen und schüttelte ihm herzlich die Hand, als er ins Bett geschickt wurde. Theo Burgess fragte, ob sie sich nicht auf die Veranda setzen sollten, wo es viel kühler sei, und Ryder stimmte bereitwillig zu. Jeder Mann, den er bisher auf Jamaika kennengelernt hatte, trank abends Rum. Nun würde er seinen vorgefaßten Plan in die Tat umsetzen können.

Es wunderte ihn nicht, daß Sophie sich entschuldigte und Jeremy nach oben folgte, und es wunderte ihn genauso wenig, daß Theo ihr nachrief: »Du wirst dich zu uns gesellen, sobald du nach deinem Bruder gerufen hast. Vergiß es nicht, Sophie.«

»Ich vergesse es bestimmt nicht, Onkel«, erwiderte sie mit einem seltsamen Unterton, den Ryder sich nicht erklären konnte. »Ich komme gleich zurück.«

Ryder gab sich indes alle Mühe, ein unterhaltsamer Gesprächspartner zu sein. Er erzählte erstklassige Anekdoten und brachte sodann Theo Burgess mühelos zum Reden, so daß er selbst über die nächsten Schritte nachdenken konnte.

Als Sophie auf die Veranda kam, trug sie ein Tablett mit drei Gläsern Rumpunsch, genau, wie Ryder es erwartet hatte.

»Wunderbar!« rief Theo. »Ich freue mich, daß du daran gedacht hast, Sophie. Sie trinken abends doch hoffentlich gern Rumpunsch, Ryder?«

»O ja, sehr gern, Sir.«

Sophie reichte ihm ein Glas, und ihm schien, als zitterte ihre Hand ein wenig. Aber nein, das mußte er sich eingebildet haben.

Auf Theos Anregung hin stießen sie miteinander an, und Ryder tat so, als würde er trinken. Dann stand er mit dem Glas in der Hand auf, stützte sich mit dem Ellbogen auf das Holzgeländer und blickte aufs Meer hinaus, das im Licht des Halbmondes schillerte. Es war ein überwältigender Anblick, aber Ryder nahm ihn kaum wahr. Er wandte sich Sophie und Theo zu, brachte einen Toast auf diese herrliche Szenerie aus und tat wieder so, als würde er trinken. Dann drehte er sich um und goß den Rumpunsch in die rosa Blüten des Hibiskusbusches unterhalb der Veranda, wobei er hoffte, die Pflanze damit nicht umgebracht zu haben.

Nun wurde es Zeit zu handeln. Mit breitem Lächeln schwenkte er sein leeres Glas und fragte: »Wollen wir nicht einen kleinen Spaziergang machen, Sophie?«

Sie wollte nicht mit ihm spazierengehen. Er sollte von hier verschwinden. Sie wollte nicht, daß er wieder nackt auf dem Bett lag, daß Dahlia sich über ihn beugte und mit ihm schlief. Sie wollte ihn nicht wieder vor Lust stöhnen und schreien hören.

»Ja, Sophie, geh ruhig, meine Liebe.«

»Könnten Sie uns allen vielleicht vorher noch ein Glas von diesem köstlichen Punsch bringen?«

»Eine ausgezeichnete Idee«, sagte Theo, der insgeheim triumphierte.

Sophie hatte sich total geirrt, was Sherbrooke betraf. Er war nur ein junger Mann, weder besonders intelligent noch schlau, durchaus leicht zu manipulieren. In gewisser Weise war es sogar enttäuschend. Der Bursche stellte keine Herausforderung dar.

Sophie brachte neuen Punsch, und wieder nahm Ryder bereitwillig das Glas an, das sie ihm reichte. Dann bot er ihr seinen Arm. »Gehen wir ein bißchen herum. Es ist ein so herrlicher Abend, und Sie können mir dabei etwas über die Geschichte dieser Insel erzählen.«

»O ja.«

Er führte sie in den Garten auf der Ostseite des Hauses. Hier war es dunkler, aber der Blumenduft war stärker, geradezu berauschend. Außer ihnen hielt sich niemand hier auf, und sie schlenderten umher, jeder sein Glas Punsch in der Hand.

»Heute abend sehen Sie gar nicht wie eine Hure aus«, sagte er unvermittelt.

»Nein.«

»Aber die letzte Nacht war wirklich sensationell, nicht wahr? Obwohl ich mich an manches nicht genau erinnern kann, muß sie sehr erinnernswert gewesen sein.«

»Das war sie auch. Sie schienen alles sehr zu genießen.«

»Eigentlich sollten wir uns nach dieser Nacht duzen, einverstanden? Hast auch du alles so sehr genossen, Sophie?«

Sie lief einfach weiter, und er konnte nur ihr Profil sehen. »Natürlich. Ich hätte nicht mit Ihnen … mit dir schlafen wollen, wenn ich mir keinen Genuß davon versprochen hätte. Du bist ein guter Liebhaber.«

»Du hast auf dem Gipfel der Lust laut geschrien.«

Sie schwieg.

»Ich fand deine Liebeskünste auch sehr zufriedenstellend. Hat es dir Spaß gemacht, mich in den Mund zu nehmen?«

»Ich finde, über solche Themen sollten wir nur in der Hütte sprechen, Ryder.«

»Bleiben wir doch einen Augenblick stehen. Was ist das für ein Busch, der dort drüben? Ja, der mit den wuscheligen gelben Blättern?«

Er nahm ihr das Glas aus der Hand und sah, daß sie sich versteifte und erst wieder entspannte, als er beide Gläser auf einer Steinbank abstellte. Zweifellos prägte sie sich genau ein, daß das linke ihres war. Nun, das würde keine Rolle spielen. Sobald sie ihm den Rücken zukehrte, holte er rasch ein Tütchen aus seiner

Tasche, schüttete das Pulver in ihr Glas und rührte mit dem Finger um.

»Es ist ein gelber Pouibaum, nur ist er noch sehr klein.«

Sie winkte ihn zu sich heran. »Siehst du, die Blüten wachsen in Büscheln. Sie sind sehr zart und werden schnell verblüht sein, vielleicht schon in einer Woche.«

Er bewunderte den gelben Baum.

Als er sich wieder umdrehte, hatte sie ihr Glas schon in der Hand. Offenbar wollte sie kein Risiko eingehen. Wie er Emile versichert hatte, war sie alles andere als dumm.

Auch er griff nach seinem Glas und prostete ihr zu. »Auf unseren Abend. Du hast mir große Lust beschert. Ich hoffe, daß wir sehr bald wieder in der Hütte sein werden.«

»Ja.« Sie stieß mit ihm an, nippte an ihrem Punsch fand ihn besonders köstlich und trank einen großen Schluck.

»Trink aus, Sophie, und wenn es dir recht ist, schlendern wir dann noch ein bißchen herum.«

Er goß seinen Rumpunsch auf die Erde, während sie ihr Glas bis auf den letzten Tropfen leerte.

»Du hast schöne Brüste«, sagte Ryder, »aber das habe ich dir ja schon gesagt. Letzte Nacht sind sie mir aber sogar noch größer vorgekommen. Ist das nicht komisch? Wahrscheinlich hat meine Lust, mein unglaubliches Verlangen nach dir mir etwas vorgegaukelt.«

»Vielleicht.«

»Warum sagst du vielleicht?«

»Du hattest ein bißchen zuviel getrunken, aber es schien dir so gut zu schmecken, daß ich es nicht übers Herz brachte, dich darauf hinzuweisen.«

»Das war sehr nett von dir.«

Sie lief einfach weiter. Warum brach er nicht endlich zusammen? Er hatte zwei Glas geleert, und Onkel Theo hatte das Zeug heute stärker gemacht. Aber der Kerl zwitscherte so vergnügt wie ein Eichelhäher, und sein Gang war leicht und elastisch.

Sie haßte ihn und sich selbst. Wenn Jeremy nicht wäre, würde sie ... sie wußte nicht genau, was sie dann tun würde.

Ryder blieb plötzlich stehen. »Ich möchte dich küssen, Sophie. Seltsam, aber ich kann mich gar nicht daran erinnern, dich vergangene Nacht geküßt zu haben, nur ganz am Anfang, bevor du dich vor mir ausgezogen hast. Dabei küsse ich so gern. Warum haben wir uns nicht geküßt, Sophie?«

»Du wolltest mich möglichst schnell in Besitz nehmen. Wahnsinniges Verlangen, wie du selbst gesagt hast. Da blieb zum Küssen keine Zeit.«

»Aber jetzt haben wir Zeit.« Er küßte sie, und sie ließ ihn gewähren, brachte es aber einfach nicht über sich, seinen Kuß zu erwidern. Sie war eine Betrügerin, und sie fürchtete sich vor diesem Mann.

Es entging Ryder natürlich nicht, daß sie nicht reagierte, daß sie seinen Kuß nur duldete, und das ärgerte ihn, aber er hatte im Grunde nichts anderes erwartet, und sein Ärger verflog rasch.

Er schob sie ein wenig von sich weg, ohne sie loszulassen. »Wie fühlen Sie sich, Miss Stanton-Greville?«

Sie blickte zu ihm auf. »Warum plötzlich so formell, Ryder? Du bist jetzt schließlich mein Liebhaber, und du bist der einzige, und du willst doch auch mein Geliebter bleiben, oder?«

»O ja. Du bist märchenhaft. Wenn ich die Augen schließe, sehe ich immer noch, wie du mich in den Mund genommen hast, fühle deine Zunge, deine Wärme. Ja, du hast mir große Lust beschert. Sag, Sophie, gibt es etwas, das ich dir schenken könnte? Was hättest du gern? Ich wollte dir irgendein Schmuckstück mitbringen, aber ich hatte keine Zeit, nach Montego Bay zu reiten. Was möchtest du haben, mein Liebling?«

Ja, dachte sie voller Bitterkeit, natürlich muß man eine Hure bezahlen. Sie wünschte, sie könnte ihn zu Dahlia schicken, die das Geschenk wenigstens verdient hätte. Aber das ging ja nicht.

»Nun«, sagte sie gedehnt, mit betörendem Lächeln, »es gibt etwas, worüber ich mich vielleicht freuen würde.«

»Ja? Sag es mir, was es ist, und es gehört dir. Vielleicht ein Ring? Ein Diamant oder Rubin? Natürlich möchte ich dich heute nacht wieder haben.«

Sie konnte es ihm nicht mehr sagen. Sie seufzte leise und sank bewußtlos an seine Brust.

Verdammt, dachte Ryder, während er sie auffing, das ist ja viel schneller gegangen, als ich gedacht habe. Er legte sie sanft zwischen Jasminbüsche, wo sie nicht zu sehen war, und salutierte ironisch.

Während er rasch zur Veranda zurückging, schwor er sich: jetzt bist du an der Reihe, lieber Onkel Theo, und ich vermute, daß ich bei dir leichtes Spiel haben werde, du alter Dreckskerl.

Und Theo Burgess bereitete ihm tatsächlich keine große Mühe. Nur ein alter Sklave sah Ryder, als er den bewußtlosen Mann, wie einen Sack geschultert, ins Bett trug.

Sophie wachte langsam auf. Sie fühlte sich leicht benommen, konnte keinen klaren Gedanken fassen, glaubte fast zu schweben. Es war heller Morgen, und die Sonne schien durchs Fenster.

Aber das war doch gar nicht möglich. Die Morgensonne schien nicht in ihr Zimmer.

Sie setzte sich mühsam im Bett auf, schüttelte den Kopf und wunderte sich über ihren Zustand. Schließlich konnte sie nicht betrunken sein, auch wenn sie sich so fühlte. Sie schwang ihre Beine aus dem Bett, stellte fest, daß das nicht ihr Bett war, und stellte im nächsten Moment fest, daß sie völlig nackt war.

Sie schrie auf und sah sich erschrocken in dem Raum um. Sie war in der Hütte, ganz allein. Absurderweise hüllte sie sich trotzdem in das Laken, saß dann einfach da und starrte die Wand an. Was war nur geschehen?

Natürlich – Ryder Sherbrooke! Irgendwie hatte er herausgefunden, was sie und Onkel Theo ihm angetan hatten, und er hatte sich gerächt.

Sie fragte sich, ob er sie wohl genommen hatte, so wie Dahlia ihn in der Nacht zuvor genommen hatte. Wie sollte sie das wissen? Sie stand langsam auf und ließ das Laken fallen. Es war warm im Zimmer, aber sie schwitzte nicht nur von der Hitze, sondern auch vor Angst.

Was hatte er mit ihr gemacht? Sie blickte an sich hinab und stellte fest, daß sie völlig unverändert aussah. Onkel Theo hatte vor langer Zeit versichert, daß sie eine Jungfrau bleiben würde. Aber woher konnte jemand wissen, ob ein Mädchen noch Jungfrau war oder nicht? Sie hatte ihn damals nicht gefragt und wußte es bis heute nicht.

Was sollte sie nur tun?

Sophie sah, daß ihre Kleidungsstücke ordentlich über einer Stuhllehne hingen. Es waren die Sachen, die sie vergangenen Abend getragen hatte. Ryder hatte sie hierher in die Hütte gebracht und ausgezogen. Das war allein schon schlimm genug, aber sie mußte wissen, ob er ihr sonst noch etwas angetan hatte. Sie mußte auch herausfinden, was er wußte. Sie dachte an Onkel Theo und erbleichte. Dann begriff sie jedoch, was passiert sein mußte. Ryder hatte zuerst sie und dann Onkel Theo betäubt. Er hatte es ihnen beiden heimgezahlt.

Sie zog sich rasch an, kämmte ihre Haare und band sie im Nacken mit demselben Band wie am Vorabend zusammen. Dann betrachtete sie sich im Spiegel. Sah sie irgendwie verändert aus? Konnte man am Aussehen erkennen, daß man keine Jungfrau mehr war?

Sie sah sehr blaß aus, aber das war das einzige, was ihr auffiel. Sie mußte es wissen. Eiligen Schrittes begab sie sich nach Camille Hall.

Onkel Theo war nirgends zu sehen, und ein Sklave sagte ihr, der Herr sei noch nicht heruntergekommen.

Es war ja auch erst sieben Uhr morgens. Aber sie konnte einfach nicht warten und ließ deshalb Opal satteln.

KAPITEL 6

Ryder saß allein auf der vorderen Veranda und trank Kaffee. Es war noch sehr früh, aber er wußte intuitiv, daß sie bald kommen würde. Sie würde wissen wollen, was er ihr angetan hatte, und er konnte es kaum erwarten, ihr das zu erzählen.

Als er Opal die Auffahrt entlanggaloppieren sah, lächelte er erwartungsvoll, lehnte sich zurück und beobachtete ihren wilden Ritt.

Sophie stieg ab und band ihre Stute an einen der schwarz gestrichenen Eisenpfosten. Sie zitterte wie Espenlaub, bemerkte es, wischte ihre Hände am Rock ab, straffte ihre Schultern und zwang sich zu einem aufrechten Gang.

Auf der Veranda blieb sie vor ihm stehen und blickte wortlos auf ihn herab. Erwartungsgemäß stand er nicht auf, wie es sich für einen Herrn in Gegenwart einer Dame eigentlich gehörte. Aber schließlich war sie auch alles andere als eine Dame.

Ryder lächelte sie an, und es war ein sehr boshaftes, hämisches Grinsen. »Guten Morgen, Sophie. Du hast dich nicht umgezogen, wie ich sehe. Konntest du es nicht erwarten, mich wiederzusehen? Möchtest du vielleicht frühstücken? Eine Tasse Kaffee? Du mußt doch bei Kräften bleiben, besonders nach den Anstrengungen der letzten Nacht.«

Er wollte mit ihr spielen. Nun gut, sie war im Umgang mit Männern kein unerfahrenes Ding. Während des letzten Jahres hatte sie sehr viel über die wunderlichen Vorstellungen der Männer gelernt, über ihre Launen und Eitelkeiten, über ihr zwanghaftes Bedürfnis zu dominieren, zu herrschen. Sie warf lächelnd den Kopf zurück.

»Eine Tasse Kaffee wäre nicht schlecht, danke.«

»Setz dich.«

Während er den Kaffee holte, überlegte sie fieberhaft, wie sie vorgehen sollte, aber ihr fiel nichts Vernünftiges ein. Als er ihr die Tasse reichte, trank sie langsam und beobachtete ihn über den Rand hinweg. Er nahm in dem Korbstuhl ihr gegenüber Platz, lehnte sich gemütlich zurück und verschränkte die Arme über der Brust. Offenbar fühlte er sich so wohl wie eine Eidechse in der Sonne. Dann kippte er den Stuhl auch noch weit nach hinten, und sie wünschte von ganzem Herzen, daß er damit umfallen und sich das Genick brechen würde.

»Es ist sehr früh für einen Besuch«, stellte er fest, scheinbar an die Glyzinen gewandt, die sich am Verandageländer emporrankten.

»Ja«, stimmte sie zu, »es ist wirklich noch sehr früh, aber du bist schon auf und korrekt angezogen, fast so, als hättest du jemanden erwartet. Es wird heute sehr heiß werden.«

»Hier ist es jeden Tag sehr heiß. Wolltest du über etwas Bestimmtes mit mir sprechen? Oder wolltest du vielleicht Samuel sehen, der so vernarrt in dich ist, daß er mir mit seinen endlosen Lobeshymnen beträchtlich auf die Nerven geht? Oder vielleicht deinen Jugendfreund Emile, den du jetzt ignorierst?«

»Dich.«

Er nickte leicht, und dann breitete sich ein ungemütliches Schweigen aus.

»Nun?« fragte er schließlich. »Nicht daß ich etwas Dringendes zu tun hätte, aber mir wird es immer schnell langweilig. Du strapazierst meine Geduld, Sophie.«

»Was hast du mir angetan?«

»Wie bitte?« Er hob eine Braue und freute sich darüber, wie aufrichtig verwirrt seine Stimme klang.

»Verdammt, hör auf, mit mir zu spielen! Hast du mich in die Hütte gebracht?«

»Ja.«

»Hast du mich ausgezogen?«

»Ja, aber ich habe deine Kleidungsstücke völlig korrekt zusammengelegt. Ich bin nämlich ein sehr ordentlicher Mensch.«

»Hast du ... ich meine ... bist du mit mir intim geworden?«

»Du meinst, ob ich mit dir intim geworden bin, bevor ich deine Kleider ordentlich zusammengelegt habe, oder erst danach?«

Sie starrte ihn wortlos an. Er zuckte die Achseln, betrachtete ihre Brüste und lächelte. »Intim geworden, Miss Stanton-Greville? Warum in aller Welt hätte ich dich nicht nehmen oder – wie du so altmodisch sagst – nicht intim werden sollen? Ist das nicht die eigentliche Aufgabe eines Liebhabers? Dein Körper gehört mir, das hast du mir doch klipp und klar gesagt. Ich schätze es im Allgemeinen nicht besonders, mit Frauen ins Bett zu gehen, die so gut wie bewußtlos sind, aber deine Beine zu spreizen und in dich einzudringen entsprach trotzdem einigermaßen meinen Vorstellungen vom Sinn einer Geliebten. Du hast ein bißchen den Rücken gewölbt. Nein, leider glaube ich nicht, daß du einen Genuß davon hattest, obwohl du ein- oder zweimal gestöhnt hast.« Er setzte eine nachdenkliche Miene auf. »Warte mal, du hast gestöhnt, als ich deine Brüste küßte, oder war es, als ich deinen Po gestreichelt und dich auf den Bauch drehte? Aber geschrien wie in der Nacht zuvor hast du auf gar keinen Fall. Natürlich warst du nicht in der Verfassung, mich zu reiten, deshalb habe ich die aktive Rolle übernommen. Du bist sehr weich, Sophie, und sehr hingebungsvoll, und du hast mir durchaus Lust beschert. Natürlich hatte ich letzte Nacht alle Sinne beisammen und konnte deshalb alle Gefühle auskosten.« Er war bei seinem herrlichen Monolog gerade so richtig in Schwung gekommen, als sie aufsprang und ihn anschrie: »Verdammt, hör auf! Hör endlich auf! Du hast mich vergewaltigt! Du bist ein verkommenes Miststück!«

»Dich vergewaltigt? Ein Miststück? Ganz bestimmt nicht, Sophie. Ich bin doch dein Liebhaber.«

»Du hast mich betäubt! Du hast mich genommen, als ich bewußtlos war! Du bist kein Liebhaber, sondern ein heimtückischer Bastard! Ich hasse dich!«

Er lachte, und dieses volle, tiefe, melodische Lachen brachte das Faß zum Überlaufen. Sie wollte ihn schlagen, ihm etwas Schweres an den Kopf werfen, ihn mit Füßen treten. Mit geballten Fäusten stürzte sie sich auf ihn und stieß mit aller Kraft seinen Stuhl nach hinten, so daß er zu Boden krachte. Leider sprang sie aber nicht schnell genug zurück, und Ryder packte sie an den Handgelenken und riß sie mit sich.

Sein Blick schweifte von ihrem zornroten Gesicht zu ihren Brüsten, die sich hoben und senkten, und er murmelte vergnügt: »Wie leidenschaftlich du bist, Sophie. Vielleicht wirst du nächstes Mal bei unseren Liebesspielen auch bei vollem Bewußtsein sein, und dann können wir uns zwischendurch unterhalten. Es wird für uns beide den Genuß erhöhen, obwohl ich mich im Grunde nicht beklagen kann.«

Sie versuchte sich zu befreien, und in ihrer Rage bemerkte sie überhaupt nicht, daß ihr Unterleib auf den seinen gepreßt war, während sie zappelte und strampelte. Zweifellos registrierte sie auch nicht, daß er eine Erektion hatte. Er wollte sie erst loslassen, wenn sie eingesehen hatte, daß sie ihm nicht weh tun konnte, aber sie kämpfte noch gut drei Minuten, bevor sie rief: »Verdammt, laß mich los!«

»Weißt du, Sophie, mich hat noch nie eine Frau in böser Absicht angegriffen. Lachend und mit sexuellen Hintergedanken – selbstverständlich, denn ich liebe verspielte, ausgelassene Frauen, und viele von ihnen haben dafür ein Gespür. Aber diese Gewalttätigkeit? Hier bin ich mit den Regeln nicht vertraut. Soll ich dich noch fünf Minuten festhalten, um ganz sicher zu sein, daß du wirklich gezähmt bist?«

In ihre Wut mischte sich jetzt Furcht. Tränen brannten in ihren Augen, und sie konnte nur wortlos den Kopf schütteln.

Ryder sah die Tränen, aber er wußte, daß sie ihnen nicht freien Lauf lassen würde. »Wirst du wieder versuchen, mich anzugreifen, wenn ich dich loslasse?«

Sie schüttelte wieder den Kopf, und er wußte, daß er sie schachmatt gesetzt hatte, was sie mehr als verdiente. Er ließ ihre Handgelenke los, sie rollte zur Seite und sprang behende auf.

Er erhob sich langsam, stellte seinen Stuhl auf und bedeutete auch ihr, sich wieder zu setzen.

So als wäre überhaupt nichts geschehen, nahm er den Gesprächsfaden wieder auf. »Dich betäubt? Das hast du doch vorhin gesagt, nicht wahr? Was für eine absurde, geradezu groteske Idee. Wem könnte eine solche Gemeinheit einfallen?« Das würde ja gegen jeden Anstand, gegen jede Ehre verstoßen. Für solche Scherze ist es eigentlich noch zu früh am Tag, aber da ich, wie schon gesagt, nichts Dringenderes zu tun habe und mich jetzt auch nicht mehr langweile, kannst du mir ruhig noch ein paar solcher Märchen erzählen.«

»Ich war eine Jung …« Sie verstummte hastig. Großer Gott, wenn sie ihm erzählte, daß sie noch Jungfrau gewesen war, würde er sich vor Lachen biegen. Sie schüttelte den Kopf und versuchte sich wieder unter Kontrolle zu bringen. Wie sie vermutet hatte, wußte er über die Betäubung genau Bescheid. »Du hast mich betäubt. Du mußt etwas in meinen Rumpunsch getan haben. Und dann hast du mich benutzt.« Ihr fiel beim besten Willen nichts Besseres ein, obwohl sie genau wußte, daß sie sich wie eine geschändete Jungfrau anhörte und daß er, wenn sie so weitermachte, nur noch mehr über sie lachen würde.

»Habe ich dir erzählt, daß ich an meinem allerersten Nachmittag in Montego Bay gehört habe, daß du drei Liebhaber hättest? Die betreffenden Männer wurden sogar ziemlich genau geschildert, und einer, Oliver Susson, kam ins Kaffeehaus und wurde deinetwegen gnadenlos gehänselt – natürlich aus purem Neid. Nun, wenn du mit diesen Herren nicht auf sehr seltsame und exotische Weise geschlafen hast, kannst du bei diesem Treiben nicht lange eine Jungfrau geblieben sein. Schau mich nicht so überrascht an, Sophie, und bitte protestiere nicht. Ich kenne nicht viele Wörter, die mit ›Jung …‹ anfangen, und ich bin nur froh, daß du diese lächerliche Lüge schließlich doch nicht über die Lippen gebracht hast. Jungfrau! Ein weiteres unvorstellbares Betrugsmanöver!«

»Nein«, murmelte sie besiegt. »Ich werde nicht mehr lügen.« Aber gleichzeitig ging ihr durch den Kopf: Ich habe mich heute morgen nicht anders als sonst gefühlt. Ich habe mich sogar im Spiegel betrachtet und völlig unverändert ausgesehen. Und doch sagt er, daß er mich genommen und genau gewußt hat, daß ich keine Jungfrau war.

Offenbar konnte ein Mann nicht erkennen, ob eine Frau noch unberührt war oder nicht. Er mußte sich auf ihr Ehrenwort verlassen. Und in Anbetracht ihres Rufes wären ihre Beteuerungen natürlich völlig wertlos, wie die irgendeiner Nutte in Montego Bay. Sie sah, daß er grinste – triumphierend, selbstzufrieden und mit einem guten Schuß Bosheit.

»Bitte, Ryder, bitte sag mir die Wahrheit. Was weißt du? Wie hast du es herausgefunden? Was willst du? Ich gebe zu, daß das Spiel jetzt aus ist, ich weiß das, auch wenn Onkel Theo es vielleicht noch nicht einsieht, aber bitte, o Gott, bitte …« Sie verstummte wieder. Worum hatte sie ihn bitten wollen? Sie konnte jetzt nichts mehr tun, um ihn davon abzuhalten, ganz nach seinem eigenen Belieben zu handeln. Und sie konnte sich sein Gelächter lebhaft vorstellen, wenn sie versuchen würde, ihm von Jeremy zu erzählen. Langsam, wie betäubt, stand sie auf, starrte ihn blind an, drehte sich auf dem Absatz um, hob ihre Röcke an und rannte die Verandastufen hinab.

Er rief ihr laut nach: »Es waren Ihre Brüste, die Sie verraten haben, Miss Stanton-Greville. Daraus habe ich den Schluß gezogen, daß Sie mich betäubt haben mußten. Wie Sie sehen, war es nicht etwa meine überragende Intelligenz, die Ihnen einen Strich durch die Rechnung gemacht hat. Ja, die Brüste einer Frau gehören eben nur ihr und können nicht an jemand anderen verpfändet werden. Die Brüste der anderen Frau waren wirklich hübsch, aber viel zu groß. Ich bevorzuge Ihre.«

Ryder unternahm keinen Versuch, sie aufzuhalten oder ihr zu folgen. Über ihre Behauptung, sie wäre noch Jungfrau gewesen, konnte er nur den Kopf schütteln. Totaler Blödsinn! Obwohl er inzwischen wußte, daß er nicht mit ihr, sondern mit einer anderen Frau geschlafen hatte, bezweifelte er doch sehr stark, daß Sophie so unschuldig war, wie sie jetzt und auch am vergangenen Abend ausgesehen hatte, in dem kindlichen Musselinkleidchen und ungeschminkt. Nein, das war mehr als unwahrscheinlich. Sie hatte ihn ermutigt, ihn herausgefordert und gewagte Reden geführt, sie hatte ihn ihre Brüste begrapschen lassen wie eine erfahrene Kurtisane, sie hatte die Gangart bestimmt, bis es ihm gelungen war, sie zu überrumpeln.

Er beobachtete, wie sie auf ihrer Stute die Auffahrt hinabgaloppierte, und er blickte ihr nach, bis sie nicht mehr zu sehen war. Dann stand er auf und streckte seine Glieder. Er mußte entscheiden, was er als nächstes tun würde. Ein Jammer, daß er noch nicht herausgefunden hatte, was mit diesem Spiel bezweckt worden war, aber er zweifelte keine Sekunde daran, daß ihm auch das bald gelingen würde.

Onkel Theo wartete in seinem Arbeitszimmer auf sie. Er war blaß, seine Hände zitterten leicht, und er bemühte sich nicht einmal mehr, die Maske des freundlichen, fürsorglichen Beschützers zur Schau zu tragen. Sie hatte Angst und blieb vorsichtshalber dicht an der Tür stehen, während er langsam aufstand.

»Wo zum Teufel bist du gewesen?«

Auf diese Frage war sie gut vorbereitet, und sie betete leise herunter: »Ich bin in der Hütte aufgewacht, nackt im Bett, ganz allein. Ich mußte wissen, was passiert war, deshalb bin ich nach Kimberly Hall geritten. Ryder sagte, er hätte mich genommen, da er ja schließlich mein Liebhaber sei, und er könne meine Aufregung nicht verstehen. Ich beschuldigte ihn, mich betäubt zu haben, und ich war nahe daran, ihm zu gestehen, daß ich noch Jungfrau gewesen bin, aber ich wußte, daß er mir sowieso nicht glauben würde.«

»Er hat uns beide betäubt, dieser verführerische Dreckskerl!«

Trotz allem, was Ryder ihr angetan hatte, verspürte Sophie

plötzlich eine wilde Freude, weil sie wußte, daß nun endlich alles vorbei war.

»Verdammt! Woher hat er es gewußt? Keiner von den anderen hat jemals etwas gemerkt.«

»Ich weiß es auch nicht.« Aber er sah, daß sie log, und da sie wußte, daß keine Hoffnung bestand, erklärte sie ruhig: »Also gut, er hat gesagt, er hätte gemerkt, daß die Brüste der Frau in jener Nacht nicht die meinen gewesen seien. Er hatte meine Brüste zuvor zweimal gestreichelt, gesehen, gefühlt. Dadurch ist er uns auf die Schliche gekommen. Er sagt, daß alle Frauen sich voneinander unterscheiden.«

»Das ist doch absurd! Er will gewußt haben, daß Dahlias Brüste nicht die deinen sind?« Er brüllte und verhaspelte sich manchmal vor Wut. »Lächerlich! Verdammt, du lügst, Sophie!«

Theo Burgess wirbelte auf dem Absatz herum und starrte seine Nichte an. »Bei Gott«, sagte er, plötzlich gefährlich ruhig, »du hast es ihm erzählt, nicht wahr? Du bist zu ihm gegangen und hast ihm alles erzählt, weil du auf seinen Charme und seinen attraktiven Körper hereingefallen bist.«

»Nein! Ich verabscheue alle Männer, und er ist wie die anderen!«

»Du haßt mich, und deshalb hast du ihn benutzt, um dich an mir zu rächen. Aber deine Rechnung geht nicht auf. Ich werde mir etwas ausdenken, und du wirst tun, was ich dir sage. O nein, Sophie, es ist nicht vorbei. Es wird erst vorbei sein, wenn ich es will.«

»Es ist vorbei. Er weiß Bescheid. Nicht über alles, aber er weiß genug. Er wird etwas unternehmen, und du kannst ihn nicht daran hindern.«

»Er weiß Bescheid. weil du ihn aufgeklärt hast. Lüg mich nicht weiter an, du verdammtes kleines Luder!«

Sie sah, daß seine Augen sich verdunkelten, und wußte genau, was jetzt kommen würde. Im nächsten Moment schlug er so hart zu, daß sie gegen den Türrahmen prallte. Sie hielt sich am Knauf fest, um nicht hinzufallen, und wünschte gleich darauf, sie hätte das nicht getan, denn er schlug wieder zu. Wilder Zorn stieg plötzlich in ihr auf und erfüllte sie mit einer Kraft, von der sie bisher selbst nichts geahnt hatte. In ihrer Rage spürte sie den Schmerz nicht mehr. Sie schlüpfte an ihm vorbei, packte eine Tischlampe und schleuderte sie nach ihm. Sie traf ihn am Arm.

Er brüllte jetzt, verwünschte sie, und sie wußte, daß er sie wahrscheinlich totschlagen würde, wenn er wieder an sie herankam.

Am Verandafenster tauchte das Gesicht eines Sklaven auf, verschwand aber sofort wieder. Sie rannte hinter den großen Schreibtisch, griff nach Büchern und bewarf ihn damit, aber er kam trotzdem immer näher, mit geballten Fäusten, an denen die Knöchel weiß hervortraten, und mit wutverzerrtem, brutalem Gesicht.

Ihr Blick fiel auf den Brieföffner. Sie überlegte nicht, darüber war sie hinaus. Sie packte die Waffe und stürzte damit auf ihren Onkel zu.

»Du wirst mich nicht mehr schlagen! Nie wieder! Ich hasse dich!« Sie stieß so fest zu, wie sie nur konnte, und spürte, daß die Klinge erschreckend mühelos in seine Schulter eindrang.

Vor Tränen war sie fast blind, der Perlmuttgriff verschwamm vor ihren Augen, aber sie sah, daß sein Blick völlig fassungslos von ihr zu dem Brieföffner schweifte.

»Du hast mich angegriffen«, murmelte er langsam, und dann starrte er sie an und brüllte: »Du verdammtes Luder, dir werd' ich's jetzt geben! Und um dich habe ich mich gekümmert, um dich und um den erbärmlichen kleinen Krüppel! Das ist also der Dank für alles, was ich getan habe.«

Er packte sie am Arm und verrenkte ihn, bis sie glaubte, daß er jeden Moment brechen würde, und dann schleuderte er sie gegen die Wand. Sie war in einer Ecke gefangen, und er stürzte sich auf sie und schlug zu, immer und immer wieder … ins Gesicht und in die Rippen, immer und immer wieder.

Bis sie bewußtlos auf die Seite fiel.

Als sie zu sich kam, lag sie noch immer auf dem Boden. Der Schmerz machte es ihr unmöglich, auch nur einen klaren Gedanken zu fassen. Ihr Körper zitterte und krümmte sich, und sie konnte ein Stöhnen einfach nicht unterdrücken. Immerhin hatte er sie aber nicht umgebracht. Und auch ihr Arm war nicht gebrochen. Zum Schlimmsten war es nicht gekommen.

Einige Minuten lag sie völlig reglos da und atmete kaum. Sie hatte gelernt, mit Schmerzen zu leben, aber diesmal war es schlimmer als sonst. Er hatte alle Hemmungen verloren, und er hatte sie hier in seinem Arbeitszimmer geschlagen, in einem Raum, den die Sklaven jederzeit betreten konnten. Bisher war er immer vorsichtig gewesen und hatte gewartet, bis sie im Bett lag, denn in ihrem Zimmer konnte sie nicht gesehen werden.

Hatte er sie so mißhandelt, weil er nun nicht mehr die Absicht hatte, nach außen hin den gütigen Onkel zu spielen? Hatte er endlich begriffen, daß das Spiel aus war? Auch wenn sie nicht mit dem Brieföffner zugestochen hätte, wäre sie von ihm sehr hart geschlagen worden.

Vielleicht war er tot. Dann wäre sie eine Mörderin.

Sophie versuchte sich aufzurichten, und es gelang ihr trotz der rasenden Schmerzen. Sie konnte nicht hierbleiben. Wenn ein Sklave hereinkam und sie in diesem Zustand sah, würde die Wahrheit sogleich ans Licht kommen, und dann würde auch Jeremy davon erfahren. Das durfte nicht geschehen, denn er würde versuchen, sie zu beschützen. Er würde Onkel Theo angreifen. Sie sah Jeremy und sich selbst mit ihren wenigen Habseligkeiten schon im Straßenschmutz von Montego Bay sitzen. O nein, nicht Jeremy, nicht ihr geliebter kleiner Bruder, für den sie seit nunmehr vier Jahren verantwortlich war. Und das würde auch bis zu ihrem Tod so bleiben.

Nein, wahrscheinlich irrte sie sich. Onkel Theo würde nicht sofort etwas unternehmen. Immerhin hatte sie ihn verwundet, und er würde vorerst zu schwach sein, um etwas zu unternehmen. Außerdem hatte er ja geschworen, daß es noch nicht vorbei sei. Er hatte sie geschlagen, weil er so wütend auf Ryder Sherbrooke gewesen war. O nein, er würde versuchen, die Fiktion aufrechtzuerhalten.

Sie holte tief Luft und zog sich an der Schreibtischkante hoch. Ihr war schwindelig und übel, aber beides ließ sich aushalten. Sie mußte von hier verschwinden, bis der Schmerz so weit abebbte, daß sie nicht bei jeder Bewegung aufschrie oder stöhnte. Und später würde sie eine besonders dicke Schicht Make-up benötigen, um die Spuren der Mißhandlung zu verbergen.

Sie kam an einem Spiegel vorbei, warf aber lieber keinen Blick hinein. Durch die Seitentür des Arbeitszimmers gelangte sie ins Freie. Die Hände auf die Rippen gepreßt, zusammengekrümmt wie eine gebrechliche Greisin, legte sie keuchend die knapp anderthalb Kilometer bis zur Hütte zurück.

Es war einfach zuviel. Diesmal mußte sie etwas unternehmen. Die Sache mußte ein Ende nehmen. Entweder sie unternahm selbst etwas, oder Ryder Sherbrooke würde handeln. Aber im Moment war sie völlig außerstande, irgendetwas zu tun. Die Schmerzen waren so grausam, daß sie sich fragte, ob sie sterben würde. Sie dachte an Ryder. Er war wütend und sann auf Rache. Was er ihr angetan hatte, war erst der Anfang, und das gab ihr Hoffnung.

Als sie die Hütte endlich erreichte, begann sie zu weinen, und sie versuchte nicht einmal, sich zu beherrschen. Die Tränen brannten auf ihren geschwollenen Wangen.

Sie schwankte in die Hütte, legte mühsam die kurze Strecke bis zum Bett zurück, legte sich hin und überließ sich den unerbittlichen Wellen des Schmerzes.

Ryder wollte weitere Antworten. Auf irgendwelche Spiele würde er sich nicht mehr einlassen. Er ritt nach Camille Hall. Sophie war nicht da. Der Haussklave wußte nicht, wo sie sein könnte. Die Sklaven, die er sah, benahmen sich merkwürdig, wollten aber nicht mit der Sprache herausrücken. Auch Onkel Theo war nicht da, und das war Ryder ganz recht, denn noch war die Zeit für eine Auseinandersetzung mit dem Mann nicht gekommen.

Am Ende der langen Auffahrt überlegte er kurz, wohin Sophie geritten sein könnte, nachdem sie Kimberly Hall verlassen hatte. Dann lenkte er sein Pferd zur Hütte. Entweder sie war dort, oder aber an ihrem Lieblingsstrand.

Zuerst glaubte er, sich geirrt zu haben, denn ihre Stute war nirgends zu sehen. Dann betrat er die Hütte. Sie lag auf dem Bett, voll angekleidet, die Beine angezogen, und schien fest zu schlafen.

Ryder ging leise auf das Bett zu, blickte auf sie herab, griff nach ihrem Arm und zog sie vorsichtig auf den Rücken. Dann schnappte er ungläubig nach Luft und vergaß schlagartig alle weiteren Rachepläne. Fassungslos starrte er ihr Gesicht an. Um Gottes willen, was war ihr zugestoßen? Aber er wußte es genau: Onkel Theo hatte sie geschlagen.

Keine Schminke der Welt würde diese Schwellungen abdecken können. Er stellte fest, daß er vor rasendem Zorn die Fäuste geballt hatte. Sie stöhnte und griff sich an die Brust.

So sanft er nur konnte, entkleidete er sie. Sie schien nicht einfach zu schlafen, sondern fast bewußtlos zu sein. Er zog ihr das Kleid, Schuhe und Strümpfe aus, und das Unterhemd schnitt er, wie schon einmal, einfach mit dem Messer auf. Der Anblick, der sich ihm daraufhin bot, ließ ihn die Luft anhalten. Von den Brüsten bis zum Bauch war sie grün und blau. Onkel Theo mußte sehr oft zugeschlagen haben, völlig gnadenlos. Plötzlich fiel Ryder ein, daß es möglicherweise auch in der vergangenen Nacht, als er sie ausgezogen hatte, Spuren von blauen Flecken auf ihren Rippen gegeben hatte. Aber er war sich nicht ganz sicher, denn das Licht war schwach gewesen. Jetzt könnte jedoch sogar ein Blinder sehen, daß sie schwer mißhandelt worden war.

Allmächtiger, dieser Mann war ein Rohling sondergleichen! Behutsam berührte Ryder mit den Fingerspitzen die schlimmste Verletzung, dicht unter der linken Brust. Sie stöhnte leise und warf einen Arm hoch, ließ ihn aber sofort wieder fallen. Wie ein verwundetes Tier hatte sie sich hier in der Hütte verkrochen, ging ihm durch den Kopf.

Er richtete sich auf und überlegte. Was er jetzt am dringendsten brauchte, war Laudanum. Erklärungen konnten bis später warten. Wenn sie aufwachte, würde sie unerträgliche Schmerzen haben. Er würde sie wohl allein lassen müssen, um die Medizin zu holen. Oder aber er nahm sie einfach mit nach Kimberly Hall.

Sie begann zu weinen, und dieses leise, bittere Schluchzen rührte ihn zutiefst. Tränen kamen unter ihren Wimpern hervor. Sie war bewußtlos, und doch weinte sie vor Schmerzen. Oder weinte sie auch aus vielen anderen Gründen? Weinte sie über all die Täuschungsmanöver der letzten Monate?

Ryder zögerte nicht mehr. Er hüllte sie behutsam in eine Decke und trug sie aus der Hütte. Mit ihr auf den Armen sein Pferd zu besteigen, war nicht leicht; schließlich gelang es ihm aber doch. Er hoffte von ganzem Herzen, daß sie nicht zu sich kommen würde, bevor er Kimberly erreicht hatte.

Emile stand auf der Freitreppe und wollte gerade Handschuhe anziehen, als Ryder angeritten kam. »Verdammt, was ist passiert?« rief er mit großen Augen.

»Komm mit, dann werde ich dir alles, was ich weiß, erklären. Aber hol zuerst Laudanum, Wasser, Verbandszeug, Creme und was sonst da ist. Wenn ich mich nicht sehr irre, hat ihr lieber Onkel Theo sie brutal zusammengeschlagen.«

»O Gott!« Emile eilte ins Haus.

Ryder trug Sophie in sein Schlafzimmer. Nachdem er das Moskitonetz zur Seite geschoben hatte, legte er sie vorsichtig auf den Rücken und deckte sie zu. Er wollte nicht, daß Emile sie nackt sah.

»Mein Vater möchte wissen, was los ist«, sagte Emile, als er die gewünschten Sachen brachte. »Ich habe ihn erst einmal abgewimmelt, aber du solltest ihm später erzählen, was du für angebracht hältst.«

»Danke, Emile. Ich werde mich um Sophie kümmern.«

Emile zögerte zu gehen. »Soll ich dir Mary oder Coco schicken, damit sie dir helfen?«

Ryder schüttelte den Kopf. »Nein, ich mache das lieber allein. So etwas Wundervolles wie richtiges Eis wird es hier wohl nicht geben?«

»Doch, selbstverständlich. Ah, ich verstehe, du willst es für ihr Gesicht, damit die Schwellungen zurückgehen. Ich hole gleich welches.«

Emile schloß leise die Tür hinter sich, und Ryder machte sich an die Arbeit. Als erstes vergewisserte er sich, daß keine Rippe gebrochen war, und dann verband er sie mit den Baumwollstreifen, die Emile gebracht hatte. Als er fertig war, hatte sie das Bewußtsein noch immer nicht zurückerlangt.

Sobald sie zu sich kam, würde er ihr ein Glas Wasser mit Laudanum einflößen. Während er wartete, betrachtete er ihr Gesicht, und dann strich er mit den Fingerspitzen sanft über ihre Stirn, ihre Nase und ihr Kinn. Er schob einen Finger zwischen ihre Lippen und drückte gegen ihre Zähne. Gott sei Dank waren sie unversehrt.

Sophie wollte nicht aufwachen. Sie wußte, daß es unangenehm sein würde aufzuwachen, und tatsächlich brach der Schmerz mit solcher Wucht über sie herein, daß sie nach Luft rang.

Seine Stimme drang wie aus weiter Ferne an ihre Ohren. Er sagte immer und immer wieder, daß nun alles gut würde, daß er dafür sorgen würde, daß Onkel Theo ihr nie wieder etwas zuleide täte.

»Vertrau mir«, wiederholte er immer wieder.

Sie öffnete die Augen und starrte Ryder Sherbrooke an. »Dir vertrauen?« flüsterte sie, und sogar diese zwei einfachen Wörter ließen sie vor Schmerz erschaudern.

»Ja, bitte, Sophie. Vertrau mir. Ich sorge dafür, daß alles in Ordnung kommt. Hier, trink das.«

Ryder sah neben dem Schmerz auch das Mißtrauen in ihren Augen, und er konnte ihr daraus keinen Vorwurf machen, aber er durfte darauf im Moment keine Rücksicht nehmen. Vorsichtig hob er ihren Kopf an und zwang sie, das mit Laudanum versetzte Wasser zu trinken, bevor er sie wieder auf das Kissen bettete.

»Nein, versuch jetzt nicht zu sprechen. Wir werden uns später darüber unterhalten, was geschehen ist. Hör mir im Augenblick nur zu. Es scheint nichts gebrochen zu sein. Ich habe deine Rippen verbunden. Und dein Gesicht werde ich mit Eis kühlen, einverstanden? Hoffen wir, daß die Schwellung davon zurückgeht.«

Ihre Augen waren geschlossen, als es leise an der Tür klopfte. Emile brachte einen Eimer mit Eisstücken und Tücher.

»Danke«, sagte Ryder. »Ruf mich, falls Theo Burgess hier auftauchen sollte.«

Als er wieder mit ihr allein war, wickelte Ryder das Eis in Tücher und legte sie auf ihre Augen und auf das ganze Gesicht. Sie zuckte zusammen, aber er beruhigte sie. »Halt still, Sophie. Die Kälte wird den Schmerz ein wenig betäuben, und ebenso das Laudanum, das ich dir zu trinken gegeben habe. Bitte mach dir keine Sorgen.«

Sie versuchte, etwas zu sagen. »Jeremy«, flüsterte sie, aber sie wußte, daß er die gehauchten Silben nicht verstehen konnte. Sie spürte die Wirkung des Laudanums und nahm alle Kraft zusammen. »Jeremy.«

Ryder hatte sein Ohr dicht an ihren Mund gehalten. Als er den Namen ihres Bruders hörte, überlief ihn ein Frösteln. Was würde Onkel Theo dem Jungen antun, wenn er Sophie so zugerichtet hatte?

»Onkel Theo«, brachte sie kaum verständlich hervor. »Ich habe ihn … verwundet … mit einem Brieföffner … wird nicht herkommen … jedenfalls nicht heute …«

»Du hast – was?«

»Ich …«

Ihr Kopf sank zur Seite.

Ryder fand Emile in der Eingangshalle im Erdgeschoß, wo der junge Mann nervös auf und ab lief. »Sag Coco, daß sie bei Sophie bleiben soll. Sie ist von dem Laudanum eingeschlafen. Und James soll niemanden von Camille Hall einlassen. Niemanden. Und was deinen Vater betrifft, so sag ihm, was du für richtig hältst.«

Emile nickte und verschwand, und nun lief Ryder in der Halle hin und her, bis Emile zurückkam und fragte: »Und was jetzt?«

»Jetzt, mein Freund, werden wir uns in die Höhle des Löwen begeben. Hoffentlich ist der gottverdammte Löwe nicht tot. Unterwegs werde ich dir alles erzählen.«

Sophie knirschte mit den Zähnen. Der Schmerz durchflutete sie in mächtigen Wellen, und immer, wenn sie glaubte, ihn nicht mehr ertragen zu können, ebbte er ein klein wenig ab, aber sie wußte, daß er gleich zurückkehren würde, immer und immer wieder, und sie war ihm wehrlos ausgesetzt. Sie war allein, und sie saß in der Falle des Schmerzes. Sie hatte versagt, und dafür mußte sie nun mit diesen Qualen büßen, geschweige denn, daß sie jetzt noch jemandem helfen könnte.

»Bitte, Sophie, weine nicht, bitte. Hier, trink ein bißchen Wasser. Ryder hat gesagt, daß du wahrscheinlich Durst haben würdest.«

Sie schlürfte das Wasser und erstickte fast daran. Dann erst kam ihr zu Bewußtsein, daß es Jeremy war, der mit ihr gesprochen hatte, Jeremy, ihr kleiner Bruder. Sie hob eine Hand und schob das Tuch über ihren Augen beiseite. Offenbar war die Schwellung etwas zurückgegangen, denn sie konnte die Augen ohne allzu große Mühe öffnen. Sie sah, daß Jeremy neben ihr stand, und sie sah die Angst und Sorge in seinem geliebten Gesicht.

»Mir fehlt nichts, Jeremy«, flüsterte sie. »Wahrscheinlich sehe ich viel schlimmer aus, als es mir in Wirklichkeit geht.«

»Pssst«, sagte Jeremy. »Ryder hat gesagt, daß du bestimmt versuchen würdest, mit mir zu sprechen, und er hat gesagt, daß ich dir befehlen müsse, still zu sein. Aber er meinte, daß ich dir erzählen könne, was passiert ist. In Ordnung?«

»Ja.«

»Du mußt aber ganz still liegen. Ryder hat gesagt, daß nichts gebrochen ist, aber du hast schlimme Prellungen. Er hat gesagt, daß du ganz ruhig liegenbleiben mußt.«

»Ja.«

»Onkel Theo hat sich plötzlich verändert«, berichtete Jeremy langsam, mit gerunzelter Stirn, und ihr war klar, daß er das nicht begreifen konnte, aber sie sagte nichts. »Er hat mich mit Thomas ins Haus kommen sehen, und plötzlich hat er losgebrüllt. Er hielt sich die Schulter, und da war Blut zwischen seinen Fingern. Er hat mich angeschrien, er sei fertig mit uns beiden.«

»Hat er dich geschlagen?«

»Nein, er hat Thomas befohlen, mich in meinem Schlafzimmer einzuschließen. Er hat gesagt, er würde sich später um mich kümmern. Er hat mich nicht verletzt, so wie dich. Aber er war sehr wütend, und er hat geschrien, du wärest eine Lügnerin und eine Nutte und ein Flittchen, und er hat noch andere Wörter benutzt, die ich nicht verstanden habe. Er hat gesagt, ich wäre nichts weiter als ein verkrüppelter Bastard, und er würde schon dafür sorgen, daß ich niemals Camille Hall erbe und niemals unser Haus in Fowey bekomme. Und er hat gesagt, er würde dich in die Hölle schicken, wo du hingehörtest.«

O Gott, dachte Sophie und wünschte sich sehnlichst, daß sie

sich aufrichten und Jeremy in die Arme schließen könnte. Er hörte sich so ruhig an, so gleichmütig, und das ängstigte sie noch mehr, als wenn er geweint hätte.

»Ich wollte grade an dem Spalier von meinem Balkon runterklettern, als die Tür plötzlich aufflog und Ryder hereinstürzte. Er sagte, du seist hier in Kimberly Hall, und er würde mich zu dir bringen. Er sagte, alles würde wieder in Ordnung kommen.«

»Und Onkel Theo?«

»Er war nicht da. Ich glaube, er ist mit Thomas weggegangen, wegen seiner Schulter. Hast du ihn verletzt, Sophie?«

»Ja, ich habe mit einem Brieföffner zugestochen.«

Er schien das für ganz natürlich zu halten. »Ich hatte Angst«, gestand er nach kurzem Schweigen. »Ich hatte Angst, Sophie, daß er Thomas zu mir schicken würde, und daß Thomas mich auspeitschen würde wie die Sklaven. Und ich wußte nicht, wo du bist, was er dir angetan hat.«

Vor grenzenloser Erleichterung vergaß sie einen Moment lang sogar ihre Schmerzen. Sie hörte nicht, daß die Tür geöffnet wurde, aber Jeremy drehte sich plötzlich um, und sein Gesicht hellte sich auf.

»Ist sie aufgewacht?«

»Ja, Sir. Ich habe ihr gesagt, daß sie still sein und nur mich reden lassen müsse, wie Sie es mir aufgetragen haben. Sie hat ihre Sache wirklich gut gemacht, Sir. Sie hat versucht, ihn zu erstechen.«

»Ja, ich weiß. Nun, mein Junge, hättest du vielleicht Appetit auf Ananastorte? Die Köchin sagt, daß jeder junge Mann, den sie auf der Insel kennt, ihre Ananastorte liebt.«

Jeremy warf einen Blick auf seine Schwester.

»Mach dir keine Sorgen«, sagte Ryder. »Ich bleibe bei ihr. Weg mit dir, Jeremy.«

Er schwieg, bis sich die Tür hinter dem Jungen geschlossen hatte.

»Komm, trink noch etwas Laudanum.«

»Bitte nicht. Ich kann dann nicht richtig denken.«

»Das brauchst du auch nicht. Benommenheit ist allemal besser als der Schmerz. Jeremy ist in Sicherheit, und ich schwöre dir, daß ich ihn beschützen werde. Es gibt keinen Grund für dich, die Märtyrerin zu spielen. Hier, trink das, Sophie.«

Sie gehorchte, und wenige Minuten später fielen ihr die Augen zu, und sie atmete tief.

Er legte frische Eisbeutel auf ihr Gesicht und machte es sich sodann mit weit von sich gestreckten Beinen auf einem Stuhl bequem. Ohne sie aus den Augen zu lassen, kratzte er sich am Kinn. Was zum Teufel sollte er jetzt machen?

Er dachte sehnsüchtig an Zuhause, an seine Brüder und an seine Schwester Sinjun. Er dachte an die Frau seines Bruders, Alexandra, und fragte sich, wie sie inzwischen wohl mit dem Grafen, einem sehr eigensinnigen Mann, auskommen mochte.

Wenn Samuel Grayson nicht all dieses wirre Zeug über seltsame Ereignisse in Kimberly Hall geschrieben hätte, wäre er, Ryder, jetzt gemütlich in England, würde sich an seinen Kindern und an seinen Geliebten erfreuen und mit windzerzausten Haaren über die Klippen reiten, ohne irgendwelche Sorgen zu kennen.

Jetzt hingegen mußte er sich um zwei Menschen große Sorgen machen. Ihm kam zu Bewußtsein, daß sein Leben bisher ganz nach seinen eigenen Wünschen verlaufen war. Er hatte immer gemacht, was er wollte, weil die Vorsehung ihn als zweitältester Sohn davor bewahrt hatte, Earl of Northcliff zu werden. Außerdem war ihm das Glück beschieden gewesen, von seinem Onkel Brandon ein riesiges Vermögen zu erben. Mit einem Anflug von Selbstverachtung erkannte er, daß er mit seinem Leben herumgespielt und sich stets genommen hatte, was er begehrte, ohne sich ernsthaft Gedanken über die Konsequenzen zu machen. Die meisten Menschen mochten ihn. Er war charmant und fröhlich, und er verhielt sich stets ehrenhaft. Nun sah er sich plötzlich in einem anderen Licht. Wenn er ein Ehrenmann war, so hauptsächlich deshalb, weil es für ihn nie einen Grund gegeben hatte, es nicht zu sein. Seine Ehrenhaftigkeit, seine Integrität war nie wirklich auf die Probe gestellt worden. Vielleicht könnte man ihn wegen der Kinder loben, aber das war etwas ganz anderes, etwas, das er einfach tun mußte. Aber auch das bereitete ihm Freude und stellte für ihn keinerlei Belastung dar.

Nun aber hatte er plötzlich jede Kontrolle über die Geschehnisse verloren. Er wollte nicht in diese verdammte Geschichte hineingezogen werden, aber jetzt steckte er bereits mitten drin. Er betrachtete das mißhandelte Mädchen auf seinem Bett, das es geschafft hatte, diesen Schweinehund zu verwunden. An Mut fehlte es Sophie zweifellos nicht. Er konnte sie jetzt nicht einfach ihrem Schicksal überlassen, weder sie noch ihren Bruder, auch wenn er insgeheim noch so sehr fluchen mochte.

KAPITEL 7

Sonnenlicht fiel ins Schlafzimmer und wärmte Sophies Gesicht. Sie schlug die Augen auf und befragte ihren Körper. Die Schmerzen hatten seit gestern nachgelassen. Seit zwei Tagen lag sie nun schon hier und fragte sich, was wohl als Nächstes geschehen würde. Sie haßte ihre Hilflosigkeit. Sie mußte aufstehen, sie mußte etwas tun, wenn sie auch noch nicht wußte, was; der erste Schritt bestand jedenfalls darin, ihre Füße auf den Boden zu bekommen. Sie schaffte es, sich aufzusetzen, stöhnte und fiel keuchend wieder zurück, weil der Schmerz in den Rippen unerträglich war. Sie schloß die Augen und zählte langsam bis zehn. Wenigstens konnte sie schmerzfrei die Augen schließen und sogar blinzeln. Das Eis, das Ryder immer wieder aufgelegt hatte, hatte die Schwellungen merklich zurückgehen lassen. Ah, aber ihre Rippen! Sie schmeckte Blut und wußte, daß sie sich in die Unterlippe gebissen hatte. Aber das spielte keine Rolle. Endlich ließ der Schmerz ein wenig nach, aber sie hatte Angst, sich zu bewegen. Als sie endlich die Augen wieder öffnete, stand Ryder neben dem Bett und blickte auf sie herab.

»Gut, daß du wach bist. Ich habe dein Frühstück mitgebracht. Jeremy wird dich besuchen, sobald ich sicher bin, daß deine Verfassung ihm keinen allzu großen Schrecken mehr einjagt. Jenes erste Mal mußte ich ihn zu dir lassen, weil er nicht glauben wollte, daß du noch am Leben bist. Aber dein Anblick war ein Schock für ihn, obwohl er sich tapfer gehalten hat. Ich bin stolz auf ihn, und du solltest es auch sein.« Er lächelte ihr zu, sprach aber betont nüchtern mit ihr, weil er wußte, daß sie überströmendes Mitleid jetzt am allerwenigsten gebrauchen konnte.

»Ich habe getan, was ich für das Beste hielt – für ihn und auch für dich. Nein, beweg dich nicht. Ich werde dich anheben. Versuch nicht, etwas allein zu machen.«

Als sie gegen die Kissen gelehnt dasaß, stellte er das Tablett auf ihre Beine. »Vielleicht mußt du ein Bedürfnis verrichten, bevor du frühstückst?«

»Nein«, murmelte Sophie, den Blick auf die Gabel neben ihren Teller gerichtet.

»Das braucht dir doch nicht peinlich zu sein. So etwas paßt wirklich nicht zu dir. Bestimmt kannst du mit jeder Unverschämtheit aus dem Munde eines Mannes fertig werden. Nun komm schon, nach der langen Nacht mußt du …«

»Also gut, ja! Würdest du bitte das Tablett wegnehmen und mich in Ruhe lassen!«

Er grinste, erfreut über ihren Ärger, der etwas Farbe in ihr Gesicht zauberte. Dann rief er: »Coco, komm herein und hilf Miss Stanton-Greville.«

An Sophie gewandt, fügte er hinzu: »Ich nehme an, daß es dir lieber ist, wenn ich mich entferne?«

»Das ist doch wohl das Mindeste, was man erwarten kann.«

»Ah, es gefällt mir, daß du deine messerscharfe Zunge an meinem armen Männerkopf wetzen kannst.«

Sie erbleichte, und das brachte ihn in Wut. Er beugte sich zu ihr hinab. »Verdammt, Sophie, denk nicht an deinen Onkel! Herrgott, wäre ich dort gewesen, hätte ich ihm nicht nur einen Brieföffner in die Schulter gebohrt, sondern ihm den räudigen Hals umgedreht.«

»Du verstehst nicht ...«

»Ich verstehe sehr viel mehr, als du glaubst.«

Sie hatte Angst, ihn zu fragen, was er damit meinte. »Danke, daß du Jeremy vor ihm beschützt.«

Er nickte nur und verließ das Schlafzimmer.

Als er zurückkam, aß Sophie ihr Frühstück. Nein, bei näherem Hinschauen stellte er fest, daß sie die weichen gebackenen Yamswurzeln nur auf dem Teller herumschob. Ihr Gesicht sah nicht mehr ganz so schrecklich wie vor zwei Tagen aus. Er mußte ihre Rippen untersuchen, aber das hatte noch ein wenig Zeit.

»Iß. Ich rühre mich nicht von der Stelle, bevor du alles aufgegessen hast. Tut das Kauen und Schlucken noch weh? Ich habe es vermutet, und deshalb gibt es wieder dieses weiche Zeug. Aber ich habe der Köchin gesagt, daß sie es mit braunem Zucker bestreuen soll.«

»Danke. Es schmeckt ganz gut, wirklich. Ich habe nur keinen Hunger.«

»Du machst dir Sorgen, obwohl ich dir gesagt habe, daß es keinen Grund mehr dafür gibt. Iß!«

»Warum bist du so zu mir?«

Er starrte die geöffneten Holztüren an, die auf den Balkon führten. »Wie?«

Sie machte eine Geste mit der Gabel, zuckte vor Schmerz zusammen und aß schweigend weiter.

»Nun, in deiner gegenwärtigen Verfassung ist es völlig ausgeschlossen, mit dir zu schlafen. Nein, bitte wirf nicht mit den Yamswurzeln nach mir, das würde dir nur weh tun. Ich werde dir etwas sagen: sogar die blauen Flecke in ihrer ganzen Farbenpracht sind mir lieber als die Schminke.«

»Mein Onkel hat verlangt, daß ich mich schminke. Er sagte, dann würde ich erwachsener und erfahrener aussehen.«

»Ja, und ich kann mir vorstellen, daß du damit außerdem Schwellungen abdecken konntest.«

»Bald wird es mir gut genug gehen, um reisen zu können.«

»Oh? Wohin willst du denn reisen? Ein junges Mädchen mit einem kleinen Jungen und ohne Geld?«

Er bedauerte seinen Sarkasmus sofort, obwohl sie ihn verdient hatte, und fuhr deshalb rasch fort: »Sobald du wieder gesund bist, werde ich entscheiden, was zu tun ist. Du sollst dir über nichts den Kopf zerbrechen. Wie schon gesagt – Jeremy geht es ausgezeichnet, und wir passen gut auf ihn auf. Es ist immer jemand bei ihm – entweder ich oder Emile oder Samuel. Einverstanden?«

»Warum bist du plötzlich so nett zu mir?«

»Ist das ein Schock für dich? Ich nehme an, du bist nette Männer wirklich nicht gewöhnt.«

»Nein.«

»Iß dein Frühstück auf, und dann werden wir uns unterhalten. Es ist höchste Zeit, findest du nicht auch? Ich kann nicht weiterhin gegen Schatten kämpfen. Ich muß die Wahrheit wissen.«

»Du bist so schlau, daß ich dachte, du hättest schon alles erraten. Hast du mir nicht gerade erklärt, du verstündest mehr, als ich glaube?«

Nein, dachte Ryder, er würde sich ihre Rippen jetzt noch nicht ansehen.

»Mir gefällt deine befehlshaberische Art nicht, Ryder. Es tut mir leid, du bist wirklich nett zu Jeremy und mir, aber sobald es mir wieder gut geht, werde ich mich selbst um uns beide kümmern. Du bist nicht für uns verantwortlich, und ...«

»Halt den Mund, Sophie. Du bist wirklich eine Nervensäge.«

»Geh zum Teufel!«

Er grinste. »Wer war es noch, der mir erzählt hat, du seist ein regelrechter Satansbraten?«

»Zweifellos irgendein idiotischer Mann. Satansbraten – so ein Blödsinn! Keiner von euch kann den Gedanken ertragen, daß eine Frau selbst Entscheidungen trifft, daß sie für sich selbst verantwortlich ist. Ihr müßt immer herrschen und Befehle erteilen, die euch zugute kommen, das nennt ihr dann: eine Frau beschützen. Merk dir eines, ich werde das nicht zulassen, was auch immer du ...«

»Halt den Mund, Sophie. Wenn du schon Gift und Galle spukken willst, können wir deine Wut vielleicht wenigstens umdirigieren. Reden wir über Onkel Theo.«

»Lebt er? Bist du sicher?«

»Ja, ich bin ganz sicher. Du hast nicht gut gezielt.«

»Es ist auch nicht gut, die eigene Nichte zu mißhandeln.«

Sie seufzte, lehnte den Kopf zurück und schloß die Augen. Er betrachtete sie schweigend. Ihr Haar war lose geflochten und hing stumpf über ihre rechte Schulter.

»Möchtest du vielleicht baden? Deine Haare waschen lassen?«

Sie riß die Augen weit auf, und er las darin soviel Hoffnung und freudige Erregung, daß er lachen mußte. »Gut, wenn du dein Frühstück aufißt, kümmere ich mich darum.«

Sie leerte sofort ihren Teller und schlief gleich darauf ein. Ryder stellte das Tablett beiseite und setzte sich auf den Stuhl neben ihrem Bett. Was für ein schrecklicher Schlamassel! Ihm war klar, daß er bis zum Hals mit drin steckte, aber er wußte noch nicht, was er tun sollte. Er betrachtete Sophie – ja, sie sah jetzt wirklich wie eine Sophie aus, jung und weich und verletzlich. Trotz der häßlichen Hautverfärbungen waren ihre schönen hohen Backenknochen deutlich zu erkennen, und sie hatte eine schmale, gerade Nase, hübsch geschwungene Augenbrauen und dichte Wimpern. Vielleicht hätte er sie unter anderen Umständen zu seiner Geliebten gemacht und ihr gezeigt, daß Männer ganz nützlich sein und eine Frau wirklich glücklich machen können. Aber hier und jetzt waren die Umstände einfach katastrophal. Er betrachtete sie weiterhin und stellte mit einiger Verwunderung fest, daß er sie durchaus reizvoll fand. Ihr Kinn war nicht rund und weich, sondern fest und störrisch wie die ganze Kieferpartie. Er konnte sich lebhaft vorstellen, daß sie schon als kleines Mädchen ein richtiger Satansbraten gewesen war. Ah, aber sie war sehr zuverlässig und treu. Für Jeremy würde sie alles tun. Wirklich alles.

Aber was konnte sie jetzt machen?

Er ließ die große Kupferwanne mit heißem Wasser füllen und beschloß, ihre Rippen zu untersuchen. Langsam zog er das Laken herunter und begann ihr Nachthemd aufzuknöpfen – ein Männernachthemd von Samuel. Sie riß plötzlich die Augen auf und starrte ihn entgeistert an.

»Was machst du da?«

»Ich will mir deine Rippen anschauen. Die Verbände müssen sowieso abgenommen werden, wenn du baden möchtest.«

»Nein.«

»Sophie, ich kenne deinen Körper sehr gut, genauso wie du den meinen. Ich gebe zu, daß die Umstände jetzt etwas anders sind, aber ich bin der einzige hier im Haus, der dich nackt gesehen hat. Du wirst jetzt stillhalten, damit ich dich untersuchen kann. Wenn du weiterhin so störrisch bist, werde ich dich fesseln.«

»Nein, verdammt!«

»Du darfst dann eben nicht baden.«

»Nein!«

»Wie viele Männer haben außer mir schon deinen Körper gesehen? Bestimmt mehr als die drei, die es bei meiner Ankunft gab. Da kannst du doch nicht mehr allzu schamhaft sein.«

Sie wandte ihr Gesicht ab, und er zog ihr das Nachthemd aus und begann die Verbände zu lösen, ohne ihren Brüsten und ihrem Unterleib die geringste Beachtung zu schenken. Er starrte nur die mißhandelte Rippenpartie an und hätte Onkel Theo mit bloßen Händen erwürgen können.

Mit den Fingerspitzen tastete er behutsam jede Rippe ab. »Sag mir, wie stark die Schmerzen sind«, forderte er sie auf, aber sie schwieg, und nur ihre flachen Atemzüge verrieten sie. Als seine Hand versehentlich ihre linke Brust berührte, erschauderte sie.

»In Ordnung. Es geht dir schon viel besser. So, und jetzt werde ich dir in die Wanne helfen.«

Warum nicht, dachte sie. Es spielte keine Rolle. Er hatte völlig recht. In jener Nacht, als er sie betäubt und genommen hatte, hatte er sich an ihr satt sehen können. Sie wehrte sich deshalb nicht, als er ihr half aufzustehen. Ihre Knie gaben sofort nach, und sie wäre gestürzt, wenn er sie nicht festgehalten hätte.

Sie spürte seinen warmen Atem an ihrer Schläfe und hätte bestimmt versucht, sich von ihm zu lösen, wenn sie nicht so schwach gewesen wäre und nicht solche Schmerzen gehabt hätte.

»Tut es sehr weh?« fragte der verdammte Kerl, der alles zu wissen schien.

»Nein, ich bin nur etwas schwach, das ist alles. Ryder, ich schaff's allein, bestimmt. Würdest du mich jetzt bitte allein lassen?«

»Sei still, Sophie.«

Er setzte sie in die Wanne, und sie seufzte vor Wohlbehagen, und er grinste ihr zu, bevor er ihren Zopf löste und die Kämme entfernte.

Sie schaffte es, sich selbst zu waschen, und er wusch ihre Haare. Es nahm viel Zeit in Anspruch, und sie war weiß im Gesicht und zitterte vor Erschöpfung, als sie endlich fertig waren. Wahrscheinlich auch vor Schmerzen, dachte er, während er sie abtrocknete. Sie mußte zugeben, daß er dabei so sachlich vorging, als wäre sie ein verschwitztes Pferd, und unwillkürlich huschte bei diesem Gedanken ein Lächeln über ihr Gesicht, das ihm nicht entging, während er ihre Haare in ein zweites Handtuch wickelte.

Er trug sie zu einem Schaukelstuhl in der Nähe der offenen Balkontür und setzte sich mit ihr auf dem Schoß. »Wir beide haben uns eine kleine Ruhepause verdient. Du hast soviel Haare, daß ich jetzt hundemüde bin. Lehn deinen Kopf an meine Schulter. Ja, so ist's gut.«

»Ich bedeute dir nichts.«

»Was soll das heißen?«

»Ich bin nackt, und du hast mich gesehen und genommen, und doch machst du dir nichts aus mir. Ich bedeute dir nicht das Geringste.«

Er drückte sie etwas fester an sich, lockerte seinen Griff aber sogleich wieder, als sie zusammenzuckte.

»Wäre es dir denn lieber, wenn ich dich begrapschen und deine Brüste lüstern anstarren würde?«

»Nein, das hast du ja schon getan, und es war für dich ein völlig bedeutungsloses Spiel. Es ist nur ...«

»Ja?«

»Ich verstehe dich nicht.«

»Manchmal verstehe ich mich selbst nicht«, gab er zu, während er behutsam zu schaukeln begann. Zwei Minuten später schlief sie.

Nein, dachte er, ich verstehe mich selbst nicht, und das macht mich verrückt.

Er trug sie ins Bett und legte sie auf den Rücken. Vorsichtig wickelte er ihre Haare aus dem Handtuch und breitete sie zum Trocknen auf dem Kissen aus. Er beschloß, ihr keinen neuen Verband anzulegen. Unwillkürlich schweifte sein Blick zu ihrem flachen Bauch und den Schamhaaren. Sie war wirklich ganz reizvoll, dachte er, während er sie mit einem Laken zudeckte, und sie kannte Männer nur in einer einzigen Hinsicht. Sie hatten alle nur ihren

Körper begehrt, weiter nichts. Nun, sie hatte zweifellos einen sehr hübschen Körper, aber ihn erregte er nicht.

Er hatte auch nicht die Absicht, sich von dieser Frau erregen zu lassen. Die Lage war ohnehin kompliziert genug.

Als er mit Samuel, Emile und Jeremy beim Mittagessen saß, kam James ins Eßzimmer und verkündete: »Mr. Thomas ist hier, Mr. Sherbrooke. Er will Sie sprechen.«

Jeremy ließ vor Schreck seine Gabel fallen und wurde schneeweiß im Gesicht. Ryder nickte James zu. »Führ ihn in den Salon. Ich komme gleich. Jeremy, komm, iß weiter. Diese Garnelen sind wirklich köstlich. Ich habe deine Schwester gebeten, mir zu vertrauen, und das gleiche erwarte ich auch von dir. Wenn nicht bald wieder Farbe in deine Wangen kommt, werde ich dich gefesselt und geknebelt in die Sonne legen. Du irrst dich gewaltig, wenn du glaubst, daß ich Thomas oder jemand anderen in deine Nähe lasse. Verstanden, junger Mann?«

»Ja, Sir«, murmelte Jeremy, aber Ryder sah die Furcht und Unsicherheit in seinen Augen. Innerlich tief bewegt klopfte er dem Jungen im Vorbeigehen auf die Schulter. »Emile will dir heute nachmittag alles über Rum beibringen.«

»Darüber weiß ich schon eine ganze Menge.«

»Emile wird dir aber Dinge zeigen, die du bestimmt noch nicht gesehen hast, stimmt's, Emile?«

»O ja.«

»Iß jetzt. Du wirst deine Kräfte brauchen.«

Als Ryder das Eßzimmer verließ, hörte er Jeremy fragen: Peitschen Sie die Sklaven, Sir?«

»Nein«, erwiderte Emile sachlich. »Sie sind unsere Arbeiter, und ohne sie würden wir nicht viel Zucker erzeugen. Wir sind von ihnen abhängig. Wenn ich sie verletzen würde, könnten sie nicht mehr gut arbeiten, und das wäre für uns ein großer Nachteil.«

»Thomas schlägt die Sklaven immer.«

»Thomas ist ein Dummkopf. Ryder wird sich jetzt zweifellos um seine Erziehung kümmern.«

Ryder grinste vor Vorfreude. Er wünschte, er hätte von Sophie schon Näheres erfahren, aber er hatte sie nicht wecken wollen. Nun, zweifellos war Thomas hier, weil Onkel Theo sich noch immer nicht wohl fühlte. Ausgezeichnet! Sophie schien mit dem Brieföffner ordentlich zugestochen zu haben.

Sophie erwachte kurz vor Sonnenuntergang, als der Himmel in den verschiedensten Rosa- und Rottönen erstrahlte. Sie war allein, und sie fühlte sich viel kräftiger. Es gelang ihr aufzustehen, ein Bedürfnis zu verrichten und das Männernachthemd überzustreifen. Natürlich hatte sie noch Schmerzen, aber sie waren mittlerweile halbwegs erträglich.

Sie ging langsam zum Balkon und hob ihr Gesicht in die stille Abendluft empor. Bald würde es ihr gut genug gehen, um Kimberly Hall verlassen zu können. Bald würden Jeremy und sie diesen gastlichen Ort verlassen müssen. Aber wohin sollten sie dann gehen?

Ryder hatte recht. Sie besaß kein Geld, sie besaß überhaupt nichts, und sie stand in dem Ruf, eine Hure zu sein.

Sie starrte in das rosa und goldfarbene Zwielicht hinaus und lauschte den Turteltauben, Fröschen, Grillen und unzähligen anderen Nachtgeschöpfen, die sie normalerweise gar nicht mehr hörte, weil sie so an sie gewöhnt war.

Ryder verharrte auf der Schwelle, als er sie in dem lächerlich weiten Nachthemd auf dem Balkon stehen sah. Ihr dichtes Haar fiel weich über ihren Rücken, und sie sah wie sechzehn aus. Aber er wußte, daß ihre Augen einen mißtrauischen und zynischen Ausdruck haben würden.

»Geh wieder ins Bett«, sagte er leise, um sie nicht zu erschrecken.

Sie drehte sich langsam um, nun nicht mehr schwach und hilflos, sondern eine erwachsene Frau, die fest entschlossen war, sich von niemandem mehr Befehle erteilen zu lassen. Sie sagte ruhig: »Ich habe dieses Bett satt und möchte noch eine Weile stehenbleiben. Du hast gesagt, daß du mit mir sprechen willst. Also?«

Sie war wieder die alte, und das gefiel ihm außerordentlich. »Wie du willst«, sagte er. »Thomas hat uns einen Besuch abgestattet.«

Hatte er erwartet, daß sie nach Luft schnappen würde? Daß sie wie Espenlaub zittern, sich an seine Brust werfen und ihn anflehen würde, sie zu beschützen? Sie tat nichts dergleichen. Ihr Gesichtsausdruck veränderte sich nicht. Sie wirkte ganz ruhig und gelassen. Ihre Selbstbeherrschung und Tapferkeit verlangten ihm großen Respekt ab. Er ging auf sie zu, blieb dicht vor ihr stehen und berührte mit den Fingerspitzen ihre Nase, ihr Kinn und ihre Brauen. »Die blauen Flecke verblassen allmählich. Morgen wirst du kein totales Schreckgespenst mehr sein.«

Sie bewegte sich nicht. »Dann werde ich erst übermorgen um einen Spiegel bitten.«

»Wie gesagt – Thomas war hier.«

»Ich nehme an, du hast ihm Saures gegeben?«

Er grinste. »Nein, ich habe ihn angefleht, dir zu erlauben, noch ein Weilchen hierzubleiben. Er hat mich fast k.o. geschlagen, aber beschlossen, dich hierzulassen – vorerst. Er sagte, er würde wiederkommen und ...«

»Sie zuckte zusammen. Es war eine kaum merkliche Bewegung, aber er hatte Sophie während der letzten Tage so gut kennengelernt, daß er nun auch kleinste Reaktionen registrierte.

»Nun mal ganz im Ernst«, beruhigte er sie. »Es war eine wenig spektakuläre Begegnung. Himmel, der Mann ist ein völlig gewissenloser Schurke. Ich habe ihn im Salon empfangen. Wußtest du, daß James, unser Lakai, eine ausgesprochene Abneigung gegen Thomas hat? Du hättest seine Augen sehen müssen, als er den Namen des Mannes aussprach.«

»Thomas ist ein brutaler Kerl. James hat einen Bruder, der meinem Onkel gehört. Mr. Grayson hat versucht, ihn zu kaufen, aber mein Onkel hat abgelehnt. Ja, Thomas ist ein Schwein.«

»Du hast völlig recht. Und jetzt werde ich dir von unserer ziemlich langweiligen Unterhaltung erzählen.«

Ryder hatte den Salon in allerbester Stimmung betreten und hätte sich am liebsten die Hände gerieben. Er blieb lächelnd stehen und sagte: »Sie heißen Thomas, glaube ich? Es freut mich, Sie ohne Pfeil und Bogen hier in Kimberly Hall begrüßen zu dürfen, auch ohne das hübsche weiße Gewand, das Sie und Ihr Herr so gern tragen. Mir persönlich haben die weißen Kapuzen aus Kissenbezügen besonders gut gefallen. Ah, aber wo bleiben meine Umgangsformen? Möchten Sie einen Kaffee?«

»Ich möchte Mr. Burgess' Nichte und Neffen abholen.«

»Oh?« Ryder lächelte den Aufseher freundlich an, einen großen und sehr mageren Mann, bis auf seinen Bauch, der über der Reithose hing. Er hatte sehr kurzes graues Haar und Bartstoppeln am Kinn und sah aus, als hätte er seit Tagen kaum geschlafen und auch keine Zeit gehabt, zu baden oder sich umzuziehen. Seine Augen waren eiskalt, und Ryder bezweifelte sehr, daß er jemals für irgend jemanden freundliche Gefühle gehegt hatte.

»Ich hätte mit Ihnen eigentlich noch ein Hühnchen zu rupfen – wegen des Pfeils, den Sie mir in den Arm gejagt haben.«

»Ich weiß beim besten Willen nicht, wovon Sie reden«, erwiderte Thomas. »Mr. Burgess kann es wirklich kaum erwarten, seine Nichte und seinen Neffen wiederzusehen. Er ist sehr besorgt um ihr Wohlergehen, wie Sie bestimmt verstehen werden, Mr. Sherbrooke.«

»Ah, selbstverständlich habe ich dafür vollstes Verständnis. Wer könnte an seinen Gefühlen zweifeln? Aber wie kommt er nur auf die Idee, daß sie hier sein könnten?«

»Es gibt viel Gerede. Es sind Gerüchte im Umlauf, daß Miss Stanton-Greville hier ganz offen als Ihre Geliebte lebt, und daß Sie auch den Jungen aufgenommen haben, sozusagen als Dank für die Gunst der jungen Dame. Das verstört Mr. Burgess sehr. Bringen Sie die beiden jetzt her, und sie werden Sie nicht mehr belästigen.«

»Warum nehmen Sie nicht Platz, Thomas?«

»Verdammt, Sherbrooke, Sie haben kein Recht ...«

»Kein Recht wozu? Einem Mädchen zu helfen, das bewußtlos geschlagen wurde? Einen kleinen Jungen aus einem verschlossenen Zimmer zu holen?«

»Himmelherrgott nochmal, einer ihrer Liebhaber hat sie verprügelt! Und ich habe den Jungen in seinem Zimmer eingeschlossen, um ihn zu beschützen!«

»Ach so, einer von ihren Liebhabern hat sie verprügelt«, wiederholte Ryder langsam. »Ich frage mich nur, welcher. Oliver Susson? Nun, er ist zweifellos ein Rohling, nicht wahr? Aber ich glaube, Sie müssen sich irren, denn er hatte schon den Laufpaß erhalten, und meinen Informationsquellen zufolge schien ihm das nichts auszumachen. Wen hätten wir denn sonst? Vielleicht Charles Grammond? Ich habe gehört, daß seine Frau eine Xanthippe sein soll. Vielleicht hat sie es getan?«

»Verdammt, Sherbrooke, holen Sie die beiden!«

Ryder lächelte. »Sie werden mir jetzt gut zuhören, Thomas. Ich halte Sie für einen völlig gewissenlosen Bastard, und ich will mit Ihnen nichts mehr zu tun haben. Das gilt allerdings nicht für Ihren Herrn und Meister. Sagen Sie ihm, daß er bald von mir hören wird. Sollten Sie versuchen, mit einigen Ihrer Kumpane nach Kimberly Hall zu kommen und hier Unruhe zu stiften, werde ich Sie umbringen, und zwar ganz langsam. Haben Sie mich verstanden?«

Thomas wußte nicht, was er tun sollte. Er hatte Mr. Burgess erklärt, daß dieser Mann anders sei als die Männer hier in Montego

Bay, daß er hart und gerissen sei. »Wie schon gesagt, Sherbrooke«, unternahm er noch einen Versuch, »es war einer von Sophies Liebhabern, der sie verprügelt hat. Ihr Onkel wollte ihm Einhalt gebieten. Wenn sie Ihnen etwas anderes erzählt hat, so deshalb, weil sie sich ihres Rufes schämt. Seien Sie doch vernünftig – wozu wollen Sie sich einen kleinen Krüppel und eine Hure aufhalsen?«

Thomas konnte seine Ansprache nicht fortsetzen, denn Ryder versetzte ihm einen erstklassigen Kinnhaken, holte dann noch einmal weit aus und schmetterte seine rechte Faust in den Bauch des Mannes, der laut aufbrüllte und wie ein Stein zu Boden fiel.

»James! Ah, ich bin froh, daß du hier bist. Du hattest dich wohl nicht allzu weit entfernt, stimmt's? Nun, ich brauche jetzt deine Hilfe. Such dir einen kräftigen zweiten Mann und schafft diesen Dreckskerl nach Camille Hall. Schmeißt ihn dort mit dem Gesicht nach unten in den Dreck.«

»Ja, Herr«, sagte James mit strahlendem Lächeln. »Dieser Mann ein Bastard, ein ganz schlimmer Bastard. Sieht gut aus, wie er so flach am Boden liegt. Nein, kein Bastard, er ist Giftschlange.«

»Na, seine Giftzähne werden jetzt bestimmt wackeln«, kommentierte Ryder, während er seine Knöchel vorsichtig massierte und Thomas betrachtete. »Er hat einen dicken Bauch. Das ist nicht gut für einen Mann. Nein, gar nicht gesund.«

Er rieb auch jetzt wieder seine Knöchel, als er seine Erzählung beendete und sich daran erinnerte, wie gut es ihm getan hatte, seine Wut an diesem räudigen Hund etwas abreagieren zu können. Er grinste Sophie an. »Das war schon alles. James und ein zweiter Mann haben ihn weggebracht.«

»Es freut mich, daß du ihn geschlagen hast«, sagte Sophie. »Hoffentlich waren es sehr kräftige Boxhiebe. Ich hatte so oft das Bedürfnis, ihm den Schädel einzuschlagen. Er ist ein schrecklicher Kerl. Und du hast es offenbar genossen.«

»Vielleicht«, gab Ryder schmunzelnd zu. »Er ist wirklich ein Lump sondergleichen.« Nach kurzem Schweigen warf er ihr einen fragenden Blick zu. »Wie hast du es nur fertiggebracht, in so einen Schlamassel zu geraten?«

»Was meinen Sie damit, Sir? Ah, Sie fragen sich wohl, warum ich aus freien Stücken eine Hure geworden bin? Oder wollen Sie wissen, warum Jeremy beschlossen hat, ein Krüppel zu werden? Vielleicht könnten Sie Ihre Fragen etwas deutlicher formulieren, werter Herr.«

»Du warst viel umgänglicher, als du noch im Bett lagst. Jetzt hast du wieder sämtliche Stacheln aufgestellt.«

»Wirklich ein Jammer, denn so schwach wirst du mich nie wieder erleben.«

»Nicht einmal, wenn wir wieder miteinander schlafen?«

Wieder zuckte sie fast unmerklich zusammen. O ja, er lernte sie immer besser kennen.

»Setz dich, Sophie. Ich komme dir bestimmt nicht zu nahe. Ich will dir keine Angst einjagen.«

Das hatte auf sie die erhoffte Wirkung, und Ryder grinste erfreut, als sie sagte: »Du machst mir keine Angst. Ich fürchte mich vor keinem Mann.«

»Im Prinzip nehme ich dir das durchaus ab. Du bist im Umgang mit Männern wirklich ganz geschickt. Aber ich bin kein Mann wie jeder andere, und deshalb jage ich dir doch etwas Angst ein. Irgendwann wirst du es zugeben, und dann wirst du hoffentlich auch deine scharfe Zunge besser hüten. Und jetzt setz dich endlich, bevor ich dich hochhebe und auf deinen Allerwertesten setze.«

Sie gehorchte und zog das Nachthemd über ihren Beinen zurecht. Plötzlich kam ihr in den Sinn, wie merkwürdig es war, daß sie hier in einem Schlafzimmer mit einem Mann zusammensaß und nur ein Männernachthemd trug, und sie lächelte unwillkürlich.

Ohne Einleitung sagte sie sodann: »Kimberly Hall gehört dir, nicht deinem Bruder, dem Earl of Northcliffe.«

Ryder starrte sie mit offenem Mund an. »Was hast du da gesagt? Nein, das ist absurd, das ist totaler Blödsinn! Wie bist du nur auf eine solche Idee gekommen?«

»Sei still und hör zu. Kimberly Hall hat deinem Onkel Brandon gehört. Als er starb, hast du sein Vermögen geerbt. Oliver Susson hat es allerdings versäumt, dem Testament, das er eurer Familie schickte, die spezifischen Angaben über diese Plantage beizufügen. Damals war es wirklich nur ein Versehen. Zu jener Zeit war, soviel ich weiß, dein Vater gerade gestorben, und es herrschte ein gewisses Durcheinander, weil der neue Graf noch in der Armee diente. und nun glauben alle, daß Kimberly der Familie gehört, das heißt, deinem älteren Bruder und nicht dir.«

»Mein Gott«, murmelte Ryder fassungslos.

»Bist du für einen zweitgeborenen Sohn nicht ziemlich reich?«

»Ja.«

»Nun, jetzt bist du noch um einiges reicher, denn diese Plantage gehört dir.«

»Langsam geht mir ein Licht auf, warum Oliver Susson einer deiner Liebhaber war.«

»Natürlich.«

»Ich habe Emile gleich gesagt, daß es immer Motive gibt. Besonders, wenn du im Spiel bist, Sophie. Ohne sehr starke Motive wärst du nie eine Nutte geworden.«

»Versteh mich richtig, Ryder. Mir wäre es ganz egal, auch wenn ganz Jamaika dir gehörte. Mein Onkel wollte diese Plantage haben, und er glaubte, sie mit Hilfe meiner Talente bekommen zu können. Ich sollte den Boden für ihn vorbereiten. Er hielt es für ausgeschlossen, daß du Lust verspüren würdest, hier zu leben oder dich mit den unsicheren Zuckererträgen herumzuschlagen. Er dachte, du würdest die Plantage gern an ihn verkaufen, das Geld in deine aristokratischen Taschen stopfen und glücklich und zufrieden nach England zurückkehren.«

»Zu einem günstigen Zeitpunkt hätte mir Mr. Susson wohl mitgeteilt, daß Kimberly Hall mir gehört?«

»Ja.«

»Und da du mir als Geliebte soviel Genuß beschert hättest – natürlich in Zusammenarbeit mit der vollbusigen Frau –, würde ich mit Freuden an deinen lieben Onkel verkaufen. Ich verstehe ... Hatte er vor, dich mit mir nach England zu schicken? Als meine Mätresse?«

»Ich weiß nicht, welche Pläne er in bezug auf mich hatte.«

»Und warum hast du mitgemacht?«

Ihr Blick wurde hart und kalt. »Stell keine absurden Fragen. Du bist doch ein solcher Meister im Aufspüren von Motiven, und in diesem Fall versagt dein Scharfsinn? Wenn ich mit ihm zusammenarbeite, sollte Jeremy ihn beerben. Wenn ich mich weigerte, drohte er, uns beide auf die Straße zu setzen. Jeremy hat ein lahmes Bein; er würde hier nie seinen Weg machen können.«

»Du würdest das natürlich schaffen!«

Ihre einzige Reaktion bestand in einem sehr kühlen: »Höchstwahrscheinlich.«

»Lord David wurde dein Liebhaber, weil er Charles Grammond plündern sollte?«

»Ja, und er hat hervorragende Arbeit geleistet.«

»Und Charles Grammond war dein Liebhaber, um ihn geneigt zu machen, seine Plantage an deinen Onkel zu verkaufen.«

»Ja.«

»Wie ist es dir gelungen, Lord David wieder loszuwerden?«

Sie lächelte. Es war ein schelmisches Lächeln, ein junges Lächeln, das erste wirklich heitere Lächeln, das er je von ihr gesehen hatte. »Ich habe ihm gesagt, ich hätte Syphilis.«

»Allmächtiger, das ist wirklich köstlich!«

»Wahrscheinlich hätte ich dir dasselbe weisgemacht, nachdem du Kimberly Hall an meinen Onkel verkauft hättest.«

»Ah, aber mit dem Unterschied, daß ich dir nicht so ohne weiteres geglaubt hätte.«

»Genau das habe ich meinem Onkel gesagt. Ich habe ihm gesagt, du seist nicht wie die anderen Männer. Ich habe ihm gesagt, du seist nicht dumm. Ich habe ihm gesagt, daß er bei dir sehr vorsichtig sein müsse, daß er dich vielleicht sogar fürchten müsse. Aber er wollte nicht auf mich hören.«

»Diese Sache mit der Furcht paßt zwar nicht ganz zu deinen Äußerungen von vorhin, aber das spielt im Augenblick keine Rolle. Er hat jedenfalls nicht auf dich gehört. Und er hält mich für völlig ungefährlich.«

»Ja. Er mißt alle Männer an sich selbst. Er hatte gehört, du seist ein Weiberheld, ein junger Wüstling mit der Moral eines Katers. Er dachte, alles würde wunderbar klappen.«

»Ich bin kein ...« Er verstummte mitten im Satz und starrte mit gerunzelter Stirn auf seine schmerzenden Knöchel. Du lieber Himmel, was für eine widerwärtige Vorstellung! Sein Verstand scheute energisch davor zurück. Er schluckte, zuckte die Achseln und stellte betont lässig fest: »Nun, er hat sich geirrt, nicht wahr?«

»Daß du ein Weiberheld und Kater bist? Nein, bestimmt nicht. Wenn du es nicht wärst, wenn du wie all die anderen Männer wärst, hättest du nie bemerkt, daß du dich nicht mit mir vergnügtest.«

»Willst du damit sagen, daß du mit keinem von ihnen geschlafen hast? Daß es immer diese andere Frau war?«

Sie blickte ihm fest in die Augen. »Würdest du mir glauben, wenn ich das bejahen würde?«

»Wahrscheinlich nicht.« Er hob die Hand, um ihre Einwände abzuwehren. »Nein, hör mich zuerst an, Sophie. Ich habe noch nie eine Frau getroffen, die ein solches Repertoire an weiblichen Tricks auf

Lager gehabt hätte wie du, und du kannst mir glauben, daß ich immer bestens bedient wurde. Ich wünschte, ich wüßte Bezeichnungen für das weibliche Gegenstück eines Wüstlings oder Katers. Sie würden auf dich bestimmt zutreffen. Für eine so junge Frau sind deine Verführungskünste wirklich bemerkenswert. Nun, genug davon. Es ist nicht wichtig. Zurück zu deinem lieben Onkel. Ich kann immer noch nicht fassen, daß Kimberly Hall mir gehören soll.«

»Es stimmt aber.«

»Aber wenn nun nicht ich, sondern mein Bruder gekommen wäre?«

»Das hielt Onkel Theo für unwahrscheinlich. Er weiß über deine Familie genau Bescheid. Er hat sogar in England einen Mann angeheuert, der alles über die Sherbrookes herausfinden sollte, speziell über dich. Der Mann teilte ihm in Briefen alle möglichen Einzelheiten mit.«

»Hat er das alles gemacht, bevor er und Thomas mit ihrer Einschüchterungskampagne begannen?«

»O ja. Alles war gut geplant. Onkel Theo wußte, daß Samuel Grayson abergläubisch ist und manipuliert werden kann. Er wußte, daß Samuel deinem Bruder schreiben und um Hilfe bitten würde, wenn man ihm gehörig Angst einjagte. Und so war es dann schließlich auch. Samuel erzählte meinem Onkel sogar, daß er den Sherbrookes schreiben wolle, und mein Onkel ermutigte ihn natürlich dazu und heizte auch seinen Aberglauben geschickt an.«

»Ich glaube allmählich immer mehr, daß ich Onkel Theo den Hals umdrehen sollte. Verdient hätte er es.«

»Der Mann, den mein Onkel angeheuert hatte, schrieb ihm, daß dein Bruder sehr viele Aufgaben und Pflichten habe, und daß es deshalb sehr unwahrscheinlich sei, daß er selbst nach Jamaika reisen würde. Dein jüngerer Bruder studiert in Oxford Theologie. Folglich blieben nur du und deine fünfzehnjährige Schwester übrig, die selbstverständlich nicht in Frage kam. Natürlich warst du es, der die weite Reise angetreten hat. Alles verlief ganz nach Onkels Plänen, nur daß er dich falsch eingeschätzt hat. Er glaubte, du würdest ein zweiter Lord David sein – frivol, narzißtisch, ziemlich dumm, erfüllt von dem einzigen Wunsch, mit mir zu schlafen. Und er wollte einfach nicht einsehen, daß er sich geirrt hatte, daß seine herrlichen Pläne nicht realisierbar waren. Du hast nicht eine Sekunde lang geglaubt, daß es sich um übernatürliche Phänomene handelte, oder?«

»Natürlich nicht«, erwiderte Ryder sichtlich zerstreut.

»Und du wolltest auch nie mein Liebhaber werden.«

»Nein. Doch. Ich weiß es nicht. Wie gesagt, ich teile nicht gern.«

»Was wirst du jetzt tun?«

»Oliver Susson hat zugestimmt, weder mir noch meinem Bruder etwas zu verraten, bis dein Onkel den Zeitpunkt für günstig halten würde?«

Sie nickte.

»Wußte Jeremy etwas von all dem?«

»Nein, ich versuchte ihn zu beschützen, so gut ich konnte. Und Onkel Theo war immer sehr vorsichtig und hat ihn gut behandelt, nicht nur in der Öffentlichkeit, sondern auch, wenn wir unter uns waren. Alle Leute glauben bis heute, daß Jeremy und ich sehr glücklich sein müsssen. Wahrscheinlich heißt es allgemein, daß Onkel Theo viel zu liebevoll, viel zu sentimental ist, um einzusehen, daß seine Nichte eine Hure ist.«

»Ja, diese Version ist auch mir schon zu Ohren gekommen. Du bist müde und mußt dich ausruhen, und ich muß nachdenken, denn ich will diesem heillosen Durcheinander bald ein Ende setzen.«

Sie konnte aber nicht einschlafen, aus dem einfachen Grunde, weil sie viel zuviel Angst vor der Zukunft hatte. Drei Stunden lag sie wach, während sich ihre Gedanken im Kreise drehten.

KAPITEL 8

Sophie ging leise den Korridor entlang, zu Jeremys Zimmer in Kimberly Hall. Sie wollte mit ihrem Bruder sprechen, ihn beruhigen, ihm Versprechen machen, von denen sie inbrünstig hoffte, daß sie auch tatsächlich in Erfüllung gehen würden.

Sie öffnete lautlos die Tür und trat ein. Das Zimmer war klein, hatte aber – wie alle Räume – Balkontüren vom Boden bis zur Dekke, und diese Türen waren weit geöffnet. Sie lächelte. In Camille Hall hatte Jeremy oft auf dem Balkon geschlafen. Wahrscheinlich tat er das auch hier. Die Moskitos störten ihn nie.

Er lag nicht in seinem Bett. Sie lächelte immer noch, während sie langsam auf den Balkon zuging. Dann erstarb ihr Lächeln jäh, denn Jeremy war nicht da.

O Gott!

Sie hatte ihn heute kurz gesehen, und er war sehr ruhig gewesen, viel zu ruhig. Er hatte sie lange betrachtet, und sie hatte gewußt, daß er sich Sorgen machte und Angst hatte, aber sie hatte nichts gesagt, weil Ryder hereingekommen war. Deshalb wollte sie ihn jetzt trösten.

Aber er war verschwunden.

Sie wußte natürlich, wo er war. Zweifellos wollte er in Camille Hall Onkel Theo zur Rede stellen, weil dieser sie geschlagen hatte.

Onkel Theo könnte ihn schwer verletzen, vielleicht sogar töten, denn nun hatte er ja keinen Grund mehr, Freundlichkeit und Zuneigung zu heucheln, weder Jeremy noch ihr gegenüber. Der plötzliche heftige Schmerz in ihren Rippen ließ sie nur stoßweise und keuchend atmen. Sie beugte sich vor und schlang die Arme um sich.

Auch als der Schmerz abnahm, blieb sie regungslos stehen und starrte auf die herrliche Szenerie hinaus, nahm die schimmernden Wellen unter dem fast vollen Mond aber kaum wahr. Die Sterne waren kalte weiße Punkte am wolkenlosen Himmel. Langsam drehte sie sich um und kehrte in ihr eigenes Zimmer zurück. Ihr Kleid lag ganz unten im Schrank. Es war zerrissen und schmutzig, aber das war ihr im Moment völlig egal. Auch daß sie weder ihre Unterröcke noch ihre Unterwäsche finden konnte, störte sie. Sie zog das Kleid an, ohne auf die ziehenden Schmerzen in den Rippen zu achten, fest entschlossen zu handeln.

Ihre Schuhe waren ebenfalls unauffindbar. Nun, dann mußte sie eben barfuß laufen. Leise und verstohlen wie eine Diebin schlich sie die Treppe hinab, in die Bibliothek. Dort gab es einen Waffenschrank mit Glastüren, zum Glück nicht abgeschlossen. Sie kannte sich mit Pistolen aus und wählte eine kleine Derringer. Wenn sie Jeremy beschützen mußte, würde sie jeden, aber auch wirklich jeden aus nächster Nähe erschießen, um ihn nur ja nicht zu verfehlen.

Fünf Minuten später verließ sie Kimberly Hall und eilte die Kiesauffahrt hinab, ohne auch nur zu bemerken, daß die Steinchen sich in ihre Fußsohlen bohrten, froh über die Abendbrise, die in ihren Haaren spielte.

Es war eine schöne, stille Nacht. Ihr Herz schlug langsam und gleichmäßig. Wenn sie nur wüßte, wie lange Jeremy schon fort war. Sie hatte zwar Angst, war aber ganz ruhig. Es war höchste

Zeit, daß sie selbst die Verantwortung für Jeremy und sich übernahm. Lieber Gott, betete sie, laß mich nicht zu spät kommen!

Sie brauchte nur zwanzig Minuten, um Camille Hall zu erreichen, weil sie Abkürzungen durch die Zuckerrohrfelder wählte, wobei sie sich die Füße zerschnitt; sie ignorierte sowohl den brennenden Schmerz als auch das Blut, das sie kalt und klebrig an ihren Fußsohlen spürte.

Mehrere Fenster waren noch hell, aber sie konnte niemanden sehen, weder Thomas noch ihren Onkel noch einen der Dienstboten. Wo zum Teufel war Jeremy?

Sie rannte geduckt von Busch zu Busch, immer näher an das große Haus heran, und dann schlich sie sich auf die seitliche Veranda, die zum Arbeitszimmer ihres Onkels führte. Dort hörte sie die Stimmen.

Onkel Theo hörte sich amüsiert an, aber auch ziemlich betrunken. »Du kleiner Bastard hast also beschlossen, hierher zurückzukommen und mich auszupeitschen, wie?«

»Ja, aber ich bin kein Bastard. Meine Mutter war deine Schwester, und sie war mit meinem Vater verheiratet. Ich bin hier, weil ich nicht zulassen kann, daß du meine Schwester verletzt. Du hast sie *geschlagen*!«

»Sie hat es verdient, und sobald ich sie wieder in die Hände bekomme, werde ich sie peitschen, bis sie um Gnade winselt.«

»Das werde ich nicht dulden. Und Ryder wird es auch nicht dulden.«

Ryder Sherbrooke, der junge Mann, den Theo mit wahrem Hochgenuß umgebracht hätte. Ah, aber jetzt hatte er wenigstens den Jungen, diesen nutzlosen kleinen Krüppel. Er grinste auf Jeremy herab. »Und wie willst du mich von etwas abhalten, Bürschchen? Du konntest ja nicht einmal deine Peitsche behalten. Ich habe sie jetzt.«

»Mir wird schon etwas einfallen.«

Die Peitsche pfiff plötzlich durch die Luft, und Sophie hörte einen lauten Schrei. Es war Jeremy. Onkel Theo hatte ihn mit der Peitsche geschlagen.

Sophie hatte geglaubt, alle Wut, derer sie überhaupt fähig war, schon lange ausgeschöpft zu haben, aber sie hatte sich geirrt. Die Rage, in der sie sich jetzt befand, ließ sich mit nichts Vorangegangenem vergleichen. Sie schlüpfte lautlos durch die geöffnete Holztür und sah Onkel Theo in einem Morgenrock, die Schulter dick verbunden, mit hocherhobener Peitsche in der rechten Hand.

»Ich werde dir eine weitere Kostprobe geben, Master Jeremy, nur um dir zu zeigen, wie mächtig du bist.«

»Wenn du das tust, du erbärmlicher Mistkerl, jage ich dir eine Kugel in den Bauch. Ich möchte nicht, daß du schnell stirbst. O nein, ich will, daß du dich auf dem Boden wälzst, dir den Bauch hältst und spürst, wie deine Gedärme von innen heraus verfaulen, während du dir die Seele aus dem Leib brüllst!«

Theo Burgess erstarrte, aber nur eine Sekunde lang. Langsam, ganz langsam ließ er die Peitsche sinken und wandte sich seiner Nichte zu.

»Aha, du hast also festgestellt, daß der kleine Krüppel verschwunden ist, und bist herbeigeeilt, um ihn zu retten.«

Sie ignorierte ihn. »Komm her, Jeremy, aber halte Abstand von ihm. So ist's recht, und jetzt komm zu mir herüber.«

Jeremys Gesicht war weiß vor Schmerz, und in seinen Augen stand Scham über sein Versagen geschrieben. Beide Gefühle konnte sie nur zu gut verstehen. »Alles in Ordnung«, beruhigte sie ihn. »Diesmal haben wir gewonnen. Es war sehr mutig von dir hierherzukommen. Ja, so ist's gut, komm her zu mir, und bald verlassen wir diesen Ort.«

»Das glaubst auch nur du, Hure! Ich brauche nur zu rufen, und sofort werden mindestens zehn Sklaven zur Stelle sein, um meine Befehle auszuführen.«

»Das macht nichts, weil du bis dahin schon einen Bauchschuß haben wirst. Na los, Onkel, schrei so laut, wie du willst, denn es wird der letzte Laut sein, den du machen kannst, ohne Todesqualen zu leiden. Mein Wunsch, dich zu töten, ist schier übermächtig. Du bist ein Feigling, weil du Jeremy mit der Peitsche geschlagen hast, obwohl er nur halb so groß ist wie du. Deine totale Gefühllosigkeit hat sogar mich überrascht, aber nur ganz kurz.«

Theo Burgess wußte nicht, was er tun sollte. Er schüttelte den Kopf, weil er nach dem vielen Rum, den er wegen der Schmerzen in seiner Schulter getrunken hatte, keinen klaren Gedanken mehr fassen konnte. Er glaubte Sophie. Schließlich hatte sie auch zugestochen, ohne zu zögern. Herrgott, er hätte weiter auf sie einschlagen sollen, bis sie tot gewesen wäre, aber er hatte aufhören müssen, weil er sich von dem Stich schwindelig und benommen gefühlt hatte. Während er seine Nichte jetzt anstarrte, spürte er wieder den Schmerz in seiner Schulter, trotz der großen Menge Rum, und er erinnerte sich lebhaft an die Qualen, die der verdammte Brieföffner ihm verursacht hatte. Als Thomas das Ding herausgezogen hatte, war es ihm beim besten Willen nicht gelungen, einen Aufschrei zu unterdrücken. Und danach war ihm nicht einmal eine segensreiche Ohnmacht vergönnt gewesen – nein, er hatte die grausamen Schmerzen bei vollem Bewußtsein ertragen müssen, und er hatte sich geschworen, daß Sophie das büßen würde. Auch jetzt hatte er nur den einen Wunsch, es ihr heimzuzahlen.

Er war sehr zufrieden, daß es ihm schließlich gelang, halbwegs gleichmütig zu sagen: »Weißt du, meine Liebe, wenn du mich umbringst, wirst du völlig mittellos dastehen.«

»Der Rum hat deinen Verstand verwirrt, Onkel. Jeremy ist dein Erbe. Er bekommt deinen ganzen Besitz.«

»O nein. Er ist nicht mein Erbe, aus dem ganz einfachen Grund, weil ich kein Testament gemacht habe.«

»Testament hin, Testament her – wir sind deine nächsten Verwandten, und deshalb wird Jeremy auf jeden Fall Camille Hall erben. Und unser Elternhaus in Fowey gehört natürlich auch ihm.«

»Hat der liebe Oliver Susson dir das erzählt, während er dich bumste?«

»Daß du mittlerweile an deine eigenen Erfindungen glaubst, ist ein schlechtes Zeichen für deinen Verstand, Onkel. Ich habe zwei Kugeln in dieser Derringer. Jeremy, laß mich sehen, wie stark er dich verletzt hat.«

Ihr Bruder drehte ihr den Rücken zu. Der Peitschenhieb hatte sein Hemd zerrissen. Die Haut war zum Glück nicht aufgeplatzt, aber der lange diagonale Striemen war rot und häßlich und schwoll rasch an. Sie zog scharf den Atem ein. »Du bist wirklich ein Ungeheuer. Nun, ich habe – wie schon gesagt – zwei Kugeln. Wenn ich auf Jeremys Rücken auch nur einen Tropfen Blut entdeckt hätte, wäre dir ein Bauchschuß sicher gewesen. Aber du hast Glück, lieber Onkel. Ich werde dich diesmal nicht erschießen. Ich kehre mit Jeremy einfach nach Kimberly Hall zurück, und du wirst uns von nun an in Ruhe lassen, hast du mich verstanden? Du wirst dich weder selbst dort blicken lassen noch Thomas hinschicken. Wir gehen jetzt. Rühr dich ja nicht von der Stelle!«

»Und was willst du machen, wenn Ryder Sherbrooke dich und den Krüppel rausschmeißt?«

»Das braucht nicht deine Sorge zu sein.«

»Thomas hat mir erzählt, daß du in Sherbrookes Schlafzimmer

untergebracht bist. Alle wissen jetzt, daß du seine Geliebte bist. Dein Ruf ist …«

Sie lachte. »Schau dir mein Gesicht an. Kannst du dir vorstellen, daß ein geistig normaler Mann daran interessiert sein könnte, jetzt mit mir zu schlafen? Und meine Rippen sind noch viel schlimmer grün und blau verfärbt. Glaub mir, selbst wenn wir beide ganz versessen darauf gewesen wären, miteinander ins Bett zu gehen, hätte ich es nicht gekonnt. Dafür hast du gesorgt. Und jetzt, lieber Onkel, verlasse ich dich mit Jeremy.«

»Und kehrst zu dem verfluchten Engländer zurück?«

»Du bist selbst ein verfluchter Engländer, hast du das vergessen?«

»Wie gesagt, er wird dich sehr schnell rausschmeißen. Ich habe gehört, daß er sich sehr schnell langweilt, daß keine Frau ihn auf Dauer halten kann. Mein Verbindungsmann in England hat geschrieben, daß die Weiber sozusagen Schlange stehen, um mit ihm ins Bett zu gehen. Nein, du häßliche kleine Nutte, du könntest ihn höchstens eine Nacht lang halten.«

»Ich will ihn überhaupt nicht halten. Ich will nicht einmal im selben Raum sein wie er. Von mir aus kann er Dutzende von Geliebten haben. Aber er scheint ein Ehrenmann zu sein, und das ist für mich eine ganz neue Erfahrung. Er hat Jeremy beschützt. Ich habe dieses ganze Gerede jetzt aber wirklich satt. Jeremy, geh nach draußen. Ich komme sofort nach.«

»Aber, Sophie …«

»Geh!«

Der Junge wich zurück, mit bleichem, angespanntem Gesicht.

Sie richtete die Pistole auf das linke Knie ihres Onkels. »Vielleicht«, sagte sie sehr leise und sehr drohend, »vielleicht ändere ich meine Meinung doch noch. Es wäre ganz schön zu wissen, daß du für den Rest deines Lebens herumhumpelst, ein Krüppel, ein nutzloser Krüppel.«

Theo Burgess kreischte: »Nein, Herrgott nochmal, nein!« Mit den Armen wild um sich schlagend, stürzte er auf sie zu.

Plötzlich krachte der Kandelaber zu Boden, und das Zimmer versank in Dunkelheit.

Sophies Finger drückte versehentlich auf den Abzug, ein Schuß löste sich und verursachte in dem kleinen Raum einen Höllenlärm. Sie hörte einen Schmerzensschrei. Jemand schlug gegen ihren Arm, aber es gelang ihr, die Pistole festzuhalten, und diesmal feuerte sie mit voller Absicht. Dann wurde sie von einem Schlag an der Schläfe getroffen und fiel zu Boden. Sie hörte Jeremy schreien und nahm einen beißenden Geruch wahr, der ihr irgendwie bekannt vorkam. Mühsam öffnete sie die Augen, sah aber in der Dunkelheit nur ein seltsames orangefarbenes Licht. Und dazu die Geräusche – ein Zischen, Knistern und Prasseln. Die leichten Musselinvorhänge brannten lichterloh, und die Flammen griffen rasch auf alles andere über. Es wurde unerträglich heiß.

»Jeremy«, flüsterte sie, »du mußt wegrennen, bitte. Geh zu Ryder, er wird sich um dich kümmern. Du kannst ihm vertrauen.«

Sie glaubte am Rauch zu ersticken, während ihre Augen zufielen und ihr Kopf auf den Holzboden sank.

Sie kam mit rauher und brennender Kehle wieder zu sich. Irgend jemand hielt sie in den Armen, und Männerhände rieben ihr den Rücken, während sie hustete und keuchte. Sie hörte seine Stimme: »Es ist vorbei, Sophie. Jeremy ist in Sicherheit. Pssst, mach dir jetzt keine Sorgen und versuch nicht zu sprechen.«

Ryder! Seine Stimme, seine Hände auf ihrem Rücken. Sie lehnte sich an ihn und versuchte, nicht zu schlucken, weil ihre rauhe Kehle so weh tat.

»Wo ist Jeremy? Ist er wirklich wohlauf?«

»Sei still, dann werde ich dir alles erzählen. Wir sind hier in Camille Hail. Jeremy hatte es fast geschafft, dich allein aus dem Zimmer zu ziehen, als Emile und ich hier eintrafen. Das Feuer ist gelöscht, und es hat keinen allzu großen Schaden angerichtet. Nur das Arbeitszimmer ist fast zerstört, und die Veranda ist ein bißchen angesengt. Natürlich stinkt es im ganzen Haus erbärmlich nach Rauch. Und Onkel Theo ist mausetot.«

Es war sehr schmerzhaft, auch nur ein Wort hervorzubringen, aber sie brachte doch krächzend hervor: »Ich muß ihn getötet haben. Meine Derringer ging los, und ich hörte ihn schreien.«

»Nun, das hast du gut gemacht. Trotzdem werde ich dir, sobald du wieder halbwegs bei Kräften bist, den Hintern versohlen müssen. Wenn Coco nicht zufällig gesehen hätte, wie du barfuß die Auffahrt hinabgerannt bist, wärst du höchstwahrscheinlich ums Leben gekommen und Jeremy ebenfalls, denn der Junge hätte dich bestimmt nicht allein gelassen.«

»Mr. Sherman Cole, der Richter, wird mich an den Galgen bringen.«

»Ich sehe beim besten Willen keinen Grund dafür.«

Sie versuchte sich aus seinen Armen zu lösen, aber er hielt sie fest.

»Doch, er wird alles daran setzen. Er wollte mein Liebhaber werden, aber weil Onkel Theo keinen Vorteil darin sah, durfte ich ihm eine Abfuhr erteilen. Er hat das sehr übelgenommen und mir gedroht. Onkel Theo fand das sehr amüsant und meinte, im Notfall würde er Cole schon zur Räson bringen. Er sagte aber auch, ich solle mit Cole gelegentlich flirten, damit er – falls Onkel Theo ihn doch einmal brauchen sollte – sofort angerannt käme, wenn ich ihm zulächelte.«

»Und das hast du nicht getan?«

»Nein, ich habe ihn geohrfeigt und ihm einen Tritt gegen das Schienbein versetzt, als er versucht hat, mich zu küssen. Er ist widerlich. Das ist jetzt etwa drei Monate her.«

»Ich verstehe. Nun, mein liebes Mädchen, dann muß wohl ich Theo Burgess erschossen haben, um dich und Jeremy zu retten. Aber warum? Schließlich war Burgess allgemein nur als liebevoller Onkel bekannt. Ich muß darüber nachdenken. Vielleicht gibt es irgendeine andere Lösung. Ja, laß mich in Ruhe darüber nachdenken.«

»Wo ist Thomas?«

»Das weiß ich nicht. Ich habe ihn nicht gesehen. Ich werde fragen.«

»Ich wollte Onkel Theo ins Knie schießen, damit er ein Krüppel wie Jeremy sein sollte, damit er wie Jeremy sein Leben lang hinken müßte, weil er nicht davor zurückgeschreckt ist, Jeremy einen Peitschenhieb zu versetzen. Aber ich schwöre dir, ich habe nicht absichtlich abgedrückt. Der Kandelaber ist plötzlich zu Boden gekracht, und alles war dunkel, und da habe ich versehentlich auf den Abzug gedrückt. Dann hat mich jemand auf den Arm geschlagen, und da habe ich noch einmal geschossen, um mich zu verteidigen.«

»Erzähl mir alles und laß nichts aus. Aber beeil dich, denn ich weiß nicht, wieviel Zeit uns bleibt.«

Als sie ihren Bericht beendet hatte, war ihre Kehle so rauh, daß sie nur noch ein heiseres Flüstern hervorbrachte.

»Ich werde dich jetzt Samuels Obhut übergeben, dich und Jeremy. Er bringt euch nach Kimberly Hall zurück. Und ich will jetzt nichts mehr von dir hören, keine Einwände, keine Beteuerungen, daß du allein zurechtkommst. Du wirst genau das tun, was ich dir sage. Und mein erster Befehl lautet: du darfst mindestens vierundzwanzig Stunden nicht sprechen.«

»Mein Kopf tut weh.«

Ryder betrachtete sie mit gerunzelter Stirn und berührte mit den Fingerspitzen die Beule an ihrer Schläfe. »Großer Gott, du hast mir nicht gesagt, daß jemand dir einen Schlag auf den Kopf versetzt hat.«

»Also gut, erzähl. Aber schnell.« Als sie fertig war, machte er eine finstere Miene. Sie öffnete den Mund, aber er legte ihr eine Hand auf die Lippen. »Nein, sei jetzt still. Da ist Jeremy. Emile hat sich um ihn gekümmert, während ich mit dir geredet habe.«

Der Junge kniete sich neben sie und streichelte ihr schmutziges Gesicht und ihre Hände. »Oh, Sophie, deine Füße! Was ist passiert? Was hast du gemacht?«

Sie hatte ihre Füße total vergessen.

Ryder rief nach einer Laterne, und als ein Sklave sie brachte, betrachtete er in ihrem Schein schweigend Sophies Füße. Schließlich sagte er: »Du hast es fertiggebracht, von Kopf bis Fuß verletzt zu sein. Sophie, deine Füße sehen einfach schrecklich aus. Coco soll sie baden, sobald du in Kimberly bist.«

Ryder trug Sophie zur Kutsche, und Samuel fuhr mit ihr und Jeremy davon. Ryder schwitzte und war rauchgeschwärzt, und er wußte, daß er in einen heillosen Schlamassel verwickelt war, was seine Laune nicht gerade hob.

Wo zum Teufel steckte dieser Bastard von Thomas? Der Kerl war noch gefährlicher als Burgess, denn der gute Onkel Theo hatte zumindest nach außen hin einen gewissen Schein wahren müssen, während Thomas von solchen Problemen unbelastet war. Ryder zweifelte nicht daran, daß es der Aufseher gewesen war, der Sophie angegriffen und den Kandelaber zu Boden geschmettert hatte.

Ryder ließ Emile in Camille Hall zurück und kehrte nach Kimberly zurück, um wenigstens einige Stunden zu schlafen. Als er aufwachte, wurde ihm berichtet, daß Miß Stanton-Greville noch schlafe. Er runzelte die Stirn, sagte aber nichts. Beim Gedanken an ihre blutigen Füße fluchte er insgeheim über ihr Sturheit. Kaum hatte er gefrühstückt, traf Mr. Sherman Cole aus Montego Bay ein.

Cole hatte Ähnlichkeit mit dem Vater einer von Ryders Geliebten, einem Tuchhändler in Rye, der habgierig und verschlagen war. Der Richter war sehr fett, sein Doppelkinn schwabbelte über dem Kragen, er hatte einen grauen Haarkranz, sehr scharfe Augen und wulstige Lippen. Bei dem Gedanken, daß dieser Kerl versucht hatte, Sophie zu küssen, wurde Ryder fast übel.

Trotzdem schüttelte er dem Mann die Hand und bot ihm Kaffee an. Mr. Cole wollte nicht nur Kaffee, sondern auch süße Rosinenbrötchen, die er lüsterner betrachtete als Ryder jemals eine schöne nackte Frau.

Ryder nahm ihm gegenüber Platz, schaute aber nach Möglichkeit woanders hin, weil er diese Visage einfach nicht ertragen konnte. Trotzdem hörte er aufmerksam zu, was der Mann, oft mit vollem Mund und entsprechend undeutlich, zu sagen hatte.

»Ja, Mr. Sherbrooke, wie Sie wissen, bin ich der Richter, zuständig für alle Verstöße gegen das Zivil- und Strafrecht. Ich vertrete hier auf der Insel das Gesetz, und es hat mich sehr gewundert, ja geradezu schockiert, daß Sie Miss Sophie Stanton-Greville hierher nach Kimberly Hall zurückgebracht haben. Ich weiß nicht, wie Sie in diese Geschichte hineingeraten sind, aber ich bin mir sicher, daß Sie mich bald darüber aufklären werden. Bitte lassen Sie das Mädchen holen. Ich will es verhören.«

Ryder faltete die Hände mit gespreizten Fingern und betrachtete über sie hinweg den Mann, der soeben vier Rosinenbrötchen verschlungen hatte. Der Kerl war nicht nur ein Schwein, sondern auch noch aufgeblasen, herablassend und außerordentlich lästig. Manieren gingen ihm völlig ab. Er hatte Krümel auf dem Jackett und am Kinn. Man sollte ihn eigentlich entkleiden und den Krokodilen in den Mangrove-Sümpfen zum Fraß vorwerfen, die mit ihm zweifellos mehrere Tage beschäftigt wären.

»Das dürfte nicht möglich sein, Mr. Cole«, sagte Ryder milde. »Wissen Sie, Miss Stanton-Greville hat zuviel Rauch eingeatmet, und das Sprechen bereitet ihr große Schmerzen. Vielleicht wird es ihr in einigen Tagen besser gehen. Sie können dann ja noch einmal vorsprechen, wenn Sie wollen.«

Mr. Cole runzelte die Stirn. Er war nicht daran gewöhnt, daß jemand sich seinen ausdrücklichen Wünschen widersetzte. Hier auf der Insel hatte er das Sagen; er vertrat nicht nur das Gesetz – er *war* sozusagen das Gesetz.

»Ich will sie sehen«, beharrte er.

»Nein.«

»Sehen Sie mal, Sherbrooke ...«

»*Mister* Sherbrooke, wenn ich bitten darf.« Sherman Cole war verblüfft und wurde von Minute zu Minute wütender. Aber er war kein Dummkopf. War Sophie Stanton-Greville bereits die Geliebte dieses Mannes? Hatte er sich deshalb in den Kopf gesetzt, sie zu beschützen? Cole spitzte den Mund und schwieg, weil er die Erfahrung gemacht hatte, daß Männer und Frauen ein längeres Schweigen nicht ertragen konnten und deshalb ins Reden kamen, wodurch sie ihm Informationen lieferten. Aber dieser junge Mann sagte kein Wort, lehnte sich zurück und besaß sogar die Unverschämtheit, gelangweilt auszusehen.

Mr. Cole holte tief Luft, stellte fest, daß keine Rosinenbrötchen mehr da waren, und runzelte abermals die Stirn. Essen half ihm, seine Gedanken zu ordnen, das war schon in seiner Kindheit so gewesen. »Ich will sie«, sagte er störrisch.

»Ein Jammer! Sie werden sich damit abfinden müssen, daß Sie sie nie haben werden.«

»Das habe ich nicht gemeint! Mein lieber junger Mann, ich bin verheiratet, und meine Frau ist eine charmante Dame, wirklich sehr charmant. Ich meinte, daß ich mit ihr sprechen muß, und ich muß Ihnen sagen, Mr. Sherbrooke, daß ich sie im Verdacht habe, kaltblütig ihren Onkel ermordet und dann das Haus in Brand gesetzt zu haben.«

»Eine bemerkenswerte Theorie. Darf ich fragen, wie Sie zu dieser unglaublichen Schlußfolgerung gekommen sind?«

»Sie ist nicht, was sie zu sein scheint, oder, besser gesagt, sie ist genau das, was sie zu sein scheint, und nur ihr Onkel wollte das nicht sehen. Sie müssen doch auch gehört haben – vielleicht verfügen Sie sogar über Informationen aus erster Hand – daß sie eine Nutte ist, eine begehrte Nutte ohne jede Moral. Ich nehme an, daß ihr Onkel endlich die Wahrheit erkannte, und daß sie ihn umbrachte, weil er damit drohte, sie rauszuwerfen. Ja, so muß es gewesen sein.«

Er warf Ryder einen strengen Blick zu und verkündete: »Ich bin hier, um der Gerechtigkeit zum Sieg zu verhelfen.«

Ryder lachte laut. »Ihre Theorie ist wirklich mehr als amüsant, Mr. Cole, aber Ihnen muß doch selbst klar sein, daß Sie nur Verleumdungen von sich geben.«

»Ich habe einen Zeugen, Mr. Sherbrooke.«

»Na sowas!«

»Ja, Thomas, den Aufseher!«

Ryder lachte wieder, noch herzhafter, noch amüsierter als zuvor.

»Sir!«

»Mr. Cole, Thomas ist ein Schurke, was auch Ihnen bekannt sein dürfte. Ich halte es nicht für allzu weise, einem Schurken als Zeugen Glauben zu schenken. Ich schlage Ihnen eine andere Theorie vor, die sich von der Ihren grundlegend unterscheidet, aber mindestens genauso einleuchtend ist. Thomas ist, wie gesagt, ein Gauner. Vermutlich hat Mr. Burgess herausgefunden, daß Thomas ihn betrog oder aber, daß er die Sklaven allzusehr mißhandelte, und er hat ihn gefeuert. Kurz gesagt – Thomas hat ihn umgebracht. Der glückliche Zufall wollte es, daß Miss Stanton-Greville und ihr Bruder sich gerade in Camille Hall aufhielten, und so gab sie für Thomas einen perfekten Sündenbock ab.«

»Thomas ist ein Mann, und sie ist eine …«

»Nein, er ist ein nichtswürdiger Lump, grausam und hinterlistig wie eine Schlange.«

»Das ist noch lange keine Entschuldigung für Miss Stanton-Greville. Sie ist doch nur eine …«

»An Ihrer Stelle würde ich kein Wort mehr sagen, Cole. Miss Stanton-Greville und ihr Bruder stehen unter meinem persönlichen Schutz, und ich werde demnächst die Vormundschaft für die beiden beantragen. Oliver Susson wird die Angelegenheit regeln.«

»Ah, jetzt wird mir alles klar.«

»Tatsächlich? Hätten Sie vielleicht die Güte, mir das zu erklären?«

»Sie ist, wie ich vorhin schon andeutete, Ihre Geliebte.«

Ryders Stimme klang plötzlich so wie die seines Vaters, wenn dieser die Unverschämtheiten irgendeines Individuums satt gehabt hatte und es loswerden wollte: »Vielleicht wird sie es eines Tages sein. Ich bin mir noch nicht sicher, ob ich mit ihr schlafen und sie behalten möchte. Aber ich fühle mich für Jeremy verantwortlich, und sie gehört nun einmal zu ihm. Er ist Burgess' Erbe, und seine Interessen müssen vertreten werden. Ich wüßte nicht, wer das tun sollte, wenn nicht ich. Nun, Cole, haben Sie noch etwas zu sagen? Nein? Vielleicht sollten Sie Thomas vorladen. Ihr außerordentliches Geschick bei Verhören und Ihr imposantes Auftreten werden ihn vielleicht dazu bewegen, die Wahrheit zu gestehen.« Ryder stand auf und wartete darauf, daß Cole sich mühsam erheben würde, was dieser auch notgedrungen tat.

»Ich finde bestimmt weitere Beweise für ihre Schuld.«

»Weitere, Cole? Bisher haben Sie noch nicht einmal die Spur

eines Beweises. Schnappen Sie Thomas, dann haben Sie Ihren Mörder. Wenn Sie mich jetzt bitte entschuldigen würden – ich muß mich um wichtige Angelegenheiten kümmern. Oh, möchten Sie vielleicht noch ein paar Rosinenbrötchen mitnehmen?«

Sophie rannte schnell die Treppe hinauf. Sie hatte Cole die Auffahrt entlangreiten sehen, und sie wollte unbedingt wissen, was er sagen würde. Er hatte nichts Unerwartetes von sich gegeben, und Ryder war wirklich glänzend mit ihm umgesprungen. Aber was Ryder gesagt hatte ... Sie verspürte einen tiefen, einen sehr tiefen Schmerz, und zwar nicht in ihren Rippen oder in der Kehle.

Ich bin mir noch nicht sicher, ob ich mit ihr schlafen und sie behalten möchte.

Er unterschied sich nicht von den anderen Männern. Wahrscheinlich würde er verlangen, daß sie Jeremys Schutz mit ihrem Körper bezahlte, und dann würde er ihrer überdrüssig werden, und damit würde die Sache erledigt sein. Aber wenigstens würde sie dann endlich frei sein. Sie und Jeremy würden friedlich in Camille Hall leben. Alles würde in Ordnung sein, und in anderthalb Jahren, sobald sie einundzwanzig war, würde sie sein Vormund sein können.

Sie schaffte es, ins Bett zu steigen und das Laken bis zum Kinn hochzuziehen, bevor Ryder auf der Schwelle stand und sie lange betrachtete, bevor er sagte: »Mr. Cole war sehr amüsant.«

»So? Wird er mich verhaften?«

»Du hörst dich noch immer wie ein Nebelhorn an. Nein, er wird dich nicht verhaften. Möglicherweise wird es Thomas sein, der am Galgen endet. Würde das nicht all unsere Probleme lösen?«

Sie wandte ihr Gesicht von ihm ab und fragte sehr leise: »Warum war Coco gestern abend noch so spät auf? Du hast doch gesagt, daß sie es war, die mich gesehen hat.«

»Coco ist schwanger. Ihr war übel, und deshalb atmete sie auf dem Balkon die frische Nachtluft ein.«

»Oh.«

»Möchtest du hören, was jetzt geschehen wird?«

Sie wollte ihn anschreien, daß sie schon alles gehört habe, daß er den Mund halten und weggehen solle, aber das ging nicht, und deshalb nickte sie stumm.

Er siebte sorgfältig, und wenn sie das Gespräch zwischen den beiden Männern nicht belauscht hätte, wäre ihr gar nicht aufgefallen, daß er manches verschwieg.

Ah, aber er ließ alles Belastende aus!

»Ich bin nicht deiner Ansicht«, sagte sie, als er fertig war.

»Worüber?«

»Ich möchte dein Angebot, unser Vormund zu werden, nicht annehmen. Ich bin fast zwanzig. Mr. Susson kann Jeremys Vormund sein, bis ich einundzwanzig werde, und dann werde ich die Vormundschaft übernehmen. Camille Hall gehört jetzt ihm. Ja, ich werde sein Vormund sein.«

»Nein.«

»Du bist kaum älter als ich. Wie könntest du dich da als mein Vormund aufspielen? Es ist absurd.«

»Ich bin fast sechsundzwanzig.«

»Ein wahrhaft biblisches Alter.«

Er grinste plötzlich. »Mein Bruder hätte sich über deine Bemerkung gefreut. Der Ärmste ist erst achtundzwanzig, und alle Sherbrookes haben ihn unablässig bedrängt zu heiraten und einen Erben zu zeugen.«

»Und was hat er gemacht?«

»Er hat geheiratet, kurz bevor wir den Brief von Samuel Grayson erhielten.«

»Nun, seine arme Frau tut mir sehr leid, wenn er sie nur als eine Art Zuchtstute geheiratet hat.«

»Ich glaube nicht, daß Alexandra einem leid tun muß«, sagte Ryder langsam. »Allerdings muß ich zugeben, daß ich für mein Leben gern wüßte, wie die beiden inzwischen miteinander zurechtkommen. Aber das alles ist jetzt völlig irrelevant. Ich werde nach Montego Bay reiten und mit Oliver Susson sprechen, ihm klarmachen, daß das Spiel aus ist, und ihn mit dieser Angelegenheit betrauen. Wenn er seine Sache gut macht, werde ich darauf verzichten, ihn zu Brei zu schlagen.«

Sie war ganz ruhig. Viel zu ruhig. Er blickte mit gerunzelter Stirn auf sie hinab. »Hör zu, Sophie. Du kannst nichts an der Situation ändern, also gewöhn dich lieber daran. Solltest du wieder versuchen, Kimberly zu verlassen, hat Emile Anweisung, sich auf dich zu setzen.«

»Warum tust du das alles? Ist dir überhaupt klar, was du dir da aufládst? Du willst freiwillig die Vormundschaft über einen neunjährigen Jungen und seine neunzehnjährige Schwester übernehmen. Warum willst du dir eine solche Verantwortung aufbürden?«

»Ich weiß es nicht.« Ryder versuchte achselzuckend darüber

hinwegzugehen, brachte es aber nicht fertig. Langsam setzte er zu einer Erklärung an. »Ich bin fünfundzwanzig, der zweite Sohn und deshalb kein Lord. Mein Leben lang habe ich nur getan, was ich wollte, gelacht und gespielt, geliebt und mich amüsiert. Seit mein Vater starb, kümmert sich glücklicherweise Douglas um alles. Er ist der neue Graf und trägt die Verantwortung, und ich konnte genauso weitermachen wie bis dahin. Ich hatte keinen Grund, mich zu ändern. Niemand erwartete das von mir. Und was die andere Sache betrifft, nun, davon weiß niemand etwas, und es geht sie auch nichts an, und außerdem ist es keine große Verantwortung.«

»Welche andere Sache?«

Er schüttelte nur den Kopf und schien über sich selbst erstaunt zu sein.

Sophie schwieg.

Er zuckte mit den Schultern. »Nun, und jetzt bin ich eben für dich und Jeremy verantwortlich. Du wirst von mir und niemand sonst abhängig sein. Nein, halt den Mund, Sophie, und schüttle deinem neuen Vormund einfach die Hand.«

Er hatte im Grunde erwartet, daß sie weitere Einwände erheben würde, aber sie streckte ihre Hand aus, und er nahm sie in die seine. Sie blickte zu ihm auf und sagte mit ihrer heiseren Stimme: »Ich vertraue dir in bezug auf Jeremy. Wirklich.«

»Du mußt lernen, mir auch in bezug auf dich zu vertrauen.«

»O nein!«

»Wie geht es deinen Füßen?«

»Meinen Füßen? Oh, ich habe sie ganz vergessen. Sie sind schon fast wieder in Ordnung.«

»Ja, das glaube ich dir aufs Wort.« Ryder zog ihr das Laken weg. Ihre Füße waren leicht verbunden. »Warum sind die Verbände blutig?«

Weil ich mich nach unten geschlichen habe und dann hinaufgerannt bin.

»Ich weiß nicht.« Sie hatte gar nichts gespürt. Seltsam.

»Sophie, du mußt aufgestanden sein. Was hast du gemacht?«

»Ich mußte ein Bedürfnis verrichten.«

»Ja, das ist zweifellos die volle Wahrheit. Der Nachttopf ist kaum zwei Meter entfernt. Wo bist du gewesen, Sophie?«

Sie starrte ihre Hände an und stellte fest, daß sie noch immer schwarze Fingernägel hatte. Was seine Frage betraf, so zog sie es vor zu schweigen.

»Du brauchst einen Vormund mehr als Jeremy.«

Erst jetzt, als sie einen Blick auf ihre Füße warf und die blutigen Verbände sah, verspürte sie starke Schmerzen.

»Ich werde mich selbst darum kümmern, Ryder.«

Er fluchte laut und anhaltend.

Zehn Minuten später hatte er die Verbände entfernt und wusch ihre Füße mit Seife und heißem Wasser. Sie mußte alle Willenskraft zusammennehmen, um nicht vor Schmerz zu schreien. Als er ihr weißes Gesicht sah, ging er behutsamer vor. Er nannte sie eine Närrin, während er die Schnittwunden säuberte, und ein dummes Huhn, während er eine besonders häßliche und noch blutende Stelle abtupfte.

Als er Alkohol über beide Füße goß, sprang sie fast vom Bett, aber er packte sie bei den Schultern und hielt sie fest. »Ich weiß, daß es höllisch brennt, aber du hast es verdient. Verdammt, beweg dich nicht! Ich weiß nicht, wohin du gegangen bist, aber du kannst dich darauf verlassen, daß ich es herausfinden werde. Für alle Fälle werde ich die Prozedur jetzt wiederholen, und wenn du dich von der Stelle rührst, fessle ich dich ans Bett. Schrei statt dessen.«

Sie brüllte aus Leibeskräften, als er ihre Füße in ein Alkoholbad zwang und darin festhielt, und sie erstickte fast an ihren Tränen.

Jeremy stürzte ins Zimmer, mit geballten Fäusten und zornesrotem Kopf, sichtlich zu allem entschlossen.

Ryder beruhigte ihn mit einem einzigen Blick und zwei einfachen Sätzen: »Ich helfe ihr. Komm her und halt ihr die Hand.«

Jeremy hielt Sophies Hand umklammert, bis Ryder schließlich das Gefühl hatte, alles in seinen Kräften Stehende getan zu haben. Er hob ihre Füße aus dem Alkohol und schwang sie aufs Bett. »Wir werden sie im Augenblick nicht verbinden. Laß sie einfach auf diesem sauberen Handtuch liegen. Und wenn du noch einmal herumläufst, werde ich dir den Hintern versohlen, und ich wage zu behaupten, daß Jeremy mir dabei helfen wird.«

»Ja, Sophie, du darfst dich nicht bewegen. Wir konntest du nur? Coco hat sich nachts doch um deine Füße gekümmert. Was hast du angestellt?«

»Ich bin deine Schwester«, sagte Sophie, aber ihre Stimme war so rauh und heiser, daß er ihre Worte nicht verstehen konnte. Aber Ryder verstand sie, und sie hatte sein volles Mitgefühl. Er war mit Jeremy überhaupt nicht verwandt, und doch war der Junge bereit, ihm und nicht ihr zu gehorchen. Verständnisvoll tätschelte er ihre bleiche Wange. »Jeremy bleibt ein Weilchen bei dir. Paß gut auf sie auf, mein Junge, und sorg dafür, daß sie sich nicht bewegt, außer um den Nachttopf zu benutzen. Ich verlasse mich auf dich, Jeremy.«

»Ja, Sir.«

Ryder verbeugte sich leicht vor Sophie, zwinkerte Jeremy zu und verließ das Zimmer.

KAPITEL 9

Ryder konnte über ihre Füße immer wieder nur den Kopf schütteln. Sie mußte irgendwohin gegangen sein – nicht nur die wenigen Schritte bis zum Nachttopf – und zwar erst vor ganz kurzer Zeit, denn das Blut auf den Verbänden war noch ganz frisch gewesen.

Und dann fiel es ihm wie Schuppen von den Augen. Sie hatte Sherman Cole gesehen oder gehört, und in ihrer Angst war sie nach unten gerannt, um an der Tür zu horchen.

Seine Miene verdüsterte sich, als er daran dachte, was er und Cole über sie gesagt hatten. Und seine eigenen Worte waren um so unverzeihlicher, als sie gerade begonnen hatte, ihm zu vertrauen, zumindest was Jeremy betraf. Er hatte ihr einen völlig unerwarteten und mehr als grausamen Schlag versetzt. Erst als James fragte: »Sir etwas brauchen?«, kam ihm zu Bewußtsein, daß er mitten in der Eingangshalle wie angewurzelt dastand und blindlings vor sich hinstarrte.

»Nein, James«, murmelte er. »War Miss Stanton-Greville vorhin hier unten?«

»Ja, Sir. In Nachthemd von altem Mr. Grayson, mit wirrem Haar, und weites Nachthemd flatterte um ihre armen verbundenen Füße herum.«

»Danke, James.«

»Ja, Sir. Äh, Sir, wird Thomas an Galgen baumeln?«

»Ich hoffe es von ganzem Herzen.«

Ryder trat auf die Veranda hinaus und winkte Emile zu sich heran, der gerade angeritten kam.

»In Camille Hall läuft alles so glatt, wie es im Augenblick möglich ist«, berichtete Emile, während er vom Pferd stieg. »Im Haus stinkt es natürlich noch, aber die Sklaven arbeiten hart, um Ruß und Schmutz zu beseitigen. Ich habe Clayton, einen unserer Buchhalter, drüben gelassen, damit er sich schon mal mit den dortigen Buchhaltern zusammensetzt. Er ist ein gewitzter Bursche und ein guter Organisator und wird dafür sorgen, daß alle arbeiten. Ich reite heute nachmittag noch einmal hin, um zu sehen, was sie geleistet haben.«

»Keine Spur von Thomas?«

»Nicht die Geringste. Ich habe dafür gesorgt, daß Burgess beerdigt wurde. Seine Leiche war einfach übersehen worden, kannst du dir das vorstellen? Mein Gott, Ryder, es war keine erfreuliche Aufgabe, aber wenigstens ist es jetzt erledigt. Wie geht es Jeremy und Sophie?«

»Gut. Paß ein bißchen auf sie auf, Emile.«

»Klar. Wohin willst du?«

»Nach Camille Hall. Sophie und Jeremy brauchen dringend etwas zum Anziehen.«

Emile blickte ihm mit gerunzelter Stirn nach.

Clayton war ein energischer, braungebrannter, drahtiger kleiner Mann, der immer in Bewegung zu sein schien. Er begrüßte Ryder an der Tür und begann ohne Punkt und Komma auf ihn einzureden.

Ryder hörte ihm aufmerksam zu, während er sich im Haus umsah und im Geiste notierte, was getan werden mußte. Dann entließ er Clayton und ging in den ersten Stock hinauf. Ein kicherndes junges Mädchen mit buntem Kopftuch zeigte ihm Sophies Zimmer und informierte ihn mit keckem Lächeln, daß es Dorsey heiße. Zwischen Sophies Schlafzimmer und dem ihres Onkels gab es eine Verbindungstür, die Ryder lange betrachtete, wobei er sich vorstellte, wie sie sich öffnete und Theo mit einer Peitsche in der Hand hereinkam.

Er öffnete die Schranktüren und sah mindestens ein halbes Dutzend auffallender Roben aus Seide und Satin in viel zu grellen Farben, für ein junges Mädchen völlig ungeeignete Kleider, die augenfällig demonstrieren sollten, daß sie eine Frau war, die Männer kannte und ihnen grenzenlose Lust zu schenken vermochte. Abgesehen von diesen widerlichen Roben hing nichts im Schrank.

In den Schubladen fand er jedoch Kleider, in denen er sie sich gut vorstellen konnte – leichtes Musselin in weichen Pastellfarben. Dort lag auch ihre Unterwäsche – gut genäht und schön bestickt, aber keine Sachen aus Seide und Satin, wie Nutten sie bevorzugten, sondern schlichte Wäsche aus Battist, Baumwolle und Leinen. Er entfaltete ein Nachthemd aus weißem Batist, das so aussah, als würde es einem kleinen Mädchen gehören.

Er legte einen Stapel von Kleidungsstücken zurecht, ebenso auch in Jeremys Zimmer, und ordnete an, daß die Sachen am frühen Nachmittag nach Kimberly gebracht würden.

Als er nach Kimberly Hall zurückritt, klebte ihm das Hemd schweißnaß am Rücken, und auf der Auffahrt glaubte er seinen Augen nicht zu trauen.

Shermann Cole und vier weitere Männer, alle bewaffnet, standen vor dem Haus, und Cole brüllte Samuel an, ihm die Hure auszuliefern. Sie sei eine Mörderin, und er wolle sie nach Montego Bay mitnehmen.

Ryder ritt auf seinem Hengst zwischen den Männern hindurch und hielt erst dicht vor den Verandastufen an.

Cole wirbelte herum. »Sie! Spielt keine Rolle, Sir, ich werde die Nutte trotzdem mitnehmen, und ich habe die dafür nötigen Männer mitgebracht.«

Ryder winkte Coles vier Begleitern lässig zu, die sehr unbehaglich dreinblickten und vor Hitze hochrote Köpfe hatten.

»Warum kommen Sie nicht herein, Mr. Cole? Ich bin sicher, daß wir ein paar schmackhafte Rosinenbrötchen haben, die Sie schnabulieren können, während wir diese Mißverständnisse klären.«

»Nein, ich will sie sofort!« schrie Cole.

»Ich bin müde von dieser infernalischen Hitze«, sagte Ryder, während er abstieg und an Cole vorbeiging, »und ich habe Ihr infernalisches Gebrüll gründlich satt. Entweder Sie begleiten mich ins Haus, oder Sie können von mir aus hier in der Sonne herumstehen, bis Sie schwarz werden.«

Samuel eilte Ryder nach. Cole, der sich von diesem verdammten jungen Mann schon wieder überrumpelt fühlte, folgte langsamer. Er hörte, daß die vier Männer miteinander flüsterten, und fragte sich, ob die Dreckskerle ihn hier allein lassen würden. Sie waren sowieso nur höchst widerwillig mitgekommen. Nun, sollten sie eben verschwinden, er würde das Weibsstück auch allein nach Montego Bay schaffen und es in der Zelle einsperren und den Schlüssel an sich nehmen. Die Nutte würde für jeden Tropfen Wasser von ihm abhängig sein.

Im Salon musterte Ryder ihn abschätzig von Kopf bis Fuß und

fragte ohne jede Einleitung: »Sie behaupten also, daß Miss Stanton-Greville ihren Onkel umgebracht hat?«

»Ja, und diesmal habe ich genügend Beweise. Sie hat zwei Schüsse auf ihn abgegeben. Einer meiner Männer hat diese Derringer gefunden.« Er zog sie aus seiner Tasche und schwenkte sie vor Ryders Nase. »Sie hat zwei Kammern, und beide sind leer.

»Hochinteressant.«

»Holen Sie das Flittchen! Das ist eine Damenpistole. Bringen Sie sie her, damit ich sie mitnehmen kann.«

»Wohin mitnehmen, Cole?«

Das ohnehin schon rote Gesicht des Mannes wurde noch röter. »Nun, wir haben in Montego Bay ein Gefängnis. Kein Haus, sondern nur einen großen Raum, aber für ihresgleichen völlig ausreichend.«

Ryder konnte nur den Kopf schütteln. Eigentlich sollte er Cole erlauben, Sophie zu sehen – mit den blauen Flecken im Gesicht, wegen der schmerzenden Rippen vornübergebeugt wie eine Greisin, von ihren blutigen Füßen ganz zu schweigen. Vielleicht würde seine Leidenschaft sich bei diesem Anblick etwas abkühlen. Aber wenn er sie mitnahm, würde er sie zweifellos trotz ihres Zustands vergewaltigen, immer und immer wieder. Bei diesem Gedanken stieg Übelkeit in Ryder auf, und er rieb sich den Magen, während er nach außen hin völlig gelassen erklärte: »Das wäre unklug, Cole. Warum reiten Sie mit Ihren Männern nicht lieber nach Camille Hall? Sie könnten dort ein hübsches frisches Grab aufbuddeln.«

»Wovon reden Sie, Sir?«

»Eine ganz einfache Sache, Cole. Theo Burgess ist offenbar nicht sofort beerdigt worden, und deshalb konnte Emile Grayson die Leiche untersuchen, bevor er dafür sorgte, daß sie unter die Erde kam. Er hat festgestellt, daß Burgess nicht erschossen, sondern erstochen wurde. Drei Stiche in die Brust. Vielleicht möchten Sie die Leiche persönlich untersuchen? Emile hat allerdings gesagt, es sei keine allzu angenehme Aufgabe gewesen. Sie verstehen natürlich – die Hitze und all sowas. Nein? Nun, warum suchen Sie mit Ihren Männern dann nicht nach Thomas?«

»Aber diese Derringer ...«

»Sie gehört mir«, sagte Samuel Grayson. »Ich weiß es zu schätzen, daß Sie sie mir zurückgebracht haben, und Sie haben völlig recht, Sir – es ist eine Damenpistole. Sie hat meiner Frau gehört.«

Cole ignorierte ihn. Er ließ Ryder nicht aus den Augen. »Und was hat Miss Stanton-Greville dann dort zu suchen gehabt?«

Ryder hob die Brauen. »Ich dachte, es sei ihr Zuhause.«

»Ich werde die Leiche selbst untersuchen.«

»Ausgezeichnet. Ein Mann namens Clayton, einer unserer Buchhalter, sieht zur Zeit in Camille Hall nach dem Rechten. Er wird Ihren Männern bestimmt gern Schaufeln zur Verfügung stellen. Erfreulich wird diese Arbeit freilich nicht sein, aber das wissen Sie ja selbst. Großer Gott, ist diese Hitze nicht einfach schrecklich? Vielleicht sollte ich noch erwähnen, daß Emile ziemlich grün im Gesicht war, als er nach dem Begräbnis zurückkam, und inzwischen sind noch mehrere Stunden vergangen. Aber, nun ja, viel unangenehmer kann es gar nicht werden. Gehen Sie jetzt, Cole, denn ich bin müde, und mit Ihnen zu reden ermüdet mich noch mehr. Viel Glück beim Buddeln. Ich wage zu behaupten, daß das Ergebnis noch unerfreulicher sein wird als die Prozedur.«

Damit machte Ryder auf dem Absatz kehrt und ging auf die Veranda hinaus. Cole blieb nichts anderes übrig, als mit seinen Männern den Rückzug anzutreten, wobei er allerlei Drohungen vor sich hin murmelte.

»Ist Burgess tatsächlich erstochen worden?« fragte Samuel.

»Keine Ahnung. Emile hat nichts davon gesagt.«

»Wollen Sie damit sagen, daß Sie das einfach erfunden haben?«

Ryder zwinkerte Samuel zu. »Ja, aber es ist doch eine interessante Theorie, finden Sie nicht auch?«

»Ich mache mir immer noch Sorgen, Ryder. Cole ist ein gefährlicher Mann, auch wenn Sie ihn verachten. Wir haben nur ein bißchen Zeit gewonnen, weiter nichts. Er will Sophie um jeden Preis den Mord anhängen.«

»Weil sie ihm eine Abfuhr erteilt und ihn geohrfeigt hat, als er sie küssen wollte.«

»Ein Mann wie Cole wird so etwas nie vergessen oder verzeihen.« Samuel schüttelte den Kopf. »Wir müssen unbedingt etwas tun, und zwar schnell. Ah, dieses arme Kind!«

»Sie meinen Jeremy? Ich stimme Ihnen zu, aber er ist jung und anpassungsfähig und wird den Schock bald überwinden.«

»Nein! Ich meinte Sophie.«

»Ach so. Paßt jemand auf, daß sie im Bett bleibt?«

»Ja.«

Ryder ging ohne ein weiteres Wort ins Haus und stieg langsam die Treppe hinauf.

Als er Sophie wieder besuchte, war es später Nachmittag. Sie trug eines ihrer eigenen Nachthemden und sah frisch, sauber und sehr jung aus. Ihr Gesicht war nur noch leicht gelblich verfärbt, und sie schien sich sehr zu langweilen. Mit gerunzelter Stirn beschwerte sie sich: »Es ist schwierig zu baden, ohne nasse Füße zu bekommen.«

»Das hätte ich für mein Leben gern gesehen. Vielleicht könntest du heute abend zu meiner Unterhaltung noch einmal baden? Hmmm, ich nehme an, dieses grimmige Knurren bedeutet, daß du mir kein Vergnügen gönnst. Na, macht nichts. Ich muß mit dir reden.«

»Dann red schon.«

»Sind wir wieder mal bockig?«

»Ich möchte nach Hause. Ich habe gehört, daß einer deiner Buchhalter dort die Aufsicht führt. Das ist nicht richtig, Ryder. Ich müßte in Camille Hall sein. Unsere eigenen Leute sind durchaus imstande, allein mit den Problemen fertigzuwerden. Ich muß wirklich nach Hause.«

»Nun, das geht im Augenblick noch nicht. Was Clayton betrifft, so soll er laut Emile ein großer Diplomat sein, der es bestimmt vermeiden wird, die Gefühle eurer Leute zu verletzen. Cole war wieder hier und wollte dich unbedingt mitnehmen, aber ich habe ihm gesagt, daß dein Onkel gerade beerdigt wurde und zuvor festgestellt werden konnte, daß er nicht erschossen, sondern erstochen wurde.«

Sie starrte ihn an. »Soll das ein Scherz sein?«

»Wer weiß? Cole ist daraufhin jedenfalls abgezogen – vorerst. Aber ich will dir die Wahrheit sagen – ich glaube wirklich, daß Thomas deinen Onkel umgebracht hat, und daß du auf Thomas geschossen hast. Das bedeutet natürlich, daß es keine tödliche Verletzung war, denn er ist später ja bei Cole aufgekreuzt und hat seine Falschaussage gemacht. Inzwischen ist er aber irgendwo untergetaucht. Ich möchte ihn finden und in den Sumpf werfen. Ja, genau das werde ich tun.«

»Er wird bestimmt nicht nach Camille Hall zurückkehren. Ich möchte wirklich nach Hause, Ryder. Dort gibt es jetzt soviel zu tun. Es gibt keinerlei Gründe für Jeremy und mich, noch länger hierzubleiben. Meine Rippen sind fast wieder in Ordnung, und meine Füße … na ja, ich werde nicht viel herumlaufen, einverstanden?«

»Und was willst du machen, wenn Cole mit seinen Männern auftaucht, um dich nach Montego Bay zu bringen?«

Sie erbleichte.

»Ich habe beschlossen«, fuhr er ungerührt fort, ohne sie direkt anzusehen, »daß wir alle nach England zurückkehren.«

»Du bist verrückt!«

»Durchaus möglich. Jeremy braucht eine gute Schule. Er wird Eton besuchen.«

Davon hatte Sophie immer geträumt, aber sie wollte nicht, daß der Traum sich auf diese Weise erfüllte, nicht mit Ryders Hilfe. »Nein«, sagte sie. »Das erlaube ich nicht.«

»Dir bleibt überhaupt keine andere Wahl«, erklärte er lächelnd.

»Doch. Ich werde nicht deine Geliebte sein, Ryder. Niemals!«

»Ich erinnere mich nicht, dich darum gebeten zu haben. Zumindest nicht in den letzten drei Tagen.«

»Ich habe dich gehört! Ich habe gehört, was du zu Mr. Cole gesagt hast!«

»Nun, dann weißt du ja, daß ich mir keineswegs sicher bin, ob ich dich noch heiß begehre, nachdem ich jetzt reichlich Gelegenheit hatte, dich aus der Nähe zu begutachten. Du magst in deiner hiesigen Umgebung etwas aus dem Rahmen fallen, aber in England? Ich weiß nicht so recht.«

Sie griff nach einem schweren Band mit Shakespeares Stücken und schleuderte ihn mit aller Kraft nach Ryder. Das Buch traf seine Brust, aber das Werfen hatte ihr mehr Schmerz bereitet als ihm der Schlag. Trotzdem ließ sie noch einen vollen Wasserkrug folgen.

Dann hatte sie keine Geschosse mehr. Keuchend sank sie in die Kissen zurück, Schweißtropfen auf der Stirn. Er hatte sich nicht gewegt, nicht einmal, um sein Gesicht abzutrocknen. »Dies war nun schon das zweite Mal, daß du mich angegriffen hast«, sagte er sanft. »Was meinst du, was ich mit dir machen sollte?«

»Du solltest aufhören, über mein Leben bestimmen zu wollen.«

»Ich möchte, daß es dir wieder gut geht.«

»Das möchte ich auch.«

»Ah, aber ich habe dafür ganz andere Gründe als du. Ich möchte, daß es dir gut geht, damit du gegen mich kämpfen kannst. Ich möchte dich kreischen hören, wenn ich dich hart bedränge, was ich tun werde. Ich möchte dich fluchen hören, und ich möchte, daß du dich immer wieder auf mich stürzst, denn ich kenne dich mittlerweile ganz gut, Sophie, und ich weiß, daß du nicht leicht aufgibst. Und wenn ich dich einmal gezähmt habe, wirst du bekommen, was du verdienst.«

»Ich wünschte, du wärest nie hierhergekommen!«

»Oh? Und wer hätte statt dessen kommen sollen? Meine kleine Schwester Sinjun? Ich muß zugeben, daß sie das alles wahrscheinlich höchst amüsant fände, aber ich bin mir nicht sicher, ob sie mit dir so gut umgehen könnte wie ich. Weißt du, sie ist sehr offen und ehrlich. Oder vielleicht mein frommer jüngerer Bruder Tyson, der in Oxford studiert und Geistlicher werden möchte? Er wird zweifellos ein Mädchen heiraten, das genauso fromm ist. Freilich kann ich nicht ausschließen, daß Tyson deinem verführerischen Lächeln nicht hätte widerstehen können. Anschließend hätte er sich wahrscheinlich vor Verzweiflung ertränkt. Nun, und was den Grafen betrifft, mein liebes Mädchen, so hätte er dich zum Frühstück verspeist. Im Gegensatz zu mir hat er nämlich keine Geduld, und er liebt auch keine Spiele von der Art, wie Frauen sie bevorzugen. Nein, er hätte dich sofort in deine Schranken verwiesen und dann einfach stehenlassen. Alles in allem hattest du also großes Glück, daß ich hergekommen bin, und ich verspreche dir, Sophie, ich schwöre dir, daß ich dich zähmen werde, aber erst dann, wenn es mir angebracht erscheint.«

»Ihr Männer müßt immer drohen – immer Gewalt, immer die Prahlerei, welche Schmerzen ihr der Frau zufügen werdet.«

»O nein, ich habe nicht die Absicht, dir weh zu tun.«

»Nun gut, dann eben Dominanz. Das ist genauso schlimm wie physische Gewalt. Alle Männer müssen das Gefühl haben, daß sie jemanden beherrschen, und wenn es nur eine einzige Frau ist.«

»Ich glaube, ähnliche Diskussionen hatten wir bereits.«

»Geh zum Teufel, Ryder! Du bist genauso verabscheuungswürdig wie alle anderen Männer. Und was deine widerliche Familie betrifft, so soll sie verrecken!«

»Sogar Sinjun?«

»Wenn sie so wie du ist, dann ja, verdammt nochmal!«

Ryder war an ihre Explosionen noch immer nicht gewöhnt, obwohl sie ihn während der kurzen Zeit seines Hierseins häufiger aus dem Gleichgewicht gebracht hatte, als ihm das in seinem bisherigen Leben widerfahren war. Aber was könnte er anderes von ihr erwarten? Ihr Onkel hatte sie geschlagen, wahrscheinlich unzählige Male, damit sie tat, was er von ihr verlangte und wohl auch aus perverser Lust, jemandem Schmerzen zuzufügen. »Du langweilst mich nicht«, sagte er unvermittelt. »Ich finde dich sogar ganz amüsant, und dabei habe ich noch nicht einmal mit …« Er verstummte hastig. Nein, er würde ihr nicht sagen, daß er sie in jener Nacht in der Hütte nicht genommen hatte. Er sah sich plötzlich in der Erinnerung dort stehen und die Betäubte betrachten, und er wußte noch genau, wie sehr er sich danach gesehnt hatte, sie zu berühren und zu liebkosen, aber für so etwas fehlte es ihm einfach an Skrupellosigkeit.

»Nun, Sophie, möchtest du nicht doch vielleicht eine Zeitlang meine Geliebte sein?«

»Nein.«

»Ah, Oliver Susson entspricht also eher deinem Geschmack? Er ist aber wirklich kein Ausbund an Männlichkeit, meine Liebe, obwohl er sich kooperativ zeigt, was immerhin von Vernunft zeugt. Das ist auch der Grund, weshalb ich dich nicht eher besucht habe. Ich bin nach Montego Bay geritten, um Mr. Susson einen Besuch abzustatten. Ihm ist jetzt völlig klar, was er zu tun hat. Er wird dafür sorgen, daß meine Vormundschaft sofort rechtsgültig wird. Er hat sich wortreich für sein ethisches Versagen entschuldigt und versichert, daß er die jetzigen Aufträge ohne Honorar erledigen wird.«

Ryder wartete auf eine Reaktion, aber Sophie schwieg. Sie verstand es ausgezeichnet, sich ganz in sich zurückzuziehen, und das ärgerte ihn. Um sie zu reizen und in Wut zu versetzen, fuhr er spöttisch fort: »Natürlich war er über die Vorstellung, dich zu verlieren, völlig verstört. Er ging sogar so weit zu sagen, daß er dich heiraten würde, obwohl er wisse, daß das seinem Ruf auf Jamaika beträchtlich schaden würde. Ich glaube, er hatte wirklich Tränen in den Augen, als er begriff, daß er sich nie wieder in der Hütte mit dir vergnügen würde.«

»Er hat sich nie mit mir vergnügt, zumindest nicht so, wie du glaubst.«

»Oh? Willst du damit sagen, daß du nie mit ihm in der Hütte warst?«

»Doch, aber ich habe nicht …« Sie verstummte. Es war ja doch sinnlos. Statt dessen sagte sie abrupt: »Eigentlich brauchst du nur mein Gesicht und meine Rippen zu betrachten, um zu wissen, daß ich mich nicht freiwillig mit all diesen Männern abgegeben habe.«

»Immer nur höchst widerwillig? Vielleicht nehme ich dir das bei einem jämmerlichen Bastard wie Sherman Cole ab, aber bei den anderen? Tut mir leid, Sophie, aber ich erinnere mich genau an jenen ersten Abend, als du mir in den Garten gefolgt bist. Du hast nicht mit der Wimper gezuckt, als ich dein Kleid bis zur Taille hinabzog und deine Brüste streichelte. Du hast mit außerordentlichem Geschick deine Verführungskünste eingesetzt und mich damit fast um den Verstand gebracht.«

»Würdest du mir bitte Verbandszeug für meine Füße holen? Ich muß einfach aufstehen, Ryder. Mir ist sterbenslangweilig, und dein Gesprächsthema ist denkbar unergiebig.«

Soweit also der Versuch, sie wieder zu einem Wutausbruch zu bringen, dachte er, während er einfach nickte. Und gleich darauf bandagierte er selbst ihre Füße, wobei er erfreut feststellte, daß sie mittlerweile besser als am Morgen aussahen. Hübsche Füße, dachte er, schmal und klein, mit hohem Spann. Während er ihre Zehen betrachtete, sagte er: »Nach meiner Unterredung mit Mr. Susson habe ich mir die Abfahrtstermine der Schiffe nach England angesehen. Mehrere Schiffe müssen demnächst hier ankommen. Wir werden unterwegs Zeit genug haben, alle noch offenen Fragen zu besprechen. Ich bin fest entschlossen, für uns drei eine Passage auf dem nächsten Schiff nach England zu buchen.«

»Sir, helfen Sie meiner Schwester wieder?«

Ryder legte ihren Fuß langsam aufs Bett und drehte sich um. Jeremy stand auf der Schwelle. Sophie konnte Ryder murmeln hören: »Ich darf wirklich nicht vergessen, die verdammte Tür zu schließen.« Dann grinste er dem Jungen zu. »Komm rein, Jeremy. Deiner Schwester ist sehr heiß, und ich habe versucht, sie zu unterhalten. Weißt du, sie langweilt sich und möchte abgelenkt werden.«

»Sie haben aber ihren Fuß festgehalten.«

»Ja. Sie hatte einen Krampf in den Zehen, aber jetzt ist es schon besser. Außerdem bandagiere ich ihre Füße wieder, wie du siehst. Sie langweilt sich sehr.«

»Ich werde ihr vorlesen. Du lieber Himmel, Sophie, wie kommt denn der Shakespeare auf den Fußboden? Du mußt vorsichtiger sein. Einige Seiten sind ganz zerknittert. Großer Gott, Seite 430 ist sogar eingerissen.«

»Du hast völlig recht, Jeremy. Sie hat die zweite Szene von *Der Widerspenstigen Zähmung* zerrissen.«

»Geh, Ryder!« rief Sophie. »Geh jetzt.«

Er entfernte sich pfeifend.

Sophie wußte nicht, wovon sie aufgewacht war. Gerade noch hatte sie süß geträumt, und ihre Mutter war bei ihr gewesen, hatte gelacht und ihr die Haare gebürstet und über die Zukunft gesprochen, über all die netten jungen Männer, die begierig sein würden, sie zu heiraten, wenn sie nach ihrem achtzehnten Geburtstag in London debütierte. Und im nächsten Moment war sie hellwach und setzte sich lauschend im Bett auf.

Da war jenes Geräusch wieder. Jemand schlich draußen herum. Ihr Herz klopfte laut. Langsam schlug sie das Laken zurück, mit dem sie sich zugedeckt hatte, und schlüpfte unter dem Moskitonetz hindurch. Es war sehr spät und sehr still, bis auf jenes Geräusch. Irgend jemand bewegte sich draußen auf dem Balkon, ganz leise, aber nicht leise genug für ihre scharfen Ohren.

Sophie stellte ihre Füße auf den Boden. Sie waren noch immer verbunden, aber der Brand in Camille Hall lag erst zwei Tage zurück, und sie hatte kaum noch Schmerzen. Auf Zehenspitzen schlich sie zur offenen Tür und spähte hinaus. Außer dem leisen Kreischen eines Koquito war nichts zu hören, doch dann sah sie einen Schatten, den Schatten eines Mannes, und er stahl sich gerade um die Ecke.

Sie griff nach dem Wasserkrug neben ihrem Bett – demselben, mit dem sie Ryder beworfen hatte –, leerte das restliche Wasser in den Nachttopf und trat auf den Balkon hinaus, der ohne Trennwände die ganze erste Etage umgab, etwa zwei Meter breit, mit einem zweieinhalb Meter breiten Dach als Sonnenschutz. Sie schlich dem Mann nach. Plötzlich war sie dicht hinter ihm und blieb wie angewurzelt stehen. Er starrte in ein Schlafzimmer.

Ryders Zimmer.

Sie sah, daß der Mann ein Messer in der Hand hatte. O Gott, es war Thomas, und er wollte Ryder ermorden.

Sie wartete, bis er das Zimmer betreten hatte, dann rannte sie ihm nach, wobei die dicken Verbände ihr halfen, sich lautlos zu bewegen. Als sie durch die offene Tür spähte, sah sie, daß Thomas mit erhobenem Messer neben Ryders Bett stand. Seine Brust war bandagiert. Ryder hatte also recht gehabt: sie hatte nicht auf ihren Onkel geschossen, sondern auf Thomas.

Aber unglückseligerweise hatte sie ihn nicht tödlich getroffen.

Langsam zog er das Moskitonetz beiseite.

Sophie schrie wie am Spieß, kreischte wie eine irre Voodoopriesterin, während sie mit dem Krug auf Thomas zustürzte.

Ryder fuhr aus dem Schlaf, sah eine Klinge wie einen silbernen Blitz über sich und glaubte, einen grellen Schrei gehört zu haben. Er rollte auf die andere Seite des Bettes, verfing sich aber im Moskitonetz.

Sophie sah ihn zu Boden stürzen, hilflos im Netz zappelnd.

Thomas rannte keuchend auf die andere Bettseite, ohne Sophie auch nur eines Blickes zu würdigen, nur von dem Wunsch beseelt, Ryder zu erdolchen.

»Thomas!«

Nun wirbelte er doch herum, und sie sah sein haßverzerrtes Gesicht.

»Thomas, *ich* habe auf dich geschossen, nicht Ryder! Was ist los, hast du etwa Angst vor mir? Du erbärmlicher Feigling, du *hast* Angst vor mir, vor einem Mädchen, das nur halb so groß wie du ist. Feigling, mörderischer Feigling! Warum hast du meinen Onkel umgebracht? Hat er dich getäuscht, dich betrogen?«

Thomas war jetzt in einem Zustand wie ein Amokläufer. Am ganzen Leibe zitternd, schwenkte er das Messer wild hin und her, auf und ab. »Ich weiß, daß du auf mich geschossen hast, du gottverdammtes Luder! Sobald er tot ist, werde ich auch mit dir abrechnen. Zuerst werde ich mich ein bißchen mit dir amüsieren, und dann werde ich dich winseln lassen, daß ich dich nicht töten soll. Auf den Knien wirst du mich anflehen, dir das Leben zu schenken, du kleine Nutte.« Er hatte Ryder ganz vergessen und verfolgte jetzt Sophie.

Sie hatte keine Zeit zu überlegen, ob es klug war, ihn anzugreifen. Wenn Ryder sich nicht bald aus dem Moskitonetz befreite, würde sie in erhebliche Schwierigkeiten geraten. Sie rannte hinter einen Schaukelstuhl und schob ihn vor sich her.

Sie spürte jeden Nerv in ihrem Körper, ein seltsames Prickeln.

Natürlich hatte sie Angst, aber gleichzeitig erregte die Gefahr sie auch. Ihre Augen funkelten, als sie in sein verhaßtes Gesicht blickte.

»Erbärmlicher Feigling!« verhöhnte sie ihn wieder. Dann sprang sie plötzlich seitlich neben den Schaukelstuhl, schaute hinter Thomas und kreischte: »Ja, Ryder, los, bring ihn um!«

Thomas wirbelte herum, denn der neue Angreifer war ein Mann und deshalb gefährlicher.

Das war sein Fehler.

Sophie schmetterte ihm den schweren Tonkrug auf den Schädel.

Er stöhnte leise und stürzte zu Boden. Das Messer entglitt seinen Fingern und lag neben ihm. Die lange Silberklinge schimmerte gespenstisch im schwachen Mondlicht, das von draußen einfiel.

Ryder befreite sich aus dem Moskitonetz und kam langsam auf die Beine. Er kniete sich neben Thomas und fühlte ihm den Puls. Der Mann lebte noch.

»Du hast ihm einen großartigen Schlag versetzt«, sagte er, immer noch über den Schurken gebeugt. »Und dein Schuß hat ihn hier in die Rippen getroffen. Er muß immer noch Schmerzen gehabt haben.«

Erst jetzt blickte Ryder hoch. Sie stand in einem ihrer weiten weißen Nachthemden mit Spitzenkragen regungslos da, mit offenen Haaren und leichenblaß, den abgebrochenen Krughenkel wie ein Amulett umklammernd.

»Danke, Sophie«, sagte er, während er aufstand.

Er war nackt und schien das überhaupt nicht zu bemerken, denn er entzündete seelenruhig eine Lampe und wandte sich ihr sodann wieder zu. In diesem Moment stürzten Samuel, Mary, Emile, Coco, James und mehrere andere Haussklaven ins Zimmer. Coco fiel sofort in Ohnmacht. Emile fing sie auf und legte sie auf Ryders Bett. »Sie ist schwanger«, erklärte er achselzuckend.

Ryder hob lächelnd die Hand. »Alles in Ordnung. Der Kerl dort auf dem Boden ist Thomas. Er wollte mich ermorden. Zumindest war ich der erste auf seiner Liste. Sophie hat mich gerettet.«

Emile lachte nervös. »Ryder«, sagte er, »ich bin heilfroh, daß alles vorbei ist, und daß euch beiden nichts passiert ist. Sophie hat dich gerettet? Sie war schon immer ein verwegenes Mädchen, und jeder, der es wagte, jemanden anzugreifen, an dem ihr etwas liegt, bekam ihren Zorn empfindlich zu spüren. Aber, mein lieber Freund, du bist splitternackt. Das ist nun schon das zweite Mal.«

»Stimmt«, murmelte Ryder verlegen und zog hastig einen Morgenrock an. »Es ist hier eben so heiß. Sophie, ist alles in Ordnung?«

Sie hatte immer noch kein Wort gesagt und sich nicht von der Stelle gerührt. Er ging zu ihr und berührte mit den Fingerspitzen sanft ihre Wange. »Ist alles in Ordnung?«

»Sophie!«

Jeremy bahnte sich einen Weg zwischen den Erwachsenen und rannte unbeholfen auf seine Schwester zu.

Erst jetzt kam wieder Leben in Sophie. Sie drückte ihn an sich, streichelte seine zerzausten Haare und sagte sehr sanft und ruhig: »Mir geht es gut, Liebling, wirklich, und Ryder auch. Nur Thomas geht es gar nicht gut. Ist das nicht herrlich, Jeremy? Keine Bösewichter mehr, die uns oder andere Menschen verletzen könnten. Überhaupt keine Bösewichter mehr.«

»Bedauerlicherweise wimmelt es auf der Welt nur so von Bösewichtern«, meinte Ryder. »Aber jetzt gibt es zumindest einen weniger. Emile, vielleicht sollten wir beide diesen Schurken fesseln und zum Mangrove-Sumpf bringen, damit die Krokodile eine Freude haben. Diese Idee sagt mir außerordentlich zu.«

»Mir auch«, grinste Emile.

»Wir müssen Sherman Cole benachrichtigen«, warf Samuel nüchtern ein. »Jetzt wird er bestimmt glauben, daß Thomas Theo Burgess ermordet hat.«

»Wahrscheinlich haben Sie recht«, seufzte Ryder bedauernd. »Vielleicht könnten Emile und ich ihn nach Montego Bay bringen und unterwegs einen leichten Unfall haben, am ...«

»Am Mangrove-Sumpf«, vervollständigte Emile.

»Jetzt ist es aber mitten in der Nacht«, sagte Ryder. »Fesseln wir ihn also und werfen wir ihn in irgendein finsteres Loch. Gibt es hier irgendeinen sicheren Ort, Samuel?«

»Ja, das Eishaus.«

Fünf Minuten später war Thomas gefesselt und wurde ins Eishaus getragen, wo zusätzlich noch ein Wachtposten auf ihn aufpassen sollte. Schließlich war Ryders Schlafzimmer wieder leer, bis auf Sophie und Jeremy. Der Junge hielt seine Schwester noch immer fest umklammert, war sie doch der einzige Mensch, der von seiner ursprünglichen Welt noch übrig war.

Ohne lange zu überlegen, kauerte Ryder neben ihm nieder und sagte leise: »Alles ist in Ordnung, Jeremy. Wirklich. Sophie ist in Sicherheit. Wie wär's, mein Junge, wenn deine Schwester und ich dich jetzt wieder ins Bett bringen würden?«

»Willst du vorher vielleicht noch ein Glas Milch?«

Der Junge schüttelte den Kopf. »Nein, denn ich müßte mich bestimmt übergeben. Das war schrecklich, Sophie, wirklich schrecklich. Ich habe es satt, dauernd so schreckliche Dinge zu erleben.«

»Ich auch, Liebling.«

»Und ich ebenfalls.« Ryder fuhr Jeremy zärtlich durchs Haar, als der Junge ungläubig zu ihm aufschaute.

Es dauerte eine gute halbe Stunde, Jeremy zu beruhigen. Sie blieben bei ihm, bis er eingeschlafen war, und dann folgte Ryder Sophie in ihr Schlafzimmer.

»Komm, setzen wir uns noch ein Weilchen auf den Balkon«, schlug er vor. »Mir geht es wie Jeremy – ich bin viel zu aufgeregt, um gleich einschlafen zu können.«

Sie setzten sich in zwei Schaukelstühle und schwiegen lange, bis das Entsetzen langsam, sehr langsam wich.

»Danke, Sophie.«

»Gern geschehen.«

»Wie hast du es bemerkt?«

»Ich hörte ein seltsames Geräusch, das nicht in die Nacht hineinpaßte, und das hat mich aufgeweckt. Dann sah ich einen Schatten und folgte ihm. Und schließlich erkannte ich Thomas und sah, daß er dich umbringen wollte.«

»Du hast unglaublich schnell reagiert«, sagte Ryder, und es hörte sich leicht verärgert an. »Ich habe ein weibliches Wesen noch nie so schnell und effektiv handeln sehen. Du hast nicht gezögert. Du bist weder ohnmächtig geworden, noch hast du einen leisen Klagelaut von dir gegeben. Du hast aus Leibeskräften gebrüllt, und du hattest sogar eine Waffe bei dir.«

»Wie du dich vielleicht erinnern wirst, hatte ich diesen Krug schon einmal verwendet und wußte deshalb, daß er stabil ist. Du warst in dem Netz gefangen. Was hätte ich tun sollen? Dich wie einen zappelnden Fisch abschlachten lassen? Und ein zartes weibliches Wimmern hätte nicht viel Sinn gehabt. Außer mir befand sich ja niemand in unmittelbarer Nähe.«

»Gott sei Dank, daß du in der Nähe warst«, seufzte Ryder. »Andernfalls hätte er mich bestimmt umgebracht. Das ist dir doch auch klar, oder? Ich habe einen besonders tiefen Schlaf.«

Sie zuckte die Achseln, als hätte sie nichts Besonderes getan, und ihre Stärke brachte ihn ebenso in Wut wie ihre Gelassenheit; ob beides nun echt oder gespielt war, das konnte er nicht entscheiden und er fragte sich, ob er es jemals wissen würde. Er sprang auf und starrte auf sie hinab, entsetzt über sein eigenes Benehmen. Nie zuvor hatte er wie ein richtiger Neidhammel reagiert, aber es war einfach zuviel für ihn. Sie hatte die Welt und all seine Erfahrungen und Überzeugungen völlig auf den Kopf gestellt. »Ich freue mich jedenfalls, daß dir etwas an mir liegt.«

»Was soll das heißen?«

»Emile hat gesagt, daß du dich in eine wahre Furie verwandelst, wenn jemand in Gefahr ist, an dem dir etwas liegt.«

»Ich habe dir doch schon gesagt, Ryder, daß er nach dir auch mich umgebracht hätte. Ich bin nicht dumm.«

»Wie geht es deinen Füßen?«

»Gut. Ich bin fast gesund.«

»Ausgezeichnet«, sagte er und zog sie hoch. Bevor sie reagieren konnte, drückte er sie an sich, umfaßte mit einer Hand ihr Kinn und küßte sie hart auf den geschlossenen Mund.

»Mir gefällt das nicht«, murmelte er sodann, und sein Atem war so heiß wie das Verlangen, das in ihm brannte. »Du verhältst dich nicht so, wie du solltest. Ich kann dich einfach nicht verstehen, und damit will ich mich nicht mehr abfinden. Verdammt, sei eine Frau!«

Er küßte sie wieder, preßte ihren Unterleib an sich, ließ seine Hände über ihre Pobacken gleiten.

Sie entwand sich ihm, ohne ein Wort zu sagen, wich einfach zurück, einen kleinen Schritt nach dem anderen, und schließlich wischte sie sich mit dem Handrücken den Mund ab.

Er zitterte jetzt vor Wut. »Nach all den gottverdammten Männern, die du gehabt hast, wagst du es, dir nach einem Kuß von mir den Mund abzuwischen?«

Sie ließ ihre Hand fallen und wich einen weiteren Schritt zurück.

»Wenn du noch lange so rückwärts läufst, landest du in Samuels Schlafzimmer. Du wirst seine Haushälterin aus dem Bett schmeißen müssen, aber ich bin überzeugt, daß er dich Mary bei weitem bevorzugen würde.«

Sie schüttelte nur stumm den Kopf.

»Verdammt, sag etwas!«

Sie wirbelte herum und rannte davon.

KAPITEL 10

Thomas entkam. Niemand wußte genau, wie es ihm gelungen war, sich aus dem Eishaus zu befreien, aber zwei Sklaven von Kimberly Hall wurden bewußtlos und gefesselt im nahen Gebüsch gefunden. Sie waren zusammengeschlagen, aber nicht umgebracht worden, was Ryder wunderte. Beide hatten nichts gesehen. Ryder vermutete, daß Männer von Camille Hall Thomas befreit hatten, und wahrscheinlich hatten sie den Aufseher daran gehindert, die Wachposten wie lästige Fliegen zu töten. Verdammt, nun würde es für die Krokodile doch kein Festmahl geben! Ryder schickte Suchtrupps aus und ließ Sherman Cole eine Nachricht zukommen. Dann begann er über Sophie nachzudenken.

Er haßte es, sich über irgend etwas den Kopf zerbrechen zu müssen und hatte das bisher nur sehr selten getan, aus dem ganz einfachen Grund, weil es ihm nie notwendig erschienen war, seine Zeit mit einer so langweiligen Beschäftigung zu vergeuden. Nun aber sah er sich plötzlich gezwungen, gründlich nachzudenken, obwohl es ihm lästig war und auch ziemlich schwerfiel.

Er verwünschte Sophie, deretwegen er einer so ungewohnten Beschäftigung nachgehen und sich mit Gefühlen auseinandersetzen mußte, die ihm ebenso unwillkommen wie unverständlich waren.

Schließlich sprang er auf, wütend auf sich selbst und auf sie, fest entschlossen, die Sache ein für allemal zu bereinigen. Sie war nicht in ihrem Schlafzimmer – seinem ehemaligen Schlafzimmer, genauer gesagt. Sie saß mit geschlossenen Augen auf dem Balkon, die Hände im Schoß gefaltet, und schien zu schlafen. Er betrachtete sie lange. Sie trug eines der schlichten Musselinkleider, die er von Camille Hall mitgebracht hatte, hellblau mit hohem Spitzenkragen, und ihre sauberen Haare waren im Nacken mit einem hellblauen Band zusammengefaßt. Ihr Gesicht wies kaum noch Spuren der Schläge auf, und sie sah frisch, unschuldig und sehr jung aus.

Unschuldig, ha! Darin bestand ja das Hauptproblem, und nun wollte er endlich Klarheit haben. Behutsam legte er eine Hand auf ihre Schulter.

Ohne zusammenzuzucken, öffnete sie langsam die Augen und blickte zu ihm auf. »Ryder«, sagte sie ruhig.

»Hallo«, murmelte er, während ihm seltsam warm ums Herz wurde, als er seinen Namen aus ihrem Munde hörte. Er ärgerte sich über seine eigenen Gefühle, und sie spürte sein Unbehagen und versteifte sich unter seiner Berührung, bis er die Hand zurückzog und ihr gegnüber Platz nahm.

»Dies ist nun schon das zweite Mal, daß wir zusammen auf diesem Balkon sitzen wie ein altes Ehepaar, das die Ereignisse des Tages Revue passieren läßt.«

»Das wohl kaum.« Sie lächelte ihm zu, aber es war ein hartes Lächeln, das ihre Augen nicht erreichte, ein Lächeln, hinter dem sich große Verletzlichkeit verbarg. »Wenn ich es nicht besser wüßte, könnte ich fast glauben, daß du wegen irgend etwas beunruhigt bist. Aber das ist natürlich unmöglich. Ryder Sherbrooke ist ein Mann, dem die Probleme dieser Welt so gut wie unbekannt sind. Du bist kein normaler Mensch mit normalen Sorgen.«

»Ich glaube, das reicht fürs erste. Es überrascht mich immer wieder, daß du sozusagen aus dem Stand zum Sturmangriff übergehen kannst. Von einer Sekunde auf die andere springst du einem an die Gurgel, beißt und kratzt. Aber diesmal wird es dir nicht gelingen, mich abzulenken. Das versuchst du doch immer, stimmt's? Nein, erspar dir die Mühe, es abzustreiten oder mich weiter zu reizen. Ich will etwas wissen, und ich will die Wahrheit hören.«

»Ausgezeichnet.«

Er beugte sich vor, die Hände zwischen die Knie geklemmt. »Die Wahrheit, Sophie! Es ist mein voller Ernst.«

»Wenn du das so besonders betonst und dabei eine so ernste Miene aufsetzt, bezweifle ich, daß du die Wahrheit glauben wirst, wenn du sie hörst.«

»Hast du freiwillig mit einem jener Männer geschlafen? Hat dein Onkel dich gezwungen, eine Hure zu werden, oder hat er nur die Tatsache ausgenutzt, daß du eine Hure warst, um seine eigenen Ziele zu erreichen?«

»Nein.«

»Verdammt, Sophie, wag es nicht, mich …«

Sie sprang mit wehenden Röcken auf, und er sah, daß sie keine Schuhe trug und daß ihre Füße noch immer verbunden waren. Das machte ihn nur noch ärgerlicher.

»Verdammt, du sollst meine Fragen beantworten!«

»Das werde ich gerne tun, wenn du mir *eine* Frage stellst.« Sie wandte ihm den Rücken zu, hielt sich sehr gerade, und er hätte schwören können, daß ihr Kinn hochgereckt war.

»Also gut. Hast du freiwillig mit einem jener Männer geschlafen?«

»Nein.«

»Nicht einmal mit Lord David Lochridge?«

»Nein.«

»Hattest du schon mit irgendwelchen Männern geschlafen, bevor dein Onkel dich zwang, mit Kandidaten seiner Wahl ins Bett zu gehen?«

»Nein.«

»Verstehe«, knurrte er, aber das stimmte nicht. Sein Gehirn arbeitete nicht mit der üblichen Präzision, und das frustrierte ihn und brachte ihn in Wut. »Wie alt warst du eigentlich, als du zum erstenmal mit einem Mann geschlafen hast?«

Sie drehte sich nach ihm um, immer noch mit jenem harten, gefrorenen Lächeln im Gesicht. »Wenn ich dir glauben soll – nun, dann war ich beim ersten Mal neunzehn, und der erste Mann warst du!«

Sie lachte über seine wütende Miene. »Siehst du, Ryder, du weigerst dich, mir zu glauben, weil du ein Mann bist und weil Männer Frauen immer fein säuberlich in feste Kategorien einordnen müssen. Eine Frau ist entweder unschuldig oder nicht. Ein Mittelding gibt es nicht. Eine Witwe ist vielleicht noch akzeptabel, aber sogar in diesem Fall nehmen die Männer an, daß sie bereitwillig, ja sogar enthusiastisch mit jedem ins Bett gehen wird, weil sie an Sex gewöhnt ist und weiß, worum es geht. Sobald eine Frau Intimverkehr mit irgendeinem Mann hatte, kann man ihr offenbar nie wieder vertrauen. Sie könnte ja sogar ihrem eigenen Ehemann Hörner aufsetzen. Ein Mann hingegen kann auch als Ehemann tun, was immer ihm gefällt. Zur Not kauft er sich einfach eine Frau für eine Nacht. Oder er hat mehrere Mätressen – für reiche Männer wie dich überhaupt kein Problem. Und bei all dem bleibt der Mann äußerst respektabel, ja er genießt als Frauenheld sogar besonderes Ansehen. Das ist töricht und ungerecht. Ich sage dir noch einmal die Wahrheit, Ryder: ich hatte nie Intimverkehr mit einem Mann ...«

»Du hast dir eine Lebensphilosophie zurechtgebastelt, die mit der Realität nicht das geringste zu tun hat. Du schwafelst dummes Zeug, weiter nichts. Du hast keine Ahnung von Männern und Frauen, worauf es ihnen ankommt, wie sie ...«

Sie stampfte mit ihrem bandagierten Fuß auf. »Ich will es auch gar nicht wissen! Ich bezweifle sehr, daß es zwischen Mann und Frau eine schöne, harmonische, ausgewogene Beziehung geben kann, und wenn du ehrlich wärst, würdest du mir bestimmt zustimmen. Wag es ja nicht, mich mit Hohn und Spott zu überschütten. Ich sage es noch einmal, und es ist die volle Wahrheit: ich hatte nie Intimverkehr mit einem Mann, bevor du mich betäubt und ...«

»Verdammt, ich habe deine Brüste begrapscht, und du hast es ohne weiteres zugelassen! Du hast meine Küsse erwidert! Und als du am Strand aufgewacht bist und gesehen hast, daß ich dich fast ausgezogen hatte – wie hast du da reagiert? Du hast mich eingeladen, dein Liebhaber zu werden, und du hast versprochen, all den anderen den Laufpaß zu geben. So etwas nenne ich ganz schön intim ...«

»Du hast mich betäubt und in die Hütte gebracht, und du weißt genau, daß ich mich an nichts erinnern kann. Höchstwahrscheinlich bin ich jetzt nicht mehr unschuldig. Ich dachte immer, daß ein Mann merken müsse, ob eine Frau noch unschuldig ist oder nicht, aber offenbar ist das nicht der Fall, denn andernfalls hättest du dich entschuldigen und zugeben müssen, daß ich noch eine Jungfrau war, als du mich genommen hast.«

Ryder erhob sich sehr langsam. Sein Gesicht war hochrot, die Halsschlagader dick geschwollen. Er packte seinen Stuhl und warf ihn mit aller Kraft über das Balkongeländer. Unten schrie jemand auf. Ryder warf Sophie einen haßerfüllten Blick zu und stürmte davon.

Samuel Grayson entdeckte Ryder auf dem nördlichen Zuckerrohrfeld. Er unterhielt sich mit einem der Treiber, einem Schwarzen namens Jonah, der mühelos mit bloßen Händen – es waren riesige Pranken – einem Mann den Hals umdrehen konnte. Ryder trug einen Hut. Sein Hemd war fast bis zur Taille geöffnet, und seine sonnengebräunte Haut glänzte vom Schweiß. Samuel ritt entschlossen auf die beiden Männer zu.

Ryder stellte Jonah eine letzte Frage, dankte ihm und wandte sich sodann Samuel zu.

»Ein guter Mann«, sagte Samuel.

»Ja. Bei einem Kampf hätte ich ihn liebend gern an meiner Seite. Die Vorstellung, ihn zum Feind zu haben, jagt mir einen kalten Schauder über den Rücken.«

»Ich muß mit Ihnen sprechen, Ryder.«

Ryder nahm seinen Hut ab, fächelte sich damit Luft zu und wischte sich mit dem Ärmel den Schweiß von der Stirn. »Nach Möglichkeit irgendwo im Schatten. Vielleicht am Strand, wenn es Ihnen recht ist, Samuel.«

Sie ritten zum Monmouth Beach, und Ryder registrierte unwillig, daß dieses Fleckchen Erde in ihm warme Gefühle weckte. Natürlich war das völlig absurd. Ein besonders schöner Strand, weiter nichts. Mit Sophie hatte das überhaupt nichts zu tun. Die beiden Männer stiegen ab und setzten sich unter eine Kokospalme. Die ständige Brise war angenehm kühl. Ryder seufzte vor Wohlbehagen und lehnte sich an den Stamm.

Samuel verzichtete auf jede Einleitung. »Ich möchte Sophie Stanton-Greville heiraten«, sagte er. »Dann werde ich der Vormund des Jungen sein. Camille Hall grenzt an Kimberly, so daß Emile und ich die Möglichkeit haben werden, das Erbe des Jungen im Auge zu behalten.«

Allmächtiger, das war wirklich ein Schock, obwohl Ryder von Anfang an gewußt hatte, daß Samuel in Sophie verliebt war. Zunächst hatte ihn das sogar amüsiert. Jetzt aber fand er es alles andere als amüsant. Seine eigene Stimme drang wie aus weiter Ferne an seine Ohren. »Ich werde bald Jeremys Vormund sein. Was Sophie betrifft – wer weiß? Jedenfalls brauchen Sie aber nichts zu unternehmen, Samuel.«

»Ihnen liegt doch im Grunde nichts daran, der Vormund des Jungen zu werden. Ich weiß, daß Sie so schnell wie möglich nach England zurückkehren möchten, und Sie sind bereit, den Jungen und Sophie mitzunehmen, weil Sie keinen anderen Ausweg sehen. Aber es gibt diese andere Möglichkeit. Die beiden gehören hierher, nicht nach England. Ich weiß natürlich, daß sie in Cornwall ein Haus und etwas Land besitzen, aber die hiesige Plantage ist mit Sicherheit von viel größerer Bedeutung. Ich werde einen Hauslehrer für Jeremy einstellen. Ihm wird eine gute Erziehung zuteil werden, und eines Tages wird er sein Erbe antreten. Und Sophie wird in einer Familie geborgen sein, sie wird Menschen um sich haben, die sie lieben.«

Ryder fror plötzlich. Er wandte sich rasch von Samuel ab, weil er befürchtete, daß sein Gesichtsausdruck ihn verraten könnte, und starrte aufs Meer hinaus. Wo zum Teufel war nur sein sorgloses Lächeln abgeblieben? »Ich verstehe«, murmelte er schließlich. »Sie haben sich offenbar alles gründlich überlegt. Und ich nehme an, daß Sie zu jenen Menschen gehören, die Miss Stanton-Greville lieben.«

»So ist es.«

»Bestimmt ist Ihnen auch bewußt, daß Sie dem Alter nach ihr Vater sein könnten.«

»Selbstverständlich, und das bereitet mir etwas Sorgen. Ich hatte gehofft, daß Emile sie heiraten würde, aber er hält sie für eine Hure. Immerhin akzeptiert er sie jetzt, weil sie Ihnen das Leben gerettet hat, und das ist schon viel wert. Aber er schaut immer noch auf sie herab und taxiert sie wie einen Gegenstand – genauso wie Sie es tun. Ich möchte sie beschützen und lieben. Sobald ich mit ihr verheiratet bin, wird Emile seine Ansichten für sich behalten, und mit der Zeit wird er sie vielleicht sogar ändern, denn sie sind völlig falsch. Sophie ist ein braves Mädchen. Sie ist verleumdet worden, und daran ist nur ihr Onkel schuld. Ich freue mich, daß der Mann tot ist.«

»Sie spielt perfekt die Hure.«

»Wenn das stimmt, so ist es das Werk ihres Onkels. Er hat sie zu allem gezwungen, was sie getan hat. Aber er hätte sie nie dazu bringen können, mit all jenen Männern zu schlafen.«

»Sie glauben also, daß die Männer einfach gelogen haben?«

»Mir fällt keine andere Erklärung ein.«

»Emile sagte, sie sei ein Satansbraten.«

»Ich glaube, ohne einen starken Willen hätte sie nicht überleben können. Sie hat ihren Bruder nach Kräften beschützt. Ich habe mich immer über all das Gerede gewundert, über die Prahlereien der Männer, die behaupteten, ihre Liebhaber zu sein. Sie hätte etwas Derartiges nie tun können; so einfach ist das. Es liegt nicht in ihrer Natur.«

»Aber würde sie nicht alles tun, um Jeremy zu beschützen?«

»Fast alles, ja, aber sie würde sich nie so weit erniedrigen. Außerdem hat sie Ihnen das Leben gerettet, ohne auch nur eine Sekunde zu zögern. Wenn diese Tat sie als Satansbraten ausweist, so ist das doch durchaus etwas Positives – zumindest sollten Sie es als positiv werten.«

»Ja, sie hat mir wirklich das Leben gerettet … Aber Ihnen muß doch auch klar sein, Samuel, daß kaum eine der hiesigen Familien Sie noch empfangen wird, wenn Sie Sophie heiraten. Jedenfalls wird Sophie weiterhin gesellschaftlich geächtet bleiben.«

»Das werde ich ändern«, erwiderte Samuel. »Ich werde überall erzählen, daß sie in der Hochzeitsnacht noch eine Jungfrau war. Und ich werde allen die Wahrheit über ihren Onkel erzählen.

»Das würde doch nur allgemeines Gelächter hervorrufen. Seien Sie vernünftig, Samuel. Niemand wird die Leute von ihren einmal gefaßten Vorurteilen abbringen können.«

»Ich werde es jedenfalls versuchen. Ich *muß* es versuchen.«

»Als ich mit Oliver Susson gesprochen habe, sagte auch er, daß er Sophie heiraten würde.«

»Ich würde niemals zulassen, daß Oliver ihr zu nahe kommt.«

»Wenn Sie sie vor allen Männern abschirmen wollen, mit denen sie sich amüsiert hat – ob nun gezwungenermaßen oder nicht –, werden Sie beide ein Eremitenleben führen müssen. Die Liste von Männern, die diese verdammte Hütte besucht haben, ist ziemlich lang, Samuel.«

»Sie irren sich, Ryder. Ich werde die Leute umstimmen. Mein Wort hat hier Gewicht.«

»Nein«, sagte Ryder.

»Wie bitte?«

»Nein. Sie werden Sophie nicht heiraten.«

Samuel verspürte plötzlich heißen Zorn auf den jungen Mann. Ryder Sherbrooke mochte der Besitzer von Kimberly Hall sein, aber er hatte trotzdem nicht das Recht, sich ins Privatleben anderer einzumischen. Der Verwalter stand langsam auf. »Sie haben in dieser Angelegenheit kein Mitspracherecht, Ryder. Es ist meine Entscheidung, nicht die Ihrige.«

Ryder lächelte. »Im Grunde ist es Sophies Entscheidung, Samuel, und sie wird nein sagen.«

»Und warum? Weil Sie sie zugrunde gerichtet haben und sie mir deshalb die Schmach ersparen möchten, ihr Ehemann zu werden? Schauen Sie nicht so überrascht drein. Ich wußte genau, daß Sie sie begehrten, daß Sie sie beherrschen und in die Knie zwingen wollten. Sie haben sich aufgeführt wie ein neuer Hund in der Meute. Sie mußten sich und anderen Ihre Männlichkeit und Macht beweisen. Es war ein Wettbewerb. Sie mußten aller Welt zeigen, daß Sie sie haben konnten. Sie wollten von ihr hören, daß die anderen ihr nichts bedeuteten, daß nur Sie allein wichtig seien. Ich bin schließlich nicht blind. Außerdem stand ich vorhin zufällig unter dem Balkon und hörte Ihre Beschuldigungen ebenso wie Sophies Erwiderungen. Ich hörte sie sagen, daß sie unschuldig gewesen sei, bis Sie sie in die Hütte brachten. Sie haben Miss Stanton-Greville zugrunde gerichtet, und nun wollen Sie keinen Finger rühren, um ihr zu helfen. Ihnen würde bestenfalls in den Sinn kommen, sie zu Ihrer Mätresse zu machen, und dabei ist sie eine junge Dame von ausgezeichneter Herkunft. Außerdem hat sie feste Prinzipien. Ist Ihnen überhaupt in den Sinn gekommen, daß Sie sie geschwängert haben könnten? Nein, natürlich nicht. Nun, mir liegt sehr viel an ihr, und ich werde sie heiraten, und falls sie schwanger ist, wird sie jedenfalls keinen Bastard zur Welt bringen. Verdammt, lassen Sie dieses arrogante Brauenheben! Könnten Sie schwören, daß sie keine Jungfrau mehr war, als Sie sie nahmen?«

Ryder erwiderte ruhig: »Nein, das könnte ich nicht.«

»Sie weigern sich aber zuzugeben, daß Sie ihr die Unschuld geraubt haben. Sie wissen genau, daß sie keine Hure ist. Ich habe Sie über meine Absichten in Kenntnis gesetzt, um der Höflichkeit Genüge zu tun. Zumindest biete ich dem armen Mädchen eine Alternative, und das ist mehr, als man von Ihnen behaupten kann.«

Ryder hob einen kleinen Kieselstein auf und schleuderte ihn in die Wellen. »Und wie wollen Sie sie beschützen, wenn Sherman Cole sie verhaftet, um sie wegen der Ermordung ihres Onkels an den Galgen zu bringen?«

Samuel Grayson starrte aufs Meer hinaus. »Sie halten es also für besser, Sophie und Jeremy von hier wegzubringen? Und dann wird sie entweder Ihre Geliebte, oder aber sie steht völlig mittellos da, ohne Freunde, ohne eine Möglichkeit, ihren Lebensunterhalt selbst zu verdienen. Das ist wirklich eine großartige Lösung! Gott bewahre uns vor Männern, die glauben, daß die ganze Welt ihnen gehört und nach ihrer Pfeife tanzen muß, daß Frauen nur zu ihrem egoistischen Vergnügen da sind! Mir ist auch Ihr Ehrbegriff aufgefallen, Sir; er ist eng verknüpft mit Ihrem Stolz, mit all den Privilegien und all dem Reichtum, den Ihre Familie seit langem genießt. Aber was ist mit der Ehre anderer Menschen? Mit der Ehre und dem guten Ruf eines jungen Mädchens? Das ist Ihnen ganz egal, denn Ihnen geht es nur darum, es zu beherrschen und zu unterwerfen. Alle jungen Männer wetteifern darin, und dann gehen sie einfach ihrer Wege, ohne auch nur einen Gedanken an das Mädchen zu verschwenden, das für sie nur ein Spielzeug war. Nein, ich werde an meinem Plan festhalten. Wenn Sherman Cole Sophie verhaften sollte, wird mir schon irgendeine Lösung einfallen. Guten Tag.«

Er entfernte sich schnellen Schrittes und schlug dabei vor Erregung mit der Reitgerte gegen seine Schenkel. Ryder starrte ihm nach. Er hatte ein ähnliches Gefühl wie früher, wenn sein Vater ihm tüchtig den Kopf gewaschen hatte. Samuel konnte es zwar nicht ganz mit dem alten Earl of Northcliffe aufnehmen, aber schlecht war er wirklich nicht. Ryder schnaubte, während Samuel sich in den Sattel schwang, und dann lehnte er sich wieder an den

Palmenstamm und schloß die Augen. Natürlich glaubte er nicht, daß die ganze Welt ihm gehörte und nach seiner Pfeife zu tanzen hatte – bestenfalls ein kleines Stückchen der Welt. Und was sollte daran falsch sein. Er war nicht egoistisch, er war nicht habgierig. Gewiß, er nahm, aber er nahm nicht zuviel. Er tat Menschen nicht weh, zumindest nicht absichtlich. Und er war auch durchaus bereit, nicht nur zu nehmen, sondern auch zu geben. Er gab sogar mit vollen Händen, das könnte Jane ebenso bestätigen wie seine Schwester Sinjun.

War er wirklich ein gefühlloser, selbstsüchtiger Schweinehund? Handelte er tatsächlich aus niedrigen, gemeinen Motiven? Führte er sich wie ein neuer Hund in der Meute auf? Nein, diese Behauptung, daß er seine Männlichkeit unter Beweis stellen müsse, war blanker Unsinn, weiter nichts. Er war wirklich kein übler Bursche. Samuel hatte richtig erkannt, daß er ein angeborenes Ehrgefühl besaß. Na und? War das etwa etwas Negatives?

Trotzdem fühlte er sich jetzt schuldig und kam sich wie ein Schurke vor, was einfach ungerecht war.

»Verflixt!« rief er einer großen grünen Schildkröte zu, die langsam zum Wasser hinabkroch. »Verflixt und zugenäht!«

Samuel Grayson blickte Sophie traurig an. Ryder hatte recht gehabt. Sie hatte seinen Antrag abgelehnt, wenngleich auf sehr taktvolle Art und Weise. Ihr müdes und niedergeschlagenes Aussehen schmerzte ihn, aber er wußte nicht, was er dagegen tun könnte.

Sie versuchte ihm zuzulächeln, hatte dabei aber Tränen in den Augen. »Sie wissen, daß ich Sie nicht heiraten kann«, wiederholte sie, weil er immer noch schwieg.

Die seelische Erschöpfung war seiner Stimme deutlich anzuhören, als er endlich sagte: »Nein, das verstehe ich nicht. Du hast keinerlei Grund, dich zu schämen, und ich bin kein junger Flegel, der Unberührtheit verlangt. Sophie, überleg es dir noch einmal.«

Ohne zu zögern, erwiderte sie: »Nein, tut mir leid, Samuel.« Sein Vorname kam ihr nur schwer über die Lippen, denn in den ganzen vier Jahren, die sie nun schon auf Jamaika lebte, war er immer Mr. Grayson für sie gewesen, aber es wäre taktlos, einen Mann, der einen Heiratsantrag machte, wie den eigenen Vater zu behandeln.

»Entschuldige bitte, daß ich etwas erwähne, was dir bestimmt peinlich ist, aber ich weiß, was Ryder dir angetan hat. Ich weiß auch, daß du das als Schmach empfindest, und das tut mir von Herzen leid.«

»Hat er es Ihnen erzählt?«

»O nein, aber er weiß, daß ich Bescheid weiß. Ist es möglich, daß du schwanger bist?«

Sie erbleichte, umklammerte eine Stuhllehne und schüttelte heftig den Kopf, während sie flüsterte: »O nein, das kann nicht sein, das wäre einfach zuviel ... O Gott, was soll ich nur machen?«

»Heirate mich. Mir macht es nichts aus, wenn du von ihm schwanger bist.«

Sie konnte über seine Güte nur staunen, über seine aufrichtige Zuneigung, aber sie wußte trotzdem, daß sie ihn nicht heiraten konnte. »Nein, so etwas würde ich niemals tun.«

Samuel seufzte. »Ryder hatte recht.«

Sie erstarrte. »Was meinen Sie damit?«

»Er meinte, daß du meinen Antrag ablehnen würdest, weil er mit dir geschlafen hat.«

Sie lachte, sie lachte tatsächlich, und Samuel starrte sie völlig perplex an. »Nun«, brachte sie mühsam hervor, »zumindest traut er mir noch ein gewisses Ehrgefühl zu. Mir, der Hure von Jamaika! Ah, das ist wirklich köstlich!«

Ryder hörte dieses Lachen und lenkte seine Schritte unwillkürlich in die Richtung, aus der es kam. Dieses unnatürliche Lachen ging ihm durch und durch, weil er eine nur mühsam beherrschte Hysterie heraushörte. Zutiefst beunruhigt, riß er die Tür zum Salon auf, nur um im nächsten Moment verlegen stehenzubleiben. Er wußte selbst nicht, wen er hier mit ihr vermutet hatte, aber jedenfalls nicht Samuel Grayson. Großer Gott, konnte Samuel etwas gesagt haben, was sie derartig aus der Fassung brachte?

»Oh«, murmelte er, »entschuldigt bitte.«

»Nein, Ryder, Sie brauchen sich nicht zu entschuldigen«, sagte Samuel. »Sie hatten recht. Sie will mich nicht heiraten. Auf mich wartet viel Arbeit. Bleiben Sie ruhig hier, ich muß ohnehin fort. Ich werde nach Montego Bay reiten und feststellen, was Cole im Schilde führt. Vielleicht ist Thomas mittlerweile geschnappt worden.«

Ryder sagte kein Wort, bis sich die Tür hinter Samuel geschlossen hatte. Er wollte sich nicht eingestehen, daß er grenzenlos erleichtert war, weil dieses Eingeständnis ihn in rasende Wut auf sich selbst versetzte. Sophie stand in einem ihrer schlichten Musselinkleider regungslos da, barfuß wie eine kleine Göre, aber ohne Verbände. »Ich nehme an«, knurrte er, »daß all diese mädchenhaften Kleidchen, die ich von Camille Hall mitgebracht habe, aus der Zeit vor den Rendezvous in der Hütte stammen?«

Ihre Augen verengten sich zu schmalen Schlitzen, und sie ballte die Fäuste. Doch dann lächelte sie ihm träge zu, und ihre Stimme war weich und spöttisch, und unwillkürlich reagierte sein Körper auf diese Reize. »Ah, Ryder, selbstverständlich. Langweilige Fetzen, nicht wahr? Aber was soll ich machen? Du hast ja all meine anderen Sachen in Camille Hall gelassen. Warum tust du nicht einfach so, als trüge ich eine scharlachrote Satinrobe mit einem Dekolleté fast bis zur Taille? Warum kommst du nicht her und begrapscht mich wieder? Sei kühn, Ryder, sei ein Mann und reiß mir das Kleid vom Leibe. Würde dir das keinen Spaß machen? Ein richtiger Mann, der seine Kraft und Macht unter Beweis stellt! Großer Gott, allein der Gedanke läßt mich erschauern. Du könntest mich über deinen rechten Arm werfen. Habe ich nicht eine Belohnung verdient, weil ich deinen armen Mr. Grayson vor einem Schicksal, schlimmer als der Tod, bewahrt habe?«

Er stand wie angewurzelt da. Dann fluchte er. Dann brüllte er sie an: »Hör sofort mit diesem verdammten Theater auf!«

»Theater? Soll das heißen, daß du mich nicht mehr für eine Hure hältst?«

»Ja ... nein ... verdammt, ich weiß es nicht!«

»Hat der liebe Samuel diesen Meinungswechsel bewirkt?«

»Nein.«

So schlagartig, wie sie zuvor in die Rolle einer Nutte geschlüpft war, zeigte sie nun eine Verwundbarkeit, die ihm unerträglich war. Weil sie nicht wollte, daß er ihre Tränen sah, wandte sie sich hastig ab und lief auf die Veranda hinaus, aber er folgte ihr dorthin. Händeringend flüsterte sie kaum hörbar: »Und wenn ich nun schwanger bin?«

Er verzichtete darauf, den Begriffsstutzigen zu spielen. »Hast du bei all den anderen Männern nie daran geacht? Hast du immer Vorsichtsmaßnahmen getroffen?«

»Nein.«

Wieder diese verbale Zweideutigkeit. Er müßte ihr jetzt eigentlich sagen, daß er sie mit Sicherheit nicht geschwängert hatte, daß sie folglich – wenn sie tatsächlich so unschuldig war, wie sie behauptete – unmöglich schwanger sein konnte, es sei denn, man würde eine übernatürliche Zeugung in Betracht ziehen.

Er müßte ihr eigentlich sagen, daß er sie nicht genommen hatte, als sie betäubt gewesen war. Aber er tat es nicht, denn wenn er es ihr sagte, würde sie Samuel Grayson vielleicht doch noch heiraten, und das konnte er einfach nicht zulassen.

»Wann hattest du deine letzte Monatsblutung?«

Sie zuckte schockiert zusammen, und er beobachtete fasziniert, wie rasch sie sich wieder unter Kontrolle hatte. Wortlos bedachte sie ihn mit einem strafenden Blick und eilte davon.

Er schaute ihr mit gerunzelter Stirn nach. Ihr verächtlicher Blick hatte wirklich Bände gesprochen und Worte völlig überflüssig gemacht.

Vielleicht sollte er ihr ein höhnisches Schnauben beibringen? Sie würde es bestimmt in kürzester Zeit meisterhaft beherrschen.

Als Samuel Grayson vier Stunden später nach Kimberly zurückkehrte, war er schweißüberströmt und völlig aufgelöst. Ohne einleitende Floskeln konfrontierte er Emile und Ryder mit den unangenehmen Neuigkeiten. »Sherman Cole läßt morgen vormittag Burgess' Leiche ausgraben. Es ist das einzige Gesprächsthema in Montego Bay. Thomas ist immer noch auf freiem Fuß. Cole sagt, daß er Thomas nach Sophies Verhaftung Geld anbieten wolle, damit dieser sein Versteck verläßt und gegen sie aussagt. Cole glaubt auch nicht, daß Thomas hierhergekommen ist und Ryder umbringen wollte. Und Ryders Behauptung, daß Burgess erstochen wurde, hält er ebenfalls für eine Lüge. Wie ich gehört habe, bezahlt er drei Männern sehr viel Geld, damit sie Burgess ausbuddeln und untersuchen. Anschließend will er Sophie sofort verhaften, vor Gericht stellen und an den Galgen bringen, alles innerhalb einer Woche. Er sagt, daß keiner von uns ihn daran hindern könne.«

»Das Ende ist also nahe«, kommentierte Emile. »Ganz gleichgültig, was ich von ihr halte – am Galgen möchte ich sie denn doch nicht baumeln sehen.«

Sein Vater schnaubte empört. »Du dummer blinder Hund! Nun, Ryder, bald werden Sie sich nur noch um Jeremy kümmern müssen.« Er wandte sich wieder seinem Sohn zu. »Du mußt morgen früh in Camille Hall sein, wenn Cole dort auftaucht. Wir müssen auf dem Laufenden sein. Und jetzt geh und sag Sophie, daß sie in der Nähe des Hauses bleiben soll.«

Nachdem Emile den Salon verlassen hatte, fuhr Samuel fort: »Jetzt gibt es nur noch einen einzigen Ausweg, Ryder. Die *Harbinger* liegt derzeit im Hafen und soll mit der Morgenflut auslaufen. Sophie und Jeremy müssen mit diesem Schiff nach England reisen.«

»Ja«, stimmte Ryder zu. »Das müssen sie wohl.« Grinsend spreizte er die Hände. »Ich weiß, ich weiß. Ich kann sie nicht schutzlos nach England schicken. Ohne Geld, ohne einen Menschen, der sich um sie kümmern wird.«

»Sie selbst können Jamaika aber noch nicht verlassen.«

»Auch das weiß ich. Diese Vormundschaftsangelegenheit muß abgeschlossen werden, von Sherman Cole und diesem räudigen Hund Thomas einmal ganz zu schweigen.«

»Was wollen Sie also tun?«

»Allzu viele Möglichkeiten bleiben mir offenbar nicht mehr. Schaffen Sie den Vikar herbei, und ich werde sie heiraten. Während Cole drüben in Camille Hall herumbuddelt, werden Sophie und Jeremy schon auf hoher See sein. Und in England können sie sich geradewegs nach Northcliffe Hall begeben, wo sich meine Familie ihrer annehmen wird.«

»Und wenn Sie selbst nach England zurückkehren, Ryder?«

»Gemach, gemach, alter Junge! Sie haben ohnehin Ihren Kopf durchgesetzt und das Mädchen gerettet, mit mir als Werkzeug.«

»Sie wird Ihnen eine wunderbare Frau sein.«

Ryder verwünschte ihn und begab sich auf die Suche nach seiner Braut.

Ehe! Ein schrecklicher Gedanke, aber die Lage war hoffnungslos. Er dachte an seinen älteren Bruder, den Grafen, und hoffte von ganzem Herzen, daß dessen Ehe sich mittlerweile erfreulich entwickelt hatte, aber bei seiner Abreise aus England hatte er, ehrlich gesagt, schwere Bedenken gehabt, trotz Alexandras Beherztheit. Nur, weil er nach Jamaika gekommen war, würde auch er selbst ins Ehejoch gespannt werden. Und dabei war sein Leben bisher so unkompliziert verlaufen!

Er seufzte. Am besten brachte er die Sache schnell hinter sich. Er fand Sophie am Spätnachmittag am Strand. Ihre Stute Opal graste in der Nähe, und sie saß mit gekreuzten Beinen im Schatten eines Mandelbaums und starrte aufs Meer hinaus.

Er band sein Pferd an, schlenderte zu ihr hinüber, stemmte die Hände in die Hüften und sagte: »Ich bin nach Camille Hall geritten, wo man mir gesagt hat, daß du dort gewesen seist, um dich nach den Reparaturarbeiten im Haus zu erkundigen. Das hättest du nicht tun sollen. Dazu geht es dir noch nicht gut genug.«

»Blödsinn!« erwiderte sie, ohne aufzublicken.

Er bückte sich und zog den Rock ihres Reitkostüms hoch. »Und warum hast du dann keine Schuhe an?«

Sie schob den Rock wieder herunter. »Geh zum Teufel, Ryder! Camille Hall gehört jetzt Jeremy. Er ist noch dort. Ehrlich gesagt, wurde ich plötzlich müde und wollte mich hier etwas ausruhen. Was willst du von mir? Weitere Wahrheiten aus dem Munde der Inselhure hören?«

»Nein.«

»Was dann?«

Er betrachtete sie mit ausgesprochener Abneigung und sagte kopfschüttelnd: »Seit einer halben Stunde haben wir beide keine Wahl mehr. Du wirst jetzt mit mir nach Kimberly zurückreiten, denn für dich gibt es bis morgen früh noch sehr viel zu tun.«

»Was in aller Welt soll das heißen?« fragte sie mit einer kalten Gleichgültigkeit, die ihn in rasende Wut versetzte.

»Verdammt, schau mich an!«

Seufzend blickte sie auf. »Laß das Fluchen. Außerdem stehst du mit dem Rücken zur Sonne, so daß ich dein Gesicht kaum erkennen kann. Vergiß ausnahmsweise einmal dein männliches Imponiergehabe und setz dich hin, Ryder.«

Er tat, wie ihm geheißen, und kreuzte wie sie die Beine. »Du wirst mir jetzt zuhören, Sophie. Es mißfällt mir, wenn du in diesem Ton mit mir sprichst. Meine Haltung hatte mit männlichem Imponiergehabe überhaupt nichts zu tun. Ich bin einfach dagestanden.«

Sie konnte nur mit Mühe ein Lächeln unterdrücken, während sie Sand durch ihre Finger rinnen ließ. Seine angeborene Arroganz war ihm tatsächlich nicht bewußt. Das Lachen verging ihr aber sofort, als er fortfuhr: »Es gibt keinen anderen Ausweg. Ich habe mir den Kopf zerbrochen, habe gegrübelt und gegrübelt – eine Beschäftigung, die ich hasse. Ich habe mir aufgezählt, aus welchen Gründen es der reinste Wahnsinn, der Gipfel der Idiotie wäre, aber das alles hat nichts genützt. Folglich werde ich dich heiraten müssen.«

Sie starrte ihn fassungslos an. »Du bist verrückt!«

»Ja, aber trotzdem werde ich dich heiraten. Mir bleibt einfach keine andere Wahl. Du und Jeremy werdet an Bord eines Schiffes sein, das morgen früh nach England ausläuft. Du wirst mich heute Abend heiraten. In England werdet ihr euch zu meiner Familie nach Northcliffe Hall begeben. Dort wird man sich gut um euch kümmern, bis ich selbst nach Hause komme.«

»Tust du das, weil du befürchtest, daß ich ein Kind von dir erwarten könnte?«

»Nein. Sherman Cole läßt morgen vormittag deinen Onkel ausgraben. Danach will er dich verhaften. Und er bietet Thomas sogar Geld an, damit der Kerl gegen dich aussagt. Deshalb wirst du mich heiraten, und Jeremy und du werdet schon weit entfernt sein, wenn Cole sich die fetten Hände reibt, weil er glaubt, dich endlich in seiner Gewalt zu haben. Nein, sag nichts. Du mußt Jamaika verlassen. Ah, möchtest du vielleicht wissen, was ich als Ehemann zu bieten habe? Keinen Titel, denn wie du ja weißt, bin ich der zweite Sohn. Aber ich glaube, daß ich sogar für dich reich genug sein müßte. Bei Gott, nachdem Kimberly Hall jetzt mir gehört, kann ich dir bestimmt bieten, was immer dein Herz begehrt.«

»Großartig. Mein Herz begehrt, daß *ich* Jeremys Vormund werde und alle Entscheidungen über seine Ausbildung und Erziehung zum Gentleman treffe.«

»Hör auf. Für solche Spielchen haben wir jetzt keine Zeit mehr. Wir werden heiraten. Sei still. Ich scherze nicht, was Coles Absichten betrifft.«

Sie sprang auf. »Ich kann es einfach nicht glauben. Bist du sicher? Aber ...« Sie verstummte, starrte auf ihn hinab, drehte sich um, raffte ihre Röcke und rannte den Strand entlang.

»Sophie, komm zurück! Verdammt, deine Füße!«

Sie rannte noch schneller. Und er Dummkopf machte sich Sorgen, weil ihre verdammten Füße noch nicht ganz verheilt waren! Er rannte ihr nach, und weil er stärker war, längere Beine hatte und nicht von Unterröcken und Röcken behindert wurde, holte er sie rasch ein, packte sie am Arm und riß sie zu sich herum. Dann zog er sie an sich und küßte sie.

Sie wehrte sich heftig, aber auch nachdem er ihren Mund freigab, ließ er sie nicht los. »Ziehst du den Henker einer Ehe mit mir vor?«

Sie schüttelte den Kopf.

»Außerdem müßtest du vor dem Henker auch noch Coles Geifer ertragen, wenn er dich vergewaltigen würde.«

»Du brauchst nichts mehr zu sagen.«

»Gut, denn ich wurde allmählich etwas ungeduldig.«

»Das ist doch absurd. Ich bin völlig durchschnittlich, Ryder. Ich habe nichts Ungewöhnliches, nichts Geheimnisvolles an mir, nichts, was dich interessieren könnte, obwohl ich nicht ganz ungebildet bin, weil ich sehr viel gelesen habe. Aber ich weiß, daß Männer diese Beschäftigung bei Frauen für unnütz, ja mitunter sogar für schädlich halten. Glaub mir, ich bin ein Nichts, ein hinterwälderisches Geschöpf ohne Ansprüche auf irgend etwas. Warum fühlst du dich für mich verantwortlich? Es ist schließlich nicht deine Schuld, daß mein Onkel tot ist.«

»Halt den Mund.« Er küßte sie wieder, aber sie wehrte sich immer noch leidenschaftlich gegen ihn, und er wollte ihr nicht weh tun. Deshalb begnügte er sich damit, sie in seinen Armen zu halten. Er spürte ihre Wärme, spürte ihre Brüste an seinem Brustkorb und schloß für einen Augenblick die Augen.

»Hast du vergessen, wie sehr du mich verabscheust, Ryder? Du hältst mich für eine schreckliche Person. Du verachtest mich, weil du glaubst, daß ich eine Nutte bin. Warum willst du mich dann heiraten?«

Er blickte über ihre Schulter hinweg auf die gezackten schwarzen Felsen, die ins Meer ragten. »Ich muß es einfach tun. Nenn es Ehre. Nenn es Gewissenbisse. Samuel hat gesagt, ich hätte dich zugrunde gerichtet. Vielleicht trägst du sogar mein Kind in dir. Und jetzt kommt noch hinzu, daß du den Hals fast schon in der Schlinge hast. Komm mit. Wir haben beide noch eine Menge zu tun.«

Sie lief neben ihm her und starrte blindlings vor sich hin. Wie war es nur möglich, daß das Leben sich von einer Sekunde zur anderen so von Grund auf ändern konnte?

KAPITEL 11

Der Vikar, Jacob Mathers, war ein dürrer kleiner Mann mit weißem Haarschopf, der wie ein Hahnenkamm hochstand. Er kannte natürlich alle Klatschgeschichten, beteiligte sich aber nicht am Gerede, sondern beschränkte sich aufs aufmerksame Zuhören, besonders wenn er ein Glas Rumpunsch in der Hand hatte, und gab kaum etwas auf das Gehörte. Seit über zwanzig Jahren war er ein enger Freund von Samuel Grayson, und deshalb nahm er die Einladung zum Abendessen mit Freuden an. Als er nach dem Essen erfuhr, daß von ihm noch eine Amtshandlung erwartet wurde, blinzelte er kurz, warf Samuel einen ratsuchenden Blick zu und wurde durch ein Lächeln und Kopfnicken ermutigt.

Wenn Samuel das für richtig hielt, war der Vikar bereit, die beiden ungleichen jungen Menschen zu trauen, und er nahm auch Ryders Angebot an, bis zum nächsten Nachmittag die Gastfreundschaft von Kimberly Hall zu genießen. Sophies Ruf war ihm ebenso bekannt wie Sherman Coles leidenschaftlicher Wunsch, das Mädchen zu verhaften, und er erriet auch Coles Motive. Schließlich hatte er es in seinem Beruf hauptsächlich mit menschlichen Schwächen zu tun. Aber er war weder dumm noch herzlos, und übermäßige Neugier schien ihm in diesem Falle nicht angebracht. Er wollte die Einzelheiten gar nicht wissen.

Alle stellten sich auf. Reverend Mathers hatte eine bemerkenswert tiefe Stimme, volltönend und beruhigend, an diesem Abend noch verstärkt durch die drei Glas Rumpunsch, die er beim Essen getrunken hatte. Bald neigte sich die kurze Zeremonie dem Ende zu. Er war erleichtert, daß die junge Dame nicht in Ohnmacht gefallen war. Ihre Blässe war beängstigend, ihre Augen wirkten riesig und sehr dunkel, und ihre Antworten waren kaum mehr als ein Flüstern. Was Ryder Sherbrooke betraf, so sah der junge Mann vom Scheitel bis zur Sohle wie der perfekte englische Aristokrat aus, und seine Stimme war kräftig und ruhig. Falls ihm ebenso unbehaglich zumute war wie seiner Braut, wußte er es jedenfalls gut zu verbergen.

Ryder fragte sich, was wohl in Sophie vorgehen mochte. Er wußte genau, daß nur der Gedanke an den Galgen sie bewogen hatte, ihn zu heiraten. Nicht gerade ein Kompliment für den Bräutigam! Nun ja, bald würde es vollbracht sein. Bald würde sie seine Frau sein. Und er wünschte sich das wirklich, wie ihm plötzlich zu seinem eigenen Erstaunen bewußt wurde. Er wollte sie in Sicherheit wissen, sie und Jeremy.

Als sie ein sehr schwaches »Ich will« flüsterte, drückte er ihre Hand, während ihm durch den Kopf ging, daß ihre ursprüngliche Weigerung auf Ehrgefühl und Ehrlichkeit hindeutete. Auch schien sie ihn überhaupt nicht zu begehren, aber das konnte er in Anbetracht ihrer Erfahrungen gut verstehen. Er würde sie bald dazu bringen, in dieser Hinsicht ihre Meinung zu ändern. Schließlich war er kein Tölpel. Er dachte an all die Frauen, die er gehabt und glücklich gemacht hatte, mit denen er gelacht und gescherzt hatte. Und nun war er an die einzige Frau gebunden, die ihn nicht wollte, die ihn nur heiratete, weil ihr keine andere Wahl blieb. Zumindest das hatten sie gemeinsam. Auch ihm wäre normalerweise nie in den Sinn gekommen, sie zu heiraten. Nur seine Ehre gebot es ihm, weiter nichts.

Sophie war froh, die Antwort über die Lippen gebracht zu haben, ärgerte sich aber darüber, daß sie sich wie eine blökende Ziege angehört hatte. Tatsache war jedoch, daß sie Angst vor ihm hatte, obwohl ihr bewußt war, daß er sie vor einem schmachvollen Tod rettete.

Sobald sie seine Frau war, konnte er mit ihr machen, was immer er wollte. Das wußte sie, weil ihr Onkel es ihr oft genug unter die Nase gerieben hatte. Sie glaubte nicht, daß Ryder sie schlagen würde. Zu dieser Kategorie von Männern gehörte er bestimmt nicht. Nein, was ihr Angst machte, war sein Anrecht auf ihren Körper: er konnte sie nehmen, wann immer und wie immer er wollte. Andererseits hatte er sie ja bereits gehabt und ihren Körper gesehen, genauso wie sie den seinen. Und er hatte sie nicht verletzt, denn am nächsten Morgen hatte sie keinen Schmerz, nicht einmal das geringste Unbehagen verspürt. Nein, er hatte ihr nicht weh getan.

Und außerdem handelte es sich ja vorerst nur um eine einzige Nacht.

Trotzdem fürchtete sie sich. Nervös befingerte sie das weiche Musselinkleid, das Coco mit flinker Nadel innerhalb weniger Stunden genäht hatte. Es war wunderschön und schneeweiß, und darüber mußte sie lächeln. »Du wirst wie eine Opferjungfrau aussehen«, hatte Ryder gesagt, als sie ihm das fast fertige Kleid vorführte.

Sie wünschte, der Vikar käme zum Ende. Ihr war leicht übel. Sie hatte Angst, nicht nur vor Ryder, sondern auch vor Sherman Cole, und sie fragte sich, ob sie und Jeremy morgen tatsächlich an Bord jenes Schiffes sein würden, ein für allemal in Sicherheit.

Als Ryder vorhin in ihr Zimmer gekommen war, um sie zum Abendessen abzuholen, hochelegant und verdammt attraktiv, hatte er ihr zugelächelt und gesagt: »Du bist schön, weißt du das?«

Sie hatte achselzuckend erwidert: »Halbwegs passabel, würde ich sagen.«

»Nein, schön. Bist du bereit? Der Vikar ist da. Wir werden vor der Trauung zu Abend essen. Es tut mir leid, daß du niemanden von Camille Hall dabei haben wirst, aber das können wir nicht riskieren.«

»Du brauchst mich nicht zu heiraten, Ryder.«

»Sei still«, hatte er freundlich gesagt, ihr seinen Arm angeboten und sie die breite Treppe hinabgeführt.

Ryder bemerkte ihr Zittern, als er sein Eheversprechen ablegte. »Hab keine Angst«, flüsterte er ihr zu. »Vertrau mir. Bald wird es vorbei sein, und dann wird dir nie wieder etwas Schlimmes widerfahren.«

Sie glaubte ihm nicht, aber das konnte sie ihm jetzt, da er ihr Ehemann wurde, kaum sagen. Und Jeremy lächelte selig, so als hätte man ihm die ganze Welt zu Füßen gelegt. Sie wunderte sich, wie leicht Ryder das Herz des Jungen erobert hatte.

Die Zeremonie war beendet. Das Brautpaar wurde beglückwünscht. Samuel sah hocherfreut und zutiefst erleichtert aus. Er umarmte Sophie und sagte leise: »Nun wird für dich alles gut, meine Liebe. Ich glaube von jeher, daß alles, was geschieht, einen tieferen Sinn hat. Dir und Jeremy war es bestimmt, Jamaika zu verlassen und nach England zurückzukehren. Du kannst deinem Ehemann vertrauen. Sobald Ryder den richtigen Weg erkannt hat, schlägt er ihn ein, ohne zu zögern. Ja, Sophie, vertrau ihm, denn er ist ein sehr guter Mensch.«

Sie betrachtete ihren Ehemann, der Jeremy an sich drückte. Der Junge redete lebhaft auf ihn ein, und Ryder nickte lachend.

Und dann erstarb all das fröhliche Geplauder mit einem Schlag. Ryder blickte auf und sah Sherman Cole auf der Schwelle des Salons stehen.

Sophie wäre am liebsten im Mangrove-Sumpf versunken. Sie stand regungslos da und beobachtete Ryder, der auf Cole zuging.

»Welch eine Freude, Mr. Cole! Allerdings waren Sie nicht eingeladen. Was wollen Sie denn jetzt schon wieder?«

Sherman Cole sah sich im Zimmer um und starrte Sophie an, die in ihrem weißen Hochzeitskleid einer bleichen Statue glich. Samuel stand dicht daneben, Arm in Arm mit ihr, und Cole rief unwillkürlich: »Großer Gott, glauben Sie wirklich, die kleine Nutte durch eine Hochzeit retten zu können? Hat dieser Narr von Grayson sie wirklich geheiratet? Hat er das Flittchen wirklich geheiratet?«

Ryder seufzte. »Habe ich Sie nicht schon einmal gewarnt? Sie sind offenbar sehr begriffsstutzig, Sir, und Sie stören hier ungemein.«

»Aber er kann unmöglich mit ihr verheiratet sein! Hören Sie, Samuel, es ändert nichts an der Sachlage. Sie hat ihren armen Onkel ermordet, und ich werde sie morgen verhaften, sobald wir Burgess' Leiche untersucht haben. Sie werden also nur eine einzige

Nacht mit ihr haben, nicht mehr. Genießen Sie sie deshalb! Und dann werde ich an der Reihe sein ... das heißt, ich werde dafür sorgen, daß die Gerechtigkeit obsiegt und ...«

Ryder versetzte ihm einen kräftigen Kinnhaken, und Sherman Cole sackte in sich zusammen. Ryder packte ihn unter den Armen und zerrte ihn mühsam hinter einen Stuhl, so daß er nicht mehr zu sehen war. Dann grinste er Sophie zu und rieb sich die Hände.

»Das hat Spaß gemacht!« rief er vergnügt. »Emile, wenn er wieder zu sich kommt, solltest du ihn vielleicht nach Montego Bay zurückbegleiten. Ich finde es großartig, daß er glaubt, Sophie wäre mit deinem Vater verheiratet. Dann ahnt er nichts Böses und bleibt siegessicher.«

»Gehen wir ins Eßzimmer«, schlug Samuel vor. »Ich möchte dem Brautpaar mit dem Champagner zuprosten, den James aufgetrieben hat.«

Sophie blieb bleich und stumm. Ryder zog sie sanft an sich und küßte sie ganz zart, bevor er ihr zuraunte: »Ich bin dein Mann. Ich werde dich beschützen. Cole wird dich nicht anrühren.«

Sie bewegte sich immer noch nicht. Als er sie schließlich losließ, blickte er sehr nachdenklich drein. Sie hatte seinen Kuß nicht erwidert, aber das war vielleicht verständlich, nachdem Coles Auftauchen ihr zweifellos einen neuen Schock versetzt hatte.

»Weißt du was, Sophie? Ich habe dich diesmal wirklich beschützt, aber andererseits muß ich gestehen, daß ich allergrößte Lust hatte, ihn zu verprügeln. Deshalb kann ich nicht behaupten, nur aus edlen Motiven gehandelt zu haben. Aber nehmen wir es trotzdem einmal an. Kann ich mich darauf verlassen, daß du mich ebenfalls beschützen würdest?«

»Das habe ich schon getan.«

Er grinste. »Ja, und du warst einfach großartig. Wirst du weiterhin meine Amazone sein? Wirst du mich auch weiterhin beschützen?«

»Du bist doch nicht Jeremy.«

»Nein, das nicht, aber ich bin dein Mann, und als solcher müßte ich von nun an noch wichtiger sein.«

»Ja«, sagte sie seufzend. »Ich werde dich beschützen.«

»Gut.«

Ryder warf einen Blick über die Schulter zurück. Coles Füße ragten unter dem Stuhl hervor. Was zum Teufel hatte der Kerl gewollt? Es war ein langer Ritt von Montego Bay nach Kimberly und zurück. Hatte er sich nur an Sophies Angst weiden und alle anderen einschüchtern wollen?

Gleich darauf vergaß Ryder den Richter. Bald würde er Sophie besitzen. In wenigen Stunden würde sie nackt mit ihm im Bett liegen, in seinen Armen, und er hatte die Absicht, diese Nacht – die einzige vor wochenlanger Trennung – voll auszukosten.

Summend geleitete er sie ins Eßzimmer, ließ sie rechts von sich Platz nehmen und setzte sich ans Kopfende des Tisches. Dann griff er nach ihrer Hand und küßte ihre Finger. Sie reagierte nicht darauf.

»Emile wird Cole wegbringen«, sagte er. »Vielleicht wird er erfahren, was Cole herausgefunden hat, und warum der Kerl heute abend hier aufgetaucht ist.«

»Ich wünschte, ich hätte ihm selbst einen Kinnhaken versetzen können«, murmelte sie.

Er war entzückt. »Tatsächlich? Keine schlechte Idee Zeig mir mal deine Faust.«

Sie tat es, und er schob ihren Daumen herunter. »Wenn du zuschlagen willst, darf dein Daumen niemals vorstehen. Du könntest ihn sonst brechen. Ja, so ist's richtig.«

»Du hast dir die Knöchel verletzt!«

»Ah, so etwas fällt im Vergleich zum Vergnügen überhaupt nicht ins Gewicht. Und nun erinnere dich daran, meine Liebe, daß du meine Braut bist. Heb dein Glas und stoß mit mir an. Ja, so. Und jetzt lächle. Gut«

Sie nippte am Champagner. Er war köstlich, kalt und herb.

Sie trank einen zweiten, größeren Schluck.

Die Unterhaltung wurde immer lebhafter. Mit jeder neu entkorkten Champagnerflasche nahmen Gelächter und Lärm weiter zu. Der Vikar gab einen Witz über einen Heiligen zum besten, der aus Versehen in die Hölle geschickt wurde. Er erzählte mit der ganzen Begeisterung eines frommen Sünders.

Ryder lachte schallend, bis sein Blick auf Sophie fiel »Du bist viel zu still, und du hast so gut wie nichts gegessen.«

»Ich habe das alles nicht gewollt«, murmelte sie, ohne von der Ananastorte auf ihrem Teller aufzuschauen.

»Es ist aber geschehen. Gewöhn dich daran. Akzeptier es.«

»Mir bleibt wohl nichts anderes übrig.« Sie leerte ihr Glas.

»Willst du dich bis zur Besinnungslosigkeit betrinken?«

»Nein, ich glaube nicht, daß das möglich ist.«

»O doch, es ist durchaus möglich. Weißt du, junge Männer tun die lächerlichsten Dinge, betrinken sich beispielsweise und grölen aus vollem Halse, bis sie schließlich besinnungslos unter einem Tisch liegen.«

Er lächelte ihr charmant zu, lachte, setzte alle möglichen Verführungskünste ein, hatte damit aber keinen Erfolg.

»Bist du müde, Sophie?«

»Ja«, sagte sie unbedacht und zuckte gleich darauf beim Gedanken an die Folgen ihres Geständnisses heftig zusammen.

»Wie geht es deinen Rippen?«

»Sie tun sehr weh, genauso wie meine Püße und ...«

»Du bist eine miserable Lügnerin. Das fällt mir freilich erst jetzt auf, weil ich dich inzwischen gut kenne.«

»Du kennst mich nicht, Ryder. Wirklich nicht.«

»Dann werde ich dich eben kennenlernen. Ich wünsche es mir sehr. Ein Jammer, daß wir zunächst wochenlang voneinander getrennt sein werden. Ich werde dir einen Brief mitgeben, den du meinem Bruder, dem Grafen, übergeben mußt, sobald ihr in Northcliffe Hall ankommt. Ich gebe dir auch genügend Geld mit, sodaß ihr in Southampton eine Kutsche und mehrere Wächter mieten könnt. Versprich mir, nicht auf die Wächter zu verzichten.«

Sie versprach es ihm.

Er betrachtete ihren Brustansatz unter der weißen Spitze. »Du bist im Augenblick sehr dünn, aber es stört mich nicht. Ich werde dich schon aufpäppeln.«

»Nachdem ich schwanger bin, werde ich sowieso bald in die Breite gehen.«

Diese Lügen, stöhnte Ryder insgeheim. Es war so verdammt schwierig, an ihnen festzuhalten. Trotzdem sagte er leichthin: »Wie schon gesagt ist es zwar möglich, aber durchaus nicht sicher, daß du schwanger bist. Hoffentlich wirst du nicht allzu enttäuscht sein, wenn es nicht der Fall sein sollte.«

»Ich muß schwanger sein, denn ich fühle mich gar nicht gut.«

Das war wirklich interessant, dachte er, während er sich zurücklehnte und den Stiel seines Champagnerglases hin und her drehte. »Weißt du, Sophie, du brauchst in meiner Gegenwart wirklich nicht verlegen zu sein. Nein, bitte verschwende keine Zeit darauf, es leugnen zu wollen. Ich habe dir gesagt, daß ich die Frauen kenne. Und erinnere dich daran, daß du keine Jungfrau mehr bist. Ich habe dich genommen, und ich konnte mich an deinem Körper nicht satt sehen. Ich habe sogar das neckische kleine Muttermal hinter deinem linken Knie geküßt. Es gibt also keinerlei Grund für dich, verlegen zu sein.«

»Wahrscheinlich hast du recht, aber …«

»Aber was?«

»Als du das alles mit mir gemacht hast, war ich nicht bei Bewußtsein.«

»Du wirst mir einfach vertrauen müssen.«

»So wie du mir vertraut hast.«

»All diese üblen Machenschaften gehören jetzt der Vergangenheit an, obwohl ich gestehen muß, daß mich noch immer die Wut packt, wenn ich daran denke, wie du und dein Onkel mich betäubt, ausgezogen und dieser anderen Frau überlassen habt. Wie hieß sie eigentlich?«

»Dahlia. Sie hat dich gemustert und erklärt, daß es mit dir bestimmt ein Genuß sein würde.«

Als Ryder selbstzufrieden grinste, fügte sie rasch hinzu: »So ein Genuß allerdings auch wieder nicht, daß sie bereit gewesen wäre, auf Bezahlung zu verzichten.«

»Hast du ihr zugeschaut, während sie sich mit mir vergnügte?«

»Nur ganz kurz. Mein Onkel bestand darauf, weil er meinte, du gehörtest zu den Männern, die mit ihren Geliebten über intime Dinge sprechen, aber ich konnte es einfach nicht ertragen und bin weggerannt.«

»Es war ein sehr gemeines Spiel. So, und jetzt werden wir beide uns zurückziehen, meine liebe Frau.«

Keine zehn Minuten später hatte er die Schlafzimmertür abgeschlossen und näherte sich ihr mit zuversichtlichem Lächeln und siegreich funkelnden Augen.

Sie sah wirklich wie eine Opferjungfrau aus, ging ihm durch den Kopf, und in diesem Moment akzeptierte er wohl endgültig die Tatsache, daß sie noch unberührt war, daß all ihre angeblichen Liebhaber mit Dahlia geschlafen hatten, daß Samuel recht gehabt hatte, als er sagte, Sophie könnte so etwas niemals tun, um nichts in aller Welt.

Er überlegte flüchtig, ob er ihr jetzt gestehen sollte, daß sie noch immer Jungfrau war, daß er ihr eine Lüge aufgetischt hatte, um sie davon abzuhalten, Samuel Grayson zu heiraten. Aber dieses Geständnis dürfte kaum dazu angetan sein, sie ihm gewogen zu machen, denn eine rühmliche Rolle hatte er dabei ja wirklich nicht gespielt. Nein, nein, er würde den Mund halten. Die Wahrheit konnte noch ein bißchen warten.

Er nahm sie zärtlich in die Arme, ohne sie jedoch zu küssen. »Ich weiß, daß du einiges von dem, was Männer und Frauen im Bett treiben, gesehen hast«, sagte er. »Ich weiß aus eigener Erfahrung, daß du genau weißt, wie man einen Mann verführt, wie man es anstellt, ihn so verrückt zu machen, daß er alles mögliche sagt und verspricht. Aber ich weiß auch, daß du aufgrund all der seltsamen Umstände noch nie persönlich erfahren hast, wie köstlich Liebesspiele sein können. Wir werden ganz langsam vorgehen, Sophie. Ich möchte nicht, daß du dich an deine bisherigen widerlichen Erfahrungen erinnert fühlst. Vergiß sie. Sie sind jetzt nicht mehr wichtig. Nur du und ich sind wichtig. Verstehst du?«

»Ich will das nicht, Ryder. Ich brauche Zeit.«

»Nach dieser einen Nacht wirst du viel Zeit haben, mindestens sieben Wochen. Ich bin nicht wie all jene ungeschickten Tölpel. Ich werde dir Genuß bereiten, und du wirst in meinen Armen ihr abstoßendes Verhalten vergessen.«

Seine Hände glitten langsam über ihren Rücken, streichelten sie sanft, so als wäre sie ein Kind oder ein mißtrauisches Tier, das gezähmt werden mußte. Doch vor ihrem geistigen Auge tauchte plötzlich Lord David auf, und sie glaubte seine Hände auf ihrem Körper und seinen Mund auf ihren Lippen zu spüren. Und Oliver Susson und Charles Grammond und Dickey Mason, ein weiterer Mann, den ihr Onkel mit ihrer Hilfe ruiniert hatte. Es hatte noch zwei andere gegeben – einer war mittlerweile tot, der andere, ein Trunkenbold, hatte Jamaika in Schimpf und Schande verlassen müssen. Lieber Gott, es war einfach zuviel. Sie haßte es. Sie haßte sich selbst, und sie haßte Ryder, der sie zu dieser Heirat gezwungen hatte. Urplötzlich befreite sie sich aus seinen Armen, rannte auf den Balkon hinaus und drehte sich erst am Geländer wieder nach ihm um.

Er stand noch an derselben Stelle, mitten im Zimmer, und zog seinen Rock aus. Sie beobachtete fröstelnd, wie er die Krawatte abnahm und Weste und Hemd aufknöpfte. Dann ließ er sich auf einen Stuhl fallen und zog seine Stiefel aus. Als er wieder aufstand und an den Hosenknöpfen herumnestelte, schrie sie: »Nein! Was machst du da? Hör auf!«

»Warum?« sagte er. »Das kann doch unmöglich dein Schamgefühl verletzten. Mein Gott, Weib, du hast mich doch schon nackt gesehen – und nicht nur nackt, sondern auch mit steifem Glied. Das alles ist für dich nichts Neues. Und hast du nicht auch die anderen Männer nackt gesehen?«

Sie starrte ihn wortlos an. Bald stand er völlig nackt da, mit erigiertem Glied, und streckte eine Hand aus. »Komm her, Sophie. Es ist an der Zeit, daß wir unser Eheleben beginnen.«

»Ich fühle mich nicht gut«, stammelte sie.

»Also gut«, sagte er mehr zu sich selbst als zu ihr und ging auf sie zu.

Ihr Brautkleid vereitelte eine Flucht, denn sie verhedderte sich in den Röcken und trat auf den Saum, als sie Ryder auszuweichen versuchte. Unter dem linken Arm platzte eine Naht auf. Das hatte sie nicht gewollt. Sie hatte das wunderschöne Kleid nicht beschädigen wollen. Ryders ungeduldige Stimme ließ dieses Mißgeschick jedoch gleich wieder als Bagatelle erscheinen.

»Keine Kämpfe mehr, Sophie! Du bist jetzt meine Frau, wir haben nur diese eine Nacht, und ich möchte diese Ehe vollziehen.«

»Laß mich los!«

»O nein, ich werde dich jetzt entkleiden, Sophie, und du wirst dich nicht dagegen wehren. Du hast geschworen, mir zu gehorchen, und es wird Zeit, daß du diesen Schwur ernst nimmst.«

Sie warf den Kopf zurück und sah ihn mit funkelnden Augen an. »Du bist genauso herrschsüchtig wie mein Onkel, keinen Deut besser! Ich will frei sein, verstehst du das nicht? Ein Mann wird mit dem Geschmack der Freiheit auf der Zunge geboren, aber eine Frau hat so gut wie nie die Chance, wirklich frei zu sein. Ich wußte ja, daß es so kommen würde. Du bist auch nicht anders als alle anderen Männer. Ihr seid allesamt Tiere, selbstsüchtig und brutal!«

»Ich bin ganz anders als alle anderen. Ich bin dein Mann bis an mein Lebensende!«

Sie stand steif wie ein Brett da und ließ ihn nicht aus den Augen. Ihn beschlich plötzlich die schlimme Befürchtung, daß sie ihn niemals begehren würde. Nein, das war einfach absurd. Das würde er nicht zulassen.

»Also gut«, seufzte er. »Setz dich. Unterhalten wir uns ein Weilchen.«

Die Erleichterung war ihrem Gesicht nur allzu deutlich anzusehen, während sie sich auf einen Stuhl fallen ließ.

»Nun, hast du weitere Weisheiten über die Unredlichkeit und Brutalität der Männer auf Lager?«

Nach längerem Schweigen sagte sie: »Wahrscheinlich ist es wirklich dumm von mir. Du hast mich ja schon genommen und dich an mir satt gesehen, und offenbar hast du mich nicht verletzt, denn ich habe am nächsten Morgen nichts gespürt. Aber damals wußte ich nicht, daß du mich betrachtetest. Ich wußte überhaupt nichts.« Sie blickte zu ihm auf. »Es ist sehr schwer, Ryder.«

»Ich werde es dir leichter machen. Du mußt mir nur vertrauen. Und nun zu deinen Äußerungen über die Freiheit. Ich werde dich nicht einsperren, Sophie, falls du glauben solltest, daß Männer so etwas mit ihren Ehefrauen tun. Meistens wirst du machen können, was du willst. Wenn du unter Freiheit allerdings verstehst, allein ans Ende der Welt zu segeln, so gibt es einleuchtende Gründe, die dagegen sprechen. Du bist als Frau nun einmal schwächer als ein Mann und könntest verletzt werden. Aber wer weiß? Vielleicht werden wir zusammen in ferne Länder reisen.«

Sie hatte mit Freiheit etwas ganz anderes gemeint, aber das spielte im Augenblick keine Rolle.

»Ich werde dich nie verletzen, Sophie, dich nie schlagen oder dir drohen. Männer, die so etwas tun, sind in meinen Augen erbärmliche Kreaturen. Dein Onkel war ein völlig gewissenloser Schurke. Er war nicht normal. Ihm bereitete es Vergnügen, dich zu quälen. Ich bin nicht wie er. Keiner meiner Freunde ist wie er. Ich werde dir nie Schmerz zufügen.«

»Ich habe keinen Grund, dir zu glauben.«

»Du hast aber auch keinen Grund, mir *nicht* zu glauben.« Ryder streckte ihr die Hand entgegen. »Komm jetzt. Es ist höchste Zeit, ins Bett zu gehen. Ich werde dir mit dem Kleid helfen.«

Mir bleibt keine andere Wahl, dachte sie verzweifelt. Geschickt knöpfte er das Kleid hinten auf und schob es behutsam hinunter. Sie zuckte zusammen, als er sie leicht auf die Schulter küßte.

»Zieh es jetzt selbst vollends aus. Du wirst es bestimmt aufheben wollen, nachdem es ja dein Brautkleid ist. Den Riß kann man bestimmt leicht reparieren. Hast du in deinem Koffer noch Platz dafür?«

»Ja.«

Sie hätte das Kleid am liebsten auf der Stelle ausgebessert.

Die Nacht stellte sich ihr als erschreckend lange Abfolge von Minuten dar, aber sie konnte Ryders Gesicht deutlich ansehen, daß seine Geduld fast erschöpft war, daß sie ihn jetzt nicht weiter reizen durfte. Anstelle von Ryder hatte sie plötzlich ihren Onkel vor

Augen, sein wutverzerrtes Gesicht, wenn sie es wagte, sich ihm zu widersetzen, seine geballten Fäuste, die unerbittlich auf sie einschlugen ...

Gleich darauf stand sie nur in Hemd und Strümpfen da.

»Du hattest bei deiner eigenen Hochzeit keine Schuhe an«, stellte er verblüfft fest. »Na sowas! Zieh die Strümpfe aus. Ich möchte mir deine Füße ansehen.«

Sie saß in ihrem weißen Musselinhemd auf der äußeren Bettkante, und Ryder kniete vollkommen nackt vor ihr.

»Deine Füße heilen ausgezeichnet«, sagte er zufrieden. »Ein paar Schnittwunden sehen aber noch ziemlich empfindlich aus. Du solltest an Bord anfangs so selten wie möglich Schuhe tragen. Aber paß auf, daß du dir an Deck keine Splitter holst. Und jetzt laß mich mal deine Rippen sehen.«

Er griff nach ihrer Hand, zog sie hoch und wollte ihr Unterhemd hochschieben. Im nächsten Moment war ihm nach Weinen und Lachen zugleich zumute. Diese Ironie des Schicksals! Und das war nun seine Hochheitsnacht ...

Ihr Unterhemd hatte Blutflecken.

»Fühlst du dich nicht gut, Sophie?«

»Nicht besonders, Ryder. Ich lüge nicht. Es sind leichte Bauchkrämpfe.«

»Kein Wunder«, sagte er mit einem sehr tiefen Seufzer.

»Tut mir leid, falls du jetzt enttäuscht sein solltest, aber du bist nicht schwanger.«

Sie stieß einen Schreckenslaut aus, als sie die Bescherung sah.

»Ich werde Coco gleich zu dir schicken. Möchtest du etwas Laudanum? Sind die Krämpfe schlimm?«

»Nein. Ja.«

Eine Viertelstunde später stand Ryder im Morgenrock neben dem Bett und blickte auf das bleiche Gesicht seiner Frau hinab. Trotz der Hitze hatte sie das Laken bis zur Nase hochgezogen, nachdem er ihr das Laudanum eingeflößt hatte. »Ich schwöre dir, daß ich dich nicht vergewaltigen werde, während du betäubt bist«, hatte er gereizt beteuert, worauf sie genauso gereizt entgegnet hatte: »Warum nicht? Du hast es ja schon einmal gemacht?«

Er fühlte sich so, als hätte er eine schallende Ohrfeige bekommen. »Das ist nun also das vielgerühmte Glück der Sherbrookes!« knurrte er vor sich hin, während er zu ihr unter das Laken schlüpfte. »Nein, Sophie, zapple nicht so wild herum, sonst fällst du noch aus dem Bett. Ich werde dich nicht zwingen, heute nacht mit mir zu schlafen. Das Laudanum müßte eigentlich bald wirken. So ist's gut – schließ die Augen und atme gleichmäßig. Soll ich dir vielleicht den Bauch massieren?«

Erwartungsgemäß erhielt er darauf keine Antwort. Kurze Zeit später schlief sie ein.

Er nahm ihre Hand in die seine.

Am Himmel zeigte sich die erste Morgenröte. Ryder stand neben Sophie an Deck der *Harbinger*. »Vergiß nicht, meinem Bruder den Brief zu übergeben«, sagte er nun schon zum drittenmal. »Und mach dir keine Sorgen. Er wird sich gut um dich und Jeremy kümmern. Mit meiner Mutter könnte es Probleme geben – sie ist völlig unberechenbar. Ignorier sie einfach, falls sie beschließen sollte, unfreundlich zu sein. Zweifellos wirst du in Alex eine wertvolle Verbündete haben. Hast du das Geld an einem sicheren Ort versteckt?«

»Ja, Ryder.«

»Hast du noch Krämpfe?«

»Nein.«

»Versprichst du, in Southampton zwei Wächter anzuheuern?«

»Ja.«

»Sieh mal, Sophie, ich hatte noch nie eine Ehefrau, war noch nie für jemanden verantwortlich, abgesehen von den Kin ...« Er verstummte hastig und schüttelte über sich selbst den Kopf, weil er in Sophies Gegenwart offenbar einfach nicht den Mund halten konnte. Natürlich würde er ihr von den Kindern erzählen, aber jetzt wäre dafür wirklich nicht der geeignete Zeitpunkt. Sie sah ihn fragend an, aber er schüttelte nur den Kopf und fuhr fort: »Jedenfalls bin ich jetzt für dich und Jeremy verantwortlich und möchte sicher sein, daß es euch gut gehen wird.«

»Wir kommen bestimmt zurecht. Mach dir keine Sorgen. Bist du sicher, daß deine Familie uns nicht rausschmeißen wird?«

»Nein, ich will dich nicht belügen – sie werden sehr überrascht sein, denn ich hatte nie die Absicht zu heiraten, zumindest nicht in absehbarer Zeit. Ich wäre dir sehr dankbar, Sophie, wenn du versuchen könntest, bei meiner Familie den Eindruck zu erwecken, daß du mich zumindest ein wenig gern hast und nicht gerade ein Raubtier in mir siehst.«

Kapitän Mallory tauchte neben Ryder auf, das häßliche Gesicht zu einem breiten Lächeln verzogen. »Höchste Zeit für Sie, von Bord zu gehen, Mr. Sherbrooke. Ihre Frau ist hier gut aufgehoben. Geben Sie ihr noch einen Kuß, und dann verschwinden Sie von meinem Schiff.«

Ryder lächelte Sophie zu. »Bekomme ich einen Kuß?«

Sie hob mit gespitzten Lippen das Gesicht etwas an, und er küßte sie sehr sanft und fühlte, wie sie erschauderte, wußte aber nicht, ob nun aus Angst, Nervosität oder Lust. Letzteres hielt er allerdings für sehr unwahrscheinlich.

»Sei bitte vorsichtig«, mahnte er noch einmal, tätschelte ihre Wange, ging zu Jeremy hinüber, umarmte den Jungen, fuhr ihm durchs Haar und sagte: »Heitere sie ein bißchen auf, Jeremy. Ich komme nach England, sobald dieser ganze Blödsinn hier erledigt ist. Sei ein braver Junge. Und noch etwas: ich habe dich sehr gern. Paß deshalb auch auf dich selbst gut auf.«

Er ging von Bord und beobachtete, wie die Leitplanke eingezogen wurde, während die Sonne aufging und Kapitän Mallory Befehle brüllte. Dann winkte er seiner Frau und seinem neuen Schwager ein letztes Mal zu, blieb aber noch am Dock stehen, bis das Schiff nicht mehr zu sehen war. Als er sich schließlich zum Gehen entschloß, lächelte er. Sie war jetzt in Sicherheit, völlig in Sicherheit. Pfeifend stieg er in den Sattel und ritt nach Kimberly Hall zurück.

Um ein Uhr mittags traf Sherman Cole ein. Ryder beobachtete lächelnd, wie der Mann vom Pferd stieg und auf die Veranda zuging, wo er saß, ein Glas Limonade in der Hand. Samuel und Emile kamen aus dem Haus, und Ryder spürte genau, wie erleichtert beide waren.

»Was für eine unerwartete Überraschung«, sagte Ryder gähnend, ohne aufzustehen. »Sind Sie hergekommen, um weiteres Unbehagen zu verbreiten, neue Drohungen auszustoßen?«

»Zum Teufel mit Ihnen, Sherbrooke!«

Ryder hob die Brauen. »Wie bitte? Ich habe wirklich nicht hart zugeschlagen, obwohl Sie es mehr als verdient hätten.«

»Ich war überzeugt davon, daß Sie gelogen hatten. Verdammt, ich hätte um meinen ganzen Besitz gewettet, daß Sie logen. Und das taten Sie natürlich tatsächlich, um die kleine Hure zu beschützen.«

»Wo sind denn all Ihre famosen Männer abgeblieben?« fragte

Emile rasch, bevor Ryder aufstehen und Cole wieder niederschlagen konnte.

»Sie suchen Thomas.«

»Sie werden ihm einen ganz schönen Batzen Geld bezahlen müssen, sobald sie ihn erwischen. Wahrscheinlich wird er Ihnen nicht trauen. Sie werden ihn überzeugen müssen, daß Sie seine Hilfe benötigen, um Miss Stanton-Greville an den Galgen zu bringen.«

»Bezahlen? Ha, ich werde den Kerl hängen lassen! Er hat mich angelogen, mich zum Narren gehalten!«

Wir scheinen uns im falschen Stück zu befinden, dachte Ryder. Dies hier ist eine Komödie, keine Tragödie.

»Was meine! Sie damit?« fragte Samuel.

»Burgess wurde nicht erschossen. Allerdings wurde er auch nicht erstochen, wie Sherbrooke behauptet hat. Er wurde erdrosselt. Verdammt, die kleine Nutte kann ihn nicht auf diese Weise umgebracht haben, dazu fehlt ihr die Kraft.« Er drehte sich auf dem Absatz um, stapfte zu seinem Pferd, stieg auf und ritt davon, ohne sich noch einmal umzudrehen.

Ryder war zur Salzsäule erstarrt. »Mein Gott«, murmelte er schließlich. »Ich hätte sie nicht heiraten und sie und Jeremy nicht nach England schicken zu brauchen. Welch grausame Ironie des Schicksals – mit nur fünfundzwanzig Jahren so hereingelegt zu werden und nun lebenslänglich an eine einzige Frau gebunden zu sein!«

»Es ist besser so«, tröstete Samuel. »Man kann nie wissen, was Cole als nächstes tun wird.«

Aber Ryder war in tiefes Nachdenken über sein Schicksal versunken. Nun ja, vielleicht würde es doch kein allzu schlimmes Los für ihn sein. Man mußte einfach abwarten. Er erhob sich seufzend und sagte kopfschüttelnd: »Erdrosselt! Das Schwein wurde erdrosselt!«

Er schüttelte noch einmal den Kopf. »Verflucht!« knurrte er und ging zu den Stallungen.

KAPITEL 12

Im Ärmelkanal, sieben Wochen später

Sophie und Jeremy standen dicht nebeneinander an Deck und hielten sich an der hölzernen Reling fest, denn die See war stürmisch, und die hohen Wellen brachten sogar die stabile *Harbinger* ins Schaukeln. Jeremys Haare waren vom Wind zerzaust, und er zappelte vor Aufregung, denn er hatte als erster durch die dichte Nebelbank hindurch die englische Küste erspäht und »Land in Sicht« geschrien. Sophie hätte am liebsten laut Halleluja gerufen, als die Küste immer näher kam, doch in ihre Freude mischte sich etwas Angst. Fast zu Hause – aber nicht in Jeremys und ihrem eigenen Heim in Fowey, sondern in Ryders Heim, Northcliffe Hall.

Es war eine lange Reise ohne besondere Vorkommnisse gewesen. Kapitän Mallory und sein Erster Offizier, Mr. Mattison – beide stämmige Schotten mit fast identischen, kahlen Schädeln – hatten sich jedoch nach Kräften bemüht, Sophie und Jeremy mit bestem Seemannsgarn zu unterhalten, und Sophie selbst hatte versucht, die langen Tage mit sinnvollen Beschäftigungen auszufüllen. Sie gab Jeremy jeden Morgen eine Stunde Französischunterricht. Der Kapitän unterwies ihn in Astronomie und Navigation, und der Erste Offizier brachte ihm Geographie bei und gewährte ihm Zutritt zu der reichhaltigen Sammlung von Romanen und Dramen, die seine kleine Kabine füllten. Jeremy hatte fast alle Stücke aus der Restaurationszeit gelesen, und auch Sophie hatte die Bücher des Ersten Offiziers verschlungen und sich gelegentlich gefragt, was sie tun sollte, sobald sie auf der letzten Seite des letzten Buches angelangt war.

Vor einigen Tagen hatten Sophie und Jeremy nachmittags in ihrer kleinen Kabine Schach gespielt, während der Regen an die einzige Luke klopfte. Sophie spielte mit großem Elan und Enthusiasmus, aber ohne viel Strategie, während Jeremy sich in Geduld und Taktik übte, was ihm zum Schluß unweigerlich den Sieg bescherte. Es war jedoch ein langer, mühsamer Kampf, in dessen Verlauf Jeremy oft laut stöhnte.

Nach einem Zug mit ihrem Damenläufer sagte Sophie: »Wir werden jetzt bald zu Hause sein. Besser gesagt, zunächst in Southampton.«

»Ja, Ryder hat mir gesagt, daß wir Northcliffe Hall mit der Kutsche in einem einzigen Tag erreichen können. Er wollte nicht, daß wir unterwegs in einem Gasthof übernachten, weil wir allein sind. Er meinte, ich müßte noch mindestens um einen Kopf wachsen, bevor ich dich richtig beschützen kann.« Lächelnd fügte er hinzu: »Ryder will mir beibringen, wie man kämpft.«

»Das freut mich für dich, Liebling, aber glaub mir – man braucht nicht unbedingt einen Mann als Beschützer. Ich bin weder hilflos noch dumm.«

»Natürlich bist du anders als die meisten Mädchen«, gab Jeremy zu, ohne vom Schachbrett aufzublicken, eifrig bemüht, seine günstige strategische Position weiter auszubauen. »Ryder hat gesagt, daß du bestimmt etwas in dieser Art äußern würdest, aber er hat auch gesagt, daß er jetzt für uns beide verantworlich ist.«

»Möchtest du vielleicht über einige der Dramen sprechen, die wir beide hier an Bord gelesen haben?«

Jeremy ging bereitwillig auf diesen Themenwechsel ein. »Mr. Mattison hat vorhin gesehen, daß ich eines der Restaurationsstücke lese, und er war so verstört und aufgeregt, daß ich dachte, er würde das Buch über Bord werfen. Er lief ganz rot an und kam richtig ins Stottern. Sein ganzer Schädel war hochrot.«

Sophie kicherte. »Einige dieser Stücke sind ziemlich ... äh ... pikant. Vielleicht solltest du mir lieber vorher zeigen, was du zu lesen beabsichtigst.«

Jeremy sah seine Schwester stirnrunzelnd an. »Irgendwann muß ich doch alles über Männer und Frauen lernen, Sophie. In den Stücken führen sie sich ziemlich albern auf und tun die seltsamsten Dinge. Vieles verstehe ich einfach nicht.«

»Was diese seltsamen Dinge betrifft, stimme ich völlig mit dir überein«, sagte Sophie. Sie dachte an Ryder und konnte ihre eigenen Gefühle nicht richtig einschätzen. Schuldbewußtsein? Ärger? Sie wußte nur, daß sie ihn vermißte – seinen Witz und seine Unverschämtheit, sein Talent, sie bis zur Weißglut zu reizen. Ein Zug Jeremys riß sie aus ihren Gedanken.

»Oho, du willst wohl mein Mittelfeld niedertrampeln!« Sie zog mit einem Springer, ohne lange zu überlegen, und lehnte sich mit verschränkten Armen zurück. »So, das müßte deine törichten Hoffnungen eigentlich zunichte machen.«

Jeremy spielte mit einem Turm herum. »Du bist nicht sehr glücklich, Sophie, stimmt's? Vermißt du Ryder? Ich vermisse ihn sehr. Er ist ein toller Schwager, und ich bin froh, daß du ihn geheiratet hast. Ich freue mich auch, daß wir Jamaika verlassen haben, denn schließlich sind wir ja Engländer. Aber trotzdem ist mir ein bißchen bange.« Er ließ den Turm los und zog statt dessen mit einem Läufer. »Glaubst du, daß seine Familie uns mögen wird?«

»Ich hoffe es sehr.« Auch sie sehnte sich nicht nach Jamaika zurück. Ihr war dort nur sehr wenig Glück beschieden gewesen.

»Warum sollten sie uns nicht mögen?« meinte Jeremy. »Wir sind ganz nett, und wir können bei Tisch korrekt mit Messer und Gabel umgehen. Du hättest den Zug mit dem Springer nicht machen sollen. Jetzt brauche ich nicht einmal mehr dein Mittelfeld niederzutrampeln. Schachmatt, Sophie.«

»Ich lern's wohl nie«, stöhnte sie laut.

Jetzt, in Sichtweite der englischen Küste, versuchte sie, alle düsteren Gedanken zu verdrängen. Sie hatte jeden Abend inbrünstig gebetet, daß Ryders mächtiger Bruder Douglas sie und Jeremy nicht einfach vor die Tür setzen würde. Andere Bitten waren ihr nicht eingefallen, weil sie sich überhaupt keine Vorstellung von der Zukunft machen konnte. Der Wind fegte ihr Haare in die Augen, und sie strich sie nervös zurück.

Sieben schier endlose Wochen. Nun waren sie fast am Ziel. Wie lange es wohl dauern würde, bis auch Ryder zurückkam? Sie würde versuchen müssen, ihm eine gute Ehefrau zu sein, was immer man auch darunter verstehen mochte, doch daran wollte sie im Augenblick lieber nicht denken.

Jeremy winkte Clancey zu, dem Dritten Offizier, einem heiteren jungen Mann, der Kinder liebte. »Wissen Sie«, hatte er Sophie zu Beginn der Reise erzählt, »ich bin eins von neun Bälgern gewesen, und meine Mutter hat uns ganz allein aufziehen müssen. Machen Sie sich um Jeremy mal keine Sorgen. Er is'n braver Bub, und ich paß schon gut auf, daß er nicht kopfüber ins Meer reinplumpst.«

Sophie mochte ihn auch deshalb, weil er nicht das geringste Interesse an ihr bekundete, im Gegensatz zu einigen anderen Seeleuten, die ihr allerdings auch nie zu nahekamen, weil der Kapitän ein ernstes Wort mit ihnen gesprochen hatte. »Als einzige Frau an Bord sollten Sie trotzdem vorsichtig sein«, hatte er ihr geraten, und sie hatte seinen Rat befolgt.

Southampton um acht Uhr morgens an einem regnerischen, nebeligen Tag war ein fremdartiger, ungemütlicher Ort. Karren und Wagen aller Größen wurden beladen und entladen, und es herrschte ein ohrenbetäubender Lärm. Der Erste Offizier begleitete Sophie und Jeremy zum *Outrigger Inn* und mietete für sie eine Kutsche mit zwei Vorreitern.

Ryder hatte offenbar ganz sichergehen und sich nicht auf Sophies Versprechen verlassen wollen. Notgedrungen lächelte sie Mr. Mattison zu und reichte ihm die Hand. »Vielen Dank. Sie waren sehr nett zu uns. Leben Sie wohl.«

Jeremy bettelte, neben dem Kutscher auf dem Bock sitzen zu dürfen, aber Sophie erklärte ihm, daß sich zuerst der Nebel auflösen und die Sonne hervorkommen müsse.

Das Wetter blieb grauenhaft, und Jeremy quengelte so lange, bis Sophie ihm trotzdem erlaubte, auf dem Kutschbock Platz zu nehmen. Das Mittagessen – Kabeljau und Erdbeeren – bekam Sophies Magen nicht, und als die Kutsche vier Stunden später in die lange, gewundene Auffahrt von Northcliffe Hall einbog, saßen die Geschwister im Nieselregen dicht aneinandergeschmiegt neben dem Kutscher, Jeremy in der Mitte. Sophie zitterte vor Kälte und hatte eine Gänsehaut auf den Armen.

»O Gott, Sophie, ist das groß!«

Sie schaute auf und schluckte. Northcliffe Hall war überwältigend, ein riesiges dreistöckiges Herrenhaus im Stil von Palladio. Sie konnte sich nicht vorstellen, daß in diesem imposanten Bau ganz normale Menschen lebten. Die beiden Wächter, die sich fragten, wozu man sie eigentlich angeheuert hatte – Allmächtiger, das Mädchen hatte sich wie eine Dienstmagd auf den Kutschbock gesetzt! – ließen sich von Sophie bezahlen und galoppierten davon. Der Kutscher kratzte sich am Hinterkopf, schaute von Sophie zu Jeremy und wieder zurück und brummte: »Na, Fräulein, das ist jetzt der Ort, wo Sie hingewollt haben. Northcliffe Hall. Sind Sie auch ganz sicher, daß Sie hier wirklich richtig sind?«

Sophie hätte am liebsten nein gesagt, doch statt dessen nickte sie, bezahlte den Mann und blickte gleich darauf fast sehnsüchtig der Kutsche nach. Jeremy und sie standen vor der breiten, hohen Freitreppe, ihre beiden armseligen Koffer neben sich auf dem Kies. Regen tropfte von Sophies Nasenspitze.

Hätte sie mehr als die hundert Pfund besessen, die Ryder ihr gegeben hatte, so hätte sie auf der Stelle kehrtgemacht und wäre zu Fuß nach Fowey gelaufen. Sie wäre sogar bereit gewesen, Jeremy zu tragen, sobald er müde würde. Aber sie hatte wieder einmal keine Wahl, und während sie das auf der Westseite mit dichtem grünen Efeu bewachsene Herrenhaus anstarrte, fühlte sie sich einsamer als je zuvor in ihrem Leben. Jeremy zupfte sie schließlich am Ärmel.

»Sophie, ich bin so naß wie eine Kanalratte. Laß uns doch reingehen.«

Sie griff fröstelnd nach beiden Koffern und ging langsam die Marmorstufen hinauf. »Das mit der Kanalratte hört sich ganz nach einem Ausdruck von Clancey an. Die solltest du möglichst schnell wieder vergessen, Jeremy.«

»Glaubst du, daß sie uns hierbleiben lassen?« flüsterte er mit ängstlich aufgerissenen Augen, als sie sich der riesigen zweiflügeligen Tür mit großen Löwenköpfen aus Messing als Türknöpfe näherten. Die Löwenmäuler hatten sogar Messingzähne.

»Natürlich«, beruhigte Sophie ihn und sprach insgeheim ein weiteres inbrünstiges Gebet.

Sie zog Jeremy aus dem kalten Nieselregen unter das Vordach und starrte den Klingelzug an. Es gab keine Hoffnung. Die armen Verwandten waren angekommen.

Sie zog mit aller Kraft an der Klingelschnur und schrak in der nächsten Sekunde zusammen, denn das laute Klingeln schien im ganzen Haus widerzuhallen. Sie mußten nicht lange warten.

Die Tür öffnete sich, ohne zu knarren oder zu quietschen. Ein Bediensteter in dunkelblauer und grüner Livree stand vor ihnen. Er war klein und schlank, ein älterer Mann mit genauso kahlem Schädel wie Kapitän Mallory. Zunächst musterte er sie wortlos, dann sagte er: »Würden Sie sich bitte zum Dienstboteneingang begeben?«

»Nein.« Sophie brachte ein gequältes Lächeln zustande. Sie konnte sich lebhaft vorstellen, welchen Eindruck sie beide machten.

»Ich habe Sie auf dem Kutschbock sitzen sehen. Suchen Sie vielleicht Arbeit? Dann müssen Sie mit Mrs. Peachum sprechen. Was den Jungen betrifft, so weiß ich nicht ...«

»Wir sind hier, um mit dem Earl of Northcliffe zu sprechen. Wenn Sie uns jetzt bitte sofort zu ihm bringen würden?«

Ihre Sprache war Upper Class, daran gab es keinen Zweifel, aber sie hatte einen ganz schwachen singenden Akzent, den Jamieson nicht einordnen konnte. Sie wollte also zum Grafen, na sowas! Sie und der Junge sahen wie Bettler aus. Wie nasse Bettler. Das Kleid des Mädchens war viel zu kurz. Zweifellos wollten sie ein Almosen und versuchten es mit Unverfrorenheit. Er warf sich in die Brust und wollte der frechen Göre gerade klarmachen, daß sie ihm nichts zu befehlen habe, als eine andere Männerstimme ertönte: »Wen haben wir denn da, Jamieson?«

»Ah, Mr. Hollis, Sir – diese beiden hier sind gerade von einem Kutschbock gestiegen, und die hier verlangt den Grafen zu sprechen. Ich wollte sie gerade …«

Mr. Hollis betrachtete Sophie, und sie hielt seinem Blick ruhig stand. Dann trat er lächelnd beiseite und führte sie ins Haus.

»Bitte treten Sie ein, Madam, und der Junge ebenfalls. Ah, das Wetter ist wirklich unerfreulich, nicht wahr? Sie sind naß und frieren bestimmt. Kommen Sie bitte. Jamieson, nehmen Sie die Koffer und stellen Sie sie neben die Treppe.«

»Wer ist das?« fragte Jeremy hinter vorgehaltener Hand. »Ist das der Graf?«

»Ich weiß es nicht.«

»Das alles ist sehr sonderbar, Sophie.«

Ihre Schritte hallten in der riesigen Eingangshalle laut wider. Ein Kronleuchter hing von der Decke herab, und sein Kristall schimmerte im trüben Nachmittagslicht. Schwarze und weiße Quadrate aus italienischem Marmor bildeten den Fußboden. An den Wänden hingen Gemälde, und ein großer Kamin war von Ritterrüstungen flankiert. Sophie dachte an ihr behagliches Elternhaus in Fowey. Auch dort hatte es einen Kronleuchter gegeben, nur war er nicht so groß wie ein Zimmer gewesen. Wenn Ryder von seinem Zuhause erzählt hatte, hatte sie sich nie etwas derartig Imposantes darunter vorgestellt. Sie sah weitere Dienstboten, die sie und Jeremy anstarrten und verstohlen miteinander tuschelten.

Am liebsten wäre sie im Erdboden versunken. Statt dessen reckte sie energisch das Kinn.

Mr. Hollis führte sie durch einen breiten Korridor in einen kleinen Raum, wo glücklicherweise ein kräftiges Feuer im Kamin prasselte.

»Ich werde den Grafen sogleich über Ihre Ankunft unterrichten. Wen soll ich ihm melden, Madam?«

Sophie mußte unwillkürlich grinsen. »Bitte sagen Sie ihm, seine Schwägerin und sein Schwager seien aus Jamaika eingetroffen.«

Die dunklen Augen des Mannes spiegelten weder Verwunderung noch Zweifel wider, und Sophie glaubte sogar ein leichtes Aufleuchten darin zu erkennen. »Ich verstehe. Nehmen Sie doch

Ihre Mäntel ab und wärmen Sie sich ein wenig. Ich bin ganz sicher, daß der Graf Sie sofort empfangen wird.«

Sie blieben allein in dem kleinen Zimmer zurück. Die Vorhänge waren an diesem naßkalten Nachmittag geschlossen. Ein zierlicher Schreibtisch und die hellgrünen und gelben Polstermöbel deuteten darauf hin, daß dies der Salon einer Dame war. Neben einem bequemen Ohrensessel lag ein Stapel Bücher auf dem Boden. Es war ein wunderschöner Raum, ganz anders als diese Salons auf Jamaika.

Wenn es nur nicht so verdammt kalt wäre! Sophie hatte vergessen, wie sehr sich England von Jamaika unterschied. Sie half Jeremy, seinen Mantel auszuziehen und legte sodann ihren eigenen ab. Beide stellten sich dicht vor den Kamin und streckten ihre Hände den Flammen entgegen.

»Das hast du wirklich gut gemacht, Sophie. Ich hatte solche Angst, daß ich kein Wort hervorgebracht hätte.«

»Sie können uns schließlich nicht erschießen. Was sie freilich tun werden ...« Sie zuckte hilflos die Achseln. Ihre Zunge war plötzlich wie gelähmt.

Die Tür flog weit auf, und ein junges Mädchen stürzte herein, ein junges Mädchen mit dichten bräunlich-blonden Locken und den schönsten blauen Augen, die Sophie je gesehen hat. Ryder hatte die gleiche Augenfarbe, und auch die Haarfarbe stimmte überein. Das Mädchen sah ungemein lebenssprühend aus – ebenfalls wie Ryder – und grinste übers ganze Gesicht. »Hallo! Ich habe Sie vom Kutschbock steigen sehen! O Gott, Sie sind ja ganz naß und frieren bestimmt. Ich habe diesen gräßlichen Regen auch so satt. Entschuldigen Sie bitte, aber ich bin Sinjun, wissen Sie, die Schwester des Grafen. Und wer sind Sie?«

Sophie erwiderte ihr entwaffnendes Lächeln. Sinjun entsprach genau dem Bild, das Ryder gezeichnet hatte. Groß, schlank, sehr hübsch und zutraulich wie ein junges Hündchen.

»Ich bin Sophie Stanton-Greville«, sagte sie, während sie auf das Mädchen zuging. »Nein, das stimmt ja nicht mehr. Ich bin Sophie Sherbrooke, Ryders Frau, und dies hier ist Jeremy, mein Bruder.«

Sinjun starrte das nasse Geschöpf fassungslos an, das ein mädchenhaftes und viel zu kurzes Kleid trug, ein Kleid, das Ryder mit Sicherheit scheußlich gefunden hätte.

Das war wirklich mehr als merkwürdig.

»O Gott, stimmt das? Wissen Sie, es ist schwer zu glauben. Ryder verheiratet! Das kann ich mir überhaupt nicht vorstellen. Beim besten Willen nicht. Ich dachte, er würde nie heiraten, weil er so verrückt nach Frauen ist und ...«

»Ich glaube, das reicht fürs erste, Sinjun.«

Der Graf, dachte Sophie, und erstarrte zur Salzsäule. Er sah weder Ryder noch Sinjun ähnlich, war sehr groß und kräftig gebaut, mit breiten Schultern, schlank und muskulös. Seine Haare waren rabenschwarz, ebenso seine Augen. Er machte einen sehr strengen, ja geradezu unerbittlichen Eindruck, und sie konnte sich nur eine einzige Reaktion seinerseits vorstellen: daß er sie und Jeremy sofort hinauswerfen würde. Er musterte sie aufmerksam, und sie wußte, daß ihm keine Einzelheit entging. Ihr war klar, wie sie und Jeremy aussahen. Kein vielversprechender Anfang. Sie warf den Kopf ein wenig zurück, während sie daran dachte, daß Ryder ihr gesagt hatte, sein Bruder hätte sich nie auf ihre Spielchen eingelassen und sie im Nu in Grund und Boden gestampft.

Und dann lächelte der Graf plötzlich und sah völlig verändert aus. Sophie hörte, wie Jeremy erleichtert ausatmete.

»Verzeihen Sie meiner Schwester, daß sie Sie derart überfallen hat. Das war wirklich nicht nett von dir, Göre. Ich bin Douglas Sherbrooke, Ryders Bruder. Willkommen in Northcliffe Hall.«

Sophie machte einen Knicks vor ihm. »Ich bin Sophie, und dies ist mein Bruder Jeremy. Ryder mußte auf Jamaika noch einiges erledigen, aber er wird bald zurückkommen. Das alles ist sehr kompliziert.« Ihr fiel beim besten Willen nicht ein, was sie noch sagen könnte, und deshalb griff sie in ihr Handtäschchen und überreichte dem Grafen hastig Ryders Brief.

Er lächelte ihr wieder zu. »Bitte nehmen Sie doch Platz. Sinjun, du könntest dich ausnahmsweise einmal nützlich machen und Mrs. Peachum Bescheid sagen, daß wir Tee und Kuchen benötigen. Unsere Gäste sehen etwas müde aus.«

»Ja, Douglas.« Sinjun rieb sich vergnügt die Hände. »Wenn Alex das hört! Wissen Sie, das ist meine andere Schwägerin. Ich ...«

»Hau ab, Göre!«

Sinjun verschwand, zwinkerte Sophie aber vorher noch zu.

»Entschuldigen Sie bitte die Unverschämtheit meiner Schwester«, sagte Douglas, während er den Brief öffnete, »aber kein Mensch hat es je geschafft, ihr beizubringen, daß man seine Zunge im Zaume halten sollte.«

»Mich hat es wirklich nicht gestört. Sie hat eine sehr nette Art.«

»Mich auch nicht«, meldete sich Jeremy zu Wort.

»Ehrlich gesagt – mich stört es auch nicht. Wenn Sie mich bitte kurz entschuldigen wollen ...« Er wandte seine Aufmerksamkeit dem Brief zu.

Sophie wußte nicht, was Ryder geschrieben hatte. Während der Reise hatte ihr das keine Ruhe gelassen, und einmal hatte sie den Umschlag sogar über eine Kerze gehalten, um das Siegelwachs etwas zu lockern. Allerdings hatte sie diesen Versuch gleich wieder aufgegeben, weil sie befürchtete, daß der Graf sie für eine Betrügerin halten könnte, wenn er feststellte, daß der Brief geöffnet worden war. Sie hatte direkt vor sich gesehen, wie er mit langem Finger auf sie deutete, während sie zur Tür gezerrt wurde. Jetzt stand sie stumm und steif da, wie eine Gefangene vor der Urteilsverkündung. Der Graf las den Brief sehr langsam, und als er wieder aufblickte, wirkte seine Mundpartie viel weicher, und seine dunklen Augen leuchteten. Er sah jetzt geradezu menschlich aus, wie Sophie mit großer Erleichterung registrierte. In den vergangenen zwei Jahren hatte sie ganz gut gelernt, in Männern zu lesen.

»Ryder schreibt von einer sehr unangenehmen Angelegenheit, die aber so gut wie erledigt sei.«

Sophie konnte nur hoffen, daß mit der unangenehmen Angelegenheit nicht in erster Linie sie selbst gemeint war.

»Er schreibt auch, daß du warmherzig und süß bist.«

»Das hat er geschrieben?«

»Mein Bruder kommt immer gleich zum Kern der Sache, Sophie. Er verschwendet keine Zeit mit Nebensächlichkeiten. Was dich.betrifft, Jeremy, so schreibt Ryder, du seist der beste aller Schwager, und ich solle dich sofort auf ein Pferd setzen.«

»Hat Ryder das wirklich geschrieben? Und dabei bin ich doch sein *einziger* Schwager, Sir!«

»Auch wieder wahr. Er legt mir ans Herz, mich um euch beide zu kümmern, bis er selbst nach Hause kommt.«

Die Geschwister starrten den Earl of Northcliffe stumm an, und ihm war völlig klar, daß sie schreckliche Angst vor ihm gehabt hatten. Als Hollis ihm berichtet hatte, daß seine Schwägerin ihn zu sprechen wünschte, hatte er schallend gelacht und sich über die Unverfrorenheit von Ryders Weibern ausgelassen. »Und sie hat ein Kind dabei, sagen Sie? Einen etwa zehnjährigen Jungen? Das ergibt doch keinen Sinn, Hollis. Ryder ist nicht alt genug, um der Vater eines so großen Jungen zu sein!« Aber Hollis hatte nicht in sein Gelächter eingestimmt, sondern mit strenger Miene geäußert: »Sie dürfen sie nicht schlecht behandeln, Mylord. Sie irren sich gewaltig. Sie ist das, was sie zu sein behauptet.«

Natürlich sahen die beiden im Moment wie begossene Pudel aus, und außerdem war Sophie keine auffallende Schönheit wie die Frauen, über die Ryder normalerweise in Verzückung geriet. Aber sie hatte liebreizende Gesichtszüge und hatte Charakter, das war nicht zu übersehen. Ryder hatte sie geheiratet. Es blieb unfaßbar, obwohl er den Beweis vor Augen hatte. Der Graf schüttelte den Kopf, suchte nach Worten und war sehr erleichtert, als Mrs. Peachum, seit zwanzig Jahren Haushälterin der Sherbrookes, den Salon betrat.

»Master Ryders Frau, stell sich das nur einer vor! Oh, aber in diesen nassen Kleidern können Sie sich doch nicht wohl fühlen! So ein süßes Ding, und so wunderschöne Haare! Du meine Güte, ich bin Mrs. Peachum, und ich werde mich Ihrer annehmen. Sie brauchen sich über nichts mehr Sorgen zu machen.«

Sophie konnte nur überwältigt nicken. »Ich bin jetzt gar nicht mehr so naß.«

»Ah, da ist ja auch Hollis. Sie wollen Ryders Frau wohl auch willkommen heißen, Hollis?«

»Selbstverständlich, Mylord. Ich bin Hollis, Madame, und wenn Sie etwas benötigen, brauchen Sie sich nur an mich zu wenden.«

Der Tee wurde eingeschenkt, und Mrs. Peachum und Hollis entfernten sich. Sinjun tat sich vergnügt am Gebäck gütlich und machte Jeremy durch freundschaftliche Rippenstöße auf die wohlschmeckendsten Kuchen aufmerksam. Er rückte immer näher an sie heran.

Sophie nahm sich ein Stück Zitronenkuchen. Er war köstlich. Sie warf einen nervösen Blick auf den Grafen, der sie nachdenklich betrachtete. Das Zimmer war warm und gemütlich. Man hatte sie freundlich aufgenommen, und sie wurden sogar bewirtet. Ryder hatte seinem Bruder geschrieben, daß er sie Sophie nennen solle. Und er hatte seinen Bruder gebeten, Jeremy ein Pferd zu geben. Es war alles ein bißchen viel auf einmal. Dann lächelte der Graf ihr zu und bot ihr eine weitere Tasse Tee an.

Sie brach plötzlich in Tränen aus.

»Du lieber Himmel!«

»Sinjun«, sagte der Graf ruhig, »ich möchte, daß du mit Jeremy zu den Stallungen gehst und für ihn ein passendes Pferd aussuchst. Und wenn es immer noch regnet, kannst du ihm die Pferde ja wenigstens beschreiben.«

Sinjun packte Jeremy bei der Hand und zog ihn aus dem Zimmer, wobei sie ihm ins Ohr flüsterte: »Keine Bange – Douglas wird sich um deine Schwester kümmern. Ich kann mir vorstellen, daß sie eine sehr schwere Zeit hinter sich hat. Aber Douglas wird dafür sorgen, daß sie sich bald wieder besser fühlt. Er ist wunderbar, mußt du wissen.«

Douglas wartete einen Augenblick, und dann begann er Ryders weinende Frau zu trösten. »Du hast dich sehr wacker gehalten. Ich glaube, ich selbst wäre einem solchen Druck nicht gewachsen gewesen – in ein fremdes Haus zu kommen, zu wildfremden Leuten, die einem das Leben schwermachen könnten. Aber jetzt bist du hier, und alle akzeptieren dich und heißen dich herzlich willkommen. Du brauchst dir keine Sorgen zu machen.«

Sophie fuhr sich mit dem Handrücken über die Augen. Der Graf gab ihr ein Taschentuch, und sie putzte sich die Nase.

Douglas lehnte sich an den grazilen Schreibtisch, die Arme auf der Brust verschränkt, die Beine an den Knöcheln gekreuzt.

»Ryder steht oft genauso da«, bemerkte Sophie. »Aber er tut es, um mich einzuschüchtern. Bei Ihnen … bei dir sieht es ganz natürlich aus.«

Douglas lächelte. »Mein Bruder versucht dich einzuschüchtern? Wie eigenartig! Normalerweise braucht Ryder nur seinen Charme einzusetzen, um alles zu bekommen, was sein Herz begehrt.«

Sophie schneuzte sich noch einmal, bevor sie das Taschentuch in einen Ärmel schob. »Das hat er mir ständig unter die Nase gerieben.«

»Ryder mußte dich auf seinen umwerfenden Charme aufmerksam machen? Seltsam. Möchtest du jetzt vielleicht meine Frau kennenlernen? Mrs. Peachum wird mittlerweile bestimmt ein Zimmer für Jeremy vorbereiten und dein Schlafzimmer lüften. Wenn du willst, kannst du mir später Näheres über die Vorkommnisse auf Jamaika erzählen. Wie schon erwähnt, hat Ryder von wichtigen Ereignissen geschrieben.«

Sophie nickte und versuchte, ihr zerknittertes Kleid etwas zu glätten. Als sie sich auf dem Korridor im Vorbeigehen in einem Spiegel sah, stieß sie einen leisen Schreckenslaut aus und strich hastig eine feuchte Haarsträhne zurück, die ihr ins Gesicht hing.

»Dieser Spiegel lügt immer«, beruhigte sie der Graf. »Meine

Frau hat sich schon oft darüber geärgert, und sogar ihre Schwester Melissande, die einfach atemberaubend schön ist, meidet diesen Spiegel. Tut mir leid, daß meine Frau nicht herunterkommen kann, um dich zu begrüßen. Wir müssen zu ihr gehen. Tröste dich – du hast jedenfalls keine rote Nase wie sie.«

Die Gräfin lag im Bett, auf Kissen gestützt. Ihre Nase war wirklich rot, ihre Augen tränten, und sie schniefte. Ihre herrlichen rotbraunen Haare umgaben – lose geflochten – ein hübsches bleiches Gesicht.

Der Graf stellte die Damen einander vor.

Die Gräfin starrte das Mädchen an, das so regungslos wie eine der Statuen im Garten dastand.

»Zumindest hast du Kleider an«, murmelte sie.

»Wie bitte, meine Liebe?« fragte Douglas verwundert.

»Oh, ich dachte gerade, daß Sophie so ruhig dasteht wie unsere Statuen.«

»Und diese Statuen sind leider nicht einmal mit Feigenblättern bekleidet, geschweige denn mit Hemd und Hose«, erklärte der Graf. »Die Erkältung scheint sich auf den Verstand meiner Frau leider etwas nachteilig auszuwirken. Sie mußte sich vor zwei Tagen ins Bett legen, obwohl sie das haßt, weil sie uns alle dann nicht so ohne weiteres gnadenlos herumkommandieren kann.«

»Er zieht mich für sein Leben gern auf. O Gott, du hast ja geweint. Was ist passiert? Douglas, bist du nicht nett zu ihr gewesen?«

»Nein, Alex, ich war sehr gemein. Ich habe ihr die Leviten gelesen, weil sie es gewagt hat hierherzukommen. Ich habe ihr gesagt, sie könne zwei Nächte im Stall schlafen, müsse dann aber verschwinden. Aber immerhin habe ich ihr mein Taschentuch gegeben.«

»Nun, daß Ryder wirklich und wahrhaftig eine Frau geheiratet hat, kann einen schon ganz konfus machen.«

»Er konnte schließlich nicht gut einen Affen heiraten, Alex. Später bringe ich Jeremy zu dir. Komm ihr nicht zu nahe, Sophie. Ich will nicht, daß Ryder bei seiner Rückkehr seine Frau mißgestimmt und mit roter Nase im Bett vorfindet.«

Der Graf tätschelte aufmunternd Sophies Arm und verbeugte sich scherzhaft vor seiner Frau. »Wenn Alex dir lästig fallen sollte, sag ihr einfach, sie solle sich um ihre eigenen Angelegenheiten kümmern. Andererseits habe ich die Erfahrung gemacht, daß sie sehr diskret ist und sich hervorragend als Vertraute eignet. Außerdem hat sie sehr viel Sinn für Humor.« Er legte noch einmal seine Hand auf Sophies Arm, bevor er sich zurückzog.

»Ist er nicht wundervoll?« fragte die Gräfin.

»Das hat Sinjun auch gesagt.«

»Es stimmt. Sogar wenn er einen provoziert, so daß man ihn glatt erschlagen könnte, ist er wundervoll. Ich höre mich total vernarrt an, stimmt's? Na ja, in zwanzig Jahren legt sich das vielleicht.«

»Ich hätte Ryder vom ersten Moment an, als ich ihn kennenlernte, erschlagen können.«

»Ausgezeichnet.« Alexandra putzte sich die Nase, nieste und lehnte sich stöhnend in die Kissen zurück. »Es tut mir so leid, daß ich mich nicht um dich kümmern kann. Aber ich bin mir ganz sicher, daß Douglas bereits dafür sorgt, daß man dir eine Zofe zuweist und daß ein Diener sich deines Bruders annimmt. Wie heißt er – Jeremy? Ein sehr schöner Name, genauso wie deiner. Komm, setz dich und erzähl mir alles über Ryder. So ist's recht, jetzt hast du's etwas bequemer.«

»Er ist nicht wundervoll!«

Alex warf ihrer neuen Schwägerin einen forschenden Blick zu. »Ich verstehe«, sagte sie langsam. »Erzähl mir mehr.«

Sophie kam sich wie eine undankbare Närrin vor. Sie senkte den Kopf und fingerte nervös an ihrem Rock herum. »Tut mir leid. Er ist dein Schwager, und du hast ihn wahrscheinlich gern. Aber er hat mich nur geheiratet, um mich vor dem Galgen zu bewahren. Er kann mich überhaupt nicht leiden. Irgendwie muß ich ihm leid getan haben. Ich nehme an, daß er mir schließlich doch geglaubt hat, daß ich noch eine Jungfrau war, bis er mich betäubte und in die Hütte brachte und ... und mich auszog und andere Sachen machte, an die ich mich aber überhaupt nicht erinnern kann, weil er mich ja, wie schon gesagt, betäubt hatte.«

Alex sagte kein Wort, aber sie fühlte sich plötzlich wie durch ein Wunder viel besser und setzte sich sogar etwas höher auf. Ihr Kopf war mit einem Male so klar wie ein Sommerhimmel. Ihr Schweigen hatte nichts Ungemütliches an sich. Sie lächelte Sophie zu, die schon Vertrauen gefaßt hatte.

»Nicht daß er unfreundlich oder grausam oder sonst was wäre. Um die Wahrheit zu sagen – er hat mich genauso oft gerettet wie ich ihn, nein, öfter. Es ist nur so, daß ich Angst vor ihm habe und daß ich überhaupt niemanden heiraten wollte, obwohl er gesagt hat, daß ich nicht verlegen zu sein brauche, weil er ja schon alles, was er wollte, mit mir gemacht hat. Er hat mir immer wieder versichert, daß ich ihm vertrauen könne, aber wie sollte das nach allem, was passiert ist, möglich sein?«

»Ich verstehe«, sagte Alex wieder. Sie wartete, aber Sophie erzählte nichts mehr. Das störte Alex nicht, weil sie sicher war, daß weitere Bekenntnisse bald folgen würden. »Dies hier ist jetzt dein Zuhause«, versicherte sie ganz gelassen, »und ich hoffe, daß du hier glücklich sein wirst. Es gibt nur eine Person, die sich etwas nachteilig auf deinen Seelenfrieden auswirken könnte, und das ist deine Schwiegermutter, die ja leider auch die meinige ist. Aber zuviel nette Menschen auf einmal wären wohl auch langweilig. Sie ärgert mich ständig, weil sie mich verabscheut, aber ich schere mich nicht viel darum. Sie wollte, daß Douglas meine Schwester Melissande heiratet, aber ... ah, das ist eine genauso komplizierte Geschichte wie deine. Dir und mir wird der Gesprächsstoff bestimmt nicht so bald ausgehen. Jedenfalls werde ich dich einige Tage nicht beschützen können. Na ja, vielleicht schließt Lady Lydia dich ja ins Herz, aber ehrlich gesagt, zweifle ich sehr daran. Sie ist nicht besonders liebenswürdig. Ah, da ist Douglas. Ach ja, Sophie, du bist zwar größer als ich, aber vielleicht könnte meine Zofe einige meiner Kleider für dich ändern, bis wir eine Schneiderin herbekommen.«

»O nein, das geht doch nicht!«

Aber die Gräfin duldete keinen Widerspruch. »Sei nicht albern. Wenn Lady Lydia dich in einem Kleid sieht, wie du es jetzt anhast, wird sie dich ein für allemal als völlig indiskutabel einschätzen.«

Douglas lachte. »Sie hat recht. Ich zeige dir jetzt dein Schlafzimmer, und dann kommst du hierher zurück und läßt dich neu einkleiden. Ich werde derweil versuchen, meine Mutter bis zum Abendessen irgendwie zu beschäftigen.« Aber er hörte sich nicht so an, als wäre er sicher, daß es ihm gelingen würde, und Sophie starrte diesen Mann, der doch wie der Herr der Welt höchstpersönlich aussah, verwundert an. Er ging zum Bett, küßte seine Frau auf den Mund und sagte ihr ins Ohr: »Die Zofe wird viele Abnäher machen müssen, Liebling, denn dein wundersamer Busen ist einmalig, wie du ja weißt.«

Sophie hörte seine Worte und wunderte sich nur noch mehr. Dieser strenge Mann neckte seine Frau wegen ihres Busens? Vielleicht kannte sie Männer doch nicht ganz so gut, wie sie immer geglaubt hatte.

Der Graf richtete sich auf, strich seiner Prau zärtlich über die Wange und sagte zu Sophie: »Wir werden sie jetzt für eine Weile ihrem jämmerlichen Zustand überlassen. In einer Stunde kommst du dann zur Anprobe wieder hierher, einverstanden?«

Sophie nickte. Was blieb ihr auch anderes übrig?

KAPITEL 13

»Was geht hier vor, Alexandra? Jerkeins hat mir berichtet, daß Dora ihm erzählt habe, sie habe zufällig eine Unterhaltung zwischen Mrs. Peachum und Hollis gehört, derzufolge Ryder geheiratet haben soll. Geheiratet! Es ist einfach absurd. Es kann unmöglich stimmen. Bestimmt versucht eines seiner Flittchen, uns zum Narren zu halten, um an Geld heranzukommen. Solche Weibsbilder haben es immer auf Geld abgesehen. Ich habe sogar gehört, daß sie ein Kind dabei hat. Das geht nun wirklich zu weit. Ich werde dir jetzt helfen, sie hinauszuwerfen, Alexandra. Du bist krank, und deshalb ist es nicht verwunderlich, daß sie dich reingelegt hat. Allmächtiger Himmel, ist sie das? Und du duldest sie in deinem Schlafzimmer? Sie sieht genauso aus, wie ich sie mir vorgestellt habe – eine Schlampe, eine Betrügerin, ein Scheusal! Machen Sie, daß Sie wegkommen, junge Frau! Raus hier, raus!«

Sie machte tatsächlich scheuchende Gesten. Sophie stand regungslos da und starrte die Frau an, deren unfreundliche Stimme ihr laut und gebieterisch in den Ohren hallte. Sie fühlte sich wie gelähmt und wußte beim besten Willen nicht, was sie sagen könnte.

»O Gott!« murmelte Alex, die plötzlich sehr krank aussah und sogar sekundenlang die Augen schloß.

Sophie trug eines von Alexandras Kleidern, das ihr nur bis zu den Knöcheln reichte und an der Brust viel zu weit war, weil Sophie – wie der Graf zutreffend bemerkt hatte – nicht Alex' phänomenale Oberweite besaß. Sie überlegte, was die Frau wohl mit »eines von Ryders Flittchen« gemeint haben mochte.

Alex gürtete sich geistig mit dem Schwert und setzte sich im Bett auf. »Liebe Lydia, dies ist Sophie Sherbrooke, deine neue

Schwiegertochter. Sophie, dies ist Ryders Mutter, Lady Lydia Sherbrooke.«

»Das glaube ich einfach nicht«, sagte die verwitwete Gräfin, die Hände in die Hüften gestemmt, mit unversöhnlich harter Stimme. »Schau sie dir doch nur mal an! Und dieser Fetzen, den du da anhast, Mädchen, ist der Gipfel der Geschmacklosigkeit! Er ist häßlich und billig, und du siehst darin wie eine Vogelscheuche aus. Nein, du wirst mich nicht hinters Licht führen wie diese andere Schwiegertochter, die das eigentlich auch nicht sein dürfte.«

»Es ist eines meiner Kleider, liebste Lydia. Wir lassen es für Sophie ändern.«

Lady Lydia ließ sich durch den Fehler, der ihr in der Hitze des Gefechts unterlaufen war, weder aus der Fassung bringen, noch verspürte sie irgendwelche Gewissensbisse, weil sie ihre Schwiegertochter beleidigt hatte, denn Beleidigungen kamen ihr tagtäglich über die Lippen, so daß sie sich nur an einen Bruchteil erinnern konnte. Ihre Hände blieben in die Hüften gestemmt, und ihre Nasenflügel bebten vor Empörung. Nachgeben kam für sie nicht in Frage. Sie musterte Sophie wieder und erklärte: »Nun, die Farbe ist für sie jedenfalls ganz falsch. Sie macht sie gräßlich blaß. Nun, junge Frau, Sie wagen also zu behaupten, daß Sie mit meinem Sohn verheiratet sind. Das kann nicht sein. Ryder hat immer nur gelacht, wenn jemand ihn auf eine Heirat angesprochen hat. Er ist mit seinen vielen Weibern ganz zufrieden. Deshalb sind Sie nichts anderes als eine Lügnerin, eine Abenteuerin, eine ...«

»Tut mir leid, Alex, ich hatte ihre Spur verloren, aber jetzt bin ich hier. Hallo, Mutter.«

Der Graf war völlig außer Atem, und Sophie konnte bei der Vorstellung, daß dieser grimmige Mann durchs Haus rannte, um seiner Mutter einen Maulkorb anzulegen, nur mühsam ein Lachen unterdrücken.

»Ah, wie ich sehe, hast du Sophie schon kennengelernt. Ihr jüngerer Bruder Jeremy ist auch hier. Ich glaube, Sinjun kümmert sich im Augenblick um ihn.«

Der Graf erinnerte sich nun offenbar wieder daran, daß er Herr im Hause war, denn er betrat würdevoll den Raum, betrachtete Sophie von Kopf bis Fuß, zwinkerte ihr verstohlen zu und sagte zu seiner Frau: »Wie du siehst, hatte ich recht. Du bist wirklich einmalig. Nun, Mutter, möchtest du Sophie nicht in Northcliffe Hall willkommen heißen?«

Er setzte sich auf einen zierlichen Stuhl, der unter seinem Gewicht ächzte, ließ seine Mutter dabei aber nicht aus den Augen, und Sophie wußte genau, daß sie selbst an Stelle der Grafenwitwe unter diesem ruhigen, eindringlichen Blick etwas Versöhnliches gemurmelt und sodann hastig den Rückzug angetreten hätte. Sie hoffte inbrünstig, mit diesem Mann nie die Klingen kreuzen zu müssen, denn selbst ein Blinder konnte sehen, daß mit ihm nicht zu spaßen war.

»Nun, was soll ich davon halten?« knurrte Lady Lydia mürrisch. »Du willst mir doch nicht weismachen, Douglas, daß du ihr glaubst. Schau sie dir doch nur mal an. Mein lieber Ryder würde ihr keinen zweiten Blick gönnen.«

»Offenbar hat er es aber doch getan, Mutter, denn sie sind verheiratet. Ryder hat mir geschrieben und uns allen Sophie und Jeremy ans Herz gelegt. Ich wüßte es sehr zu schätzen, wenn du ihr dein bezauberndes Lächeln schenken und sie herzlich willkommen heißen würdest.«

Sophie hätte zweifellos töricht gelächelt, wenn diese ganz ruhigen Worte an ihre Adresse gerichtet gewesen wären. Lady Lydia zögerte einen Augenblick und erklärte sodann steif: »Du bist jetzt also hier. Mein Sohn, dem als Graf Respekt gebührt, hat dich akzeptiert. Wir werden sehen, ob du hierbleibst, wenn mein anderer Sohn zurückkehrt.«

Mit stocksteifem Rücken stolzierte Lady Lydia aus dem Zimmer.

»Hast du meiner Mutter Unterricht gegeben, Liebling?« fragte der Graf schmunzelnd seine Frau. »Dieser steife Rücken eben konnte es durchaus mit deinem aufnehmen, wenn du indigniert bist. Bestimmt hast du ihr das beigebracht.«

»Ich wünschte, du wärest ihr zuvorgekommen«, murmelte Alex.

»Tut mir wirklich leid, aber sie kann verdammt schnell sein, wenn sie will. Dieses Kleid macht dich wirklich etwas blaß, Sophie. Du solltest Gelbtöne meiden. Sie stehen Alex ausgezeichnet, aber du brauchst zarte Pastellfarben, glaube ich. Hast du etwas Rosafarbenes, Alex?«

Alex besaß drei zartrosa Kleider. Eine Viertelstunde später nahm die Zofe eines davon mit, um es für Sophie zu ändern, Alex wurde vom Grafen ein Nickerchen verordnet, und Sophie stand in ihrem eigenen Schlafzimmer vor einem riesigen Kirschholzschrank, in dem Herrenkleidung hing. Ryders Sachen! Sie war in seinem Schlafzimmer.

Ihr war bisher nicht in den Sinn gekommen, daß man sie im Schlafzimmer ihres Mannes unterbringen könnte, und sie wußte, daß es unmöglich war, dagegen zu protestieren.

Ryders Schlafzimmer!

Sie trat ans Fenster, das auf die vordere Einfahrt hinausging, und sah Jeremy mit Sinjun von den Stallungen zurückkommen. Ryders Schwester paßte ihr Tempo Jeremys langsamem Humpeln an, und er redete eifrig auf sie ein und gestikulierte dabei, wie sein Vater es getan hatte. Sinjun blickte lächelnd auf ihn hinab und schien aufmerksam zu lauschen. Sophie verspürte plötzlich tiefe Dankbarkeit. Die Sonne war am Spätnachmittag durchgebrochen, die gepflegten Rasenflächen waren von sattem Grün, und überall blühten Blumen. Mit der überwältigenden Blütenpracht von Jamaika war das freilich nicht zu vergleichen, aber schön war es trotzdem. Sie fragte sich, wo die nackten griechischen Statuen sein mochten. Im Grunde hätte es zu Ryder gepaßt, ein Zimmer zu bewohnen, von wo aus er sie sehen konnte

Zu ihrer großen Bestürzung stellte sie fest, daß ihre Unterwäsche in den Kommodenschubladen neben Ryders Sachen lag. Es machte ihr Angst, und sie legte sich aufs Bett und starrte zur Decke empor.

Es war ein kalter, windiger Tag mit hoher Luftfeuchtigkeit. Sophie band Lilah, die rotbraune Stute, die der Graf ihr überlassen hatte, an einer schmächtigen Eibe an und ging zum Klippenrand. Etwa fünfzehn Meter unter ihr schlugen Wellen an die Felsen, der dunkle Sand sah naß und kalt aus, und der Strand war mit Treibholz, Tang und großen Steinen übersät. Sie fröstelte. Seit Jeremy und sie englischen Boden betreten hatten, war ihr ständig kalt. Sie verschränkte die Arme auf der Brust und starrte in die Tiefe, fasziniert von der wilden Schönheit. Ihr Knoten im Nacken war dem Ansturm des Windes nicht gewachsen, und bald wehten ihr die Haare ins Gesicht.

Sinjun hatte ihr erzählt, daß dies der Lieblingsplatz des Grafen zum Nachdenken war. Aber, so hatte ihre Schwägerin augenzwinkernd hinzugefügt, seit seiner Heirat sei Douglas nicht mehr allzu oft hier gewesen und kein einziges Mal, seit er beschlossen hatte, Alex als Ehefrau zu behalten. Sophie war darüber sehr erfreut. Sie genoß es, die einsame Klippe und die brausenden Wellen ganz für sich allein zu haben. Sie hatte sich in der vergangenen Woche stundenlang hier aufgehalten, um Lady Lydias spitzer Zunge und den neugierigen Blicken der Dienstboten zu entgehen.

Sie setzte sich auf einen Felsen und zog ihren Rock über die Beine. Ihre Stute wieherte plötzlich, und sie schaute auf. Es war weder der Graf, der auf sie zugeritten kam, noch war es Sinjun, die oft herkam und sich still zu ihren Füßen niederließ, sondern ein Mann, den sie vor einigen Tagen im Dorf kennengelernt hatte. Wenn sie sich recht erinnerte, hieß er Sir Robert Pickering, war Mitte Dreißig, verheiratet und Vater von fünf Töchtern. Er erinnerte Sophie an Lord David Lochridge, bis hin zu den taxierenden Blicken, die er ihr zugeworfen hatte, als Alex sie gegenseitig vorstellte. Er war ihr auf Anhieb unsympathisch gewesen, und ihre Abneigung stand ihr im Gesicht geschrieben, als sie ihn jetzt hier, auf dem Land der Sherbrookes, auftauchen sah. Diese Sorte von Männern war ihr nur allzu gut bekannt, und sie wappnete sich vorsorglich.

Sir Robert stieg ab, schlenderte auf sie zu, stemmte die Hände in die Hüften und lächelte auf sie herab.

»Man hat mir gesagt, daß ich Sie hier finden würde. Ich nehme an, daß Sie sich noch an mich erinnern. Alle Damen erinnern sich an Herren, die sie so mit Blicken verschlingen wie ich Sie. Wissen Sie, meine Liebe, sobald Ryder zurückkommt, werden Sie in größten Schwierigkeiten stecken, und er kann jetzt jederzeit nach Hause kommen. Sie müssen wissen, daß er viele Frauen aushält, aber er hat noch keiner erlaubt, sich in Northcliffe Hall aufzuhalten.«

O ja, sie kannte seinesgleichen bis zum Überdruß. Sie warf ihm einen völlig uninteressierten Blick zu und gähnte. »Sie befinden sich hier auf dem Besitz der Sherbrookes, und ich möchte Sie hiermit auffordern, ihn zu verlassen. Übrigens erinnere ich mich keineswegs an Ihren Namen, und ich weiß beim besten Willen nicht, warum er mir im Gedächtnis bleiben sollte.«

Sie freute sich, ihn ein wenig geärgert zu haben, und gähnte wieder. Doch so schnell gab er nicht auf.

»Mein Name ist Sir Robert Pickering«, verkündete er, »und ich habe nicht die Absicht, mich zu entfernen. Ich möchte mit Ihnen sprechen. Ich bin hergekommen, um eine Art Abmachung mit Ihnen zu treffen. Im ganzen Bezirk wird darüber geredet, wie Sie, eine einfache Maid aus Jamaika, mit dem lahmen kleinen Jungen im Schlepptau hier angekommen sind und dem Grafen Sand in die Augen gestreut haben. Er ist noch so vernarrt in seine junge Frau, daß Sie ihn leicht um den Finger wickeln konnten. Man munkelt aber, daß Lady Lydia es vermeidet, sich im selben Raum wie Sie aufzuhalten. Nun ja, der Spaß wird für Sie bald vorbei sein. Wie gesagt, Ryder dürfte demnächst wieder zu Hause sein, und er wird Ihnen nicht erlauben, in seinem Elternhaus zu bleiben. Sie werden entlarvt werden. Höchstwahrscheinlich wird er Ihnen Ihre Unverfrorenheit sehr verübeln, und ganz bestimmt wird er in Northcliffe Hall nicht mit Ihnen schlafen. Dazu ist er viel zu diskret. Nun, ich finde Sie recht hübsch und bin deshalb bereit, für Sie und den lahmen Jungen zu sorgen, aber Sie müssen Northcliffe Hall sofort verlassen. Ich werde Sie in einem Häuschen unterbringen, einige Meilen von hier entfernt, das mir gehört.«

»Ich verstehe.« Sophie verabscheute ihn so, daß es sie in den Händen juckte, ihn vom Felsen zu stoßen. Sinjun hatte kichernd erzählt, er sei für seine Weibergeschichten berüchtigt und seine Frau tue allen schrecklich leid, weil sie ständig schwanger sei. Sein Verhalten werde jedoch toleriert, weil sein Vater sehr beliebt gewesen sei.

»Und nehmen Sie mein Angebot an?«

Sophie bezwang ihren Zorn. Sie durchschaute seinen Dünkel, seine Selbstgefälligkeit, die ihn zu törichten Äußerungen und Handlungen verführten, und sie brachte jetzt sogar ein Lächeln zustande.

»Verraten Sie mir eines, Sir Robert – warum sind Sie so sicher, daß ich nicht mit Ryder Sherbrooke verheiratet bin? Finden Sie, daß ich wie eine von Ryders Geliebten aussehe? Wie ein Mädchen, das bereit ist, Mätresse zu werden?«

»Nein, und das ist es, was mir gefällt. Aber im Grunde sind Ryders Frauen ganz unterschiedlich – ich kenne etwa ein halbes Dutzend von ihnen. Einige sind so schön, daß man unwillkürlich einen Steifen bekommt, während andere nur hübsch sind, aber herrliche Körper haben. Wie bereits erwähnt, ist Ryder als Frauenheld bekannt, und er würde sich niemals an eine einzige Frau binden. Deshalb müssen Sie eine seiner Mätressen sein. Etwas anderes ist einfach nicht möglich. Habe ich Ihnen schon erzählt, daß ich zu den Vertrauten der verwitweten Gräfin gehöre, wie vor mir schon mein Vater? Nein? Nun, Lady Lydia möchte Sie am liebsten zum Teufel schicken, und mir wäre es eine Freude, ihr behilflich zu sein. Nehmen Sie mein Angebot an?«

Sophie stand langsam auf, klopfte sich den Staub vom Rock, zupfte an ihren Handschuhen und stopfte ihre Haare unter den

Reithut, so gut es ging. Wie seltsam, daß hier nicht sie als Nutte angesehen wurde, sondern Ryder als Weiberheld. Vielmehr – sie *wurde* als Nutte angesehen, aber nur, weil niemand es für möglich hielt, daß Ryder tatsächlich geheiratet hatte. Sie warf Pickering einen distanzierten Blick zu und sagte: »Ich würde jede Wette eingehen, Sir Robert, daß Sie zu jenen Männern gehören, die jedes hübsche Dienstmädchen gegen das Treppengeländer pressen und begrapschen.«

Er sah einen Augenblick lang schockiert aus, dann nickte er langsam, so als hätte sie soeben seine Vermutungen bestätigt. »Ich wußte gleich, daß du unter der spröden Fassade frech sein würdest. Du hast etwas Aufreizendes an dir, etwas, das im Mann den Wunsch weckt, deine Röcke hochzuschieben. Ein Mann braucht dich nur anzusehen, um zu erkennen, daß du genau weißt, was er von dir will. Vielleicht sind es deine Augen. Es würde dir doch gefallen, wenn ich dich gleich hier und jetzt nähme?«

»Ihr Selbstbetrug ist bemerkenswert. Wenn Sie mir zu nahe kommen, stoße ich Sie in die Tiefe.«

Er lachte, bewegte sich mit schlangenartiger Geschwindigkeit, packte sie am Arm und riß sie an sich. Sie hatte keine Angst, war nur wütend. Männer, dachte sie verächtlich, Männer sind überall gleich, in allen Ländern. Sie registrierte das Haarbüschel an seinem Kinn, das sein Diener beim Rasieren übersehen hatte, und sie roch, daß er Erbsensuppe gegessen hatte. Mit gelangweilter Miene wartete sie einfach ab.

Das versetzte ihn in Rage. Er preßte sie an sich und versuchte, ihren Mund zu finden. Aber sie drehte den Kopf zur Seite, wohl wissend, daß dieser eingebildete Laffe ihr abweisendes Verhalten nicht begreifen und nicht akzeptieren würde. Er packte sie denn auch bei den Haaren, damit sie den Kopf nicht bewegen konnte.

»Das sollten Sie nicht tun«, sagte Sophie, immer noch ruhig. »Ich werde nicht zulassen, daß Sie noch weiter gehen.«

»Ha!« rief er und wollte sich ihres Mundes bemächtigen. Es gelang ihm, ihre Lippen zu berühren, aber das war auch schon alles. Sie ballte die Fäuste, bereit zuzuschlagen, und hob das Knie, um ihn in den Unterleib zu treten. Plötzlich war jedoch ein Wutschrei zu hören, und Pickering wurde zurückgerissen.

Es war Ryder, und er sah nicht nur wütend, sondern geradezu mordlustig aus.

Im ersten Moment war sie überglücklich, ihn zu sehen. Seine

blauen Augen schleuderten Blitze, und er strotzte nur so von Kraft und Energie. Sie sah gelassen zu, wie er Sir Robert einen Kinnhaken versetzte, der diesen in die Knie zwang. Als er jedoch zum zweiten Schlag ausholte, legte sie ihm eine Hand auf den Arm. »Nicht, Ryder. Er ist es nicht wert, daß du dir die Knöchel verletzt, und er wird ohnehin Mühe haben, eine halbwegs plausible Erklärung für den wunderbaren blauen Fleck am Kinn zu geben. Laß ihn laufen. Er ist ein elender Wurm, weiter nichts.«

Ryder hörte ihre Worte, und seine Wut ließ etwas nach, obwohl es ihn immer noch in den Zehen juckte, dem Mann einen Tritt in die Rippen zu versetzen.

»Hat das Schwein dir etwas angetan?«

»O nein. Ich wollte gerade ...«

Sir Robert taumelte auf die Beine. Seine Wut galt nicht Ryder, der ihn geschlagen hatte, sondern Sophie. Sie wußte, daß eine solche Reaktion typisch für Männer war, und wartete darauf, daß er sein Gift verspritzen würde.

»Sie hat versucht, mich zu verführen, Ryder! Willkommen daheim! Ich war hier, und sie ist mir gefolgt und wollte mich verführen!«

Ryder schlug wieder zu, und diesmal grinste er dabei.

Sir Robert blieb am Boden liegen. »Niemand glaubt ihren Lügen, kein Mensch, am allerwenigsten deine Mutter. Diese Person behauptet, deine Ehefrau zu sein, und alle wissen, daß sie lügt. Sie wollte mich verführen, sie hat schamlos mit allen Männern geflirtet, die ihr über den Weg gelaufen sind, sie ...«

Ryder ging in die Hocke, packte ihn am Kragen und schrie ihm ins Gesicht: »Sie ist meine Frau. Ihr Name ist Sophia Sherbrooke. Du wirst all diesen geilen Böcken ausrichten, daß ich jeden, der ihr zu nahe kommt, zusammenschlagen werde. Und falls du selbst sie noch einmal belästigen solltest, bringe ich dich um. Wenn du auch nur ein Wort über sie verlierst, bringe ich dich um, Bobbie. Hast du mich verstanden?«

Sir Robert nickte, warf dabei aber Sophie einen bösartigen Blick zu. Während er sich rückwärts entfernte, schüttelte er den Kopf. »Du bist wirklich mit ihr verheiratet? Mit einer einzigen Frau?«

»Habe ich dir nicht gerade gesagt, daß sie meine Frau ist?«

Nach diesen Worten beobachtete Ryder schweigend, wie Sir Robert aufsaß und seinem armen Pferd heftig in die Flanken trat. Erst als der Reiter nicht mehr zu sehen war, wandte sich Ryder Sophie zu, die ruhig dastand und ihn betrachtete, während der Wind ihr die Haare ins Gesicht blies. Er lächelte ihr zu, streckte die Hand aus, berührte mit den Fingerspitzen ihre Wange und rollte eine Haarsträhne auf.

»Wir haben uns sehr lange nicht gesehen«, sagte er. »Ein Stallknecht hat mir gesagt, daß du oft hierherkommst. Hallo, Sophie.«

»Hallo.«

»War dies das erste Mal, daß Bobbie dich belästigt hat?«

»Ja, und ich wäre auch allein mit ihm fertiggeworden, Ryder. Du hättest nicht den edlen Ritter zu spielen brauchen, der einer hilflosen Maid in Bedrängnis zu Hilfe eilt.«

Seine Augen wurden schmäler. »Ich habe gesehen, daß dein Knie in Angriffsstellung ging. Aber ich wollte ihn verprügeln, Sophie, und ich freue mich, daß du mir diese Freude gegönnt hast. Das verstehst du doch, oder? Du kennst die Männer schließlich sehr gut.«

»Ja.«

»Warum hast du dich von ihm küssen lassen?«

»Er hat mich so fest an den Haaren gepackt, als wollte er mich skalpieren.«

Ryder schüttelte sich. »Das ist wirklich lächerlich. Dieser verdammte Dummkopf Bobbie Knallprotz, wie wir ihn als Kinder nannten, ist wirklich das Letzte, worüber ich reden möchte.« Er lächelte sie an. »Komm her.«

Sie bewegte sich nicht von der Stelle, hatte aber heftiges Herzklopfen. Er trat auf sie zu und nahm sie in die Arme. »Ich habe dich sehr vermißt. Und Jeremy auch. Es war eine lange Trennung, Sophie.« Er hob ihr Gesicht etwas an und küßte sie. Sie blieb passiv.

»Küß mich richtig. Ich weiß ja, daß du es kannst«, flüsterte er dicht an ihren Lippen.

»Ich kann nicht.« Sie versuchte ihr Gesicht an seinem Hals zu verstecken.

»Ich bin nahe daran, unsere Ehe gleich hier zu vollziehen, Sophie, aber das wäre nicht sehr bequem. Komm, küß mich! Du mußt mich küssen, damit ich durchhalte, bis ich dich heute abend in unserem Bett nehmen kann.«

Sie wußte genau, daß es geschehen würde, daß sie es nicht verhindern konnte. Sie küßte ihn, küßte ihn mit all der Sachkenntnis, die sie in den vergangenen zwei Jahren erworben hatte. Aber das stillte sein Verlangen nicht, sondern erregte ihn dermaßen, daß sie befürchtete, er würde sie tatsächlich hier auf den Felsklippen nehmen. Er keuchte, seine Hände glitten von ihrem Rücken zu den Hüften hinab, und er hob sie hoch. Sie stemmte sich gegen ihn, und er hielt sofort inne.

Langsam hob er den Kopf und blickte ausdruckslos auf sie hinab. »Du benimmst dich noch genauso wie auf Jamaika. Minutenlang hast du mich jetzt wild gemacht, ohne jemals die Kontrolle über dich selbst zu verlieren. Ich hatte in den letzten acht Wochen ganz vergessen, daß du eine Meisterin der Manipulation bist. Wahrscheinlich hatten sich meine Erinnerungen verklärt. Ich dachte, als meine Frau würdest du mich willkommen heißen, mir zu verstehen geben, daß du mich mittlerweile akzeptierst, ja vielleicht sogar etwas gern hast. Aber in Wirklichkeit hat sich nichts geändert, stimmt's, Sophie?«

»Du hast mich überrumpelt.«

Er fluchte grob, und sie zuckte unwillkürlich zusammen. »Du bist doch nicht etwa schockiert?« höhnte er. »Mein Gott, du kannst vermutlich besser fluchen als ich – nein, nein, das alles ist absurd. Ich bin gerade erst nach Hause gekommen. Mein Bruder hat mir gesagt, daß ich dich wahrscheinlich an seinem Lieblingsort finden würde. Und ich habe Sinjun mit Jeremy gesehen, der sich sehr zu freuen schien, mich wiederzusehen. Es war natürlich töricht von mir zu glauben, daß du ähnlich empfinden würdest. Aber das spielt keine Rolle. Ich werde unsere Ehe nicht annullieren. Das würde gegen meine Ehre verstoßen, obwohl sich letztlich herausgestellt hat, daß ich dich eigentlich gar nicht hätte zu heiraten brauchen. Verstehst du, Sophie? Dein lieber Onkel wurde weder erschossen noch erstochen. Jemand – höchstwahrscheinlich Thomas – hat ihn erdrosselt. Ich hätte dich nicht heiraten müssen, um dich vor dem Galgen zu retten.«

»Erdrosselt? Ich verstehe nicht ...«

»Ja, erdrosselt. Ich habe einen großen Fehler begangen, als ich ihn mir nicht genau angeschaut habe, aber seine Leiche war kein erfreulicher Anblick und ich ging ja davon aus, daß du ihn erschossen hättest. Um dich zu retten, habe ich gelogen und behauptet, er wäre erstochen worden. Und dabei wurde das Schwein erdrosselt.«

»Ist Thomas noch frei?«

»Nein, er sitzt in der Zelle, die Cole für dich vorgesehen hatte. Ich habe Jamaika erst verlassen, nachdem man ihn gefaßt hatte.«

Sie wandte sich von ihm ab und starrte aufs Meer hinaus, das nicht türkisfarben war, wie auf Jamaika, sondern wild und kalt und sehr grau. »Ich danke dir, Ryder. Deine Familie ist sehr nett zu Jeremy und mir gewesen. Aber jetzt kann ich ja nach Jamaika zurückkehren und die Leitung von Camille Hall übernehmen, bis Jeremy alt genug ist, um ...«

»Verdammt, halt den Mund!«

»Du magst mich nicht, Ryder. Warum solltest du mein Ehemann sein wollen? Ich weiß jetzt über dich Bescheid. Niemand hat geglaubt, daß ich wirklich deine Frau bin, weil alle schworen, daß du niemals heiraten würdest, daß du dich lieber mit vielen Frauen amüsiertest. Es ist seltsam – hier wurde ich für eine Nutte gehalten, weil *du* dich herumtreibst. Ich fand das zur Abwechslung ganz amüsant, bis Sir Robert versuchte, mir Gewalt anzutun. Wenn du mir etwas Geld borgen würdest, könnten Jeremy und ich uns sofort auf den Weg machen, und du könntest dein altes Leben wieder aufnehmen, das du ja offenbar genossen hast.«

»Ich habe dir doch gesagt, daß du den Mund halten sollst. Du wirst mit Jeremy nirgendwohin reisen, meine Liebe.«

»Warum nicht?«

»Weil ich sein gesetzlicher Vormund bin. Und du bist nur eine Frau, seine Schwester. Für Camille Hall trage jetzt ich die Verantwortung. Emile verwaltet die Plantage für mich und Jeremy. Und jetzt möchte ich nach Hause reiten und mich mit meiner Familie unterhalten. Ich will wissen, ob Douglas Alex mittlerweile als seine Frau akzeptiert.«

»Das tut er.«

Ryder hob die Brauen. »Tatsächlich? Soweit ich verstanden habe, hältst du dich doch kaum im Hause auf. Du mußt eine hervorragende Beobachterin sein, wenn du trotzdem die Gefühle meines Bruders kennst.«

Die Distanz zwischen ihnen wurde immer größer, obwohl sie kaum einen halben Meter voneinander entfernt waren. Sophie konnte Ryder keinen Vorwurf daraus machen, aber auch sich selbst nicht.

»Warum?« fragte sie nach längerem Schweigen. »Warum nur, Ryder?«

»Was – warum?«

»Warum läßt du mich nicht einfach gehen? Warum läßt du mich nicht nach Hause zurückkehren, wo ich mein gewohntes Leben wieder aufnehmen könnte?«

»Und was für ein Leben das wäre! Dein hübscher Hals würde zwar unversehrt bleiben, aber du glaubst doch wohl nicht, daß alles vergessen und vergeben wäre? Du bist die Hure von Jamaika, meine Liebe, und nichts wird etwas daran ändern können, nicht einmal unsere Heirat. Ich werde allgemein sehr bedauert. Du hast meinen ehrenhaften Charakter ausgenützt und mich manipuliert, bis ich dir meinen Namen gegeben habe. Nein, Sophie, es gibt für dich keinen Weg zurück. Es gibt nur die Gegenwart und die Zukunft, die nur allzu schnell zur Gegenwart wird. Und jetzt möchte ich endlich nach Hause. Kommst du mit?«

Er schwang sich auf seinen Hengst, ein herrliches Berberroß namens Genesis, das sie bewundert und gefüttert hatte, wann immer sie die Stallungen aufsuchte. Noch bevor es ihr jemand gesagt hatte, war sie davon überzeugt gewesen, daß dies Ryders Pferd sein mußte. Er blickte arrogant auf sie herab, kalt und distanziert, und sie haßte ihn dafür, obwohl sie dieses Verhalten verstehen konnte.

»Heute abend werden wir uns in mein Schlafzimmer zurückziehen, sobald das möglich ist, ohne meine Familie zu kränken, und dann werde ich dich in Besitz nehmen, und du wirst versuchen, dich wie eine vernünftige Frau zu benehmen.«

Er salutierte spöttisch und galoppierte davon. Ihr blieb nichts anderes übrig, als ihm zu folgen.

KAPITEL 14

»Meine Mutter weigert sich noch immer, mir zu glauben, aber das ist purer Eigensinn. Im Grunde weiß sie natürlich, daß du tatsächlich meine legale Ehefrau bist«, sagte Ryder, während er seine Krawatte ablegte. »Sie wird sich letztlich damit abfinden und dich dann genauso nett behandeln wie Alex. Zugegeben, das ist nicht viel, aber vorerst muß es uns genügen. Mit Douglas und Alex scheinst du dich ja gut zu verstehen, und daß du Sinjun ins Herz schließen würdest, war mir im voraus klar. Sie ist eine schrecklich neugierige Göre, und leider bin ich das Hauptobjekt ihrer Neugier.«

Ryder drehte sich nach Sophie um, während er sein weißes Hemd aufknöpfte. »Jeremy scheint sich hier wohl zu fühlen. Ich werde bald entscheiden, ob er einen Hauslehrer bekommt oder schon im Herbst nach Eton kommt. Übrigens bin ich entzückt, daß

Alex dich in meinem Schlafzimmer untergebracht hat. Ich habe es noch nie mit jemandem geteilt. Seltsam, deine Kleider im Schrank neben meinen Hemden und Hosen zu sehen.«

Sophie stand am Fenster und versuchte, unverkrampft zu wirken. Der Abend hatte sich nicht allzusehr in die Länge gezogen, weil Ryder sie rasend begehrte. Das wußte sie. Sie konnte es ihm ansehen, am Gesicht ebenso wie zwischen den Beinen. Hingegen wußte sie beim besten Willen nicht, was sie jetzt tun sollte. Sie fühlte sich unendlich müde, unendlich erfahren und geschunden.

»Bitte, mißversteh mich nicht, Sophie«, fuhr Ryder fort. »Es gefällt mir, deine Kleider neben meinen Sachen hängen zu sehen. O ja, das hat Alex wirklich gut gemacht.«

»Es war Douglas, der mich hier einquartiert hat. Alex lag mit einer Erkältung im Bett.«

»Ein kluger Mann, mein Bruder. Mir gefallen auch die Kleider, die Alex dir geschenkt hat. Dieses Rosa steht dir ausgezeichnet. Wir werden aber bald neue Sachen für dich anfertigen lassen.«

Sie wollte nicht, daß er ihr Kleider kaufte, verzichtete im Augenblick aber darauf, ihm das klarzumachen.

Ryder setzte sich in seinen Lieblingssessel und begann seine Stiefel auszuziehen. »Wie du ja bestimmt festgestellt hast, ist meine Mutter nicht gerade liebenswürdig. Ich hatte gehofft, daß sie sich etwas ändern würde, und vielleicht geschieht dieses Wunder ja auch noch. Ich möchte nicht, daß du dich gekränkt fühlst. Du hättest sehen müssen, wie sie Alex anfangs behandelt hat.«

Beide Stiefel flogen plötzlich durch die Luft, auf das breite Bett in der Zimmermitte zu, und landeten genau darunter. Nur ein Absatz schaute etwas hervor. Sophie starrte diesen Absatz an, während Ryder grinste »Ich bin ein bißchen aus der Übung. Das habe ich schon als Junge gemacht und Douglas immer geschlagen. Man muß aus dem Handgelenk heraus werfen, weißt du?«

Er stand auf, und sie beobachtete, wie er an seinen Hosenknöpfen herumfummelte, während er fragte: »Was ist das für ein Gefühl, wieder in England zu sein?«

»Es ist vor allem kalt«, erwiderte sie, ohne den Blick von seinen Fingern wenden zu können. »Ich hatte ganz vergessen, wie kalt es hier ist. Außerdem scheint sich während der vier Jahre auf Jamaika mein Blut verdünnt zu haben.«

Er lächelte ihr zu und zog seine Hose aus.

Sie schloß die Augen, was natürlich absurd war, nachdem sie

ihn ja schon nackt gesehen hatte, nackt und mit erigiertem Glied auf dem Bett in der Hütte. Sie schluckte.

»Sophie ...«

Seine Stimme war leise, sehr warm und zärtlich. Sie öffnete die Augen. Er stand kaum einen Meter von ihr entfernt nackt und ganz entspannt da und streckte lächelnd eine Hand nach ihr aus. »Du bist meine Frau. Komm zu mir.«

Sie bewegte sich nicht.

»Möchtest du vielleicht, daß ich dich ausziehe?«

»Ich möchte baden.«

Er blinzelte. »Ausgezeichnet. Ich werde läuten.«

Er entfernte sich von ihr, zog an der Silberquaste der Klingelschnur und stieg ins Bett. »Keine schlechte Idee«, meinte er. »Ich habe dir noch so viel zu sagen, und während du badest, können wir uns gemütlich unterhalten. Wenn ich dich gleich jetzt berühren würde, kämen wir bis zum Morgen nicht dazu, viel zu reden.«

Er gab nicht auf, aber das hatte sie ja auch gar nicht erwartet. Sie mußte zugeben, daß er sich sehr anständig benahm. Er brüllte sie nicht an, er beschimpfte sie nicht und schlug sie nicht, wie ihr Onkel es getan hatte, wenn sie es wagte, sich ihm zu widersetzen.

Es dauerte eine halbe Stunde, bis Sophie in der tiefen Kupferwanne vor dem Kamin saß. Sie hatte sich am Fenster entkleidet, wo es ziemlich dunkel war, und einen Morgenrock angezogen, den sie jedoch zu ihrem größten Bedauern ablegen mußte, bevor sie in die Wanne stieg. Sie wußte, daß er sie beobachtete, daß sie sich einfach daran gewöhnen mußte. Er konnte von nun an mit ihr machen, was immer er wollte, und das ihr ganzes Leben lang. Dann schüttelte sie über sich selbst den Kopf, denn bisher entsprach nichts ihren Befürchtungen. Er verhielt sich so natürlich, so entspannt, als hätten sie schon zehn Jahre lang allabendlich gemütlich über alles mögliche geplaudert.

Während sie sich einseifte, kommentierte er: »Ich finde es schön, wenn dein Haar dir naß über Schultern und Brüste fällt. Wenn du mich auch nur eines einzigen Blickes würdigen würdest, könntest du sehen, daß ich lächle. Ich bin glücklich, dich bewundern zu können, und ich kann es kaum erwarten, dich zu berühren. Ich finde es reizvoll, daß du die Beine anziehen mußt. Die Haut hinter deinen Knien ist sehr zart, und ich werde dir zeigen, wie genußvoll es für dich ist, wenn ich dich dort streichle und küsse. Ich darf auch nicht vergessen, das hübsche neckische Muttermal zu küssen.«

Sie seifte ihre Haare tüchtig ein. Es würde mindestens eine Stunde dauern, sie zu trocknen.

»Ich kann es kaum erwarten, dich leidenschaftlich zu küssen. Vielleicht kann ich dich dazu bringen, meine Küsse zu erwidern. Ich werde jedenfalls mein Bestes versuchen.« Er hörte sich so selbstsicher, so zuversichtlich an. Sie wusch ihre Haare so intensiv, daß die Kopfhaut schmerzte.

»Soll ich dir vielleicht den Rücken schrubben?« fragte er leicht amüsiert.

»Geh zum Teufel!« rief Sophie, bekam Seife in die Augen und tauchte rasch den Kopf ins Wasser.

»Na gut«, sagte er gutmütig. »Dann döse ich eben ein bißchen vor mich hin. Stell dir vor, ich werde nicht einmal daran denken, daß meine Frau ganz nackt und naß und weich in meiner unmittelbaren Reichweite ist. Du hast noch fünf Minuten Zeit, Sophie, keine Sekunde länger.« Er warf einen Blick auf die Kaminuhr, legte seinen Kopf aufs Kissen und schloß die Augen, die Arme auf der nackten Brust verschränkt.

Als er die Augen wieder öffnete, stand sie in einem weiten weißen Nachthemd gefährlich dicht am Kamin und versuchte, ihre wirren, tropfnassen Haare zu trocknen.

Seufzend stieg Ryder aus dem warmen Bett. Er war kein unbeherrschter Junge, sondern ein Mann, und er hatte nicht nur sich selbst, sondern auch ihr bewiesen, daß er geduldig sein konnte. Er würde auch weiterhin geduldig sein. Er nahm ein trockenes Handtuch vom Stuhl neben der Wanne und deutete auf seinen Ohrensessel. »Setz dich.«

Sie setzte sich wie ein schüchternes Schulmädchen auf die Kante und faltete die Hände im Schoß. »Wo hast du Kamm und Bürste?«

Er verbrachte eine Viertelstunde damit, ihre dichten Haare zu bürsten, bevor er lächelnd sagte: »Du siehst jetzt wie eine Madonna aus. Du bist schön, Sophie, und du gefällst mir sehr. Dein Haar schimmert in so vielen verschiedenen Farbtönen. O ja, du bist schön, aber du würdest mir noch besser gefallen, wenn du die Augen öffnen würdest. Es stimmt zwar, daß ich nackt bin, aber du siehst mich schließlich nicht zum erstenmal im Adamskostüm, und so abstoßend bin ich ja nun auch wieder nicht.«

Sie öffnete die Augen und blickte ihm direkt ins Gesicht. »Bitte sag mir die Wahrheit, Ryder. Hattest du wirklich geglaubt, daß ich schwanger wäre?«

Die Trauung und die nachfolgende frustrierende Hochzeitsnacht waren ihm noch lebhaft in Erinnerung, aber er brachte ein gleichgültiges Schulterzucken zustande. »Ich hatte nicht die leiseste Ahnung. Du wolltest mir ja nicht sagen, wann du die letzte Regel gehabt hattest, und deshalb konnte ich eine Schwangerschaft nicht ausschließen.«

Er fragte sich, wann er ihr wohl die Wahrheit sagen würde. Ah, schon sehr bald, denn er haßte Lügen, weil einem dabei jederzeit ein Fehler unterlaufen konnte. Und Sophie war scharfsinnig. Wenn sie ihm auf die Schliche käme – er wollte lieber nicht an die Folgen denken. Trotzdem brachte er es nicht über sich, ihr seine Lügen einzugestehen.

Schlagfertig wie immer, dachte sie. Er war nie um eine Antwort verlegen, und sie kam gegen seine Redegewandtheit nicht an. Aber hatte sie sich nicht selbst ähnlich verhalten? Hatte sie ihn nicht geneckt und verhöhnt, wie er es jetzt mit ihr tat? Erinnerungen stiegen in ihr auf. O ja, sie hatte ihn mit großem Geschick gereizt, hatte ihn sogar berührt, um seine Begierde bis zur Raserei zu steigern. Doch jetzt wollte ihr beim besten Willen keine einzige geistreiche oder schlagfertige Bemerkung einfallen. Warum konnte sie Ryder nicht so behandeln wie Sir Robert? Sie wünschte sich manchmal, wieder sie selbst zu sein, ohne aber genau sagen zu können, wer sie nun eigentlich gewesen war.

Sie spürte seine Hände an ihren Armen. Er zog sie hoch und drückte sie an sich. »Jetzt werde ich dir erzählen, wie wir den größten Teil dieses herrlichen Abends verbringen werden. Wir brauchen Zeit, um einander kennenzulernen, und wir werden uns sehr viel Zeit nehmen. Ich will dich nicht bedrängen. Zunächst werde ich dich küssen und ...«

Er verstummte, küßte sie leicht auf den Mund und setzte neu an:

»Nein, ich werde es dir einfach zeigen. Bitte tu mir einen Gefallen, Sophie. Vergiß all jene verdammten Männer. Vergiß sie einfach. Dies ist etwas völlig anderes. Wir sind Mann und Frau, und alles spielt sich nur zwischen uns beiden ab.«

Aber sie konnte ihre schlechten Erfahrungen nicht so einfach vergessen. Andererseits wußte sie genau, daß sie sich ihm nicht verweigern konnte. Er war ihr Ehemann, er hatte totale Macht über sie, sogar noch mehr Macht als ihr Onkel. Wenn es ihm in den Sinn kam, sie nackt ans Bett zu fesseln, konnte er das ohne weiteres tun.

Sie versuchte, Ruhe zu bewahren. Schließlich hatte sie wochenlang Zeit gehabt, sich auf die Situation einzustellen. Sie würde weder schreien noch hysterisch werden. Solche Reaktionen entsprachen ohnehin nicht ihrem Charakter und selbst wenn sie jemals dazu geneigt hätte, würden die Prügel ihres Onkels sie längst eines Besseren belehrt haben.

Doch als Ryder ihr das Nachthemd auszog, wich sie unwillkürlich einen Schritt zurück und versuchte ihre Blöße mit den Händen zu bedecken. Er strich mit den Fingerspitzen über ihre Rippen. »Keine blauen Flecke mehr. Hattest du noch Schmerzen?«

Sie schüttelte den Kopf. »Gut«, sagte er und zog sie wieder an sich.

Zum erstenmal hielt er sie nackt in seinen Armen. Sein Herz schlug schneller, und am liebsten hätte er sich sofort mit ihr vereinigt. Aber er war nicht dumm. Sie brauchte seine gesamte Erfahrung, und dadurch wurde es zu einer ernsten Angelegenheit. Bisher war Sex für ihn immer ein fröhlicher Zeitvertreib gewesen, mit viel Lachen und schmatzenden Küssen. Jetzt aber wollte ihm kein einziger Scherz einfallen.

Er sagte sich, daß seine Meisterschaft auch diese schwierige Situation bewältigen würde. Er hatte noch nie eine Frau enttäuscht. Seine Lippen glitten sanft über die ihren, er knabberte an ihrem Ohr, liebkoste mit der Zunge eine besonders empfindliche Stelle in der Halsgrube – eine Zärtlichkeit, auf die bisher jede Frau mit Stöhnen und seligen Schaudern reagiert hatte. Während er ihre Brüste streichelte, sagte er ihr, wie schön sie sei, wie sehr sie ihm gefalle, wie sehr er sie überall berühren wolle, mit Händen und Mund. Ihre Brustwarzen waren dunkelrosa, und als er eine davon in den Mund nahm und daran saugte, glaubte er einen Moment lang, seinen Samen nicht mehr zurückhalten zu können, so intensiv waren seine Empfindungen, so unvergleichlich kamen sie ihm vor, obwohl er wußte, daß das nicht stimmte.

Er legte sie aufs Bett, küßte ihre Brüste, streichelte und knetete sie, bis seine Begierde ins schier Unermeßliche stieg. Seine Hand glitt tiefer, verweilte einen Augenblick auf ihren Rippen. Er hatte ihre Verletzungen nicht vergessen, auch nicht seinen damaligen rasenden Zorn auf ihren Onkel. Und dann waren seine Finger endlich am Ziel, zwischen ihren Schenkeln, und er spürte, wie sie sich verkrampfte. Er zitterte jetzt vor Verlangen nach ihr und wußte nicht, ob es ihm noch lange gelingen würde, auf sie Rücksicht zu nehmen, obwohl er – im Gegensatz zu dem Ryder Sherbrooke, der er vor der Bekanntschaft mit Sophie gewesen war – nicht die Kontrolle über sich verlieren wollte.

Vielleicht, dachte er, während er sie betrachtete, vielleicht hatte er sie gerade deshalb heiraten wollen. Vielleicht hatte er intuitiv gewußt, daß sie ihn verändern und in seinem Leben eine viel wichtigere Rolle als jede andere Frau spielen würde. Als er behutsam einen Finger in sie einführte und ihre weiche Wärme spürte, keuchte er vor Lust und knirschte mit den Zähnen, um nicht jede Beherrschung zu verlieren. Sie stieß einen leisen Klagelaut aus, den er jedoch als Ausdruck von Leidenschaft mißdeutete, weil er sich einfach nicht vorstellen konnte, daß sie ihn nicht begehrte, während sie ihn fast um den Verstand brachte.

Ihr Eingang war so eng, daß sogar sein Finger Mühe hatte, sich einen Weg zu bahnen. Als er ihr Jungfernhäutchen berührte, lächelte er; im Grunde hatte er schon lange gewußt, daß er es vorfinden würde. Er erweiterte sie, so gut es ging, denn er wollte ihr nicht allzusehr weh tun.

Dann spreizte er ihre Schenkel. »Sophie, ich werde jetzt in dich eindringen«, sagte er. »Nein, mach die Augen auf. Denk daran, das alles braucht dir nicht peinlich zu sein. Wir haben es ja schon einmal zusammen gemacht. Vertrau mir. Wenn du dich etwas entspannen würdest, hättest du vielleicht sogar Freude daran.«

Sie sah ihn an, als wäre er total verrückt, schloß sekundenlang die Augen, um seinen wollüstigen Gesichtsausdruck nicht sehen zu müssen, öffnete sie aber sogleich wieder. Nein, sie würde alles ertragen, was er ihr antat. So schlimm konnte es schließlich nicht sein, und es würde nicht lange dauern.

Jene verdammte Lüge! Er hatte gehofft, daß er ihr helfen würde, sich zu entspannen, aber das war offenbar nicht der Fall. Noch länger warten konnte er aber einfach nicht. So behutsam wie möglich führte er sein Glied ein und schwor sich, nur ganz kurz in ihr zu verweilen und sie anschließend mit dem Mund zu befriedigen. »Du bist meine Frau«, murmelte er, und seiner Stimme war sowohl Verwunderung als auch Zufriedenheit anzuhören. »Weißt du, wie seltsam das für mich ist. Ich hatte noch nie eine Ehefrau, wollte nie eine haben, aber du bist hier, bei mir, und wir liegen in meinem Bett, und ich begehre dich so sehr. Bitte nimm mich auf, Sophie.«

Sie lag stocksteif da und dachte bei sich, daß ihr ja gar keine andere Wahl blieb als ihn aufzunehmen. Sie wünschte nur, es wäre schon vorbei und er würde jene gräßlichen grunzenden Laute ausstoßen, die bedeuteten, daß die Männer am Ziel waren, daß ihr Geschlechtsteil nun bald schrumpfen würde, daß sie demnächst einschlafen und laut schnarchen würden.

Sie war noch unberührt, und sie war seine Frau, und nun würde er sie endlich in Besitz nehmen. Er brauchte nur noch das letzte Hindernis zu überwinden. Sein Glied stieß gegen ihr Jungfernhäutchen, aber es hielt dem Druck stand. Er fluchte insgeheim und wußte, daß er jetzt eigentlich den vorläufigen Rückzug antreten müßte. Doch er schaffte es einfach nicht, diese warme Höhle zu verlassen. Statt dessen küßte er sie, spielte mit seiner Zunge in ihrem Mund und stieß gleichzeitig stöhnend mit aller Kraft zu. Ihr Hymen zerriß endlich, und er drang tief in sie ein. Während er vage registrierte, daß sie sich gegen ihn wehrte, während ihre Tränen in seinem Mund einen salzigen Geschmack hinterließen, stöhnte er wieder und bäumte sich auf dem Gipfel der Lust wild auf.

Gleich darauf lag er schwer atmend und schweißnaß auf ihr, sein Gesicht im Kissen vergraben.

Mit dem Schmerz hatte sie nicht gerechnet. Dahlia hatte nie über Schmerzen geklagt. Allerdings hatte Sophie sie nie danach gefragt, aber andererseits hatte Dahlia immer alles Mögliche berichtet, bis hin zu solchen Einzelheiten wie den verschiedenen Geräuschen, die Männer auf dem Höhepunkt der Lust von sich gaben. Sophie konnte sich beim besten Willen nicht vorstellen, daß Dahlia freiwillig Schmerz erduldet oder ihn schweigend hingenommen hätte. Deshalb bestürzte dieser brennende Schmerz tief in ihrem Innern sie besonders. Über den Samenerguß der Männer wußte sie Bescheid. Aber wie sollte eine Frau diese Prozedur jemals genießen können, wenn sie so schmerzhaft war?

Sie hatte geglaubt, alles über den Intimverkehr zu wissen, weil sie mit den Körpern von sechs Männern ebenso vertraut gewesen war wie mit ihren Wünschen und Bedürfnissen, aber ihr war nie so richtig klargeworden, wie sehr Mann und Frau beim Sexualakt miteinander verschmolzen. Ryders Glied steckte noch immer tief in ihr, und sie spürte es genau. Es war fast so, als versuchte er ein Teil von ihr zu werden, aber das würde sie nicht zulassen. Nein, er gehörte nicht zu ihr, und bald würde er sich wieder von ihr trennen. Sie drückte ihre Hüften tiefer in die Matratze und hatte nur den einen Wunsch, daß er sich endlich aus ihr zurückziehen möge

Ryder stützte sich auf die Ellbogen auf und lächelte, ein zärtliches Lächeln, das sie verwirrte. »Es tut mir leid, daß ich dir weh getan habe. Es wird nie wieder vorkommen.«

»Warum hast du mir dann diesmal so weh getan?«

Keine Lügen oder Ausflüchte mehr, sagte er sich. »Dies war für dich das erste Mal. Du warst noch unberührt, und ich mußte dein Jungfernhäutchen zerreißen. Das hat dir weh getan.«

Sie starrte ihn an, und ihre Augen wurden dunkel vor Zorn, als sie begriff, was er da gesagt hatte. Alles war nichts als Lüge gewesen – daß er sie in der Hütte genommen und an eine mögliche Schwangerschaft geglaubt hatte. »Du Schuft!« Sie versuchte ihn von sich zu stoßen.

»Ich weiß, und es tut mir leid.« Er packte sie bei den Handgelenken und hielt ihre Arme über ihrem Kopf fest. Sie fühlte, daß sein Glied in ihr wieder größer wurde. Nein, das konnte nicht sein, nein, nicht so schnell, nein, sie würde das nicht zulassen. Am liebsten hätte sie ihn umgebracht.

»Es tut mir wirklich leid, daß ich dich belogen habe, Sophie. Anfangs wollte ich dich einfach für das bestrafen, was du mir angetan hattest. Ich gebe zu, daß das nicht sehr anständig von mir war, aber was du und dein Onkel mit mir gemacht hattet, war auch nicht besser. Mich revanchiert zu haben, gab mir eine gewisse Macht über dich. Und später, als ich beschlossen hatte, dich zu heiraten, habe ich diese Lüge bewußt gegen dich eingesetzt – und gewonnen!«

»Wie kannst du nur glauben, daß du durch diese Heirat irgend etwas gewonnen hast? Ich bin ein Nichts, ich habe keine Mitgift, keinen untadeligen Ruf, kein …«

»Verdammt, sei still!«

Der Zorn in seiner Stimme ließ sie erbleichen, und ihre Augen wurden noch dunkler, aber sie wollte nicht klein beigeben. »Du kannst noch so wütend sein, aber du kannst nichts daran ändern, was ich gewesen bin, was ich bin. Du hast überhaupt nichts gewonnen, Ryder.«

»Bei dir werde ich immer gewinnen, Sophie. Merk dir das.«

Ohne jede Vorwarnung und völlig lautlos riß sie ihren rechten Arm los, und ihre Faust landete auf seinem Kinn. Er sah die blitzartige Bewegung, konnte aber nicht schnell genug ausweichen, weil er allzusehr damit beschäftigt gewesen war, sich in die Brust zu werfen und sich als ihr Herr und Meister aufzuspielen, der als einziger richtig mit ihr umzugehen verstand.

Sie hatte kräftig zugeschlagen, und er zuckte vor Schmerz und Überraschung zusammen. Im nächsten Moment stieß sie ihn vom Bett, und er landete auf dem Holzboden.

Sie sprang auf und starrte auf ihn hinab.

Er lag auf dem Rücken, rieb sich das Kinn und lachte – lachte sie aus.

Sie kletterte auf der anderen Seite aus dem Bett, schnappte sich ihr Nachthemd und zog es über den Kopf, vor Wut und Angst keuchend, denn sie hatte gesehen, daß sie blutete, wußte aber, daß es nicht ihre Regel sein konnte. Er hatte sie also verletzt, so sehr verletzt, daß sie blutete.

O Gott, sie haßte ihn und sich selbst! Mit wahrer Wonne hätte sie das Bett umgeworfen und ihn darunter begraben, aber es war aus Rosenholz und sehr schwer. Es gelang ihr nicht, es auch nur anzuheben.

Er hörte auf zu lachen, stand auf, schüttelte den Kopf und betrachtete sie über das Bett hinweg. Unwillkürlich starrte sie auf seinen Unterleib, auf den flachen Bauch, die dichten Schamhaare und die muskulösen Schenkel.

Ryder blickte an sich hinab, schlug die Decke zurück und betrachtete die Blutflecken auf dem Laken. »Ich verspreche dir, keine Satisfaktion für den Kinnhaken zu fordern, bis ich dich gewaschen habe.«

»Wenn du mir zu nahe kommst, drehe ich dir den Hals um. Du hast mich genug verletzt, Ryder. Mehr dulde ich nicht. Wenn ich davon sterbe, geschieht es mir eigentlich recht, weil ich so eine verdammte Närrin war, aber du wirst mir vom Leibe bleiben.«

»Ich habe dir doch erklärt, daß es nur deshalb weh getan hat, weil es für dich das erste Mal war. Und in Zukunft wirst du dabei auch nicht mehr bluten. Großer Gott, wenn eine Frau bei jedem Geschlechtsverkehr bluten würde, wäre die Menschheit schon längst ausgestorben. Ich lüge nicht, Sophie, und es wundert mich eigentlich, daß du das nicht gewußt hast. Diese Blutung bedeutet, daß du jetzt eine Frau bist.«

»Du weißt genau, daß das Unsinn ist. Ich bin neunzehn, Ryder, und seit Jahren eine Frau.«

»Oh, ich stimme dir völlig zu, mein teures Weib. Aber von nun an kannst du schwanger werden. Du wirst dich mit der Zeit noch etwas ausdehnen, aber das wird nicht schmerzhaft sein. Ich habe mir sogar sagen lassen, daß es ein sehr schönes Gefühl ist.«

»Du hast es dir bestimmt gleich von zwei Dutzend Weibern sagen lassen«, kommentierte sie sarkastisch.

Bitterkeit? Er war sich nicht sicher, hoffte aber inbrünstig, daß sie tatsächlich eifersüchtig war. Als er um das Bett herum auf sie zuging, wich sie nicht vor ihm zurück, wie er erwartet hatte, sondern stürzte sich auf ihn und begann ihn mit Fäusten zu bearbeiten.

Es war ein lautloser Kampf, und das fand er sehr sonderbar. Seiner Erfahrung nach ging es bei Kämpfen sehr laut zu, mit viel Geschrei und Gefluche. Sophie verursachte jedoch keinerlei Geräusche, von ihrem schweren Atem einmal abgesehen, und plötzlich begriff er auch den Grund dafür und trug seine Erklärung laut vor: »Du hast gelernt, lautlos zu kämpfen, stimmt's, weil du wußtest, daß jedes Geräusch Jeremy wecken könnte, und das durftest du nicht zulassen. Verdammt, Sophie, jetzt ist das alles anders. Das alte Dreckschwein ist tot und begraben. Verdammt, brüll mich an, wenn du mit mir kämpfst!«

Sie versuchte ihn statt dessen in den Unterleib zu treten, aber er drehte sich rasch seitwärts, und ihr Tritt traf seinen Oberschenkel. Er riß ihr das Nachthemd vom Leibe, warf sie aufs Bett und drückte sie mit seinem ganzen Gewicht in die Matratze.

Sie strampelte wild, und er ließ sie einfach gewähren, hielt nur ihre Hände über den Kopf gefangen und bemühte sich, weder ihre wippenden Brüste anzustarren noch daran zu denken, daß ihre Beine auf seinen Rücken trommelten und ihr Bauch an seinen gepreßt war.

Als sie endlich ihren Widerstand aufgab, fragte er ruhig: »Dir hat es nicht den geringsten Genuß bereitet, als ich dich gestreichelt und geküßt habe, stimmt's?«

Sie starrte ihn an, als hätte er den Verstand verloren.

»Nein, natürlich nicht. Das war wirklich eine dumme Frage. Wir werden das alles ändern, Sophie. Du denkst immer noch an das vergangene Jahr, an all die Männer, mit denen du dich einlassen mußtest. Das gehört jetzt ein für allemal der Vergangenheit an. Es zählt nicht mehr. Vergiß es.«

Blitzartig kam ihr die Erkenntnis, daß er sie niemals verletzen würde, auch wenn sie für ihre Person noch so sehr versuchen würde, ihn zu verletzen. Er würde niemals die Hand gegen sie erheben, würde sie nie mit Fäusten traktieren. Wahrscheinlich könnte sie ihn erschießen, ohne daß er ihr etwas zuleide täte. Sie lag jetzt regungslos da und blickte zu ihm empor. Seine strahlend blauen Augen funkelten wie das Meer im Sonnenlicht, waren zugleich aber ruhig und unergründlich. Sie sagte langsam: »Du warst ein Teil dieser Vergangenheit, vielleicht sogar der wichtigste Teil. Ich wußte sofort, als ich dich sah, daß Onkels Pläne nun fehlschlagen würden, aber er wollte mir nicht glauben. Ich versuchte ihm klarzumachen, daß du anders bist, denn das spürte ich, aber er hörte nicht auf mich. Ich wollte überhaupt nicht in deine Nähe kommen, aber mir blieb nichts anderes übrig – und sieh dir nur mal die Folgen an. Wie könnte ich das alles vergessen?«

»Inwiefern glaubtest du, daß ich anders als die anderen Männer bin?«

Sie bedauerte bereits, das gesagt zu haben, aber nun war es zu spät. »Die anderen waren von sich selbst so begeistert, so stolz auf sich, weil sie mich angeblich erobert hatten, obwohl ich doch nur eine ganz normale Frau bin. Für sie war ich eine Art Preis, ein zeitweiliger wertvoller Besitz, der ihnen in den Augen anderer Männer zu Prestige verhalf. Dir hingegen ist es egal, was andere von dir halten. Du siehst die Dinge ganz anders, und du reagierst ganz anders.«

Er sah nachdenklich drein. »Oh, du darfst mich nicht mißverstehen, Sophie. Ich begehrte dich, aber es war für mich eine Art Spiel. Ich wollte dich zähmen, dich erobern. Vielleicht wollte ich dir auch, wie schon gesagt, eine Lektion erteilen. Aber die Dinge haben sich grundlegend geändert. Ich habe dich geheiratet, und das kann doch nicht so schlimm sein. Du bist bei mir in Sicherheit, und auch Jeremy ist es. Du wirst nie wieder Angst haben müssen. Vergiß die Vergangenheit. Ich bin deine Gegenwart und Zukunft. Fühlst du es? Ich begehre dich schon wieder, aber zunächst einmal werde ich dich waschen und ausruhen lassen. Wirst du weiterhin gegen mich kämpfen?«

»Ja.«

Er erhob sich seufzend, ging zu einer niedrigen Kommode und holte aus einer Schublade zwei Krawatten hervor. »Ich tue das nur sehr ungern, denn wahrscheinlich wirst du so wütend auf mich sein, daß du eine Woche nicht mehr mit mir sprichst, obwohl ich dein Ehemann bin und du geschworen hast, mir zu gehorchen.«

Sie sprang aus dem Bett und rannte nackt zur Schlafzimmertür. Er war jedoch schneller und stemmte seine Hand über ihrem Kopf gegen die Tür. »Hast du völlig den Verstand verloren, Sophie? Du bist splitterfasernackt, meine Liebe. Ich glaube zwar kaum, daß jemand von meiner Familie oder von den Dienstboten durch die Korridore schweift, aber möglich ist alles. Ich möchte, daß deine weiblichen Attribute nur meinen Augen vorbehalten bleiben. Du bist schön. Deine Beine sind lang und straff, und dein Gang ist anmutig.«

Er packte sie bei der Hand und wollte sie zum Bett ziehen. Sie trat ihm aber so fest gegen das Schienbein, daß er vor Schmerz seinen Griff lockerte, und sie riß sich sofort los. Bevor er sie daran hindern konnte, stürzte sie zur Tür hinaus und rannte den langen Korridor entlang, ohne daran zu denken, daß sie nackt war. Dann tauchte plötzlich völlig unerwartet ein Schatten vor ihr auf, und sie rannte in ihn hinein, aber es war kein Schatten, sondern ein Mann im Morgenrock, ihr Schwager, der Graf, und er hielt sie sanft, aber kräftig an den Oberarmen fest.

»Laß mich los!«

»Du solltest etwas anziehen«, murmelte Douglas, der über den Anblick seiner völlig nackten Schwägerin so verblüfft war, daß es ihm fast die Sprache verschlagen hatte.

»Bitte«, flehte sie, während sie sich aus seinem Griff zu befreien versuchte und gleichzeitig ängstlich über ihre Schulter hinweg schaute. Ryder näherte sich ihnen im Morgenrock, einen zweiten Morgenrock über dem Arm, und er sah sehr wütend aus, wie Douglas trotz der schwachen Beleuchtung erkennen konnte. Er hatte natürlich keine Ahnung, was vorgefallen war, aber Sophies Furcht entging ihm nicht, und sein Beschützerinstinkt erwachte.

Ohne sie loszulassen, lockerte er seinen Griff ein wenig und sagte ruhig: »Deine Frau scheint ein bißchen durcheinander zu sein, Ryder.«

»Ja«, knurrte Ryder, der rot sah, nicht nur wegen Sophies Flucht aus dem Schlafzimmer, sondern auch, weil sie seinem Bruder splitternackt in die Arme gelaufen war. »Überlaß sie jetzt mir, Douglas.«

Douglas wußte, daß ihm keine andere Wahl blieb, und er wußte auch, daß Ryder kein grausamer Mann war. Er würde Sophie nichts zuleide tun, aber sie mußte wohl mit einer tüchtigen Standpauke rechnen. »Ich hoffe, daß alles bald wieder in Ordnung sein wird«, lautete denn auch der einzige Kommentar des Grafen.

»Ja«, sagte Ryder wieder. »Sophie, zieh das an. Mein Bruder braucht meine Frau nicht zu sehen.«

Douglas gab sie frei, und sie ließ sich völlig widerstandslos von Ryder in den Morgenrock hüllen, der nach ihm roch und vom häufigen Waschen sehr weich war.

Alles ist schief gegangen, dachte sie schaudernd.

»Schlaft gut«, sagte Douglas und sah seinen Bruder noch einmal forschend an.

»Ja.« Ryder nahm Sophie bei der Hand und führte sie den Korridor entlang.

Douglas blickte ihnen nach, bis sich Ryders Schlafzimmertür schloß. Was zum Teufel ging da nur vor?

Ryder sagte kein Wort. Er zog sie zum Bett, legte sie auf den Rücken, streifte ihr den Morgenrock ab, nahm die Krawatten zur Hand, schlang sie um ihre Handgelenke und knüpfte die Enden an den Bettpfosten fest. Sophie gab keinen Laut von sich, war aber blaß vor Zorn.

»Du hast stark geblutet«, sagte Ryder mit gerunzelter Stirn. »Es tut mir leid, daß ich dir weh getan habe, Sophie. Halt jetzt bitte still, damit ich dich waschen kann.«

Sie war viel zu müde, um sich weiter gegen ihn zu wehren. Warum hatte er noch kein einziges Wort über ihre Flucht verloren? Als er ihre Beine spreizte, kniff sie die Augen fest zusammen, aber sie spürte das nasse Tuch, das behutsam über ihre intimsten Stellen glitt, und sie haßte ihn abgrundtief, weil sie ihm so total ausgeliefert war, weil er in ihr nur einen Frauenkörper sah, der ausschließlich ihm gehörte.

Als er fertig war, sagte er: »Sophie, sieh mich an.«

Sie öffnete die Augen, und ihm gefiel nicht, was er darin las.

»Du hast dich sehr töricht benommen«, tadelte er. »Ich schätze es nicht, daß du meinem Bruder deinen Körper gezeigt hast. Ich kann nicht verstehen, warum ... Aber das spielt im Augenblick keine Rolle. Du bist müde und völlig durcheinander. Möchtest du jetzt schlafen?«

»Ja.«

Er band ihre Handgelenke los und massierte sie sanft.

»Nein, kein Nachthemd«, sagte er, als sie sich suchend umschaute. »Nur wir beide.«

In dem Bett hätten sechs Personen mühelos Platz gehabt, aber er hielt sie eng an sich gepreßt. »Ah, das ist ein schönes Gefühl«, seufzte er mit geschlossenen Augen. »Du bist weich und warm. Ich habe die Tür abgeschlossen. Hoffentlich schnarchst du nicht zu laut.«

»Doch. Ich grunze im Schlaf wie ein Schwein.«

»Woher willst du das wissen? Ich bin der erste Mann, der dich nackt in seinen Armen hält. Aber auch, wenn du im Schlaf nicht so süß sein solltest, werde ich kein Wort darüber verlauten lassen, weil ich deine Gefühle nicht verletzten möchte.«

Sie schnaubte, und er küßte sie aufs Haar.

Mit geschlossenen Augen dachte Ryder über die Situation nach. Verdammt, er hatte ihr nicht den geringsten Genuß beschert, er hatte sich wie ein unbeholfener Anfänger benommen, dem es nur um die eigene Befriedigung geht, und das war bei ihm wirklich sehr ungewöhnlich, denn normalerweise setzte er alles daran, seinen Partnerinnen genauso viel Lust zu bescheren, wie ihm selbst zuteil wurde. Er schwor sich, Sophie beim nächsten Mal für alle Versäumnisse zu entschädigen. Ihm war klar, daß eine ungeheuer schwierige Aufgabe vor ihm lag: Sophie mußte lernen, die abstoßenden Ereignisse der letzten Monate – auch seinen eigenen Anteil daran – zu vergessen und Freude am Liebesspiel zu finden. Er spürte ihre weichen Brüste an seiner Brust, und ihm fiel plötzlich wieder Douglas' Gesichtsausdruck ein. Wahrscheinlich hatte er den Streit gehört und nach dem Rechten sehen wollen. Immerhin hatte er aber den Mund gehalten und war freundlich zu Sophie gewesen.

Verdammt!

Ryder schlief endlich ein.

KAPITEL 15

Ryder wachte mitten in der Nacht auf. Sophie lag dicht neben ihm, warm und weich. Er hatte eine Erektion, und er verspürte ein unbezähmbares Verlangen nach ihr. Noch halb benommen, rollte er sie auf den Rücken, küßte sie und drang mit einem kräftigen Stoß tief in sie ein.

Sie schrie auf.

Er hielt sekundenlang inne, aber seine rasende Begierde ließ ihn all seine guten Vorsätze, auch ihr zum Genuß zu verhelfen, vergessen. Von wilder Lust verzehrt, stieß er immer wieder zu, besessen von dem Gedanken, sie zu besitzen, sie zu einem Teil seiner selbst zu machen, sie an sich zu binden. Um den Höhepunkt noch ein wenig hinauszuzögern, warf er sich auf den Rücken, Sophie eng an sich gepreßt. Wie eine Puppe ließ sie sich in die von ihm gewünschte Position einer Reiterin bringen und stützte sich mit gespreizten Fingern auf seinem Brustkorb ab. Er hielt sie an den Hüften fest, hob sie etwas hoch und drückte sie wieder nach unten, um ihr zu zeigen, was sie tun sollte. Alle Frauen genossen es, hin und wieder auf dem Mann zu reiten, weil sie dann den Rhythmus selbst bestimmen konnten. Sie steigerten seine Lust ins schier Unerträgliche und lachten dabei, bis auch sie schließlich den Kopf zurückwarfen und stöhnten. Doch Sophie bewegte sich nicht, und sie stöhnte nicht. Ihre schönen weißen Brüste waren vorgewölbt, und er drückte sie keuchend noch fester auf sich hinab, rammte sein Glied noch tiefer in sie hinein. Er konnte ihr Gesicht im schwachen Licht nicht deutlich erkennen, aber er hörte sie plötzlich schluchzen, und dann sah er auch, daß sie die Augen geschlossen hatte und daß Tränen über ihre Wangen rollten.

Allmächtiger Himmel, hatte er ihr wieder weh getan? Er hatte nicht bedacht, daß er in dieser Position besonders tief in sie eindrang, und sie war übehaupt noch nicht daran gewöhnt, einen Mann aufzunehmen. Rasch hob er sie etwas an, legte sie wieder auf den Rücken und drang diesmal nicht so tief en. Er hatte die Absicht, sich gleich wieder zurückzuziehen, sie zu küssen und zu trösten, aber sie bewegte sich plötzlich ruckartig unter ihm, und das löste bei ihm einen explosionsartigen Orgasmus aus.

Es war eine Wiederholung des ersten Males, und er hätte sich ohrfeigen mögen, sobald er wieder bei klarem Verstand war. Er stützte sich mit den Ellbogen ab, spürte ihr lautes Herzklopfen und das Schluchzen, das ihren ganzen Körper erbeben ließ.

»Schlaf weiter«, murmelte er, während er sich von ihr löste und zur Seite rollte.

Sein Verhalten kam ihm plötzlich sehr schäbig vor, und ihr leises Weinen war ihm schier unerträglich. Es kam ihm wie eine Ewigkeit vor, bis sie in unruhigen Schlummer fiel.

Die helle Morgensonne weckte Ryder. Er spürte Sophie dicht neben sich und lächelte, bis ihm das nächtliche Fiasko wieder einfiel. Er hatte sich wie ein Rüpel aufgeführt, wie ein egoistischer Grobian, wie ein hirnloser Narr, und er konnte das nicht verstehen und machte sich heftige Vorwürfe.

Aber es war nun einmal geschehen, und er würde es wiedergutmachen, durch mehr Geduld, als er je zuvor im Leben aufgebracht hatte. Aber im Grunde hatte er bisher überhaupt keine Geduld gebraucht, um bei Frauen ans Ziel zu kommen. Ein Lächeln, ein Scherz, eine Liebkosung, und schon hatten die meisten nachgegeben. Ihm war klar, daß ihm bislang im Leben alles mehr oder weniger mühelos zugefallen war, daß sich seine negativen Erfahrungen an einer Hand abzählen ließen. Er hatte seine Freiheit von Herzen genossen, ob er nun auf dem Rücken seines Hengstes durch die Gegend galoppierte oder sich sorglos lachend mit schönen Frauen amüsierte. Verantwortung zu tragen hatte er eigentlich nie gelernt. Und das galt sogar in bezug auf seine Kinder, alle sieben. Sie waren eine Freude, keine Verantwortung. Es stimmte schon – eine gute Fee schien bei seiner Geburt Patin gestanden zu haben. Doch nun war alles plötzlich ganz anders geworden. Seine eigene Frau wollte nichts von ihm wissen. Lachen, spontane Freude und Leidenschaft schien sie überhaupt nicht zu kennen.

In ihr herrschte Dunkelheit vor, und die Gründe dafür waren ihm teilweise bekannt. Verdammt, schließlich war er selbst ein Opfer dieser düsteren Umstände gewesen, wenn auch nur kurzfristig. Auch in diesem Fall hatte er Glück gehabt, wie bisher fast immer. Nun aber konnte er sich nicht mehr einfach auf sein Glück verlassen. Er mußte sein Verhalten ändern, wenn er Sophie doch noch für sich gewinnen wollte.

Sie schlief noch. Er stützte sich auf einen Ellenbogen und betrachtete sie. Ihre langen wirren Haare waren über das ganze Kissen verteilt, und ihr Gesicht war fleckig vom Weinen, aber ihm kam sie wunderschön vor. Dieses Mädchen war keine Schönheit wie einige der Damen, die er so gut gekannt hatte, kein funkelnder Diamant wie Alexandras hinreißende Schwester Melissande, aber für ihn war Sophie unglaublich schön, und sie bedeutete ihm unglaublich viel. Er strich ihr mit einer Fingerspitze zärtlich über die Stirn. Langsam schlug sie die Augen auf und sah ihn an, ohne sich zu bewegen, ohne einen Laut von sich zu geben. Er bemerkte ihre anwachsende Nervosität, beschloß aber, sie zu ignorieren.

»Guten Morgen«, sagte er und küßte ihren Mund.

Sie erstarrte, und ihre Augen wurden dunkel und ausdruckslos. Dieser Rückzug in sich selbst war Ryder unerträglich. »Verdammt, hör auf damit! Ich werde dir nie wieder Schmerz zufügen, das schwöre ich dir.«

»Männer fügen Frauen immer Schmerzen zu.«

»Ich gebe zu, daß deine Erfahrungen diese Sicht der Dinge zu bestätigen scheinen.«

»Du hast mir letzte Nacht sehr weh getan, und du wirst es immer und immer wieder tun, weil du der Mann und somit der Stärkere bist, weil du mich zu allem zwingen kannst, was dir in den Sinn kommt, weil du Macht über mich hast.«

»Nun, wenn ich so allmächtig bin, sollte ich mich vielleicht als Gott proklamieren.« Er wollte durch die gespielte Nonchalance etwas Zeit zum Nachdenken gewinnen. Bei dieser Frau, seiner Ehefrau, würde er wohl sehr viel Zeit mit Nachdenken verbringen müssen.

Sie stemmte sich gegen ihn, konnte ihn aber nicht von der Stelle bewegen. Ihr leidenschaftlicher Wunsch, ihm zu entkommen, war unübersehbar und beängstigend. »Nein, Ryder, ich glaube dir nicht«, keuchte sie, »du wirst mich zwingen, wann immer dir danach zumute ist. Du belügst mich. Alle Männer lügen, um zu bekommen, was sie wollen.«

Er sprang aus dem Bett. »Mit der Zeit wirst du lernen, mir zu glauben und zu vertrauen.«

Sie zog sich hastig auf die andere Seite des Bettes zurück und ließ ihn keine Sekunde aus den Augen, an denen er ihre Angst vor ihm ablesen konnte, eine irrationale Angst, und in diesem Moment hätte er sie am liebsten aus dem Fenster geworfen.

Er überlegte, was er jetzt tun sollte, und beschloß, zunächst einmal ein Bad zu nehmen. Als er schließlich angekleidet das Schlafzimmer verließ, lag sie noch immer im Bett, die Decke bis zum Kinn hochgezogen.

»Heute nacht ist mir die Jungfräuliche Braut erschienen«, verkündete Sinjun beim Frühstück. »Wahrscheinlich wollte sie Sophie besuchen und hat sich im Schlafzimmer geirrt.« An ihre Schwägerin gewandt, fuhr sie fort: »Stell dir das nur mal vor – vielleicht besucht unser Familiengespenst dich demnächst. Sie wird dir nichts zuleide tun. Bestimmt will sie dich nur in der Sherbrooke-Familie willkommen heißen. Sie geistert schon ewig hier bei uns herum, und alle Grafen haben über sie geschrieben.«

»Hör auf mit dem dummen Gerede über dieses verdammte Gespenst«, sagte der jetzige Graf. »Sophie, es gibt keinen Geist. Unsere Range hat eine sehr blühende Phantasie, weiter nichts. Ignorier sie einfach.«

»Ein richtiges Gespenst? Ist das dein Ernst?« flüsterte Jeremy so leise, daß nur Sinjun ihn hören konnte. Er hatte nicht die Absicht, den Grafen zu verstimmen.

»Ja. Ich werde dir später alles erzählen, wenn wir reiten gehen.«

»Ich habe diese Jungfräuliche Braut noch nie gesehen«, sagte Ryder, während er die Kaffeetasse abstellte und sich seinem Ei zuwandte. Er zwinkerte seiner Frau zu. »Vielleicht wird sie uns ja wirklich einmal besuchen. Würde dir das gefallen?«

»Ein Gespenst? Ja, warum nicht. Wer ist sie?«

»Eine junge Dame, deren Ehemann getötet wurde, bevor sie die Ehe vollziehen konnten«, erzählte Ryder. »Im sechzehnten Jahrhundert, glaube ich. Sie hat langes hellblondes Haar und ist ansonsten ein Geist wie aus dem Märchenbuch oder Film, wie Sinjun zu berichten weiß. Offenbar erscheint sie nur den weiblichen Familienmitgliedern.«

Alex öffnete den Mund, schloß ihn aber wieder, ohne etwas gesagt zu haben.

»Wie schon gesagt – alle Grafen von Northcliffe haben über sie geschrieben«, fuhr Sinjun fort. »Nur Douglas ist ganz gemein und schwört, nie ein Wort über sie zu Papier zu bringen.«

Der Graf räusperte sich laut und warf seiner Frau einen strengen Blick zu. Alex schien aber vollauf damit beschäftigt, die Bücklinge auf ihrem Teller zu zerlegen, und so wandte er sich an die ganze Tischrunde: »Wir müssen einen Ball veranstalten, um Sophie unseren Nachbarn offiziell vorzustellen. Vorher wird Alex dich aber schon so peu à peu mit den erlauchtesten Herrschaften bekannt machen, Sophie.«

»Kommen Tony und Melissande auch zum Ball?«

»Aber natürlich werden sie kommen, Sinjun«, sagte Alex und fuhr an Sophie gewandt fort: »Melissande ist meine Schwester. Sie ist unglaublich schön und hat Tony Parrish, Viscount Rathmore, geheiratet, Douglas' und Ryders Vetter ersten Grades. Du wirst dich mit den beiden bestimmt gut verstehen. Und vielleicht kann auch Tyson aus Oxford herkommen. Er ist der jüngste der drei Brüder und will Geistlicher werden.«

Die Grafenwitwe sagte scharf: »Sie kann unmöglich in Alex' abgelegten Kleidern auf einen Ball gehen, Douglas.«

»Ich bin ganz deiner Meinung, Mutter. Wir werden die Schneiderin aus Rye herkommen lassen. Du weißt schon, Alex, die auch dich ausgestattet hat.«

Lady Lydia stichelte unverdrossen weiter. »Ah, die liebe Melissande! Wie sehr habe ich sie mir als Schwiegertochter gewünscht! Aber Douglas wollte mir den Gefallen nicht erweisen. Dann habe ich meine Hoffnungen auf dich gesetzt, Ryder, aber Tony hat sich in dieser Angelegenheit völlig unmöglich benommen.«

»Tony ist mit ihr verheiratet«, sagte Alexandra fröhlich. »Außerdem ist Tony immer unmöglich. Das macht einen Großteil seines Charmes aus. Du wirst ihn bestimmt auf Anhieb mögen, Sophie, und umgekehrt genauso. Und was Melissande betrifft, so kann auch sie sehr amüsant sein.«

Sophie starrte die kalt gewordenen Spiegeleier auf ihrem Teller an. Ihr lag nichts an der Bekanntschaft mit all diesen Leuten. Tony würde sie höchstwahrscheinlich auf den ersten Blick für ein Flittchen halten, wie die Männer auf Jamaika es getan hatten. Sie griff nach einem kleinen Kuchen und biß unlustig hinein. Die Unterhaltung der anderen schwirrte an ihr vorbei, aber sie fing unwillkürlich doch einige beleidigende Bemerkungen ihrer Schwiegermutter an ihre Adresse auf.

Plötzlich spürte sie, daß Ryder sie ansah. Sie hob den Kopf und stellte fest, daß er sie anstarrte, die Gabel in halber Höhe zwischen Tisch und Mund. Was war los? Hatte sie vielleicht Butter am Kinn?

Er grinste. »Du siehst heute morgen sehr schön aus, Sophie, aber ein bißchen blaß. Meine Frau soll rosige Wangen haben. Zieh nach dem Frühstück dein Reitkostüm aus. Ich möchte dir meinen Lieblingsplatz zeigen. Im Gegensatz zu Douglas habe ich keine besondere Vorliebe für Felsklippen, die unter mir abbröckeln könnten. Nein, mein Lieblingsplatz ist ganz anders, aber er wird dir bestimmt auch gefallen.«

Das konnte sich Sophie beim besten Willen nicht vorstellen. Wahrscheinlich wollte er sie ohnehin nur an einen einsamen Ort bringen, um sie wieder zu vergewaltigen. Dabei tat ihr alles noch vom letzten Mal weh. Sie wollte nicht in seiner Nähe sein. Weil sie das aber nicht am Frühstückstisch äußern konnte, schwieg sie.

Viel lieber wollte sie den Vormittag mit Jeremy verbringen, aber noch bevor sie den Mund öffnen konnte, standen Sinjun und Jeremy vom Tisch auf, und der Junge griff nach Sinjuns Hand und lächelte zu ihr auf, und dann verließen sie zusammen das Zimmer.

Ryder sagte sanft: »Sinjun ist eine Neuentdeckung, während du und ich ein alter Hut sind, meine Liebe. Ich freue mich sehr, daß die beiden so gut miteinander auskommen. Du und ich, wir werden Jeremy später faszinieren.«

Es störte sie, daß er wußte, was in ihr vorging, und ihr mißfiel auch seine Logik, seine Vernünftigkeit. Sie hatte bisher nur sehr wenige vernünftige Männer gekannt, und auch Ryder war auf Jamaika nicht vernünftig gewesen, sondern grausam, berechnend und zynisch. Sie hätte nicht sagen können, was sie nun schlimmer fand.

Ryder wandte sich seinem Bruder zu. »Hättest du etwas Zeit für mich, während Sophie sich umzieht? Ich muß mit dir sprechen.«

Lady Lydia schoß einen letzten Pfeil ab. »Was ich dich noch fragen wollte, mein lieber Junge – wirst du auch die Harvestons zu diesem Ball einladen?«

Da ihre Söhne nicht wußten, wer mit dem »lieben Jungen« gemeint war, nickten beide ohne große Begeisterung. Ryder hätte am liebsten laut geflucht.

»Die Harvestons haben drei sehr schöne Töchter«, berichtete Lady Lydia. »Sie sind gerade von einem Besuch bei amerikanischen Verwandten in Boston zurückgekommen.« Sie warf Sophie einen schlauen Blick zu. »Das gefällt mir überhaupt nicht.«

»Mir auch nicht, Madam«, erwiderte Sophie, warf ihre Serviette auf den Teller und schob energisch ihren Stuhl zurück, bevor Jamieson ihr behilflich sein konnte. Natürlich hatte ihre Schwiegermutter mit dieser Bemerkung gemeint, daß *Sophie* ihr nicht gefiel, daß sie in ihren Augen ein Nichts war.

»Laß dir Zeit beim Umziehen, Sophie«, rief Alex ihr nach. »Douglas und Ryder haben nach dieser langen Trennung wahrscheinlich viel zu besprechen. Weißt du, sie stehen sich sehr nahe.«

Douglas setzte sich in seinem Arbeitszimmer hinter den Schreibtisch, während Ryder auf und ab lief. Beide wußten nicht so recht, wie sie das Gespräch beginnen sollten.

»Sie ist ein reizendes Mädchen«, sagte Douglas schließlich.

»Ja, das ist sie.«

»Sie benimmt sich aber nicht wie eine Jungvermählte. Vor deiner Ankunft hat sie die meiste Zeit allein verbracht. Sie scheint unglücklich zu sein.«

Ryder unterbrach sein nervöses Umherlaufen und fluchte herzhaft.

»Anfangs dachte ich, sie hätte Heimweh, aber das ist es nicht.«

»Nein.«

»Dieser Vorfall letzte Nacht – ich war total überrascht. Bestürzt, ehrlich gesagt. Ich wollte für Alex Milch aus der Küche holen, und da kam sie plötzlich auf mich zugerast, leichenblaß im Gesicht. Du brauchst mir nichts zu erzählen, Ryder, aber wenn ich könnte, würde ich gern helfen. Ist sie unglücklich über etwas, das du getan hast? Hat sie herausgefunden, welchen Verbrauch an Frauen du bisher hattest? Hast du ihre Gefühle verletzt? Ist sie eifersüchtig?«

»Sie ist aus vielen Gründen unglücklich. Danke, daß du dich so nett um sie gekümmert hast. Ich wünschte, Mutter würde ihre Zunge besser im Zaume halten, aber das ist wohl nicht zu erwarten.«

»Nein, aber irgendwann wird sie sich wohl mit den Tatsachen abfinden. Wenn sie allzu ausfällig wird, werde ich ihr einfach mit einer Verbannung ins Wittumshaus drohen.«

»Eine ausgezeichnete Drohung.«

»Genau.«

Die Brüder grinsten einander zu. Dann sagte Douglas: »Ich war sehr überrascht, als deine Frau und ihr Bruder plötzlich auf der Schwelle standen. Hollis hat wieder mal seine unglaubliche Menschenkenntnis bewiesen – er wußte auf den ersten Blick, daß sie aus gutem Hause stammt und hierher gehört. Anfangs ging sie mir bewußt aus dem Weg, was ich mir nicht erklären konnte, denn ich war höflich und freundlich und bemühte mich, ihr das Gefühl zu geben, daß sie uns willkommen ist. Allmählich begriff ich dann, daß sie mir nicht traute, weil ich ein Mann bin. Das fand ich wirklich sonderbar. Warum ist sie so unglücklich?«

»Sie hat Angst vor mir. Und wahrscheinlich hat sie auch vor dir Angst gehabt.«

Nach längerem Schweigen erklärte Douglas ungläubig: »Das ist doch total absurd. Warum sollte deine Frau vor mir Angst haben? Ich habe ihr doch nichts getan. Und ich kenne keine einzige Frau, die Angst vor dir hätte. Sie verfolgen dich doch geradezu, sie lassen dich nicht in Ruhe, haben es nur darauf abgesehen, dich ins Bett zu bekommen.«

»Die Dinge ändern sich eben.«

»Willst du mir nicht erzählen, was auf Jamaika passiert ist? Nein, nein, ich meine jetzt nicht die Auswirkungen der Tatsache, daß Onkel Brandon Kimberly Hall *dir* hinterlassen hat, sondern warum Sophie Stanton-Greville nicht deine Frau sein will, warum sie die Flucht aus eurem Schlafzimmer ergriffen hat und völlig aufgelöst zu sein schien.«

»Es ist keine erbauliche Geschichte, Douglas. In ihrem Leben hat es viele Männer gegeben, und keiner war sehr nett zu ihr.« O Gott, dachte er, was rede ich für einen Stuß daher! »Besser gesagt«, korrigierte er sich, »die ganzen Umstände ihrer Beziehungen zu Männern waren höchst unerfreulich.«

»Ich habe dich schon verstanden. Nein, nein, du brauchst dich nicht zu bemühen, noch zweideutiger zu werden. Wenn du mich brauchen solltest, Ryder, bin ich jederzeit für dich da.«

»Danke, Douglas.«

»Der Junge ist reizend. Hat er den Klumpfuß von Geburt an?«

»Ja. Er ist ein ausgezeichneter Reiter. Glaubst du, daß er Eton überleben würde?«

»Laß ihm lieber noch etwas Zeit, sich in England einzugewöhnen.«

»Sie haßt Sex«, brach es unvermittelt aus Ryder heraus. »Sie haßt es, wenn ich sie berühre.«

Douglas sah seinen Bruder ungläubig an.

»Verdammt, es ist sehr kompliziert!« Ryder fuhr sich seufzend mit den Fingern durchs Haar. »Ich sollte nicht so freimütig über meine Frau sprechen, aber das Problem besteht darin, daß sie mich nicht will, mich nie gewollt hat. Ich konnte sie nur durch Manipulation zur Heirat bewegen. Kannst du dir das vorstellen? Daß ich es war, der sie unbedingt heiraten wollte? Daß ich eine Frau quasi zwingen mußte, mich zu heiraten? Aber ich habe es getan, und ich bedaure es nicht. Sie wollte überhaupt nicht heiraten.«

Douglas wartete schweigend ab, ob Ryder ihm weiter sein Herz ausschütten wollte. Dann sagte er: »Das ist wirklich sehr seltsam. Ich bin immer für dich da, wenn du mir mehr erzählen willst. Zunächst aber etwas ganz anderes – Emily hat Zwillinge bekommen, aber leider haben beide Kinder nicht überlebt. Sie freut sich sehr darauf, dich wiederzusehen. Sie hat etwas gesagt, das Hollis nicht ganz verstanden hat, etwas in der Art, daß es so besser sei, weil es nicht fair gewesen wäre, dir so etwas anzutun.«

»Ich werde sie sobald wie möglich besuchen.«

»Verstehst du, was sie gemeint hat?«

Ryder zuckte nur mit den Schultern und starrte zum Fenster hinaus.

Douglas griff nach einem einmalig schönen Briefbeschwerer aus schwarzem Onyx und warf ihn von einer Hand in die andere. »Ich nehme an, daß du dir Gedanken darüber gemacht hast, was jetzt aus all deinen Frauen und Kindern werden soll.«

»Ja, darüber habe ich gründlich nachgedacht. Zeit genug hatte ich ja während der langen Schiffsreise.«

»Was? Waren denn keine halbwegs attraktiven Damen an Bord?«

Ryder warf ihm einen strafenden Blick zu.

»Denk daran, Ryder, daß du tun konntest, was immer du nur wolltest, bevor du geheiratet hast. Genauso wie ich.«

Ryder lächelte gequält. »Ich bezweifle sehr, daß es Sophie etwas ausmachen würde, wenn ich direkt vor ihrer Nase hundert Frauen aufmarschieren ließe. Wahrscheinlich würde sie sie anflehen, mich ihr vom Halse zu halten.«

»Das kann man bei einer Frau nie wissen, nicht einmal bei einer, die den Wunsch zu haben scheint, einem die Kehle aufzuschlitzen. Du könntest dein blaues Wunder erleben, wenn Sophie von deinen vielen Weibern erfährt.«

»Ha!«

Douglas holte ein Blatt Papier aus der Schreibtischschublade. »Der letzten Aufstellung zufolge hast du sieben Kinder.« Er sah seinen Bruder forschend an. »Aber das weißt du ja, und offenbar weißt du auch schon, was du zu tun hast.«

»Ja. Ich bin jetzt ein verheirateter Mann. Es wird keine Weibergeschichten mehr geben.«

Der Graf lehnte sich zurück. »Es freut mich, daß du beschlossen hast, deiner Frau treu zu sein. Einen Harem von dieser Größe zufriedenzustellen, könnte sogar den kräftigsten Mann überfordern. Treue hat wirklich große Vorteile.«

»Ich bin ganz deiner Meinung« hörte Ryder sich zu seiner eigenen Überraschung sagen. »Es ist kaum zu glauben, daß ich dir beipflichte, aber es ist so. Nur eine einzige Frau zu begehren, ist für mich ziemlich ungewöhnlich, aber ich begehre Sophie und nur Sophie. Allmächtiger, ich weiß, daß es schier unglaublich ist, aber ich kann es nicht ändern.«

»Auch ich habe entdeckt, daß eine Ehefrau nicht mit Gold zu bezahlen ist. So etwas hätte ich früher nicht für möglich gehalten.«

»Alex ist aus gutem Holz geschnitzt. Ich bin sehr froh, daß ihr euch zusammengerauft habt.«

»An einem langen Winterabend werde ich dir erzählen, wie es dazu gekommen ist. Das wäre jedenfalls viel interessanter als über das verdammte Gespenst zu schreiben, über diese Jungfräuliche Braut.« Der Graf stand auf. »Ich würde sagen, alter Junge, daß du keine leichte Aufgabe vor dir hast. Andererseits sollte einem nichts wirklich Wichtiges so einfach in den Schoß fallen.«

»Ich schätze sie schon jetzt, wenn es das ist, worauf du hinaus willst. Sie bedeutet mir sehr viel, mehr als du dir vorstellen kannst. Du hast mir einmal gesagt, daß ich bei Herausforderungen in Hochform komme. Je höher das Risiko, desto besser. Nun, ich werde diese Herausforderung meistern. Ich muß es einfach schaffen.«

»Du liebst sie also?«

»Red keinen Blödsinn, Douglas! Liebe ist ein Wort, das mir Übelkeit verursacht. Nein, bitte erzähl mir jetzt nicht, wie sehr du Alex anbetest und vergötterst – ich sehe auch so, daß du ganz vernarrt in sie bist. Aber Liebe? Versteh mich nicht falsch. Ich habe Sophie wirklich gern. Ich begehre sie, und sie weckt in mir ganz neuartige Gefühle. Ich möchte, daß sie erkennt, wie wichtig sie für mich ist. Das wär's, und ich finde, das genügt auch vollkommen.«

Douglas hob eine schwarze Braue und sah seinen Bruder unverwandt an.

»Du hast sie nicht wie ich auf Jamaika erlebt. Für dich ist sie ein stilles Mäuschen, ein unglückliches Mädchen. Sie ist aber ein richtiger Satansbraten, Douglas. Ich wollte sie zähmen, sie unterwerfen!« Er schüttelte den Kopf und begann wieder hin und her zu laufen. »Ich wünschte, der Satansbraten käme zurück.« Grinsend fügte er noch hinzu: »Sie hatte das frechste Mundwerk, das ich je erlebt habe, und sie hat mir ganz schön zu schaffen gemacht.«

Douglas sah ihn noch immer schweigend an.

Sophie strahlte übers ganze Gesicht. Sie konnte einfach nicht anders. Ryder hatte ihre Stute, Opal, aus Jamaika mitgebracht. Sie beugte sich vor und streichelte den schlanken Pferdehals.

»Ah, ich habe dich so vermißt«, sagte sie, warf den Kopf zurück und galoppierte davon. Sie hatte Ryder gedankt, war aber so verblüfft gewesen, daß sie ihre Gefühle nicht richtig auszudrücken vermochte. Wieder einmal hatte er sich nicht so verhalten, wie sie es von ihm erwartete. Seine Freundlichkeit, sein Verständnis und seine Güte verwirrten sie total.

Ryder hatte nur achselzuckend erwidert: »Sie hätte sich noch zu Tode gefressen, wenn ich sie in Camille Hall zurückgelassen hätte. Sie wurde schon fett und träge, und jedesmal, wenn ich sie sah, warf sie mir vorwurfsvolle Blicke zu und wieherte unablässig, und nach einer Weile hörte es sich ganz nach deinem Namen an. Was sollte ich da machen?«

Und sie hatte nur noch einmal »Danke« gemurmelt.

Ryder ritt neben ihr her und freute sich, daß es ihm ausnahmsweise gelungen war, sie glücklich zu machen. Mit dieser Überraschung hatte sie wirklich nicht gerechnet, und er überlegte, womit sie sich wohl revanchieren würde, denn er kannte sie inzwischen gut genug, um zu wissen, daß es ihr unerträglich wäre, in seiner Schuld zu stehen.

Als sie dann die schmale Landstraße hinabgaloppierte, zügelte er seinen Hengst Genesis, der rabenschwarz und ausdauernd wie zehn Maulesel war, und folgte ihr in gemäßigtem Tempo. Er war wieder daheim, es war ein warmer, sonniger Tag, und er hatte seiner Frau eine Freude gemacht. In optimistischer Stimmung begann er zu pfeifen. Auch für seine diversen Freundinnen glaubte er vernünftige Lösungen gefunden zu haben. Und was seine Kinder betraf, so wollte er nur einen günstigen Zeitpunkt abwarten, um Sophie in sein Geheimnis einzuweihen. Er vermißte die Kinder und würde sie morgen besuchen. Für alle hatte er aus Jamaika Geschenke mitgebracht.

Hinter einer engen Kurve ließ Sophie ihre Stute im Schatten einer riesigen Eiche verschnaufen, die fast so alt zu sein schien wie die Kalkfelsen in einiger Entfernung. Sie holte tief Luft und stellte fest, daß sie sich wohl fühlte. Ryder benahm sich sehr zivilisiert. Mit Ausnahme der letzten Nacht, wo er sie lebhaft an den arroganten Mann erinnert hatte, als der er auf Jamaika aufgetreten war. Vielleicht würde er heute abend begreifen, daß sie nicht von ihm berührt werden wollte, vielleicht würde er einfach nett zu ihr sein und zivilisiert bleiben. Sie runzelte die Stirn.

Nach etwa zehn Minuten begann sie sich zu wundern, wo er abgeblieben war. Konnte ihm etwas zugestoßen sein? Sie beschloß zurückzureiten.

Als sie um die Kurve bog, sah sie ihn, und ihm fehlte nicht das geringste. Eine Frau auf rotbrauner Stute war bei ihm. Mitten auf der Straße waren sie in eine angeregte Unterhaltung vertieft. Sophie sah, wie die Frau eine Hand ausstreckte und Ryder am Ärmel berührte, und sie sah auch, wie Ryder der Frau zulächelte und sich zu ihr vorbeugte.

In Sophie begann es plötzlich zu kochen. Sie knirschte mit den Zähnen und ballte ihre behandschuhten Hände, die Opals Zügel hielten, zu Fäusten.

Ohne zu überlegen, stieß sie ihre Stiefelabsätze in Opals Flanken und galoppierte direkt auf ihren Mann und das Flittchen zu, das so aussah, als würde es jeden Moment auf Ryders Pferd und in seine Arme springen.

Ryder schaute auf und sah Sophie mit grimmiger Miene in gestrecktem Galopp auf sich zukommen. Allmächtiger, sie sah geradezu mordlustig aus! Er grinste breit. Als Sara ihn angehalten hatte, hatte er sich nicht ganz wohl in seiner Haut gefühlt. Doch als er seine Frau nun wie eine Furie näher kommen sah, freute er sich über die Begegnung mit Sara. Wut deutete entschieden auf andere Gefühle als Gleichgültigkeit hin.

Sara hatte noch nichts von der Amazone bemerkt. Sie fragte Ryder auf ihre üblich sanfte, liebe Art, ob er sie nicht küssen wolle. Sie beugte sich zu ihm hinüber, und er fühlte ihre weichen Lippen auf seiner Wange und ihre Finger an seinem Kinn, damit er sich ihr zuwenden solle, als ihm einfiel, daß es gar nicht schlecht wäre, wenn Sophie sehen würde, daß eine andere Frau ihn küßte. Saras Mund war frisch und lockend, aber seltsamerweise empfand er dabei keine Erregung. Gespannt wartete er auf Sophies Reaktion und konnte gerade noch in letzter Sekunde seinen Hengst zurückreißen, damit die Stute nicht in ihn hineinraste. Sara warf einen Blick auf die scheinbar Irre und wurde schreckensbleich.

»Wer zum Teufel sind Sie?«

Es war Sophies Stimme, aber diesen Ton hatte Ryder seit über zwei Monaten nicht mehr gehört. Sie klang kalt, zornig und arrogant, und ihre Augen schleuderten Blitze. Ryder war begeistert.

»Verdammt, lassen Sie die Hände von meinem Ehemann!«

»Ihrem was?« Die arme Sara versuchte ihre Stute zum Zurückweichen zu bewegen, aber das Tier war von Opal sichtlich fasziniert und rührte sich nicht von der Stelle.

»Sie haben doch gehört! Was haben Sie mit ihm zu bereden? Warum streicheln Sie ihn? Und wie können Sie es wagen, ihn zu küssen? Pfoten weg von ihm, Sie Flittchen!«

Sara blinzelte völlig verwirrt und blickte zu Ryder hinüber, der seelenruhig im Sattel saß, die Frau beobachtete und lächelte. Seine Augen funkelten, und er sah sehr arrogant aus, was nicht weiter verwunderlich war, denn er war der arroganteste Mensch, der ihr je begegnet war. Aber das Funkeln seiner blauen Augen war nicht zynisch, sondern schelmisch, und das konnte Sara nicht begreifen. »Ist sie tatsächlich deine Frau, Ryder?« fragte sie. Er nickte. »Ich wollte es dir gerade sagen, als sie wie eine der griechischen Furien auf uns zugaloppiert kam. Sophie, zieh die Krallen ein. Das ist Sara Clockwell, eine gute alte Freundin. Sara, das ist meine Frau Sophie.«

Erst in diesem Moment wurde Sophie bewußt, was sie getan hatte. Sie hatte sich wie eine vor Eifersucht rasende Xanthippe aufgeführt, gekeift und geflucht und diese Frau beleidigt. Und Ryder genoß das. Er sah sehr eingebildet und selbstzufrieden aus, und dazu hatte sie ihm soeben auch allen Anlaß gegeben. Sie fühlte sich gedemütigt, exponiert und sehr verunsichert, weil sie nicht wußte, warum sie so in Rage geraten war.

Sie nickte der Frau schweigend zu, einer sehr hübschen jungen Frau mit großen Brüsten und einem breiten Mund, der unsicher zu lächeln versuchte. An ihren Ehemann gewandt, sagte sie steif: »Es tut mir leid, deine Unterhaltung mit deiner *Freundin* gestört zu haben. Nachdem ihr euch ja monatelang nicht gesehen habt, lasse ich euch jetzt allein, damit ihr eure Bekanntschaft auffrischen könnt.« Sie ritt davon, schnell wie der Wind.

Ryder blickte ihr grinsend nach, ein boshaftes Funkeln in den Augen. Douglas hatte mit der Prophezeiung recht behalten, daß Sophie ihn – Ryder – überraschen könnte. Es war einfach herrlich. Neue Hoffnung stieg in ihm auf.

»Deine Frau, Ryder?«

Ihre Stimme klang nicht gekränkt, nur völlig ungläubig. Er wandte sich ihr zu, und auch ihrem Gesicht war Bestürzung deutlich anzusehen. »Ja, ich habe sie auf Jamaika kennengelernt und dort geheiratet. Wir waren aber bis gestern voneinander getrennt. Sie ist ein richtiger Satansbraten, nicht wahr? Und sehr freimütig. Du darfst ihr nicht böse sein – sie ist eben besitzergreifend, sie will mich ganz für sich allein haben. Und mir gefällt das.« Er rieb sich vergnügt die Hände.

»Es ... es gefällt dir?« stammelte Sara, die diese mehr als seltsame Situation immer noch zu begreifen versuchte. »Du wolltest doch nie, daß eine Frau besitzergreifend ist. Jedenfalls hat Beatrice mir das gesagt ...« Sie verstummte abrupt und errötete.

Ryder hob die Brauen. »Du und Bea? Komm, sag mir die Wahrheit, Sara.«

»Bea hat mir gesagt, daß dir jede Art von Befehlen, Forderungen oder übertriebener Anhänglichkeit von seiten einer Frau verhaßt sei. Sie hat auch gesagt, daß dir ernste Frauen, die dich quälen, verhaßt seien. Andererseits seist du aber ein Mann, auf den eine Frau sich verlassen könne. Sie hat gesagt, du seist fröhlich und unbeschwert, und du würdest dich mit Frauen eigentlich nur im Bett gern abgeben. Es mache dir Freude, Frauen möglichst viel Genuß zu bereiten, und das konnte ich nur voll bestätigen.«

Ryder schwieg ziemlich lange. Seine Geliebten redeten also über ihn. Es war ein komisches Gefühl. Natürlich redeten auch Männer über ihre Geliebten, aber das war schließlich etwas ganz anderes. »Nun, Bea hat sich geirrt«, sagte er möglichst gelassen. »Sophie hat einen starken Willen, und ich glaube fast, daß die Zeit des unbeschwerten Umgangs mit Damen für mich endgültig vorbei ist.«

»Und das stört dich wirklich nicht?«

Er grinste nur.

»Aber eigentlich wollte ich mit dir sprechen«, fuhr Sara fort, »um dir zu sagen, daß …«

»Was, Sara?«

»Daß ich David Dabbs heiraten werde, einen Landwirt aus der Umgebung von Swinley.«

»Herzlichen Glückwunsch. Dann hättest du für mich also ohnehin keine Verwendung mehr gehabt?«

Sie schüttelte unsicher den Kopf und dachte, daß es am besten wäre, jetzt ein Lächeln zu versuchen, aber sie hatte noch nie dann lachen können, wenn es angebracht gewesen wäre. Ryder schien das jedoch nicht gestört zu haben. Er hatte immer ihre Brüste und Ohren bewundert, ihr während der Liebesspiele oft gesagt, daß ihre süßen weichen rosigen Öhrchen nach Pflaumen und Pfirsichen schmeckten. Sie hatte ihn nicht verstanden, aber mit ihm eine Lust erlebt, die ihr bei dem trockenen David wohl nicht beschieden sein würde. Aber ein Ehemann war nun mal ein Ehemann, man hatte ihn bis zu seinem Tode, weil einem gar nichts anderes übrigblieb. Und nun war sogar Ryder ein Ehemann. Es war einfach unglaublich, aber es schien ihm tatsächlich zu gefallen, obwohl seine Frau besitzergreifend war.

Im Moment runzelte er allerdings die Stirn.

»Du mußt ihr nachreiten, Ryder«, riet Sara ihm. »Sie ist wütend, weil sie uns zusammen gesehen hat, weil ich dich geküßt habe und du … na ja.«

Ryder schmunzelte. Ihr schien es zu gefallen, daß seine Frau auf sie eifersüchtig war, und diese Eitelkeit amüsierte ihn. Vielleicht würde er eines Tages auch Sophie ein bißchen durchschauen und nicht mehr gezwungen sein, sich ständig den Kopf über ihre Reaktionen zu zerbrechen. Er beugte sich vor und küßte Sara auf die Wange. »Ich wünsche dir viel Glück mit deinem David, Sara. Leb wohl.«

Ryder ritt seiner Frau nicht nach. Es konnte ihr nur guttun, wenn sie ein wenig im Saft der Eifersucht schmorte. Er hatte jedenfalls nicht die Absicht, sich bei ihr wegen Sara oder wegen seiner anderen Geliebten zu entschuldigen. Was sie jetzt wohl tun mochte?

Pfeifend bohrte er seinem Hengst die Absätze in die Flanken und ritt nach Northcliffe Hall zurück.

KAPITEL 16

Sophie kehrte eine Stunde später nach Northcliffe Hall zurück. Sie hätte sich selbst ohrfeigen mögen und konnte einfach nicht verstehen, warum sie sich so aufgeführt hatte. Opal bekam einen großen Eimer Hafer, und nach einer kurzen Unterhaltung mit McCallum, dem Stallmeister, einem mürrischen, aber liebenswerten Mann, ging sie auf das Herrenhaus zu. Plötzlich blieb sie jedoch wie angewurzelt stehen und schirmte ihre Augen mit der Hand gegen die Sonne ab. Nein, das konnte nicht sein. Nicht schon wieder. Auf der Freitreppe stand eine junge Frau, eine bezaubernde junge Frau mit rabenschwarzem Haar, und Ryder stand eine Stufe höher. Ihre Hand lag auf seinem rechten Arm. Er sagte etwas, und sie nickte. Zum zweitenmal an diesem Tag knirschte Sophie mit den Zähnen, ihr Blut geriet in Wallung, und sie konnte keinen klaren Gedanken mehr fassen.

»Du verdammter Lump!« kreischte sie, drohte ihrem Mann mit erhobener Faust, hob ihre Röcke an und rannte auf das Pärchen zu, völlig außerstande, ihren Füßen und Worten Einhalt zu gebieten. »Wie können Sie es wagen! Hände weg von meinem Mann! Wenn Sie versuchen, ihn zu küssen, breche ich Ihnen den Arm!«

Tess Stockley schrak zusammen und machte vorsichtshalber einen Schritt rückwärts. »Mein Gott, wer ist das, Ryder? Eine Irre? Ich verstehe nicht … ist auch sie eine deiner Geliebten? Das ist sehr seltsam. Warum ist sie so wütend? Sie muß doch wissen, daß sie nur eine von vielen ist.«

Ryder gab keine Antwort. Er konnte seinen Blick nicht von Sophie wenden, die ihre Röcke gerafft hatte, um nicht beim Rennen behindert zu werden. Ihre Knöchel faszinierten ihn genauso wie ihr wutverzerrtes Gesicht. Dicke Haarsträhnen hatten sich aus ihrem Knoten gelöst und flatterten wild um ihren Kopf herum. Ihr hübscher geborgter Reithut war in den Staub gefallen.

Eine Irre, in der Tat – *seine* Irre. Was für ein wunderbarer Zufall! Offenbar war ihm das Glück nun wieder hold. Er verschränkte die Arme auf der Brust, und sein Pulsschlag beschleunigte sich. Normalerweise kamen seine Geliebten nicht nach Northcliffe Hall, aber Tess hatte sich Sorgen gemacht, weil seine Heimkehr so lange auf sich warten ließ. Bea hatte ihr zwar gesagt, daß sie sich nicht zu grämen brauche, weil Ryder immer auf die Füße falle wie eine Katze, aber sie war trotzdem hergekommen und vor Erleichterung fast in Tränen ausgebrochen, als sie ihn gesund und munter vorgefunden hatte. Sie war überglücklich gewesen, ihn wiederzusehen ... bis dieses seltsame Mädchen keifend angerannt kam.

Ryder grinste so breit, daß seine Kiefermuskeln weh taten. »Hallo, Sophie«, rief er. »Hast du Opal in den Stall gebracht und gefüttert? Möchtest du Tess irgend etwas sagen? Sie ist eine gute alte Freundin von mir, mußt du wissen. Willst du sie nicht wenigstens begrüßen? Wir haben uns gerade über Jamaika und Schiffsreisen unterhalten und ...«

»Du erbärmlicher Schuft! Noch eine? Wie viele Freundinnen hast du? Sind alle jung und schön? Allmächtiger, man sollte dich erschießen, aufknüpfen oder dir den Bauch aufschlitzen! Ich sollte eigentlich ...« Sie brach mitten im Satz ab, erbleichte und schüttelte so heftig den Kopf, daß der Knoten sich endgültig auflöste und ihre Haare lose über den Rücken fielen. »O nein!« murmelte sie fassungslos. »Das kann ich doch nicht wirklich gesagt haben ...« Sie raffte erneut ihre Röcke und rannte in den Park zu den griechischen Statuen. Ryder blickte ihr nach und überlegte, ob sie jene nackten Marmorstatuen schon gesehen haben mochte. Er mußte sie unbedingt danach fragen. Unwillkürlich malte er sich Liebesspiele mit ihr aus, unter einer betrüblich schlechten Darstellung von Zeus als Schwan, der Leda verführt.

Er wandte seine Aufmerksamkeit wieder Tess zu, die in ungläubigem Staunen Sophie nachstarrte. Von einem Ohr zum anderen grinsend, erklärte er: »Sie ist meine Frau. Ihr Name ist Sophie Sherbrooke, und sie ist sehr besitzergreifend, was mich betrifft. Am besten kommst du ihr nicht zu nahe.«

»Deine *was?*«

Ryder verspürte eine leichte Verstimmung. War seine Heirat ein solcher Schock für alle, die ihn kannten, ein solches Ding der Unmöglichkeit?

»Meine Frau, verdammt nochmal! Und nachdem ich jetzt ein verheirateter Mann bin, Tess, kann ich mich nicht mehr mit dir treffen.« Er lächelte ihr zu. »Du und ich, wir haben viele schöne Stunden zusammen verlebt, aber das muß jetzt aufhören. Glaubst du, daß es dir gefallen könnte, in naher Zukunft zu heiraten?«

Sie starrte ihn immer noch ungläubig an, so als hätte er plötzlich zwei Köpfe. »Aber du liebst Frauen ... Bea sagt, du bräuchtest viele Frauen, und ...«

»Ist Bea eigentlich eure Mutter Oberin? Lädt sie euch alle zum Tee ein, um euch gute Ratschläge zu geben? Nein, du brauchst darauf nicht zu antworten. Sophie ist meine Ehefrau. Wenn du dich mit dem Gedanken anfreunden könntest, ebenfalls in den heiligen Stand der Ehe zu treten, wüßte ich da einen sehr netten Mann in Southampton. Er ist Offizier auf einer Brigg und grundsolide. Außerdem sehr männlich, mit Armen so dick wie ein Eichenstamm.«

Tess sah ihn lange an, bevor sie sagte: »Ein Mädchen sollte vermutlich heiraten. Sara sagt immer, daß Ehemänner zwar rülpsen und schnarchen können, daß sie einem dafür aber lebenslang erhalten bleiben, weil sie keine andere Wahl haben. Wie heißt der Mann?«

Ryder sagte es ihr. Sie schien interessiert.

Er fühlte sich großartig, als er die Eingangshalle betrat. Schmunzelnd dachte er, daß er sehr viel darum gäbe, wenn er bei einer Teegesellschaft seiner Mätressen anwesend sein könnte.

Es war kurz vor Mitternacht. Ryder rieb sich die Augen und überflog noch einmal die Liste, die er während der langen Heimreise angefertigt hatte. Er war mit seinem Werk sehr zufrieden, lehnte sich zurück und schloß für kurze Zeit die Augen.

Sophie war schon zu Bett gegangen, aber er vermutete, daß sie immer noch wach war, weil sie befürchtete, daß er sie im Schlaf überrumpeln könnte wie in der vergangenen Nacht. Er beschloß, sie noch eine Weile zappeln zu lassen, um ihr zu beweisen, daß er genauso unberechenbar wie sie sein konnte. Über ihr Benehmen bei den Begegnungen mit seinen beiden Mätressen hatte er kein

Wort verloren. Kein einziges Wort. Und wenn seine Augen verräterisch gefunkelt hatten, sobald er sie ansah – nun, dagegen war er machtlos. Er hatte sich größter Höflichkeit befleißigt, und sie hatte sich in immer größere Wut hineingesteigert. Ausnahmsweise war sie für ihn völlig durchsichtig gewesen, und so war er ihr einfach ausgewichen. Schließlich konnte er im Umgang mit Frauen auf eine lange, erfolgreiche Praxis zurückblicken. Und sogar Sophie konnte nicht immer verleugnen, daß sie eine Frau war. Seine gesprächige Familie war natürlich eine große Hilfe gewesen. Als Sophie dann erklärt hatte, daß sie zu Bett gehen wollte, hatte er nur genickt und ihr die Wange getätschelt. Ihre Miene war eine Mischung aus Wut und Verwirrung gewesen. Es war durchaus vielversprechend.

Er öffnete die Augen und fügte seiner Liste einen weiteren Namen hinzu. Joseph Beefly. Ein gräßlicher Familienname, gewiß, aber der Mann war nett und zuverlässig und ein sehr passabler Ehekandidat. Er hatte einen kleinen Bauch, doch dafür trank er nicht viel und mißhandelte Frauen nicht. Sein Atem stank nicht, und er badete häufig. Emily könnte gut zu ihm passen. Wie Sara richtig gesagt und Tess wiederholt hatte, war ein Ehemann schließlich nicht zu verachten, weil man die Garantie hatte, ihn ein Leben lang zu behalten. Ryder starrte nachdenklich in die flackernde Flamme der einzelnen Kerze neben seinem linken Ellbogen.

Seine Liste war wirklich eindrucksvoll. Neben dem Namen jeder Frau standen mindestens vier Namen von Männern. Nur gut, daß er sein ganzes Leben hier verbracht hatte und im weiten Umkreis fast jeden kannte. So viele Männer, dem Himmel sei Dank! Es war wichtig, daß die Frauen eine Auswahl zur Verfügung hatten. Nicht alle würden heiraten wollen, das war ihm klar, aber er wollte sicher sein, daß alle gut versorgt waren. Natürlich würde jede eine Aussteuer erhalten, ob sie nun heiraten wollte oder nicht. Er überlegte, ob er auch eine Liste möglicher Gönner in London aufstellen sollte, konnte sich aber als kultivierter Mensch nicht zu einer so krassen und groben Maßnahme entschließen.

Seine Gedanken schweiften zu seinen Kindern, und er lächelte. Sie waren eine Konstante in seinem Leben, und daran würde sich auch in Zukunft nichts ändern. Er zweifelte keine Sekunde daran, daß weitere hinzukommen würden. Himmel, wie er sie alle vermißte! Er freute sich riesig auf das morgige Wiedersehen.

Gähnend stand er auf, streckte seine müden Glieder und blies die Kerze aus. Er kannte jeden Zentimeter von Northcliffe und fand sich auch im Dunkeln mühelos zurecht.

Sophie schlief nicht. Sie saß aufrecht im Bett und starrte in die hintere Schlafzimmerecke. Ryder entzündete rasch eine Kerze und ging leise auf das Bett zu. Zuerst schenkte sie ihm überhaupt keine Beachtung, dann drehte sie sich um, und er sah, daß ihr Gesicht bleich war, mit schreckensweit geöffneten Augen.

Er blickte mit gerunzelter Stirn auf sie hinab. »Was ist los? Hast du einen Alptraum gehabt?«

Sie schüttelte den Kopf. Ihr dichtes Haar hing ihr wirr ins Gesicht und über die Schultern. Sie fuhr sich mit der Zunge über die Lippen und umklammerte mit geballten Fäusten ihre Decke. »Ich glaube, ich habe soeben die Bekanntschaft eurer Jungfräulichen Braut gemacht.«

»Wie bitte?«

»Die Jungfräuliche Braut – euer Familiengespenst. Sinjun scheint recht gehabt zu haben – sie wollte mich in eurer Familie willkommen heißen.«

»Blödsinn! Du hast einen seltsamen Traum gehabt, weiter nichts.«

Sophie schüttelte nur den Kopf. Im ersten Moment hatte sie schreckliche Angst gehabt, doch dann hatte die junge Frau sie angesehen, und Sophie hätte schwören können, daß sie redete, obwohl ihre Lippen sich nicht bewegten. Eine sanfte Stimme hatte leise, aber sehr eindringlich gesagt: »Mach dir keine Sorgen. Alles wird gut gehen, sogar wenn sie kommen.«

»Wer?« hatte Sophie laut gefragt. »Was bedeutet das?«

Die junge Frau hatte im schwachen Licht geschimmert und war dann plötzlich verschwunden. Sie hatte sich buchstäblich in Luft aufgelöst, die Hand nach Sophie ausgestreckt.

»Sophie, diese verdammte Jungfräuliche Braut gibt es nicht«, sagte Ryder. »Das ist doch nur eine Legende. Und Sinjun hat eine blühende Phantasie – es würde mich nicht wundern, wenn sie gelegentlich den Geist spielt, um uns an der Nase herumzuführen. Du hast das alles nur geträumt.«

»Nein«, widersprach sie energisch. »Sie hat zu mir gesprochen, Ryder, das heißt, nicht richtig gesprochen, aber ich habe sie ganz deutlich gehört.«

Wider Willen fasziniert, stellte Ryder die Kerze auf dem Nachttisch ab und setzte sich neben Sophie, ohne sie zu berühren. »Was hat sie denn gesagt, ohne richtig zu sprechen?«

»Sie sagte, ich solle mir keine Sorgen machen, denn sogar wenn sie kämen, würde alles gut gehen.«

Er runzelte die Stirn. Mit einer solchen Botschaft hatte er nicht gerechnet. Geheimnisvolle Andeutungen auf einen verborgenen Schatz oder etwas Ähnliches wären von einem Gespenst eher zu erwarten gewesen, vielleicht auch eine Prophezeiung, daß Sophie Zwillinge zur Welt bringen würde, die später ins englische Königshaus einheiraten würden.

»Was zum Teufel soll das bedeuten? Wer sind diese ›sie‹?«

»Ich habe die junge Frau gefragt, aber sie ist einfach verschwunden, und dafür warst du plötzlich hier. Wahrscheinlich hast du sie vertrieben.«

»Unsinn!«

Erst jetzt kam es Sophie so recht zu Bewußtsein, daß sie nur ein Nachthemd trug und Ryder dicht neben ihr saß, zum Glück noch bekleidet, aber trotzdem ... Er saß auf dem Bett, und er war ihr Mann. Sie vergaß den Geist und seine geheimnisvolle Botschaft. Sie vergaß ihr höchst bedauerliches Benehmen und sogar jene beiden sehr hübschen jungen Frauen. Langsam rückte sie immer weiter von ihm ab, bis sie an der anderen Bettkante anlangte.

Ryder tat so, als bemerkte er das nicht. Er stand auf, streckte sich und begann sich auszuziehen.

Diesmal war sie fest entschlossen, ihn dabei nicht zu beobachten. »Was hast du gemacht?« fragte sie statt dessen. »Es ist schon sehr spät.«

»Ach, alles mögliche.«

»Du hast wohl eine aus deiner Legion von Frauen beglückt?«

»Legion? Nein, es ist nur ein kleines Bataillon. Du scheinst meine männliche Kraft und Leistungsfähigkeit gewaltig zu überschätzen.«

»Du machst dich über mich lustig, und das geht mir gegen den Strich. Ansonsten aber kannst du von mir aus hundert oder auch fünfhundert Freundinnen haben. Es ist mir völlig egal.«

»Bist du ganz sicher, Sophie? Du hast heute nur zwei von ihnen gesehen, und deine Wut war äußerst reizvoll.«

Sie sah ihn an. Er stand splitternackt auf der anderen Seite des Bettes, groß und schlank und wirklich gut gebaut, wie sie zugeben mußte. Ihr Blick schweifte verstohlen zur Tür.

»Nein, keine Rennen auf dem Korridor mehr. Ich lege Wert darauf, der einzige Mann zu sein, der dich im Evaskostüm zu sehen bekommt.«

»Es war schrecklich peinlich. Ich konnte deinem Bruder heute kaum in die Augen schauen.«

»Das glaube ich dir gern. Aber vielleicht ist Douglas wahnsinnig kurzsichtig. Was hältst du davon, wenn wir jetzt die Atmosphäre etwas bereinigen? Ich weiß, daß du mich schon den ganzen Abend über ohrfeigen wolltest. Bitte tu dir keinen Zwang an, es zumindest verbal in die Tat umzusetzen, deinem verständlichen weiblichen Zorn Ausdruck zu verleihen.«

»Das würde dir so passen! Du würdest es doch ungeheuer genießen, wenn ich mich wie ein zänkisches Marktweib aufführen würde, weil es dir ein Gefühl deiner eigenen Wichtigkeit gäbe. Männer lieben es, wenn Frauen um sie kämpfen, sie lieben es, im Mittelpunkt zu stehen. Nun, laß dir eines sagen, Ryder Sherbrooke – es hat mich nicht berührt, absolut nicht, nicht im geringsten. Und wütend war ich nur wegen deines Bruders. Es muß dem Grafen doch mehr als peinlich sein, wenn all diese Weibsbilder hier herumlungern, sich dir an den Hals werfen, dir irgendwelchen Blödsinn ins Ohr flüstern und dich küssen.«

»Tatsächlich? Das hört sich für mich etwas einstudiert an. Nicht schlecht, wohlverstanden, aber doch so, als hättest du diese kleine Rede mindestens ein dutzendmal geprobt.« Er kratzte sich am Bauch, und ihre Augen folgten jeder Bewegung seiner langen, schlanken Finger. Er war nicht allzu behaart, aber seine dichten hellbraunen Schamhaare ... Es gelang ihr, ihren Blick hastig wieder auf sein Gesicht zu richten. Ryder tat so, als hätte er nichts bemerkt, und sagte nur: »Ich soll dir also glauben, daß du mich nur beschimpft hast, um das Ansehen meines armen Bruders zu verteidigen?«

Sophie erkannte, daß sie dabei war, sich selbst eine immer tiefere Grube zu schaufeln, und sie kniff die Lippen so fest zusammen, daß es schmerzte, um keine weiteren unbedachten Äußerungen von sich zu geben.

»Es freut mich, daß du dich inzwischen wieder unter Kontrolle hast. Wenn du aber weiter kneifen willst, liebe Frau, tu dir bitte keinen Zwang an.«

»Ach, geh doch zum Teufel!« entfuhr es ihr trotz des festen Vorsatzes, ihren Mund zu halten.

Ryder hob die Arme und streckte sich. Er wußte genau, daß sie ihn wieder anstarrte, und bekam ganz automatisch eine Erektion. Erst nach einer ganzen Weile wurde ihr bewußt, was sie da machte, und sie schaute zu den Fenstern hinüber.

»Du hast Sara und Tess ganz schön erschreckt«, goß er etwas neues Öl ins Feuer. »Sie wollten mir einfach nicht glauben, daß ich mich über eine eifersüchtige Frau freue.«

Mit größter Willenskraft gelang es ihr, diesen Köder nicht zu schlucken.

Lächelnd schlug er die Decken zurück und stieg ins Bett. Sie wußte genau, daß dies die letzte Möglichkeit war, wegzurennen.

»Tu's nicht, Sophie.«

»Was, du verfluchter Herumtreiber?«

»Versuch nicht wieder wegzurennen. Ich habe die Tür abgeschlossen.«

Das war lächerlich, und sie wußten es beide. Langsam drehte sie sich nach ihm um. »Ryder«, sagte sie, »ich will nicht, daß du mich wieder *dazu* zwingst. Bitte erspar mir diese Demütigung.«

»Leg dich hin, Sophie. Auf den Rücken.«

Sie schüttelte den Kopf.

»Leg dich hin. Wenn du nett zu mir bist, werde ich dir eine Geschichte erzählen. Würde dir das gefallen?«

»Nein«, knurrte sie, legte sich aber hin.

»Gut.« Er beugte sich über sie, betrachtete ihr Gesicht, das er so schön fand, und strich mit einem Finger über ihre Nasenspitze. »Ich bin sehr glücklich, daß du hier bist.«

»Warum?«

»Weil du du bist, weil ich dich durch einen glücklichen Zufall gefunden habe und vernünftig genug war, dich zu heiraten.«

»Das ist doch absurd. Wann wirst du endlich zugeben, daß ich ein Nichts bin? Du bist in eine Reihe von seltsamen Ereignissen verstrickt worden, und mit der Zeit habe ich dir leid getan, weiter nichts. Deine Mutter verabscheut mich. Ich gehöre nicht hierher. Bitte, Ryder …«

»Darüber habe ich gründlich nachgedacht.« Er streichelte sanft ihr Kinn, ihre Nase, ihren Mund. »Du hast recht – du gehörst nicht hierher.«

Sie erstarrte und verspürte unerwartet einen schmerzhaften Stich.

»Nein, du hast mich falsch verstanden«, beruhigte er sie. »Dies ist nicht dein Heim. Hier ist Alex die Haushälterin, obwohl das arme Ding einen ständigen Kampf mit Mutter führen muß, um sich durchzusetzen. Nein, dies ist nicht dein Heim. Ich habe ein Haus in den Cotswolds, Sophie, unweit von Strawberry Hill, wo mein Vetter Tony Parrish mit seiner Frau Melissande lebt.«

»Du hast ein eigenes Haus?«

»Ich habe nie dort gelebt. Es heißt Chadwyck House. Drei- oder viermal im Jahr sehe ich dort nach dem Rechten. Etwa zwanzig Pächterfamilien betreiben dort Landwirtschaft. Der Grundbesitz ist ganz ansehnlich. Ein Verwalter namens Allen Dubust kümmert sich um das Gut.« Er runzelte die Stirn. »Ich glaube allmählich, daß ein Mann sich selbst um seine Angelegenheiten kümmern sollte. Was sagst du, Sophie? Sollen wir ins Chadwyck House ziehen? Würde es dir gefallen, selbst Hausherrin zu sein?«

Ihre Augen leuchteten. Freude hatte vorübergehend die Furcht vor ihm verdrängt.

»Ja«, sagte sie, doch bevor sie weiterreden konnte, legte er ihr einen Finger auf die Lippen.

»Nein, meine Liebe, ich weiß, daß du mir alle möglichen Fragen stellen möchtest, um mich vom Liebesspiel abzuhalten. Wir werden hinterher weiter über Chadwyck House sprechen.«

»Hör auf, in meinen Gedanken zu lesen, noch bevor ich mir selbst über etwas im klaren bin.«

»Ich bin dir eben geistesverwandt, und daran läßt sich nichts ändern. Sophie, ich möchte, daß du mir einen Gefallen tust.«

Sie sah ihn mißtrauisch an.

»Ich bin dein Mann. Ich werde dir nie etwas zuleide tun, sondern möchte nur dein Bestes. Bitte nicke wenigstens, wenn du verstehst, was ich gesagt habe.«

Sie nickte.

»Gut. Ein vernünftiger Anfang. Ich möchte noch etwas anderes klarstellen. Ich werde jede Nacht mit dir schlafen, denn ich möchte, daß du dich an mich gewöhnst und mir vertraust. Ich möchte, daß du all jene Männer genauso vergißt wie die Brutalität und Schändlichkeit deines Onkels. Ich möchte, daß du nur an mich denkst, nur an uns.«

»Das ist sehr schwierig.«

»Ich weiß, aber heute warst du wieder ein richtiger Satansbraten, die wilde Amazone, die mir auf Jamaika das Leben gerettet hat, und das gibt mir Hoffnung. Komm, jetzt ziehen wir dieses

Nachthemd aus. Wenn wir nachts allein sind, möchte ich nicht, daß wir durch Kleidungsstücke behindert werden. Ich will dich sehen, will deine Brüste streicheln.«

»Ryder, ich will wirklich nicht ...«

»Das ist mir ganz egal, Sophie, also hör auf zu jammern. Vielleicht wirst du dich heute nacht nicht dagegen sträuben, etwas Lust zu empfinden. Ich werde deinen süßen Körper mit Küssen bedecken, jeden Zentimeter davon, und ich werde nie aufgeben, daran mußt du dich gewöhnen. Vielleicht könntest du dich dazu überwinden, mir ein wenig entgegenzukommen.«

Er plauderte weiter, dummes Zeug, durchsetzt mit Späßen, und er hätte viel darum gegeben, wenn sie nur ein einziges Mal gelächelt hätte. Aber sie lag stumm und regungslos da, steif und mit geballten Fäusten. Ryder wollte an ihren Zehen knabbern, wollte das weiche Fleisch zwischen ihren Schenkeln küssen, aber sie war offenbar fest entschlossen, keinen Zentimeter an Boden zu verlieren. Seltsamerweise beunruhigte ihn das nicht besonders. Er hatte sie nicht belogen: er würde nie aufgeben. Ihr war es vielleicht noch nicht klar, aber sie würden zusammen sein, bis sie eines Tages ihre sterblichen Hüllen abstreiften.

»Wie ich sehe, muß ich wohl noch eine Weile warten, bevor ich jeden Zentimeter deines Körpers mit Küssen bedecken kann.« Zumindest küßte er aber ihre Brüste, und seine Hände glitten über ihren Bauch und tiefer. Er streichelte sie an der empfindlichsten Stelle, und sie versuchte, sich ihm zu entziehen. Er hörte sofort auf. Immerhin war es ein Anfang.

Er war fest entschlossen, sein Versprechen zu halten und ihr keinen Schmerz mehr zuzufügen. Keine rücksichtslose Inbesitznahme mehr. Er tätschelte ihr die Wange und griff nach einer Cremedose auf dem Nachttisch.

»Was ist das?« fragte sie.

»Das wirst du gleich sehen.« Er drückte sie wieder auf den Rükken und hielt sie mit einer Hand fest, während er mit seinen Beinen ihre Schenkel spreizte und einen dick eingecremten Finger in sie einführte. O Gott, wie er sie begehrte! Er verteilte die Creme langsam und sanft, immer weiter vordringend, und dann schob er einen zweiten Finger hinein, um sie zu erweitern. Es war fast Mehr, als er ertragen konnte. Er mußte seine ganze Willenskraft aufbieten, um sie nicht sofort zu nehmen. Sie zitterte und wollte sich ihm entziehen, aber er hielt sie fest.

»Verdammt, hör auf!« Sie versuchte ihre Beine zusammenzupressen, schob dadurch seine Finger aber nur noch tiefer in sich hinein.

»Ganz ruhig, Liebling. Ich werde Creme verwenden, solange du dich gegen richtige Liebesspiele sträubst. Gefällt es dir nicht, wenn mein Finger in dich hineingleitet, Sophie?«

»Nein.«

»Mir gefällt es sehr. Ich werde es jedesmal tun. Gewöhn dich daran. Ah, du wirst nachgiebiger, Sophie. Spürst du es? Gegen deinen Willen wirst du weicher.«

Als ihr Körper für ihn bereit war, drang er langsam und sehr behutsam in sie ein, während er ihr Gesicht im Kerzenschein beobachtete. Er wußte, daß er ihr keinen Schmerz zufügte, daß sie nie mehr Grund dazu haben würde, ihm das vorzuwerfen. Aber er wußte auch, daß es ihm wieder nicht gelingen würde, ihr Lust zu bescheren. Wichtig war zunächst aber nur, daß ihr Körper sich an ihn gewöhnte. Irgendwann würde sie dann auf seine Zärtlichkeiten reagieren, bevor ihr Verstand sich dagegen sperren konnte.

Alles, was er brauchte, war Geduld. Er tauchte jetzt tief in sie ein und zog sich dann fast ganz zurück. Dieses Spiel wiederholte er langsam, nur auf ihre Bedürfnisse abgestimmt. Ihm wurde plötzlich bewußt, daß er sich bei Sophie ganz anders verhielt als bei allen anderen Frauen, die er je gehabt hatte. Seine Lust hatte ihn immer total überwältigt, und er hätte beim besten Willen nicht mehr aufhören können, auch wenn eine Flutwelle ihn überschwemmt hätte. Nicht so bei Sophie. Sie stand im Mittelpunkt all seiner Empfindungen. Sein Körper und sein Geist waren ausschließlich auf sie konzentriert. Wie lange es dauern würde, bis sie Leidenschaft akzeptierte, spielte für ihn keine Rolle mehr. Er würde irgendwann siegen. Sein eigener Körper würde warten. Eine völlig neue Einstellung, die Douglas bestimmt nie für möglich halten würde.

Er erinnerte sich noch gut an den Scherz seines Bruders, daß er Ryders Diener bitten würde, dessen Hosenschlitze fest zuzunähen, weil Ryder nicht aufhören konnte, sobald er einmal angefangen hatte, weil er sich einfach nicht rechtzeitig aus einer Frau zurückziehen konnte. Bei Sophie war das nun alles ganz anders, einfach, weil er selbst ein anderer geworden war.

Er wünschte nur, er könnte sie zum Lachen bringen. Seine Finger glitten erneut zwischen ihre Beine, und er kitzelte und streichelte ihr weiches Fleisch. Bald würde sie darauf reagieren. Gleichzeitig küßte er sie immer wieder.

Als er schließlich zum Höhepunkt gelangt, stieß er keinen wilden Schrei aus, sondern stöhnte in ihren Mund hinein, während er sie an sich preßte, damit sie die Bewegungen seines Gliedes tief in sich spürte, damit sie seinen heißen Körper spürte.

Er wunderte sich über sich selbst und war sehr zufrieden. Es war ein Anfang. Sie weinte diesmal nicht, und wenn ihn nicht alles täuschte, sah sie überrascht aus. Er küßte sie weiter, bis er sich aus ihr zurückzog, und dann nahm er sie in die Arme, strich ihr zärtlich übers Haar, massierte ihre Kopfhaut und sagte: »Jetzt werde ich mein Versprechen halten. Erinnerst du dich noch daran? Ich sagte, wenn du nett zu mir wärest, würde ich dir eine Geschichte erzählen. Du hast deine Sache gut gemacht, Sophie. Und nächstes Mal wird es noch besser gehen, und beim übernächsten wieder besser. Meine Geschichte handelt von einem einbeinigen Piraten, den es zu drei lebenslustigen Frauen auf eine einsame Insel verschlug. Die erste hieß Belle und war ein strammes Weibsbild, mit üppigen Brüsten und breiten Hüften. Sie verliebte sich auf den ersten Blick in den Piraten – na ja, er war auch der erste Mann, den sie seit drei Monaten zu Gesicht bekommen hatte. Sie warf ihn auf den Strand und riß ihm die Kleider vom Leibe. Doch dann kam die zweite Frau daher – sie hieß Goosie – und sah sein Holzbein und wußte, daß dies ihr Mann war. Ihre Lieblingsbeschäftigung bestand nämlich darin, aus Holz Schiffe zu schnitzen. In diesen langen drei Monaten hatte sie schon an einem guten Dutzend Palmen herumgeschnitzt. Die beiden Frauen stritten miteinander und brüllten und keiften, und der Pirat lag splitternackt da und grinste wie ein Affe über sein Glück, als auch noch die dritte Frau – sie hieß Brassy – daherkam. Du glaubst nicht, was sie getan hat.«

Sophie schnaubte und begann demonstrativ zu schnarchen.

»Also gut, du weißt meine Geschichten offenbar noch nicht zu schätzen. Morgen abend erzähle ich weiter, und dann wirst du erfahren, was Belle, Goosie und Brassy alles mit diesem armen einbeinigen Piraten anstellten.«

Er küßte ihre Stirn und flüsterte: »Würde es dir vielleicht gefallen, morgen abend mich einzucremen? Was meinst du?«

Sie erwiderte laut und deutlich: »Nein, viel lieber würde ich dir den Dickschädel einschlagen und dich mitsamt deinen verdammten Weibern ins Meer schmeißen.«

»Andererseits«, fuhr er unbeirrt fort, erfreut wie ein Hahn im Hühnerstall, »werden wir morgen abend vielleicht gar keine Creme brauchen. Ich bin ein unverbesserlicher Optimist, und ich bin dein Ehemann.«

»Wie viele Frauen hast du? Wie viele Mätressen?

»Mehr als drei. Aber das ist jetzt Vergangenheit.

Sie hatte sich versteift.

»Das war das allererste, was ich gehört habe, als ich in Montego Bay ankam. Daß du drei Liebhaber hättest. Nun, ich habe viel mehr Frauen gehabt als du angeblich Männer hattest. Das bestreite ich auch gar nicht, denn es war ja, bevor ich dich kennenlernte und heiratete.«

»Mir ist es egal, wenn du sie alle behältst.«

Es war eine so durchsichtige Lüge, daß er sie auf die Nasenspitze küßte.

»Du bist wunderschön«, sagte er.

»Du bist es, der kurzsichtig ist, nicht dein verdammter Bruder!«

»Ah, ein bißchen Essig, leichte Säure. Laß uns jetzt schlafen, denn ich werde dich morgen bestimmt früh wecken. Du wirst vom Schlaf noch ganz warm und süß sein, Sophie, und ich werde zu dir kommen, langsam und sanft, und du wirst es genießen. Zumindest ein bißchen.«

Sie sagte kein Wort, aber Ryder blieb guter Dinge.

Als er am nächsten Morgen aufwachte und die Hand nach ihr ausstreckte, war sie nicht mehr da. Verflixt und zugenäht, dachte er und beschloß, ihr von nun an nichts von seinen schönen Plänen zu erzählen.

»Alex«, sagte Ryder beim Frühstück, »ich wäre dir sehr verbunden, wenn du mit Sophie die Runde bei unseren Nachbarn machen würdest, aber mit einem Ball warten wir am besten noch ein Weilchen.«

»Aha, dir ist also klar, daß dieses Mädchen nicht zu unseren illustren Gästen passen würde«

Ryder lächelte seiner Mutter zu. Sie war sozusagen bis zu den Zähnen bewaffnet zum Frühstück erschienen und hatte nun die Eröffnungssalve abgefeuert. »Keineswegs«, sagte er liebenswürdig, »aber Sophie und ich fahren am Freitag nach Hause, ins Chadwyck House.«

Sofort brach ein Höllenlärm aus.

»Das kann doch nicht dein Ernst sein!«

»Du lieber Himmel, Ryder, du bist doch gerade erst nach Hause gekommen. Dies hier ist dein Zuhause!«

Nur Douglas schwieg und trank langsam seinen Kaffee. Hinter der Tasse war sein Schmunzeln zu sehen.

Das Stimmengewirr legte sich, als Alex ruhig sagte: »Dann bleiben uns also zwei Tage, Sophie. Nicht gerade viel Zeit, um auch die Kleiderfrage zu regeln.«

In diesem Moment fiel Sophie auf, daß Jeremy niedergeschlagen auf seinen Teller starrte.

Ryder schien wieder genau zu wissen, was in dem Jungen vorging, denn er sagte fröhlich: »Ich hoffe, es macht dir nichts aus, Jeremy, einige Wochen hier in Northcliffe zu bleiben. Ich weiß natürlich, daß Sinjun eine schreckliche Nervensäge sein kann, aber wenn du glaubst, daß du sie noch eine Zeitlang ertragen kannst, könntest du hierbleiben.«

Jeremy warf seiner Schwester einen schuldbewußten Blick zu. Sophie zwang sich ein Lächeln ab. »Die Entscheidung liegt bei dir, Jeremy.«

»Sinjun will mit mir zur Branderleigh Farm, um ein Pony zu kaufen«, erklärte er halb schuldbewußt, halb aufgeregt.

Ein klarer Fall! Wie Sophie später von Sinjun erfuhr, bezahlte Ryder das Pony.

Während Sophie damit beschäftigt war, alle Nachbarn kennenzulernen und neu eingekleidet zu werden, suchte Ryder seine früheren Mätressen auf. Natürlich wußten alle schon, daß er geheiratet hatte, denn Bea hatte sofort ein Treffen organisiert. Drei der fünf Frauen waren an einer Heirat interessiert. Er präsentierte jeder seine Namensliste und klärte sie über die guten Eigenschaften der jeweils in Frage kommenden Männer auf. Emily hatte sich vom Kindbett noch nicht ganz erholt und lag im Bett, aber sie würde bald wieder zu Kräften kommen, und er brachte sie sogar zweimal zum Lächeln. Die zwei anderen wollten ihr Glück in London versuchen. Er gab ihnen Geld und wünschte ihnen viel Glück. Was Bea betraf, so schüttelte er nur den Kopf, als sie ihm am frühen Nachmittag die Tür öffnete.

»Geschäftige Bea«, sagte er, während er sie umarmte. »Ich könnte schwören, daß du mich umbringen würdest, wenn du mich nicht so gern hättest.«

»Ja, da hast du wirklich Glück, Master Ryder.«

Sie liebte es, ihn ›Master‹ zu nennen. Es gehörte zu ihren Lieblingsphantasien, in ihm ihren Herrn und Meister zu sehen. Bea verfügte über sehr viel gesunden Menschenverstand und hatte gleichzeitig die ausgefallensten Vorlieben von allen Frauen, die er je gekannt hatte.

»Ich habe schon gehört, daß du all deine Mätressen besuchst und ihnen mögliche Ehemänner präsentierst.«

Ryder rollte mit den Augen, während er ihr in den kleinen altmodischen Salon folgte. »Möchtest du die Liste vielleicht selbst einmal in Augenschein nehmen?«

»O nein, ich nicht, Sir. Ich werde mein Glück in London versuchen, wie Laura und Molly. Und wahrscheinlich werde ich Emily fragen, ob sie nicht mitkommen will. Sie darf jetzt einfach nicht in Depression verfallen. In diesem Zustand ist eine Frau am verwundbarsten. Ich werde dafür sorgen, daß sie nicht wieder in die Hände eines despotischen Kerls fällt. Was mir vorschwebt, ist eine eigene Pension. Ich habe genügend Geld gespart. Du bist ein großzügiger Mann, aber trotzdem ein Mann. Ich will mein eigener Herr sein, aber ich werde mir auf jeden Fall einen Liebhaber suchen, der genauso kultiviert ist wie du.«

»Es gibt keine anderen Männer, die so kultiviert sind wie ich.«

Sie knuffte ihn lachend in den Arm.

»Meine Liebe, ich möchte nicht, daß dir eine x-beliebige Pension gehört, nein, ich möchte, daß du etwas in einem sehr guten Stadtteil von London kaufst. Ich werde dir die Adresse unseres Familienanwalts in London geben, und er wird etwas Passendes für dich suchen. Außerdem bekommst du natürlich eine Pensions-Aussteuer von mir.«

»Du wirst mich vermissen, Ryder.«

»O ja, das werde ich bestimmt. Wünsch mir Glück bei meiner Ehefrau, Bea.«

»Du brauchst Glück bei einer Frau?«

»Mehr als du dir vorstellen kannst. Sie fordert mich ständig heraus.«

Als Ryder schließlich davonritt, überlegte er, ob es Sophie vielleicht Spaß machen würde, seine Sklavin zu spielen. Vielleicht könnte er sie bis November soweit haben. Ja, dann würden die Tage kürzer und kälter sein, und das bedeutete lange Stunden am Kamin. Er stellte sie sich in weichen Schleiern und mit offenen Haaren vor, und sie würde wie Salome für ihn tanzen. Diese Art von Spiel würde zu sehr viel Gelächter und Leidenschaft führen. Und dann fragte er sich plötzlich, was das Familiengespenst wohl mit »wenn sie kommen« gemeint haben mochte.

KAPITEL 17

Nach seinem Besuch bei Bea ritt Ryder zu Janes geräumigem dreistöckigen Haus am Rande des Dörfchens Hadleigh Dale, zehn Kilometer östlich von Northcliffe Hall. Schon auf der kurzen Auffahrt, die von Eichen und Linden gesäumt war, hörte er seine Kinder lärmen und lachen, und er lächelte in seliger Vorfreude.

Jane Jasper und ihre drei Helferinnen, tatkräftige junge Frauen, die er persönlich ausgewählt hatte, beaufsichtigten die im Garten spielenden Kinder, vier Jungen und drei Mädchen im Alter zwischen vier und zehn Jahren. Alle waren gut gekleidet, sauber und vergnügt, und Ryder hätte bei ihrem Anblick am liebsten laut gejubelt.

Oliver stand ein bißchen abseits, auf seine Krücken gestützt, ein großer, magerer Zehnjähriger, aber er grinste breit, während er Jaime – einem Sechsjährigen, der liebend gern seine Manneskraft unter Beweis stellte – lautstark Anweisungen gab, wie dieser Tom zu Brei schlagen könnte, einen kleinen Jungen mit Engelsgesicht, der besser fluchen konnte als jeder Seemann. John, der achtjährige Friedensstifter, versuchte Handgreiflichkeiten zu verhindern, wobei er von einem bellenden Spaniel unterstützt wurde.

Jaime erspähte Ryder als erster und stieß einen gellenden Freudenschrei aus. Sobald Ryder vom Pferd gesprungen war, wurde er fast umgeworfen, weil nicht nur alle Kinder ihn gleichzeitig begrüßen wollten, sondern auch noch drei kläffende Hunde.

Alle redeten durcheinander und versuchten sich gegenseitig zu übertönen, um ihm zu erzählen, was sie während seiner langen Abwesenheit gemacht hatten – alle bis auf Jenny, die sich natürlich schüchtern im Hintergrund hielt, einen Daumen im Mund, das Gesichtchen von dunkelbraunen Locken umrahmt. Ryder gab sich alle Mühe, jedem zuzuhören, auf alle einzugehen. Er grinste Jane über Melissas Kopf hinweg an, als das kleine Mädchen die dünnen Ärmchen um seinen Hals schlang, bis er vor gespieltem Schmerz aufheulte, was bei allen schallendes Gelächter auslöste. Jaime berichtete geradezu stolz, daß er schwimmen gelernt hatte, als Janes Assistentinnen Limonade und Kuchen herbeibrachten. Ryder nahm inmitten der plappernden Kinderschar Platz, trank seine Limonade, warf den Hunden Kuchenbrocken zu und fühlte sich pudelwohl. Jenny saß – durch zwei andere Kinder von ihm getrennt – ganz ruhig da und aß langsam und korrekt einen kleinen Zitronenkuchen.

Erst nachdem alle anderen ihre Geschenke erhalten hatten und vollauf damit beschäftigt waren, sie auszupacken, ging er zu Jenny hinüber, die vertrauensvoll zu ihm aufblickte. Ihre großen blauen Augen – die blauen Augen der Sherbrookes, von der Farbe eines klaren Sommerhimmels – hatten keinen so leeren Ausdruck mehr wie früher. Sie lächelte, und ihr Gesicht spiegelte unverkennbare Freude wider.

»Mein kleiner Liebling«, sagte er und kniete vor ihr nieder. Sanft zog er ihr den Daumen aus dem Mund, fuhr mit den Fingern durch ihr weiches Haar und drückte sie sodann an seine Brust. Sie seufzte leise und legte ihre Ärmchen um seinen Hals. Er küßte ihren Lockenkopf und nahm mit geschlossenen Augen begierig ihren süßen Kindergeruch in sich auf. O Gott, er liebte es so sehr, dieses Kind, das sein eigen Fleisch und Blut war!

»Es geht ihr viel besser, Ryder. Sie ist jetzt aufnahmefähig, nimmt Anteil an ihrer Umwelt und lernt ständig Neues.«

Ohne seine Tochter loszulassen, sah er zu Jane auf, die hinter Jenny stand.

»Sie vermißt dich sehr, wenn du längere Zeit nicht kommst, und diesmal hat man ihr das besonders angemerkt. Das ist ein sehr gutes Zeichen. Sie hat jeden Tag nach dir gefragt.«

»Papa.«

Ryder hielt unwillkürlich den Atem an. Jane lächelte. »Das ist ihre Überraschung für dich. Sie hat geübt, und in den letzten zwei Wochen hat sie jedesmal ›Papa‹ gesagt, wenn ich ihr die Miniatur von dir zeigte.«

»Papa.«

Er hatte plötzlich einen Kloß im Hals, drückte sein Gesicht an das ihre und fühlte ihren weichen Mund an seiner Haut. »Papa«, wiederholte sie glücklich.

»Ich habe dir ein Geschenk mitgebracht, Schätzlein.«

Ihre Augen leuchteten auf, als er ein in buntes Papier eingewickeltes Schächtelchen aus seiner Tasche holte.

Es enthielt ein goldenes Medaillon. Ryder zeigte ihr, wie man es öffnete. Auf der einen Seite war eine Miniatur von ihr, auf der anderen eine von ihrer Mutter, die bei ihrer Geburt gestorben war. Ryder erinnerte sich noch lebhaft an diese Geburt, an die nicht enden wollenden Qualen seiner Geliebten, an seine Angst und Verzweiflung, aber auch an seine Freude, als das kleine Mädchen nach dem Tod der Mutter doch noch das Licht der Welt erblickte, zwar nicht ganz unversehrt, aber doch lebendig, und das war das einzige, was für ihn zählte.

Jane hängte Jenny das Medaillon um, und die Kleine rannte davon, um ihr Geschenk der sechsjährigen Amy zu zeigen, die jetzt schon viel häufiger lächelte als vor fünf Monaten. Ryder hörte Jenny rufen: »Papa geben! Papa geben!«

»Du hast bei ihr wirklich Hervorragendes geleistet, Jane. Nicht nur bei ihr – bei allen Kindern. O Gott, wie ich sie vermißt habe! Wie ich sehe, geht es Olivers Beinen inzwischen viel besser. Was sagt Dr. Simons?«

»Er glaubt nicht, daß Ollie ein Hinken zurückbehalten wird. Der Junge hat unglaubliches Glück gehabt. Und Jaimes Brandwunden an den Beinen und am Rücken sind völlig verheilt. Er ist ein Schlaukopf, verschlingt jedes Buch, das du schickst, und gibt sein ganzes Taschengeld für weitere Bücher aus. Mr. Meyers, der Buchhändler im Dorf, kennt ihn schon gut. Melissa kann sehr gut mit Wasserfarben umgehen, und Amy möchte Sopranistin werden, was Gott verhüten möge.«

Ryder nickte lächelnd. Er folgte Jane zur breiten Veranda, sie nahmen Platz und behielten die spielenden Kinder im Auge, während Jane von den Fortschritten und Bedürfnissen jedes Kindes berichtete und er ihr aufmerksam zuhörte.

Ryder konnte sich an Jenny nicht satt sehen. Sie zeigte ihr Medaillon jetzt stolz Melissa, die eine französische Puppe bekommen hatte. Die Kinder wußten, daß Jenny Ryders leibliche Tochter war, aber er bezweifelte, daß sie dem große Bedeutung beimaßen, nicht einmal Oliver, der in vieler Hinsicht seinem Alter weit voraus war.

»Ich habe gehört, daß du geheiratet hast«, sagte Jane plötzlich. Sie sah ihn forschend an, und er wußte, daß sie hoffte, es wäre nur ein Gerücht gewesen.

Er lächelte. »Ja, das stimmt. Sie heißt Sophie.«

»Für mich ist das eine Überraschung, und ich nehme an, daß es für deine Mätressen auch eine sein wird.«

»Da irrst du dich. Bea hat eine sehr flinke Zunge, und zudem habe ich mittlerweile schon alle besucht.«

Sie hob ihre schwarzen Brauen.

»Ich bin jetzt verheiratet, Jane«, erklärte er in strengem Ton, der jedem Geistlichen Ehre gemacht hätte, und sie konnte sich nicht genug über ihn wundern.

»Und die Kinder?«

»Was meinst du damit?«

Sie spitzte plötzlich die Ohren und verrenkte sich den Hals nach zwei streitenden Jungen. »Tom, ich will dieses schreckliche Wort nicht noch einmal hören!« schrie sie. »O Gott, wo hören sie nur solche Ausdrücke! Du sollst nicht fluchen! Und schon gar nicht in Anwesenheit von John – du weißt genau, daß er das haßt.«

Ryder, der Janes pädagogisches Geschick kannte, war keineswegs überrascht, daß Tom sofort den Mund hielt und nur demonstrativ die Achseln zuckte, um seine Selbstachtung zu bewahren. Dann warf er den Ball Oliver zu, der geschickt mit einer seiner Krücken danach schlug, woraufhin John dem Ball nachrannte.

»Was denkt denn deine Frau über die Kinder?

»Sie weiß noch nichts von ihrer Existenz.«

»Dein Bruder und die übrige Familie auch nicht, nehme ich an?« fragte sie sarkastisch.

Er grinste unverdrossen. »Es geht meine lieben Verwandten nichts an. Meine kleine Schwester weiß Bescheid, schon seit langem, aber sie schweigt und zieht nur mich mit meinen ›Lieblingen‹ auf, wie sie die Kinder nennt.«

»Wie hat sie es herausgefunden?«

»Vor über einem Jahr ist die Range mir heimlich hierher gefolgt und auf die Eiche dort drüben geklettert, um alles sehen und hören zu können. Sinjun ist sehr gewitzt, aber sie wird auch in Zukunft den Mund halten.« Ryder zuckte mit den Schultern. »Ich bin von jeher der Meinung gewesen, daß dies ausschließlich meine Sache ist, und das soll auch so bleiben. Nachdem ich jetzt verheiratet bin und meinem Bruder klargemacht habe, daß ich ein hundertprozentig treuer Ehemann zu sein gedenke, werde ich Gott sei Dank in Zukunft auch von seinen vierteljährlichen Bastard-Besprechungen verschont bleiben.«

»Bist du dir da wirklich ganz sicher, Ryder? Daß du deiner Frau treu sein wirst, meine ich. Soviel ich weiß, ist das in euren Kreisen durchaus nicht üblich.«

»Das mag für viele zutreffen, aber nicht für mich. Ah, Jane, sogar der Graf hat mehr Vertrauen zu mir als du. Er weiß, daß ich meiner Frau treu sein werde, weil er ganz vernarrt in seine eigene Frau ist. Aus seiner Sicht der Dinge wird es also keine weiteren Kinder mehr geben. Der Ärmste!«

»Zumindest kannst du jetzt mit deiner Schauspielerei aufhören.«

»Nicht alles ist Schauspielerei, Jane.«

»Ha, als ob ich das nicht wüßte! Sara hat mir von einer Frau erzählt, die sie im Dorf getroffen hat. Die Frau wollte wissen, wie es dir geht, und sie hat Sara mit einem vielsagenden Lächeln erzählt, sie hätte dich kennengelernt, als du sechzehn warst. In welchem Alter hast du eigentlich angefangen, Ryder?«

Er runzelte die Stirn. »Das sind doch alte Kamellen, Jane. Vergiß diese Frau, vergiß all die anderen. Auch mein geliebtes Eheweib wird mir bestimmt bald glauben, daß ich treu wie Gold bin. Noch ist es allerdings nicht soweit. Zufällig hat sie Sara und Tess kennengelernt.« Er grinste. »Ich lasse sie ein bißchen im eigenen Saft schmoren. Sie hat eine scharfe Zunge, was mir gefällt, und sogar Tom müßte zugeben, daß sie gut fluchen kann. Ich hoffe, in nächster Zukunft weitere Kostproben davon zu bekommen.«

Jane sah ihn leicht befremdet an. »Dir liegt also nichts daran, daß deine Familie ihre Ansicht über dich ändert?«

»Nicht das Geringste. Wozu auch? Alle mögen mich.«

»Das ist doch pervers, Ryder. Ich kann dich beim besten Willen nicht verstehen. Genießt du den Ruf eines Weiberhelden, eines Satyrs?«

»Habe ich ihn mir nicht redlich verdient?«

»Doch, aber das habe ich nicht gemeint.«

»Ich habe meine Freude an Frauen, daraus habe ich nie ein Geheimnis gemacht. Ich kenne die Frauen, ich verstehe ihre Denkweise und ihre Gefühle. O ja, Jane, sogar dich glaube ich halbwegs richtig einschätzen zu können. Nein, sag nicht wieder, ich sei zynisch. Die Kinder sind eine ganz andere Sache, und das weißt du auch genau. Ich habe so das Gefühl, als wolltest du mich im Grunde fragen, ob ich sie jetzt, da ich meine eigene Familie gründe, vergessen werde.«

»Ganz vergessen wohl nicht, aber du könntest sie seltener als jetzt besuchen. Das wäre sogar verständlich, aber … na ja, mir täte es einfach leid, wenn die Gefühle der Kinder verletzt würden.«

»Ich bin für sie verantwortlich, und ich liebe sie. Daran wird sich nie etwas ändern. Morgen fahre ich mit meiner Frau zu meinem Gut in den Cotswolds. Falls etwas Besonderes sein sollte, bin ich leicht zu erreichen. Es ist ganz in der Nähe von Lower Slaughter, und ein Bote braucht für die Strecke höchstens anderthalb Tage. Übrigens hat meine Frau einen kleinen Bruder, der lahm ist. Ein seltsamer Zufall, nicht wahr?«

Jane schüttelte nur den Kopf über ihn. Wenn sie zehn Jahre jünger gewesen wäre, hätte sie sich selbst liebend gern mit Ryder Sherbrooke vergnügt. Er übte auf Frauen eine unwiderstehliche Anziehungskraft aus, nicht nur, weil er so gut aussah, sondern mehr noch, weil jede Frau spürte, daß er kein Egoist war, daß er auf ihre Wünsche und Bedürfnisse Rücksicht nehmen würde. Als Jane ihn kennenlernte, war er zwanzig, ein ungestümer junger Mann, dem Grausamkeit gegenüber Kindern verhaßt war. Jane war damals dreißig; ihre beiden Kinder waren kurz zuvor bei einem Brand ums Leben gekommen, und in ihrer Trauer war ihr alles völlig egal gewesen. Ryder riß sie aus ihrer Apathie, indem er ein etwa einjähriges Kind ihrer Obhut anvertraute – Jaime. Wie er ihr mit nüchterner Stimme berichtete, hatte er den Jungen zufällig auf der Straße in einem Abfallhaufen entdeckt, weil er leises Wimmern gehört hatte. Ein Jahr später hatte er ihr Jenny gebracht, sein Kind, und sie war Zeugin seiner Trauer gewesen, die ihrer eigenen nicht nachstand.

Sie beobachtete ihn jetzt, als er aufstand und sich den spielenden Kindern zugesellte, und sie gestand sich ein, daß sie neugierig auf seine Frau war.

Sophie mußte stillstehen, während Mrs. Plack, die Schneiderin aus Rye, ein Reitkostüm aus hellgrüner Wolle mit Goldborten an den Schultern absteckte, ein sehr elegantes Kostüm, darin war Sophie einer Meinung mit Alex.

Was ihr Sorgen machte, waren die Kosten all der Kleider, Hüte und Häubchen, der Schuhe und Unterwäsche. Und nun auch noch gleich drei Reitkostüme. Sie äußerte ihre Bedenken, aber Alex wehrte kopfschüttelnd ab. »Das sind nun mal die Anordnungen deines Mannes, liebe Sophie. Hör auf, dir Sorgen zu machen. Freu dich lieber. Douglas wollte mir in der allerersten Zeit unserer Ehe noch nicht einmal ein Taschentuch kaufen. Nein, ich will jetzt keine Einwände mehr hören. Ich habe das Gefühl, daß diese Großzügigkeit dir Angst macht, weil du glaubst, dadurch in Ryders Schuld zu stehen, stimmt's?«

Sophie gab keine Antwort.

»Bist du müde?« fragte Alex nach einer weiteren Stunde.

Sophie schüttelte den Kopf, um Mrs. Plack nicht zu enttäuschen, die mit wahrem Feuereifer bei der Arbeit war.

»Aber ich«, sagte Alex. »Na ja, bald haben wir's hinter uns. Die Sachen, die bis zu eurer Abreise noch nicht fertig sind, schicke ich dir dann.«

»Es ist einfach absurd«, ließ sich die verwitwete Gräfin von der Schwelle her vernehmen.

Alex zwinkerte Sophie zu. »Was ist absurd?«

»Daß Ryder dieses Mädchen ins Chadwyck House mitnimmt.«

»Dieses Mädchen ist seine Frau.«

»Schau dir doch nur mal dieses Grün an! Sie sieht darin richtig gelbsüchtig aus. Wieviel Geld meines Sohnes geben Sie eigentlich aus, junge Frau? Ich werde ihm sagen, daß Sie habgierig sind und ihn nur deshalb geheiratet haben.«

Sophie sagte kein Wort, schloß aber die Augen und glaubte, Mrs. Plack schnauben zu hören.

»Ich finde, es paßt vorzüglich zu ihrem Teint«, sagte Alex.

»Ha, du hast ja selbst keinen Farbensinn! Douglas sucht doch deine ganze Kleidung aus.«

»Du hast recht«, stimmte Alex ihr ganz gelassen zu. »Ich habe eben großes Glück, daß Douglas so phantastisch ist.«

»Pah, mich kannst du nicht für dumm verkaufen, mein Fräulein! Ich weiß genau, daß deine Bemerkung sich nicht auf Kleider bezieht.«

»O doch, Douglas ist auch in Kleiderfragen phantastisch. Nur würde er mich am liebsten in hochgeschlossene Sachen hüllen, am besten gleich bis zum Kinn. Wenn ich den Kragen nicht mit der Zungenspitze berühren kann, wirft er mir schon Frivolität vor.«

Sophie kicherte. Lady Lydia sah leicht pikiert aus, ließ sich aber nicht aus dem Konzept bringen und setzte kaum vier Sekunden später zu einem neuen Angriff an. »Warum ist Ryder nicht hier? Findet dieses Mädchen ihn etwa nicht phantastisch?«

»O doch«, erwiderte Alex hastig. »Er hat aber noch sehr viel zu erledigen, bevor sie abreisen. Übrigens hat das Mädchen einen Namen – Sophie.«

Es dauerte noch fünf Minuten, bevor die Grafenwitwe sich zurückzog, ohne auch nur ein versöhnliches Wort zu sagen.

Alex rollte mit den Augen und rieb sich die Schläfen. »Kopfweh war für mich ein Fremdwort – bis ich meine Schwiegermutter kennenlernte.«

Eine halbe Stunde später war Mrs. Plack endlich fertig. Hocherfreut über die fürstliche Bezahlung, die Ryder ihr in Aussicht gestellt hatte, bedankte sie sich überschwenglich bei Sophie.

Sobald sie allein waren, sprang Alex händereibend auf. »Wollen wir nach unten gehen und uns an Douglas' Kognak gütlich tun?«

Sophie starrte ihre Schwägerin an. »Jedesmal, wenn ich glaube, dich allmählich ganz gut zu kennen, sagst du etwas völlig Unerwartetes.«

»Das sagt Douglas auch immer.«

»Er hat recht. Also, gehen wir.«

Eine Stunde später fand der Graf im kleinen Salon zwei alberne Damen vor, die auf dem großen Aubusson-Teppich lagen. Eine Flasche seines besten Kognaks stand zwischen ihnen. Alex lag auf dem Rücken und hielt sich vor Lachen die Seiten. Sophie lag auf dem Bauch, zwirbelte eine Haarsträhne um den Finger und kicherte. »Nein, nein, Alex, es stimmt wirklich. Ich lüge bestimmt nicht. Der Pirat hatte nur ein Bein, und alle drei Frauen wollten ihn – allerdings aus ganz verschiedenen Gründen.«

»Aber Goosie? Sophie, diesen Namen hast du erfunden, gib's zu! Und du sagst, daß sie aus seinem Holzbein ein Schiff schnitzen wollte? Daß sie schon an einem Dutzend Palmen herumgeschnitzt hatte?«

Der Graf ging neben ihr in die Hocke. »Ah, Ryder hat dir also von dem einbeinigen Piraten und seinem Inselabenteuer erzählt?«

Wäre Sophie nicht betrunken gewesen, hätte sie vor Verlegenheit bestimmt im Boden versinken mögen und ihm ein Jahr lang nicht in die Augen schauen können. So aber brachen sie und Alex wieder in schallendes Gelächter aus. Prustend rief Sophie: »Du kennst die Geschichte also auch? Erzähl uns den Schluß, Douglas. Ryder hat ihn mir noch nicht erzählt, und Alex möchte unbedingt wissen, wie die Sache ausgeht.«

»Möchtest du's wissen?« fragte Douglas seine Frau, die flach auf dem Rücken lag und ihn albern angrinste

»Ryder hat diese Namen erfunden – Goosie und Brassy – sowas Lächerliches!«

Douglas hob die Hand. »Nein, es stimmt. Ehrenwort!« Sein Blick schweifte von der fast leeren Kognakflasche zu seiner Frau. Schmunzelnd küßte er sie, bevor er ihren Kognakschwenker leerte und sich im Schneidersitz auf dem Teppich niederließ. »Nun also zu der Geschichte – Goosie war eine sehr beliebte Dame, und sie schaffte es als erste, die Insel zu verlassen, kaum daß sie damit begonnen hatte, aus dem Holzbein ein Schiff zu schnitzen. Nur der Kiel war schon zu erkennen gewesen. Goosie fuhr mit einer Mannschaft blonder Holländer nach St.-Thomas, konnte sich mit ihnen aber nicht verständigen. Zum Glück war jedoch der Kapitän kein Holländer, sondern ein Däne, natürlich auch blond, aber sehr sprachbegabt. Er verstand nämlich die Weltsprache Nummer Eins, und diese Sprache beherrschte Goosie ausgezeichnet.« Er küßte seine Frau wieder.

»Meinst du Französisch, Douglas?«

»Nein, nein, Alex«, rief Ryder von der Schwelle her, »mein lieber Bruder meint die Liebe.«

Sophie starrte ihren Mann an, warf einen Blick auf die Kognakflasche, rollte auf den Rücken und kniff stöhnend die Augen zusammen.

»Darf ich mich der Gesellschaft anschließen?« fragte Ryder.

»Du hast gesagt, du würdest den ganzen Tag beschäftigt sein«, murrte Sophie, ohne die Augen zu öffnen.

»Das war ich auch. Es ist jetzt schon fünf vorbei.«

»Hier.« Douglas reichte seinem Bruder die fast leere Flasche.

Aber Ryder hatte nicht die Absicht, sich zu betrinken. Das konnte für einen temperamentvollen Mann katastrophale Folgen haben. Er hatte gut zehn Minuten im Türrahmen gestanden und seine Freude an der Szene gehabt. Sophie war beschwipst, und ihr fröhliches, ausgelassenes Lachen hatte ihm das Herz erwärmt. Verdammt, morgen würden sich die Damen hundsmiserabel fühlen, aber Ryder gedachte die Stunden bis dahin auszunutzen. Er setzte die Flasche an den Mund und tat so, als würde er sie leeren; dann stellte er sie auf der Anrichte ab und holte eine neue.

»Erzähl uns, was aus dem einbeinigen Piraten wurde«, bat Alex. »Ich bin sicher, daß Douglas es nicht weiß. Ich will mehr über Brassy hören, aber Douglas weicht ständig aus und erzählt andere Geschichten.«

»Brassys Geschichte ist im Park dargestellt.«

»Was meinst du damit?« fragte Sophie, ohne ihn anzusehen.

»Tief im Garten sind Statuen verborgen. Hast du sie noch nicht gesehen, Sophie? Komm, ich zeige sie dir. Hinterher wirst du Alex' Neugier befriedigen können.«

»Eine großartige Idee!« Der Graf stützte sich auf einen Ellbogen auf, und Ryder stellte fest, daß sein Bruder keineswegs betrunken war, sondern sich nur köstlich amüsierte. Der Schelm strich mit den Fingern über Alex' Arm und Schulter und begann sie am Ohr zu kraulen. Ein hinterhältiger Bursche, gar keine Frage. Ryder grinste ihm zu, bevor er Sophie die Hand entgegenstreckte und sie so schwungvoll hochzog, daß sie an seiner Brust landete. Er drückte sie kurz an sich, küßte sie flüchtig und ließ sie los.

Leicht torkelnd, fragte sie mit gerunzelter Stirn: »Statuen, Ryder? Eine Statue von Brassy? Wie ist das möglich? Warum von Brassy und nicht von Goosie?«

»Das wirst du gleich sehen«, sagte Ryder. »Douglas, nimm dich derweilen deiner Frau an«, fügte er schelmisch hinzu, bevor er Sophie hinausführte. Als er die Tür schloß, hörte er Alex kichern.

»Ich nehme an, daß dieses Trinkgelage durch irgendeinen unangenehmen Vorfall ausgelöst wurde?«

»Durch deine Mutter.«

»Aha. Überaus verständlich.«

»Wirst du mir wirklich Brassy zeigen?«

»Ich zeige dir, was immer du sehen willst«, antwortete er.

Auf dem schmalen Gartenpfad, wo die Bäume über ihren Köpfen einen grünen Baldachin bildeten, seufzte sie zufrieden. »Hier ist es wunderschön. Mir ist die Abzweigung dort hinten nie aufgefallen. Warum ist das alles so versteckt?«

»Das wirst du gleich sehen.«

Er beobachtete sie aufmerksam, während sie die erste Statue betrachtete – genauer gesagt, die beiden ineinander verschlungenen Figuren. Die Frau saß rittlings auf dem Schoß des Mannes, mit gewölbtem Rücken und lose herabhängenden Marmorhaaren, und seine Hände lagen auf ihren Hüften und hoben sie etwas an.

Sophie schnappte nach Luft. »Das ist einfach widerlich!«

Aber sie hörte sich nicht so an, als fände sie es widerlich. Im Gegenteil, sie hörte sich sehr interessiert an. Als sie wieder leicht torkelte, legte er ihr einen Arm um die Schultern und zog sie an sich. »Wie du siehst, sind sie mitten beim Liebesakt. Kein schlechtes Leben für eine Statue – bis in alle Ewigkeit lustvoll vereint.«

»Das sieht aber schwierig aus.«

»Unsinn! Möchtest du es ausprobieren oder vorher lieber die anderen Statuen sehen? Sie bieten eine Vielfalt von Positionen.«

Zu ihrer eigenen Überraschung nickte sie und schob ihre Hand in die seine. In Ryder stiegen vertraute Lustgefühle auf, zugleich aber eine bisher ungekannte Zärtlichkeit. Er runzelte die Stirn. Ihre Betrunkenheit auszunutzen war zweifellos unkorrekt. Doch was soll's, sagte er sich.

Er führte sie zum nächsten Prunkstück, das hinter einem halben Dutzend Eibenbüschen verborgen war, und sie schnappte wieder nach Luft, starrte die Figuren zugleich aber fasziniert an.

»Würdest du diese Position vorziehen, Sophie? Es ist für eine Frau nicht ganz einfach, dabei zur Ekstase zu kommen, aber ich glaube, daß es mir gelingen würde. Wenn die Frau auf Händen und Knien ist, dringt der Mann sehr tief in sie ein, und seine Hände haben sehr viel Bewegungsfreiheit. Komm, ich zeige es dir.«

Sie sah mit leicht umnebeltem Blick zu ihm auf und erklärte mit schwerer Zunge: »Nein, Ryder, ich möchte noch mehr sehen und dann meine eigene Wahl treffen, wenn du nichts dagegen hast.«

Ihm verschlug es vor Begeisterung über diese so ganz andere Frau fast die Sprache. »Nein«, murmelte er. »Ich habe nicht das Geringste dagegen.«

Er zeigte ihr alle anderen Statuen, und sie blieb wie angewurzelt stehen, als sie zu dem Paar kamen, wo der Mann mit zurückgeworfenem Kopf und geöffnetem Mund über der Frau lag, die ihre Beine um ihn geschlungen hatte.

»Du bist also eine echte Traditionalistin«, kommentierte er.

Sie dachte darüber nach, wurde dann aber plötzlich leichenblaß, schluckte krampfhaft, riß sich von ihm los, fiel auf die Knie und übergab sich.

»Verflixt und zugenäht!« fluchte Ryder leise vor sich hin.

Sophie wollte sterben. Sie glaubte, widerlich schmeckende Watte im Mund zu haben, und ihr Kopf dröhnte so, daß sogar ihr eigenes Herzklopfen sie störte.

Ryder hatte sie ins Haus getragen und zu Bett gebracht. Auf dem Korridor traf er seinen Bruder, und sie lachten schallend, bis Ryder schließlich fragte: »Ist Alex in genauso schlechter Verfassung wie meine Frau?«

»Wahrscheinlich in noch schlechterer. Ich habe ein Heilmittel, aber ich weiß nicht, ob ich Alex dazu bringen kann, es zu trinken.«

»Vielleicht sollten wir ›Bäumchen wechseln‹ spielen und nicht der eigenen Frau, sondern der lieben Schwägerin das Zeug einflößen.«

Douglas war einverstanden, und Ryder begab sich zu Alex, die regungslos auf dem Rücken lag, einen Arm über den Augen.

»Keine Angst, Alex, ich bin's nur, Ryder. Ich werde jetzt deinen Kopf anheben, und du wirst die Medizin brav austrinken. In einer Stunde wirst du dann wieder Bäume ausreißen können, das verspreche ich dir.«

Alex starrte ihren Schwager an und war so überrascht, daß sie widerspruchslos alles schluckte.

Für Douglas war die Sache nicht ganz so einfach, aber Sophie genierte sich mittlerweile kaum noch vor ihm und stöhnte nur einmal laut, bevor sie die bittere Medizin trank.

Wieder auf dem Korridor, berichtete Douglas: »Sophie schläft jetzt und wird wahrscheinlich erst morgen früh aufwachen. Tut mir leid, Ryder, aber heute nacht wirst du deine Begierde vergessen müssen. Und jetzt erzähl mir, welchen Weg ihr zum Chadwyck House nehmen werdet und womit ich dir helfen kann.«

An einem sehr nebligen Freitagmorgen versammelte sich die ganze Familie vor dem Haus, um von Ryder und Sophie Abschied zu nehmen. Ryder entfernte sich ein wenig, als seine Frau ihren kleinen Bruder an sich drückte.

»Ich werde dich vermissen, Liebling«, sagte sie. »Sei ein braver Junge, ja? Dein Pony ist einfach wunderbar. Vergiß aber nicht, dich um das Tier zu kümmern.«

»Es heißt George, Sophie.« Jeremy ertrug klaglos alle guten Ratschläge, weil sie seine Schwester war und er sie von Herzen liebte, aber allmählich wurde er doch etwas ungeduldig. Ryder erlöste den Schwager, indem er ihn einfach hochhob und kurz umarmte. »Du mußt Sinjun hin und wieder kräftig eins auf den Deckel geben«, sagte er. »Sie braucht das. Wir sehen uns bald, Jeremy.« Er stellte ihn wieder auf die Beine, schüttelte ihm die Hand und half sodann seiner Frau beim Einsteigen in die Kutsche.

Gleich darauf rollten drei Kutschen die lange Auffahrt hinab. In der ersten saßen Ryder und Sophie, in der zweiten Tinker, Ryders steifer Diener, und ein junges Mädchen, das als Sophies Zofe angelernt werden sollte. Es war sehr schüchtern und hieß Gory.

Die dritte Kutsche war mit Gepäck schwer beladen.

Douglas blickte nachdenklich den Kutschen nach und lächelte sodann Jeremy zu, der sich verstohlen eine Träne abgewischt hatte. »Ryder wird gut auf deine Schwester aufpassen, mein Junge. Mach dir keine Sorgen. Und bald werden wir alle wieder zusammen sein.«

Sophie selbst legte nicht den geringsten Wert darauf, daß Ryder auf sie aufpaßte. Sie wollte ihn nicht einmal in ihrer Nähe haben, denn sie schämte sich fast zu Tode, jene schrecklichen Statuen angestarrt und sich sogar gewünscht zu haben, daß Ryder all das mit ihr machte. Und das Schlimmste war, daß dieser Lump genau wußte, was in ihr vorging.

»Du bist ein Lustmolch«, schimpfte sie.

»Und du bist eine Traditionalistin«, sagte er vergnügt. »Aber irgendwann wirst du dann doch mit meinem armen Männerleib herumexperimentieren wollen, und ich verspreche dir, bis dahin keine der interessanten Positionen zu vergessen, die wir im Garten gesehen haben.«

»Ich habe überhaupt nicht an diese gräßlichen Statuen gedacht. Außerdem hasse ich es, wenn du weißt, was ich denke.«

»Eigensinnig wie eh und je! Gott sei Dank bin ich dein Ehemann, denn sonst würde deine Sturheit dich noch um die größten Wonnen des Lebens bringen.«

»Ich bin jetzt genauso wenig schwanger wie auf Jamaika.«

Ryder ließ sich nichts von seiner Enttäuschung anmerken. Er grinste, tätschelte ihre behandschuhte Hand und sagte nur: »Vielleicht hat ein Harem doch einiges für sich. Dann braucht man wenigstens nichts aufzuschieben.«

Chadwyck House lag ziemlich genau in der Mitte zwischen Lower Slaughter und Mortimer Coombe und nur acht Kilometer östlich von Strawberry Hill, dem Sitz des Viscount Rathmore. Ryder hatte keine Ahnung, ob Tony und die hinreißende Melissande sich noch dort aufhielten, oder ob Tony mit seiner kapriziösen Frau mittlerweile nach London gefahren war. Es interessierte ihn auch herzlich wenig. Am Spätnachmittag erreichten sie die zum Chadwyck House gehörenden Ländereien.

»Bist du je zuvor in den Cotswolds gewesen, Sophie?«

»Nein, aber ich finde sie wunderschön.«

»Du mußte diese Landschaft erst einmal im Herbst erleben, im Oktober. Die Farbenpracht der Bäume ist dann einfach überwältigend. Man könnte heulen, so schön ist es.«

Doch seine Begeisterung verflog jäh, als die Kutschen vor dem Herrenhaus hielten. Er war fast ein Jahr nicht mehr hier gewesen – elfeinhalb Monate, genau gesagt. Aber wie konnte in dieser relativ kurzen Zeit so etwas passieren?

Das reizvolle Tudorhaus sah verwahrlost und unbewohnt aus. Mehrere Fensterscheiben waren zerbrochen, Efeu rankte sich bis zum zweiten Stock empor, und überall wucherte Gras und Unkraut, sogar zwischen den Rissen der breiten Steintreppe. Ackergeräte rosteten im Freien vor sich hin, und in den Ställen waren allem Anschein nach keine Tiere mehr untergebracht.

Sophie runzelte die Stirn. »Das verstehe ich nicht«, murmelte sie.

»Ich auch nicht.«

Ryder sprang aus der Kutsche, half seiner Frau beim Aussteigen und hörte Tinker rufen: »Allmächt'ger, was is' denn hier passiert?«

»Diese Frage wird Allen Dubust mir gleich beantworten müssen«, knurrte Ryder. Sophie hatte ihn nicht mehr so wütend gesehen, seit er auf Jamaika entdeckt hatte, daß sie von ihrem Onkel mißhandelt worden war.

»Bleib hier«, befahl er, stürmte die Freitreppe hinauf und hämmerte gegen die schwere Eichentür.

Es dauerte sehr lange, bis einer der Türflügel einen Spalt weit geöffnet wurde. Ein runzeliges Gesicht spähte hinaus.

»Master Ryder! Endlich hat Gott meine Gebete erhört! Dem Himmel sei Dank!«

»Mrs. Smithers, was ist denn passiert? Wo ist Allen Dubust? Was zum Teufel geht hier eigentlich vor?«

»O Gott, o Gott!« stöhnte Mrs. Smithers, während sie beide Türflügel weit öffnete.

»Sophie, komm ins Haus. Tinker, du kümmerst dich mit Cory um das Gepäck. Ich glaube nicht, daß euch hier jemand zur Hand gehen kann.«

Die Eingangshalle war total verschmutzt, und Ryder fluchte laut, bis ihm auffiel, daß Mrs. Smithers zwei Besenstiele als behelfsmäßige Krücken benutzte.

»Erzählen Sie mir, was passiert ist«, sagte er wieder, und als er Sophie im Türrahmen stehen sah, fügte er hinzu: »Das ist meine Frau. Sophie, dies ist Mrs. Smithers, die seit einer Ewigkeit hier ist.«

Passiert war folgendes: Allen Dubust hatte Mrs. Smithers die

Treppe hinuntergeworfen, nachdem er alle anderen Dienstboten entlassen hatte, weil die alte Frau ihm nicht glaubte und mit einer Anzeige bei den lokalen Behörden drohte. »Ich habe ihm gesagt, ich hätte von jeher gewußt, daß er ein Lump sei, und er würde mich nie dazu bringen, das Haus zu verlassen. Ich habe ihm gesagt, daß ich allen erzählen würde, was er gemacht hat. Daraufhin ist er in Wut geraten und hat mich die Treppe hinuntergestoßen.« Er hatte das Haus ausgeräumt, unbefugterweise Land verkauft und mit dem Erlös in der Tasche die Gegend verlassen. »Er hat allen weisgemacht, daß Sie Chadwyck House verkauft hätten.« Unglückseligerweise hatte Mrs. Smithers niemanden benachrichtigen können, weil keine Menschenseele im Haus war und sie kaum laufen konnte. Es hatte ihr schon größte Mühe bereitet, zur Tür zu gelangen.

»Ich lasse Tinker sofort nach Lower Slaughter reiten«, sagte Sophie resolut. »Sie brauchen einen Arzt, Mrs. Smithers.«

»Aber das Haus!« jammerte Mrs. Smithers, den Tränen nahe.

»Es ist doch nur ein Haus, und wir werden es wieder in Ordnung bringen.« Sophie tätschelte die gebeugte Schulter der alten Frau. »Im Augenblick machen wir uns aber mehr Sorgen um Sie, Mrs. Smithers. Sie haben sich großartig verhalten. Findest du nicht auch, Ryder?«

Er sah sie erstaunt an. Das ängstliche, deprimierte Mädchen, das er im Haus seines Bruders erlebt hatte, war plötzlich wieder selbstsicher und tatkräftig. Er räusperte sich. »Wir werden uns um alles kümmern, als erstes um Sie, Mrs. Smithers. Ich bin stolz auf Sie, und ich bin Ihnen sehr dankbar.«

Zwei Stunden später schlief Mrs. Smithers, nachdem Dr. Pringle ihr eine ordentliche Dosis Laudanum verabreicht und ihr gebrochenes Bein geschient hatte. Der Arzt wiederholte immer wieder kopfschüttelnd: »Ich kann gar nicht begreifen, wie sie überlebt hat. Diese alte Frau ist unglaublich zäh. Sie wollte nicht aufgeben.«

Nachdem er sich verabschiedet hatte, standen Ryder und Sophie ratlos in der schmutzigen Halle herum.

»Das ist der reinste Alptraum«, murmelte Ryder. »Oh, Sophie, es tut mir ja so leid!«

Zu seiner Verwunderung grinste Sophie. »Sehen wir mal nach, ob wir in der Küche noch etwas Eßbares finden.«

Es gab nichts Eßbares, nicht einmal irgendwelche kläglichen Reste, dafür aber Ratten, die in den vergangenen drei Wochen die Küche in Besitz genommen hatten.

Cory kreischte entsetzt. »Sei still«, befahl Sophie. »Dein Geschrei geht einem ja durch Mark und Bein. Du bleibst bei Mrs. Smithers, während Mr. Sherbrooke und ich nach Lower Slaughter fahren, um Lebensmittel einzukaufen und uns nach neuen Dienstboten umzuschauen.«

»Ja«, bestätigte Ryder, immer noch völlig perplex über die plötzliche Verwandlung seiner Frau. »Ach, Tinker, hilf dem Kutscher, die Pferde zu versorgen.«

Er rieb sich die Hände. »Es geht doch nichts über eine tüchtige Herausforderung, stimmt's?«

KAPITEL 18

Es war kein Bett da.

Ryder stand wie angewurzelt auf der Schwelle und ließ seinen Blick völlig fassungslos durch das leere Schlafzimmer gleiten, das ihm von jeher mißfallen hatte, weil es dunkel und niedrig war. Die dicken goldfarbenen Vorhänge hingen noch an den langen Fenstern, aber sie waren so häßlich und fadenscheinig, daß Ryder wünschte, Dubust hätte sie mitgenommen.

Kein Bett! Das war nun wirklich der Gipfel. Sophie war erschöpft, er selbst war noch immer so wütend, daß er die Müdigkeit nicht spürte, und Mrs. Smithers schnarchte nach einem Festmahl im Nähzimmer, das in aller Eile für sie hergerichtet worden war. Cory schlief im selben Raum. Der Schurke Dubust hatte kein Interesse an den Möbeln der Dienstboten gehabt.

Sophie tauchte hinter Ryder auf, mit Bettzeug schwer beladen, sah die Bescherung und stöhnte: »O Gott, Ryder, du Ärmster!«

»Dubust hat angeblich überall herumerzählt, daß alle Möbel nach Northcliffe Hall geschickt würden. Das hat jedenfalls der gute Doktor berichtet. Ich kann es immer noch nicht glauben. Verdammt, Sophie, das alles ist meine Schuld.« Er nahm ihr schnell die Bettwäsche ab.

»Wir werden wohl auf Decken schlafen müssen. Du bist so müde, Liebling, daß ich weitere Schimpftiraden am besten auf morgen verschiebe. Einverstanden?«

»Dieses Schlafzimmer gefällt mir nicht besonders, Ryder.«

»Mir auch nicht. Ich fand es schon immer schrecklich. Gehen

wir nach unten. Mrs. Smithers hat erzählt, daß Dubust hier geschlafen und sich wie ein Schloßherr aufgeführt hat. Verflucht, wie konnte ich nur so ein verantwortungsloser Vollidiot sein?«

»Wenn mir die grauenhaften Folgen nicht so lebhaft in Erinnerung wären, würde ich vorschlagen, daß wir uns auf die Suche nach einer Flasche Schnaps machen.«

Er mußte lachen. »Man braucht nicht unbedingt eine ganze Flasche zu leeren. Weißt du, es gibt so etwas wie Mäßigkeit.«

»Ach ja? Dieses Prinzip der Mäßigkeit befolgst du wohl auch bei deiner Weiberherde?«

War das Eifersucht? Er grinste töricht. »Herde? Hat Douglas etwas in dieser Richtung gesagt? Nein? Dann hör zu – ich habe jetzt nur noch eine einzige Stute, und sie scheint zum Glück nicht nur schön, sondern auch sehr ausdauernd zu sein. Das wird sie in einem leeren Haus und mit einem Trottel von Ehemann auch nötig haben. Komm, Sophie, bauen wir uns irgendwo ein Nest, bevor du im Stehen einschläfst. Gott sei Dank hat Dubust nicht auch noch alle Decken und Kissen mitgenommen.«

»Nein, er wollte nur die Möbel haben. So viele herrliche Sachen, hat Mrs. Smithers mir dauernd erzählt.«

Ryder mußte wieder lachen. »Sie hat recht. Und jetzt suchen wir uns ein Plätzchen, wo wir unsere müden Knochen ausstrecken können.«

Kurze Zeit später lagen sie Seite an Seite in ihrem behelfsmäßigen Bett aus drei Decken. »Nun, zumindest haben wir den Stein ins Rollen gebracht«, sagte Sophie und griff impulsiv nach Ryders Hand. Im ersten Moment war er völlig sprachlos, führte aber ihre Hand an seine Lippen und küßte sie zart.

»Ja«, brachte er schließlich hervor, »aber es wird nicht leicht sein, Liebling. Verdammt, man müßte mich auspeitschen!«

»Ich muß gestehen, daß ich das in der Vergangenheit sehr oft durchaus befürwortet hätte, aber diesmal nicht. Es ist nicht deine Schuld, Ryder.«

»Wessen Schuld ist es dann? Etwa die von Mrs. Smithers oder Dr. Pringle?«

»Also gut, du hast dich in Dubust getäuscht, aber Selbstvorwürfe nützen uns jetzt nichts, Ryder.«

Er war ein verantwortungsloser Narr gewesen, und diese Erkenntnis schmerzte ihn sehr. Trotzdem hatte Sophie natürlich recht: Selbstvorwürfe brachten sie im Augenblick nicht weiter, und sie hatten den Stein zumindestens ins Rollen gebracht, indem sie in Lower Slaughter zwei Frauen gefunden hatten, die früher in Chadwyck House gearbeitet hatten und ihren Dienst gleich am nächsten Tag wieder antreten konnten. Vorläufig starrte aber noch alles vor Schmutz, auch der Blaue Salon, wo sie jetzt auf dem Boden lagen. »Verdammt, wir könnten dieses Zimmer jetzt getrost den Schwarzen Salon nennen«, knurrte er. »Von Blau ist hier jedenfalls keine Spur mehr zu sehen.« Fluchend klopfte er sein Kissen zurecht. »Das ist nun also deine erste Nacht in meinem herrlichen Haus.« Er zog Sophie näher an sich heran. »Es tut mir wahnsinnig leid, daß ich dich in diesen Schlamassel gebracht habe.«

Sie gab keine Antwort, aber das störte ihn nicht, denn er war so wütend und schämte sich seiner Trägheit und Sorglosigkeit so, daß es ihm nur darum ging, sich irgendwie abzureagieren. »Ich werde den Kerl finden. Das dürfte nicht allzu schwer sein. Alle Möbel waren katalogisiert, was unser guter Mr. Dubust zweifellos nicht gewußt hat. Onkel Brandon war nämlich ein schrecklicher Pedant, und ich glaube sogar, daß er letztlich an dieser Kleinlichkeit erstickt ist. Jedenfalls werden wir alle Sachen wiederfinden, und dann schnappe ich mir Dubust und schneide ihm höchstpersönlich die Eier … äh, ich meine, er wird mir diese Sache büßen, das schwöre ich dir!«

Erst jetzt bemerkte Ryder, daß seine Frau fest schlief. Er küßte sie zart auf die Stirn, und kurz bevor er selbst einschlief, ging ihm durch den Kopf, daß das Leben zwar gelegentlich mit sehr unangenehmen Überraschungen aufwartete, aber andererseits auch unerwartete Tröstungen bereithielt – beispielsweise das warme und weiche Persönchen, das in seiner Armbeuge ruhte und eine Hand auf sein Herz gelegt hatte.

Die nächsten Tage ließen sich mit nichts vergleichen, was Sophie je erlebt hatte. Sie kam sich wie ein General vor, der seine Truppen befehligt, zeitweise aber auch Seite an Seite mit ihnen an vorderster Front kämpft. Weder Schmutz noch bleierne Müdigkeit vermochten jedoch ihrer Hochstimmung etwas anzuhaben, denn sie wußte, daß sie etwas Sinnvolles machte, und zum erstenmal seit sehr langer Zeit war sie sich ihres Wertes bewußt.

Sie trug ein viel zu kurzes, schmutziges Kleid und ein genauso schmutziges Kopftuch, als Doris, eine sehr dicke gutmütige Frau, von der Eingangshalle her schrie: »Mrs. Sherbrooke! Hier ist ein Herr.«

Sophie hatte kaum Zeit, ihren Besen wegzustellen, als auch schon ein sehr attraktiver Mann vor ihr stand, der eine gewisse Ähnlichkeit mit den Sherbrookes hatte. »Sie müssen Tony Parrish sein«, sagte sie und reichte ihm die Hand.

»So ist es. Und Sie sind die Frau meines Vetters.« Er drehte sich um und rief: »Komm herein, Liebling, und entfalte deinen ganzen wundersamen Charme. Unsere neue Kusine kann das bestimmt gebrauchen.«

Als Melissande Parrish, Lady Rathmore, leichtfüßig die Halle betrat, hielt Sophie unwillkürlich den Atem an. Eine so schöne Frau hatte sie noch nie gesehen. Ihr kam es fast so vor, als hätte sich eine Märchenprinzessin hierher verirrt.

»Sind Sie Alex' Schwester?«

»O ja, ich bin Melissande, und Sie müssen Sophie sein, die Riesenüberraschung für sämtliche Sherbrookes in England, wie Tony sagt. Niemand hätte es für möglich gehalten, daß Ryder ... na ja, Ryder hatte immer einen großen Bedarf an Frauen ... aber Tony glaubt, daß er seinen Mätressen jetzt den Laufpaß geben wird und ...«

»Das genügt vorläufig, Liebste, würde ich sagen.« Tony Parrish verschloß seiner Frau zu Sophies Erstaunen mit einem Kuß den Mund.

Melissande errötete. »Du hättest in der Kutsche nicht damit anfangen sollen, denn jetzt ...« Sie verstummte mitten im Satz, schüttelte über sich den Kopf und sagte zu Sophie: »Wissen Sie, mein Mann zieht mich für sein Leben gern auf. Aber ich sehe hier nirgends eine Sitzgelegenheit. Sollen wir hier stehenbleiben?«

Sophie wurde zum Glück einer Antwort enthoben, denn Ryder trat in diesem Augenblick über die Schwelle, und er sah in seinem weißen Hemd mit offenem Kragen, in Wildlederhose und schwarzen Schaftstiefeln so männlich und kraftstrotzend aus, daß sie versucht war, sich in seine Arme zu werfen. Er hatte sich in den letzten drei Tagen so verändert. Oder war sie es, die sich verändert hatte? Höchstens ein ganz klein wenig, redete sie sich hastig ein. Ryder war ihr natürlich nach wie vor völlig gleichgültig, trotz seines charmanten Lächelns, seiner blendend weißen Zähne und der Lachfältchen um seine blauen Augen herum. Dann begriff sie, warum er ihr verändert vorkam. Hier trug er Verantwortung, hier war er der Hausherr, und diese Rolle paßte ausgezeichnet zu ihm. Und ich bin die Hausherrin, dachte Sophie stolz.

Die Cousins schüttelten einander die Hand, klopften einander auf den Rücken und sparten nicht mit gegenseitigen freundschaftlichen Schimpfnamen. Sophie wartete ängstlich darauf, daß Ryder sich der Prinzessin an Tonys Seite zuwenden und – bildlich gesprochen – zu Füßen werfen würde.

Seltsamerweise tat er das nicht. Statt dessen lächelte er dem hinreißenden Geschöpf liebenswürdig, aber gänzlich unbeeindruckt zu. »Willkommen in Chadwyck House, Kusine. Ich hatte Tony gewarnt, daß er sich vorerst lieber nicht herwagen sollte, weil ich ihn andernfalls zur Arbeit einspannen könnte.«

»Ein solcher Faulpelz bin ich nun auch wieder nicht«, sagte Tony. »Zwei willige Sklaven stehen ganz zu eurer Verfügung.«

»Wir fahren erst nächste Woche nach London.« Melissande sah sich schaudernd um. »Tony besteht darauf, daß wir euch in der Zwischenzeit helfen sollen. Aber es ist viel schlimmer, als ich es mir vorgestellt hatte. Ich bin noch nie schmutzig gewesen, und schwarze Fingernägel müssen etwas Grauenhaftes sein.«

Sie ist sehr naiv, dachte Sophie, atemberaubend schön, aber naiv. Ihre eigenen Fingernägel waren rabenschwarz, weil sie den Kamin entrußt hatte, und sie ballte ihre Hände rasch zu Fäusten.

»Sie werden keinen Finger rühren«, sagte sie zu Melissande. »Zumindest nicht in diesem Kleid.« Sophie warf ihrem Mann einen fragenden Blick zu, aber Ryder starrte Tony an, der seine Frau grinsend neckte: »Was, du warst noch nie schmutzig? Liebling, du hast offenbar ein sehr kurzes Gedächtnis. Ich kann mich jedenfalls lebhaft an eine gewisse Situation im Park von Northcliffe erinnern – du weißt schon, unter der Venusstatue, die ihre Blöße mit einer viel zu kleinen Hand zu verhüllen versucht. Damals warst du ganz schön verschwitzt, und du bist ziemlich schmutzig geworden, aber es hat dich kein bißchen gestört.«

Melissande knuffte ihn in den Arm.

»Manche Dinge ändern sich nie«, kommentierte Ryder kopfschüttelnd, »andere hingegen ändern sich so sehr, daß es einem gewöhnlichen Sterblichen total die Sprache verschlägt.«

»Diesen Zustand hat mein trautes Eheweib noch nicht ganz erreicht«, sagte Tony, »aber manchmal ist sie schon nahe daran.«

Melissande sah völlig verwirrt aus. »Sie scheinen ja ganz hübsch zu sein, Sophie«, murmelte sie, »obwohl dieses Kleid einfach schrecklich ist, und das Kopftuch nicht minder, aber Sie sind nicht schön. Das alles ist sehr merkwürdig, und ich kann es einfach nicht verstehen.«

Sophie blinzelte.

»Ein Mann ist unberechenbar, was seinen Geschmack betrifft«, sagte Ryder vergnügt. »Vielleicht leide ich ja tatsächlich unter Geschmacksverirrung.« Er flüsterte seiner Frau ins Ohr: »Sie kann nicht begreifen, wie ein durchaus männlicher Mann wie ich dich ihr vorziehen kann.«

»Das kann ich sehr gut nachvollziehen.« Sophie lächelte der berückenden Person zu. »Sie sind wirklich sehr schön.«

»Ja, ich weiß, aber Tony möchte, daß ich nichts auf solche Komplimente gebe, daß ich sie einfach ignoriere, weil sie angeblich so vergänglich wie Schneeflocken sind. Aber Ihr Kompliment ist zweifellos ganz ehrlich gemeint, und außerdem sind sie ja kein Mann, und deshalb ist es gänzlich unverfänglich, findest du nicht auch, Tony?«

Tony Parrish erwiderte mit todernster Miene: »Deine Logik ist bestechend, Liebste.« An Ryder gewandt, fuhr er fort: »Und jetzt sag mir, womit ich mich nützlich machen kann. Übrigens habe ich sechs Männer und vier Frauen mitgebracht, die kräftig zupacken können.«

Sophie hätte ihren neuen Vetter umarmen mögen, beschränkte sich aber auf ein strahlendes Lächeln. Er betrachtete sie mit schief gelegtem Kopf. »Ah, Ryder, ich glaube, jetzt verstehe ich dich. O ja, ich kann dich gut verstehen.«

Vier Tage später war Chadwyck House makellos sauber und völlig leer, bis auf ein breites Bett im Salon und die Möbel im Dienstbotentrakt. Mrs. Smithers hatte nach wie vor einen Riesenappetit und war überglücklich, daß Master Ryder hier jetzt seinen ständigen Wohnsitz nehmen wollte.

Allen Dubust war in einer Kneipe in Bristol geschnappt worden. Wenige Stunden später wäre er an Bord eines Schiffes nach Amerika gegangen, die Taschen voller Geld, denn er hatte nicht nur die Möbel gut verkauft, sondern auch die Pächter zur Kasse gebeten. Es war Onkel Albert Sherbrooke gewesen, der den Ganoven zufällig gesehen hatte, und dann hatte Tante Mildred die Initiative ergriffen und einigen jungen Burschen drei Guineen versprochen, wenn sie den Schurken zur Strecke bringen würden.

Bald würden die Möbel wieder im Chadwyck House stehen, und Dubust würde jahrelang im Kerker schmachten. Mrs. Smithers konnte diese guten Nachrichten gar nicht oft genug wiederholen.

Nun würde alles wieder gut werden. Auch Ryder konnte sein Glück kaum fassen. Er war dumm und verantwortungslos gewesen, und trotzdem hatte sich alles zum Guten gewendet. Nun konnte er seine Versäumnisse wettmachen. Er schrieb seinem Bruder und berichtete ausführlich über all die aufregenden Ereignisse und über Sophies erste Begegnung mit Melissande, die sich zugegebenermaßen zu einer ganz passablen Frau entwickelte. Sie hatte sich sogar erboten, das Polieren des Silberbestecks – Tonys Hochzeitsgeschenk – zu beaufsichtigen.

Es war Dienstagnachmittag, ein bewölkter, kühler Tag, aber die sanften Hügel boten einen so herrlichen Anblick, daß Sophie wünschte, sie könnte einfach ziellos durch die Gegend reiten. Aber sie mußte nach Lower Slaughter, in die Tuchhandlung. Es gab noch immer soviel zu tun, was sie jedoch nicht störte. Nein, sie genoß die Arbeit sogar. Fröhlich summend dachte sie an Jeremy und hoffte zuversichtlich, daß auch er bald hier leben würde.

Mitten auf der Straße traf sie plötzlich Lord David Lochridge. Sie starrten einander verblüfft an.

»Großer Gott!« rief er. »Du bist es wirklich und wahrhaftig, Sophie Stanton-Greville! Nein, das stimmt ja nicht mehr, denn du hast diesen Sherbrooke geheiratet, nicht wahr?«

Sophie drehte es fast den Magen um, und sie konnte nur stumm nicken.

Lord Davids Augen verengten sich. »Du hast ihn doch geheiratet? Oder bist du nur seine Mätresse?«

»Nein«, brachte sie mühsam hervor.

Er lachte boshaft. »Soll ich dir etwas verraten, meine Liebe? Charles Grammond wohnt ganz in der Nähe von Upper Slaughter. Soviel ich weiß, hat er sein Glück zuerst in den Kolonien versucht, in Virginia, aber er hat sich dort nicht zurechtgefunden und ist deshalb hierhergekommen. Eine Großtante unterstützt ihn jetzt – ihn, seine gräßliche Frau und die vier mißratenen Sprößlinge. Er muß allerdings ganz schön kuschen, damit die Großtante ihn nicht enterbt. Na, ist das nicht eine schöne Überraschung – zwei ehemalige Liebhaber ganz in deiner Nähe?«

»Ich muß weiter«, sagte Sophie, die unwillkürlich die Fäuste geballt hatte.

»Wir sehen uns bestimmt bald wieder, meine Liebe. Schließlich haben wir viel zu besprechen. Ich bin sehr gespannt, was Charles sagen wird, wenn ich ihm die große Neuigkeit berichte. Übrigens bin ich hier am Ort mit einem Mädchen verlobt, das so reich ist, daß ich mindestens zehn Jahre brauchen werde, um ihr Vermögen durchzubringen. O ja, wir müssen uns bald einmal ernsthaft unterhalten. In der Zwischenzeit rate ich dir sehr, den Mund zu halten – andernfalls wirst du es sehr bedauern, du und auch dein Ehemann.«

In diesem Augenblick fielen Sophie die Worte der Jungfräulichen Braut ein, daß alles gutgehen würde, auch wenn sie kämen. Waren damit Charles und David gemeint gewesen? Aber wie könnte diese Geschichte ein gutes Ende nehmen? Es war einfach unmöglich.

Sie hatte vergeblich gehofft, fern von Westindien ein neues vielversprechendes Leben beginnen zu können.

Wie in Trance erledigte sie ihre Einkäufe. Der Tuchhändler schüttelte nur den Kopf, als sie sein Geschäft verließ. Der arme Mr. Sherbrooke hatte offenbar eine geistig behinderte Frau geheiratet. Wirklich ein Jammer!

Wieder zu Hause, zog sich Sophie ins Schlafzimmer zurück, das Ryder und sie von Grund auf verändert hatten. Die Wände waren hellgelb gestrichen, und ein herrlicher cremefarbener und blauer Aubusson-Teppich diente als Blickfang. Sie trat ans spiegelblanke Fenster und starrte auf den frisch gemähten Rasen hinab. Alles war so schön. Der reinste Garten Eden. Dies war ihr Heim. Aber nicht mehr lange. Langsam sank sie auf die Knie, vergrub ihr Gesicht in den Händen und begann zu schluchzen.

Mrs. Chivers, die neu eingestellte Haushälterin, sah sie weinen, sagte kein Wort und suchte statt dessen nach dem Hausherrn. Ryder war fast davon überzeugt, daß Mrs. Chivers sich geirrt haben mußte, aber er eilte trotzdem ins Schlafzimmer und erschrak zutiefst, als er Sophie in Tränen aufgelöst vorfand.

»Sophie«, rief er, »was in aller Welt ist denn nur passiert?«

Sie drehte sich verstört um. O Gott, was sollte sie ihm nur sagen? Daß jetzt alles vorbei war? Daß der gute Ruf der Sherbrookes bald dahin sein würde, und daß sie daran schuld war? Ryder mochte aus Leichtsinn vorübergehend sein Mobiliar verloren haben, sie aber hatte seine ganze Familie ins Unglück gestürzt.

Er kauerte neben ihr nieder, und sie spürte seine Hände auf ihren Oberarmen. Langsam und sehr sanft zog er sie an sich. Ihr Gesicht war aschfahl, ihre Augen waren vom Weinen geschwollen.

Er drückte ihre Wange an seine Schulter. »Nicht mehr weinen, Sophie«, flüsterte er. »Die Ehe hat einen großen Vorteil – man ist nicht mehr allein. Es ist immer ein Mensch da, der dir helfen kann, bei jedem Problem, in jeder Lebenslage. Bitte erzähl mir, was los ist, Liebling.«

Sie schüttelte wortlos den Kopf.

Ryder runzelte die Stirn. Sophie war es gewesen, die ihn seit der Ankunft in dem völlig verwahrlosten Haus aufgerichtet und schließlich sogar in gute Laune versetzt hatte. Sie hatte nicht nur den Dienstboten Anweisungen gegeben und sich um das Essen gekümmert, sondern auch selbst geputzt und Staub gewischt und dabei noch gelächelt. Verdammt, sie war glücklich gewesen, das wußte er genau. Was konnte nur passiert sein?

Sie hörte auf zu weinen, hatte jetzt aber Schluckauf, und die stoßweisen Bewegungen ihrer Brüste an seiner Brust ließen in ihm starke Lustgefühle aufsteigen. Ihre Menstruation war vor einigen Tagen zu Ende gegangen, aber sie war abends immer so todmüde gewesen, daß er sie nur in den Armen gehalten hatte.

Doch jetzt begehrte er sie wahnsinnig.

»Erzähl es mir, Sophie«, wiederholte er.

Sie beugte sich etwas zurück. »Mir tun die Knie weh.«

»Wozu haben wir ein Bett? Komm, setzen wir uns.«

Sie warf einen flüchtigen Blick auf das Bett. Seine Erregung war ihr natürlich nicht entgangen. Sie mochte noch so verstört sein, aber blind war sie nicht. Bilder aus der Vergangenheit überfielen sie plötzlich: Lord David, der sie geküßt und seine Zunge in ihren Mund gezwängt hatte, bevor sie ihn ablenken konnte, der sich stets vor ihr ausgezogen hatte, um ihr stolz seinen nackten Körper vorzuführen, mit seinem großen Penis zu prahlen und im voraus anzukündigen, auf welche Weise er sie nehmen würde.

Und Charles Grammond, dieser Mann mit Bauch in mittlerem Alter, im Grunde kein übler Kerl, der rührend dankbar gewesen war, als sie ihn zu ihrem Liebhaber erkoren hatte. Doch dann hatte er sich verändert, und einmal hatte er sie am hellichten Tag gegen einen Baum gepreßt, und sie hatte mit der Reitpeitsche nach ihm geschlagen, aber er hatte nur gelacht und sein Glied aus der Hose geholt und verlangt, daß sie ihn mit dem Mund befriedigte. O Gott, sie hatte mitgeholfen, ihn zu ruinieren, während sie ihm weismachte, daß er ein wunderbarer Liebhaber sei. Und er hatte überall mit seiner Potenz geprahlt – na ja, schließlich konnte er vier Kinder als Beweise anführen.

Und jetzt waren beide hier, Lord David und Charles! Beide hielten sie für eine Hure, und beide würden sie bestimmt mit wahrer Wonne ruinieren. Sie erinnerte sich lebhaft an die lüsternen Blicke, die beide Männer ihr bei jeder Begegnung zugeworfen hatten, an all die zweideutigen Bemerkungen und selbstzufriedenen Kommentare über die Nächte, die sie mit ihr verbracht zu haben glaubten …

Sie riß sich von Ryder los, sprang auf, raffte ihre Röcke und rannte aus dem Schlafzimmer.

Er starrte ihr nach und ahnte, daß der Anblick seiner Erektion in ihr Erinnerungen an Jamaika wachgerufen hatte, schreckliche Erinnerungen, wie er unschwer an ihrem Mienenspiel ablesen konnte.

Und dabei hatte er so gehofft, daß sie allmählich Vertrauen zu ihm faßte. Zähneknirschend nahm er sich vor, diesen unerträglichen Zustand bald zu beenden.

Tagsüber gab es wie immer soviel zu tun, daß eine Mißstimmung zwischen ihnen nicht aufkommen konnte, nicht einmal beim Abendessen, das sie zu zweit einnahmen. Als Ryder um zehn Uhr abends das Schlafzimmer betrat, lag Sophie noch nicht im Bett, sondern saß mit untergeschlagenen Beinen in einem Ohrensessel am Kamin, ein Buch auf dem Schoß.

»Ich habe mein Tagewerk vollbracht«, sagte er.

Das Buch – Abhandlungen von John Locke – glitt von ihrem Schoß, ohne daß sie Anstalten machte, es aufzuheben.

Er tat es an ihrer Stelle. »Wo zum Teufel hast du das gefunden?«

»Dein Mr. Dubust hat es zurückgelassen.«

»Daraus kann ich ihm keinen Vorwurf machen. Hör dir das nur mal an: ›Latein ist für einen Gentleman meines Erachtens unerläßlich.‹ Eine schreckliche Bemerkung! Mein jüngerer Bruder – Tyson, der zukünftige Kleriker – müßte Latein mittlerweile ganz gut beherrschen. Er sagt, daß die Gemeinde die Worte nicht zu verstehen braucht, daß er den Leuten den Sinn durch seinen Tonfall vermitteln kann, daß Gott vom normalen Kirchenvolk keine tiefen Einsichten, sondern nur ein Gespür für den heiligen Kern erwartet, was auch immer das sein mag. Und er ist davon überzeugt, dieses Gespür fördern zu können.«

»Hat dein Bruder das wirklich gesagt?«

»Er hat es versucht, aber ihm geht meine Beredsamkeit ab.«

»Auch deine Bescheidenheit?«

»Aha, ein bißchen Essig! Ausgezeichnet. Komm jetzt mit mir ins Bett. Ich weiß, daß du vorhin gebadet hast. Diese Ausrede kannst du diesmal also nicht gebrauchen.«

»Ich will nicht, Ryder«, murmelte sie händeringend.

Es war unfaßbar – seine starke Sophie, die in der vergangenen Woche zwanzig Dienstboten angeleitet und bei der Arbeit fröhlich gesummt hatte, rang jetzt die Hände wie ein völlig hilfloses Geschöpf.

»Und du willst mir auch immer noch nicht sagen, warum du heute geweint hast?«

»Nein. Es war wirklich nichts Wichtiges. Ich hatte nur ... ich hatte einige Teile des Silberbestecks verloren.«

Ryder schüttelte den Kopf, zog sich aus und kehrte nackt zum Kamin zurück, wo nur noch vereinzelte orangefarbene Funken glommen.

Gegen ihren Willen starrte sie ihn an. Er streckte seine Hand aus. »Komm, Liebling, ich werde alles versuchen, um dir diesmal etwas Lust zu bescheren. Und wenn es mir heute nicht gelingt, dann eben morgen oder übermorgen. Wir haben unzählige Nächte vor uns.«

Sie schüttelte den Kopf, aber er zog sie einfach hoch, nahm sie auf die Arme, trug sie zum Bett, legte sie sanft auf den Rücken und löste den Gürtel ihres Morgenrocks.

Ohne Rücksicht auf ihre Blässe, ihre ängstlichen Augen und ihren steifen Körper zu nehmen, beraubte er sie auch des Nachthemds.

»Nein, deck dich nicht zu.«

Sie wandte ihr Gesicht ab und ballte die Fäuste.

»Du bist schön, Sophie, keine Märchenprinzessin wie Melissande, aber nichtsdestotrotz sehr hübsch, wie sogar sie erkannt hat. Ich glaube, ich werde dich behalten. Und jetzt werde ich ... nein, laß es mich dir einfach zeigen.«

Sie sah ihn nun doch wieder an. »Ryder«, sagte sie, »ich weiß, daß du mich nehmen willst. Dazu brauchst du nicht vorher mit mir herumzuspielen. Bringen wir es hinter uns. Ich werde mich nicht wehren, weil ich weiß, daß es sinnlos wäre. Aber ich bin müde und möchte möglichst schnell meine Ruhe haben.«

Er lachte. »Jene gottverdammten Männer! Dich nehmen – wirklich eine großartige Umschreibung für den Liebesakt. Jetzt hör mir mal gut zu, Mrs. Sherbrooke. Du bist meine Frau, und ich möchte mit dir spielen, bis du vor Lust schreist. Ich möchte dir Genuß schenken, ich möchte, daß du lachst und mich küßt und mit mir spielst. Für dich ist das alles noch unvorstellbar, stimmt's? Aber du wirst es bald verstehen.«

Er küßte sie auf den Mund, so zart, als berührten Schmetterlingsflügel ihre Lippen, und allmählich entspannte sie sich.

»Weißt du, wie köstlich du schmeckst?« flüsterte er. »Wie ich es genieße, dich zu küssen?«

»Es ist nicht übel«, gab sie etwas besorgt zu, und im nächsten Moment schob er seine Zunge sanft zwischen ihre Lippen und berührte die ihre.

Sie wurde sofort wieder steif wie ein Brett.

Ryder hatte sich völlig unter Kontrolle. Er konzentrierte sich ausschließlich auf Sophie, auf ihre Reaktionen, ihre Mimik, auf die Farbenspiele ihrer grauen Augen. Sein sehnlichster Wunsch war, ihre schrecklichen Erinnerungen auszulöschen, sie mit seiner eigenen Lebensfreude und Sinnenlust anzustecken.

Um sie abzulenken, plauderte er mit ihr, während er sie liebkoste. Er bewunderte ihre Brüste, die so weiß wie frischer Schnee seien und so rund, wie ihr Bauch sein würde, sobald sie sein Kind in sich trüge. Er versicherte ihr, daß ihre Hüften breit genug seien, um mühelos Kinder gebären zu können, so viele, wie sie wollte; gleichzeitig streichelte er ihren Unterleib. Als seine Finger das weiche Fleisch zwischen ihren Schenkeln berührten, rollte sie plötzlich zur Seite, und er war so verblüfft, daß es ihr gelang, aus dem Bett zu flüchten und nackt zum Fenster zu laufen, wo sie mit gesenktem Kopf stehenblieb.

Er folgte ihr, legte sanft die Hände auf ihre Schultern und zog sie an sich. »Was ist?«

»Ich komme mir so schmutzig vor!«

Allmächtiger, dachte er, endlich ist der Damm gebrochen. Es wurde auch höchste Zeit. »Endlich hast du mir die Wahrheit gesagt, Sophie. Und jetzt können wir uns damit auseinandersetzen.«

Sie schwieg.

»Meine Finger zwischen deinen Schenkeln – das war nur der Auslöser für solche Empfindungen, stimmt's? Es hat Erinnerungen wachgerufen – hast du vielleicht gesehen, wie einer der Männer das bei Dahlia gemacht hat? Oder hat einer von ihnen dich gegen deinen Willen dort berührt?« Er erhielt keine Antwort. »Also gut, laß es mich dir erklären, Sophie. Du bist anders gebaut als ich. Um wirkliche Lust zu verspüren, mußt du an jener Stelle stimuliert werden, und du brauchst dich dessen weder zu schämen noch dich schmutzig zu fühlen.«

»Das ist es eigentlich auch nicht.«

»Aha«, knurrte er. Seine eigene Begierde war längst verflogen. »Also haben dich doch irgendwelche Männer dort begrapscht? Ist es das? Soll ich weiterhin gegen Erinnerungen ankämpfen, gegen verdammte Gespenster?«

Schöne Gespenster, dachte sie, am ganzen Leibe zitternd.

»Sophie, so rede doch endlich!«

»Es tut mir leid, Ryder.«

Ihm riß der Geduldsfaden, und er schüttelte sie. »Verdammt, Weib, hör auf zu blöken wie ein Schaf! Du warst ein Satansbraten, als ich dich kennenlernte, und jetzt entwickelst du dich zu einem Jammerlappen. Hör auf damit!«

»Ganz wie du willst!« Sie riß sich los, schaute sich hektisch im Zimmer nach etwas um, womit sie zuschlagen könnte, sah nichts Passendes und raste hinaus.

»Du bist nackt!«

»Ach, hol dich der Teufel!«

Er wollte gerade in seinen Morgenrock schlüpfen, als sie zurückgerannt kam, einen Besen in der Hand. Sie ging auf ihn los wie ein Ritter, der sich im Turnier auf einen Gegner stürzt, und er hielt sich den Bauch vor Lachen, bis sie ihn am Kopf traf. Laut fluchend schlug sie immer wieder zu.

Die scharfen Borsten waren so unangenehm, daß er den Besenstiel packte, um ihr Einhalt zu gebieten, aber Wut und Entschlossenheit verliehen ihr ungeahnte Kräfte, und es kostete ihn einige Mühe, ihr die Waffe zu entwinden, ohne ihr weh zu tun.

Er warf den Besen beiseite, riß Sophie an sich und küßte sie leidenschaftlich, die Hände auf ihrem Gesäß. Sie strampelte und versuchte ihn zu beißen.

»Mein Gott, bin ich froh, den Satansbraten wiederzuhaben!« rief er, küßte sie wieder, warf sie über die Schulter und trug sie zum Bett.

»Du kommst dir also schmutzig vor? Nun, mein teures Weib, dann wollen wir doch mal sehen, wie du dich fühlen wirst, wenn ich mit dir fertig bin.«

KAPITEL 19

Vor Anstrengung keuchend, leistete sie erbitterten Widerstand, schlug wild um sich, trat nach ihm und warf ihm alle Schimpfwörter an den Kopf, die sie je auf Jamaika gehört hatte.

Er lachte nur und hielt sie fest.

Als er ihren Bauch küßte, riß sie so heftig an seinen Haaren, daß er seufzend das Kissen aus einem Bezug herauszog und mit diesem Bezug ihre Hände an einen Bettpfosten fesselte.

Daß sie ihn mit den Beinen weiterbearbeitete, störte ihn nicht. Er machte sich wieder ans Werk, küßte ihren weißen Bauch und ließ seine Zunge in ihren Nabel gleiten, während seine Hände die Innenseite ihrer Schenkel streichelten. Dann hob er plötzlich ihre Hüften an und saugte sich an ihrer Scham fest, ohne sich um ihr lautes Jammern zu kümmern. Behutsam führte er seinen Mittelfinger in sie ein und stellte erfreut fest, daß sie feucht war. Aber immer noch so eng. Nun, das würde nichts ausmachen, sobald sie Lust verspürte.

Und sie öffnete sich ihm gegen ihren Willen, wehrlos den seltsamen Empfindungen in ihrem Unterleib ausgeliefert, und obwohl sie ihn nach wie vor laut beschimpfte, wölbte sie sich ihm entgegen. Sein Finger bewegte sich tief in ihr, und sein Mund trieb sie fast zur Raserei.

Sie wußte, daß etwas dicht bevorstand, sie sehnte es herbei, doch gleichzeitig wollte sie Ryder für das, was er ihr antat, verfluchen. Und dann stöhnte sie und bäumte sich wild auf.

Ryder hob sekundenlang den Kopf. »Na, kommst du dir noch immer schmutzig vor, Sophie?«

»Du Bastard, du verdammter Lustmolch, du ...«

»Gleich wird dir ein Licht aufgehen, Liebling. Fluch ruhig weiter – um so mehr werde ich mich über deinen Lustschrei freuen.«

Sie weinte jetzt, und er wußte, daß sie nicht verstand, was mit ihr vorging, und mit einem kräftigen Stoß seines Fingers löste er ihren Orgasmus aus. Ihre Beine versteiften sich, und ihr Körper wurde von heftigen Kontraktionen geschüttelt.

Er ließ den Höhepunkt andauern, bis sie aufhörte, sich dagegen zu sträuben, bis sie ihr Ausgeliefertsein akzeptierte. Dann spreizte er ihre Schenkel und drang in sie ein.

Ihre unwillkürlichen Muskelzuckungen genügten vollauf, um ihn selbst augenblicklich zum Orgasmus zu bringen, aber sein

Lustschrei war zugleich Ausdruck eines ungeheuren Glücksgefühls, weil es ihm endlich gelungen war, ihr höchsten Genuß zu bereiten.

Ihr Atem ging schnell, und sie war verschwitzt. Immer noch mit ihr verschmolzen, legte er eine Hand auf ihr Herz, küßte ihren Mund und betrachtete sie, bis sie endlich die Augen öffnete.

Ungläubiges Staunen spiegelte sich darin.

Er küßte sie wieder, und sie hatte ihren eigenen Geschmack auf der Zunge, und sie konnte einfach nicht begreifen, was geschehen war, wie es möglich gewesen war, daß ihr Körper in wilder Lust explodierte, obwohl sie Ryder beschimpfte und haßte und am liebsten umgebracht hätte. Und er hatte sie beobachtet und genau gewußt, was sie fühlte; er hatte ihr und sich selbst demonstriert, welche Macht er über sie hatte.

Auf die Ellbogen gestützt, sagte er: »Dein Herzklopfen läßt allmählich nach.«

Sie starrte beharrlich sein Kinn an, während sie darauf wartete, daß er sie verhöhnen würde. Zweifellos würde er ihr jetzt seinen Triumph unter die Nase reiben und sich als Herr und Meister aufspielen.

Er strich ihr sanft die feuchten Haare aus der Stirn und murmelte leise, mit rauher Stimme: »Ich liebe dich, Sophie Sherbrooke. Ich habe nie geglaubt, daß es die Liebe gibt, aber offenbar habe ich nur mich geliebt. Ich liebe dich, und ich werde dich lieben, so lange ich lebe, und sogar noch, wenn ich durch die Ewigkeit schwebe. Und ich werde dich weiterhin zur Lust zwingen, bis du meine Liebe akzeptierst und mich nicht nur in deinen Körper, sondern auch in dein Herz aufnimmst.«

Er machte plötzlich ein bestürztes Gesicht. Sie fühlte, daß er tief in ihr wieder hart geworden war, und ihr Körper reagierte sofort darauf, so sehr sie sich auch dagegen sträubte.

Anstatt zu lachen und zu spotten, warf er mit geschlossenen Augen den Kopf zurück und stöhnte: »Du kannst dir ja gar nicht vorstellen, wie du dich für mich anfühlst! Komm wieder mit, Sophie, ja? Laß dich einfach gehen, vergiß die Vergangenheit und die verdammten Gespenster, denk nur an mich, denk nur an das, was meine Finger machen werden ...«

Sie wollte sich nicht wieder fallenlassen, aber ihr schien keine andere Wahl zu bleiben. Als er ihr sagte, sie solle ihre Beine um seine Hüften schlingen, tat sie es bereitwillig, um ihn so tief wie möglich in sich aufnehmen zu können, und er stöhnte, und dann wurde sie wieder von jenen barbarischen Gefühlen überwältigt, von einer fast schmerzhaften Lust, die alles andere auslöschte. Seine Hand streichelte sie, und dann preßte er seine Lippen auf die ihren, und seine Zunge drang tief in ihren Mund ein. Sie stöhnte vor Wonne und warf sich hin und her, und er ermutigte sie und leitete sie an, und dann stieß er besonders kraftvoll zu, und sie bäumte sich schreiend auf.

Ryder erlebte zusammen mit ihr den Höhepunkt, und dann küßte er ihre Nase, ihre Wangen, Brauen und Ohren und sagte ihr immer wieder, daß er sie liebe.

»Bin ich dir zu schwer?«

Das war er nicht, aber ihre Handgelenke schmerzten, weil sie in ihrer wilden Leidenschaft an den Fesseln gezerrt hatte.

»Könntest du meine Hände losbinden?«

Er küßte sie erst noch einmal. »Ich kann gar nicht genug von dir bekommen«, grinste er.

»Es macht mir nichts aus, dich zu küssen«, sagte sie, während er ihre Fesseln löste, mit gerunzelter Stirn die geröteten Handgelenke betrachtete und sie sanft massierte. »Ich wollte den Knoten nicht so fest anziehen. Es tut mir leid.«

Ohne ihn anzusehen, murmelte sie: »Daran lag es nicht.«

»Woran dann?«

Sie blickte ihm nun doch in die Augen. »An diesen ... diesen Gefühlen, dieser Unbeherrschtheit. Ich war animalisch.«

»Aha, weitere Selbstvorwürfe auf der Grundlage deiner wundervollen objektiven Erfahrungen? Ich gebe es nur ungern zu, Sophie, aber wir sind beide animalisch, wir sind verdammt sinnlich, und das ist herrlich, und mein sehnlichster Wunsch ist, daß du dich jede Nacht in ein wildes Raubtier verwandelst. Vielleicht auch jeden Morgen. Ah, und da wäre auch noch die Stunde nach dem Mittagessen, wenn du nur ein klein bißchen müde bist und ...«

Sie lachte.

Ryder war so überrascht, daß er sie mit offenem Mund anstarrte, bevor er sie wieder küßte.

Sie erwiderte seine Küsse, war aber so matt, daß sie bezweifelte, ob sie aufstehen könnte, wenn Mrs. Chivers plötzlich »Feuer!« schreien würde. Es war eine bisher unbekannte wohlige Müdigkeit, und sie wußte nicht so recht, was sie davon halten sollte.

»Liebst du mich wirklich?«

»Ja.«

»Hast du es nicht nur gesagt, weil deine Lust ... na ja, du weißt schon, was ich meine.«

»Ja, ich weiß, was du meinst. Aber jetzt bin ich nicht geil. Du hast mich zweimal erschöpft, und ich bin schlapp und ausgelaugt. Trotzdem liebe ich dich.«

»Das hast du bisher nie gesagt.«

»Ich hatte es selbst noch nicht erkannt. Aber in letzter Zeit hat sich soviel verändert ...«

»Du bist Herr im Haus.«

Er verstand genau, was sie damit sagen wollte. »Ja, und weißt du was? Es ist ein großartiges Gefühl. In Northcliffe Hall hatte ich nie das Gefühl, gebraucht zu werden. Die ganze Verantwortung lag bei Douglas, dem Grafen. Aber Chadwyck House gehört mir, Sophie, es gehört uns, und hier werden unsere Kinder aufwachsen, und es wird auch ihr Zuhause sein. Vielleicht könnte ich mittwochs und freitags sogar in einen Kittel schlüpfen und mich als Bauer betätigen. Was hältst du davon?«

»Du würdest in Kittel und Nagelschuhen bestimmt fabelhaft aussehen.«

Er beugte sich über sie. »Mein Gott, wie ich es genieße, dich zu küssen!«

Sag es ihm, dachte sie, erzähl ihm alles, aber sie befürchtete, daß er Lord David und Charles Grammond aufsuchen und bedrohen oder gar umbringen könnte. Jedenfalls gäbe es einen schrecklichen Skandal, und das durfte sie ihm nicht antun, weder ihm noch den anderen Sherbrookes noch Jeremy, auch nicht sich selbst.

Sie erwiderte seinen Kuß mit besonderer Leidenschaft, um ihren Jammer wenigstens für kurze Zeit zu vergessen, und das gelang ihr auch. Er liebkoste sie und nahm sie noch einmal, und als sie in Ekstase aufschrie, konnte er sein Glück kaum fassen. Nachts träumte er von seinen Kindern und wußte sogar im Traum, daß er Sophie jetzt bald von ihnen erzählen mußte. Er hoffte von ganzem Herzen, daß sie ihn verstehen würde.

Am nächsten Morgen konnte er ihr aber nichts erzählen, denn als er das Haus verließ, schlief sie noch fest, erschöpft von den nächtlichen Exzessen.

Er hielt sich am folgenden Nachmittag mit drei Pächtern auf dem Nordfeld auf, als vor dem Herrenhaus eine Kutsche hielt. Der Graf, Alex, Jeremy und Sinjun stiegen aus.

Douglas griff nach der Hand seiner Frau und betrachtete staunend Haus und Hof.

»Ihr habt ja Erstaunliches geleistet«, sagte er zu Sophie, die in einem der von Mrs. Plack angefertigten Kleider kaum Ähnlichkeit mit dem ärmlichen, eingeschüchterten Mädchen hatte, das an die Tür von Northcliffe Hall geklopft hatte. Ihr Haar war allerdings etwas in Unordnung geraten, denn sie hatte einen Kronleuchter poliert, als die Kutsche vorgefahren war.

Sie breitete ihre Arme aus, und Jeremy hinkte auf sie zu und umarmte sie, während er munter drauflosplapperte, so schnell er konnte. »Hier ist es wunderschön, Sophie. O Gott, ich habe dich so vermißt. Schau dir nur mal die Ställe an, Sinjun, da ist bestimmt Platz genug für George und ...«

»Wer ist denn George?«

»Mein Pony. Es ist ein rassiger Berber, rabenschwarz mit zwei weißen Söckchen, und schnell wie der Wind, Sophie.«

»Hat es seinen Namen von George dem Zweiten oder von dem verrückten dritten George?«

Douglas lachte. »Nein, dieser George ist ein Händler in Hadleigh, der Jeremys Pony unglaublich ähnlich sieht.«

»Ihr habt ein wahres Wunder vollbracht«, sagte Alex. »Wir waren ganz entsetzt, als wir erfahren haben, was dieser verfluchte Dubust angerichtet hat.«

»Die Möbel müßten in den nächsten Tagen wieder hier sein. Du lieber Himmel, im Moment haben wir unten nur drei Stühle und einen Tisch.«

»Das genügt vollkommen«, beruhigte sie der Graf. »Wo steckt denn Ryder?«

»Bei irgendwelchen Pächtern.«

Douglas starrte sie an. »Bei Pächtern?« wiederholte er ungläubig. »Was macht er denn da?«

»Ich glaube, sie sprechen über Fruchtwechsel. Dubust war offenbar nicht nur ein Dieb, sondern auch in anderer Hinsicht ein Schuft. Er hat den Bauern keine neuen Ackergeräte genehmigt und außerdem verhindert, daß Felder brachliegen, was ja gelegentlich notwendig ist, wie du weißt.«

»Ja«, sagte Douglas bedächtig, »ich weiß. Und Ryder kümmert sich darum?«

»Es macht ihm sogar viel Freude.«

»Können Jeremy und ich Ryder suchen gehen?« fragte Sinjun

ihren Bruder. »Es ist schon spät, Douglas, und eigentlich müßte er mit den Besprechungen bald fertig sein. Bitte!«

»Mach, daß du wegkommst, Göre!«

»Nehmt den Pfad dort drüben, neben den Ställen«, rief Sophie ihnen nach.

Eine Stunde später betraten Ryder, Jeremy und Sinjun den Salon, in dem es nur drei Stühle gab. Ryder ging zu seiner Frau hinüber und küßte sie. »Schau mal, wer mich gefunden hat. Leider hatte ich weder meine Nagelschuhe noch den Bauernkittel an.«

Er lächelte ihr zu und strich ihr zärtlich über die Wange. »Nein, Douglas, sag bitte nichts. Manche Dinge ändern sich eben. Aber um mir den nötigen Respekt zu zollen, solltest du mich in Zukunft Master Ryder oder Farmer Ryder nennen. Ich glaube fast, daß ich einen neuen Pflug entwerfen werde, einen ganz exquisiten, und anfertigen soll ihn dann ein Handwerker, der mindestens so berühmt ist wie Hoby oder Weston. Was hältst du davon?«

»Ich glaube, daß du verrückt bist, Ryder, total verrückt und sehr glücklich.«

»Und wie findest du unser Haus?«

»Ihr habt es in sehr kurzer Zeit in ein gemütliches Heim verwandelt.«

»Na ja, Sophie hat eigentlich nur sehr wenig dazu beigetragen, wenn ich ganz ehrlich sein soll. Aber ich will nicht, daß sie sich völlig unnütz vorkommt.«

Sophie stürzte sich in gespielter Empörung auf ihn, und er zog sie lachend und mit funkelnden Augen an sich und wirbelte sie im Kreis herum.

Der Graf tauschte schmunzelnd einen Blick mit seiner Frau.

Es störte den Grafen und die Gräfin nicht im geringsten, daß sie in einem Gästezimmer auf einem Stapel Decken schlafen mußten. Ryder vermutete sogar – und immerhin war er in solchen Dingen ein Experte –, daß sie die Abwechslung ganz reizvoll fanden. Sein Bruder war ein einfallsreicher Mann.

Douglas und Alex blieben nur anderthalb Tage, weil sie dem Herzogspaar von Portsmouth einen Besuch abstatten mußten. Sinjun und Jeremy planten hingegen einen langen Aufenthalt. Wie Sinjun kichernd verkündete, wollte sie Ryder unbedingt im Bauernkittel sehen.

Eine knappe Stunde nach der Abreise des Grafen und der Gräfin suchte Sinjun ihren zweiten Bruder, der gerade damit beschäftigt war, seine Frau leidenschaftlich zu küssen. Sie räusperte sich kräftig. Ryder schaute stirnrunzelnd auf. »Verschwinde, Sinjun! Du bist erst fünfzehn und darfst solche Liebesszenen überhaupt noch nicht sehen.«

»Ha«, erwiderte Sinjun keck, »du müßtest nur mal Douglas und Alex sehen, wenn sie sich unbeobachtet glauben. Sie führen sich unmöglich auf, und Alex wirft dabei immer den Kopf zurück und stößt so komische Laute aus und ...«

»Halt den Mund, Göre! Und wenn du keine sehr einleuchtende Erklärung für diese Störung hast, werde ich dir den Hintern versohlen.«

»Ich muß mit dir reden, Ryder. Unter vier Augen.«

Das war eine ungewöhnlich ernsthafte Sinjun, und Sophie löste sich aus den Armen ihres Mannes und ließ die Geschwister allein.

Ryder lehnte sich mit verschränkten Armen an den Kaminsims.

»Ich bin zu spät dran.«

»Wofür?«

Zu Ryders großer Verwunderung bekam Sinjun einen hochroten Kopf und rang die Hände. »Sie sind fast hier. Ich bin so schnell, wie ich nur konnte, zurückgeritten, um dich zu warnen. Oh, Ryder, es tut mir leid, aber ich konnte nichts anderes machen. Ich weiß natürlich, daß Douglas und die übrige Familie nicht wissen sollen, wie großartig du eigentlich bist, aber ...«

Ryder hatte ein komisches Gefühl in der Magengrube. »Wovon redest du eigentlich?«

»Die Kinder müßten in höchstens zwei Minuten hier sein.«

»Dann hast du genau zwei Minuten Zeit für eine Erklärung.«

»Ich habe Jeremy zu Jane und den Kindern nach Hadleigh mitgenommen. Du kannst mir später dafür den Hintern versohlen, Ryder, aber er hat sich dort sofort pudelwohl gefühlt und mit Oliver Freundschaft geschlossen. O Gott, mir bleibt nur noch eine Minute. Jane ist an Masern erkrankt. Sie hat mich sofort benachrichtigt, daß die Kinder wegen der Ansteckungsgefahr weg müßten; und dann hat Laura, eine ihrer Assistentinnen, mir auch eine Nachricht zukommen lassen. Sie wußte nicht, was sie tun sollte. Na ja, und da habe ich ihr und Jane geraten, alle Kinder hierher ins Chadwyck House zu schicken. Was hätte ich sonst tun sollen? Douglas einweihen?«

Ryder starrte vor sich hin. »Nun, damit löst sich ein Problem ganz von allein. Höre ich da Wagenräder? Scheint fast so. Wer hat das alles bezahlt, Sinjun?«

»Ich. Meine ganzen Ersparnisse sind dabei draufgegangen, aber ich wollte nicht, daß die Kinder mit Postkutschen reisen, und deshalb habe ich vier Kutschen gemietet, eine davon für das ganze Gepäck, und es ist mir auch gelungen, vier Zimmer im Goldenen Calf Inn in Reading zu reservieren, wo sie übernachten konnten.«

Ryder tätschelte seiner Schwester grinsend die Wange. »Das hast du gut gemacht. Komm, begrüßen wir meine Kleinen. Großer Gott, hoffentlich hat keines der Kinder Masern bekommen. Eine gräßliche Krankheit.«

»Was ist mit Sophie?«

»Sophie ist nicht dumm«, sagte er, aber Sinjun, die ihren Bruder sehr gut kannte, hörte seiner Stimme an, daß er sich nicht ganz wohl in seiner Haut fühlte.

Als die beiden Geschwister aus dem Haus traten, waren Sophie und Jeremy den Kindern schon beim Aussteigen behilflich. Sie waren nur in Begleitung der sichtlich erschöpften Laura Bracken, denn die beiden anderen Helferinnen hatten sich bei Jane angesteckt. Glücklicherweise waren aber alle Kinder wohlauf.

Jaime erspähte Ryder als erster und rannte mit einem Freudenschrei auf ihn zu. Ryder wirbelte den Jungen in der Luft herum, bevor er ihn an seine Brust drückte. Im nächsten Moment war er von Kindern umringt, die einen Höllenlärm veranstalteten.

Sophie betrachtete das kleine Mädchen, das mit dem Daumen im Mund abseits stand. Seltsamerweise störte es sie nicht, daß sie keine Ahnung hatte, was hier eigentlich vorging. Sie wartete einfach ab. Daß Ryder ihren Blick zu meiden schien, lag vielleicht einfach daran, daß die Kinder wie Kletten an seinen Armen und Beinen hingen.

Sinjun packte die Schwägerin am Arm. »Ich schwöre dir, Sophie, es ist nicht das, was du jetzt vielleicht glaubst.«

»Keine Angst«, schmunzelte Sophie. »Der Junge dort drüben muß elf oder zwölf sein, und einen so großen Sohn kann Ryder unmöglich haben. Nein, ich lerne allmählich, daß bei ihm der Schein oft trügt.«

»Es sind seine Kinder, seine Lieblinge«, erklärte Sinjun geradezu verzweifelt, »aber er ist nicht ihr richtiger Vater. Weißt du, er hat sie alle nach und nach gerettet. Er liebt Kinder, und er kann es nicht ertragen, wenn jemand grausam zu ihnen ist, und ...«

Zwei Kinder auf den Armen und vier weitere im Schlepptau, kam Ryder freudestrahlend auf sie zu, aber er schaute stur über Sophies linke Schulter hinweg, während er sagte: »Das sind meine Kinder.« Er stellte sie ihr einzeln vor, und sie unterhielt sich lächelnd mit ihnen. Gleichzeitig registrierte sie verwundert, daß Ryder verlegen war.

Ein zärtliches Lächeln breitete sich auf seinem Gesicht aus, als er das kleine Mädchen betrachtete, das immer noch still abseits stand.

»So, ihr Wilden, ich möchte, daß ihr jetzt mit Jeremy und Sinjun in die Küche geht. Wir haben noch keine Möbel, aber ihr könnt auf dem Fußboden sitzen, und Mrs. Chivers und die Köchin werden euch mit Limonade und Kuchen verwöhnen. Lauft jetzt! Später erzähle ich euch von meinen Abenteuern und erkläre euch, warum wir keine Betten für euch haben.«

»Und ich erzähle euch neue Geschichten über die Jungfräuliche Braut«, versprach Sinjun. »Wer weiß, vielleicht ist sie Ryder und Sophie hierher gefolgt.«

Amy quiekte vor Aufregung.

Ryder nahm Sophie bei der Hand und führte sie zu dem kleinen Mädchen. Sie beobachtete fasziniert, wie er in die Hocke ging und seine Arme ausbreitete. Die Kleine schlang ihre Ärmchen um seinen Hals, und er küßte sie auf die Locken und streichelte ihren Rücken. »Ah, Jenny«, murmelte er, »ich habe dich so vermißt, Schätzlein. Möchtest du jetzt vielleicht Sophie kennenlernen? Sie ist nicht so hübsch wie du, aber sie ist nett und bringt mich zum Lächeln. Vielleicht wird ihr das auch bei dir gelingen.«

Er schaute zu seiner Frau auf, und sie wußte, daß dies seine leibliche Tochter war. Seiner fast verzweifelten Miene war anzusehen, daß er befürchtete, sie könnte das kleine Mädchen anfahren.

»Du solltest ein wenig Vertrauen zu mir haben«, sagte sie, während sie neben ihm niederkauerte und der Kleinen, die sich an die Brust ihres Vaters schmiegte, die Hand hinstreckte. »Hallo, Jenny, was für ein schönes Kleid du anhast! Es ist viel schöner als meines. Ich freue mich sehr, daß du hier bist. Dein Vater hat dich sehr vermißt. Wie alt bist du denn?«

Ryder hob ihre rechte Hand hoch, bog den Daumen nach unten und zählte langsam: »Eins.«

»Eins«, wiederholte Jenny.

Er bog ihren Zeigefinger nach unten. »Zwei.«

Ihren kleinen Finger winkelte er nur zur Hälfte ab. »Jetzt haben wir's. Ich bin viereinhalb Jahre alt.«

»Ja, Papa.«

Sein Gesicht strahlte vor Stolz und Liebe. Ein ganz neuer Ryder, oder nein, nur eine neue Facette seines Wesens. »Ein so großes Mädchen bist du also schon«, sagte sie sanft. »Und was für ein herrliches Medaillon du hast. Darf ich es sehen?«

Jenny streckte langsam ihr Händchen aus und berührte mit den Fingerspitzen zögernd Sophies Hand, bevor sie ihr das Medaillon hinhielt. Sophie öffnete es. »Ah, was für schöne Bilder! Du und deine Mama, stimmt's? Du bist genauso hübsch wie sie, aber du hast die blauen Augen deines Vaters.«

»Papa«, rief Jenny und warf ihre Arme wieder um seinen Hals.

»Das ist ihr neuestes Wort«, erklärte Ryder selig.

»Komm, Schätzlein, ich trage dich jetzt ins Haus. Du möchtest doch bestimmt eine Limonade.«

In der Küche herrschte ein Tohuwabohu. Mrs. Chivers kam sich wie im Irrenhaus vor, aber zum Glück lächelte sie trotzdem.

Die Köchin, eine Mrs. Bedlock, plünderte ihre gesamte Speisekammer, und Sinjun sorgte dafür, daß schließlich jedes Kind mit einem vollen Teller auf dem Boden saß.

Mrs. Chivers betrachtete die Kinderschar. »Wir werden bald nichts mehr zu essen haben«, kommentierte sie. »Ich habe selbst drei Enkel, die immer wie die Scheunendrescher futtern.«

»Dann ist es wohl am besten, wenn Mrs. Bedlock nach Lower Slaughter fährt und den Ort leerkauft«, sagte Sophie.

Ryder warf ihr einen flüchtigen Blick zu, ohne ihr jedoch in die Augen zu schauen, und sie hätte schwören können, daß er errötete.

In den nächsten Stunden gelang es ihm, ihr aus dem Weg zu gehen. Das war nicht weiter schwer, denn jedes der Kinder beanspruchte seine Aufmerksamkeit. Er zeigte ihnen den Ostflügel und erzählte ihnen von Dubusts Schandtaten, wobei er den Mann als einen furchterregenden Bösewicht darstellte, der nun aber für seine Verbrechen büßen mußte, weil es Ryders Tante Mildred gelungen war, ihn zur Strecke zu bringen.

Sophie wartete geduldig auf eine Möglichkeit zur Aussprache und stellte ihn schließlich, als er versuchte, sich unbemerkt aus dem Haus zu schleichen. »O nein, Ryder Sherbrooke, hiergeblieben! Ich möchte mit dir reden, und zwar sofort. Andernfalls muß ich leider andere Töne anschlagen.«

Er fühlte sich in seinem männlichen Stolz verletzt. »Und welche?« knurrte er. »Willst du mich vielleicht fesseln und vergewaltigen?«

Sie grinste. »Komm, wir machen einen kleinen Spaziergang.«

Sie schlenderten nebeneinander durch den Obstgarten hinter dem Haus, wo sie zum Glück völlig ungestört waren, weil Sinjun die Kinder beschäftigte. Ryder schwieg. Sophie summte vor sich hin.

Plötzlich lachte sie laut. »Du bist verlegen! Anfangs konnte ich es kaum glauben, aber du warst wirklich und wahrhaftig verlegen. Du konntest mir nicht in die Augen schauen. War es ein so schwerer Schlag für deine Männlichkeit, daß ich keine Sekunde geglaubt habe, du wärest der Vater all dieser Kinder?«

»Hol dich der Teufel, Sophie!«

»Ich wollte dich doch nur provozieren, damit du endlich dein verdammtes Schweigen brichst. Du warst und bist verlegen, weil niemand wissen durfte, daß du kein verantwortungsloser Wüstling bist. Du genießt deinen Ruf eines Weiberhelden, und nun ist dieser Ruf gründlich ruiniert.«

»Woher willst du das so genau wissen? Hat Sinjun etwa geplaudert?«

»Ja. Im ersten Moment vor lauter Angst, daß ich dich einfach über den Haufen schießen könnte. Und später habe ich sie mir geschnappt und ihr die ganze Wahrheit entlockt – was blieb mir anderes übrig, nachdem du mir stundenlang aus dem Weg gegangen bist. Sinjun hatte gehofft, daß du mich schon eingeweiht hättest, aber sie sagte, du würdest ein großes Geheimnis aus deinen Lieblingen machen. Die Kinder gingen deine Familie nichts an, hättest du ihr immer erklärt. Es sei *dein* Geld, und du könntest damit machen, was immer du wolltest. Sinjun meint, daß Onkel Brandon sich wahrscheinlich im Grabe umdreht, weil du so menschenfreundlich bist, daß er dadurch aber vielleicht nicht ganz so lange in der Hölle schmoren muß.«

»Die Göre scheint ja wirklich alles ausgespuckt zu haben. Verdammt, das Miststück hat dich wahrscheinlich sogar über die vierteljährlichen Bastard-Treffen informiert!«

Sophie sah ihn verständnislos an.

»Dann vergiß es. Es ist wirklich ein Wunder, daß sie wenigstens in dieser Hinsicht die Schnauze gehalten hat.«

»O nein, so leicht kommst du mir nicht davon! Was ist ein Bastard-Treffen? Das will ich jetzt sofort wissen.«

Ryder fluchte, aber sie lachte nur. »Das wird dir auch nichts nützen. Nun sag schon – was ist ein Bastard-Treffen?«

»In Gottes Namen, du Quälgeist – Douglas und ich haben ordnungshalber einmal im Vierteljahr unsere Bastarde gezählt, um ja keinen zu vergessen. Er glaubt, daß ich der Vater all der Kinder bin.«

»Dann wird er ganz schön staunen, wenn er die Wahrheit erfährt.«

»Die erfährt er nicht«, erwiderte Ryder scharf. »Es geht ihn überhaupt nichts an.«

»Du bist so gut und edel, daß ich fast zu Tränen gerührt bin«, hänselte sie ihn.

Anstatt erleichtert zu sein, daß sie die Situation so gelassen akzeptiert hatte, ärgerte er sich unerklärlicherweise darüber. »Verdammt, Sophie, ein Kostverächter bin ich deshalb noch lange nicht! Ich habe fünf Frauen – fünf! – den Laufpaß geben müssen und sogar eine Liste mit Ehekandidaten für sie zusammengestellt. Die drei, die heiraten wollen, erhalten von mir eine Aussteuer, und die beiden anderen, die ihr Glück in London versuchen wollen, gehen auch nicht leer aus. Ich bin als Liebhaber sehr begehrt, und sie sind alle todunglücklich, daß ich sie jetzt nicht mehr beglücken kann.«

Sie lachte wieder. »Weißt du, Ryder, du bist einfach köstlich! Mit deinen Mätressen prahlst du, und über die Kinder verlierst du kein Wort. Übrigens käme ich nie auf die Idee, daß ein Mann wie du mit einer Frau ins Bett geht, ohne Vorsichtsmaßnahmen zu treffen. Es wundert mich, daß dein Bruder dich so schlecht kennt.«

»Daraus darfst du Douglas keinen Vorwurf machen. Er ist erst vor einem Jahr aus der Armee entlassen worden, und weil ich weit und breit als Weiberheld bekannt bin, hat er mir aufs Wort geglaubt, daß ich meine Lust nicht zügeln kann und deshalb ein Kind nach dem anderen in die Welt setze. Er selbst hat übrigens eine kleine Tochter in Jennys Alter.«

»Nun, wenn er und Alex auf dem Rückweg von Portsmouth das Haus voller Kinder vorfinden, wird Douglas wohl zwangsläufig seine Meinung über dich revidieren müssen.«

Ryder fluchte. »Daß Jane aber auch diese verdammten Masern bekommen mußte!«

»Ein Glück, daß Chadwyck House so groß ist. Wir können alle mühelos im Ostflügel unterbringen. Ich habe mich schon um die

Zimmer gekümmert – während du mich gemieden hast. Glaubst du, daß es Jane gefallen würde, hier zu wohnen?«

»Ich weiß nicht so recht. Jane liebt ihre Unabhängigkeit.«

»Na ja, wir werden sehen. Bestimmt wird ihr und mir irgendeine Lösung einfallen.«

Er runzelte die Stirn und bekam schmale Lippen. Sophie beobachtete fasziniert, wie er nach einem Kieselstein trat. »Weißt du, als meine Ehefrau könntest du wirklich etwas Eifersucht an den Tag legen. Dein salbungsvolles Verständnis geht mir gegen den Strich. Verständnis ist schön und gut, aber in diesem Falle nicht angebracht. Verdammt, hör auf, so unerträglich tolerant zu sein!«

»Mit einem Besen habe ich dich schon attackiert, und leider fehlt mir die Kraft, um einen dieser Apfelbäume auszureißen und dir damit den Schädel einzuschlagen. Wenn du aber unbedingt auf einer Strafe bestehst – nun, das kannst du gern haben.«

Sie warf sich auf ihn und brachte ihn aus dem Gleichgewicht, indem sie ihren Fuß um seine Wade schlang. Er fiel zu Boden und riß sie mit sich. Auf ihm liegend, packte sie ihn bei den Haaren, damit er stillhalten mußte, und bedeckte sein Gesicht mit Küssen, vom Haaransatz bis zum Kinn und zu den Ohrläppchen.

»Du bist ein süßer Schatz«, flüsterte sie zwischen zwei Küssen. Als sie ihren Unterleib an den seinen preßte, stöhnte er auf. Sie hob den Kopf, betrachtete einen Apfelbaum und fragte scheinbar unbeteiligt: »Du meine Güte, glaubst du, daß wir überhaupt genug Bettzeug für alle Kinder haben?«

»Ich werde dich fürchterlich verprügeln, Sophie Sherbrooke!«

»Hoffentlich hast du deinen Mätressen nicht soviel Geld gegeben, daß wir jetzt keines mehr haben, um die vielen kleinen Mäuler stopfen zu können. Großer Gott, oder hast du dich etwa in Schulden gestürzt, um die Schneiderin bezahlen zu können? Drei Reitkostüme, Ryder – drei! Einen großzügigeren, freigebigeren Mann als dich kann es auf der ganzen Welt nicht geben, oder zumindest nicht in den ganzen Cotswolds.«

Er schlang seine Arme um sie, rollte sie auf den Rücken und drückte sie zu Boden. »Jetzt hör mir mal gut zu, du verdammter Stachel in meinem Fleisch. Nur weil du mich plötzlich nicht mehr für einen Schuft hältst, werde ich süßer Küsse für würdig befunden, aber darauf pfeife ich! Als ob ich nicht wüßte, daß die Hälfte von allem, was du sagst, der reinste Sarkasmus ist. Du glaubst doch selbst nicht, daß ich der gütige Menschenfreund und Heilige bin, als den du mich auf einmal hinstellst. Verdammt, das ist ja zum Kotzen! Ich bin kein netter Mensch, kein wertvoller Charakter, also laß gefälligst diese Küsserei und deine unverschämten Bemerkungen.«

»Wie du willst.« Sie schlang ihre Arme um seinen Hals. »Du bist ganz der alte Ryder – ein gewissenloser Schuft, ein Schwachkopf, der nur an sein persönliches Vergnügen denkt, ein ...«

»Verflucht, so übel bin ich nun auch wieder nicht. Und jetzt hüte endlich deine freche Zunge, die ich Vollidiot leider selbst auf den Plan gerufen habe. Wie konnte ich dich nur bitten, wieder ein Satansbraten zu sein? Du hast jetzt lange genug die Oberhand gehabt. Höchste Zeit, daß ich die Zügel wieder an mich nehme, damit du stöhnst, anstatt dummes Zeug zu quatschen.«

»Aber, Ryder, du kannst doch nicht leugnen, daß es dir peinlich war, von deinen guten Werken im wahrsten Sinne des Wortes heimgesucht zu werden.«

Er schob ihr Kleid hoch, öffnete seinen Hosenschlitz und spießte sie auf.

Sie konnte es kaum fassen, daß ihr Körper bereit war, ihn aufzunehmen, sogar mehr als bereit, und sie wölbte sich ihm entgegen, um ihn noch tiefer eindringen zu lassen.

»Na, kommst du dir schmutzig vor?«

Sie biß ihn in die Schulter, leckte die Stelle und stöhnte an seinem Hals, während sie ihn noch fester an sich preßte.

»Fühlst du dich schmutzig?« beharrte er.

»Nein.«

Sie schrie auf, und er erstickte ihre Schreie mit seinem Mund und kam im nächsten Moment selbst zum Höhepunkt.

»Bist du immer noch verlegen?« flüsterte sie.

»Du hast nur Glück, daß ich ein sehr verständnisvoller und großmütiger Mann bin.«

»Ja, sogar deiner eigenen Ehefrau gegenüber.

»Hör auf, mich zu verhöhnen, Weib.«

»Also gut.« Sie küßte ihn auf den Mund.

Ryder hatte größte Lust, das Liebesspiel fortzusetzen, doch daraus wurde nichts, weil plötzlich Jeremys Stimme laut und deutlich ertönte: »Ryder! Sophie! Wo seid ihr? Melissa hat sich in die Hand geschnitten und schreit nach dir.«

»Dagegen ist man machtlos.« Ryder sprang lachend auf und zog Sophie hoch.

KAPITEL 20

Mrs. Chivers brachte Sophie den Brief. Auf dem Kuvert stand nur ihr Name in Druckbuchstaben.

»Der Meyers-Junge hat ihn gebracht, Madam«, berichtete die Haushälterin. »Ein häßlicher Bursche, ganz der Vater.«

»Danke.« Zum Glück bemerkte Mrs. Chivers nicht, daß Sophies Hand zitterte, als sie nach dem Brief griff. Sie zog sich in ihr kleines Arbeitszimmer zurück, schloß die Tür, lehnte sich dagegen und starrte den Umschlag lange an, bevor sie ihn öffnete.

»Du wirst mich heute nachmittag um drei unter der alten Ulme an der Weggabelung zwischen Lower Slaughter und Upper Slaughter treffen. Verspäte dich nicht und sag deinem Mann nichts davon. Ich würde ihn nur ungern umbringen.«

Unterschrift: »DL«. – David Lochridge. Lord David.

Sophie ging wie eine Schlafwandlerin zu ihrem zierlichen Schreibtisch, ließ sich auf den Stuhl fallen, legte den Brief auf die Schreibtischplatte und starrte ihn an. Was sollte sie jetzt nur machen?

Ihr blieben nur zwei Stunden Zeit, um einen Entschluß zu fassen.

»Sophie! Bist du hier?«

Die Tür flog auf, und Sinjun stürzte ins Zimmer, mit zerzausten Haaren und leuchtenden Augen, genauso lebenssprühend wie Ryder, wenn er im Galopp von den Feldern zurückkam.

Ihr Lachen machte aber sofort einer besorgten Miene Platz. »Was ist los? Was ist passiert?«

Sinjun sah ihrem Bruder nicht nur sehr ähnlich, sie hatte auch seinen scharfen Blick.

»Nichts, Sinjun. Gar nichts.« Sophie stand auf, faltete den Brief langsam zusammen und schob ihn in den Umschlag. Was sollte sie damit machen?

»Ich wollte dich zum Mittagessen abholen. Natürlich nur, wenn es dir nichts ausmacht, daß es bestimmt wie im Tollhaus zugehen wird. Ryder behauptet, Kopfweh zu haben, und will Ställe ausmisten. Wahrscheinlich hat Jane doch recht. Sie sagt immer, Erwachsene sollten nur mit Ehefrauen essen und Kinder nur mit Kindern und Aufsichtspersonen.«

Sophie lächelte. »Dann sollten wir uns an Janes weisen Rat halten. Mrs. Chivers soll der Köchin sagen, daß die Kinder im

Frühstückszimmer essen werden. Wie viele Aufsichtspersonen hatte Jane?«

Sinjun lachte. »Mindestens fünf.«

»Gut. Kümmere dich bitte darum und hol auch Ryder aus dem Stall.« Sophie brachte sogar ein Lachen zustande.

Sinjun eilte davon, und Sophie versteckte den Brief rasch in der obersten Schreibtischschublade unter anderen Papieren.

Ryder ließ nicht lange auf sich warten, nachdem seine Schwester ihm die frohe Botschaft überbracht hatte. Sie speisten zu dritt in dem riesigen Eßzimmer und genossen die himmlische Ruhe.

»Dieser Raum ist viel zu dunkel«, sagte Sinjun, bevor sie sich ein großes Stück Schinken in den Mund schob.

»Ja«, murmelte Sophie zerstreut, ohne von ihrem Teller aufzuschauen, auf dem sie ihr Essen appetitlos herumschob.

»Wenn du dich nicht wohl fühlst, solltest du es sagen«, tadelte Ryder.

Sie zwang sich, ihm zuzulächeln. »Mir fehlt nichts. Ich bin nur etwas müde. Nach Jennys Alptraum letzte Nacht konnte ich lange nicht einschlafen.«

Ryder runzelte die Stirn, sagte aber nichts. Sie war sofort wieder eingeschlafen, während er sich wegen Jennys Alptraum solche Sorgen gemacht hatte, daß er eine gute Stunde wach gelegen war.

Was hatte Sophie nur? Bedauerte sie es schon, die Kinder mit offenen Armen aufgenommen zu haben? Gingen sie ihr womöglich auf die Nerven? Sie war nicht an das Tollhaus gewöhnt, das sieben Kinder unweigerlich veranstalteten. Oder zog sie sich wieder von ihm zurück? In der Nacht hatte es nicht danach ausgesehen, aber möglich war alles.

Zum Glück setzte Sinjun ihren Monolog über die wünschenswerte Renovierung des Eßzimmers unverdrossen fort, so daß kein unangenehmes Schweigen entstand.

Nach dem Essen gab Ryder seiner Frau einen Kuß, strich mit den Fingerspitzen über ihre Brauen und versuchte erfolglos, in ihrem Gesicht zu lesen. Dann verabschiedete er sich seufzend. Es gab soviel zu tun. In zehn Minuten wollte er mit Tom Lynch sprechen, einem Pächter, der über sehr viel gesunden Menschenverstand verfügte. Er konnte nur hoffen, daß es richtig war, nicht in Sophie zu dringen.

Auch Sinjun verschwand eilig mit der Begründung, sie wolle mit den Kindern spielen.

Genau um drei Uhr blieb Opal unter der Ulme stehen, deren Stamm so dick und knorrig war, daß sie viel älter als die umliegenden Hügel zu sein schien, vielleicht sogar älter als die Trolle, die angeblich unter diesen Hügeln lebten.

Sophie brauchte nicht lange zu warten. Lord David kam angeritten, und er sah genauso arrogant wie früher aus. Ein Engelsgesicht mit der Seele eines Teufels.

Sie wartete schweigend ab.

»Du hast mich belogen«, sagte er liebenswürdig.

»Aus deinem Munde hört sich das etwas befremdlich an. Du bist doch selbst kein Ausbund an Ehrlichkeit.«

»Du hast behauptet, die Syphilis zu haben. Du hast gesagt, du könntest nicht mehr meine Geliebte sein, weil du mich nicht anstecken wolltest. Das war eine Lüge. Wenn du die Syphilis hättest, wärest du jetzt nicht Sherbrookes Frau. Du wolltest mich also einfach loswerden.«

»So ist es.«

»Aber das ist absurd! Wirklich lächerlich! *Du* hast *mich* loswerden wollen?«

»Stimmt haargenau.«

»Aha, du wolltest also Ryder Sherbrooke, und dazu mußtest du mich loswerden, denn wenn er etwas von mir gewußt hätte, hätte er nie im Leben geglaubt, daß du ihn mir vorziehen könntest. Ja, wenn er etwas von mir gewußt hätte, wäre ihm klar gewesen, daß du weißt, was ein richtiger Mann ist, und daß er bei dir keine Chance hat.«

Sophie konnte über seine verworrenen Gedankengänge nur staunen.

»Deine Logik ist einfach umwerfend«, sagte sie. »Aber warum liegt dir heute überhaupt noch etwas an dieser alten Geschichte? Du hast mir doch erzählt, daß du eine reiche Erbin heiraten willst.«

»Ich habe mit Charles Grammond gesprochen, und wir sind uns einig.«

Zum erstenmal stieg leichtes Unbehagen in Sophie auf. Lord David konnte nur eingleisig denken; er ließ sich weder ablenken noch war er für Einwände empfänglich, geschweige denn, daß er den Standpunkt eines anderen akzeptierte. Wahrscheinlich war das der Schlüssel für seinen Erfolg im Spiel.

Seine Stimme war leiser und tiefer geworden, und plötzlich sah sie ihn wieder nackt vor sich stehen und lachend den Rumpunsch trinken, der ihn Gott sei Dank betäubte, so daß sie ihn Dahlia überlassen konnte.

»Was willst du von mir, David?«

Er warf arrogant den Kopf zurück. »Für eine Hure wie dich bin ich immer noch *Lord* David.

»Weißt du, was du bist? Ein erbärmlicher Wicht, ein schmutziger Bastard!«

Er hob den Arm, ließ ihn aber sofort wieder sinken. »Nein, ich will dein hübsches Gesicht nicht verletzen. Das würde deinem Mann bestimmt auffallen, und ich möchte Ryder Sherbrooke nicht unbedingt zum Feind haben.«

Sophie wußte, daß sie als Frau für ihn nie ein ernst zu nehmender Feind sein würde, aber sie beschloß, ihm wenigstens die Wahrheit zu sagen. Daran würde er bestimmt ganz schön zu kauen haben.

»Ich werde dir etwas verraten, *Lord* David. Ich habe nie mit dir geschlafen. Allein schon bei dieser Vorstellung dreht sich mir der Magen um. Ich habe mit keinem der Männer geschlafen. Es war immer Dahlia, ein Mädchen, das du vielleicht aus Montego Bay kennst, die sich in der Hütte mit euch amüsiert hat, sobald ihr sinnlos betrunken wart.«

Er sah einen Moment lang bestürzt aus, doch dann lachte er. »Ist das die Geschichte, die du Sherbrooke weisgemacht hast?«

»Es war eine Idee meines Onkels. Er hat mich gezwungen, so zu tun, als würde ich mit euch allen schlafen, damit er seine eigenen Ziele verfolgen konnte. Der Rumpunsch, den ihr alle so begeistert getrunken habt, enthielt immer ein Betäubungsmittel.«

»Und was sollte dein Onkel von mir gewollt haben?«

»Du solltest Charles Grammond ruinieren, damit er seine Plantage meinem Onkel verkaufen mußte. Und nachdem du das getan hattest, befahl er mir, dich loszuwerden. Auch die Idee mit der Syphilis stammte von ihm, und sie hat großartig geklappt. Du warst richtig schreckensbleich.«

»Du lügst. Dein Onkel war ein Gentleman, den dein Herumhuren tief verstört hat. Kein Mensch hat geglaubt, daß du ihn nicht ermordet hast, auch nachdem Cole plötzlich behauptete, Thomas hätte deinen Onkel erdrosselt. Und dieser verdammte Sherbrooke hat dir geholfen, der gerechten Strafe durch Flucht zu entgehen. Wie kannst du nur einen Toten so verleumden? Mein Gott, eine Dame wüßte nicht einmal, was Syphilis ist. Du bist keine Dame, sondern eine billige kleine Hure, aber Charles und ich hatten unseren Spaß mit dir, und deshalb haben wir beschlossen, unsere Rendezvous mit dir wiederaufzunehmen.«

»Wenn du glaubst, daß ich einem erbärmlichen Wicht wie dir jemals erlauben würde, in meine Nähe zu kommen …«

»Ich bin jetzt ganz in deiner Nähe, und ich habe die Absicht, dir noch viel näher zu kommen.«

»Also eine Vergewaltigung?«

Er zuckte die Achseln. »Dein Mann ist an und für sich kein Dummkopf, obwohl ich mir beim besten Willen nicht erklären kann, warum er dich geheiratet hat. Er hätte dich doch einfach eine Zeitlang aushalten können, bis er dich satt gehabt hätte. Aber wenn du ihm etwas von Vergewaltigung vorjammerst, wird er dich höchstwahrscheinlich umbringen, denn eine Hure bleibt nun mal eine Hure.«

»Du redest dummes Zeug, *Lord* David. Vorhin hast du noch gesagt, daß du dir meinen Mann nicht zum Feind machen willst. Er hat mich geheiratet. Er liebt mich. Er würde nicht mich, sondern dich umbringen, weil er nicht dir, sondern mir glauben würde.«

»Kennst du deinen Mann so wenig? Er ist als Weiberheld berüchtigt. Er braucht viel Abwechslung, genau wie du. Sex hat dir doch immer sehr viel Spaß gemacht, sonst hättest du nicht mit achtzehn deine Karriere als Hure begonnen. Zweifellos bist du heute noch genauso geil wie früher. Du wirst nie einem einzigen Mann treu sein können, nicht einmal diesem Sherbrooke, der mit jeder Frau in ganz Kent geschlafen haben soll. Und jetzt wird hier in den Cotswolds keine Frau vor ihm sicher sein. Er wird sich vor deiner Nase mit seinen Mätressen amüsieren. Nun, meine Liebe, Charles und ich geben dir die Möglichkeit, dich genauso zu vergnügen wie er.«

Er lenkte seinen Hengst dicht an sie heran und streckte die Arme nach ihr aus. Sophie hob die Reitpeitsche und ließ sie auf seinen Arm niedersausen. Aufheulend wich er etwas zurück.

»Du mußt total verrückt sein!« kreischte er.

Er hatte vor Wut einen hochroten Kopf, doch bevor er etwas tun konnte, wurde die Stille von einem unheimlichen Heulen durchbrochen, durchsetzt mit tiefem Knurren, das sich angriffslustig und blutrünstig anhörte. Wilde Hunde in den Cotswolds?

»Verdammt, was ist das?«

Sophie lenkte Opal ein Stück zurück. Plötzlich flog ein Pfeil durch die Luft und streifte an Lord Davids Oberarm entlang. Er wurde nicht verletzt, aber sein teures Reitjackett war ruiniert, und wie sollte er sich ohne Waffe eines unsichtbaren Feindes erwehren?

»Du hast jemanden mitgebracht, du verdammtes Luder!» schrie er in ohnmächtiger Wut. »Aber wir sehen uns wieder, das schwöre ich dir!«

Er galoppierte davon und war bald nicht mehr zu sehen.

Sophie saß einfach da und versuchte tief durchzuatmen. Sie war nicht einmal überrascht, als Sinjun, Jeremy und die sieben anderen Kinder aus dem Gebüsch am Straßenrand hervorkamen. Seltsamerweise waren sie nach ihrer glanzvollen Vorstellung sehr still. Sinjun hatte einen Bogen in der Hand. Sie hatte also auf Lord David geschossen. Sophie stieg ab.

Jeremy kam auf sie zugehinkt und schlang seine Arme um sie. »Das ist ein böser Mann aus Jamaika«, sagte er. »Ich habe Sinjun von ihm erzählt.«

»Das hast du gut gemacht.« Sie hob den Kopf. Alle Kinder, von der vierjährigen Jenny bis zum zehnjährigen Oliver, standen in einer Reihe und beobachteten sie schweigend. Sophie beschloß, sie lieber nicht zu fragen, woher sie von dem Treffen gewußt hatten. Mit großer Mühe brachte sie ein Lächeln zustande. »Ich danke euch allen für eure Hilfe. Ich dachte wirklich, eine Meute wilder Hunde hätte sich irgendwie in diese Gegend verirrt. Ihr wart großartig, und ich bin wirklich sehr stolz auf euch alle.«

Sinjun sagte leise: »Ich denke mir schon, daß du Ryder vorerst nichts davon sagen willst. Uns wird schon einfallen, was wir als nächstes tun können, Sophie. Du bist nicht mehr allein. Aber Jeremy versteht nicht alles, was auf Jamaika passiert ist. Du mußt mir Näheres erzählen.«

»Das werde ich tun. Hört mir jetzt alle mal gut zu. Ich weiß, daß ihr Ryder sehr lieb habt, aber ich bitte euch, ihm nichts von diesem Vorfall zu erzählen. Dieser böse Mann ist so hinterlistig wie eine Schlange, und bei einem Kampf mit Ryder würde er bestimmt unfaire Tricks anwenden. Ich möchte nicht, daß Ryder verletzt wird. Bitte sagt ihm nichts. Einverstanden?«

»Was ist eine Hure?« wollte Amy wissen.

Tom hielt ihr den Mund zu. »Das ist kein schönes Wort. Du darfst es nie wieder sagen.«

Das konnte sich Amy natürlich nicht gefallen lassen. »Du sagst doch selbst immer ganz schreckliche Wörter zu Jaime und ...«

Oliver beendete den Streit, indem er drohend eine seiner Krükken schwenkte, und dann sagte Jenny laut und deutlich: »Ich möchte mein Kleid hochheben und Mutter Natur besuchen.«

Sophies Verkrampfung löste sich, und sie mußte schallend lachen. Die Kinder stimmten ein, und Sinjun trug Jenny ins Gebüsch, damit die Kleine Mutter Natur besuchen konnte.

Erst auf dem Rückweg fiel Sophie ein, daß keines der Kinder ihr versprochen hatte, Ryder nichts zu erzählen.

Jane und ihre beiden Helferinnen waren fast wieder gesund und würden innerhalb der nächsten zwei Wochen ins Chadwyck House nachkommen.

Sophie hatte inzwischen viel über Jane erfahren, und ihr war klar, daß diese Frau sich im Haushalt einer anderen Frau auf Dauer nicht wohl fühlen würde. Aber das stellte kein großes Problem dar. Sie würden einfach auf dem kleinen Hügel, kaum hundert Meter vom Herrenhaus entfernt, ein neues Haus bauen. Ryder war von dieser Lösung hell begeistert, und die Bauarbeiten sollten bald beginnen.

Zu Sophies Verwunderung entschied Melissande nach dem ersten Besuch im »Tollhaus«, wie Ryder es immer bezeichnete, daß es vielleicht doch gar keine so schlechte Idee wäre, ein Kind zu haben. Alle Kinder, sogar Jenny, erzählten ihr immer wieder, wie wunderschön sie sei, und hatten Angst, sie zu berühren, so als wäre sie eine zerbrechliche Porzellanpuppe. Melissandes Ehemann stöhnte, es sei wirklich hoffnungslos, und er würde mit ihr sofort nach London fahren. »Ich kann es gerade noch ertragen, wenn irgendein junger Schwachkopf ihr versichert, daß ihre Augenbrauen wie von Künstlerhand gezeichnet sind, aber daß jetzt sogar schon Kinder sie anhimmeln, ist mir einfach zuviel. Nein, Sophie, ich kann es nicht mehr länger hören.«

Er stieß einen tiefen Seufzer aus. Ryder lachte. Melissande strahlte die Kinder an, streichelte ihnen die Köpfe und versprach, bei ihrem nächsten Besuch Leckereien für alle mitzubringen.

Eines Nachmittags kehrte Ryder müde von den Feldern zurück, wo er mit vielen seiner Pächter gesprochen hatte. Außerdem hatte er eine Besprechung mit Architekten gehabt und Handwerker und Arbeiter für den Hausbau angeheuert. Natürlich war ihm auch wieder das Gerede über seine Schar von Bastarden zu Ohren gekommen, und er hatte sich darüber köstlich amüsiert. Was würden die Klatschmäuler erst sagen, wenn es einmal fünfzehn Kinder oder noch mehr sein würden?

Es war ein heißer Tag, viel zu heiß für Ende September. Er hörte die Kinder, noch bevor er sie sehen konnte, und gleich darauf war er von mehreren umringt. Alle redeten auf ihn ein, sogar Jenny, die ein richtiges Plappermäulchen geworden war. Seit er erkannt hatte, daß ihre raschen Fortschritte auf seinen Einfluß zurückzuführen waren, beschäftigte er sich noch mehr als früher mit ihr. Auch jetzt vergaß er sofort seine Müdigkeit, lachte mit den Kindern, hörte ihnen zu und dankte Gott im stillen, daß alle von den gefährlichen Masern verschont geblieben waren.

Und jede Nacht lag Sophie neben ihm im Bett. Er wußte, daß sie die Liebesspiele mittlerweile genauso genoß wie er, daß sie sich auf das Alleinsein mit ihm freute und ihn gern liebkoste. In der vergangenen Nacht war es ihm sogar gelungen, sie während des Aktes zum Lachen zu bringen. Er fühlte sich großartig. Die Sterne hätten gar nicht günstiger stehen können.

Er pfiff fröhlich vor sich hin, bis er in Sophies Schreibtischschublade zwei Briefe fand. Sie war mit drei Kindern, Laura und der Zofe Cory nach Lower Slaughter gefahren, um Kleiderstoffe zu kaufen. Die drei Näherinnen des Ortes waren hocherfreut über das unerwartete Manna vom Geschäftshimmel, das ihnen allem Anschein nach sehr lange erhalten bleiben würde. Bei Ryders Nachhausekommen hatte Mrs. Chivers ihm die Ohren vollgejammert, daß der Metzger ein Betrüger sei und der Hausherr sich darum kümmern solle, anstatt seine ganze Zeit mit den schmutzigen Pächtern zu verbringen. Deshalb suchte Ryder in Sophies Schreibtisch nach den Rechnungen des Metzgers. Dabei fielen ihm zwei Briefe von David Lochridge in die Hände.

Der zweite trug das Datum des Vortages. Er las:

»Mein Entschluß steht fest. Du wirst wieder meine Geliebte werden. Charles Grammond wird selbst mit dir reden. Ich habe jedenfalls die Absicht, mich wie auf Jamaika mit dir zu vergnügen. Komm am Donnerstag um drei Uhr zur alten Scheune im Norden der Ländereien deines Mannes. Wenn du nicht kommst, wirst du es sehr bereuen.«

Unterschrift: »DL«.

Der verdammte Dreckskerl!

Und auch Sophie sollte der Teufel holen. Sie hatte ihm nichts gesagt, aber er hatte gespürt, daß etwas nicht stimmte, denn sie hatte sich am vergangenen Abend mit einer Leidenschaft ins Liebesspiel gestürzt, als wollte sie auf diese Weise etwas Unangenehmes verdrängen. Er hatte ihr keine Fragen gestellt, sondern ihr einfach gegeben, was sie zu brauchen schien. Er hatte ihr die Flucht in den Orgasmus ermöglicht.

Ohne es zu bemerken, zerknüllte er den Brief.

»Papa!«

Er schaute auf und sah Jenny auf der Schwelle stehen. Ihr Blick schweifte von seinem Gesicht zu dem Blatt Papier in seiner Faust.

Ryder warf den zerknüllten Brief auf den Schreibtisch. »Hallo, Schätzlein, komm her und laß dich umarmen. Ich habe dich so lange nicht gesehen – seit über einer Stunde!«

Jenny rannte zu ihm hin, und er hob sie hoch und küßte sie auf die Nasenspitze. »Was möchtest du, mein Liebling?«

»Sinjun kann so gut mit Pfeil und Bogen umgehen. Kannst du es mir beibringen, damit ich dann den bösen Mann erschießen kann?«

Ihm gefror das Blut in den Adern.

»Natürlich«, sagte er. »Erzähl mir alles.«

Sie ließ sich nicht lange bitten. Wenn er nicht so wütend gewesen wäre, hätte er bei der Vorstellung, daß die Kinder heulende Wölfe gespielt und den Bastard in die Flucht geschlagen hatten, bestimmt gelacht. Sie hatten ihre Sache wirklich gut gemacht, auch Sinjun mit ihrem Bogenschuß. Trotzdem hätte er seine Schwester erwürgen können.

Und ebenso seine liebe Frau.

»Jenny, wo bist du? Jenn …« Sinjun blieb wie angewurzelt auf der Schwelle stehen. »Nanu, Ryder, was machst du denn hier? Das ist doch Sophies Zimmer und …«

Ryder starrte seine Schwester nur an. Ihm fehlten einfach die Worte.

Sinjun seufzte. »Hat Jenny etwas gesagt?«

»Gott sei Dank bist du wenigstens nicht schwer von Kapee, Sinjun, denn ich hasse langwierige Erklärungen. O ja, Jenny möchte Bogenschießen lernen, damit sie den bösen Mann erschießen kann.«

»Ojemine! Es tut mir leid, Ryder, aber …«

Er hatte sich inzwischen wieder unter Kontrolle. Behutsam löste er Jennys Ärmchen von seinem Hals. »So, mein Schatz, Sinjun wird dir jetzt Limonade und Kekse geben. Papa hat noch zu arbeiten. Einverstanden?«

»Papa«, rief Jenny, lief aber sofort zu Sinjun.

»Verschwinde!« knurrte Ryder seine Schwester an. »Und halt ja den Mund meiner Frau gegenüber!«

»In Ordnung«, murmelte Sinjun, und ihre Stimme war so leise und demütig, daß er fast geschmunzelt hätte.

Am Donnerstag band Ryder um halb drei sein Pferd etwa dreißig Meter von der Scheune entfernt an. Er hoffte, daß der Hengst sich am Geißblatt gütlich tun und darum ruhig sein würde.

Sein Zustand war eine seltsame Mischung aus Zorn, Aufregung und freudiger Erwartung. Er wollte David Lochridge zu Brei schlagen.

Während er hinter den dicken Ulmen wartete, die um die Scheune herum wuchsen, stieg seine Spannung ins schier Unerträgliche. Er konnte es kaum erwarten, Sophie und Lochridge auftauchen zu sehen.

Statt dessen hielt völlig unerwartet ein altmodischer Einspänner vor der Scheune. Eine Frau stieg aus und führte das Pferd hinter den Schuppen, so daß das Gefährt nicht mehr zu sehen war. Irgendwie kam die Frau Ryder bekannt vor, aber er wußte nicht, wo er sie schon einmal gesehen haben könnte. Sie war korpulent, trug ein teures Kleid und eine Haube, die für ihr Alter – sie mußte mindestens Mitte Vierzig sein – viel zu jugendlich war. Verdammt, was hatte sie hier zu suchen? War dies etwa ein Treffpunkt für Schmuggler?

Sophie und Lord David trafen zur selben Zeit, aber aus verschiedenen Richtungen ein. Ryder beobachtete von seinem Versteck aus, wie Sophie abstieg und mit gefährlich ruhiger Stimme sagte: »Ich bin hergekommen, *Lord* David, um dir ein letztes Mal zu erklären, daß ich nichts mit dir zu tun haben will.«

»Ah, es macht dir also immer noch Spaß, einen Mann etwas zappeln zu lassen«, erwiderte er, sah sich aber mißtrauisch nach allen Seiten um, so als könnten wilde Hunde oder Wölfe im düsteren Gebüsch lauern, und behielt sodann die Reitpeitsche in Sophies rechter Hand im Auge.

»Nein, das ist kein Spiel. Bei unserer letzten Begegnung habe ich dir die volle Wahrheit gesagt. Alles, was auf Jamaika passiert ist, war das Werk meines Onkels, und ich hatte in der Hütte nie Intimverkehr mit dir, weder mit dir noch mit einem der anderen Männer. Und wenn du mir immer noch nicht glauben willst, bleibt mir wohl keine andere Wahl als dich zu erschießen.«

Ryder traute seinen Augen kaum. Sie zog eine kleine Derringer aus ihrer Tasche und richtete die Waffe auf seine Brust.

Lord David lachte. »Ah, eine Dame mit Pistole! Was soll das, meine Liebe? Wir wissen doch beide, daß du nie auf den Abzug dieses Spielzeugs drücken wirst.«

»Du hast doch selbst gesagt, daß du mich für die Mörderin meines Onkels hältst. Wie kannst du dann so sicher sein, daß ich nicht abdrücken werde?«

Lord David sah sich in einer verzwickten Lage. Er rutschte nervös im Sattel hin und her, fluchte laut und beschloß einzulenken. »Komm, laß uns in Ruhe darüber reden. Es gibt gar keinen Grund zur Gewaltanwendung. Ich biete dir doch nur meinen Körper an, um dir Lust zu bescheren, wie schon auf Jamaika. Warum bist du so unvernünftig?«

»Unvernünftig? Und was ist mit dem lieben Charles Grammond? Will auch er weiterhin an euren törichten Illusionen festhalten? Werde ich auch ihm ganz brutal die Meinung sagen müssen?«

»Charles wird tun, was er selbst für richtig hält.«

Sophie blickte plötzlich nachdenklich drein. »Mir scheint, daß wir in einer Art Sackgasse stecken«, sagte sie bedächtig. »Du willst eine reiche Erbin heiraten, und Charles Grammond muß sich vorsehen, um nicht von seiner Tante enterbt zu werden. Das hast du mir doch erzählt, stimmt's? Also gut, ich werde dich nicht umbringen, wenn du endlich mit diesem Blödsinn aufhörst. Verschwinde, David! Heirate diese arme reiche Erbin. Ich wünschte, ich könnte sie vor dir warnen, aber das ist leider nicht möglich, weil ich meinen Mann und seine Familie nicht in einen Skandal verwickeln möchte. Geh also deiner Wege und laß mich in Ruhe. Einverstanden?«

Statt einer Antwort pfiff Lord David plötzlich, und im nächsten Moment tauchte ein älterer Mann hinter Sophie auf, packte sie bei den Armen und entwand ihr die Pistole.

»Ah, Charles, du kommst wie immer genau zur rechten Zeit«, rief Lochridge und stieg endlich ab.

»Natürlich«, sagte Charles. »Du sitzt in der Falle, Sophie. Ich hatte fast vergessen, wie schön du bist, aber nachdem ich dich jetzt wiederhabe, werden David und ich dich wie früher brüderlich teilen.«

»Du Narr!« schrie Sophie. »Du Vollidiot! Glaub David kein Wort, er ist ein Betrüger, ein Gauner, der dir auf Jamaika dein ganzes Geld abgenommen hat, bis du deine Plantage verkaufen mußtest.«

Großer Gott, dachte Ryder, wie kommt jetzt auch noch Charles Grammond hierher? Aber er wollte noch nicht ins Geschehen eingreifen. Sophie hatte für ihre Perfidie Strafe verdient. Ein bißchen Angst würde ihr durchaus guttun.

Aber er stellte fest, daß er es nicht ertragen konnte, sie auch nur einen Augenblick ihrer Angst auszusetzen, wenn es in seiner Macht stand, dem grausamen Spiel ein Ende zu bereiten. Er machte einen Schritt vorwärts, doch jene korpulente Frau kam ihm zuvor.

Bei ihrem Anblick fühlte er sich lebhaft an ein schnaubendes Schlachtroß erinnert. Ihre Wangen waren hochrot, ihr Busen wogte. Sie war sichtlich in Rage.

»Laß sie sofort los, Charles!«

Der Mann starrte sie wie ein Gespenst an und stammelte mit der kläglichsten Stimme, die Ryder je gehört hatte: »Wo kommst du denn her, Almeria?«

»Laß sie los, du alter Trottel! Alles in Ordnung, Sophie?«

»Ja, Madam.« Auch Sophie starrte Almeria Grammond völlig perplex an. Charles ließ sie los, und sie wich rasch einige Schritte vor ihm zurück und rieb sich die schmerzenden Arme.

Die resolute Dame wandte ihre Aufmerksamkeit Lord David zu. »Ich werde höchstpersönlich dafür sorgen, daß dieses arme Mädchen, das Sie heiraten wollen, Ihnen den Laufpaß gibt, Sie schändlicher Betrüger! Einen Nachbarn wie Sie will ich nun wirklich nicht haben.«

Ryder lachte, er konnte einfach nicht anders. Seine ganze Vorfreude, David Lochridge die Fresse polieren zu können, war wohl umsonst gewesen. Was sich jetzt ereignete, war eine Farce, die durchaus aus einem Stück der Restaurationszeit hätte stammen können.

Alle Blicke wandten sich ihm zu, als er in Erscheinung trat. »Jetzt sind wir vollzählig«, sagte er trocken, »das heißt, bis auf Lord Davids Verlobte.«

»Da ist doch nicht möglich«, murmelte Lochridge, blaß und nervös. »So etwas darf es doch nicht geben.«

»Ich bin ganz Ihrer Meinung«, stimmte Ryder ihm freundlich zu. »Sie sind Mrs. Grammond, nehme ich an. Ich bin Ryder Sherbrooke, Sophies Mann. Guten Tag.«

Sie deutete einen Knicks an und musterte ihn sodann eingehend. Sophie beobachtete fasziniert, wie die Wangen der Dame sich wieder röteten, diesmal allerdings vor Freude über Ryders Aufmerksamkeit. Offenbar müßte eine Frau schon auf der Schwelle des Todes stehen, um gegen seinen Charme gefeit zu sein. »Sehr ... sehr erfreut, Mr. Sherbrooke«, stammelte Almeria. »Verzeihen Sie meinem Mann. Er ist ein Dummkopf, andernfalls hätte Lord David ihn ja auch nicht ruinieren können. Aber er wird Ihre arme Frau in Zukunft bestimmt nicht mehr belästigen.«

»Woher wußtest du etwas von dieser Sache?« fragte Charles, dem die Angst vor seiner Frau ins Gesicht geschrieben stand.

Sie warf ihm einen herablassenden Blick zu. »Ich lese alle Briefe, die du erhältst. Die meisten kommen ja von irgendwelchen Geschäftsleuten, und du hast von Geschäften keine Ahnung, im Gegensatz zu mir. Deine Tante und ich haben ausführlich darüber gesprochen und sind uns völlig einig. Als ich aber den Brief dieses kleinen Ganoven, der uns ruiniert hat, gefunden habe, wurde mir schlagartig vieles klar. Er hatte es natürlich nicht lassen können, dir Sophies, seiner Ansicht nach, völlig lächerliche Version der Ereignisse mitzuteilen.

Nun, ich kannte Theo Burgess schon als jungen Mann, und deshalb glaubte ich sofort an Sophies Unschuld und seine Schuld. Er war von jeher ein frommer Heuchler. Er gehörte zu jenen Männern, die sonntags die reinsten Tugendapostel sind und montags betrügen. Außerdem bin ich dir eines Abends zu jener Hütte am Strand gefolgt und habe das andere Mädchen gesehen. Du bist ein seltener Dummerjan, Charles, aber ich lasse nie wieder zu, daß die Kinder und ich die Auswirkungen deiner Torheit zu spüren bekommen. Du wirst dich jetzt bei Mrs. und Mr. Sherbrooke entschuldigen und sofort nach Hause reiten. Wir beide sprechen uns noch.«

»Entschuldigung, Sophie, Mr. Sherbrooke.« Charles sah Lord David stirnrunzelnd an. »Jetzt wirst wohl auch du nicht mehr darauf beharren, daß sie eine Hure ist.«

»Verdammt, sie ist eine!«

Endlich, dachte Ryder, rieb sich die Hände und ging auf Lord David zu, der mit geballten Fäusten in Boxstellung gegangen war. Mit wahrer Wonne schlug Ryder ihn zu Boden.

Mrs. Grammond klatschte begeistert in ihre plumpen Hände.

Sophie fühlte sich noch immer leicht benommen von der unerwarteten Entwicklung und stand deshalb stumm und starr da.

Lord David stützte sich auf die Ellbogen auf und schüttelte den Kopf. »Ich bin ein ausgezeichneter Kämpfer. Wie kommt es, daß Sie mich trotzdem niederschlagen konnten? Wer hat Ihnen sowas beigebracht?«

»Stehen Sie auf und zeigen Sie, was Sie können«, sagte Ryder und streckte ihm die Hand hin.

Lord David war jedoch kein kompletter Narr. Er blieb lieber auf dem Boden sitzen, rief aber Charles Grammond zu, der sich zum Gehen wandte: »Du darfst nicht zulassen, daß deine Frau meiner Agnes – so heißt die verdammte Erbin! – alles erzählt! Ihr Vater würde mich ruinieren. Er würde dafür sorgen, daß ich aus der Grafschaft gejagt werde.«

Charles ignorierte ihn und verschwand zwischen den Ulmen. Statt dessen drehte sich Almeria nach dem geschlagenen Lord um.

»Sie sind eine Memme, Sir. Ich mache Ihnen ein Angebot. Wenn Sie die Gesamtsumme, die Sie meinem Mann auf Jamaika abgenommen haben, zurückerstatten, werde ich den Vater Ihrer Verlobten nicht aufklären.«

Lord David wurde leichenblaß. »Ich besitze keinen roten Heller, Madam. Was glauben Sie denn, warum ich diese schreckliche Agnes heirate?«

»Das ist Ihre Sache, Mylord«, schnaubte Almeria. »Innerhalb von drei Tagen möchte ich das Geld sehen, andernfalls werden Sie es bereuen. Und glauben Sie nur nicht, den Sherbrookes mit irgendwelchen Enthüllungen drohen zu können. Mein Mann und ich werden dafür sorgen, daß Sie jedem als Lügner bekannt sind.«

Die resolute Dame wandte sich noch einmal Ryder und Sophie zu. »Mr. Sherbrooke, Mrs. Sherbrooke, ich hoffe wirklich, daß diese beiden Schwachköpfe kein großes Unheil gestiftet haben. Von nun an werden sie Ihnen bestimmt keine Probleme mehr bereiten. Auf Wiedersehen.« Sie schenkte Ryder ein strahlendes Lächeln, nickte Sophie zu und marschierte hinter die Scheune, wo ihr Einspänner auf sie wartete.

Ryder brach in schallendes Gelächter aus.

Sophie murmelte plötzlich verwundert: »Die Jungfräuliche Braut hatte also doch recht. Du weißt ja – sie hat gesagt, daß alles gutgehen würde, auch wenn sie kämen.«

»Dieses verdammte Gespenst existiert nicht«, widersprach Ryder. »Du hattest einen Alptraum, weiter nichts.« Er drehte sich nach Lord David um, der jetzt mit gekreuzten Beinen dasaß und kopfschüttelnd seine staubigen Stiefel betrachtete. »Und Sie werden den Mund halten. Im Gegensatz zu Mrs. Grammond werde ich mich nämlich andernfalls nicht damit begnügen, Sie zu ruinieren. Ich werde Sie umbringen. Haben Sie mich verstanden?«

Lord David nickte seufzend, machte aber einen zerstreuten Eindruck. Nach einem weiteren tiefen Seufzer sagte er: »Vielleicht kann ich Agnes überreden, mit mir durchzubrennen. Das ist die einzige Möglichkeit, innerhalb von drei Tagen an ihr Geld heranzukommen.«

Sophie und Ryder tauschten einen beredten Blick.

EPILOG

Chaduyck House
Januar 1804

Ryder bückte sich und küßte sie auf den Nacken. Ihre Haut war warm und weich. Sie seufzte wohlig und lehnte den Kopf an seinen Bauch. Er küßte ihre Stirn und ihre Ohren, während er mit den Daumen ihre Kinnpartie streichelte. Sie seufzte wieder und wollte sich nach ihm umdrehen, aber er hielt sie fest.

»Du riechst so gut«, murmelte er, küßte noch einmal ihren Nakken und ließ seine Hände über ihre Arme gleiten. Dann gab er sie mit einem tiefen Seufzer frei. »Ein Jammer, daß ich keine Zeit habe, dir zu zeigen, wozu eine Schreibtischplatte gut sein kann.« Nach einem zweifelnden Blick auf das zierliche Möbelstück fügte er hinzu: »Wenn wir dieses wackelige Ding jemals benutzen, werden wir sehr vorsichtig sein müssen. Vielleicht solltest du dich nur leicht daran abstützen und ...«

»Ryder!«

Mit einem weiteren herzerweichenden Seufzer lehnte er sich an den Schreibtisch und verschränkte die Arme auf der Brust. »Ich teste nur schon mal seine Stabilität. Für den späteren Gebrauch.« Er warf einen Blick auf die Zahlenkolonnen, mit denen sie beschäftigt war. »Was machst du da?«

»Eine Aufstellung der Gesamtkosten für Brandon House. Der Exodus ist jetzt nicht mehr fern, Ryder. Wahrscheinlich wird es schon nächste Woche soweit sein. Jane und ich wollen ein großes Fest veranstalten. Sie kann es kaum erwarten.«

»Verständlich, daß sie sich auf den Umzug in ihr neues Haus freut, obwohl sie ja nie geklagt hat. Auch die Kinder freuen sich.«

»Ich werde sie vermissen.«

»Sie sind ja nicht aus der Welt, sondern kaum hundert Meter entfernt. Wann immer du dich nach dem Tollhaus sehnst, bist du im Nu dort.«

»Wie geht es dem kleinen Garrick?«

Ryders Miene verdüsterte sich. Sophie tätschelte seine geballte Faust. »Er ist jetzt in Sicherheit.«

»Gott sei Dank. Wie konnte dieser Mistkerl ein vierjähriges Kind nur so behandeln?«

»Er ist durchaus kein Einzelfall. Am schlimmsten finde ich, daß

Kinder sogar als Lehrlinge an solche Rohlinge wie diesen Kaminkehrer Ducking verkauft werden. Aber Garrick hast du immerhin gerettet, und nun wird er lernen, daß das Leben nicht nur aus Schmerzen und Tränen besteht. Heute morgen hat er mich angelächelt. Er und Jenny sind schon dicke Freunde. Ich liebe dich, Ryder.«

Er grinste. »Das hoffe ich doch sehr stark, Weib, nachdem ich dir jeden Abend meinen armen Männerleib für deine Vergnügungen zur Verfügung stelle.«

»Das hört sich fast so an, als wäre mein Appetit unnatürlich.«

»Dein Appetit ist einfach wundervoll. Hast du eigentlich inzwischen deine Periode bekommen?«

Seine unverblümte Art verschlug ihr mitunter noch immer die Sprache. Sie schüttelte den Kopf.

Er strich mit der Handfläche zärtlich über ihren Bauch. »Vielleicht ist unser Sohn oder unsere Tochter schon im Werden.«

»Vielleicht.« Unwillkürlich starrte sie auf seinen Mund. Im Laufe der Monate hatte sie genausoviel Geschmack am Küssen gefunden wie er.

»Hör auf, Sophie. Wir haben leider keine Zeit.« Trotzdem konnte er es nicht lassen, ihren weichen Mund wenigstens kurz zu küssen. Nie würde er jene Nacht vergessen, als er an ihrer Unterlippe geknabbert und ihr zwischendurch die Geschichte von dem Farmer erzählt hatte, der sich in sein prämiiertes Schwein verliebte. Sie hatte plötzlich gekichert, ihn ins Kinn gebissen und gesagt, sie bevorzuge einen prämiierten Bullen. Damals war ihr Liebesspiel erstmals von Lachen und Herumalbern begleitet gewesen.

»Mein Bruder, Alex und Sinjun werden gleich hier sein«, sagte er, konnte dann aber der Versuchung nicht widerstehen, sie noch einmal zu küssen. »Der Teufel soll ihn holen!«

Sie zwinkerte ihm zu. »Sei doch kein solcher Neidhammel, Ryder, und laß dem armen Douglas die Freude, sich auch nützlich machen zu können.«

»Er soll mir nicht meine Kinder wegnehmen.«

»Du mußt doch zugeben, daß es für Oliver eine einmalige Chance ist. Eines Tages.wird er Assistenzverwalter des Grafen sein, vielleicht sogar sein Verwalter oder Sekretär. Oliver wird eine gute Erziehung erhalten, und Douglas hat ihn wirklich sehr gern.«

»Zum Teufel mit ihm!«

Sophie grinste. »Ich werde nie vergessen, wie Douglas und Alex unerwartet bei uns auftauchten, und alle Kinder spielten in der

Eingangshalle, weil es draußen regnete. Sie veranstalteten wie üblich einen Höllenlärm, und Douglas stand ganz ruhig da, wie ein Fels in der Brandung, und sagte nur: ›Ich scheine mich im Haus geirrt zu haben‹.«

Ryder schwieg eigensinnig und trommelte mit den Fingern auf der Schreibtischplatte.

»Douglas hat deine Beichte doch erstaunlich gut aufgenommen, Ryder, obwohl er gekränkt über deinen Mangel an Vertrauen war. Er hat dich nicht einmal angebrüllt.«

»Nur deshalb nicht, weil Amy an seinem Bein hochgeklettert ist und ihm gesagt hat, daß es sehr hübsch sei. Daraufhin mußte er sie natürlich auf den Arm nehmen.«

»Deine Familie ist sehr stolz auf dich.«

»Ich wollte nie, daß sie stolz auf mich ist. Kannst du das nicht verstehen? Ich tue das doch nur, weil es für mich wichtig ist. Mit Edelmut hat das nichts zu tun. Ich wünschte wirklich, daß meine liebe Familie endlich Ruhe geben würde. Es wird mir langsam peinlich.«

»Nun, deine Mutter bringt dich jedenfalls nicht in Verlegenheit.«

»Nein, sie weigert sich, mit mir zu sprechen, weil ich mir die Hände mit Bälgern aus den Slums schmutzig mache. Es ist eine erfrischende Einstellung, und das habe ich ihr auch gesagt. Aber sie hat nicht einmal gelacht, als ich sie aufforderte, bei ihrer kritischen Haltung zu bleiben. Von wem ist eigentlich der Brief dort?«

»Von Jeremy. Ich habe ihn erst vor einer Stunde erhalten. Es geht ihm gut, und die Schule macht ihm Spaß.«

Ryder nahm den Brief zur Hand und begann zu lesen. Gleich darauf nickte er lächelnd. »Ausgezeichnet. Er hat diesen verdammten kleinen Angeber verdroschen, Tommy Mullards Sohn. Tommy war auch ein Feigling, ein Großmaul, das wüste Drohungen ausstieß, bis man ihm dann die Faust in seinen Fettwanst rammte. Dann wurde er ganz klein. Du siehst, Sophie, daß ich recht hatte, als ich Jeremy beibrachte, richtig fies zu kämpfen. Himmel, ich habe ihm sogar beigebracht, mit seinem lahmen Fuß Tritte auszuteilen, und er hat es darin wirklich zur Meisterschaft gebracht. Die arme Sinjun hatte lauter blaue Flecke an den Schienbeinen, weil er mit ihr trainiert hat. Aber es hat sich gelohnt. Weißt du, Jungen im Internat können ganz schön grausam sein. Und bedauerlicherweise wird das auch noch gefördert. Na, du kennst ja diese alte Theorie, daß unsere jungen Aristokraten abgehärtet werden müssen wie die Soldaten. Aber Jeremy läßt sich nicht so leicht unterkriegen. Natürlich ist es sehr hilfreich, daß er der beste Reiter von ganz Eton ist.« Ryder rieb sich vergnügt die Hände.

Sophie glaubte, vor Liebe zu ihm platzen zu müssen. Er war ein bemerkenswerter Mann, aber sobald ihn jemand auch nur andeutungsweise lobte, wurde er rot vor Verlegenheit und verschanzte sich hinter Gebrüll. Deshalb sagte sie nur:

»Es ist auch hilfreich, daß er zur Sherbrooke-Familie gehört.«

»Natürlich.«

Ryder hatte den Brief noch in der Hand, als die Tür aufflog und Sinjun hereinstürzte. Sofort schien der Raum heller zu werden.

»Meine Liebe«, rief-Sophie und sprang auf, um ihre Schwägerin zu umarmen.

»Douglas und Alex sind mir dicht auf den Fersen. Ich bin vorgerannt, um euch als erste begrüßen zu können. Ihr seht beide fabelhaft aus. Ist das ein Brief von Jeremy? Ich habe vor drei Tagen auch einen bekommen. Er hat ausführlich beschrieben, wie er dieses miese kleine Dreckschwein zu Brei geschlagen hat und ...«

»Das reicht erst mal, Göre! Hallo, ihr beiden.«

Der Graf trat ins Zimmer, seine Frau im Arm. »Du wirst nicht glauben, was ich dir zu erzählen habe, Ryder. Oliver hat meinen Verwalter und alle Pächter sehr beeindruckt. Ich habe ihn überall vorgestellt, und er hat unheimlich intelligente Fragen gestellt. Himmel, war ich stolz auf ihn! Und er hinkt jetzt überhaupt nicht mehr. Hallo, Sophie, du siehst großartig aus.«

Sophie mußte lachen, während sie das wechselnde Mienenspiel ihres Mannes beobachtete.

»Ich habe noch eine Neuigkeit auf Lager«, fuhr Douglas fort, noch bevor Ryder seinem Ärger Luft machen konnte. »Alex ist schwanger. Im Mai werden wir ein Kind haben. Na, was sagt ihr dazu?«

Niemand konnte sich dazu äußern, denn Alex wurde plötzlich weiß im Gesicht, schnappte nach Luft und warf ihrem Mann einen vorwurfsvollen Blick zu. »Ich kann immer noch nicht glauben, daß du mir so etwas angetan hast. Mir ist schon wieder schlecht.«

Sie rannte aus dem Zimmer. Douglas schüttelte den Kopf. »Hoffentlich übergibt sie sich nicht ausgerechnet auf euren herrlichen Aubusson-Teppich.« Er eilte ihr nach.

Ryder und Sophie tauschten einen Blick. Sinjun starrte ihrem ältesten Bruder nach. »Ich weiß wirklich nicht, ob ich jemals Kinder haben möchte. Alex wird es immer zu den unpassendsten Zeiten schlecht. Ich glaubte, ich möchte lieber ein Tollhaus wie eures.«

»Wir haben es in Brandon House umbenannt«, sagte Ryder, »nach dem lieben Onkel Brandon. Sophie meint, daß wir auf diese Weise seine Höllenqualen verkürzen können, und daß er vielleicht sogar ins Fegefeuer aufsteigen wird, aber nur, wenn wir sein Geld verwenden und nicht unsere eigenen Einkünfte.«

»Alex ist schwanger«, murmelte Sophie. »Na sowas!«

»Weißt du, das kann passieren, wenn Mann und Frau alle erforderlichen Prozeduren ausführen«, neckte Ryder sie. »Sophie ist übrigens vielleicht auch schwanger«, berichtete er seiner Schwester stolz.

»Dann bleibt nur noch Tyson«, sagt Sinjun. »O Gott, er will tatsächlich dieses Mädchen heiraten, das du nicht ausstehen kannst, Ryder – die mit den zwei Namen und ohne Busen, Melinda Beatrice. Und dann bin nur noch ich übrig.«

»Du hast noch viel Zeit, Göre.«

Sie hörten die unverwechselbaren würgenden Geräusche. »Gott sei Dank habe ich noch Zeit«, rief Sinjun. »Stellt euch nur mal vor – letzte Woche hat sich Alex dicht vor Hollis übergeben. Er hat natürlich nicht mit der Wimper gezuckt und nur hoheitsvoll gesagt: ›Mylady, ich glaube, Sie sollten in Zukunft immer ein Taschentuch bei sich haben.‹ Dann hat er ihr seines gegeben, und später hat er angeordnet, daß in jedes Zimmer ein Nachttopf mit Deckel gestellt werden sollte. Er hat mit Alex sogar einen Rundgang gemacht und ihr gezeigt, wo sie jeweils stehen.

Oh, ich habe dir ja noch gar nicht gratuliert, Sophie. Aber du fühlst dich hoffentlich wohl, oder?«

»Natürlich. Keine Angst, ich werde mich nicht auf deine Schuhe übergeben. Wir wissen auch noch gar nicht, ob ich wirklich schwanger bin. Ryder ist einfach optimistisch.«

»Das stimmt nicht. Sie hätte schon vor vier Tagen ihre Periode bekommen müssen.«

»Ryder! Sinjun ist noch keine sechzehn!«

Sinjun zuckte die Achseln und setzte eine abgeklärte Miene auf. »Ich habe drei Brüder, Sophie, und zwei von ihnen sind leider zügellos. Mich kann so leicht nichts mehr schockieren.«

»Trotzdem solltest du von nun an in Gegenwart deiner Schwester deine lose Zunge im Zaume halten«, tadelte Sophie ihren Mann.

»Aber ich wollte ihr gerade die Geschichte von dem exzentrischen Mr. Hootle aus Bristol erzählen, der jede Frau geheiratet hat, die ihn haben wollte. Das war bei ihm einfach zwanghaft – sobald eine Frau ihm zulächelte, verlor er den Verstand, fiel auf die Knie und machte ihr einen Heiratsantrag.«

»Das scheint eine anständige Geschichte zu sein«, lobte Sophie. »Du darfst fortfahren. Hoffentlich wird sie noch erbaulicher.«

»Als er wieder einmal vor einer Frau auf den Knien lag, ertappte ihn eine seiner Gemahlinnen. Die beiden Frauen setzten sich zusammen und tauschten ihr Wissen aus und schmiedeten sodann ein Komplott. Sie brachten ihn in ein kleines Zimmer, beraubten ihn seiner Kleider und sperrten ihn ein. Dann schickten sie all seine anderen Frauen zu ihm, jeweils zu zweit und splitternackt, und sie stolzierten vor ihm herum, und der arme Mann war gefesselt und konnte deshalb nicht auf die Knie fallen und Heiratsanträge machen oder sonst was tun ...«

»Hör auf! Du bist einfach schrecklich!« Sophie warf sich lachend in seine Arme und küßte sein Kinn.

Ryder warf einen sehnsüchtigen Blick auf den Schreibtisch. Sinjun seufzte. »Ich sehe schon, daß eine vernünftige Unterhaltung mit euch vorerst nicht mehr möglich ist. Na, dann gehe ich eben zu Jane und den Kindern.«

Nachdem sich die Tür hinter ihr geschlossen hatte, sagte Ryder: »Ich habe letzte Nacht die Jungfräuliche Braut gesehen.«

Sophie starrte ihn an. »Du hast das Familiengespenst gesehen? Wirklich? Aber Douglas und du, ihr behauptet doch immer, daß Männer nicht an sie glauben.«

»Ich habe mich eben geirrt«, erklärte Ryder. »Sie ist letzte Nacht in unser Schlafzimmer geschwebt, wahrscheinlich nur zu einem Kurzbesuch, denn normalerweise verläßt sie Northcliffe Hall überhaupt nicht. Sie hat mir zugelächelt und etwas gesagt, aber ohne die Lippen zu bewegen. Trotzdem habe ich ihre Worte ganz deutlich gehört.«

»Ja, genauso ist es bei mir gewesen. Und was hat sie gesagt?«

»Sie schimmerte geheimnisvoll, und sie sagte, wir hätten die Möglichkeit, vierzehn Kinder zu bekommen. Es würde allein von meiner Entschlossenheit abhängen.«

»Das wirst du mir büßen, Ryder, ich schwör's dir!«

»Schwörst du's wirklich?« Er küßte seine Frau und hätte vor Lust schreien können. Trotzdem ließ er sie noch einmal los, verschloß die Tür und schürte das Feuer, bevor er sich ihr wieder näherte. »Die Jungfräuliche Braut muß es schließlich wissen. Und ihr Frauen glaubt ja jedes Wort, das sie nicht sagt. Also gut, fangen wir an, Weib!«

Catherine Coulter
Meisterin des historischen Liebesromans

Catherine Coulter läßt ihre Romane für sich sprechen – die Autorin tritt hinter ihren Werken zurück, und so erfährt man nur wenig über ihr Leben.
Sie wurde in Texas geboren und lebt heute mit ihrem Mann, einem Röntgenfacharzt, in Kalifornien.
Ende der Siebziger Jahre begann sie, historische Liebesromane zu schreiben; zuvor hatte sie, während ihr Mann an der Universität war, wöchentlich zwanzig bis dreißig Liebesromane gelesen. Sie erzählt: »Ich kann mich erinnern, daß ich eines Abends das Buch, das ich gerade las, quer durchs Zimmer warf und rief: ›Ich kann das besser machen!‹«
Und sie hat bewiesen, daß dies keine leere Versprechung war. Catherine Coulter hat inzwischen etwa 30 Bücher veröffentlicht und bekam 1989 von der Zeitschrift *Romantic Times* einen Preis als beste Autorin historischer Liebesromane.

Verzeichnis lieferbarer Titel

(Stand Januar '97)

Calypso (04/104)
Dornenpfad (04/173)
Ein ehrbares Angebot (04/139)
Der Herr der Falkenschlucht (04/154)
Der Herr der Habichtsinsel (04/151)
Der Herr vom Rabengipfel (04/152)
Im Schatten der Mitternachtssonne (04/135)
Jadestern (04/96)
Jenseits der Liebe (04/145)
Die Jungfernbraut (04/126)
Karibische Nächte (04/129)
Liebe ohne Schuld (04/45)
Lord Deverills Erbe (04/15)
Magie der Liebe (04/58)
Rivalen des Glücks (01/9965)
Die Satansbraut (04/124)
Sehnsucht und Erfüllung (04/169)
Die Sherbrooke-Braut (04/122)
Die Stimme der Erde (04/86)
Die Stimme des Blutes (04/88)
Die Stimme des Feuers (04/84)
Stolz und Leidenschaft (04/159)
Sturmwind der Liebe (04/75)

2 Romane in einem Band:
Lord Deverills Erbe/Liebe ohne Schuld (23/100)
Magie der Liebe/Jadestern (23/118)

Die Bandnummern der Heyne-Taschenbücher sind jeweils in Klammern angegeben

HEYNE BÜCHER

Heather Graham

Romane von zeitloser Liebe in den Wirren des Schicksals.

04/182

Eine Auswahl:

Tochter des Feuers
04/106

Irrwege der Liebe
04/116

Spiegel der Liebe
04/118

Triumph der Liebe
04/120

Die Normannenbraut
04/128

Der Herr der Wölfe
04/138

Kreuzzug des Herzens
04/143

Die Braut des Windes
04/146

Dornen im Herzen
04/157

Ondine
04/164

Wechselspiel der Liebe
04/171

Rebell der Leidenschaft
04/182

Hafen der Sehnsucht
04/188

Heyne-Taschenbücher